ENVIRONMENT

现代环境

测试技术

郑重 编

化学工业出版社

·北京·

本书阐述了原子吸收光谱法、原子发射光谱法、原子荧光光谱法、紫外-可见吸收光谱法、红外光谱法、X射线光谱法、气相色谱法、高效液相色谱法、质谱法、极谱法及伏安法等分析方法的基本原理及应用。在最后一章中则根据国家标准较详细地论述了环境中部分有毒有害物质的检测实验分析方法。本书各章列举了较多的例题，同时还配有大量不同类型的习题，有利于学生更好地掌握巩固所学的理论知识。

本书可作为高等院校环境科学、环境工程专业的教材，也可用于理、工、农、医等相关仪器分析专业作为教材或参考书使用。

图书在版编目（CIP）数据

现代环境测试技术/郑重编 . —北京：化学工业出版社，2009.4

ISBN 978-7-122-04329-0

Ⅰ. 现… Ⅱ. 郑… Ⅲ. 环境监测-测试技术 Ⅳ. X830.2

中国版本图书馆 CIP 数据核字（2008）第 195269 号

责任编辑：满悦芝　　　　　　　　　　　　文字编辑：刘莉珺
责任校对：李　林　　　　　　　　　　　　装帧设计：尹琳琳

出版发行：化学工业出版社（北京市东城区青年湖南街 13 号　邮政编码 100011）
印　　装：北京云浩印刷有限责任公司
787mm×1092mm　1/16　印张 19¾　字数 500 千字　2009 年 4 月北京第 1 版第 1 次印刷

购书咨询：010-64518888（传真：010-64519686）　　售后服务：010-64518899
网　　址：http://www.cip.com.cn
凡购买本书，如有缺损质量问题，本社销售中心负责调换。

定　　价：48.00 元

前　言

现代环境测试技术以现代仪器分析为依托，它是环境监测的重要技术手段，其应用已渗透到工业、农业、国防和科学技术各个领域，它是环境科学、环境工程、材料科学、生命科学、食品科学、医学及医药学、商品检验、法庭科学以及航天科学等学科领域的重要研究手段和不可或缺的工具。

现代环境测试技术是一门多学科综合性强的课程，能充分发挥学生运用已学过的化学、物理和数学等课程的知识，是培养学生形成知识链和科学逻辑思维的重要基础课程之一。现代环境测试技术是环境科学、环境工程、材料科学、应用化学和化学工程与工艺专业的专业课之一。

现代环境测试技术以仪器物质的物理或物理化学性质分析方法为基础，系统阐述原子吸收光谱法、原子发射光谱法、原子荧光光谱法、紫外-可见吸收光谱法、红外光谱法、X射线光谱法、气相色谱法、高效液相色谱法、质谱法、极谱及伏安法等分析方法的基本原理及应用，同时，论述了环境中部分有毒有害物质的检测实验分析方法。本书各章列举了较多的例题，同时还配有大量不同类型的习题，在理论教学的基础上，通过学生理论学习，测试实验教学，理论与实验相结合，培养学生正确应用、综合运用和创新性应用科学知识的能力，保证课堂教学和实验教学的高质量进行，有利于学生更好地掌握巩固所学的理论知识，因此不仅可作为研究生和本科生的教学用书，同时也可以作为环境科学、环境工程、分析化学、应用化学及相关学科专业的参考书。

本书在编写过程中，参考了一些优秀教材、专著和科技文献，在此向有关作者表示衷心的感谢，同时感谢化学工业出版社的支持与帮助。

由于作者水平有限，书中难免存在疏漏及不当之处，敬请读者和同行批评指正。

郑　重

2008 年 12 月于西安科技大学

目　录

第1章 原子吸收光谱法

1.1 概述

1.1.1 光学分析法

光学分析方法是根据物质发射电磁辐射或电磁辐射与物质相互作用而建立起来的分析化学方法。这类电磁辐射包括从 γ 射线到无线电波的所有电磁波谱范围，而不只局限于光学光谱区。电磁辐射与物质相互作用的方式有发射、吸收、反射、折射、散射、干涉、衍射和偏振等。电磁辐射（电磁波）按其波长可分为不同区域。表 1-1 不同区域电磁辐射（电磁波）的相关参数。

表 1-1 不同区域电磁辐射（电磁波）的相关参数

电 磁 波	波 长 λ	E/eV	ν/Hz
γ 射线	$<0.005nm$	$>2.5\times10^5$	$>6.0\times10^{19}$
X 射线	$0.005\sim10nm$	$2.5\times10^5\sim1.2\times10^2$	$6.0\times10^{19}\sim3.0\times10^{16}$
真空紫外区	$10\sim200nm$	$1.2\times10^2\sim6.2$	$3.0\times10^{16}\sim1.5\times10^{15}$
近紫外光区	$200\sim400nm$	$6.2\sim3.1$	$1.5\times10^{15}\sim7.5\times10^{14}$
可见光区	$400\sim800nm$	$3.1\sim1.6$	$7.5\times10^{14}\sim3.8\times10^{14}$
近红外光区	$0.8\sim2.5\mu m$	$1.6\sim0.50$	$3.8\times10^{14}\sim1.2\times10^{14}$
中红外光区	$2.5\sim50\mu m$	$0.50\sim2.5\times10^{-2}$	$1.2\times10^{14}\sim6.0\times10^{12}$
远红外光区	$50\sim1000\mu m$	$2.5\times10^{-2}\sim1.2\times10^{-3}$	$6.0\times10^{12}\sim3.0\times10^{11}$
微波区	$1\sim3mm$	$1.2\times10^{-3}\sim4.1\times10^{-6}$	$3.0\times10^{11}\sim1.0\times10^9$
无线电波区	$>300mm$	$<4.1\times10^{-6}$	$<1.0\times10^9$

所有这些波长区域，在光学中都可以涉及到，因而光学分析的方法是很多的，但通常可分为两大类。分析方法可以分为光谱法和非光谱法。

光谱法是基于物质与辐射作用时，测量由物质内部发生量子化的跃迁而产生的发射、吸收或散射的波长和强度进行分析的方法。

光谱法根据光辐射的本质可分为原子光谱和分子光谱。原子光谱由外层或内层电子能级的变化产生，它的表现形式为线光谱。属于这类分析方法的有原子发射光谱法（AES）、原子吸收光谱法（AAS）、原子荧光光谱法（AFS）以及 X 射线荧光光谱法（XFS）等。

分子光谱是由分子中电子能级、振动和转动能级的变化产生的，表现形式为带光谱。属于这类分析方法的有紫外-可见分光光度法（UV-VIS）、红外光谱法（IR）、分子荧光光谱法（MFS）和磷光光谱法（MPS）等。

从广义的光谱概念来说，质谱法及其他表面分析有关的各种光谱法都属于光谱分析的范畴。

非光谱法是基于物质与辐射作用时，测量辐射的某些物质，如折射、散射、干涉、衍射和偏振等变化的分析方法。非光谱法不涉及物质内部能级跃迁，电磁辐射只改变传播方向、速度或某些物理性质。属于这类分析方法的有折射法、偏振法、干涉法、衍射法、旋光法等。

1

我们主要论述光谱法，即电磁辐射与物质相互作用产生的发射、吸收和散射类型的光谱。本章讨论原子吸收光谱法，以后各章节分别讨论其他光谱分析方法。

1.1.2　原子吸收光谱法

原子吸收光谱法或原子吸收分光光度法（atomic absorption spectrometry，AAS）是 20 世纪 50 年代中期出现并在以后发展起来的一种现代仪器分析方法，是基于蒸气项中被测元素的基态原子对其原子共振辐射的吸收强度来测定试样中被测元素含量的一种方法。

早在 1802 年 W. H. Wollaston 在观察太阳连续光谱时，首次发现了太阳连续光谱中的黑线。在 1817 年，J. Fraunhofer 在观察太阳连续光谱时，再次发现了这些黑线，由于当时尚不了解产生这些黑线的原因，于是就将这些黑线称为 Fraunhofer 线。到 1859 年，G. Kirchhoff 与 R. Bunson 在研究碱金属和碱土金属的火焰时，发现钠蒸气发出光通过温度较低的钠蒸气时，会引起钠光的吸收，并且根据钠发射线与黑线在光谱中的位置相同这一事实，断定太阳连续光谱中的黑线，正是太阳外围大气圈中的钠原子对太阳光谱中的钠辐射吸收的结果。

但是，原子吸收光谱作为分析方法（AAS）却比较晚，一直到 1955 年澳大利亚物理学家 A. Walsh 发表了著名论文"原子吸收光谱法在分析化学中的应用"后，才为原子吸收光谱法实际应用的快速发展奠定了基础。20 世纪 50 年代末和 60 年代初，由 Filger，Varian Techtron 及 Perkin-Elmer 公司先后推出了原子吸收光谱商品化仪器，发展了 A. Walsh 的设计理念。随之，原子吸收光谱进入了一个全新的高速发展时期。AAS 方法的建立，由于其高灵敏度而发展迅速，应用领域不断扩大，成为金属元素分析的一种重要的分析手段，成为环境监测不可缺少的分析方法。

1.2　原子吸收光谱法（AAS）测定的项目

原子吸收分光光度法分析的灵敏度高，干扰少而且易于调试测定方法简单快速与其他某些现代仪器分析方法相比较，其设备费用较低。所以，目前应用的范围非常广泛，可测定的元素达到 60～70 余种。

对于被测试样中被测组分含量低于检测限，或者基体干扰较大的试样，采用国家标准方法规定的 KI-MINBK、APDC-MIBK、DDTC-MIBK 等体系萃取，然后用火焰原子吸收测定的方法。目前一般原子吸收分光光度法分析直接测定的方法的检测限可达 10^{-6}，如果安装石墨炉，测定方法的检测限可达 $10^{-9} \sim 10^{-11}$，不过石墨炉原子吸收分光光度法一般只能用于试样的定性分析。

目前环境监测分析中，在水和废水中以及固体废物测定的主要金属元素有 Ag、Cd、Cr、Cu、Fe、Mn、Ni、Pb、Sb、Zn、Be、K、Na、Ca、Mg 等。对于污水综合排放标准中规定的一类污染物可以检测的有害重金属元素主要为 Cd、Cr、Pb、Be 等。

1.3　原子吸收光谱法的基本原理

原子吸收光谱法或原子吸收分光光度法（atomic absorption spectrometry，AAS）是以测量气态基态原子外层电子对共振线的吸收为基础的分析方法。原子吸收光谱法是一种成分分析方法，可对 60 多种金属元素及某些非金属元素进行定量测定，其检测限可达到 ng/

mL，相对标准偏差约为 $1\% \sim 2\%$，这种方法目前广泛用于低含量元素的定量测定。

1.3.1　基态原子与激发态原子的关系

在原子吸收光谱法中，使试样原子化的原子化器大都采用火焰作为能源。火焰中气态原子处于热激发状态，其中激发态原子数 N_j 与基态原子数 N_0 之间的关系可用玻耳兹曼 (Boltzmann) 方程表示：

$$\frac{N_j}{N_0} = \frac{g_j}{g_0} \cdot e^{-\frac{E_j}{kT}} \qquad (1-1)$$

式中，g_j、g_0 分别为激发态和基态的统计权重；E_j 为激发能，k 为玻耳兹曼常数，T 为热力学温度。此式表明，随着温度的增加，N_j/N_0 之比将按指数关系增加。又因共振线的波长与它的激发能成反比，所以随着共振线波长的增大，被激发的原子数目按指数关系增加（见图 1-1）。

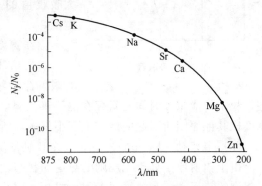

图 1-1　2500K 下，不同波长的共振线与激发态原子数 N_j 的关系曲线（计算值）

在原子光谱中，对于一定波长的谱线，g_j、g_0 和 E_j 都是已知的值，因此可以计算一定温度下的 N_j/N_0 值，表 1-2 是一些元素在不同温度下的 N_j/N_0 值。

表 1-2　一些元素在不同温度下的 N_j/N_0 值

元　素	共振线波长 /nm	g_j/g_0	激发能 /eV	N_j/N_0		
				2000K	2500K	3000K
Cs	852.11	2	1.455	4.44×10^{-4}	$2.33 \times$	7.24×10^{-3}
Na	589.00	2	2.104	0.99×10^{-5}	1.14×10^{-4}	5.83×10^{-4}
Ba	553.56	3	2.239	6.83×10^{-6}	3.19×10^{-5}	5.19×10^{-4}
Sr	460.73	3	2.690	4.99×10^{-7}	1.132×10^{-6}	9.07×10^{-5}
Ca	422.67	3	2.932	1.22×10^{-7}	3.67×10^{-6}	3.55×10^{-5}
Ag	328.07	2	3.778	6.03×10^{-10}	4.84×10^{-9}	8.99×10^{-7}
Cu	324.75	2	3.817	4.82×10^{-11}	4.04×10^{-8}	6.65×10^{-7}
Mg	285.21	3	4.346	3.35×10^{-11}	5.20×10^{-9}	1.50×10^{-7}
Pb	283.31	3	4.375	2.83×10^{-11}	4.55×10^{-9}	1.34×10^{-7}
Au	267.59	1	4.632	2.12×10^{-12}	4.66×10^{-10}	1.65×10^{-8}
Zn	213.86	3	5.795	7.45×10^{-15}	6.22×10^{-12}	5.50×10^{-10}

从式(1-1)、表 1-2 和图 1-1 综合分析，温度愈高，N_j/N_0 值愈大，即激发态原子数随温度升高而增加，而且按指数关系变化；在同一温度下，激发能（电子跃迁能级之差）愈小，吸收线波长愈长，N_j/N_0 值愈大。尽管有如此变化，但在原子吸收光谱中，原子化温度一般低于 3000K，大多数元素的最强共振线的波长都小于 600nm，因此对大多数元素来说，N_j/N_0 值均小于 10^{-3}，激发态和基态原子数之比小于千分之一，N_j 与 N_0 相比总是很小的，就是说，处于激发态的原子数与处于基态的原子数相比，可以忽略不计。所以，对于原子吸收来说，可以认为处于基态的原子数，近似地等于所生成的总原子数 N。

1.3.2　原子吸收线的宽度

实验证明，原子吸收线往往不是一条线，而是具有一定宽度的谱线（或频率间距），其

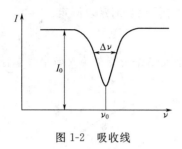

图 1-2 吸收线

形状如图 1-2 所示。图中 ν_0 为吸收线的中心频率，I_0 为入射光强。

谱线的宽度常用半宽度来表示。谱线的半宽度是指最大吸收值的一半处的频率宽度，用 $\Delta\nu$ 表示，简称谱线宽度。

谱线宽度产生的原因如下：

（1）谱线的自然变宽　自然宽度是原子处在激发态时有限寿命的结果，根据海森堡（Heisenberg W）测不准原理，粒子的能量和时间之间存在测不准关系。谱线的自然宽度 $\Delta\lambda$ 约为 $10^{-5}\,nm$。由于自然宽度比其他原因所引起的谱线宽度小得多，所以在大多数情况下可以忽略。

（2）多普勒（Doppler）变宽　多普勒变宽又称热变宽，它是发射原子热运动的结果。

由于辐射原子处于无规则的热运动状态，因此，辐射原子可以看作运动着的波源，这一不规则的热运动与观测器两者间形成相对位移运动。从一个运动着的原子发出的光，如果原子的运动方向离开观察者（仪器的检测器如光电倍增管），在观察者看来，其频率较静止原子所发出的光的频率低，即发生红移，相当于 λ_0 被拉长；反之，若原子向着观察者运动，则其发出的光的频率较静止原子发出的光的频率高，即发生紫移，相当于 λ_0 被压缩。这种现象在物理学上称为多普勒效应。在原子吸收光谱中，对于火焰和石墨炉原子吸收池，气态原子处于无规则的热运动，相对于检测器而言，各发光原子有着不同的运动速度分量，即使每个原子发出的光都是频率为 ν 的单色光，但检测器接收到的频率则是（$\nu+d\nu$）和（$\nu-d\nu$）之间的各种频率，于是发生多普勒效应，谱线变宽。

多普勒效应随温度升高、谱线中心波长增长和原子量减小而增宽（见表 1-3）。在一般温度下，多普勒变宽 $\Delta\lambda_D$ 可达 $1\times10^{-3}\sim5\times10^{-3}\,nm$ 左右，是制约谱线变宽的主要因素。

（3）压力变宽　由于辐射原子与其他粒子（分子、原子、离子、电子等）间的相互作用而产生的谱线变宽，统称为压力变宽，压力变宽通常是随压力的增加而增大，压力变宽又称为碰撞变宽。

在压力变宽中，凡是同种粒子碰撞引起的变宽叫赫尔兹马克（Holtzmark）变宽，凡是由异种粒子引起的则叫罗伦兹（Lorentz）变宽。在原子光谱分析中，罗伦兹（Lorentz）变宽比赫尔兹马克（Holtzmark）变宽严重得多。

罗伦兹变宽随原子区内原子蒸气压力增大和温度升高而增大。在一个大气压下，在常用火焰温度下，大多数元素共振线的罗伦兹 $\Delta\lambda_L$ 与多普勒变宽具有相同的数量级，如表 1-3 所示。

（4）自吸变宽　在原子化过程中，处于高、低能级的粒子比例与原子化器的温度等因素有关。处于高能级的粒子可以发射光子，处于低能级的粒子可以吸收光子，辐射能被发射原子自身吸收而使谱线发射强度减弱的现象称为自吸。自吸严重的谱线，其辐射强度明显减弱，谱线轮廓中心下陷，甚至中心频率 ν_0 处的辐射几乎能被完全吸收，这种现象称为"自蚀"。谱线自吸引起的变宽称为自吸变宽。

除此之外，还有一些其他因素也会导致谱线变宽，如当有较强的电场和磁场存在时，将引起能级的分裂，从而导致谱线的分裂，即所谓斯塔克效应（Stark）和塞满效应（Zeeman）等，但这种变宽效应一般也不大。

综上所述，在通常的原子吸收分析的实验条件下，在一般情况下，谱线的宽度可以认为主要是由于多普勒效应与压力变宽两个因素引起的。

表 1-3　某些元素的多普勒变宽（$\Delta\lambda_D$）与罗伦兹（$\Delta\lambda_L$）

元　素	λ/nm	2000K		2500K		3000K	
		$\Delta\lambda_D$/nm	$\Delta\lambda_L$/nm	$\Delta\lambda_D$/nm	$\Delta\lambda_L$/nm	$\Delta\lambda_D$/nm	$\Delta\lambda_L$/nm
Na	589.0	0.0039	0.0032	0.0044	0.0029	0.0048	0.0027
Ba	553.56	0.0015	0.0032	0.0017	0.0028	0.0018	0.0026
Sr	460.73	0.0016	0.0026	0.0017	0.0023	0.0019	0.0021
V	437.92	0.0020		0.0022		0.0024	
Ca	422.67	0.0021	0.0015	0.0024	0.0013	0.0026	0.0012
Fe	371.99	0.0016	0.0013	0.0018	0.0011	0.0019	0.0010
Co	352.69	0.0013	0.0016	0.0015	0.0014	0.0016	0.0013
Ag	338.29	0.0010	0.0015	0.0011	0.0013	0.0013	0.0012
	328.07	0.0010	0.0015	0.0011	0.0014	0.0016	0.0013
Cu	324.76	0.0013	0.0009	0.0014	0.0008	0.0016	0.0007
Mg	285.21	0.0018		0.0021		0.0023	
Pb	283.31	0.0006		0.0007		0.0008	
Au	267.59	0.0006		0.0007		0.0008	
Zn	213.86	0.0008		0.0010		0.0010	

1.3.3　原子吸收线的测量

为了测定原子线中吸收原子的浓度，提出了以下方法。

（1）积分吸收　原子吸收是由基态原子对共振线的吸收而得到的。对于一条原子吸收线，由于谱线有一定的宽度，所以可以看成是由极为精细的许多频率相差甚小的光波组成的。若按吸收定律，可得各相应的吸收系数 $K_{\nu1}$、$K_{\nu2}$、$K_{\nu3}$ 等，并可绘制出吸收曲线，见图 1-3。图中整条曲线表示这条吸收谱线的轮廓，将这条曲线进行积分，即 $\int K_\nu \mathrm{d}\nu$，就代表整个原子线的吸收，称为积分吸收。

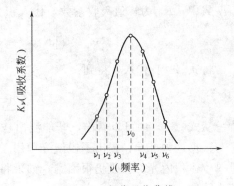

图 1-3　积分吸收曲线

积分吸收与火焰中基态原子数的关系，由下列方程式表示：

$$\int K_\nu \mathrm{d}\nu = \frac{\pi e^2}{mc} N f \tag{1-2}$$

式中，N 为单位体积内自由原子数；e 为电子电荷；m 为一个电子的质量；c 为光速；f 为振子强度（无量纲因子），它表示被入射光 ν 激发的每个原子的平均电子数，用以估计谱线的强度。表 1-4 中列出了某些元素的振子强度。有关积分吸收系数的公式推导，参考相关文献。

表 1-4　振子强度

共振线 /nm	其他方法求得 之值	原子吸收测得 之值	共振线 /nm	其他方法求得 之值	原子吸收测得 之值
Hg184.9	1.19	—	Ni341.5	0.02	0.04
Zn213.8	—	1.9	Fe372.0	0.013	0.01
Cd228.8	1.20	2.8	Ca422.7	2.28	—
Be234.9	1.82	—	Cr425.4	0.08	0.01
Au242.8	—	0.8	Ba553.5	2.10	—
Ti276.9	0.20	—	Na589.0	0.70	1.0
Mg285.2	1.74	1.8	Li670.3	0.50	—
Cu324.7	0.62	0.62	K766.5	0.64	0.5
Ag328.0		1.3	Cs852.1	0.66	

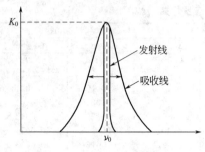

图 1-4   发射线与吸收线

如果能测定积分吸收 $\int K_\nu \mathrm{d}\nu$，则可从上式求得原子浓度。但是，测定谱线宽度为 $10^{-3}\,\mathrm{nm}$ 的积分吸收，波长为 $500\,\mathrm{nm}$ 的谱线，根据计算需要分辨率达到 50 万的单色器，也就是说需要用高分辨率的分光光度仪器，这是目前难以达到的，也是原子吸收光谱现象早在一百多年前已被发现，但一直未能用于化学分析的原因。

（2）峰值吸收   目前，一般采用测量峰值吸收系数的方法来代替测量积分吸收系数的方法。如果采用发射线半宽度比吸收线半宽度小得多的锐线光源，并且发射线的中心与吸收线中心一致，如图 1-4 所示，这样就不需要用高分辨率的单色器，而只要将其与其他谱线分离，就能测出峰值吸收系数。

目前原子吸收采用空心阴极灯等光源来产生锐线发射，解决了部分化学元素分析问题。

当仅考虑原子的热运动时，吸收系数为：

$$K_\nu = K_0 \mathrm{e}^{\left[-\frac{2(\nu-\nu_0)}{\Delta\nu_\mathrm{D}}\sqrt{\ln 2}\right]^2}$$

式中，K_0 为峰值吸收系数，代入积分吸收系数关系式中进行积分，得到

$$\int K_\nu \mathrm{d}\nu = \frac{1}{2} \times \left(\frac{\pi}{\ln 2}\right)^{1/2} K_0 \Delta\nu_0$$

将式（1-2）代入，得到：

$$K_0 = \frac{2}{\Delta\nu_0} \times \frac{\ln 2}{\pi} \Delta\nu_0 \frac{\pi e^2}{mc} N f \tag{1-3}$$

从式（1-3）中可以看出，若能测出峰值吸收系数 K_0，即可求得 N 值。

根据这种推导，提出了锐线光源用于原子吸收光谱分析的必要性。但在实际工作中，测量单位体积内光的吸收仍很困难，如果将一般光度法中测量吸收值的方法用于原子吸收，则较为简便。

（3）实际测量方法   在实际工作中，对于原子吸收值的测量，是以一定光强的单色光 I_0、通过原子蒸气，然后测出被吸收后的光强 I，此一吸收过程符合朗伯-比尔定律，即

$$I = I_0 \cdot \mathrm{e}^{-KNL}$$

式中，K 为吸收系数；N 为自由原子总数（近似于基态原子数）；L 为吸收层厚度。

吸光度 A 可用下式表示：

$$A = \lg \frac{I_0}{I} = 2.303 KNL \tag{1-4}$$

此式表明，A 与 N 成正比。

在实际分析过程中，当实验条件一定时，N 正比于待测元素的浓度 c。因此，以标准系列作出工作曲线后，即可从吸光度的大小，求得待测元素的含量。

1.4   原子吸收分光光度仪

原子吸收分光光度计由光源、原子化器、单色器、检测器四个主要部分组成，如图 1-5 所示。

由光源发射的待测元素的锐线光束（共振线），通过原子化器，被原子化器中的基态原

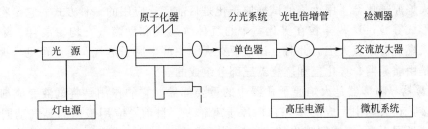

图 1-5 单光束原子吸收分光光度计基本构造示意图

子吸收，再射入单色器中进行分光后，被检测器接收，即可测得其吸收信号。

应该指出，在原子化器中同时存在着被测原子的吸收和发射，此发射信号干扰检测。为了消除待测原子的发射信号，可在光源后面加一切光器，将光源发射的光束调制成一定频率的光。另外，放大器的电子系统也被调制到相同频率（选频放大器）。在这种系统里，只有来自光源的具有调制频率的光才被控收和放大。而从原子化器中发射的未经调制的光则不被放大，从而消除了发射信号的干扰。显然，这种装置中需采用交流放大器。

下面进一步对各主要部件进行讨论。

1.4.1 光源

原子吸收线的半宽度很窄，因此，要求光源发射出比吸收线半宽度更窄的、强度大而稳定的锐线光谱，才能得到准确的结果，空心阴极灯、蒸气放电灯和高频无极放电灯等光源，均具备上述条件，但目前广泛使用的是空心阴极灯。

空心阴极灯是一种阴极呈空心圆柱形的气体放电管。图 1-6 是封闭型空心阴极灯。根据工作时的波长范围，可选用石英玻璃或普通玻璃作窗口。阴极内壁可用待测元素或含待测元素的合金制作。一般高纯金属可直接作为阴极。但对低熔点金属、难加工金属及活性强的金属等，则采用合金。

阳极为钨棒，上面装有钽片或钛丝作为吸气剂，阴极和阳极固定在硬质玻璃管中，管内充入几百帕压力的惰性气体（氖或氩）。在阴极和阳极间加上 $100\sim400\mathrm{V}$ 的直流电压，即可产生放电。阴极发出的电子在电场作用下，高速射向阳极，电子与惰性气体碰撞，使气体原子电离。在电场的作用下，惰性气体的离子（正离子）向阴极运动。由于阴极附近的电位梯度很大，正离子被大大加速而具有很大的能量，当正离子轰击阴极表面时，阴极表面的金属原子从晶格中溅射出来，大量聚集在空

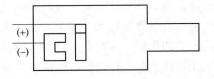

图 1-6 空心阴极灯示意图

心阴极中，再与电子、惰性气体的原子、离子等碰撞而被激发，从而产生阴极物质的线光谱。由于大部分发射光处于圆筒内部，所以光束强度大。

空心阴极灯的主要指标是谱线的宽度、强度、稳定度和背景等。这些指标与充入惰性气体的种类、压力、阴极材料以及放电条件等有关。

空心阴极灯要求稳流电源，灯电流的稳定度在 $0.1\%\sim0.5\%$，输出电流为 $0.5\sim50\mathrm{mA}$，输出电压约 $450\sim500\mathrm{V}$。

1.4.2 原子化器

原子化器的主要作用是使试样中待测元素转变成处于基态的气态原子。入射光束在这里被基态原子吸收。因此，它可视为"吸收池"。原子化器主要有两大类：火焰原子化器和非火焰原子化器。

（1）火焰原子化器　用火焰使试样原子化是目前广泛应用的一种方式。它是将液体试样经喷雾器形成雾粒；这些雾粒在雾化室中与气体（燃气和助燃气）均匀混合，除去大液滴后，再进入燃烧器形成火焰。此时，试液便在火焰中产生原子蒸气。由此可见，火焰原子化器实际上是由喷雾器、雾化室和燃烧器三部分组成的。

① 喷雾器　喷雾器是火焰原子化器中的重要部件。它的作用是将试液变成细雾，雾粒越细、越多，在火焰中生成的基态自由原子就越多。目前，应用最广的是气动同心型喷雾器，其构造见图1-7。喷雾器喷出的雾滴碰到玻璃球上，可产生进一步细化的作用，生成的雾滴粒度和试液的吸入率，对测定的精密度和化学干扰的大小有一定影响。目前，喷雾器多采用不锈钢、聚四氟乙烯或玻璃等制成。

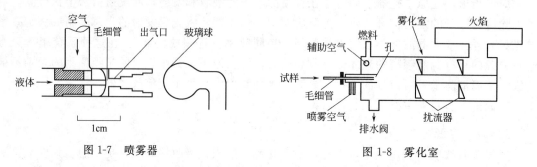

图1-7　喷雾器　　　　　　　　　　图1-8　雾化室

② 雾化室　雾化室的作用主要是除去大雾滴，并使燃气和助燃气充分混合，以便在燃烧时得到稳定的火焰，雾化室的结构见图1-8。其中的扰流器可使雾粒变细，同时阻挡大的雾滴进入火焰。一般喷雾装置的雾化效率为5%～15%。

③ 燃烧器　试液的细雾滴进入燃烧器，在火焰中经过干燥、熔化、蒸发和离解等过程后，产生大量的基态自由原子及少量的激发态原子、离子和分子。通常，要求燃烧器的原子化程度高、火焰稳定、吸收光程长、噪声小等。常用的预混合型燃烧器，一般可达到上述要求。

燃烧器的缝宽和缝长，应根据所用燃料来确定。目前，单缝燃烧器应用较广，但产生的火焰很窄，使部分光束在火焰周围通过而未能被吸收，从而使测量灵敏度降低。采用三缝燃烧器，由于缝宽较大，产生的原子蒸气能将光源发出的光束完全包围，外侧缝隙还可起到屏蔽火焰的作用，并避免来自大气的污染物。因此，三缝燃烧器比单缝燃烧器稳定。燃烧器多采用不锈钢制作，燃烧器的高度应能上下调节，以便选取适宜的火焰部位测量。为了改变吸收光程，扩大测量浓度范围，燃烧器可旋转一定角度。

燃烧器中火焰的作用，是使待测物质分解形成基态自由原子，按照燃料气体与助燃气体的不同比例，可将火焰分为三类。

a. 中性火焰　这种火焰的燃气与助燃气的比例与它们之间化学反应计量关系相近。它具有温度高、干扰小、背景低及稳定等特点，适用于许多元素的测定。

b. 富燃火焰　即燃气与助燃气比例大于化学计量。这种火焰燃烧不完全、温度低，火焰呈黄色。富燃火焰的特点是还原性强、背景高、干扰较多、不如中性火焰稳定，但适用于易形成难离解氧化物元素的测定。

c. 贫燃火焰　燃气与助燃比例小于化学计量。这种火焰的氧化性较强，温度较低，有利于测定易解离、易电离的元素，如碱金属等。

表1-5中列出了某些燃气与助燃气火焰温度。火焰原子吸收中所选用的火焰温度，应使待测元素恰能离解成基态自由原子，温度过高时，会使基态原子减少，激发态原子增加，电

离度增大。

表 1-5　火焰温度

火　　焰	发火温度/℃	燃烧温度/(cm/s)	火焰温度/℃
燃气-空气	560	55	1840
燃气-氧	450		2730
丙烷-空气	510	82	1935
丙烷-氧	490		2850
氢-空气	530	320	2050
氢-氧	450	900	2700
乙炔-空气	350	160	2300
乙炔-氧	335	1130	3050
乙炔-氧化亚氮	400	180	955
乙炔-氧化氮		90	3095
氧-空气		20	2330
氧(50%)-氮(50%)-乙炔		640	2815

选择火焰时，还应考虑火焰本身对光的吸收。从图 1-9 可以有出，火焰可吸收短波区域的共振线，此时，如用 196.0nm 的共振线测定硒，就显然不能选用空气-乙炔火焰，而应采用空气-氢气火焰。

空气-乙炔火焰是原子吸收光谱分析中最常用的一种火焰。它能用于测定三十多种元素，但它在短波紫外区有较大吸收。

一氧化二氮-乙炔火焰也常用于原子吸收光谱分析，它比空气-乙炔火焰温度高，适用于难原子化元素的测定。这种光源使火焰原子吸收光谱分析法可测定的元素增加到 70 多种。

试样在原子化过程，伴随着一系列反应，如离解、电离、化合、氧化和还原等。它们与火焰的组成、温度以及试液中共存元素等有关，情况分复杂，此处分别讨论。

（2）非火焰原子化器　非火焰原子化器或无火焰原子化器，是利用电热、阴极溅射、等离子体或激光等方法使试样中待测元素形成基态自由原子。目前，广泛应用的非火焰原子化器是石墨炉，此法的优点是取样最少，固体只需几毫克，液体仅用几毫升，其绝对灵敏度比火焰法高几个数量级，可达 10^{-12} g（相对灵敏度提高 2～3 个数量级），但其精密度仅达 2%～5%，比火焰法差。

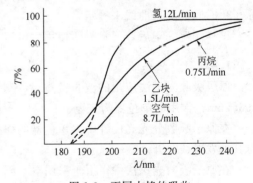

图 1-9　不同火焰的吸收

① 结构　石墨炉原子化器由电源、炉体、石墨管三部分组成。

a. 电源　能提供低电压（110V）、大电流（500A）的供电设备。它能使石墨管迅速加热，达到 2000℃ 以上的高温，并能以电阻加热方式形成各种温度梯度，便于对不同的元素选择最佳原子化条件。

b. 炉体　炉体具有冷水外套，内部可通入惰性气体，两端装有石英窗、中间有进样孔，其结构见图 1-10。

c. 石墨管　石墨管有两种形状。一种是沟纹型，用于有机溶剂，取样可达 50μL，但其最高温度较低，不适于测定钒、钼等高沸点元素。另一种广泛是使用的标准型，长约

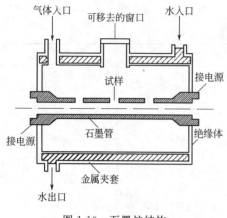

图 1-10　石墨炉结构

28mm，内径 8mm，管中央有一小孔，用以加入式样。

具有热解石墨涂层的石墨管，有使用寿命长和使难熔元素的分析灵敏度提高等优点。这种石墨管通常使用含 10％甲烷与 90％氩气的混合气体。

石墨炉中的水冷装置，用于保护炉体。当电源切断后，炉子能很快地冷却至室温。惰性气体（氩或氮气）的作用，在于防止石墨管在高温下被氧化，防止或减少被测元素形成氧化物，并排除在分析过程中形成的烟气。

② 操作程序　石墨炉工作时，要经过干燥、灰化、原子化和除去残渣四个步骤。

干燥的目的是蒸发样品中的溶剂或水分。通常，干燥温度应稍高于溶剂的沸点。如果分析含有多种溶剂的复杂样品，采用斜坡升温更为有利。

干燥时间与样品体积有关，一般为 20～60s 不等。

灰化的作用是为了在原子化之前，去除有机物或低沸点无机物，以减少基体组分对待测元素的干扰。很明显，灰化步骤可减少分子吸收的干扰。应该指出，当分析元素与基体在同一温度下挥发时，进行灰化步骤无疑会损失待测元素。此时，可采用下述办法：

a. 利用校正背景方法扣除基体产生的分子吸收光谱，而不采用灰化步骤。

b. 用合适的试剂处理样品，使样品中的基体比分析元素更易挥发，或更难挥发。

在选择灰化参数时，必须具体考虑基体和分析元素的性质。

原子化参数的选择，取决于待测元素的性质。通常可通过绘制吸收-原子化温度、吸收-原子化时间的关系曲线来确定。

试样测定完毕后，通常需要使用大电流，在短时间内除去残渣。

1.4.3　分光系统

原子吸收光谱法应用的波长范围，一般是紫外、可见光区，即从使铯的 852.1nm 至砷 193.7nm，常用的单色器为光栅。

在原子吸收分光光度计中，单色器的作用是将（空心阴极）灯发射的被测元素的共振线与其他发射线分开。

在原子吸收光谱法中，由于采用空心阴极灯作光源，发射的谱线大多为共振线，故比一般光源发射的光谱简单。

光谱通带可用下式表示：

$$W = DS \tag{1-5}$$

式中，W 为光谱通带，nm；D 为倒线色散率，nm/mm；S 为狭缝宽度，mm。它可理解为仪器出射狭缝所能通过的谱线宽度。

在两相邻干扰线间距离小时，光谱通带要小，反之光谱通带可增大。由于不同元素谱线的复杂程度不同，选用的光谱通带亦各不相同，一般元素通带在 0.4～4nm 之间。如碱金属、碱土金属谱线简单，背景干扰小可选用较大的光谱通带，而过渡族、稀土族元素谱线复杂，则应采用较小的光谱通带。一般在原子吸收光谱法中，光谱通带为 2nm 已可满足要求，故采用中等色散率的单色器。

当单色器的色散率一定时，则应选择合适的狭缝宽度来达到谱线既不干扰，吸收又处于最大值的最佳工作条件。

1.4.4　检测系统

在火焰原子吸收光谱法中，通常采用光电倍增管为检测器。为了提高测量灵敏度，消除待测元素火焰发射的干扰，需要使用交流放大器。电信号经放大后，即可用读数装置显示出来。

在非火焰原子吸收法中，由于测量信号具有峰值形状，故宜用峰高法和积分法进行测量，通常使用记录仪来记录测量信号。

1.4.5　仪器类型

原子吸收分光光度计的型号繁多。按光束分类，有单光束与双光束型；按调制方法分，有直流和交流型；按波道分，有单通道、双通道和多通道型。现仅介绍常用的两种类型。

（1）单通道单光束型　单通道单光束型仪器结构简单。此类仪器灵敏度较高，能满足一般分析要求，其缺点是光源或检测器的不稳定性会引起吸光度读数的零点漂移。为了克服这种现象，使用前要多预热光源，并在测量时经常校正零点。

（2）单通道双光束型　在单通道双光束型原子吸收光度计中，光源发射的共振线，被切光器分解成两束光。一束光通过试样被吸收（S 束），另一束光作为参比（R 束），两束光在半透反射镜灯 M_2 处，交替地进入单色器和检测器，见图 1-11。

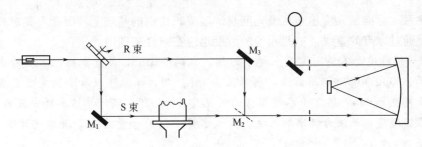

图 1-11　单通道双光束型原子吸收光度计

由于两光束由同一光源发出，并且所用检测器相同，因此可以消除光源和检测器的不稳定的影响。但是，它不能消除火焰不稳定的影响。双光束仪器的稳定性和检测限均优于单光束型。

1.5　分析方法

1.5.1　标准曲线法

标准曲线法是原子吸收光谱分析中最常用的一种方法。配制一系列标准溶液，在同样测量条件下，测定标准溶液和试样溶液的吸光度，制作吸光度与浓度关系的标准曲线，从标准曲线上查出待测素的含量。

标准曲线法的精密度对火焰法而言约为 0.5%～2%（变异系数）；最佳分析范围的吸光度应在 0.1～0.5 之间；浓度范围可根据待测元素的灵敏度来估计。

在实际工作中，标准曲线可能发生弯曲，其原因有：

（1）非吸收光的影响　当共振线和非吸收线同时进入检测器时，由于非吸收线不遵循比尔定律，与光度法中复合光的影响相似，引起工作曲线上部弯曲。

（2）共振变宽　当待测元素浓度大时，其原子蒸气的分压增大，产生共振变宽，使吸收强度下降，故使标准曲线上部弯曲。

（3）发射线与吸收线的相对宽度　通常，当发射线半宽度与吸收线半宽度的比值约小于1/5时，标准曲线是直线，否则发生弯曲现象。

（4）电离效应　当元素的电离电位低于 6eV 时，在火焰中容易发生电离，使基态原子数减少。浓度低时，电离度大，吸光度下降多；浓度增高、电离度逐渐减小，吸光度下降程度也逐渐减小，所以引起标准曲线向浓度轴弯曲（下部弯曲）。

1.5.2　标准加入法

为了减小试液与标准溶液之间的差异（如基体、黏度等）等引起的误差，可采用标准加入法进行定量分析，这种方法又称为"直线外推法"或者或"增量法"。

以 c_x、c_0 分别表示试液中待测元素的浓度及试液中加入的标准溶液浓度，则 $c_x + c_0$ 为加入后的浓度；以 A_x、A_0 分别表示试液及加入标准溶液后溶液的吸光度，根据比尔定律：

$$A_x = k c_x$$
$$A_0 = k (c_0 + c_x)$$
$$c_x = \frac{A_x}{A_0 - A_x} \times c_0 \tag{1-6}$$

标准加入法只能在一定程度上消除化学干扰、物理干扰和电离干扰，但不能消除背景干扰。

应该注意，标准加入法建立在吸光度与浓度成正比例的基础上，因此，要求相应的标准曲线是一根通过原点的直线，被测元素的浓度也应在线性范围内。

例 1.1　用标准加入法测定某水样中的镉，取两份 10mL 等量水样，第 2 份水样中加入 1mL 浓度为 8.0μg/mL 镉标准溶液，稀释至 50mL。用火焰原子吸收法测定吸光度，第 1 份水样测得吸光度 0.045，第 2 份水样测得的吸光度为 0.076。试计算该水样中镉的含量。

解：根据题意，此法为标准加入法。设该水样中镉的含量为 c_x，其吸光度为 A_x，由比尔定律得：

$$A_x = k c_x \qquad ①$$
$$A_1 = k (c_x + c_0) \qquad ②$$

①/②　　　　　　　　$A_x / A_1 = k c_x / k (c_x + c_0)$

$$c_{x1} = \frac{A_x}{A_1 - A_x} \times c_0 \qquad ③$$

已知：$A_x = 0.045$　$A_1 = 0.076$　$c_0 = 8.0μg/mL$（代入式③）

$$c_x = \frac{0.045}{0.076 - 0.045} \times 8.0 = 11.61μg$$

例 1.2　测定某水样中的铜，用标准加入法，取四分等量水样，分别加入不同铜标准溶液，从第二份起按比例加入不同量的待测元素的标准液（加入量见表 1-6），稀释至 50mL。依次用原子吸收法测定，测得吸光度见表 1-6，求该水样中铜的含量。

表 1-6　某水样中的铜含量测定吸光度数据

编　　号	水样量	加入铜标准溶液（5μg/mL）的体积/mL	吸光度 A
1	10	0	0.025
2	10	1	0.051
3	10	2	0.080
4	10	3	0.106

解： 根据题意，此法为标准加入法，用参数方程解。设该水样中铜的含量为 c_x，其吸光度为 A_x，由比尔定律得：

$$A_x = kc_x \qquad \qquad \text{①}$$

$$A_1 = k(c_x + c_0) \qquad \text{②}$$

$$A_2 = k(c_x + 2c_0) \qquad \text{③}$$

$$A_3 = k(c_x + 3c_0) \qquad \text{④}$$

①/②

$$A_x/A_1 = kc_x/k(c_x + c_0)$$

$$c_x = \frac{A_x}{A_1 - A_x} \times c_0 \qquad \text{⑤}$$

已知：$A_x = 0.025$　$A_1 = 0.051$　$c_0 = 5\mu g/mL$（代入式⑤）

$$c_{x1} = \frac{0.025}{0.051 - 0.025} \times 5 = 4.81\mu g$$

同理联立式②与式③、式③与式④求铜含量：

$$c_{x2} = \frac{2A_1 - A_2}{A_2 - A_1} \qquad c_{x2} = \frac{2 \times 0.051 - 0.080}{0.080 - 0.051} \times 5 = 3.79\mu g$$

$$c_{x3} = \frac{3A_2 - 2A_3}{A_3 - A_2} \qquad c_{x3} = \frac{3 \times 0.080 - 2 \times 0.106}{0.106 - 0.080} \times 5 = 5.38\mu g$$

该水样中铜含量的平均值为：$(c_{x1} + c_{x2} + c_{x3})/3 = 4.66\mu g$

1.5.3　干扰及消除方法

原子吸收光谱分析中的干扰可分为两大类。

第一类，光谱干扰，包括谱线干扰和背景吸收所产生的干扰。

第二类，物理干扰、化学干扰和电离干扰等。现分述如下。

（1）谱线干扰　谱线干扰有两种：吸收线与相邻谱线不能完全分开；待测元素的分析线与共存元素的吸收线相重叠，此时可采用减小缝宽度，降低灯电流或采用其他分析线的办法来消除干扰。

（2）背景干扰　背景吸收包括分子吸收和光散射，它使吸收值增加，产生误差。

① 分子吸收　分子吸收是指原子化过程中生成的气体分子、氧化物、氢氧化物和盐类分子对辐射的吸收，它是一种宽带吸收。

碱金属卤化物　这些物质在紫外区有很强的分子吸收。例如 KBr、KI 和高浓度 NaCl 在 $200 \sim 400nm$ 均有吸收，干扰 Zn、Cd、Ni、Fe、Hg、Mn、Pb、Cu 等元素的测定。

无机酸　在小于 250nm 波长时，H_2SO_4 和 H_3PO_4 有很强的分子吸收，但 HNO_3、HCl 吸收很小，故在原子吸收中多用 HNO_3、HCl 溶液。

分子吸收除与有关物质的浓度有关外，还与火焰温度有关。高温火焰可使分子离解，因而可能消除分子吸收的干扰。

火焰气体　空气-乙炔火焰在波长小于 250nm 时，有明显吸收，常采用零点扣除（调零）方法来消除，也可采用空气-氢或氩-氢火焰来测定 As、Se、Te、Sb、Zn、Cd 等吸收线在短波的元素。

② 光散射　难理解，光散射使待测元素的吸光度增加，采用调零的方法来消除。

非火焰法的背景吸收比火焰法高得多，但通常采用扣除的方法来消除，消除干扰的方法有连续光源氘灯法、双线校正法和偏振-塞曼效应法等。

a. 连续光源氘灯法　该方法是由 S. R. Kiortyohann 提出来的。先用锐线光源测定分析线的原子吸收和背景吸收的总吸光度，再用氘灯（紫外区）、碘钨灯、氙灯（可见区）在同一波长测定背景吸收（这是原子吸收可以略不计）计算两次测定吸光度之差，即可使背景吸收得到校正。由于商品一起多采用氘灯为连续光源扣除背景，故此法亦常称为氘灯扣除背景法。

连续光源测定的是整个光谱带内的平均背景，与分析线处的正式背景有差异。空心阴极灯是溅射放电灯，氘灯是气体放电灯，这两种光源放电灯性质不同，能量分布不同，光斑大小不同，导致背景校正过度或不足。氘灯的能量较弱，使用它校正背景时，不能用很窄的光谱通带，共存元素的吸收线有可能落入通带范围内，吸收氘灯等辐射而造成干扰。

连续光源氘灯法由于使用了两个不同类型的光源，难以准确校正空间特征很强的背景吸收。此外，由于氘灯在可见光区辐射非常低，所以一般这种方法只用于 350nm 以下的波长范围。

b. 偏振-塞曼效应法　此法是由 M. Prugger 和 R. Torge 提出来的。当原子蒸气暴露在强磁场中（大约 1T）时，原子电子能级的裂分导致形成几条吸收线，这种现象称为塞曼效应（Zeeman effect）。吸收线彼此相差约 0.01nm。单重态跃迁的裂分最为简单。它裂分为三条谱线，中心的 π 线和对称分布在中心波长两侧的两条谱线 σ^+ 和 σ^-。其中，π 线是在原来吸收线的 λ 波长上，σ^+ 和 σ^- 线的波长分别为 $\lambda + \Delta\lambda$ 和 $\lambda - \Delta\lambda$，$\Delta\lambda$ 的大小与磁场强度呈正比。

塞曼效应法扣除背景的原理是根据原子谱线的磁效应和偏振特性使原子吸收和背景吸收分离来进行背景校正。应用塞曼效应扣除背景时，可加磁场于光源，也可加磁场于吸收池。

塞曼效应法扣除背景法分为两大类：分为光源调制法与吸收线调制法，以后者应用较广。恒定磁场塞曼效应原子吸收分光光度计则属于吸收线调制法。图 1-12 为恒定磁场塞曼效应原子吸收分光光度计示意图。

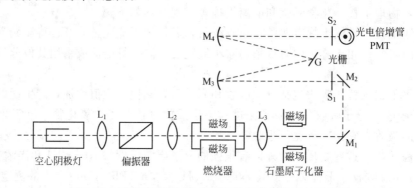

图 1-12　恒定磁场塞曼效应原子吸收分光光度计示意图

塞曼效应法吸收线调制原理，在与光垂直的方向给原子化器加上永久磁场。根据塞曼效应，原子蒸气的吸收线裂分为 π 线和 σ 线，它们的偏振方向分别平行和垂直于磁场。由空心阴极灯发出的光经过旋转偏振器，被分为两条传播方向一致、波长一样、强度相等但偏振方向相互垂直的偏振光，其中一束光与磁场平行（$P_\parallel$），而另一束光与磁场垂直（$P_\perp$）。显然，当两束光交替通过吸收区时，只有平行于磁场的光束能被原子蒸气吸收。由于背景吸收与偏振方向无关，两束光都产生相同的背景吸收。因此，用平行于磁场的光束作测量光束，用垂直于磁场的光束作参比光束，即可扣除背景吸收。

由于塞曼效应扣除背景时，只用一个空心阴极灯，但是起到两个光束的作用，可缩小仪器的体积，操作简便。两个光束通过原子化器的部分完全相同，所以校正背景效果比连续光源氘灯法效果好。塞曼效应扣除背景特别是用于电热原子化器，能够直接测定如尿、血等试样中的元素。值得注意的是，塞曼效应扣除背景不是对所有谱线都同样有效，使用时应考虑谱线的分裂特征。

c. 双线校正法 该法是在测量共振线吸收值的同时，测量共振线附近的非吸收线的吸收值，然后从共振线的吸收值中扣除。由于共振线处测得的是原子吸收和分子吸收的总和，而在邻近非吸收线处测得的仅仅是分子吸收，故扣除后即原子吸收的真实值。双线校正法要求在光源中存在一条参比线，这条线应尽可能靠近分析线但必须不被待测元素所吸收。

双线校正法的校正效果次于偏振-塞曼效应法。

(3) 化学干扰 待测元素与共存元素发生化学反应，引起原子化效率的改变所造成的影响，统称为化学干扰。化学干扰是选择性干扰，它比光谱干扰更为常见。影响化学干扰的因素很多，除与待测元素及共存元素的性质有关外，还与喷雾器、燃烧器、火焰类型、温度以及火焰部位有关。

使用高效率喷雾器时，雾滴细、蒸发速度快，干扰较小，在低温火焰中看到的化学干扰，大多在高湿火焰中消失。例如磷酸在空气-乙炔火焰中会降低钙的吸光度。但在一氧化二氮-乙炔火焰中却出现增强效应。

火焰部位不同，化学干扰也不相同。例如在空气-乙炔焰中，火焰上部磷酸对钙的干扰较小，而在火焰下部干扰较大。

共存物的种类对干扰也有很大影响。例如，在空气-乙炔火焰中，铝和硅干扰镁的测定，但在含有大量镍时，却可抑制这种干扰。

为了抑制化学干扰，可加入各种抑制剂，常用的抑制剂有下列几种。

① 释放剂 当欲测元素和干扰元素在火焰中形成稳定的化合物时，加入另一物质，使与干扰元素化合，生成更稳定或更难挥发的化合物，从而使待测元素从干扰元素的化合物中释放出来，这种加入的物质称为释放剂。例如，测定植物中的钙时，加入镁和硫酸，可使钙从磷酸盐和铝的化合物中释放出来。

② 保护剂 保护剂大多是络合剂，与待测元素或干扰元素形成稳定的络合物，消除干扰。例如，加入 EDTA 与钙生成络合物后，可以抑制磷酸对钙的干扰；加入氟离子可防止铝对铍的干扰等。

③ 缓冲剂 例如，用一氧化二氮-乙炔焰测定 Ti 时，铝抑制钛的吸收。但是，当铝的浓度大于 $200\mu g$ 后，吸收趋于稳定。因此，在试样和标样中均加入 $200\mu g$ 的干扰元素后，则可消除 Al 对 Ti 的干扰。这种加入的大量干扰物质，称为吸收缓冲剂。

应当指出，在某些情况下，采用标准加入法可消除试样中微量元素的化学干扰。

当上述方法均无效时，则只好采取萃取等化学方法来消除干扰。

(4) 电离干扰 很多元素在高温火焰中都会产生电离，使基态原子减少，灵敏度降低，这种现象称为电离干扰。

电离干扰与火焰温度 待测元素的电离电位和浓度等有关。图 1-13 为钡的电离干扰情况。实验表明，加入 $0.2\%KCl$，K 的电离电位 4.34eV，就可抑制钡的电离（钡的电离电位 5.21eV）。这说明钾的电离所产生的大量电子，可使钡的电离平衡向中

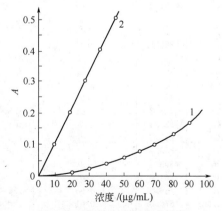

图 1-13 钡的电离干扰及消除
1—纯水溶液；2—加入 0.2％KCl

性原子方向移动，即

$$K \longrightarrow K^+ + e^-$$
$$Ba^+ + e^- \longrightarrow Ba$$

由此可见，加入某些易电离的物质，可消除电离干扰。当然，采用低温火焰，本身可防止发生电离，但这种方法有时对金属的原子化不利。

(5) 物理干扰　如表面张力、黏度、相对密度及温度等发生变化时，也将引起喷雾效率或进入试样量的改变，产生干扰。这种由于试样和标样的物理性质的不同而引起的干扰称为物理干扰。

试样中盐的浓度增加时，其溶液的黏度和相对密度都会增大，引起吸光度下降。

如果保持标样与式样的基体组成相同，则可消除物理干扰。采用标准加入法，也可以方便地消除这种干扰。另外，当试液浓度太高时，适宜的方法是稀释法。

1.5.4　灵敏度和检测限

(1) 灵敏度　原子吸收光谱分析法的灵敏度是指产生1%吸收时对水溶液中某元素的浓度，通常以 $\mu g \cdot mL^{-1}/1\%$ 表示，可用下式计算：

$$S = c \cdot 0.0044/A \quad (\mu g \cdot mL^{-1}/1\%) \tag{1-7}$$

式中，S 为灵敏度，$\mu g \cdot mL^{-1}/1\%$；c 为试液浓度，$\mu g \cdot mL^{-1}$；0.0044 为1%吸收的吸光度；A 为试液的吸光度。

在非火焰法中（石墨炉法）中，常用绝对灵敏度表示，即某元素在一定的实验条件下产生1%吸收时的质量，以 g/1% 表示，其计算公式为：

$$S = cV \cdot 0.0044/A \tag{1-8}$$

式中，S 为绝对灵敏度，g/1%；c 为试液浓度，$g \cdot mL^{-1}$；V 为试液体积，mL。

表1-7列出了两种方法的灵敏度。

表1-7　原子吸收光谱法的灵敏度

元素	波长/nm	火焰法/($\mu g \cdot mL^{-1}/1\%$)	石墨炉法/(g/1%)	元素	波长/nm	火焰法/($\mu g \cdot mL^{-1}/1\%$)	石墨炉法/(g/1%)
Ag	328.1	0.05	1.3×10^{-12}	Mo	313.3	0.2	1.1×10^{-11}
Al	309.3	0.8	1.3×10^{-11}	Na	589.0	0.01	1.4×10^{-12}
As	193.7	0.6	1.9×10^{-11}	Ni	232.0	0.1	1.7×10^{-11}
Au	242.8	0.18	1.2×10^{-11}	Os	290.9	1	3.4×10^{-9}
P	249.8	35	7.5×10^{-8}	Pb	283.3	0.20	5.3×10^{-12}
Ba	553.6	0.4	5.8×10^{-11}	Pd	247.6	0.5	1.0×10^{-10}
Be	234.8	0.05	2.5×10^{-13}	Pt	265.9	2.5	35×10^{-10}
Bi	302.5	2.2	3.1×10^{-11}	Rb	780.0	0.5	5.6×10^{-12}
Ca	422.7	0.06	5.0×10^{-12}	Re	346.0	15	1.0×10^{-9}
Cd	228.8	0.01	3.6×10^{-13}	Rh	343.5	0.15	6.7×10^{-11}
Co	240.7	0.08	3.3×10^{-11}	Ru	349.9	2.0	1.4×10^{-10}
Cr	357.9	0.05	8.8×10^{-12}	Sb	217.6	0.5	1.2×10^{-11}
Cs	852.1	0.5	1.1×10^{-11}	Se	196.0	0.1	2.3×10^{-11}
Cu	324.8	0.04	7.0×10^{-12}	Si	251.6	2.0	1.2×10^{-10}
Fe	248.3	0.08	3.8×10^{-11}	Sn	286.3	10	4.7×10^{-11}
Ga	287.4	2.3	5.6×10^{-9}	Sr	460.7	0.04	1.3×10^{-11}
Ge	265.2	1.5	1.5×10^{-10}	Te	214.3	0.5	3.0×10^{-11}
Hg	253.7	5	3.6×10^{-6}	Ti	365.4		1.8×10^{-10}
In	303.4	0.9	2.3×10^{-11}	Tl	276.8	0.2	1.2×10^{-11}
Ir	264.0	20	6.0×10^{-10}	U	358.4	120	5.0×10^{-8}
K	766.5	0.03	1.0×10^{-12}	V	318.4	1.0	5.0×10^{-11}
Li	670.8	0.01	1.0×10^{-11}	Y	410.2	3.0	3.6×10^{-10}
Mg	285.2	0.005	6.0×10^{-14}	Yb	398.8	0.25	2.4×10^{-12}
Mn	279.5	0.025	3.3×10^{-12}	Zn	213.9	0.01	8.8×10^{-13}

例 1.3 以 $3\mu g \cdot mL^{-1}$ 的钙溶液，测得透过光率为 48%，计算钙的灵敏度。

解： $A = \lg l/T = \lg I_0/I = \lg 100/48 = 2 - 1.6812 = 0.3188$

$S = c \cdot 0.0044/A = 3 \times 0.0044/0.3188 = 0.041$ （$\mu g \cdot mL^{-1}/1\%$）

根据元素的灵敏度，可估算最适宜的浓度测量范围，在原子吸收光谱分析中，吸光度为 $0.1 \sim 0.5$ 时测量准确度较高。在此吸光度时，其浓度约为灵敏度的 $25 \sim 120$ 倍。

例 1.4 已知 Mg 的灵敏度是 $0.005\mu g \cdot mL^{-1}/1\%$，球墨铸铁试样中 Mg 的含量约为 0.01%，其最适宜浓度测量范围为多少？应称量多少克试样？

解： 最适宜浓度测量范围为：

最低 $0.005 \times 25 = 0.125 \mu g \cdot mL^{-1}$

最高 $0.005 \times 120 = 0.6 \mu g \cdot mL^{-1}$

应称量试样重的范围：

最低 $\dfrac{25 \times 0.125 \times 100}{10^6 \times 0.01} = 0.0313g$

最高 $\dfrac{120 \times 0.6 \times 100}{10^6 \times 0.01} = 0.1488g$

一般称取试样 $0.1 \sim 0.15g$ 为宜。

(2) 检测限 原子吸收光谱分析法的检测限，通常以产生空白溶液信号的标准偏差 2 倍时的测量信号的浓度来表示。

设 D 为元素的检测限，$\mu g/mL$；c 为试液的浓度；A_m 为试液的平均吸光度；δ 为空白溶液吸光度的标准偏差。

则
$$A_m = c$$
$$2\delta = K \cdot D$$
$$D = c \cdot 2\delta/A_m \tag{1-9}$$

按照 1975 年 IUPAC 的规定，检测限定义为某元素水溶液，其信号等于空白溶液的测量信号的标准偏差的 3 倍时浓度，很明显，此定义更为严格。

习　题

一、填空题

1. 原子吸收分光光度计主要由（　　　　）、（　　　　）、（　　　　）和（　　　　）四个主要部分组成。

2. 影响原子吸收线宽度的主要因素有（　　　　）、（　　　　）、（　　　　）和（　　　　）等。

3. 为了测定原子线中吸收原子的浓度，目前主要提出的方法有（　　　　）、（　　　　）和（　　　　）等。

4. 火焰原子化器的作用使试样原子化是目前广泛应用的一种方式。它是由（　　　　）、（　　　　）和（　　　　）三部分组成。

5. 喷雾器是火焰原子化器中的重要部件。它的作用是将试液变成细雾，雾粒越细、越多，在火焰中生成的基态自由原子就越多。目前，应用最广的是（　　　　）。

6. 石墨炉原子化器无火焰原子化器由（　　　　）、（　　　　）和（　　　　）三部分组成。

7. 一氧化二氮-乙炔火焰常用于原子吸收光谱分析，它比空气-乙炔火焰温度高，适用于（　　　　）测定。这种光源使火焰原子吸收光谱分析法可测定的元素增加到 70 多种。

8. 在原子吸收分光光度计中，单色器的作用是将（空心阴极）灯发射的被测元素的（　　　　）与（　　　　）分开。

9. 原子吸收光谱分析中，干扰效应按其性质和产生的原因可分为（　　　　）、（　　　　）、

（　　　　）和（　　　　）。

二、选择题

1. 原子吸收光谱法是一种成分分析方法，可对 60 余种金属元素及某些非金属元素进行定量测定，其检测限可达到（　　　），相对标准偏差约为 1%～2%，这种方法目前广泛用于低含量元素的定量测定。

A. $mg \cdot mL^{-1}$　　　B. $\mu g \cdot mL^{-1}$　　　C. $ng \cdot mL^{-1}$　　　D. $pg \cdot mL^{-1}$

2. 原子吸收线的半宽度很窄，因此，要求光源发射出比吸收线半宽度更窄的、强度大而稳定的锐线光谱，才能得到准确的结果，空心阴极灯、蒸气放电灯和高频无极放电灯等光源，均具备上述条件，但目前广泛使用的是（　　　）。

A. 钨灯　　　B. 蒸气放电灯　　　C. 高频无极放电灯　　　D. 空心阴极灯

3. 目前，广泛应用的非火焰原子化器是石墨炉，此法的优点是取样最少，固体只需几毫克，液体仅用几毫升，其绝对灵敏度比火焰法高几个数量级，可达（　　　），但其精密度仅达 2%～5%，比火焰法差。

A. $10^{-8}g$　　　B. $10^{-10}g$　　　C. $10^{-12}g$　　　D. $10^{-15}g$

4. 标准曲线法的精密度对火焰法而言约为 0.5%～2%（变异系数）；最佳分析范围的吸光度应在（　　　）之间；浓度范围可根据待测元素的灵敏度来估计。

A. 0.1～0.2　　　B. 0.2～0.4　　　C. 0.4～0.5　　　D. 0.1～0.5

5. 原子吸收光谱分析中的干扰中，空气-乙炔火焰在波长小于（　　　）时，有明显吸收，常采用零点扣除（调零）方法来消除，也可采用空气-氢或氩-氢火焰来测定 As、Se、Te、Sb、Zn、Cd 等吸收线在短波的元素。

A. $2500 \times 10^{-3}cm$　　　B. $2500 \times 10^{-5}cm$　　　C. $2500 \times 10^{-8}cm$　　　D. $2500 \times 10^{-10}cm$

6. 根据元素的灵敏度，可估算最适宜的浓度测量范围，在原子吸收光谱分析中，吸光度为（　　　）时测量准确度较高。在此吸光度时，其浓度约为灵敏度的 25～120 倍。

A. 0.1～0.2　　　B. 0.2～0.3　　　C. 0.1～0.5　　　D. 0.2～0.5

三、简答题

1. 简述原子吸收线宽度产生的原因。

2. 试述原子吸收光谱法的原理。

3. 简述空心阴极灯工作原理和特点。

4. 原子化器的主要作用是什么？原子化器主要有哪几大类？

5. 简述火焰原子化器的组成与作用原理。

6. 简述火焰原子化器中同心型喷雾器作用原理。

7. 试述非火焰原子化器或无火焰原子化器组成与作用原理。

8. 化学火焰的特性和影响它的因素是什么？在火焰原子吸收法分析中为什么要调节燃气和助燃气的比例、燃烧器的高度和试液的吸喷量？

9. 原子吸收光谱分析中的干扰是怎样产生的？如何鉴别干扰效应的性质？

10. 简述原子吸收光谱分析中的干扰的消除方法，并说明消除干扰因素的原因。

11. 比较说明原子吸收法分光光度法与紫外-可见分光光度法的异同。

四、计算题

1. 用原子吸收光光度计质量浓度为 $3.0mg \cdot L^{-1}$ 的钙标准溶液进行测定溶液，测得透光率为 48%，试计算钙的透光率？

2. 浓度为 $0.25mg \cdot L^{-1}$ 的镁溶液，在原子吸收光光度计上测得的透光率为 28.2%，试计算镁的特征浓度？

3. 原子吸收分光光度法测定某元素的特征浓度为 $3.0mg \cdot L^{-1}/\%$ 吸收，为使测量误差最小，需要得到 0.434 的吸收值，求在此情况下待测溶液的浓度为多少？

4. 原子吸收分光光度法在波长为 283.31nm，用火焰原子化器测定质量浓度为 $0.1mg \cdot L^{-1}$ 的 Pb^{2+} 的标准溶液，测得的吸光度为 0.024。仪器的灵敏度由于各种干扰的原因下降为原来的 50%，若要达到同样的吸光度值，Pb^{2+} 的质量浓度应为多少？

5. 用 $0.02mg \cdot L^{-1}$ 标准溶液与去离子水连续测定 12 次，测得 Na 溶液的吸光度平均值为 0.157，标准

偏差为 σ 为 1.17×10^{-3}。求该原子吸收分光光度计对 Na 的检测限？

6. 用原子吸收分光光度法测定某样品中的钼。称取试样 4.23g，经过溶液处理后，装在 100mL 容量瓶中。吸取两份 10.00 试液，分别放入两个 50.00mL 容量瓶中，其中一个再加入 10.00mL（20.00mg·L^{-1}）标准钼溶液，均稀释至刻度。在原子吸收分光光度计上分别测得吸光度为 0.314 和 0.586。计算某试样的质量分数。

7. 用火焰原子吸收分光光度法测定某水样中锌的质量浓度。将某水样用去离子水稀释一倍，测得吸光度为 0.250。然后将 510mL 稀释的试样与 10.00mL4.00mg·L^{-1} 标准溶液混合，测得吸光度为 0.380。计算某水样中 Zn^{2+} 的质量浓度。

8. 用火焰原子吸收分光光度法测定，测定土样中的微量铅。称取 0.2687g 试样，经化学处理后移入 50mL 容量瓶中，以蒸馏水稀释至刻度后摇匀。用标准加入法测定微量铅，取上述试液 10mL 于 25mL 容量瓶中，共取四分等量水样，分别加入铅 0μg、2μg、4μg、6μg，以蒸馏水稀释至刻度后摇匀。测得上述试液吸光度值分别为：0.09、0.320、0.515、0.708。试计算：(1) 求该试样中铅的质量浓度；(2) 求试样中铅的百分含量。

9. 用标准加入法测定某废水样中的镉，取四分等量水样，分别加入不同镉标准溶液（加入量见下表），稀释至 50mL，依次用火焰原子吸收法测定，测得吸光度列于下表，求该废水样中镉的质量浓度。

编　号	水　样　量	加入个标准溶液(10μg·mL^{-1})的体积/mL	吸　光　度
1	20	0	0.042
2	20	1	0.080
3	20	2	0.116
4	20	3	0.153

10. 已知钠的 3p 和 3s 间跃迁的两条发射线的平均波长为 589.2nm，计算在原子化温度为 2500K 时，处于 3p 激发态的钠原子数与基态原子数之比。

提示：在 3p 和 3s 能级分别有 2 个和 6 个两子状态，故

$$\frac{g_{j}}{g_{0}}=\frac{6}{2}=3$$

11. 用原子吸收法测定元素 M 时，由一份未知数得到的吸光度读数为 0.435，在 9mL 未知液中加入 1mL100μg·mL^{-1} 的 M 标准液，这一混合液得到的吸光度读数为 0.835，问未知液中 M 的浓度为多少？

12. 某水样中铜含量为 3.5μg·mL^{-1}，测得其吸光为 0.058，计算铜的灵敏度。

13. 采用原子吸收光谱法分析试样中的微量硅，硅空心阴极灯发射出三条较强的谱线 251.43nm、251.61nm、251.92nm。选择哪一条谱线为宜？当一起达到线色散率 D 为 2nm/mm 时，应选用多大的狭缝宽度？在选定的狭缝宽度下相应的光谱通带应是多少？

第2章 原子荧光光谱法

2.1 概述

原子荧光光谱从机理上来看属于发射光谱分析，但所用仪器及操作技术与原子吸收光谱法相近，故在本节中讨论。

尽管有关原子荧光的基本原理早已为人们所知道，但在化学分析中的应用，仅1964年才开始。

原子荧光光谱仪与原子吸收光谱仪基本相同，所不同的是采用连续光谱，并用单色器分光，以得到一定波长的入射共振辐射来激发共振荧光。可以测定20～30余种元素。目前原子荧光光谱分析有效的有 As、Se、Te、Zn、Mg、Pb、Bi、Hg、Sb、Sn、Ge、Te、Cd 等元素。

由于原子荧光的信噪比大，灵敏度比原子吸收高 1～2 数量级。原子荧光线性范围宽（$0.001～1\mu g \cdot L^{-1}$）。由于荧光强度与浓度成正比，不需要对数转换，不用曲线校直。

综合分析，原子荧光光谱分析法的主要优点如下所述。

① 灵敏度较高　特别是对锌、镉等元素的检测限，分别可达 0.5×10^{-9} 和 0.04×10^{-9}。由于原子荧光的辐射强度与激发光源强度成比例关系。采用高强度新光源可进一步提高原子荧光的灵敏度。此前，已有三十多种元素的检测限优于原子吸收光谱。

② 谱线较简单　采用日盲光电倍增管和高增益的检测电路，可制作非色散型原子荧光仪，即不需要昂贵精密的分光光度计。

③ 可同时进行多元素测定　原子荧光是向各个方向发射的，便于制作多通道光谱仪。

④ 线性范围　在低浓度范围内，标准曲线可在三到五个数量级内呈直线关系，而原子吸收光谱法仅有三个数量级。

虽然原子荧光法有以上优点，但由于荧光猝灭效应，以致在测定复杂基体的试样及高含量样品时，尚有一定的困难。此外，散射光的干扰也是原子荧光分析中的一个麻烦问题。因此，原子荧光法在应用方面尚不及原子吸收光谱法和原子发射光谱法广泛，但可作为这两种方法的补充。

原子荧光光谱仪用途广泛，应用领域包括：环境监测、食品卫生、城市供排水、农业、冶金、化妆品、医药、地质、商检等痕量及超痕量元素的检测。

2.2 原子荧光光谱法的基本原理

当气态基态原子被具有特征波长的共振线光束照射后，此原子的外层电子吸收辐射能，从基态或低能态跃迁到高能态，大约 $10^{-5}s$ 内又跃回基态或低能态，同时发射出与照射光相同或不同波长的光。这种现象称为原子荧光。这是一种光致发光（或称二次发光），当照射光停止照射后，荧光也不再发射。

各种元素都有特定的原子荧光光谱，故可用于定性分析，而根据原子荧光的强度，进行

20

定量分析，但目前这种方法主要用于痕量元素的定量分析。

2.2.1　跃迁类型

原子荧光有两大类型：共振荧光和非共振荧光。荧光线的波长与激发光波长相同时称为共振荧光，不同时称为非共振荧光。但在非共振荧光中，荧光线波长大于激发光波长的称为斯托克斯荧光，小于激发光波长的称为反斯托克斯荧光。目前，原子荧光的种类已达十四种之多，但应用在分析上的主要有共振荧光、直跃线荧光、阶跃线荧光、阶跃激发荧光及敏化荧光等。如图 2-1 所示。

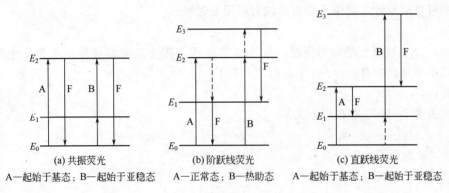

(a) 共振荧光　　　　　(b) 阶跃线荧光　　　　　(c) 直跃线荧光

A—起始于基态；B—起始于亚稳态　　A—正常态；B—热助态　　A—起始于基态；B—起始于亚稳态

图 2-1　原子荧光的类型

（1）共振荧光　共振荧光气态原子吸收共振线后发射出与吸收共振线相同波长的光。由于共振跃迁概率比其他跃迁概率大得多，因此共振荧光的强度最大。例如，锌、镍和铅可分别吸收和再发射 213.86nm、232.0nm 和 283.31nm 的共振线。

（2）直跃线荧光　直跃线荧光是非共振荧光，其特点是吸收和发射过程中的高能级相同，即原子从基态激发至高能态，不从高能态跃回至基态，而是跃迁至能量高于基态的亚稳态。例如，处于基态的铅原子，吸收 283.31nm 的辐射光后，可发射波长为 405.78nm 和 722.90nm 的直跃线荧光。

（3）阶跃线荧光　受光照射激发光照射的原子，在发射荧光前，由于碰撞后而损失部分能量后，再跃至基态，并发射出荧光。很明显，产生这种荧光的高能级不同，低能级相同。例如，铅原子吸收 283.31nm 的照射后，激发到 $7s^3p_1$ 态，接着以无辐射方式跃迁至 $7s^3p_0$ 态，然后再辐射 368.35nm 的荧光。

（4）阶跃激发荧光　被光照射激发后的原子，通过热激发至更高的能级，然后跃迁至低能级，并发射出荧光。这种荧光称为阶跃激发荧光。铬原子吸收 359.35nm，激发并发射最强的 357.87nm 线就是这方面的例子。

（5）敏化荧光　敏化荧光产生的机理是首先激发某种原子（A），使成为激发态原子（A^*），当激发态（A^*）原子与另一种原子（B）相碰撞时，将能量转移给 B 原子（待测元素），使 B 原子激发而产生激发态原子 B^*，然后 B^* 原子去活化而发射出原子荧光，这一过程可用下式表示：

$$A + h\nu \longrightarrow A^*$$
$$A^* + B \longrightarrow A + B^*$$
$$B^* \longrightarrow B + h\nu$$

例如，用波长为 253.65nm 的光波激发汞原子，然后激发态汞原子与铊原子碰撞，产生铊原子的 377.57nm 和 535.05nm 的敏化荧光，这类荧光要求 A 原子浓度很高，因此在火焰原子化器中难以实现，在非火焰原子化器中才可以得到。

非共振荧光　直跃线荧光（非共振荧光）在分析上很有用处，因为非共振荧光的波长与激发线不同，容易以消除其影响，低能级不是基态的非共振线，还可以克服自吸的影响。

2.2.2　荧光强度

假设激发光源是稳定的，则照射到原子蒸气上的某频率入射光强度可近似看成一常量 I_0，又假设入射光是平行而均匀的光束，由原子化器产生的原子蒸气可以近似地看成理想气体，自吸可忽略不计，则原子吸收的辐射可用下时表示：

$$I_a = I_0 A(1 - e^{-\varepsilon l N}) \tag{2-1}$$

式中，I_a 为被吸收的辐射强度；I_0 为单位面积上接受的光源强度；A 为受光源照射在检测系统中观测到的有效面积；l 为吸收光程长；N 为单位长度内的基态原子数；ε 为峰值吸收系数。

荧光强度 I_F 与 I_a 存在以下关系：

$$I_F = \varphi I_a \tag{2-2}$$

式中，φ 为量子效率。

由式(2-1) 和式(2-2) 得到：

$$I_F = \varphi A I_0 (1 - e^{-\varepsilon l N})$$

将上式展开，得到：

$$I_F = \varphi A I_0 [\varepsilon l N - (\varepsilon l N)^2/2! + (\varepsilon l N)^3/3! + \cdots]$$

$$I_F = \varphi A I_0 \varepsilon l N [1 - (\varepsilon l N)/2 + (\varepsilon l N)^2/6 + \cdots]$$

当原子浓度很低时，$\varepsilon l N/2$ 及以后的高次项可忽略不计，得到：

$$I_F = \varphi A I_0 \varepsilon l N \tag{2-3}$$

此式表示，荧光强度与原子浓度成正比。在实际工作中，仪器参数和测试条件保持一定，因此可以认为原子荧光强度与待测原子浓度成正比，即

$$I_F = \alpha c \tag{2-4}$$

式中，α 为一常数。

2.2.3　量子效率

在原子的激发跃迁过程中，处于激发态的原子跃回至低能态时，可能有三种情况：发射共振线，发射非共振线和无辐射弛豫。通常用量子效率 φ 来表示这些跃迁过程的可能程度。对于荧光的发射来说，其量子效率 φ 表示荧光光子数与吸收激发光的光子数之比：

$$\varphi = \varphi_F / \varphi_A$$

式中，φ_F 为单位时间发射的荧光光子数；φ_A 为单位时间吸收激发光的光子数。荧光量子效率一般小于1。

2.2.4　荧光猝灭

在原子荧光发射过程中，一部分能量变成热运动或其他形式的能量而损失，这种现象是由于受激原子与其他粒子碰撞所引起的，称为荧光猝灭，这一过程可用下式表示：

$$A^* + B \Longrightarrow A + B + \Delta H$$

式中，A^* 为受激原子；B 为其他粒子；ΔH 为热能。由此可知，单位时间内猝灭的粒

子数、与 A^* 和 B 两种粒子的浓度积成正比，即

$$\nu = K[A^*][B]$$

式中，ν 为反应速度；K 为猝灭常熟。猝灭常数与 A、B 两种粒子的原子量和猝灭时的作用截面有关。实验证明，惰性气体氩、氦的猝灭截面比氮、氧、一氧化碳、二氧化碳等气体小得多。因此，要特别注意原子蒸气中能引起荧光猝灭的气体的种类及其浓度。通常用氩气来稀释火焰，可以减小猝灭现象。

2.3　原子荧光光度仪

原子荧光光度计有非色散型和色散型两类。国产原子荧光光度计：AF-7500 型原子荧光光度计、AFS-230E 型双通道原子荧光光度计、AFS-930 型原子荧光光度计和 PF6 多通道型原子荧光光度计等型号为非色散型。原子荧光光度计其结构示意图见图 2-2 所示。

原子荧光光度计与原子吸收光度计在很多组件上是相同的，如原子化器（火焰和石墨炉），用切光器及交流放大器来消除原子化器中直流发射信号的干扰，检测器均为光电倍增管等。

下面讨论这两类仪器的主要区别。

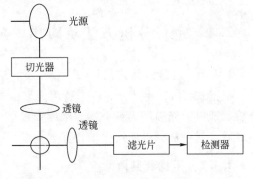

图 2-2　非色散型原子荧光光度计示意图

2.3.1　光源

在原子荧光光度计中，需要采用高强度光源，如高强度空心阴极灯、无极放电灯、激光、等离子体等，商品仪器中多采用前两种。

（1）原子化器　原子荧光光度计与原子吸收光度计常用的原子化技术相同，采用火焰原子化和电热原子化。此外还有一些特殊的原子化技术如氢化发生法、冷原子蒸气原子化等方法。

（2）高强度空心阴极灯　高强度空心阴极灯的结构如图 2-3 所示。其特点是在普通空心阴极灯中，加上一对辅助电极，辅助电极的作用是产生第二次放电，从而大大提高金属元素共振线的强度，而其他谱线的强度增加不少，这对测定谱线较多的元素，如铁、钴、镍和钼等较为有利。

（3）无极放电灯　无极放电灯比高强度空心阴极灯的亮度高，自吸收小，寿命长。它特别适用于那些在短波区有共振线的易挥发元素的测定。

无极放电灯的灯管外壳系用石英制成，其结构见图 2-4。灯头内充以惰性气体与少量被测元素或其化合物（挥发温度 200～400℃）。常用的惰性气体是氩气，气压为 133～1333Pa。将灯管置于微波装置的谐振腔内，在微波电场的耦合作用下，灯中惰性气体形成高温等离子区，同时待测元素也被蒸发进入等离子区进一步原子化，并被激发而发射原子谱线。无极放电灯产生的谱线强度，是高强度空心阴极灯的 10 倍。

2.3.2　光路

在原子荧光中，为了检测荧光信号，避免待测元素本身发射的谱线，要求光源、原子化器和检测器三者处于直角状态，而在原子吸收光度计中，这三者是处于同一条直线上。

应该指出，在非色散原子荧光光度计中，滤光器是十分重要的，因为它可将被测元素的

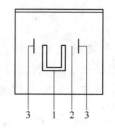

图 2-3　高强度空心阴极灯
1—阴极；2—阳极；3—辅助电极

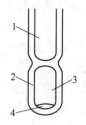

图 2-4　无极放电灯
1—焊接管；2—石英池；3—He 或 Ar 气；
4—待测元素化合物

谱线与其他可能干扰的谱线分开。

在检测器方面，非色散型原子荧光光度计多采用日盲光电倍增管，它的光阴极是 Cs～Te 材料制成的，对 160～280nm 辐射的波长有很高的灵敏度，对大于 320nm 波长则不灵敏。

2.4　定量分析方法及应用

2.4.1　定量分析方法

根据式(2-1)中荧光强度与待测元素的含量成正比关系，可以采用标准曲线法进行定量分析，即以荧光强度为纵坐标，浓度为横坐标制作标准曲线图。在测得试样中各元素的荧光强度后，就可从标准曲线中求得其含量。

2.4.2　干扰及其消除

原子荧光的主要干扰是猝灭效应。这种干扰一般可采用减小溶液中其他干扰粒子的浓度来避免。

其他干扰元素如光谱干扰、化学干扰、物理干扰等与原子吸收法相似，此处不再讨论。应该指出，在原子荧光法中，由于光源的强度比荧光强度高几个数量级，因此散射光可产生较大的正干扰，要减少散射干扰，主要是要减少散射微粒。采用预混火焰，增高火焰观测高度和火焰温度，或使用高挥发性的溶剂等，均可减少散射微粒。也可采用扣除散射光背景的方法来消除其干扰。

2.4.3　氢化法在原子吸收和原子荧光中的应用

氢化法是原子吸收和原子荧光光度法中的重要方法，主要用于易形成氢化物的金属，如砷、锑、铋、硒、碲、锡、锗和铅等，汞则生成汞蒸气。

氢化法是以强还原剂硼氢化钠在酸性介质中与待测元素反应，生成气态的氢化物后，再引入原子化器中进行分析。氢化反应如下：

$$MCl_3 + 4NaBH_4 + HCl + 8H_2O \longrightarrow MH_3 + 4NaCl + 4HBO_2 + 13H_2 \uparrow$$

$$HgCl_2 + 3NaBH_4 + HCl + 6H_2O \longrightarrow Hg + 3HBO_2 + 3NaCl + 11H_2 \uparrow$$

由于硼氢化钠在弱碱性溶液中易于保存、使用方便、反应速度快，且很容易地将待测元素转变为气体。所以在原子吸收和原子荧光中得到了广泛的应用。这种方法的灵敏度较高。

2.4.4　原子荧光光谱法应用实例

原子荧光光谱法已应用于冶金、石油产品、燃料、化工、地球化学、水质、生物试样、同位素分析中，表 2-1 列出其在各方面的应用实例。

表 2-1　原子荧光光谱法分析实例

试　样	测 量 元 素	含　量	相对标准偏差/%
镍基合金	As、Bi、Pb、Se、Te	$1\mu g \cdot L^{-1}$	
电解铜	Zn	0.00003%	
低合金钢	Si	$0.7\mu g \cdot mL^{-1}$	
尿	Pb	$5\mu g \cdot mL^{-1}$	
血清	CuZn	$0.03\sim0.06\mu g \cdot mL^{-1}$	$<\pm5$
血清	Zn	$1.4\mu g \cdot mL^{-1}$	
	Cd	$0.003\mu g \cdot mL^{-1}$	
面粉	Hg	$0.6ng \cdot mL^{-1}$	
粗柴油	Ni	$0.04\mu g \cdot mL^{-1}$	$5\sim7$
肥料	Cu、Fe、Zn、Mn、Ca、Mg	$5.46\sim122.51\mu g \cdot L^{-1}$	$1.0\sim2.0$
湖水	Ca、Mg、Co、Cu、Fe、Mn、Ni、Zn		
纯水(锅炉用)	Ca、Mg、Ag、Ni、Mn	$0.01\sim0.001\mu g \cdot mL^{-1}$	$1.58\sim4.82$

习　　题

一、填空题

1. 原子荧光光谱从机理上来看属于（　　　　），但所用仪器及操作技术与（　　　　）相近。

2. 原子荧光光谱分析法的主要优点：（　　　）、（　　　）、（　　　）和（　　　）四个主要部分组成。

3. 原子荧光光谱分析法由于其谱线简单，采用（　　　）和（　　　），可制作非色散型原子荧光仪，即不需要昂贵精密的分光光度计。

4. 当气态基态原子被具有特征波长的共振线光束照射后，该原子的外层电子吸收辐射能，从基态或低能态跃迁到高能态，大约 10^{-5} s 内又跃回基态或低能态，同时发射出与（　　　）和（　　　）的光，这种现象称为（　　　）。

5. 原子荧光有两大类型：（　　　）和（　　　）。荧光线的波长与激发光波长相同时称为（　　　），不同时称为（　　　）。

6. 在原子荧光光度计中，需要采用高强度光源，常用的光源有：（　　　）、（　　　）和（　　　）等。

二、选择题

1. 原子荧光光谱分析法的主要优点之一是灵敏度较高，特别是对锌、镉等元素的检测限，分别可达（　　）和（　　）。

　　A. 0.5×10^{-3} 和 0.04×10^{-3}　　　　B. 0.5×10^{-6} 和 0.04×10^{-6}

　　C. 0.5×10^{-9} 和 0.04×10^{-9}　　　　D. 0.5×10^{-12} 和 0.04×10^{-12}

2. 受光照射激发光照射的原子，在发射荧光前，由于碰撞后而损失部分能量后，再跃至基态，并发射出荧光。很明显，产生这种荧光的高能级不同，低能级相同。这种荧光称为（　　　）。

　　A. 共振荧光　　B. 阶跃荧光　　C. 阶跃激发荧光　　D. 直跃激发荧光

3. 光照射激发后的原子，通过热激发至更高的能级，然后跃迁至低能级，并发射出荧光。这种荧光称为（　　）。

　　A. 直跃激发荧光　　B. 阶跃荧光　　C. 阶跃激发荧光　　D. 共振荧光

4. 光照射后，首先激发某种原子（A），使成为激发态原子（A*），当激发态（A*）原子与另一种原子（B）相碰撞时，将能量转移给 B 原子（待测元素），使 B 原子激发而产生激发态原子 B*，然后 B* 原子去活化而发射出原子荧光，这种荧光称为（　　　）。

　　A. 敏化荧光　　B. 阶跃荧光　　C. 阶跃激发荧光　　D. 直跃激发荧光

5. 吸收和发射过程中的高能级相同的非共振荧光，即原子从基态激发至高能态，不从高能态跃回至基态，而是跃迁至能量高于基态的亚稳态。例如，处于基态的铅原子，吸收 283.31nm 的辐射光后，可发射波长为 405.78nm 和 722.90nm 的荧光，这种荧光称为（　　）。

    A. 阶跃荧光　　　B. 直跃荧光　　　C. 阶跃激发荧光　　　D. 敏化荧光

三、简答题

1. 简述原子荧光光谱法的测定原理。

2. 原子荧光有哪几种大类？目前应用在分析上的主要有哪几种？

3. 比较说明原子荧光光度计与原子吸收光度计的异同。

4. 在原子荧光光度计中，需要采用高强度空心阴极灯，其空心阴极灯有何特点？

5. 在原子荧光光度计中，采用高强度无极放电灯，试述无极放电灯的测定原理。

6. 原子荧光光谱法的干扰因素？如何消除干扰？

7. 试从产生原理上对原子荧光与原子吸收进行比较。

第3章 原子发射光谱法

3.1 概述

原子发射光谱法（atomic emission spectrometry，AES）是根据待测物质的气态原子被激发时所发射的特征线状光谱的波长及其强度来测定物质的元素组成和含量的一种分析技术，一般简称为发射光谱分析法。

原子发射光谱法一直采用火焰、电弧和电火花使试样原子化并激发，目前这些方法在金属元素中仍发挥着重要作用。但是随着等离子体光源的问世，其中特别是电感耦合等离子体光源，使其原子发射光谱不但具有多元素同时分析的能力，而且也适用于液体样品分析，性能也大大提高，应用范围迅速扩大，现已成为现代分析仪器广泛使用的重要激发光源。

等离子体、电弧、电火花发射光谱与电热原子化、火焰原子化吸收法比较，具有以下三方面的优点：

(1) 当激发温度不太高时，元素间的干扰较低；

(2) 在某一条件下，可以同时获得多元素的发射光谱；

(3) 可以同时记录几十种元素的光谱，这对试样少而元素种类较多显得尤其重要。

对于能量较高的等离子体光源还特别适于测定浓度低、难溶的元素，例如硼、磷、钨、铀、锆和镍等元素的氧化物。此外它还能测定非金属元素，例如氯、溴、碘和硫等。其次，等离子体光源还可用于测定含量高达百分之几十的元素。

离子体、电弧和电火花光源产生的发射光谱线通常是十分复杂的，它们可以由几百条甚至于上千条的光谱线组成。这为定性分析提供了大量的信息，然而又给定量分析增加了光谱干扰的可能性。光谱的复杂性将无疑需要价格昂贵的高分辨率仪器，相比于火焰原子和电热原子吸收法，则是发射光谱的缺陷。

尽管原子发射光谱法有上述优点，但是基于高能发射的方法并不能完全代替火焰和电热原子吸收法。事实上，原子吸收光谱法和原子发射光谱分析方法是相互补充的。这是因为原子吸收光谱法操作简单，仪器价格相对较低，实验消耗少，有较高的准确度，而且对操作者的实验技能要求也不是特别高。

3.1.1 原子发射光谱分析的步骤

在进行发射光谱分析时，一般必须通过下列步骤。

(1) 试样蒸发、激发产生辐射　首先将试样引入激发光源中，给以足够的能量，使试样中待测成分蒸发、离解成气态原子，再激发气态原子使之产生特征辐射。蒸发和激发过程是在激发光源中完成的，所需的能量由光源发生器供给。

(2) 色散分光形成光谱　从光源发出的光包含各种波长的复合光，还需要进行分光才能获得便于观察和测量的光谱。这个过程是通过分光系统完成的，分光系统的主要部件是光栅（或棱镜），其作用就是分光。

(3) 检测记录光谱　检测光谱的方法有目视法、照相法和光电法。目前常用的照相法是将光谱记录在感光板上，经过显影定影后得到光谱谱片。拍摄光谱是在摄谱仪上完成的，感光板的处理是在暗室里进行的。

（4）根据光谱进行定性或定量分析　辨认光谱中一些元素特征谱线的存在是进行光谱定性分析的依据。测量特征谱线的强度可确定物质的含量。在摄谱法中，辨认特征谱线的工作在映谱仪上进行，而谱线的强度是通过测量谱片上谱线的黑度求得的，测量谱线黑度需要测微光度计。

3.1.2　原子发射光谱分析的特点及其应用

发射光谱分析是一种重要的成分分析方法。该法主要具有以下特点。

（1）选择性好，是元素定性分析的主要手段。由于每种元素都有一些可供选用而不受其他元素谱线干扰的特征谱线，只要选择适当的分析条件，一次摄谱可以同时测定多种元素，则无需复杂的预处理手续。可分析元素达 70 种，是化学研究中或其他工作中剖析试样元素组成的有力工具，应用广泛。

（2）灵敏度高、精密度好，是一种重要的定性分析方法。在一般情况下，用于低含量组分（<1%）测定时，检出限可达 $\mu g \cdot mL^{-1}$ 级，精密度为 ±10% 左右，线性范围约 2 个数量级。如果使用性能良好的 ICP 光源，与其他原子光谱法比较，具有较好的检测限，则可使大多数元素的检测限降低至 $10ng \cdot mL^{-1}$ 或者更小，精密度达到 ±10% 以下，线性范围可达 6～7 个数量级。

（3）可直接分析固体、液体和气体试样。取样量少，一般只要几毫克至几十毫克试样。分析速度快。

3.2　原子发射光谱法的基本原理

3.2.1　原子发射光谱的产生

处于气相状态下的原子经过激发可以产生特征的线状光谱。

在常温常压下，大部分物质处于分子状态，多数呈固态或液态，有的即使处于气态，也因为温度不高，或者运动速度不高不会被激发。要能被激发，最根本的就是要使组成物质的分子离解为原子。这就要求固态或液态物质都变为气态，然后才有可能呈原子状态。因为只有在气态时，原子之间的相互作用才可忽略，这时原子能量变化的不连续性才得到充分的反映，只有在这种情况下，受激原子才可能发射出特征的原子线光谱。对原子、离子或分子都紧靠在一起，以致不能独立行动的固体或液体，其发射光谱是连续光谱。因此，原子处于气态是得到它们特征线状发射光谱的必要条件。

其次，还必须使原子被激发。在一般情况下，原子处于稳定状态，它的能量是最低的，这种状态称为基态。但当原子受到外界能量（如热能、电能等）的作用时，原子由于与高速运动的气态粒子和电子的相互碰撞而获得了能量，使原子中外层电子从基态跃迁到更高的能级上，处于这种状态的原子称为激发态。

这种将原子中的一个外层电子从基态激发至激发态所需要的能量称为激发电位（E_1），通常以电子伏特（eV）为单位表示。当外加的能量足够大时，可以把原子中的外层电子激发至无穷远处，也即脱离原子核的束缚而逸出，使原子成为带正电荷的离子，这种过程称为电离。当失去一个外层电子时，称为"一次电离"，当相继再失去一个外层电子时，称为"二次电离"，依次类推。

一般光谱分析光源所提供的能量，只能产生一次或二次电离。使原子电离所需要的最小能量，称为电离电位（U），也用 eV 为单位。这些离子中的外层电子也能被激发，其所需要的能量即为相应离子的激发电位。电离原子受激时给出的谱线，称为"离子谱线"。由于产生离子线时，是中性原子先被电离而后又受到激发。因此，所需能量应等于电离电位加激发电位。

处于激发态原子是十分不稳定的，大约经过 $10^{-8} \sim 10^{-9}$ s，便跃迁回到基态或其他较低的能级。在这个过程中将以辐射的形式释放出多余的能量而产生发射光谱。谱线的频率（或波长）与两能级差的关系服从普朗克公式

$$\Delta E = E_2 - E_1 = h\nu = \frac{hc}{\lambda} = hc\sigma \tag{3-1}$$

或

$$\nu = \frac{E_2}{h} - \frac{E_1}{h} \tag{3-2}$$

式中，E_2 和 E_1 分别为高能级和低能级的能量；ν、λ 及 σ 分别为所发射电磁波的频率、波长和波数；h 为普朗克常数；c 为光在真空中的速度。

从式(3-1) 可以看出：

（1）每一条所发射的谱线都是原子在不同能级间跃迁的结果，都可以用两个能级之差来表示。E_2、E_1 的数值与原子结构有关。不同元素的原子，由于结构不同，发射谱线的波长也不相同，故谱线波长是定性分析的基础。物质含量愈多，原子数愈多，则谱线强度愈强，故谱线强度是定量分析的基础。

（2）即使同一种元素的原子，由于原子的能级很多，原子被激发后，其外层电子可有不同方式的跃迁，因此特定的原子可产生一系列不同波长的特征光谱或谱线组。这些谱线按一定的顺序排列，并保持一定的强度比例。

（3）原子的各个能级是不连续的（量子化的），电子的跃迁也是不连续的，这就是原子光谱是线状光谱的根本原因。

3.2.2 谱线的强度

谱线的强度特性是原子发射光谱法进行定量测定的基础。谱线强度是单位时间内从光源辐射出某波长光能的多少，也即某波长的光辐射功率的大小。如果以照相谱片而言，谱线强度指在单位时间内，在相应的位置上感光乳剂共吸收了多少某波长的光能。

在常温下，原子处于基态。在激发光源高温作用下，试样原子从电极蒸发进入弧焰，受到电子、离子、其他原子和分子的碰撞而被激发。若把弧焰中的等离子区看成是一个处于局部热力学平衡的体系，则根据热力学观点，分配在各激发态和基态的原子数由玻耳兹曼（Boltzmann）公式决定：

$$\frac{N_j}{N_0} = \frac{P_j}{P_0} e^{-\frac{E_j}{kT}} \tag{3-3}$$

$$N_j = N_0 \frac{P_j}{P_0} e^{-\frac{E_j}{kT}} \tag{3-4}$$

式中，N_0 为单位体积内基态原子数目；N_j 为单位体积内激发到 j 能级的原子数目；P_j 和 P_0 分别为激发态和基态能级的统计权重，它表示能级简并度（相同能级的数目），即表示在外磁场作用下每一能级可能分裂出的不同状态数目；E_j 为激发电位；k 为玻耳兹曼常数；T 为弧焰的热力学温度，K。

处于激发态的粒子是不稳定的，大约经过10^{-8}s时间，通过自发发射跃迁到较低的激发态或基态。在时间dt内，从高能级j向低能级i跃迁的原子数dN_{ji}与处于能级j的原子数N_j成正比：

$$dN_{ji} = A_{ji}N_j dt \tag{3-5}$$

式中，A_{ji}称为自发发射系数，表示单位时间内产生自发发射跃迁的原子数dN_{ji}/dt与处于能级j的原子数j的原子数N_j之比，故又称为自发发射跃迁概率。

在单位时间内发射的总能量，即谱线的强度I，等于在单位时间内由j能级向i能级跃迁时发射的光子数乘以辐射光子的能量：

$$I_{ji} = A_{ji}N_j h\nu_{ji} \tag{3-6}$$

将式（3-4）代入式（3-6），得到谱线强度公式：

$$I_{ji} = A_{ji}h\nu_{ji}N_0 \frac{P_j}{P_0} e^{-E_j/kT} \tag{3-7}$$

如果是离子线，可以导出谱线强度公式为：

$$I'_{ji} = A_{ji}h\nu_{ji}\frac{P_j}{P_0} \times \frac{(2m)^{3/2}}{h^3} \times \frac{N_0}{N_e}(kT)^{5/2} e^{-(U+E_j)/kT} \tag{3-8}$$

式中，m为电子的静止质量；N_e为蒸气云中电子密度；U电离电位；因A_{ji}、$h\nu_{ji}$、$(2m)^{3/2}/h^3$、P_j/P_0均为常数，故其积亦为常数，以B_0代之，则式（3-8）可表示为：

$$I'_{ji} = B_0 \times \frac{N_0}{N_e}(kT)^{5/2} e^{-(U+E_j)/kT} \tag{3-9}$$

由上述可见，谱线强度受很多因素影响，其中A_{ji}、ν_{ji}、P_0、P_j、E_j、U等属于原子本身的特性，外界条件的变化对其影响不大，称为原子内部常数。但温度T，N_0和N_j等受实验条件影响很大。因此，在定量分析中保持实验条件严格一致是十分重要的。

由式（3-7）和式（3-9）可见，谱线强度与下列因素有关。

（1）激发电位与电离电位　谱线强度与激发电位和电离电位的关系是负指数的关系，激发电位和电离电位愈高，谱线强度愈小。这是因为对给定元素而言，当原子总数N_0和激发温度T固定时，E_j和U愈大，则处于激发态的原子数愈少，谱线强度愈小。实验证明，绝大多数激发电位和电离电位较低的谱线都是比较强的，共振线激发电位最低，所以其强度往往最大。

（2）跃迁概率　跃迁是指原子的外层电子由高能级跳跃到低能而发射出光量子的过程。跃迁概率是指电子在两特定能级间E_j与E_i间的跃迁，占所有可能发生的跃迁中的概率。跃迁概率可通过实验数据计算得到。一般A_{ji}的数值为$10^6 \sim 10^9 s^{-1}$。自发发射跃迁概率与激发态原子平均寿命τ成反比，与谱线强度成正比。

（3）统计权重　由式（3-7）和式（3-8）可见，谱线强度与统计权重成正比。

（4）激发温度　从式（3-7）可见，温度升高，谱线强度增大。但是，由于温度升高，体系中被电离的原子数数目也增多，而中性原子数则相应减少，致使原子线强度减弱。所以温度不仅影响原子的激发过程，还影响原子的电离过程。在温度较低时，随着温度升高，蒸气中所有粒子的运动速度都加快，粒子之间的相互碰撞以及原子被激发的机会也随之增大，谱线强度增强。但超过某一温度后，随着电离的增加，原子线的强度逐渐降低，离子线强度还继续增强（见图3-1）。

温度再升高时，一级离子线的强度也下降。因此，每条谱线都有一个最合适的温度，在这个温度下，谱线强度最大。使用电火花光源时，由于其能量高，原子电离度大，离子浓度高，相应的离子线较强；而用电弧光源时，则原子线较强。

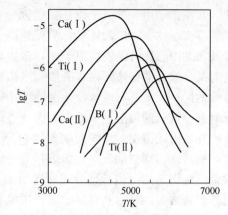

图 3-1　温度对谱线强度的影响

3.2.3　谱线强度与试样中元素浓度的关系

从式(3-7) 和式(3-9) 可知，谱线强度与 N_0 成正比。弧焰中的原子是从电极上的试样蒸发而来的，所以单位时间内进入弧焰的被测元素的原子数目 M，与试样中该元素的浓度 c 正比，即

$$M = \alpha c \tag{3-10}$$

同时，由于扩散及对流等原因离开弧焰的原子数目 M'，则与弧焰中这一元素原子总数 N 成正比。在一般情况下，弧焰中基态原子数 N_0 占原子总数的绝大部分，因此可以认为

$$M' = \beta N \approx \beta N_0 \tag{3-11}$$

式中，α 和 β 均为比例常数。

当达到热平衡时，显然有 $M = M'$，即 $\alpha c = \beta N_0$，所以

$$N_0 = \frac{\alpha}{\beta} \times c \tag{3-12}$$

将式(3-12) 代入式(3-7) 可得

$$I_{ji} = A_{ji} h \nu_{ji} \frac{\alpha}{\beta} c \times \frac{P_j}{P_0} e^{-E_j/kT}$$

$$I_{ji} = \frac{\alpha}{\beta} c \omega e^{-E_j/kT} \tag{3-13}$$

式中

$$\omega = A_{ji} h \nu_{ji} \frac{P_j}{P_0}$$

若考虑谱线自吸的影响，式(3-13) 可写作

$$I_{ji} = \frac{\alpha}{\beta} \times c^b \times \omega \times e^{-E_j/kT} \tag{3-14}$$

式中，b 为自吸系数，当元素浓度低时，自吸现象基本上不发生，$b \approx 1$，谱线有自吸时 $b < 1$。对式(3-14) 取对数

$$\lg I_{ji} = b \lg c + \lg \frac{\beta}{\alpha} + \lg \omega - \frac{E_j}{2.3kT} \tag{3-15}$$

当实验条件如光源、光谱仪、试样引入光源的方法等都是固定的情况下，后面三项可以视为常数，式(3-15) 可表示为

$$\lg I_{ji} = b \lg c + \lg \alpha \tag{3-16}$$

或

$$I_{ji} = \alpha c^b \tag{3-17}$$

式(3-16) 和式(3-17) 是光谱定量分析的基本关系式。

3.2.4　谱线的自吸与自蚀

在激发光源高温条件下，以气体存在的物质为等离子体 (plasma)。在物理学中，等离子体实在气体处在高电离状态，其所形成的空间电荷密度大体相等，使得整个气体呈电中

性。在光谱学中，等离子体是指包含分子、原子、离子、电子等各种粒子电中性的集合体。

等离子体有一定的体积，温度与原子浓度在其各部位分布不均匀，中间部位温度高，边缘低。其中心区域激发态原子多，边缘处基态与较低能级的原子较多。某元素的原子从中心发射某一波长的电磁辐射，必然通过边缘到达检测器，这样所发射的电磁辐射就可能被处在边缘的同一元素基态或较低能级的原子吸收。接收到的谱线强度就减弱了。这种原子在高温发射某一波长的辐射，被处在低温状态的同种原子所吸收的现象称为自吸。

在发射光谱中，谱线的辐射可以想象它是从弧焰中心轴辐射出来的，它将穿过整个弧层，然后向四周空间发射。弧焰具有一定的厚度，其中心处 a 的温度最高，边缘 b 处的温度较低（见图 3-2）。边缘部分的蒸气原子，一般比中心原子处于较低的能级，因而当辐射通过这段路程时，将为其自身的原子所吸收，而使谱线中心减弱，图 3-2 所示的这种现象即为自吸收。

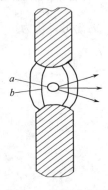

图 3-2 弧焰示意图

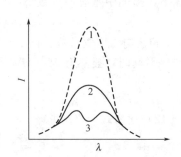

图 3-3 谱线自吸
1—无自吸；2—自吸；3—自蚀

自吸现象可用朗伯-比尔定律表示：

$$I = I_0 \cdot e^{-\alpha d} \tag{3-18}$$

式中，I 为射出层后的谱线强度；I_0 为弧焰中心发射的谱线强度；α 为吸收系数，其值随各元素而变化，即使是同一元素，谱线也有所不同，α 值同谱线的固有强度成正比；d 为弧层厚度。

从式(3-18)可见，谱线的固有强度越大，自吸系数越大，自吸现象越严重。共振线是原子由激发态跃迁至基态产生的，强度较大，最易被吸收；其次，弧层越厚，弧层中被测元素浓度越大，自吸也越严重。直流电弧弧层较厚，自吸现象最严重。

自吸现象对谱线形状的影响较大（见图 3-3）。当原子浓度低时，谱线不呈现自吸现象，当原子浓度增大时，谱线产生自吸现象，使谱线强度减弱，严重的自吸会使谱线从中央一分为二，称为谱线的自蚀，图 3-3 中的曲线 3 所示。产主自蚀的原因是由于发射谱线的宽度比吸收线的宽度大，谱线中心的吸收程度比边缘部分大。在谱线表上，一般用 τ 表示自吸谱线，用 R 表示自蚀谱线。基态原子对共振线的自吸最为严重，并且常产生自蚀，不同光源类型，自吸情况不同，直流电弧由于蒸气云厚度大，自吸现象通常比较明显。

在定量分析中，自吸现象的出现，将严重影响谱线的强度，限制可分析的含量范围。

3.3 原子发射光谱法的仪器

原子发射光谱分析的仪器一般由激发光源、分光系统（光谱仪）和检测器三部分组成。

3.3.1　激发光源

作为光谱分析的光源对试样具有两个作用过程。首先，把试样的组分蒸发离解为气态原子，然后使这些气态原子激发，使之产生特征光谱。因此光源的主要作用是对试样的蒸发和激发提供所需的能量。光谱分析用的光源常常是决定光谱分析灵敏度、准确度的重要因素，因此必须对光源的种类、特点及应用范围有基本的了解。由于光谱分析的试样种类繁多，例如可能是气体、液体或者固体；而固体有可能是块状或粉末状的；试样有良导体、绝缘体、半导体之分；分析的元素有易激发的，有难以激发的元素等。因此光谱分析用的光源应该适合于各种要求和目的，有所选择。

最常用的激发光源有直流电弧光源、交流电弧光源、电火花光源和电感耦合高频等离子体光源（ICP）等。对激发光源的要求是：必须具有足够的蒸发、原子化和激发能力；灵敏度高、稳定性好、光谱背景小；结构简单、操作方便、使用安全。

（1）直流电弧

① 直流电弧发生器工作原理　一对电极在外加电压下，电极间依靠气态带电粒子（电子或离子）维持导电，产生弧光放电称为电弧。由直流电源维持电弧的放电称为直流电弧。常用电压为 150～380V，电流为 5～30A。可变电阻（镇流电阻）用以稳定和调节电流大小，电感用来减小电流的波动。G 为放电间隙（分析间隙）。其基本电路如图 3-4 所示。

利用这种光源激发时，分析间隙一般以两个碳电极作为阴、阳两极。试样装在一个电极（下电极）的凹孔内。由于直流电不能击穿两电极，故应先行点弧，为此可是分析间隙的两电极接触或用某种导体接触两电极使之通电。这是电极尖端被烧热，点燃电弧，随后使两电极相距 4～6mm，就得到了电弧光源。此时从炽热的阴极尖端射出的热电子流，以很高的速度通过分析间隙而奔向阳极，当冲向阳极时，产生高热，使试样物质由电

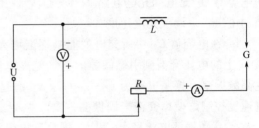

图 3-4　直流电弧发生器

U—电源；V—直流电压表；L—电感；R—镇流电阻；
A—直流电流表；G—分析间隙

极表面蒸发成蒸气，蒸发的原子因与电子碰撞，电离成离子，并以高速运动冲击阴极。于是电子、原子、离子在分析间隙互相碰撞，发生能量交换，引起试样原子激发，发射出一定波长的光谱线。这种光源的弧焰温度与电极和试样的性质有关，一般可达 4000～7000K，可使70 余种以上的元素激发，所产生的谱线主要是原子线。

② 直流电弧的分析性能　直流电弧放电时，电极温度高，有利于难挥发元素的蒸发，分析的绝对灵敏度高。

直流电弧光谱，除用石墨或碳电极产生氰带光谱外，通常背景比较浅。

直流电弧放电不稳定，弧柱在电极表面上反复无常地游动，导致取样与弧焰内组成随时间而变化，测定结果重现性较差。

直流电弧激发时，其弧层较厚，谱线容易发生自吸，故不适于高含量定量分析。

基于上述特性，直流电弧常用于定性分析，不宜用于定量分析以及低熔点元素的分析。

（2）低压交流电弧

① 低压交流电弧发生器工作原理　由交流电源维持电弧放电的光源称交流电弧光源。将普通 220V 交流电直接联结在两电极间是不可能形成电弧的，这是由于电极间没有导电的电子和离子的缘故。同时，由于交流电随时间以正弦波形式发生周期性变化，每半周经过一

次零点，因此低压交流电弧必须采用高频引燃装置，不断地"击穿"电极间的气体，造成电离维持导电。对频率为 50Hz 的交流电，每秒钟必须"点火"100 次，才能维持电弧不灭。

低压交流电弧发生器的电路由两部分组成：a. 是高频引燃电路；b. 是低压电弧线路。这两部分是通过高频变压器 B_2 耦合（见图 3-5）。

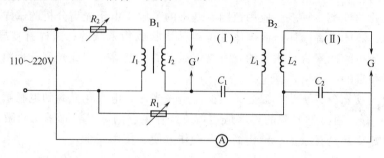

图 3-5　低压交流电弧发生器

R_1、R_2—可变电阻；I_1、I_2、L_1、L_2—电感；A—交流电流表；B_1、B_2—变压器；
C_1—振荡电容；C_2—旁路电容；G—分析间隙；G'—放电盘

a. 110～220V 的市电经调压电阻 R_2 适当降压后，由变压器 B_1 升压到 2.5～3.0kV，并向电容器 C_1 充电（充电电路 I_2-L_1-C_1，G' 断路）。通过变阻器 R_2 调节供给变压器初级线圈的电压，来调节充电速度。

b. 在电容器 C_1 中所充电的能量逐渐增大，加在放电盘 G' 的电压也逐渐增高。当放电盘 G' 上的电压升高到引燃间隙的空气电离电位（击穿电压）时，G' 的空气绝缘被击穿，产生高频振荡（振荡电路为 C_1-L_1-G'，I_2 不起作用）。振荡的速度可以由放电盘的距离及充电速度控制，使每交流半周振荡一次。

c. 高频振荡电流经 L_1 和 L_2 耦合到电弧回路，经变压器 B_2，进一步升压达 10kV，通过电容器 C_2 把分析间隙 G 的空气绝缘击穿，产生高频振荡放电（高频电路为 L_2-G-C_2）。

d. 当分析间隙 G 被击穿时，电源的低压部分便沿着已经造成的游离气体通道，通过分析间隙 G 进行弧光放电（低压放电电路为 R_1-L_2-G，C_2 不起作用）。

e. 在电弧放电过程中，回路的电压逐渐降低，当电压降至低于维持电弧放电所需要的数值时，电弧熄灭。这时，第二交流半周又开始，分析间隙 G 又被高频放电击穿，随之进行电弧放电，如此反复进行，保证了低压燃弧线路不致熄灭。

② 交流电弧的分析性能　交流电弧放电时，电极温度较低，这是由于交流电弧放电的间隙性所致。交流电弧每半周引弧之后，当电压降到不能维持电弧放电时便中断，至下半周重新被引燃，这样便出现了电弧放电的间隙性。

交流电弧的弧温较高（6000～8000K），这是由于交流电弧的电弧电流具有脉冲性，电流密度比直流电弧大。因此激发能力较强。

交流电弧的稳定性好。因其放电具有明显的周期性，阳极或阴极亮斑不固定在某一局部，电极点的游动及放电半径的扩大都受到抑制，放电的稳定性优于直流电弧。试样蒸发均匀，重现性好。

交流电弧的分析灵敏度接近于直流电弧。

由于交流电弧具有良好的分析性能，常用于金属、合金中低含量元素的定量分析。

（3）高压电容火花

① 高压电容火花发生器工作原理　高压电容火花发生器基本线路如图 3-6 所示。电源

电压 U 由调节电阻 R 适当降压后，经变压器 B，产生 10～25kV 的高压，通过扼流线圈 D 向电容器 C 充电。当电容器 C 两极间的电压升高到分析间隙 G 的击穿电压时，储存在电容器中的电能，通过电感 L 立即向分析间隙 G 放电，产生电火花。放电完了以后，又重新充电、放电，反复进行以维持火花放电不熄灭。

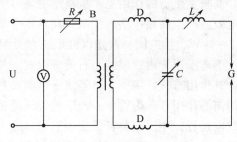

图 3-6　高压电容火花发生器

② 高压电容火花的分析性能　高压电容火花放电的特点是激发温度很高，能激发电位很高的原子线和更多的离子线。高压电容火花放电时释放的能量可由下式估计：

$$W = \frac{1}{2}CU^2 \tag{3-19}$$

式中，C 是电容器的电容；U 是电容器放电前充电达到的电压。通常放电电压很高，例如，1×10^4 V，释放出的能量很大，放电时间又极短，因此在放电瞬间通过分析间隙 G 的电流密度很大，可高达 $10^5 \sim 10^6 A \cdot cm^{-2}$，弧焰的瞬间温度可达 1×10^4 K 以上。

高压电容火花放电时，电极温度低，这是因为每个火花作用于电极上的面积小，时间短，每次放电之后火花随即熄灭，因此电极头灼热不显著。

高压火花放电的稳定性好，这是因为火花放电的各项参数都可精密地加以控制。

此外，利用高压火花光源时，需要较长的预燃和曝光时间。同时，在紫外区光谱背景较深。

鉴于上述的分析性能，高压电容火花主要用于难激发的元素或易熔金属、合金试样的分析以及高含量元素的定量分析。

(4) 电感耦合等离子体焰炬　电感耦合等离子体焰炬（inductively coupled plasmatron，简称 ICP 或 ICPT），是指高频电能通过电感（感应线圈）耦合到等离子体所得到的外观上类似火焰的高频放电光源。

等离子体一般是指电离度大于 0.1%，其正负电荷相等的电离气体。因为，当电离度为 0.1% 时，其导电能力即达到最大导电能力的二分之一；而电离度达 1% 时，其导电能力已接近充分电离的气体。电弧放电、火花放电，甚至火焰，广义上亦属于等离子体。但在光谱分析中，所谓等离子体光源，习惯上仅指外观上类似火焰的一类放电光源。因而电弧和火花，虽是放电光源，是等离子体，但外观上不像火焰，所以不是等离子体光源。而火焰则因其不是放电光源，虽是火焰外观，亦不是等离子体光源。这类光源除外，尚有直流等离子体喷焰（DCP），微波感应等离子体（MIP）等。

① ICP 的结构　ICP 装置由高频发生器和感应圈、炬管和供气系统、试样引入系统等三部分组成（见图 3-7）。

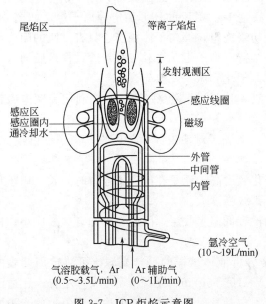

图 3-7　ICP 炬焰示意图

　　高频发生器的作用是产生高频磁场以供给等离子体能量。应用最广泛的是利用石英晶体压电效应产生高频振荡的他激式高频发生器，其频率一般为 27.12MHz，最大输出功率通常为 2~4kW。感应圈一般是以圆形或方形铜管绕成的 2~5 匝水冷线圈。

　　等离子炬管由三层同心石英管组成。外层石英管气流 Ar 气从切线方向引入，并螺旋上升，其作用有三：第一，将等离子体吹离外层石英管的内壁，以避免它烧毁石英；第二，是利用离心作用，在炬管中心产生低气压通道，以利于进样；第三，这部分 Ar 气流同时也参与放电过程。中层石英管做成喇叭形，通入 Ar 气，起到维持等离子体的作用。内层石英管内径为 1~2mm 左右，载气带着试样气溶胶由内管柱入等离子体内。试样气溶胶由气动雾化器或超声雾化器产生。用 Ar 作为工作气体的优点是，Ar 为单原子惰性气体，不与试样组分形成难离解的稳定化合物，也不会像分子那样因离解而消耗能量，有良好的激发性能，本身光谱简单。

　　② ICP 的形成　图 3-8 是 ICP 工作原理示意图。当高频电流通过线圈时，在石英内产生轴向交变磁场，管外磁场方向为椭圆形。

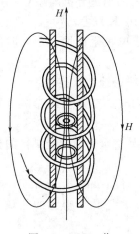

图 3-8　ICP 工作
原理示意图

　　如果此时在石英管内插入一根铜棒，则铜棒内将产生感应电流，可把铜棒加热到很高温度，这就是高频加热的原理。如用 Ar 气代替铜棒，因 Ar 气是非导体，电源接通后，石英管内则不会产生感生电流。这时若用高频点火装置产生火花，就会产生载流子（电子与离子），在电磁场的作用下，与原子碰撞并使之电离，形成更多的载流子，当载流子多到足以使气体有足够的导电率时，在垂直于磁场方向的截面上，就会感生出流经闭合圆形路径的涡流。因为石英管内的磁场方向和强度都是随时间而周期性变化的，所以电子在每半周被加速一次，被加速的电子遇到影响其流动的阻力时，自然就引起了欧姆发热。这种阻力就是电子与载气原子，或试样碰撞的结果。同时还会发生 Ar 原子的电离，形成更多的电子或离子，于是几乎立即就导致形成了炽热的等离子体，这时可以看到管内形成一个高温火球，用 Ar 气将其吹出管口，即形成温度高达 1×10^4K 的环形稳定等离子炬，如图 3-8 所示。整个体系就像一个变压器，感应线圈是初级绕组，等离子体相当于只有一匝的闭合次级绕组，感应线圈将能量耦合给等离子体，并维持等离子炬。当载气载带着试样溶胶通入等离子体时，被后者加热至 6000~8000K，并被原子化和激发发射光谱。

　　从上述可知，ICP 虽然在外观上与火焰类似，但它并非燃烧过程，它是利用高频电磁耦合法获得气体放电的一种新型激发光源。

　　③ ICP 的分析性能　ICP 光源激发温度高，有利于难激发元素的激发；离子线强度大，有利于灵敏线为离子线的元素的测定。

　　样品在中央环形通道受热而原子化，原子化温度高，原子在等离子停留时间长，原子化完全，化学干扰小，基体效应小，稳定性好，谱线强度大。

　　由于样品在中央通道原子化和激发，外围没有低温吸收层，因此自吸和自蚀效应小；样品在惰性气氛中激发，光谱背景小。

　　由于 ICP 具有优良的分析特性，所以它是分析液体试样的最佳光源。可测定周期表中绝大多数元素（约 70 多种），检出限可达 $10^{-3} \sim 10^{-4} \mu g/mL$ 级，精密度 1% 左右。还适于高、低、微含量金属和难激发元素的分析测定。它是发射光谱法最有前途和竞争力的光源之一。其缺点是成本和运转费用都很高，且不能用于测定卤素等非金属元素。

表 3-1 为常用光源性能的比较。

表 3-1　常用光源性能的比较

光　源	电极温度/K	弧焰温度/K	稳定性	灵敏度	主　要　用　途
火焰	—	2000～3000	很好	低	碱金属、碱土金属
直流电弧	3000～4000	4000～7000	较差	优(绝对)	定性分析；矿石、矿物等难熔中痕量组分定量分析
交流电弧	1000～2000	4000～7000	较好	好	金属合金中低含量元素的定量分析
高压火花	≪1000	瞬间可达 10000	好	中	难激发、低熔点合金分析；高含量
ICP		4000～7000	很好	高	溶液：高、低、微含量金属；难激发元素

3.3.2　分光系统

分光系统的作用是将激发试样所获得的复合光，分解为按波长顺序排列的单色光。常用的分光元件可分为棱镜和光栅两类。以这两类分光元件制作的光谱仪分别称为棱镜光谱仪和光栅光谱仪。

（1）棱镜分光系统

① 棱镜的色散作用　棱镜是用玻璃、石英、岩盐等材料制作的分光元件。其色散作用可由科希（Cauchy）经验公式看出

$$n = A + \frac{B}{\lambda^2} + \frac{C}{\lambda^2} + \cdots\cdots \approx A + \frac{B}{\lambda^2} \tag{3-20}$$

式中，n 为棱镜材料的折射率；λ 为波长；A、B、C 均为与棱镜材料有关的常数。

从式(3-9)可见：a. 对于给定棱镜（即 A、B 为定值），不同波长的光通过时，其折射率各不相同，波长越短，折射率越大。当包含有不同波长的复合光通过棱镜时，不同波长的光就会因折射率不同而分散开来，这种作用称为棱镜的色散作用。b. 对于不同材料制成的棱镜（A、B 不同），其折射率各不相同。据此，可选择不同的材料作棱镜，以满足不同光谱区域使用的需要。图 3-9 所示是几种光学材料的折射率与波长的关系。

从图 3-8 可见，在紫外光区石英和氟石等材料的折射率随波长的改变（$\mathrm{d}n/\mathrm{d}\lambda$）较大；在可见区玻璃的 $\mathrm{d}n/\mathrm{d}\lambda$ 值较大；在红外光区则岩盐较大。所以，紫外区用石英棱镜，可见区用玻璃棱镜，而红外区则用岩盐棱镜。

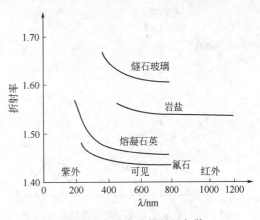

图 3-9　几种光学材料的色散

② 色散率　分光元件的色散率是指把不同波长的光分散开的能力，可用角色散率和线色散率表征。

棱镜的角色散率用 $\mathrm{d}\theta/\mathrm{d}\lambda$ 来表示，其物理意义是指两条波长相差的光线被棱镜色散后所分开的角度的大小。θ 是入射光与出射光之间的夹角称为棱镜的偏向角。

在光谱仪中，谱线最终是被聚焦在光谱焦面上而被检测的。此时，用角色散率难以表示谱线之间的色散距离，而用线色散率则较为方便。线色散率是指波长相差 $\mathrm{d}\lambda$ 的两条谱线在焦面上被分开的距离的大小。

$$D_1 = \frac{\mathrm{d}l}{\mathrm{d}\lambda} = \frac{f}{\sin\varepsilon} \times \frac{\mathrm{d}\theta}{\mathrm{d}\lambda} \tag{3-21}$$

式中，f 是照相物镜焦距；ε 是焦面对波长为 λ 的主光线的倾斜角。实际应用上常采用倒线色散率，其意义是焦面上单位长度内容纳的波长数，单位是 nm/mm。

棱镜的色散率并非是一常数，其数值随波长的增加而降低。表 3-2 列出了某中型石英棱镜摄谱仪的倒线色散率。

表 3-2　某中型摄谱仪的倒线色散率

λ/nm	200	250	300	400	500	580
倒线色散率/(nm/mm)	0.39	0.78	1.35	3.15	5.8	8.6

③ 分辨率　仪器的理论分辨率

$$R = \frac{\bar{\lambda}}{\Delta\lambda} \tag{3-22}$$

式中，$\Delta\lambda$ 是根据瑞利准则恰能分辨的两条谱线的波长差；$\bar{\lambda}$ 是两条沿线的平均波长。根据瑞利准则，恰能分辨是指等强度的两条谱线的一峰谱线的衍射最大强度（主最大）落在另一条谱线的第一最小强度上。R 值越大，分辨能力越强。

一般光谱仪的分辨率在 5000～60000 之间。例如，某光谱仪在 300.0nm 附近的分辨率为 50000，即表明在此波长附近的任何两条谱线的波长差，必须大于或等于 0.006nm 时，才能分辨清楚。

（2）光栅分光系统　光栅实际上就是一系列相距很近、等距、等宽、平行排列的狭缝阵列。光栅有透射光栅和反射光栅之分。目前大多采用平面反射式闪耀光栅作色散元件。

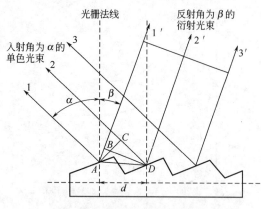

① 平面反射光栅的色散作用　图 3-10 是平面反射光栅的轮廓放大图。它是在玻璃基板上的铝层上刻画出的许多等距刻痕，每条刻痕呈图示的锯齿形，由一长一短的两个小平面构成。其中较宽的平面为反射面，每一反射面都可看作是一新的点光源。干涉的结果使不同波长的辐射以不同的角度 β 被反射。

AD 是刻线间距离，即光栅常数 d。虚线是光栅法线，α 为入射角，β 为反射角。$AC \perp DC$，$BD \perp AB$。从光源发出的平行光束 1 和 2 分别到达两狭缝的端点 A 和 D

图 3-10　平面反射式闪耀光栅轮廓放大图

时，光束 2 超前于光束 1，其光程差为 $\overline{CD}$；当光线被反射离开光栅平面时，则光束 $1'$ 超前光束 $2'$，其光程差为 AB。所以，光束 $11'$ 和 $22'$ 的光程差 Δ 为：

$$\Delta = \overline{CD} - \overline{AB}$$

由图可见

$$\angle CAD = \angle\alpha \qquad 故\overline{CD} = d\sin\alpha$$
$$\angle BDA = \angle\beta \qquad 故\overline{AB} = d\sin\beta$$

所以

$$\Delta = d(\sin\alpha - \sin\beta) \tag{3-23}$$

根据相干原理，其光程差为波长的整数倍时，两束光位相相同，并在反射角 β 的方向干

涉加强，即当

$$d(\sin\alpha - \sin\beta) = K\lambda$$

时，出现极大值，K 为光谱级，$K = 0$，± 1，± 2，…。如入射线与反射线位于法线同侧时，则入射超前的反射仍超前，括号内应取正号，故光栅公式为：

$$d(\sin\alpha \pm \sin\beta) = K\lambda \tag{3-24}$$

从式(3-24) 可见，当 $K = 0$ 时，即零级光谱，此时反射光与波长无关，即为白光；当 K 不等于零时，反射角 β 随波长而异，即不同波长的辐射经光栅反射后将分散在不同空间位置上，这就是光栅进行分光的依据。

例3.1　某一平面反射光栅，当入射角为 $40°$，衍射角为 $10°$ 时，为了得到波长为 400nm 的一级光栅，光栅上每毫米的刻线为多少？

解：解题思路，可先由 $d(\sin\alpha \pm \sin\beta) = K\lambda$ 公式进行计算刻线距，再求出刻线数。

$K = 1$；$\lambda = 400$nm；入射角 $\alpha = 40°$；衍射角 $\beta = 10°$；

$$d = \frac{K\lambda}{\sin\alpha + \sin\beta} = \frac{1 \times 400 \times 10^{-6}}{\sin 40° + \sin 10°}$$

$$= \frac{4 \times 10^{-4}}{0.643 + 0.174} = \frac{4 \times 10^{-4}}{0.817} = 4.896 \times 10^{-4} \text{mm}$$

光栅上每毫米的刻线数为：

$$\frac{1}{4.896 \times 10^{-4}} = 2042 \text{ 条}$$

例3.2　若用每毫米刻有 550 条刻线光栅观察镁的波长为 282.20nm 谱线，当光束以垂直角度入射和 $30°$ 入射时，最多能观察到多少级光谱？

解：解题思路，可先由 $d(\sin\alpha \pm \sin\beta) = K\lambda$ 公式进行计算级次。

当 K 为最大值时，$\sin\beta = 1$。

由题意计算出光栅常数 d

$$d = \frac{1}{550} = 1.82 \times 10^{-3} \text{mm}$$

即

$$d = \frac{1}{550} = 1.82 \times 10^{3} \text{nm}$$

当光束以垂直角度入射时：

$$\sin\alpha = \sin 0 = 0$$

则最多能观察到多少级光谱级次 K：

$$K = \frac{d\sin\beta}{\lambda} = \frac{1.82 \times 10^{3} \times 1}{282.20} = 6$$

当光以 $30°$ 度入射，则最多能观察到多少级光谱级次 K：

$$K = \frac{d(\sin\alpha + \sin\beta)}{\lambda} = \frac{1.82 \times 10^{3} \times (\sin 30 + 1)}{282.20}$$

$$K = \frac{1.82 \times 10^{3} \times (0.5 + 1)}{282.20} = 10$$

②　闪耀光栅　非闪耀光栅其能量分布与单缝衍射相似，大部分能量集中在没有被色散的"零级光谱"中，小部分能量分散于其他各级光谱。零级光谱不起分光作用，不能用于光谱分析。而色散越来越大的一级、二级光谱，强度却越来越小。为了降低零级光谱的强度，将辐射能集中于所要求的波长范围，近代的光栅采用定向闪耀的办法。即将光栅刻痕刻成一定的形状，使每一刻痕的小反射面与光栅平面呈一定角度（见图 3-11），使衍射光强度最大

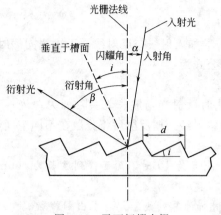

图 3-11　平面闪耀光栅

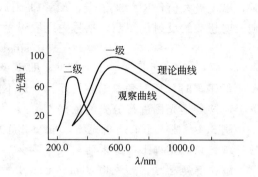

图 3-12　闪耀光栅的能量分布

从原来与不分光的零级主最大重合的方向，转移至由刻痕形状决定的反射光方向，结果使反射光方向光谱变强，这种现象称为闪耀。辐射能量最大的波长称为闪耀波长。光栅刻痕小反射面与光栅平面的夹角 i，称为闪耀角。

在同一块光栅上，闪耀波长处强度最大，在其附近一定波长范围内的谱强度也是比较高的。图 3-12 所示为一块一级闪耀波长为 560nm 的光栅的强度分布。若知道光栅的一级闪耀波长 $\lambda_{B(1)}$，则可由下列经验公式估算出光栅适用的最佳波长范围。

$$\left(\frac{1}{K+0.5}\right)\lambda_{B(1)}<\lambda<\left(\frac{1}{K+0.5}\right)\lambda_{B(1)} \tag{3-25}$$

式中，K 为光谱级；$\left(\frac{1}{K+0.5}\right)\lambda_{B(1)}$ 为适用波长范围的短波极限；$\left(\frac{1}{K-0.5}\right)\lambda_{B(1)}$ 为长波极限。极限波长处的强度约为极大值的 40%。在此极限范围之外，光栅仍可以用，只是光强越来越小，需要适当延长曝光时间。

根据式（3-25）可以算 $\lambda_{B(1)}=560$nm 的光栅的二级光谱最佳适用波长范围的短波极限为：

$$\lambda=\left(\frac{1}{2+0.5}\right)\times560=224\text{nm}$$

长波极限为：

$$\lambda=\left(\frac{1}{2-0.5}\right)\times560=373.3\text{nm}$$

例 3.3　若某光栅观察钠的波长为 590nm，则该光栅的一级光谱最佳适用波长范围为多少？

解：解题思路，公式 $\left(\frac{1}{K+0.5}\right)\lambda_{B(1)}<\lambda<\left(\frac{1}{K+0.5}\right)\lambda_{B(1)}$ 进行计算适用波长范围。

$K=1$，钠的波长为 590nm，则短波极限为：

$$\lambda=\left(\frac{1}{K+0.5}\right)\lambda_{B(1)}=\frac{1}{1+0.5}\times590=393.33\text{nm}$$

长波极限为：

$$\lambda=\left(\frac{1}{K-0.5}\right)\lambda_{B(1)}=\frac{1}{1-0.5}\times590=1180\text{nm}$$

③ 光栅的色散率　光栅的角色散率 $d\beta/d\lambda$ 和线色散率 $dl/d\lambda$ 可由光栅方程 $d(\sin\alpha\pm\sin\beta)=K\lambda$，对波长求导数而得。假定入射角 α 固定不变，则除角 β 外其余均为常数，故得

$$\frac{\mathrm{d}\beta}{\mathrm{d}\lambda}=\frac{K}{d\cos\beta} \tag{3-26}$$

式中，$\mathrm{d}\beta/\mathrm{d}\lambda$ 为衍射角对波长的变化率，即角色散率。它在数值上等于波长差为一个单位的两光波经光栅色散后，在空间所分开的角度差。

线色散率 D_1 等于角色散率与物镜焦距 f 的乘积

$$D_1=\frac{\mathrm{d}l}{\mathrm{d}\lambda}=\frac{\mathrm{d}\beta}{\mathrm{d}\lambda}\times f=\frac{Kf}{d\cos\beta} \tag{3-27}$$

式中，d 是光栅常数；K 是光谱级次；α 是入射角；β 是衍射角。$\mathrm{d}l/\mathrm{d}\lambda$ 为距离对波长的变化率，即线色散率，在数值上等于波长差为一单位的两条谱线，在焦面上分开的距离。

从式(3-27)可以看出：

a. 物镜焦距 f 愈大，线色散率也愈大。$f=1\mathrm{m}$ 的光栅光谱仪，称为一米光栅光谱仪；$f=2\mathrm{m}$，称为二米光栅光谱仪。每毫米 1200 条刻痕的二米光栅光谱仪，线色散率约为 2.5mm/nm，是每毫米 1200 条的一米光栅的线色散率（约 1.25mm/nm）的两倍。

在实际工作中往往是用倒线色散率 $\mathrm{d}\lambda/\mathrm{d}l(\mathrm{mm/nm})$ 来表示光栅的色散能力，$\mathrm{d}\lambda/\mathrm{d}l$ 表示每单位长度的焦面内，含有光谱的纳米数，这个数值愈小，仪器的色散率愈大。

b. 光谱级次 K 愈高，色散率愈大。当 β 不大时，线色散率和 K 成正比，即二级光谱大约是一级光谱线色散率的两倍（见表3-3）。

c. 光栅常数 d 愈小，即每毫米刻线数愈多，光谱仪色散率愈大。例如每毫米 2400 条的光栅的线色散率是每毫米 1200 条（f 均为 1m）的两倍。

d. 当衍射角 β 很小且变化不大时，$\cos\beta\approx1$，即在同一线光谱中，色散率基本上不随波长而改变，这样的光谱称匀排光谱，见表3-3。

表 3-3　光栅光谱仪的倒线色散率[①]

$\mathrm{d}\lambda/\mathrm{d}l/(\mathrm{nm/mm})$　　　光谱级	$250/\lambda/\mathrm{nm}$	$300/\lambda/\mathrm{nm}$	$350/\lambda/\mathrm{nm}$	$400/\lambda/\mathrm{nm}$
一级	0.826	0.820	0.815	0.809
二级	0.4026	0.389	0.380	0.367

① 光栅刻痕 1200 条/mm。

④ 光栅的理论分辨率　光栅的理论分辨率等于刻线总数与光谱级数的乘积。

$$R=\frac{\bar{\lambda}}{\Delta\lambda}=KN \tag{3-28}$$

式中，K 是光谱级次；N 是光栅刻痕总数。

由此可见，N 大的光栅和高光谱级可以得到较高的分辨率。但由于一般的光谱仪受条件的限制，可利用的光谱级是有限的。通常以一、二级最常用。所以目前最现实的办法是采用大块的光栅，以增加总刻痕数。目前，有的光谱仪中已有 254mm 尺寸大的光栅，其分辨率可高达 6×10^5。

例 3.4　若光栅的宽度为 50mm，每毫米的刻 650 条线，则该光栅的一级光谱的理论分辨率为多少？一级光谱中波长为 310.030nm 和 310.066nm 的双线能否分开？

解：解题思路，可先根据公式计算分辨率。

$$K=1;N=650\times50=32500;$$

$$R=K\times N=1\times650\times50=32500$$

$$\Delta\lambda = \frac{\overline{\lambda}}{R} = \frac{\frac{1}{2}\times(310.030+310.066)}{32500} = \frac{310.048}{32500} = 0.0095\text{nm}$$

双线波长差：$310.066-310.030=0.036\text{nm}$

即理论分辨率为 32500 的光栅能够分开波长差为 0.0095nm 的谱线，而一级光谱中波长为 310.030nm 和 310.066nm 的双线波长差为 0.036nm，所以能够分开。

⑤ 光谱重叠及消除　由光栅方程 $d(\sin\alpha\pm\sin\beta)=K\lambda$ 可见，当 α、d 一定时，衍射角的大小和入射光的波长有关。当 K 与 λ 乘积相同的辐射将分散在同一空间位置（见图 3-13），即谱线重叠的条件为：

$$K_1\lambda_1 = K_2\lambda_2 = K_3\lambda_3 = \cdots \tag{3-29}$$

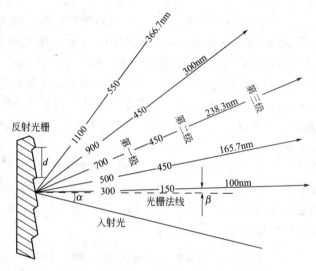

图 3-13　光谱的重叠

例如，波长为 400nm 的 Ⅰ级线，与波长为 200nm 的 Ⅱ级线、波长为 133.3nm 的 Ⅲ级线，互相重叠，造成干扰。消除谱线重叠的方法有：

a. 利用滤光片吸收干扰波长　在照明系统中加入一块已知吸收光谱的滤光片，可以消除谱级重叠的干扰。例如国产一米光栅摄谱仪带有两块滤光片，对各波长的透过率如表 3-4 所示。

表 3-4　两种滤光片透过率

透光率	λ/nm	225	250	275	300	325	350	375	400	450	500	550	600	650	700	750	800
Ⅱ级光谱滤光片的透过率/%		4	43	76	87	90	87	75	24	1							
Ⅰ级光谱滤光片的透过率/%								70	85	90	90	90	90	90	90	90	90

对于一级光谱，在使用 200～400nm 时，可不必加放滤光片，因为高于一级的各级干扰谱线均小于 200nm，皆被空气所吸收。对于一级光谱大于 400nm 以上加放 Ⅰ级光谱滤光片，该滤光片可透过 400～800nm 的光谱，而吸收 350nm 以下的紫外光谱，消除了二级紫外对一级光谱的干扰。使用二级紫外部分时，可加入 Ⅱ级光谱滤光片，该滤光片可透过紫外光而吸收可见光，消除了一级可见光谱对二级紫外光谱的干扰。

b. 利用感光板的灵敏区不同，消除干扰波段　例如欲拍摄 Ⅱ级 250～350nm 这一波段的谱线，可选用"未增感"的乳剂干板（感光范围为 250～500nm），则干扰 250～350nm 的一级光谱（500～700nm）和三级光谱（166～233nm）将不会在感光板上感光。

c. 利用谱级分离器消除干扰　此法是在光路中附加一个低色散的棱镜（分级器），配合进行工作，以使检测器只单独接受某一级的光谱。

3.3.3　检测器

在原子发射光谱中，被检测的信号是元素的特征辐射，常用的检测方法有目视法、摄谱法和光电法。

（1）目视法　目视法是用眼睛观察试样中元素的特征谱线或谱线组，以及比较谱线强度的大小来确定试样的组成及含量。由于眼睛感色范围有限，工作波段仅限于可见光区 400～700nm 范围。常用的仪器称看谱镜，是一种小型简易的光谱仪，主要用于合金钢、有色金属合金的定性和半定量分析。

（2）摄谱法　摄谱法是将感光板置于分光系统的焦面处，接受被分析试样的光谱的作用而感光（摄谱），再经过显影、定影等操作制得光谱底片，谱片上有许多距离不等、黑度不同的光谱线。然后，在映谱仪上观察谱线的位置及大致强度，进行定性分析及半定量分析；在测微光度计上测量谱线的黑度，进行光谱定量分析。

感光板上谱线的黑度与曝光量有关，曝光量越大，谱线越黑。曝光量用 H 表示，它等于照度 E 与曝光时间的乘积，而照度 E 又与辐射强度 I 成正比，所以

$$H = Et = KIt \tag{3-30}$$

式中，K 为比例常数。

谱线变黑的程度称为黑度，其定义是

$$S = \lg \frac{i_0}{i} \tag{3-31}$$

式中，i_0 是感光板未曝光部分透过光的强度；i 是谱板曝光变黑部分透过光的强度（见图 3-14）。

由于黑度 S 与曝光量 H 之间的关系比较复杂，不能用一个简单的数学公式完全表示出来。通常用图解法表示。如果逐渐改变曝光量将感光板进行曝光，则可得到黑度不同的谱线，在测微光度计上依次测量这些谱线的黑度，然后以黑度 S 作纵坐标，以曝光量的对数值 $\lg H$ 为横坐标作图，即得乳剂特性曲线（见图 3-15）。

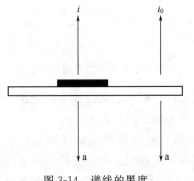

图 3-14　谱线的黑度

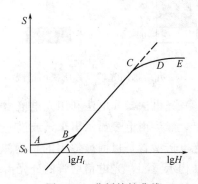

图 3-15　乳剂特性曲线

乳剂特性曲线可分为四个部分：AB 为曝光不足部分，其黑度随曝光量增大而缓慢增大；BC 是正常曝光部分，黑度随曝光量的变化按比例增加；CD 段是曝光过度部分，DE 为负感部分。

光谱定量分析中，通常需要利用乳剂特性曲线正常曝光部分 BC，因为此时黑度 S 和曝光量的对数 $\lg H$ 呈直线关系，令 BC 段的斜率为 γ，由图 3-15 可见

$$S=\gamma(\lg H-\lg H_i)=\tan\alpha(\lg H-\lg H_i) \tag{3-32}$$

对于一定的乳剂，$\gamma\lg H_i$ 且为一定值并以 i 表示，则

$$S=\gamma\lg H-i \tag{3-33}$$

式中，$\lg H_i$ 为直线部分 BC 延长后在横轴上的截距，H_i 称为感光板的惰延量；斜率 γ 称为感光板的反衬度，它表示当曝光量改变时，黑度值改变的快慢。反衬度高的感光板，当曝光量改变时，黑度变化较快。光谱定量分析时，宜选用反衬度高的感光板，因为浓度变化时，这种相板的黑度变化较明显，例如紫外 I 型感光板。定性分析时则选用灵敏度较高的紫外 II 型感光板。

在光谱分析中，有时为了了解感光板性能，扣除光谱背景或做某些定量分析工作时，需要将黑度换成光强，都需要制作乳剂特性曲线。其制作方法最常用的是固定曝光时间，改变光强度的阶梯减光板法。

阶梯减光板是一块薄的水晶片，片上镀有不同厚度的铂层或镍层，使其透过率依次变化（见图 3-16）。一般减光板共有九个（或三个）阶梯。其中第一和第九阶梯没镀铂，其透过率为 100，用以检查狭缝照明的均匀程度图 3-16(a)。将阶梯减光板放在狭缝前摄谱，则摄得的每一条谱线都分为九阶，若狭缝照明是均匀的，则第一阶和九阶的黑度应当相等，第二到第八阶透过率逐渐减小，在阶梯之间，有不透明的细条断开，因此所摄谱线如图 3-16(b) 所示。

测量某一谱线不同阶梯的黑度，对阶梯减光板透过率对数 $\lg T$ 作图，即得乳剂特性曲线。为了获得完整的特性曲线，可选择波长邻近而强度不同的几条谱线，分别测量相应黑度，作 S-$\lg T$ 曲线，再沿水平轴平移使之重合，即得完整乳剂特性曲线（见图 3-17）。

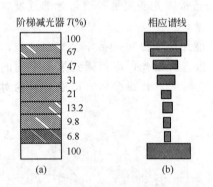

图 3-16　九阶梯间光器及其所摄的谱线

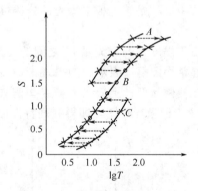

图 3-17　乳剂特性曲线的绘制

（3）光电法　光电法利用光电倍增管作光电转换元件，把代表谱线强度的光信号转换成电信号，然后由电表显示出来，或进一步把电信号转换为数字显示出来。

光电倍增管是目前最常用的精确测量微弱光辐射的一种灵敏的光电转换元件，图 3-18 为其结构示意图。光电倍增管的外壳由玻璃或石英制成，内部抽真空。光敏阴极上涂有能发射电子的光敏物质（如 Sb-Cs 或 Ag-O-Cs 等）。在阴极和阳极之间装有一系列次级电子发射极，即打拿极 1,2,3 等。打拿极上的化合物涂层都具有每被一个电子撞击后，即能发射四或五个电子的特性。

阴极和阳极之间加约 1000V 的直流电压，经过一系列电阻使电压依次均匀分布在各打

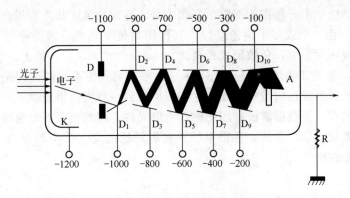

图 3-18 光电倍增管原理

K—光敏阴极；D—聚焦极；D$_1$～D$_{10}$—打拿极；A—阳极

拿极上。当光照射在阴极上时，光敏物质发射出电子，这一初级光电子被电场加速碰撞到第 1 个打拿极上，而击出更多的次级电子。以此类推，在最后一个打拿极上放出的光电子，可以比最初阴极放出的电子多到 10^6 倍以上。最后，倍增了的电子射向阳极而形成电流。光电流再通过负载电阻而转换成电压信号，送入放大器或显示系统。

光电倍增管的放大系数可按下式计算：

$$M = n^4 \tag{3-34}$$

式中，n 为每个打拿极受 1 个电子撞击时平均发射的电子数；d 为打拿极的个数。

光电倍增管的电压变化对放大系数影响很大，因此要求电压波动要小。其适用的波长范围取决于涂敷阴极的光敏材料。在使用上，应注意光电倍增管的疲劳现象。刚开始时，灵敏度下降，过一段时间之后趋于稳定，长时间使用则又下降，而且疲劳程度随辐照光强和外加电压而加大。因此，要设法遮挡非信号光，并尽可能不要使用过高的增益，以保持光电倍增管的良好工作特性。

3.3.4 仪器类型

凡是能将不同波长的复合光分解为按波长顺序排列的单色光并能进行观测记录的仪器均称为光谱仪。常见的光谱仪有棱镜摄谱仪、光栅摄谱仪和光电直读光谱仪。

（1）棱镜摄谱仪 棱镜摄谱仪是用棱镜作色散元件、用照相的办法记录谱线的光谱仪。其光学系统由照明系统、准光系统、色散系统及投影系统组成，如图 3-19 所示。

a. 照明系统 通常由一个或三个透镜组成，其主要作用是为了使被分析物质在电极上被激发而成的光源每一点都均匀而有效地照明入射狭缝 S，使感光板上所摄得的谱线强度上下均匀一致。

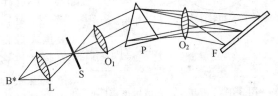

图 3-19 棱镜摄谱仪的光学系统

b. 准光系统 包括狭缝 S 及准光镜 O_1。狭缝位于准光镜的焦面上，它相当于一个新的光源，再射至准光镜 O_1 上，通过准光镜使光源所发射的球面光变为平行光束而投射到棱镜 P 上，使入射光对于棱镜的入射角都相同。狭缝是光谱仪的主要元件之一，它是由两块金属片构成的一个很狭窄的长方形的孔。光谱中的每一条谱线就是一种波长的单色光所产生的一个狭缝的像。狭缝的好坏直接影响光谱质量。狭缝的边缘必须十分平直和相互平行，边缘要锐利以避免光从边缘反射。狭缝应保持清洁，防止沾污和产生缺口，能连续可调，宽度以微米计算。它是光谱仪中十分精密的部件，必须十分小心保护免受沾污和损伤。

c. 色散系统　由一个或多个棱镜组成。其作用是使复色光分解为单色光，将不同波长的光以不同的角度折射出来，色散形成光谱。

d. 投影系统　包括暗箱物镜 O_2 及感光板 F。暗箱物镜使不同波长的光按顺序聚焦在物镜焦面上，而感光板则放在物镜焦面上，这样就可得到一清晰的谱线像——光谱。

（2）光栅摄谱仪　光栅摄谱仪是用光栅作色散元件，用照相干板记录谱线的光谱仪，其光学系统由照明系统、准光系统、色散系统及投影系统组成。图 3-20 是北京光学仪器厂平面光栅摄谱仪的光路图。

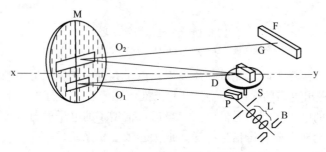

图 3-20　平面光栅摄谱仪的光路图

光源 B 发射的辐射经过三透镜照明系统 L，均匀照明精密狭缝 S，投影到反射镜 P 上，经反射之后投射至凹面反射镜 M 下方的准光镜上 O_1，变成平行光束射至平面反射式闪耀光栅 G 上，经色散后再投射到凹面反射镜上方暗箱物镜 O_2 上，最后按波长顺序排列于感光板 F 上。转动光栅台 D，改变光栅的入射角，可以调节波长范围和改变光谱级次。

（3）光电直读光谱仪　光电直读光谱仪是用光栅作色散元件，以光电管或光电倍增管做检测器，通过光电转换和测量，直接显示读数及含量的光谱仪。

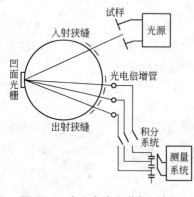

图 3-21　光电直读光谱仪示意图

光电直读光谱仪的构造与摄谱仪相似，所不同的只是在投影物镜的焦面上安装一个或多个出射狭缝，并以光电管或光电倍增管代替感光板作为检测器，光电直读光谱仪由激发光源、分光系统和光电检测系统等三部分组成，其工作原理如图 3-21 所示。

试样经激发光源激发后，所发射的复合光经入射狭缝投射到凹面光栅上，凹面光栅将光线准直、色散聚焦成像在罗兰圆（即焦面曲线）上。在焦面曲线上安装了许多出射狭缝，每一狭缝对准一条待测谱线。谱线由狭缝射出后，投射至光电倍增管的光阴极上，光电倍增管将待测谱线的光信号转换为电信号，由积分电容储存。当曝光终止时，由测量系统逐个测量积分电容上的电压，根据测定值的大小来确定含量。

当谱线经过出射狭缝到达光电倍增管，光电倍增管上产生的光电流 i 与分析线强度 I 的关系为

$$i = kI \tag{3-35}$$

式中，k 为比例常数。

积分电容器上的电压 U 和光电倍增管上的光电流成正比，也与谱线强成正比。即 $U \propto i$

$\propto I$，而谱线强度与元素浓度成正比，于是积分电容电压和浓度成正比

$$U = a'C^b \tag{3-36}$$

或
$$\lg U = b \lg C + \lg a' \tag{3-37}$$

式中，a' 为与激发条件等有关的常数；b 为自吸系数。

由式（3-37）可见，测量积分电容的电压就可以直接求出试样中被测元素的浓度。测量电压时，常常加一对数放大器来显示读数，或以自动打字机记录。并换算成浓度直接给出结果。光电直读光谱仪也是通过测量谱线的相对强度来进行定量测定的。

光电直读光谱仪分为单道扫描式和多道固定狭缝式两种。前者是采用单出射狭缝在光谱仪的焦面上扫描（通过转动光栅或其他装置来实现），在不同的时间分别接受不同波长的光谱线；后者是在光谱仪的焦面上按所需分析元素的波长位置安装若干个（可多达 60 个）固定出射狭缝和相应的光电倍增管检测系统，可在不同的空间位置同时接受、检测许多待测元素的信号（见图 3-22）。单道扫描式光电直读光谱仪适于用在分析试样数量较少，两组成多变的单元素分析及多元素的顺序测定。而多道固定狭缝式光电直读光谱仪，则更适合于试样数量较大且固定，要求分析速度快的多元素同时测定。

3.4　原子发射光谱分析方法

3.4.1　光谱定性分析

（1）光谱定性分析的原理　每一种元素都有它的特征谱线，根据原子光谱中的元素特征谱线就可以确定试样中是否存在被检测元素。

有些元素的光谱比较简单，如氢等。但有些元素的原子结构比较简单，所发射出的光谱谱线数量很多，有的谱线多达数千条。铁、钴、镍、钨、钼、钛、铀、铬、铪、铌、钽、钍以及稀土元素等都属于多谱线的元素。当然，在分析一种元素时，并不要求这种元素的每条谱线都检测到时才认为该元素的存在，实际上一般只要检测到该元素的少数几条灵敏线，就可确定该元素存在。

由于各种元素原子结构的不同，在光源的激发作用下，可以产生一系列特征的光谱线，其波长是由产生跃迁的两能级的能量差决定的。

$$\Delta E = h\upsilon = h\frac{c}{\lambda} \tag{3-38}$$

因此，根据原子光谱中的元素特征谱线就可以确定试样中是否存在被检元素。只要试样光谱中检出了某元素的 2～3 条灵敏线，就可以确证试样中存在该元素。反之，若在试样未检出某元素的灵敏线，就说明试样中不存在被检元素或者该元素的含量在检测灵敏度以下。

所谓灵敏线，是指一些激发电位低，跃迁概率大的谱线。一般说来，灵敏线多是一些共振线。由激发态直接跃迁至基态时所辐射的谱线称为共振线。当由最低能级的激发态（第一激发态）直接跃迁至基态时所辐射的谱线称为第一共振线，一般也是元素的最灵敏线。

各元素灵敏线的波长，可由光谱波长表中查到。在波长表中常用 Ⅰ 表示原子线，Ⅱ 表示一次电离离子发射的谱线，Ⅲ 表示二次电离离子发射的谱线。例如，Li Ⅰ 670.785nm，即表示该线是锂的原子线；Mg Ⅱ 280.270nm 表示镁的一次电离离子线。

（2）定性分析的方法

① 标准试样光谱比较法　如果只检查少数几种指定元素，同时这几种元素的纯物质又比较容易得到时，采用该法识谱是比较方便的。利用哈特曼光栏（见图 3-22）将欲检查元

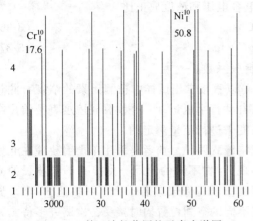

图 3-22　某一波长范围的元素光谱图

1—标尺；2—铁光谱；3—元素灵敏线；4—元素符号

素的纯物质光谱并列摄于未知试样光谱旁边，然后在映谱仪上观察所摄未知样品中，是否有欲分析元素的灵敏线出现，即可确认该元素是否存在。

② 元素光谱图比较法　对测定复杂组分以及进行光谱定性全分析时，上述简单方法已不适用。此时，可用"元素光谱图"比较法。"元素光谱图"是在一张放大 20 倍以后的不同波段的铁光谱图上，将各元素的灵敏线按波长位置标插在铁光谱图的相应位置上而制成（如图 3-22 所示）。

元素光谱图是由波长标尺、铁光谱和元素谱线及其名称组成。元素符号底下的数字表示该元素谱线的具体波长；右下角标的罗马数字Ⅰ、Ⅱ或Ⅲ等，分别表示该谱线为原子线，一级离子线或二级离子线等，右上角标有不同数字，表示谱线强度的级别。

一般谱线强度分为 10 级，级数越高，谱线越强。铁的光谱谱线较多，谱线之间的距离较近。其中每条谱线的波长都被做过精确的测定，载于波长表内。在 210～660nm 波长范围内约有 4600 条谱线，在各个波段中均有容易记忆的特征光谱，选用一组波长相近、强度已知而且不随激发条件而改变的铁光谱，以各谱线的相对强度为横坐标，以测得的黑度为纵坐标，绘制乳剂特性曲线。所以将铁光谱作为波长比较的标尺是很适宜的。常用的铁光谱线组列于表 3-5 铁光谱线组及其相对强度，前两组谱线适用于直流电弧，第三、四组谱线适用于直流电弧、交流电弧和电火花光源。

表 3-5　铁光谱线组及其相对强度

第 1 组		第 2 组		第 3 组		第 4 组			
波长/nm	$\lg I$	波长/nm	$\lg I$	波长/nm	$\lg I$	波长/nm	$\lg I$	波长/nm	$\lg I$
316.387	0.28	295.02	1.50	315.32	1.10	324.419	1.66	317.801	1.13
316.886	0.49	287.23	1.10	315.78	1.17	323.944	1.61	317.545	1.22
316.501	0.62	286.93	2.13	315.70	1.30	322.579	2.00	316.066	1.20
316.586	0.83	284.04	1.08	316.06	1.36	322.207	1.90	315.789	1.01
316.644	1.00	283.81	2.30	320.53	1.60	321.738	1.34	315.704	1.13
317.545	1.30	282.88	0.76	320.04	1.68	321.594	1.48	315.321	0.94
318.023	1.56	280.45	2.59	322.20	2.05	320.540	1.44		
319.693	1.80			322.57	2.16	320.047	1.51		

定性分析时，常常把作为波长标尺的纯铁光谱，利用哈特曼光栏同试样光谱并列拍摄在同一感光板上。将所得谱片置于映谱仪上放大 20 倍，再与"元素光谱图"进行比较。使"元素光谱图"上的铁光谱同映在映谱仪白色屏上的铁光谱相重合。根据试样光谱的谱线和元素光谱图上各元素灵敏线相重合的情况，就可以确定有关谱线的波长及所代表的元素。

当用上述方法仍旧无法确定未知试样中某些谱线属于何种元素时，则可用波长测定法，用波长仪准确测出该谱线的波长，再从波长表上查出与未知谱线相对应的元素。

（3）光谱定性分析工作条件的选择

①　光谱仪　一般选用中型摄谱仪，因其色散率较为适中，可将欲测元素一次摄谱，便于检出。若试样属多谱线、光谱复杂、谱线干扰严重，如稀土元素等，可采用大型摄谱仪。

②　激发光源　因直流电弧的电极头温度高，有利于试样蒸发，绝对灵敏度高，放在定性分析中常用它作激发光源。

③　电流控制　为了使易挥发和难挥发的元素都能很好地被检出，一般先使用较小的电流（5～6A），然后用较大的电流（6～20A），直至试样蒸发完毕。试样挥发完后，电弧发出噪声，并呈现紫色。

④　狭缝　为了减少谱线的重叠干扰和提高分辨率，摄谱时狭缝应小一些，以 5～7μm 为宜。

⑤　运用哈特曼光栏　光谱定性分析时，要求谱片上的铁谱线和试样谱线两者的相对位置要特别准确。为了避免摄谱时因感光板移动带来的机械误差，造成铁光谱与试样光谱位置不一致，可使用哈特曼光栏，将铁光谱并列于试样光谱的旁边。哈特曼光栏是由金属制成的多孔板（见图 3-23），置于狭缝前导槽内。当此光栏在导槽移动位置时，光栏上不同缺口（方孔）截取狭缝不同部位，因而能

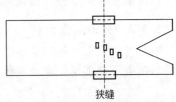

图 3-23　哈特曼光栏

使摄得的光谱落在感光板的不同位置上。由于狭缝的位置不变，只是光栏对其以不同高度的截取，所以所得的该组光谱的谱线位置固定不变，这样便于相互比较，定性查找。

此外，为了检查碳电极的纯度以及加工过程有无沾污等，一般还应摄取空碳棒的光谱。摄谱是选用灵敏度高的Ⅱ型感光板。

3.4.2　光谱半定量分析

在实际工作中常常需要对试样中组成元素的含量作粗略估计，例如钢材、合金的分类，矿石品位的评定以及在光谱定性中，除需给出试样中存在哪些元素外，还需指出其大致含量等。这时应用光谱半定量分析法可以快速、简便地解决问题。

光谱半定量分析的依据是，谱线的强度和谱线的出现情况与元素含量密切相关。常用的半定量方法是谱线黑度比较法和谱线呈现法等。

（1）谱线黑度比较法　将试样与已知不同含量的标准样品在相同的实验条件下，在同一块感光板上并列摄谱，然后在映谱仪上用目视法直接比较被测试样与标准样品光谱中分析线的黑度，若黑度相等，则表明被测样品中欲测元素的含量近似等于该标准样品中欲测元素的含量。例如分析黄铜中的铅，找出样品中 Pb 的灵敏线 283.3nm，和标准系列中的 Pb 的 283.3nm 的黑度进行比较，如果样品中 Pb 的这条谱线与含 Pb0.01％标准样品的黑度相似，则此样品中 Pb 的含量约为 0.01％。

该方法简便易行，其准确度取决于被测样品与标准样品基体组成的相似程度以及标准样品中欲测元素含量间隔的大小。

（2）谱线呈现法　当样品中某元素的浓度逐渐增加时，该元素的谱线强度增加，而且谱线的数目亦增多，灵敏线、次灵敏线、弱线依次出现。于是可预先配制一系列浓度不同的标准样品，在一定条件下摄谱，然后根据不同浓度下所出现的分析元素的谱线及强度情况绘制成一张谱线出现与含量的关系表（即谱线呈现表），以后就根据某一谱线是否出现来估计试样中该元素的大致含量。表 3-6 为铅的谱线呈现表，若某样品谱线出现规律和表中 Pb％为 0.003 的情况相同，则可判断此试样中铅含量为 0.003％。

表 3-6　铅的谱线呈现表

Pb/%	谱　线　及　其　特　征
0.001	283.31nm 清晰可见；261.42nm 和 280.20nm 谱线较弱
0.003	283.31nm、261.42nm 谱线增强；280.20nm 谱线清晰
0.01	上述各谱线增强；266.32nm，287.33nm 谱线不太明显
0.03	266.32nm，287.33nm 谱线逐渐增强至清晰
0.1	上述各谱线增强；不出现新谱线
0.3	显出 239.38nm 淡灰色谱线；在谱线背景上 257.73nm 不太清晰
1	上述各谱线增强；240.2nm、244.4nm 和 244.6nm 出现谱线；241.2nm 模糊可见

该法简便快速，但分析结果粗略，其准确度受试样组成及分析条件的影响较大。

3.4.3　光谱定量分析

（1）光谱定量分析的基本关系式　进行光谱定量分析时，是根据被测试样光谱中欲测元素的谱线强度来确定元素浓度的。元素的谱线强度 I 与该元素在试样中浓度 c 的关系为

$$I = ac^b \tag{3-39}$$
$$\lg I = b\lg c + \lg a \tag{3-40}$$

此即光谱定量分析的基本关系式。式中，常数 a 是与试样的蒸发、激发过程和试样组成等因素有关的一个参数；常数 b 称为自吸系数，当谱线强度不大、没有自吸时，$b=1$；反之，有自吸时，$b<1$，而且自吸越大，b 值越小。所以，只有在严格控制实验条件一定的情况下，在一定的待测元素含量的范围内，a 和 b 才是常数，$\lg I$ 与 $\lg c$ 之间才具有线性关系。

由于试样的蒸发、激发条件，以及试样组成、形态等的任何变化，均会使参数 a 发生变化，都会直接影响谱线强度。这种变化，特别是激发温度的变化是很难控制的。

因此，通常不采用测量谱线绝对强度的方法来进行光谱定量分析，而是采用测量谱线相对强度的方法，这就是"内标法"。该法是盖拉赫（Gelach）于 1925 年首先提出来，是光谱定量分析发展的一个重要成就。

（2）内标法光谱定量分析的原理

① 内标法原理　在待测元素的光谱中选一条谱线作为分析线（或称杂质线），另在基体元素（或定量加入的其他元素）的光谱中选一条谱线作为内标线（或称比较线），这两条谱线组成分析线对。分析线与内标线的绝对强度的比值称为相对强度（R）。

内标法就是根据分析线对的相对强度与被分析元素含量的关系来进行定量分析。这样可使谱线相对强度由于实验条件波动而引起的变化得以抵消，因为尽管光源变化对分析线的绝对强度有较大的影响，但对分析线和内标线的影响基本上是一样的，所以相对强度保持不变。这是内标法的优点。

设待测元素和内标元素含量分别为 c 和 c_0，分析线和内标线强度分别为 I 和 I_0，b 和 b_0 分别为分析线和内标线的自吸收系数，根据式(3-39)，对分析线和内标线分别有

$$I = a_1 c^b \tag{3-41}$$
$$I_0 = a_0 c_0^b \tag{3-42}$$

则其相对强度 R 为

$$R = \frac{I}{I_0} = \frac{a_1 c^b}{a_0 c_0^b} = ac^b \tag{3-43}$$

式中，$a = a_1/a_0 c_0^b$，在内标元素含量 c_0 和实验条件一定时，a 为定值，对式(3-43)取对数可得

$$\lg R = \lg \frac{I}{I_0} = b\lg c + \lg a \tag{3-44}$$

此式即内标法光谱定量分析的基本关系式。

② 内标元素与内标线的选择原则

a. 内标元素含量必须固定。内标元素在试样和标样中的含量必须相同。如果内标元素是外加的，则在分析试样中该元素原有的含量必须极微或不存在。内标化合物中不得含有被测元素。

b. 内标元素和分析元素要有尽可能类似的蒸发特性。这样，在蒸发过程中电极温度发生变化时，它们蒸发速度之比几乎不变，因而相对强度受电极温度变化的影响很小。

c. 用原子线组成分析线对时，要求两线的激发电位相近，若选用离子线组成分析线对，则不仅要求两线的激发电位相近，还要求电离电位也相近。这样当激发条件改变时，线对的相对强度仍然不变，或者说两条谱线的绝对强度随激发条件的改变作均称变化，这样的分析线对称为均称线对。显然，用一条原子线与一条离子线组成分析线对是不合适的。

d. 若用照相法测量谱线强度，要求组成分析线对的两条谱线的波长尽可能靠近。由于两条线将在同一感光板极为靠近的部位感光，因此曝光时间的变动，感光板乳剂层性质、冲洗感光板的情况都将产生同样的影响，这样它们在感光板上的相对强度将不受这些因素变化的影响。

e. 分析线与内标线没有自吸或自吸很小，且不受其他谱线的干扰。

(3) 摄谱法光谱定量分析　用摄谱法进行光谱定量分析时，最后测得的是谱线的黑度而不是强度。故此时应考虑谱线黑度与被测元素含量的关系。

当谱线黑度位于乳剂特性曲线的直线部分时，由式(3-30) 和式(3-33) 可得分析线和内标线的黑度分别为：

$$S_1 = \gamma_1 \lg H_1 - i_1 = \gamma_1 \lg K_1 I_1 t_1 - i_1 \tag{3-45}$$

$$S_2 = \gamma_2 \lg H_2 - i_2 = \gamma_2 \lg K_2 I_2 t_2 - i_2 \tag{3-46}$$

因为在同一块谱板上，曝光时间相等，所以 $t_1 = t_2$，$K_1 = K_2$。如果选用的分析线和内标线的波长比较接近，则两条谱线的乳剂特性基本相同，所以 $\gamma_1 = \gamma_2 = \gamma$，$i_1 = i_2$。

将 S_1 减去 S_2，得到

$$\Delta S = S_1 - S_1 = \gamma_1 \lg I_1 - \gamma_2 \lg I_2 = \gamma \lg I_1 / I_2 \tag{3-47}$$

可见分析线对的黑度差值与谱线相对强度的对数成正比。

将式(3-44) 代入式(3-47) 可得

$$\Delta S = \gamma \lg I_1 / I_2 = \gamma b \lg c + \gamma \lg a \tag{3-48}$$

式(3-48) 是基于内标法原理以摄谱法进行光谱定量分析的基本关系式。由此式可见，当分析线与内标线都落在感光板乳剂特性曲线的正常曝光部分，这时可直接用分析线对黑度差 ΔS 对 $\lg c$ 作图建立标准曲线进行定量分析。

例如锡青铜中锌的测定，选 Zn 330.3nm 为分析线，Cu 330.8nm 为内标线，测得实验数据见表 3-7，绘制标准曲线见图 3-24。因未知试样分析线对的黑度差平均值 $\Delta S = 0.20$，由图 3-24 查出其对应的 $\lg c = 0.900$ 求得样品中锌的含量为 8.0%。

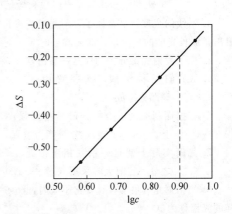

图 3-24　锡青铜中锌的测定

分析线 Zn330.3nm；内标线 Cu330.8nm

表 3-7　测定锌的实验数据

编　号	$c\%$	分析线对黑度差 $\Delta S = S_1 - S_2$			
		第 1 次	第 2 次	第 3 次	第 4 次
标 9	3.8	−0.52	−0.54	−0.56	−0.54
标 1	4.9	−0.43	−0.45	−0.45	−0.44
标 6	6.9	−0.25	−0.26	−0.32	−0.27
标 18	8.9	−0.18	−0.12	−0.12	−0.14
未知	x	−0.21	−0.20	−0.20	−0.20

（4）光谱定量分析工作条件的选择

① 光谱仪　一般多用中型光谱仪，但对谱线复杂的元素（加稀土元素等），则需选用色散率大的大型光谱仪。

② 光源　可根据被测元素的含量、元素的特性及分析要求等来选择合适的光源。

③ 狭缝　在定量分析中，为了减小由乳剂不均匀所引入的误差，宜使用较宽的狭缝，一般可达 $20\mu m$ 左右。

④ 内标元素和内标线　金属光谱分析中，一般选用基体元素作内标元素。在矿石分析中，由于组分变化很大，同时基体元素的蒸发行为与待测元素也多不相同，所以一般不用基体元素作内标，而是加入定量的其他元素。内标元素选择原则前已述及。

⑤ 光谱线冲剂　为了抵偿试样组分变化对谱线强度的影响，常于粉末试样和参比样品中加进经过选择的一种或多种辅助物质，这种物质称为光谱缓冲剂。它应具有增进有规律的挥发，稳定燃烧以及稳定电弧温度等作用。常用的缓冲剂有：碱金属盐类用作易挥发元素的缓冲剂，碱土金属盐类用作中等挥发元素的缓冲剂。炭粉也是缓冲剂的常见组分之一，它起着稀释试样，减小试样与标样在组成及性质上的差别等作用。

习　题

一、填空题

1. 原子发射光谱法试样原子化并激发的方法有（　　　）、（　　　）、（　　　）和（　　　）等，其中具有多元素同时分析的能力，而且也适用于液体样品分析的方法为（　　　），性能也大大提高，应用范围迅速扩大。

2. 原子发射光谱法（AES）是根据待测物质的（　　　）被激发时所发射的特征线状光谱的波长及其（　　　）来测定物质的元素组成和含量的一种分析技术，一般简称为发射光谱分析法。

3. 谱线的强度特性是原子发射光谱法进行（　　　）测定的基础。谱线强度是单位时间内从光源辐射出某波长光能的多少，也即某波长的（　　　）的大小。

4. 原子发射光谱分析的仪器一般由（　　　）、（　　　）或光谱仪和（　　　）三部分组成。

5. ICP 的结构组成，该装置由（　　　）和（　　　）、（　　　）和（　　　）、（　　　）等部分组成。

6. 根据瑞利准则，恰能分辨是指等强度的两条谱线的一峰谱线的（　　　）落在另一条谱线的（　　　）上。（　　　），分辨能力愈强。

7. 光栅实际上就是一系列相距很近、等距、等宽、平行排列的狭缝阵列。光栅有（　　　）和（　　　）之分。目前大多采用（　　　）作色散元件。

8. 当衍射角 β 很小，且变化不大时，$\cos\beta \approx 1$，即在同一线光谱中，色散率基本上不随波长而改变，这样的光谱称为（　　　）。

二、选择题

1. 原子发射光谱法试样原子化的方法中，特别适于测定浓度低、难溶的元素以及非金属元素的测定，其次，还可用于测定含量高达百分之几十的元素的原子化的方法为（　　）。

  A. 火焰原子化　　B. 电弧原子化　　C. 高压电火花　　D. 电感耦合等离子体光源原子化

  2. 物镜焦距 f 愈大，线色散率也愈大。$f=1m$ 的光栅光谱仪，称为一米光栅光谱仪；$f=2m$，称为二米光栅光谱仪。每毫米 1200 条刻痕的二米光栅光谱仪，线色散率约为（　　）。

  A. 1.0mm/nm　　B. 1.5mm/nm　　C. 2.5mm/nm　　D. 3.5mm/nm

  3. 一般的光谱仪由于受条件的限制，可利用的光谱级是有限的。通常以一、二级最常用。所以目前最现实的办法是采用大块的光栅，以增加总刻痕数。目前，有的光谱仪中已有 254mm 尺寸大的光栅，其分辨可高达（　　）。

  A. 6×10^3　　B. 4×10^4　　C. 5×10^5　　D. 6×10^5

  4. 光谱定量分析工作条件的选择中，为了减小由乳剂不均匀所引入的误差，宜使用较宽的狭缝，一般可达（　　）左右。

  A. $5\mu m$　　B. $10\mu m$　　C. $20\mu m$　　D. $30\mu m$

三、简答题

  1. 等离子体、电弧、电火花发射光谱与电热原子化、火焰原子化吸收方比较，具有哪几方面的优点和不足之处？

  2. 试述原子发射光谱产生的机理。

  3. 简述光谱分析的激发光源对试样的两个作用过程。

  4. 简述直流电弧发生器的工作原理。

  5. 简述低压交流电弧发生器的工作原理。

  6. 常用光谱分析的激发光源有哪几种？激发光源的基本要求是什么？

  7. 简述高压电容火花发生器的工作原理。

  8. 简述电感耦合等离子体焰炬（ICP）的组成与工作原理。

  9. 简述光谱重叠的消除方法。

  10. 摄谱法如何检测元素的原子发射光谱特征辐射信号？

  11. 光电法检测元素的原子发射光谱特征辐射信号的作用原理是什么？

  12. 简述内标法光谱定量分析的原理。

四、计算题

  1. 某一平面反射光栅，当入射角为 50°，衍射角为 20°时，为了得到波长为 500nm 的一级光栅，光栅上每毫米的刻线为多少？

  2. 若用每毫米刻有 450 条刻线光栅观察锰的波长为 403.10nm 谱线，当光束以 40°垂直角度入射和 20°入射时，最多能观察到多少级光谱？

  3. 若某光栅观察铁的波长为 310.01nm，则该光栅的一级光谱最佳适用波长范围为多少？光栅的二级光谱最佳适用波长范围为多少？

  4. 若光栅的宽度为 40mm，每毫米的刻 300 条线，则该光栅的一级光谱的理论分辨率为多少？一级光谱中波长为 249.601nm 和 249.613nm 的双线能否分开？

  5. 若某中价阶梯光栅刻线数 1400 条/nm，闪耀角为 12.16°，则光栅适用的一级光谱波长范围为多少？（中价阶梯光栅一般为 $\alpha = \beta$）。

第4章 紫外-可见分光光谱法

基于研究物质在紫外、可见光区的分子吸收光谱的分析方法称为紫外-可见分光光度法（ultraviolet and visible spectrophotometry，UV-VIS）。

紫外-可见吸收光谱主要产生于价电子在电子能级间的跃迁，所以它是研究物质电子光谱的分析方法。紫外-可见吸收光度法的光谱区域 $200\sim800\text{nm}$。

4.1 分子光谱概述

4.1.1 分子光谱的产生机理

分子中电子总是处于某一运动状态，每一种状态都具有一定的能量，属于一定的能级。对于分子甚至双原子分子的光谱，要比原子光谱复杂得多，这是由于在分子中，除了电子相对于原子核的运动外，还有核间相对位移引起的振动和转动。这三种运动能量都是量子化的，并对应有一定的能级。

图 4-1 是双原子分子的能级示意图，图中 E_A 和 E_B 表示不同能量的电子能级。在每一能级上有许多间距较小的若干振动能级，$v=0,1,2,3\cdots$ 的振动能级，在同一电子能级和振动能级中，还因转动能量的不同，而每一振动能级上又有许多更小的转动能级，$j=0,1,2,3\cdots$ 的转动能级。

若用 $\Delta E_{电子}$、$\Delta E_{振动}$、$\Delta E_{转动}$ 分别表示电子能级、振动能级、转动能级差，即有 $\Delta E_{电子}>\Delta E_{振动}>\Delta E_{转动}$。处在同一能级的同一分子，可能因其振动能量不同，而处在不同的振动能级上。

当分子处在同一电子能级和同一振动能级时，它的能量还会因转动能量的不同，而处在不同的转动能级上。所以分子的总能量可以认为是这三种能量的总和，即

$$E_{分子}=E_{电子}+E_{振动}+E_{转动}$$

当用频率为 v 的电磁波照射分子，而该分子的较高能级与较低能级之差 ΔE 恰好等于该电磁波的能量 hv 时，即有

$$\Delta E=hv \tag{4-1}$$

这里 h 为普朗克常数，此时，在微观上出现分子由较低的能级跃迁到较高的能级；在宏观上则透射光的强度变小。若用一连续辐射的电磁波照射分子，将照射后光强度的变化转变为电信号，并记录下来，就可以得到一张光强度变化对波长的关系曲线图，即分子吸收光谱图。

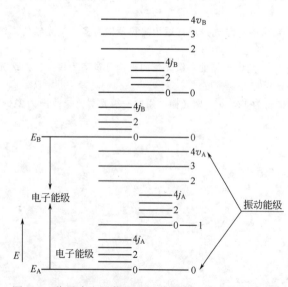

图 4-1 分子中电子能级、振动能级、转动能级示意图

4.1.2　分子光谱的主要类型

从上述可知，分子光谱实际上指的是分子的吸收光谱。根据吸收电磁波的范围不同，可将分子光谱分为远红外光谱、红外光谱及紫外、可见光谱三类。

分子的转动能级差一般在 $0.005\sim0.05eV$。产生此能级的跃迁，需吸收波长约为 $250\sim25\mu m$ 的远红外光，因此，形成的光谱称为转动光谱或远红外光谱。

分子的振动能级差一般在 $0.05\sim1eV$，需吸收波长约为 $25\sim12.5\mu m$ 的远红外光才能产生跃迁。在分子振动时，同时有分子的转动运动。这样，分子振动产生的吸收光谱中，包括转动光谱，故常称为振动-转动光谱。由于它吸收的能量处于红外光区，故又称红外光谱。

电子的跃迁能级差约为 $1\sim20eV$，比分子振动能级差要大几十倍，所吸收光的波长约为 $12.5\sim0.06\mu m$，主要在真空紫外到可见光区，对应形成的光谱，称为电子光谱或紫外、可见吸收光谱。

通常，分子是处在基态振动能级上，当用紫外、可见光照射分子时，电子可以从基态激发至激发态的任一振动（或不同的转动）能级上。因此，电子能级跃迁产生的吸收光谱，包含了大量谱线，并由于这些谱线的重叠而成为连续的吸收带。这就是为什么分子的紫外、可见光谱不是线状光谱，而是带状光谱的原因。又因为绝大多数的分子光谱分析，都是用液体样品，加之仪器的分辨率有限，因而使记录所得电子光谱的谱带变宽。

由于氧、氮、二氧化碳、水等在真空紫外光区（$60\sim200nm$）均有吸收，因此在测定这一范围的光谱时，必须将光学系统抽成真空，然后充以一些惰性气体，如氦、氖、氩等。鉴于真空紫外吸收光谱的研究需要昂贵的真空紫外分光光度计，故在实际应用中受到一定限制，我们通常所说的紫外-可见分光光度法，实际上是指近紫外-可见分光光度法。

4.1.3　光谱吸收曲线

（1）朗伯-比尔定律　朗伯-比尔定律是光吸收的基本定律，它指出：当一束单色光穿过透明介质时，光强度的降低同入射光的强度、吸收介质的厚度，及光路中吸光微粒数目成正比，用数学式表达为：

$$I/I_0=10^{-abc} \quad 或 \quad \lg\frac{I_0}{I}=abc \tag{4-2}$$

式中，I_0 是入射光的强度；I 是透射光的强度；a 是吸光系数；b 是光通过透明物的距离，一般即为吸收池的厚度，其单位用 cm；c 是被测物质的浓度，$g \cdot L^{-1}$；I/I_0 为透射比，用 T 表示。若以百分数表示，则 $T\%$ 称为百分透光率；而（$1\sim T\%$）称为百分吸收率，I/I_0 的负对数用 A 表示，称为吸光度，式(4-2)可写成：

$$A=abc \tag{4-3}$$

式中，c 为物质的量，$mol \cdot L^{-1}$，则上式又可写成：

$$A=\varepsilon bc \tag{4-4}$$

ε 是摩尔吸光系数。如果 b 的单位用 cm，则 ε 的单位用 $L \cdot mol^{-1} \cdot cm^{-1}$，$c$ 的单位为 $mol \cdot L^{-1}$。如果浓度 c 的单位用百分浓度 g/100mL，b 的单位用 cm，则式(4-4)中的吸光系数用符号 $E_{1cm}^{1\%}$ 表示。$E_{1cm}^{1\%}$ 称为比吸光系数，它与 ε 的关系可用下式表示：

$$E_{1cm}^{1\%}=\frac{10\varepsilon}{M} \tag{4-5}$$

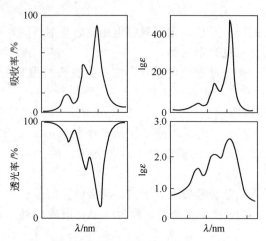

图 4-2 紫外光谱吸收曲线的各种表示方法

M 为被测物质的摩尔质量。用比吸光系数的表示方法，特别适用于摩尔质量未知的化合物。

（2）光谱曲线的表示方法　将不同波长的单色光依次通过被分析的物质，分别测得不同波长下的吸光度或透光率，然后绘制吸收强度参数-波长曲线，即为物质的吸收光谱曲线。在紫外、可见光谱中，波长 λ 用 nm 表示或 Å 为单位，吸收强度参数用透光率 $T\%$、吸收率 A、ε、$\lg\varepsilon$ 或 $E_{1cm}^{1\%}$ 等表示，如图 4-2 所示。

用吸收率 ε 及 $\lg\varepsilon$ 为纵坐标的吸收曲线中，凡有最大吸收值的波长，称为最大吸收波长，一般用 λ_{max} 表示。而以 $T\%$ 为纵坐标的吸收曲线中，λ_{max} 相应的是曲线的最低点。在红外光谱中，由于用 nm 或 Å 来表示波长时，数字太大，使用不方便，因此横坐标一般采用 μm 或波长的倒数——波数（cm）表示。波数与波长的关系，可用下式表示：

$$\sigma(\mathrm{cm}^{-1}) = \frac{10^4}{\lambda}(\mu m) \tag{4-6}$$

而纵坐标一般用透光率 $T\%$ 表示。

吸收曲线描述了物质对不同波长光的吸收能力。它反映了物质分子能级的变化，所以吸收曲线的形状和最大吸收波长 λ_{max} 的位置以及吸收强度（ε、$\lg\varepsilon$）等与分子的结构有着密切的关系。因此，利用吸收曲线可以对物质进行定性分析；而用某一波长下测得的吸光度与物质浓度关系的工作曲线，可以对物质进行定量分析，为了得到灵敏度，一般测 λ_{max} 处的吸光度。

例 4.1　某化合物在 $\lambda_{max}=235\mathrm{nm}$ 处，浓度 $2.0\times10^{-4}\mathrm{mol\cdot L^{-1}}$ 的样品溶液（吸收池厚度 1.0cm），其透光率为 20%，求其摩尔吸收系数 ε_{max}。

解：根据比尔定律：

$$A = -\lg\frac{I}{I_0} = -\lg T = \varepsilon cb$$

其中　　　　　　　$b=1.0\mathrm{cm}$；$c=2.0\times10^{-4}\mathrm{mol\cdot L^{-1}}$；$\lg\dfrac{I}{I_0}=\lg T=-0.7$

所以　　　　　　　$A=\varepsilon cb$　　　$0.7=\varepsilon\times2.0\times10^{-4}\times1.0$；

$$\varepsilon = 3.0\times10^3\mathrm{mol\cdot L^{-1}}$$

例 4.2　摩尔质量为 $180\mathrm{g\cdot mol^{-1}}$ 某吸光物质其摩尔吸光系数为 $6.0\times10^3\mathrm{L\cdot mol^{-1}\cdot cm^{-1}}$，稀释 10 倍后在厚度 1.0cm 吸收池中测得 A 为 0.3，计算原溶液中吸光物质的质量浓度。

解：根据比尔定律　$A=-\lg\dfrac{I}{I_0}=-\lg T=\varepsilon cb$ 可计算出稀释后的浓度为：

$$c = \frac{A}{\varepsilon b} = \frac{0.3}{6.0\times10^3\times1.0} = 5.0\times10^{-5}\mathrm{mol\cdot L^{-1}}$$

原溶液的浓度为

$$c_{原} = 10c = 10\times5.0\times10^{-5} = 5.0\times10^{-4}\mathrm{mol\cdot L^{-1}}$$

则溶液中该物质的质量浓度为：
$$c_{M} = c_{原} M = 5.0 \times 10^{-4} \times 180 = 0.090 \text{g} \cdot \text{L}^{-1} = 90 \text{mg} \cdot \text{L}^{-1}$$

例 4.3　称取 0.5g 的铜样，溶解后将其中的锰氧化成 MnO_4^-，移入 100mL 容量瓶中，加去离子水稀释至刻度。用 1.0cm 吸收池中测得 A 为 0.31，已知 $\varepsilon = 2.2 \times 10^3 \text{L} \cdot \text{mol}^{-1} \cdot \text{cm}^{-1}$，试计算铜样中锰的含量分数。

解：根据比尔定律　$A = -\lg \dfrac{I}{I_0} = -\lg T = \varepsilon cb$ 可计算出溶液中锰的浓度为：

$$c = \frac{A}{\varepsilon b} = \frac{0.31}{2.2 \times 10^3 \times 1.0} = 1.4 \times 10^{-4} \text{mol} \cdot \text{L}^{-1}$$

再计算 100mL 溶液中锰的质量

$$m = c_{M(Mn)} V = 1.4 \times 10^{-4} \text{mol} \cdot \text{L}^{-1} \times 55 \text{g} \cdot \text{mol}^{-1} \times 100 \times 10^{-3} \text{L}$$
$$= 7.7 \times 10^{-4} \text{g}$$

$$\text{Mn 的质量分数} = \frac{7.7 \times 10^{-4} \text{g}}{0.50 \text{g}} \times 100\% = 0.154\%$$

例 4.4　$1.28 \times 10^{-4} \text{mol} \cdot \text{L}^{-1}$ $KMnO_4$ 溶液在波长 525nm 处用 1cm 光程的吸收池侧的透光度为 0.500，试计算：

(1) 若 $KMnO_4$ 溶液的浓度为原溶液的 2 倍时，其吸光度为多少？

(2) 假定使用普通分光光度计，在浓度相对误差最小时测定，则 $KMnO_4$ 溶液的浓度为多少？

解：(1) 根据比尔定律　$A = -\lg \dfrac{I}{I_0} = -\lg T = \varepsilon cb$ 可计算出 $KMnO_4$ 溶液中锰的浓度，然后计算摩尔吸光系数 ε：

$$A = -\lg \frac{I}{I_0} = \lg \frac{1}{T} = \lg \frac{1}{0.500} = 0.301$$

$$\varepsilon = \frac{A}{bc} = \frac{0.301}{1 \times 1.28 \times 10^{-4}} = 2.35 \times 10^3 \text{L} \cdot \text{mol}^{-1} \cdot \text{cm}^{-1}$$

$KMnO_4$ 溶液的浓度为原溶液的 2 倍时，其吸光度 A 为：

$$A = \varepsilon bc = 2.35 \times 10^3 \times 1 \times 1.28 \times 10^{-4} \times 2 = 0.602$$

(2) 在浓度相对误差最小时测定，$A = 0.434$，因此用比尔定律计算 $KMnO_4$ 溶液的浓度为：

$$A = \varepsilon bc$$

$$c = \frac{A}{\varepsilon b} = \frac{0.434}{2.35 \times 10^3 \times 1} = 1.85 \times 10^{-4} \text{mol} \cdot \text{L}^{-1}$$

4.2　化合物电子光谱的产生

在紫外和可见光区范围内，有机化合物的吸收带主要由 $\sigma \rightarrow \sigma^*$、$\pi \rightarrow \pi^*$、$n \rightarrow \sigma^*$、$n \rightarrow \pi^*$ 及电荷迁移跃迁产生，无机化合的吸收带主要由电荷迁移和配位场跃迁（即 d-d 跃迁和 f-f 跃迁）产生。各种跃迁情况如图 4-3 所示。

从图 4-3 可以看出，由于电子跃迁的类型不同，实现跃迁需要的能量不同，因而吸收光的波长范围也不同。其中 $\sigma \rightarrow \sigma^*$ 跃迁所需能量最大，$n \rightarrow \pi^*$ 及配位场跃迁所需能量最小。因

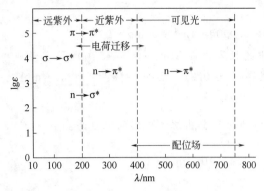

图 4-3 紫外和可见光区产生的吸收带类型

此，它们的吸收带分别落在远紫外和可见光区。从图中纵坐标可知，$\pi \rightarrow \pi^*$ 及电荷迁移跃迁产生的谱带强度最大，$\sigma \rightarrow \sigma^*$、$n \rightarrow \pi^*$、$n \rightarrow \sigma^*$ 跃迁产生的谱带强度次之，配位跃迁的谱带强度最小。

4.2.1 有机化合物的电子光谱

（1）跃迁类型 基态有机化合物的价电子包括成键 σ 电子、成键 π 电子和非成键电子（以 n 表示）。分子的空轨道包括反键 σ^* 轨道和反键 π^* 轨道。因此，可能的跃迁为 $\sigma \rightarrow \sigma^*$、$\pi \rightarrow \pi^*$、$n \rightarrow \sigma^*$、$n \rightarrow \pi^*$ 等，如图 4-4 所示。

① $\sigma \rightarrow \sigma^*$ 跃迁 它需要的能量较高，一般发生在真空紫外区。饱和烃中的—C—C—键属于这类跃迁。例如乙烷的最大吸收波长 λ_{max} 为 135nm。

② $n \rightarrow \sigma^*$ 跃迁 实现这类跃迁所需要的能量较高，吸收光谱落于远紫外光区和近紫外光区，例如 CH_3OH 和 CH_3NH_2 的 $n \rightarrow \sigma^*$ 跃迁光谱分别为 183nm 和 213nm。

③ $\pi \rightarrow \pi^*$ 跃迁 它需要的能量低于 $\sigma \rightarrow \sigma^*$ 的跃迁，吸收峰一般处于近紫外区，在 200nm 左右。其特征是摩尔吸收系数较大，一般为 $10^3 \sim 10^4$（$L \cdot mol^{-1} \cdot cm^{-1}$），为强吸收带。如乙烯（蒸气）的最大吸收波长为 162nm。

④ $n \rightarrow \pi^*$ 跃迁 这类跃迁发生在近紫外光区和可见光区。它是简单的生色团（见后），如羰基、硝基等中的孤对电子向反键轨道跃迁。其特点是谱带强度弱，摩尔吸光系数小，通常小于 100，属于禁阻跃迁。

⑤ 电荷迁移跃迁 所谓电荷迁移跃迁是指用电磁辐射照射化合物时，电子从给予体向与接受体相联系的轨道上跃迁，如图 4-5 所示。因此，电荷迁移跃迁实质是一个内氧化-还原过程，而相应的吸收光谱称为电荷迁移吸收光谱。例如某些取代芳烃可产生这种分子内电荷迁移跃迁吸收带。

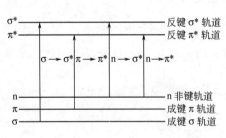

图 4-4 有机分子中的电子跃迁类型

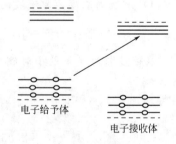

图 4-5 电荷迁移跃迁示意图

电荷迁移吸收带的谱带较宽，吸收强度大。最大波长处的摩尔吸光系数 ε 可大于 10^4（$L \cdot mol^{-1} \cdot cm^{-1}$）。

从广义上讲，可以将各种类型的轨道（如 σ、π 等）都看作是个电子给予体或接受体，但其中具有实用意义的是 π 轨道。

（2）常用术语

① 生色团从广义来说，所谓生色团，是指分子中可以吸收光子而产生电子跃迁的原子基团。但是，人们通常将能吸收紫外、可见光的原子团或结构系统定义为生色团。

电子接收体　电子给予体

电子给予体　电子接收体

表 4-1 列出了某些常见生色团的吸收特征。

表 4-1　某些常见生色团的吸收特征

生色团	实例	溶剂	λ_{max}/nm	$\varepsilon_{max}/L \cdot mol^{-1} \cdot cm^{-1}$	跃迁类型
烯	$C_6H_{13}CHCH_2$	正庚烷	177	13000	$\pi \rightarrow \pi^*$
炔	$C_5H_{11}C \equiv C-CH_3$	正庚烷	178	10000	$\pi \rightarrow \pi^*$
			196	2000	—
			225	160	—
羰基	CH_3COH	乙醇	204	41	$n \rightarrow \pi^*$
酰胺基	CH_3CNH_2	水	214	60	$n \rightarrow \pi^*$
羰基	CH_3CCH_3	正己烷	186	1000	$n \rightarrow \sigma^*$
			280	16	$n \rightarrow \pi^*$
	CH_3CH	正己烷	180	大	$n \rightarrow \sigma^*$
			293	12	$n \rightarrow \pi^*$
偶氮基	$CH_3N{=}NCH_3$	乙醇	339	5	$n \rightarrow \pi^*$
硝基	CH_3NO_2	异辛烷	280	22	$n \rightarrow \pi^*$
亚硝基	C_4H_9NO	乙醚	300	100	—
			665	20	$n \rightarrow \pi^*$
硝酸酯	$C_2H_5ONO_2$	二氧杂环六乙烷	270	12	$n \rightarrow \pi^*$

② 助色团　助色团是指带有非键电子对的基团，如—OH、—OR、—NHR、—SH、—Cl、—Br、—I 等，它们本身不能吸收大于 200nm 的光，但是当它们与生色团相连时，会使生色团的吸收峰向长波方向移动并且增加其吸收强度。

③ 红移和紫移　在有机化合物中，常常因取代基的变更或溶剂的改变，使其吸收带的最大吸收波长 λ_{max} 发生移动。向长波方向移动称为红移，向短波方向移动称为紫移。

(3) 有机化合物的紫外、可见光谱

① 饱和烃及其取代衍生物　饱和烃类分子中只含有 σ 键。因此，只能产生 $\sigma \rightarrow \sigma^*$ 跃迁，即 σ 键电子从成键轨道（σ）跃迁到反键轨道（σ^*）。饱和烃的最大吸收峰一般小于 150nm，已超出紫外-可见分光光度计的测量范围。

饱和烃的取代衍生物如卤代烃，其卤素原子上存在 n 电子，可产生 $n \rightarrow \sigma^*$ 的跃迁。$n \rightarrow \sigma^*$ 的能量低于 $\sigma \rightarrow \sigma^*$。例如，$CH_3Cl$、$CH_3Br$ 和 CH_3I 的 $n \rightarrow \sigma^*$ 的跃迁分别出现在 173nm、204nm 和 258nm 处。这些数据不仅说明了氯、溴和碘原子引入甲烷后，其相应的吸收波长发生了红移，显示了助色团的助色作用，而且也说明，随着杂原子的原子半径的增加，$n \rightarrow \sigma^*$ 的跃迁移向近紫外光区。

直接用烷烃和卤代烃的紫外吸收光谱来分析这些化合物的实用价值并不大。但是，它们是测定紫外和（或）可见吸收光谱时的良好溶剂。

② 不饱和烃及共轭烯烃　在不饱和烃类分子中，除含有 σ 键外，还含有 π 键，它们可以产生 $\sigma \rightarrow \sigma^*$ 和 $\pi \rightarrow \pi^*$ 两种跃迁。$\pi \rightarrow \pi^*$ 跃迁所需能量小于 $\sigma \rightarrow \sigma^*$ 跃迁。例如，在乙烯分子中，$\pi \rightarrow \pi^*$ 跃迁最大吸收波长 λ_{max} 为 180nm。

不饱和烃中，当有两个以上的双键共轭时，随着共轭系统的延长，$\pi \rightarrow \pi^*$ 跃迁的吸收带将明显向长波方向移动，吸收强度也随之加强（见表 4-2）。从表 4-2 可以看到，当有五个以 π 键共轭时，吸收带已落在可见光区。在共轭体系中，$\pi \rightarrow \pi^*$ 跃迁产生的吸收带，又称为 K 带。

表 4-2　某些共轭烯烃的吸收光谱数据

化　合　物	溶　剂	λ_{max}/nm	$\lambda_\varepsilon/L \cdot mol^{-1} \cdot cm^{-1}$
1,3-丁二烯	己烷	217	21000
1,3,5-丁三烯	异辛烷	268	4300
1,3,5,7-辛四烯	环己烷	304	—
1,3,5,7,-癸五烯	异辛烷	334	121000
1,3,5,7,9,11-十二烷基六烯	异辛烷	364	138000

③ 羰基化合物　羰基化合物含有 $\diagdown C{=}O$ 基团。$\diagdown C{=}O$ 基团主要可以产生 $n \rightarrow \sigma^*$、$n \rightarrow \pi^*$ 和 $\pi \rightarrow \pi^*$ 三个吸收带。吸收带又称 R 带，落于近紫外或紫外光区。醛、酮、羧酸及羧酸的衍生物，如酯、酰胺、酰卤等，都含有羰基。由于醛和酮这两类物质与羧酸及其衍生物在结构上的差异，因此它们吸收带的光区稍有不同。

醛、酮的 $n \rightarrow \pi^*$ 吸收带出现在 $270 \sim 300nm$ 附近，它的强度低（ε_{max} 为 $10 \sim 20$），并且谱带略宽。

醛、酮的羰基与双键共轭时，形成了 α, β-不饱和醛酮类化合物。由于羰基与乙烯基共轭，即产生共轭作用，使 $\pi \rightarrow \pi^*$ 和 $n \rightarrow \pi^*$ 吸收带分别移至 $220 \sim 260nm$ 和 $310 \sim 330nm$。表 4-3 列举了某些 α, β-不饱和醛酮类的吸收光谱数据。从表 4-3 可以看出，前一吸收带强度高（ε_{max} 约 10^4），后一吸收带强略低（$\varepsilon_{max} < 10^2$）。这一特征可以用来识别 α, β-不饱和醛酮。

表 4-3　某些 α, β-不饱和醛酮类的吸收光谱特征

化　合　物	取代基	$\pi \rightarrow \pi^*$ 带（K 带）		$n \rightarrow \pi^*$（R 带）	
		λ_{max}/nm	$\varepsilon_{max}/L \cdot mol^{-1} \cdot cm^{-1}$	λ_{max}/nm	$\varepsilon_{max}/L \cdot mol^{-1} \cdot cm^{-1}$
甲基乙烯基甲酮	无	219	3600	324	24
2-乙基-1-己烯-3-酮	单基	221	6450	320	65
甲基异丙烯基-酮	单基	218	8300	319	27
亚乙基丙酮	单基	224	9750	314	38
丙炔醛	无	<210	—	328	13
巴豆醛	单基	217	15650	321	19
柠檬醛	双基	238	13500	324	65
β-环柠檬醛	三基	245	8300	328	43

羧酸及其衍生物虽然也有 $n \rightarrow \pi^*$ 吸收带，但是，羧酸及其衍生物的羰基上的碳原子直接联结含有共用电子对的助色团，如：$-OH$，$-O$，$-OR$，$-NH_2$ 等。由于这些助色团上的 n 电子与羰基双键的 π 电子产生 $n \rightarrow \pi$ 共轭，导致 π^* 轨道的能级有所提高，但这种共

轫作用并不能改变 n 轨道的能级。因此实现 n→π* 跃迁所需能量变大，使 n→π* 吸收带紫移至 210nm 左右。

④ 苯及其衍生物　苯有三个吸收带。它们都是由 π→π* 跃迁引起的。E₁ 带（或称'B 带、β 带）出现在 184nm（$\varepsilon_{max}=60000L \cdot mol^{-1} \cdot cm^{-1}$）处；E₂ 带（或称 La 带、p 带）出现在 204nm（$\varepsilon_{max}=8000L \cdot mol^{-1} \cdot cm^{-1}$）处；B 带（或称'L_b 带、α 带）出现在 255nm（$\varepsilon_{max}=200L \cdot mol^{-1} \cdot cm^{-1}$）处。在气态或非极性溶剂中，苯及其同系物的 B 谱带有许多的精细结构如图 4-6 所示。这是由于振动跃迁在基态电子跃迁上的叠加。在极性溶剂中，这些精细结构消失。

当苯环上有取代基时，苯的三个特征谱带都将发生显著的变化，其中较大的是 E₂ 带和 B 带。

表 4-4 列出了某些取代基对苯环谱带的影响。

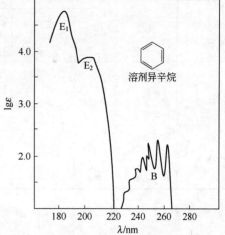

图 4-6　苯的紫外吸收光谱

从表 4-4 可以看到，当苯环上引入—NH₂，—OH，—CHO，—NO₂ 等基团时，苯的 B 带显著红移，并且吸收强度增大。此外，由于这些团上有 n 电子，故能产生 n→π* 吸收带。例如，硝基苯、苯甲醛的 n→π* 吸收带分别位于 330nm 和 328nm。

表 4-4　苯及其某些衍生物的吸收光谱

化合物	溶剂	E₁ 吸收带		E₂ 吸收带		B 吸收带		R 吸收带	
		λ_{max}/nm	ε_{max}/L·mol⁻¹·cm⁻¹	λ_{max}/nm	ε_{max}/L·mol⁻¹·cm⁻¹	λ_{max}/nm	ε_{max}/L·mol⁻¹·cm⁻¹	λ_{max}/nm	ε_{max}/L·mol⁻¹·cm⁻¹
苯	己烷	184	68000	204	8800	254	250		
甲苯	己烷	189	55000	208	7900	362	260		
苯酚	水			211	6200	370	1450		
苯胺	水			230	8600	280	1400		
苯甲酸	水			230	10000	270	800		
硝基苯	己烷			252	10000	280①	1000	330①	140
苯甲醛	己烷			242	14000	280	1400	328	55
苯乙烯	己烷			248	15000	282	740		

① 肩峰。

⑤ 稠环及杂环化合物　稠环芳香烃，如萘、蒽、并四苯、菲、芘等，均显示苯的三个吸收带。但是与苯本身比较，这三个吸收带均发生红移，且强度随着苯环数目增多，吸收液波长红移越多，吸收强度也相应增加。表 4-5 列出了某些稠环芳香烃的吸收光谱数据，从表中可以看到，像菲这样的角形稠环芳烃，在 210～245nm 范围还出现另一个吸收带，为附加谱带。

当芳环上的—CH 基团被氮原子取代后，则相应的氮杂环化合物（如吡啶、喹啉、吖啶）的吸收光谱，与相应的碳环化合物极为相似，即吡啶与苯相似，喹啉与萘相似。此外，由于引入含有 n 电子的 N 原子的这类杂环化合物还可能产生吸收带，如吡啶在非极性溶剂的相应吸收带出现在 270nm 处（ε_{max} 为 450L·mol⁻¹·cm⁻¹）。

表 4-5 某些稠环芳香烃的吸收光谱

化合物	溶剂	附加谱带		E_1 带		E_2 带		B 带	
		λ/nm	ε_{max} /L·mol^{-1}·cm^{-1}	λ/nm	ε_{max} /L·mol^{-1}·cm^{-1}	λ/nm	ε_{max} /L·mol^{-1}·cm^{-1}	λ/nm	ε_{max} /L·mol^{-1}·cm^{-1}
苯	庚烷	—	—	184	60000	204	8000	255	200
萘	异辛烷	—	—	221	110000	275	5600	311	250
蒽	异辛烷	—	—	251	200000	376	5000	遮盖	
并四苯	庚烷	—	—	272	180000	473	12500	遮盖	
菲	甲醇	219	18000	251	90000	292	20000	330	350
芘	95%乙醇	220	37000	267	160000	306	15500	360	1000

例 4.5 乙酰乙酸乙酯有酮式和烯醇式两种互变异构体：

$$CH_3-\overset{O}{\underset{\|}{C}}-CH_2-\overset{O}{\underset{\|}{C}}-OC_2H_5 \qquad CH_3-\overset{OH}{\underset{|}{C}}=CH-\overset{O}{\underset{\|}{C}}-OC_2H_5$$

在近紫外光谱产生 $\lambda_{max}=272nm$（$\varepsilon_{max}=16L·mol^{-1}·cm^{-1}$）和 $\lambda_{max}=243nm$（$\varepsilon_{max}=16000L·mol^{-1}·cm^{-1}$）两个吸收带，试分析每个吸收带对应的吸收带类型，并说明是由哪个异构体贡献的。

解：近紫外光谱区的 $\lambda_{max}=272nm$（$\varepsilon_{max}=16L·mol^{-1}·cm^{-1}$）吸收带，是 $n\rightarrow\pi^*$ 跃迁所产生 R 吸收带，是酮式贡献的；

近紫外光谱区的 $\lambda_{max}=243nm$（$\varepsilon_{max}=16000L·mol^{-1}·cm^{-1}$）吸收带，是 $\pi\rightarrow\pi^*$ 跃迁所产生 K 吸收带，是烯醇式异构体贡献的。

4.2.2 无机化合物的电子光谱

产生无机化合物电子光谱的电子跃迁形式，一般分为两大类：电荷迁移跃迁和配位场跃迁。

（1）电荷迁移跃迁 许多无机络合物也有电荷迁移跃迁产生的电荷迁移吸收光谱。

若用 M 和 L 分别表示络合物的中心离子和配体。当一个电子由配体的轨道跃迁到与中心离子相关的轨道上时，可用下式表示：

$$M^{n+}-L^{b-} \xrightarrow{h\nu} M^{(n-l)+}-L^{(b-l)-}$$

这里，中心离子为电子接受体。配体为电子给予体。一般来说，在络合物的电荷迁移中，金属是电子的接受体，配体是电子的给予体。

不少过渡金属离子与含生色团的试剂反应，所生成的络合物及许多水合无机离子产生电荷迁移跃迁移。如：

$$Cl(H_2O)_n \xrightarrow{h\nu} Cl(H_2O)_n^-$$

$$\downarrow \qquad\quad \downarrow$$

$$电子给予体 \quad 电子接受体$$

$$Fe^{3+}OH^- \xrightarrow{h\nu} Fe^{2+}OH$$

$$[Fe^{3+}CNS^-]^{2+} \xrightarrow{h\nu} [Fe^{2+}CNS]^{2+}$$

此外，一些具有 d^{10} 电子结构的过渡元素形成的卤化物及硫化物，如 $AgBr$、PbI_2、HgS 等，也由于这类跃迁而产生颜色。

电荷迁移吸收光谱出现的波长位置，取决于电子给予体和电子接受体相应的电子轨道的能量差。若中心离子的氧化能力愈强，或配体的还原能力愈强（相反，若中心离子的还原能力愈强，或配体的氧化能力愈强），则发生电荷迁移时所需能量愈小，吸收光波长红移。

电荷迁移吸收光谱带最大的特点是摩尔吸收系较大，一般 $\varepsilon_{max} > 10^4 L \cdot mol^{-1} \cdot cm^{-1}$。因此许多"显色反应"是应用这类谱带进行定量分析时，以提高检测灵敏度。

（2）配位场跃迁　配位场跃迁包括 d-d 跃迁和 f-f 跃迁。元素周期表第四、五周期的过渡元素分别含有 3d 和 4d 轨道。镧系和锕系元素分别含有 4f 和 5f 轨道。在配位体的存在下，过渡元素五个能量相等的 d 轨道及镧系和锕系元素七个能量相等的 f 轨道分别分裂成几组能量不等的 d 轨道及 f 轨道。当它们的离子吸收光能后，低能态的 d 电子或 f 电子可以分别跃迁至高能态的 d 轨道或 f 轨道上去。这两类跃迁分别称为跃迁 d-d 和 f-f 跃迁。由于这两类跃迁必须在配体的配位场作用下才可能产生，因此又称为配位场跃迁。

与电荷迁移跃迁比较，由于选择规则的限制，配位场跃迁吸收谱带的摩尔吸光系数小，一般 $\varepsilon_{max} < 10^2 L \cdot mol^{-1} \cdot cm^{-1}$。这类光谱一般位于可见光区。虽然配位场跃迁不像电荷迁移跃迁在定量分析上重要，但它可用于研究络合物的结构，并为现代无机络合物键合理论的建立，提供了有用的信息。

① f-f 跃迁　大多数的镧系和锕系元素的离子都在紫外-可见光区有吸收。与大多数无机物和有机吸收体系的特征相反，它们的光谱都由一些很窄的吸收峰组成。图 4-7 所示为一个典型光谱的一部分。

在镧系元素中，引起吸收的跃迁一般只涉及 4f 电子的各能级，而锕系则是 5f 电子。由于 f 轨道被已充满的具有较高量子数的外层轨道所屏蔽而不受外界影响，因此其谱带较窄，并且不易受外层电子有关的键合性质的影响。

② d-d 跃迁　一些 d 电子层尚未充满的第一、第二过渡元素的吸收光谱，主要是由 d-d 跃迁产生的。但是与镧系和锕系相反，其吸收带往往是宽的（见图 4-8），且易受环境因素的强烈影响。例如：水合铜离子（Ⅱ）是浅蓝色的，而它的氨络合物却是深蓝色的。

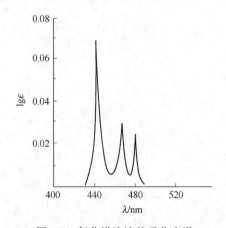

图 4-7　氯化镨溶液的吸收光谱

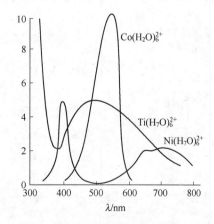

图 4-8　某些过度金属离子的吸收光谱

当受到一定波长光照射时，d 电子就会从能量低的 d 轨道向空的能量高的 d 轨道跃迁。对于八面体络合物，d 轨道的能量差用 Δ 表示，Δ 值是配位场强度的量。Δ 值的大小与中心离子种类有关。在同族元素的同价离子中，随着原子序数的增大，Δ 值增加。同时，Δ 值还受配体的种类及配位数的影响。对于同种中心离子，一些配体将使 Δ 值按以下次序递减：

$CO>CN^->NO_2^->$ 邻二氮菲 $>2,2'$-联吡啶 $>NH_3>CH_3CN>NCS^->H_2O>C_2O_4^{2-}>$ $OH^->F^->NO_3^->Cl^->S_2^->Br^->I^-$。除少数例外，可用此配位场强度顺序，预测某一过渡金属离子的各种络合物吸收峰的相对位置。一般的规律是 Δ 随场强增加而增加，吸收峰波长则发生紫移。

4.2.3 溶剂对电子光谱的影响

溶剂对电子光谱的影响较为复杂。改变溶剂的极性，会引起吸收带形状的变化。例如，当溶剂的极性由非极性改变到极性时，精细结构消失，吸收带变向平滑。

改变溶剂的极性，还会使吸收带的最大吸收波长 λ_{max} 发生变化。表 4-6 列出了溶剂对亚异丙酮紫外吸收光谱的影响。从表 4-6 可以看出，当溶剂极性增大时，由 $n\to\pi^*$ 跃迁产生的吸收带发生紫移，而 $\pi\to\pi^*$ 由跃迁产生的吸收带发生红移。因此，在测定紫外-可见吸收光谱曲线时，应注明在何种溶剂中测定。

表 4-6　溶剂对亚异丙酮的 $\pi\to\pi^*$ 和 $n\to\pi^*$ 跃迁的溶剂效应

跃迁类型	正己烷	$CHCl_3$	CH_3OH	H_2O
$\pi\to\pi^*$ λ_{max}/nm	230	238	237	243
$n\to\pi^*$ λ_{max}/nm	329	315	309	305

在选择测定电子吸收光谱曲线的溶剂时，应注意如下几点：

（1）尽量选用低极性溶剂；

（2）能很好地溶解被测物，并且形成的溶液具有良好的化学和光化学稳定性；

（3）溶剂在样品的吸收光谱区无明显吸收。表 4-7 列出紫外-可见吸收光谱中常用的溶剂，以供选择时参考。

表 4-7　各种常用溶剂的使用最低波长极限

溶　剂	最低波长极限 λ/nm	溶　剂	最低波长极限 λ/nm
乙酯	$200\sim250$	异丙醇	215
	210	水	210
正丁醇	210		$200\sim250$
氯仿	245	苯	280
环己烷	210	四氯化碳	265
十氢化萘	200	N,N-二甲基甲酰胺	270
1,1-二氯乙烷	235	甲酸甲酯	260
二氯甲烷	235	四氯乙烯	290
1,4-二氧六环	225	二甲苯	295
十二烷	200		$300\sim350$
乙醇	210	丙酮	330
乙醚	210	苯甲腈	300
庚烷	210	溴仿	335
己烷	210	吡啶	305
甲醇	215		$350\sim400$
甲基环己烷	210	硝基甲烷	380
辛乙烷	210		

4.3　紫外-可见分光光度计

4.3.1　主要组成部件

紫外-可见分光光度计通常由五个部分组成，见图4-9。

（1）辐射源　对光源的要求是，在仪器操作所需的光谱区域内，能发射连续的具有足够强度和稳定辐射，并且辐射源能随波长的变化尽可能的小，使用寿命长。

紫外及可见光区的辐射光源有白炽光源和气体放电光源两类。

在可见和近红外区的常用光源为白炽光源，如钨灯和碘钨灯等。钨灯可使用的

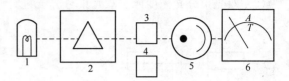

图4-9　紫外-可见分光光度计组成示意图
1—辐射源；2—单色器；3,4—吸收池；
5—光敏检测器；6—读数显示器

范围在320～2500nm。在可见光区，钨灯的能量输出大约随工作电压的四次方而变化，所以为了使光源稳定，必须严格控制电压。

紫外区主要采用低压和直流氢或氘放电灯。当氢气压力为 $10^2\,Pa$ 时，用稳压电源供电，放电十分稳定，因而光强恒定。放电灯在波长为350～165nm范围内发出连续光谱，但在165nm以下为线光谱。在波长360nm处，氢放电产生了叠加于连续光谱之上的发射线。所以，在这一波长范围内的分析，一般用白炽光源。应该指出，由于受石英窗吸收的限制，通常紫外光区波长的有效范围为350～200nm。

（2）单色器　单色器是由光源辐射的复合光中分出单色光的光学装置。单色器通常由入口狭缝，准直元件，色散元件，聚焦元件和出口狭缝组成。最常用的色散元件有棱镜和光栅。

棱镜通常用玻璃、石英等制成。玻璃适用于可见光区，石英材料适用紫外光区，光栅的分辨率在整个光谱范围内是均匀的，使用起来更为方便。

（3）吸收池　在紫外-可见分光光度法中，一般使用液体试液，试样放在分光光度计光束通过的液体池。对吸收池的要求，主要是能透过有关辐射线。通常，可见光区可以用玻璃吸收池，而紫外光区则用石英吸收池。典型的可见和紫外光吸收池的光程长度，一般为1cm。但变化范围是很大的，可从十分之几毫米到10cm或更长。

（4）光敏检测器　对分光光度计检测器的要求是，在测定的光谱范围内应具有高的灵敏度，对辐射强度呈线性响应，响应快，适于放大，并且有高稳定性和低的"噪音"水平。

常用的光电检测器有光电管和光电倍增管。光电管因敏感的光谱范围不同而分为蓝敏和红敏光电管两种。前者是在镍阴极表面上沉积锑和铯，可用波长范围为210～625nm；后者是在阴极表面沉积了银和氧化铯，可用范围为625～1000nm。

电倍增管比普通光电管更灵敏，因此可使用较窄的单色器狭缝，从而对光谱的精细结构有较好的分辨能力。

4.3.2　分光光度计的类型

目前市售的分光光度计类型很多，但可归纳为三种类型，即单光束分光光度计、双光束分光光度计和双波长分光光度计。

（1）单光束分光光度计　单光束分光光度计光路示意图如前面的图4-9所示。一束经过单色器的光，轮流通过参比溶液和样品溶液，以进行光强度测量。

早期的分光光度计都是单光束的。例如，国产的 751 型、721 型，英国产 UNICAM SP-500型等。这种分光光度计的特点是结构简单，价格便宜，主要适于作定量分析。其缺点是测量结果受电源的波动影响较大，容易给定量结果带来较大的误差。此外，这种仪器操作麻烦，不适于作定性分析。目前的国产单光束分光光度计如：722/N/S、723、7230、723-B752、754、756 系列等。

（2）双光束分光光度计　双光束分光光度计光路示意图如图 4-10 所示。经过单色器的

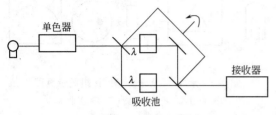

光一分为二，一束通过参比溶液，另一束通过样品溶液，一次测量即可得到样品溶液的吸光度。目前，一般自动记录分光光度计均是双光束的，它可以连续地绘出吸收光谱曲线。由于两光束同时分别通过参照池和测量池，因而可以消除光源强度变化带来的误差。这类仪器有国产的 UV-

图 4-10　双光束分光光度计光路示意图

610PC、UV-300、SP-2500、SP-2502 型等紫外-可见分光光度计系列；国外日本岛津公司的 UV-265、英国的 6715 型，日立公司 2000 系列紫外-可见分光光度计等。

（3）双波长分光光度计　单光束和双光束分光光度计，就测量波长而言，都是单波长的。它们让相同波长的光束分别通过样品池和吸收池，然后测得样品池和参比池吸光度之差。双波长分光光度计原理方框图如图 4-11 所示。由同一光源发出的光被分成两束，分别经过两个单色器，从而可同时得到两个不同波长（λ_1 和 λ_2）的单色光，它们交替地照射同一溶液，然后经过光电倍增管电子控制系统，这样得到的信号是两波长处吸光度之差 ΔA，

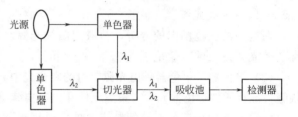

图 4-11　双波长分光光度计示意图

$\Delta A = A_{\lambda_1} - A_{\lambda_2}$。当两个波长保持 1～2nm 间隔，并同时扫描时，得到的信号将是一阶导数光谱，即吸光度对波长的变化率曲线 $\dfrac{\mathrm{d}A}{\mathrm{d}\lambda} - \lambda$ 曲线。

双波长分光光度计不仅能测定高浓度试样、多组分混合试样，而且能测定一般分光光度计不宜测定的混浊试样。双波长法测定相互干扰的混合试样时，不仅操作比单波长法简单，而且精确度要高。

用双波长法测量时，两个波长的光通过同一吸收池。这样可以消除因吸收池的参数不同位置不同，污垢以及制备参比溶液等带来的误差，使测定的准确度显著提高。另外，双波长分光光度计是用同一光源得到的两束单色光，故可以减小因光源电压变化产生的影响，得到高灵度和低噪声的信号。

目前，国产双光束/双波长分光光度计，它通过光学系统的转换，可作双光束和双波长两种分光光度计使用。图 4-12 示出了双波长/双光束分光光度计作双波长和双光束的测定示意图。这种仪器除具有双波长和双光束分光光度计的功能外，还能分别记录 λ_1 和 λ_2 处吸光度随时间变化的曲线。用这种方法进行化学反应动力学的研究。

（4）UV1900/1901 系列双光束紫外-可见分光光度计　UV1900 系列紫外-可见分光光度计有以下特点：可用外部电脑控制基于 Windows 环境下开发的 UVCON 控制软件，可对主机进行全面控制，包括数据采集（单点测量、多点测量、光谱扫描、定量测定、时间扫描）

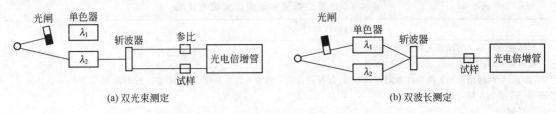

(a) 双光束测定　　　　　　　　　　　　　　　　(b) 双波长测定

图 4-12　双波长/双光束分光光度计作双波长和双光束的测定示意图

和各种数据处理。

目前国产系列双光束紫外-可见分光光度计的技术参数接近国外水平，有些参数还超过了国外产品。

4.4　紫外-可见分光光度法的应用

紫外-可见分光光度法不仅可以用来对物质进行定性分析及结构分析，而且可以进行定量分析及测定某些化合物的物理化学数据等，例如相对分子量、络合物的络合比及稳定常数和电离常数等。

4.4.1　定性分析

目前无机元素的定性方法主要是用发射光谱法，也可采用经典的化学分析方法，因此紫外-可见分光光度法在无机定性分析中并未得到广泛的应用。

在有机化合物的定性鉴定和结构分析中，由于紫外-可见光区的吸收光谱比较简单，特征性不强，并且大多数简单官能团在近紫外光区只有微弱吸收或者无吸收，因此，该法的应用也有一定的局限性。但它可用于鉴定共轭生色团，以此推断未知物的结构骨架。在配合红外光谱、核磁共振谱等进行定性鉴定及结构分析中，它无疑是一个十分有用的辅助方法。

（1）定性方法　利用紫外-可见分光光度法确定未知不饱和化合物的结构骨架时，一般有两种方法：

① 比较吸收光谱曲线；

② 用经验规则计算最大吸收波长 λ_{max}，然后与实测值比较。

吸收光谱曲线的形状，吸收峰的数目以及最大吸收波长的位置和相应的摩尔吸光系数，是进行定性鉴定的依据。其中，最大吸收波长 λ_{max} 及相应的 λ_{max} 是定性鉴定的主要参数。所谓比较法，就是在相同的测定条件下，比较未知物与已知标准物的吸收光谱曲线，如果它们的吸收光谱曲线完全等同，则可以认为待测样品与已知化合物有相同的生色团。在进行这种对比法时，也可以借助于前人汇编的以实验结果为基础的各种有机化合物的紫外与可见光谱标准谱图，或有关电子光谱数据表。

（2）计算不饱和有机化合物吸收波长的经验规则　当采用其他物理和化学方法判断某化合物的几种可能结构时，可用经验规则计算最大吸收波长 λ_{max} 并与实测值进行比较，然后确认物质的结构。常用的经验规则有：

① 伍德沃德（Woodward）规则　伍德沃德提出了计算共轭二烯、多烯烃及共轭烯酮类化合物 $\pi \rightarrow \pi^*$ 跃迁最大吸收波长的经验规则，如表 4-8 和表 4-9 所示。计算时，首先从母体得到一个最大吸收的基数，然后对连接在母体 π 电子体系上的不同取代基以及其他结构因素加以修正。

表 4-8　计算二烯或多烯的最大吸收波长

母体或取代基等	λ/nm
母体是异环的二烯烃或无环多烯烃类型	214
母体是同环的二烯烃或这种类型的多烯烃	253
(注意:当两种情形的二烯烃体系同时存在时,选择波长较长的为其母体系统,即选用基数为253nm)	
增加一个共轭双键	30
环外双键	5
每个烷基取代基	5
每个极性基	5
—O—乙酰基	0
—O—R	6
—S—R	30
—Cl,—Br	5
—NR$_2$	60
溶剂校正值	0

表 4-9　计算不饱和羰基化合物 $\pi \rightarrow \pi^*$ 的最大吸收位置

$$\overset{\delta}{-}C\overset{\gamma}{=}C\overset{\beta}{-}C\overset{\alpha}{=}C\underset{\underset{X}{|}}{=}O$$

母体或取代基等		λ/nm
σ,β-不饱和羰基化合物母体(五环、六环或较大的环酮)		215
σ,β 键在五节环内		—13
醛		—6
当 X 为 HO 或 RO 时		—22
每增加一个共轭双键		30
同环二烯化合物		39
环外双键		5
每个取代烷基	σ	10
	β	12
	γ(或更高)	18
每个极性基		
—OH	σ	35
	β	30
	γ	50
—OAc	$\sigma,\beta,\gamma,\delta$(或更高)	6
—OR	σ	35
	β	30
	γ	17
	δ(或更高)	31
—SR	β	85
—Cl	σ	15
	β	12
—Br	σ	25
	β	30
—NR$_2$	β	95
溶剂校正		
乙醇,甲醇		0
氯仿		1
二氧六环		5
乙醚		7
己烷,环己烷		11
水		—8

② 斯科特（Scott）规则　斯科特规则类似于伍德沃德规则，用来计算芳香族羰基的衍生物，如苯甲醛、苯甲酸、苯甲酸酯等在乙醇中的 λ_{max}。表 4-10 和表 4-11 列出了该经验规则的计算方法。

表 4-10　PhCOR 衍生物 E_2 带（EtOH）的计算

发色团母体		λ/nm
R＝烷基或环烷基　　　（R）		246
＝氢　　　　　　　（H）		250
＝羟基或烷氧基　（OH）或（OR）		230

表 4-11　苯环上邻、间、对位被取代基取代的 λ 增值/nm

取代基	邻　位	间　位	对　位
（R 烷基）	3	3	10
OH, OR	7	7	25
O^-	11	20	78
Cl	0	0	10
Br	2	2	15
NH_2	13	13	58
CH_3COONH	20	20	45
NR_2	20	20	85

4.4.2　有机化合物构型和构象的确定

采用紫外光谱，可以确定一些化合物的构型和构象。一般来说，顺式异构体的最大吸收波长比反式异构体为小，因此有可能用紫外光谱法进行区别。例如，在顺式肉桂酸和反式肉桂酸中，顺式空间位阻大，苯环与侧链双键共平面性差，不易产生共轭；反式空间位阻小，双键与苯环在同一平面上容易产生共轭。因此，反式的最大吸收波长 $\lambda_{max}=295nm$（$\varepsilon_{max}=7000 L \cdot mol^{-1} \cdot 1cm^{-1}$），而顺式的最大吸收波长 $\lambda_{max}=280nm$（$\varepsilon_{max}=13500 L \cdot mol^{-1} \cdot 1cm^{-1}$）。

反式　　　　　　　　　　　顺式

采用紫外光谱法，还可以测定某些化合物的互变异构现象。例如，乙酰乙酸乙酯有酮式和烯醇式间的互变异构：

（酮式）　　　　　　　　　　　（烯醇式）

在极性溶剂中，最大吸收波长 $\lambda_{max}=272nm$（$\varepsilon_{max}=16 L \cdot mol^{-1} \cdot 1cm^{-1}$），说明该峰由 $n \rightarrow \pi^*$ 跃迁引起，所以在极性溶剂中，该化合物应以酮式存在。相反，在非极性的正己烷中，出现 $\lambda_{max}=243nm$ 的强峰；这说明在非极性溶剂中，形成了分子内氢键，故是以烯醇式为主。

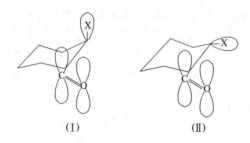

酮式与水分子间氢键　　　　烯醇式与水分子间氢键

紫外光谱也可以用于确定构象。例如，α-卤代环己酮，有如下两种构象：化合物（Ⅰ）中的 C—X 键为直立键，化合物（Ⅱ）中的 C—X 为平伏键。前者 C＝O 上的 π 电子与 σ 电子重叠较后者为大。因此前者的 λ_{max} 比后者大。借此可以区别直立键和平伏键，从而确定待测物的构象。

（Ⅰ）　　　　　　　　（Ⅱ）

4.4.3　定量分析

紫外-可见分光光度定量分析法的依据是朗伯-比尔定律。即物质在一定波长处的吸光度与它的浓度呈线性关系，因此，通过测定溶液对一定波长入射光的吸光度，就可求出溶液中物质的浓度和含量。

进行定量分析的基本步骤是，用已知的标准样品配制成一系列不同浓度的溶液，在一定的实验条件和合适的波长下，分别测定其吸光度，然后以吸光度相对于物质的浓度作图，得一吸光度与浓度的校正曲线图。理想的校正曲线应为通过原点的直线，利用该线性关系，就能求得待测组分中该物质的含量。

单一物质的定量分析比较简单，下面介绍多组分的分析。

（1）解联立方程组的方法　两个以上吸光组分的混合物，根据其吸收峰的互相干扰情况，分为三种，如图 4-13 所示。对于前两种情况，可通过选择适当的入射光波长，按单一组分的方法测定，测定波长一般要尽量靠近吸收峰，这样可提高灵敏度。对于最后一种情况，由于两组分相互重叠严重，采用单纯的单波长分光光度法已不可能，故只能根据吸光度的加合性原则，通过适当的数学处理来进行测定。具体方法是：在 A 和 B 的最大吸收波长 λ_1 及 λ_2 处，分别测定混合物的吸光度 $A_{\lambda 1}^{A+B}$ 和 $A_{\lambda 2}^{A+B}$，然后通过解下列二元一次方程组，求得各组分浓度。

$$A_{\lambda 1}^{A+B}=\varepsilon_{\lambda 1}^{A}\cdot c^{A}+\varepsilon_{\lambda 1}^{B}\cdot c^{B}$$

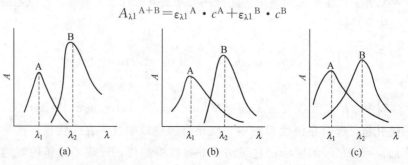

图 4-13　混合物的紫外吸收光谱：（a）不重叠；（b）部分重叠；（c）相互重叠

$$A_{\lambda2}{}^{A+B} = \varepsilon_{\lambda2}{}^{A} \cdot c^{A} + \varepsilon_{\lambda2}{}^{B} \cdot c^{B} \tag{4-7}$$

很明显，如果有 n 个组分相互重叠，就必须在 n 个波长处测定其吸光度的加合值，然后解 n 元一次方程，才能分别求得各组分含量。应该指出，随着测量组分的增多，实验结果的误差也将增大。

(2) 双波长分光光度法　用双波长分光光度法定量测定二元混合组分的主要方法有：①等吸收波长法；②系数倍率法。

① 等吸收波长法　当混合组分的吸收曲线是图 4-13 (c) 的情况时，除用解二元一次方程组的方法测定外，还可采用等吸收波长法。

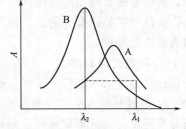

图 4-14　作图法 λ_1 和 λ_2

为了消除干扰组分的吸收，一般采用作图法确定干扰组分的等吸收波长。图 4-14 是混合试样中 A、B 两组分的吸收曲线。其中 A 是干扰组分，B 是待测组分。在用作图法选择波长时，可将测定波长 λ_2 选在被测组分 B 的吸收峰处（或其附近），而参比波长 λ_1 的选择，应考虑能消除干扰物质的吸收，即使 A 组分在 λ_1 的吸光度等于它在 λ_2 的吸光度（$A_{\lambda1}^{A} = A_{\lambda2}^{A}$）。根据吸光度的加合原则，混合物在 λ_1 和 λ_2 处的吸光度分别为：

$$A_{\lambda1} = A_{\lambda1}^{A} + A_{\lambda1}^{B} \tag{4-8}$$

$$A_{\lambda2} = A_{\lambda2}^{A} + A_{\lambda2}^{B} \tag{4-9}$$

双波长分光光度计输出信号为：

$$\Delta A = A_{\lambda2} - A_{\lambda1} \tag{4-10}$$

将式(4-8) 和式(4-9) 代入式(4-10)，可得

$$\Delta A = A_{\lambda2}^{A} + A_{\lambda2}^{B} - A_{\lambda1}^{A} - A_{\lambda1}^{B} \tag{4-11}$$

由于双波长分光光度计使用同一光源，即 λ_1 和 λ_2 强度相等，根据 $A_{\lambda1}^{A} = A_{\lambda2}^{A}$，所以式(4-11) 可写成

$$\Delta A = A_{\lambda2}^{B} - A_{\lambda1}^{B} = (\varepsilon_{\lambda2}^{B} - \varepsilon_{\lambda1}^{B}) b \cdot c \tag{4-12}$$

从式(4-12) 可以看出，输出信号 ΔA 与干扰组分无关，它正比于组分 B 的浓度 c，这样就消除了干扰组分的影响。显然，此方法比解联立方程组测二元混合物的方法要简单得多。

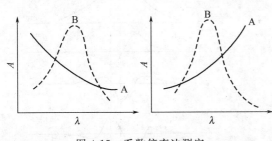

图 4-15　系数倍率法测定

② 系数倍率法　当干扰组分 A 不存在吸光度相等的两个波长时，采用上述方法不能测量 B 组分的含量，如图 4-15 所示。此时，可采用系数倍率法测定。设 A 组分在 λ_2 和 λ_1 的吸光度分别为 $A_{\lambda2}^{A}$ 和 $A_{\lambda1}^{A}$，则倍率系数 $K = A_{\lambda2}^{A}/A_{\lambda1}^{A}$。若使用倍率系数仪将 $A_{\lambda1}^{A}$ 的值扩大 K 倍，则有 $KA_{\lambda1}^{A} = A_{\lambda2}^{A}$，此时，$KA_{\lambda1}^{A} - A_{\lambda2}^{A} = 0$，与等吸收波长法类似，A 组分的干扰被消除。这种方法也可以用于测定含有三种组分的混合样品。

③ 双波长法测定混浊样品　在用双光束法测定混浊样品时，由于参比溶剂不像样品那样混浊，因此测量时不能消除样品混浊产生的背景吸收。在双波长法测定中，若将 λ_2 设在样品的吸收峰上，λ_1 设在样品无特征吸收的波长上，此时 λ_1 和 λ_2 处的背景吸收应相等。显

然，λ_2 上测得的是样品本身的吸收与背景吸收的总和，λ_1 测得的是背景吸收。因此，用双波长法可以消除样品混浊产生的背景吸收。由于消除背景后的样品吸收与其浓度成正比，因此可对样品进行定量分析。若混浊样品中有痕量成分存在，消除背景吸收后，还可测定被背景吸收"掩没"的痕量成分。

（3）导数分光光度法　对吸收光谱曲线进行一阶或高阶求导，即可得到各种导数光谱曲线。采用双波长分光光度法，可很容易地获得一阶导数光谱。但目前更多的是采用电子学方法，将信号转换成微分输出，再与计算机联机操作，这样即可对信号实现模拟微分，并能获得高阶导数光谱。

① 导数光谱的优点　导数光谱最大的优点是分辨率得到了很大的提高。这是因为吸收光谱曲线经过求导之后，其中各种微小的变化能更好地显示出来。下面进一步加以说明。

a. 能够分辨两个或两个以上完全重叠或以很小波长差相重叠的吸收峰。当两个峰的峰高与半宽度的比值不相同时，则可以认为它们的尖锐程度不同，如图 4-16 所示。图中两个尖锐程度不同的吸收峰 1 和峰 2 在同一波长处相互重叠，叠加成吸收峰式从吸收峰 3。从吸收峰 3 的外形，很难辨别出它是由两个吸收峰叠加而成的。如果将其透光率曲线 4 进行一次求导，就得到如曲线 5 所示的导数光谱曲线在曲线的正负两个方向上各出现两个导数光谱峰，从而很容易地辨认出来。

当两个完全相同的吸收峰以极小的波长差重叠时，将它们进行二次求导后，由于各峰的半宽度约为原峰半宽度的一半，因此也有可能将这两个峰分开。

b. 能够分辨吸光度随波长急剧上升时所掩盖的弱的吸收峰。通常，当一个弱峰处于强峰的吸光度急剧上升处时，检出很困难。而导数光谱能提高分辨能力，一般经过数次求导后，有可能分辨出叠加在强峰肩部的弱峰。

c. 能够确认宽阔吸收带的最大吸收波。在图 4-17 中，曲线 a 是零阶导数光谱，即普通吸收光谱曲线；曲线 b、c、d、e 分别是一至四阶导数光谱。由图可见，随着导数阶数的增加，吸收峰的尖锐程度增大，带宽减小，因此能较准确地确定宽阔吸收带上最大吸收波长。应该指出，奇数阶导数光谱中的零，偶数阶导数光谱中的极值（极大或极小），对应于吸收曲线上的最大吸收。一般来说，导数光谱的分辨率随导数阶数的增加而增加，信噪比随着导

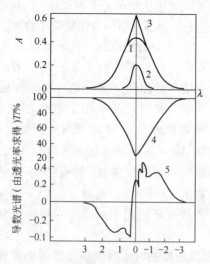

图 4-16　导数光谱峰能分辨峰高与
半宽度的比值不同的重叠峰

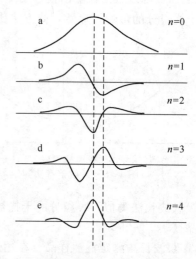

图 4-17　吸收光谱曲线（a）及 1 阶导数 4 阶
导数（b-e）导数曲线示意图

数阶数的增加而减小,因此,在实际应用中常用二阶导数光谱。

② 导数光谱定量分析 如果将 $A_\lambda = \varepsilon_\lambda bc$ 式对波长 λ 进行 n 次求导,由于在上式中,仅只有 A_λ 和 ε_λ 是波长 λ 的函数,于是可得

$$d^n A_\lambda / d\lambda^n = (d^n \varepsilon_\lambda / d\lambda^n) \cdot bc \tag{4-13}$$

从式(4-13)可知,经 n 次求导后,吸光度的导数值仍与吸收物的浓度成正比,借此可以用于定量分析。

测量导数光谱峰值的方法,随具体情况而不同,下面用图 4-18 加以说明。

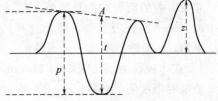

a. 峰-谷法 如果基线平坦,可通过测量两个极值之间的距离 p 来进行定量分析。这是较常用的方法。如果峰、谷之间的波长差较小,即使基线稍有倾斜,仍可采用此法。

图 4-18 导数光谱的图解法

(p)峰-谷法;t 基线法;z 峰-零法

b. 基线法 首先作相邻两峰的公切线,然后从两峰之间的谷画一条平行于纵坐标的直线交公切线于 A 点,然后测量 t 的大小[见图 4-18(t)]。当用此法测量时,不管基线是否倾斜,只要它是直线,总能测得较准确的数值。

c. 峰-零法 此法是测量峰与基线间的距离[见图 4-18(z)]。但它只适用于导数光谱是对称时的情况,故一般仅在特殊情况下使用。

虽然导数光谱具有分辨相互重叠的吸收峰的能力,但有时不一定能完全消除干扰物的影响。因此在进行定量分析时,必须注意将测量波长选择在干扰成分影响最小的波长。

在定量分析中,导数分光光度法最大的优点是可提高检测的灵敏度。图 4-19 是用导数分光光度法测定乙醇中微量苯的情况。A 与 B 之间的垂直距离正比于苯的浓度。由图可见,利用一般吸收光谱法,只能检测 $10\mu g \cdot mL^{-1}$ 的苯(曲线);而用四阶导数光谱,可检测低于 $1\mu g \cdot mL^{-1}$ 的苯。

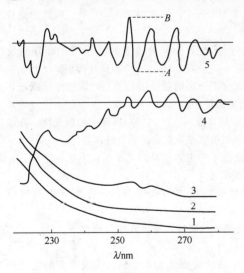

图 4-19 乙醇中微量苯的测定

1—乙醇的吸收光谱;2—含 $1\mu g \cdot mL^{-1}$ 苯的乙醇的吸收光谱;3—含 $10\mu g \cdot mL^{-1}$ 苯的乙醇的吸收光谱;4—2 的二阶导数;5—2 的四阶导数

4.4.4 其他方面应用

紫外-可见分光光度法还可以用于测定某些化学和物理数据,如物质的相对分子量、络合物的络合比及稳定常数以及氢键的强度等。有关络合物的络合比及稳定常数的测定,在分析化学中已经叙述,这里不再重述。下面介绍如何用紫外-可见分光光度法测定物质的分子量和氢键的强度。

(1)相对分子质量的测定 根据朗伯-比尔定律,得到化合物的相对分子质量与其摩尔吸光系数 ε、吸光度 A 及质量 m 的关系式为:

$$M_r = \varepsilon mb / A \tag{4-14}$$

从式(4-14)可知,当测得一定质量(m)化合物的吸光度 A 后,只要知道其摩尔吸光系 ε,即可求出其相对分子质量 M_r。在紫外-可见吸收光谱法中,只要化合物具有相同生色骨架,

其吸收峰 λ_{max} 和 ε_{max} 几乎相同。因此，只要求出与待测物有相同生色骨架的已知化合物的 ε 值，根据式(4-14)，即能求出欲测化合物的相对分子质量。

（2）氢键强度的测定　从 4.2 节所述，可知 n→π^* 吸收带在极性溶剂中比在非极性溶剂中的波长短一些。在极性溶剂中，分子间形成了氢键，实现 n→π^* 跃迁时，氢键也随之断裂；此时，物质吸收的光能，一部分用以实现 n→π^* 跃迁，另一部分用以破坏氢键（即氢键的键能）。而在非极性溶剂中，不可能形成分子间氢键，吸收的光能仅为了实现 n→π^* 跃迁，故所吸收的波长的能量较低，波长较长。由此可见，只要测定同一化合物在不同极性溶剂中的 n→π^* 跃迁吸收带，就能计算其在极性溶剂中氢键的强度。

例如，在极性溶剂水中，丙酮的 n→π^* 吸收带为 264.5nm，其相应能量等于 452.96kJ·mL^{-1}；在非极性溶剂己烷中为 279nm，其相应能量为 429.40kJ·mL^{-1}。所以丙酮在水中形成的氢键强度为 （452.96－429.40）＝23.56kJ·mL^{-1}。

习　题

一、填空题

1. 按照朗伯-比尔定律，浓度 c 与吸光度 A 之间的关系应该是一条通过原点的曲线，但事实上容易发生线性偏离，导致偏离的原因为（　　　）和（　　　）两大因素。

2. 紫外吸收光谱-可见吸收光谱中，电子跃迁发生在（　　　）轨道和（　　　）轨道之间或基态原子的（　　　）轨道和（　　　）轨道。

3. 紫外吸收光谱-可见吸收光谱中，处于基态的电子吸收了一定的能量的光子后，可分别发生（　）、（　　）、（　　）、（　　）、（　　）和（　　　）跃迁类型。

4. 紫外吸收光谱-可见吸收光谱中，处于基态的电子吸收了一定的能量的光子后，发生电子跃迁，其中电子跃迁类型中，（　　　）和（　　　）跃迁类型能量最小。

5. 摩尔吸收系数的物理意义是吸光物质在（　　　）浓度及（　　　）厚度时的吸光度。在给定条件下（　）、（　　　）等因素，摩尔吸收系数是物质的特性常数。

6. 紫外吸收光谱-可见吸收光谱中，处于基态的电子吸收了一定的能量的光子后，发生电子跃迁，其中 n→π^*，π→π^* 电子跃迁类型能量最小，吸收波长大多落在（　　　）和（　　　）区。

7. 分子光谱实际上指的是分子的吸收光谱。根据吸收电磁波的范围不同，可将分子光谱分为（　）、（　　）和（　　　）光谱三类。

8. 分子的转动能级差一般在（　　　）eV。产生此能级的跃迁，需吸收波长约为（　　　）μm 的远红外光，因此，形成的光谱称为转动光谱或远红外光谱。

9. 电子的跃迁能级差约为（　　　）eV，比分子振动能级差要大几十倍，所吸收光的波长约为（　　　）μm，主要在（　　　）到（　　　）可见光区，对应形成的光谱，称为电子光谱或紫外-可见吸收光谱。

10. 基态有机化合物的价电子包括成键 σ 电子、成键 π 电子和非成键电子（以 n 表示）。分子的空轨道包括（　　　）轨道和（　　　）轨道。因此，可能的跃迁为 σ→σ^*、π→π^*、n→σ^*、n→π^* 等。

11. 所谓电荷迁移跃迁是指用电磁辐射照射化合物时，电子从给予体向与接受体相联系的轨道上跃迁。因此，电荷迁移跃迁实质是（　　　），而相应的吸收光谱称为（　　　）。

12. 在紫外吸收光谱法中，选择溶剂主要考虑以下三方面的因素：（　　　）、（　　　）和（　　　）。

13. 根据量子力学原理，分子的每一种运动形式都有一定的能级而且是量子化的，所以分子具有（　　　）能级、（　　　）能级和（　　　）能级。

二、选择题

1. 紫外-可见分光光度计适宜的检测波长范围是（　　　）。

A. 300～700nm　　B. 150～700nm　　C. 200～800nm　　D. 200～750nm

2. 紫外吸收光谱-可见吸收光谱中，处于基态的电子吸收了一定的能量的光子后，发生电子跃迁，四种电子跃迁类型所需能量 ΔE 由小到大的顺序为：

A. $n \rightarrow \pi^* < n \rightarrow \sigma^* < \pi \rightarrow \pi^* < \sigma \rightarrow \sigma^*$ 　　　　B. $n \rightarrow \pi^* < \pi \rightarrow \pi^* < n \rightarrow \sigma^* < \sigma \rightarrow \sigma^*$

C. $\pi \rightarrow \pi^* < n \rightarrow \pi^* < n \rightarrow \sigma^* < \sigma \rightarrow \sigma^*$ 　　　　D. $n \rightarrow \pi^* < \pi \rightarrow \pi^* < \sigma \rightarrow \sigma^* < n \rightarrow \sigma^*$

3. 分子的转动能级差一般在 $0.005 \sim 0.05 \mathrm{eV}$。产生此能级的跃迁，需吸收波长约为（　　）的远红外光，因此，形成的光谱称为转动光谱或远红外光谱。

A. $250 \sim 25 \mu m$　　　B. $150 \sim 25 \mu m$　　　C. $200 \sim 25 \mu m$　　　D. $250 \sim 5 \mu m$

4. 分子的振动能级差一般在 $0.05 \sim 1 \mathrm{eV}$，需吸收波长约为（　　）μm 的远红外光才能产生跃迁。在分子振动时，同时有分子的转动运动。这样，分子振动产生的吸收光谱中，包括转动光谱，故常称为振-转光谱。

A. $5 \sim 12.5$　　　B. $25 \sim 12.5$　　　C. $10 \sim 25$　　　D. $250 \sim 12.5$

5. 有机化合物分子当受到光照吸收能量后，价电子将从能量较低的轨道跃迁至能量较高的轨道。有可能产生的 6 种跃迁，其中 $n \rightarrow \sigma^*$ 跃迁需要的能量比 $\sigma \rightarrow \sigma^*$ 跃迁小，相应的吸收风波长约为（　　）。

A. 150nm　　　B. 180nm　　　C. 200nm　　　D. 250nm

6. 配位场跃迁与电荷迁移跃迁比较，由于选择规则的限制，配位场跃迁吸收谱带的摩尔吸光系数小，一般 ε_{max} 小于（　　）。这类光谱一般位于可见光区。

A. $10^2 \mathrm{L} \cdot mol^{-1} \cdot cm^{-1}$　　　B. $10^3 \mathrm{L} \cdot mol^{-1} \cdot cm^{-1}$

C. $10^4 \mathrm{L} \cdot mol^{-1} \cdot cm^{-1}$　　　D. $10^5 \mathrm{L} \cdot mol^{-1} \cdot cm^{-1}$

7. 在可见和近红外区的常用光源为白炽光源，如钨灯和碘钨灯等。钨灯可使用的范围在（　　）。在可见光区，钨灯的能量输出大约随工作电压的四次方而变化，所以为了使光源稳定，必须严格控制电压。

A. $220 \sim 1500 nm$　　　B. $300 \sim 2000 nm$　　　C. $320 \sim 2500 nm$　　　D. $320 \sim 3000 nm$

8. 紫外区主要采用低压和直流氢或氘放电灯。当氢气压力为 $10^2 \mathrm{Pa}$ 时，用稳压电源供电，放电十分稳定，因而光强恒定。放电灯在波长为（　　）范围内发出连续光谱，而在波长为（　　）以下为线光谱。在波长 360nm 处，氢放电产生了叠加于连续光谱之上的发射线。所以，在这一波长范围内的分析，一般用白炽光源。

A. $165 \sim 220 nm$、155nm　　　　B. $165 \sim 350 nm$、165nm

C. $165 \sim 300 nm$、200nm　　　　D. $165 \sim 400 nm$、220nm

三、简答题

1. 试说明有机化合物的紫外吸收光谱的吸收带的类型及特点。

2. 试说明有机化合物的紫外吸收光谱的电子跃迁的类型，这些类型的跃迁各处于什么波长范围？

3. 简述朗伯-比尔定律及运用朗伯-比尔定律偏离线性的原因。

4. 紫外-可见光分光光度计分为哪几种类型？紫外-可见分光光度计的基本结构组成部分是什么？

5. 紫外-可见吸收光谱法通常选用哪些物质作为溶剂，选择溶剂主要考虑哪些因素？

6. 简述溶剂对紫外-可见吸收光谱的影响因素。

7. 紫外-可见吸收光谱定量分析的依据是什么？主要的定量方法有哪些？

8. 简述紫外吸收光谱产生的原理，以及紫外吸收光谱法分析的波长范围。

四、计算题

1. 高锰酸钾溶液的浓度为 $1.28 \times 10^{-4} mol \cdot L$，在波长 525nm 处用 1cm 吸收池测得的溶液的透光率为 0.500，试问：

(1) 若高锰酸钾溶液的浓度为原溶液的 2 倍时，其吸光度为多少？

(2) 若使用 7220 分光度计，在浓度的相对误差最小时测定，吸光度为 0.434，则高锰酸钾溶液的浓度为多少？

2. 用分光光度法测定碱性 K_2CrO_4 溶液的浓度为 $5.0 \times 10^{-5} mol \cdot L$，在波长 372nm 处用 1cm 吸收池测得的溶液的百分透光率为 59.1%，试问：

(1) 该溶液的摩尔吸收系数为多少？(2) 若改用 3cm 吸收池，则透光率为多少？

3. 现有同一物质不同浓度的甲乙两种溶液，在相同波长条件下，分别测得 $T_甲 = 0.54$，$T_乙 = 0.32$，若两种溶液均符合比尔定律，试分别求两种溶液的吸光度和摩尔吸收系数。

75

4. 某试液用 1cm 的比色皿测量时，透光率 $T=70\%$，若改用 2cm 或者 3cm 的比色皿，则 $T\%$ 和吸光度 A 分别为多少？

5. 含镍化合物，摩尔质量为 120g·mol^{-1}，其摩尔吸光系数为 $\varepsilon_{470}=1.5\times10^4$ L·mol^{-1}·cm^{-1}，稀释 1 倍后，在 1.0cm 吸收池中测得 A 为 0.5，试计算稀释后溶液的浓度和原溶液中该吸光物质的质量浓度。

6. 以丁二酮肟测定微量镍，若配合物 NiDx$_2$ 的浓度为 1.7×10^{-5} mol·L^{-1}，用 2.0cm 的吸收池在 470nm 下测得透光率（$T\%$）为 30%，计算配合物在该波长的摩尔吸收系数。

7. 2-环己烯酮的 $\lambda=225$nm 处的 $\varepsilon=10000$，制备该化合物溶液，使其吸光度为 $A=0.30$（1.0cm 的吸收池），试问每升溶液需要 2-环己烯酮多少克？

8. 摩尔质量为 125g·mol^{-1}L 的某吸光物质的 $\varepsilon_{470}=2.5\times10^5$ L·mol^{-1}·cm^{-1}，当稀释 20 倍后，在 1.0cm 的吸收池中测定吸光度 $A=0.60$，试计算稀释前每升溶液中含有该物质多少克？

第5章 气相色谱分析

5.1 气相色谱法概述

色谱法是一种重要的分离分析方法，这种分离技术应用于分析化学中，就是色谱分析。它以其具有高分离效能、高检测性能、分析时间快速而成为现代仪器分析方法中应用最广泛的一种方法。

色谱法分离原理是，使混合物中各组分在两相间进行分配，其中一相是不动的，称为固定相，另一相是携带混合物流过此固定相的流体，称为流动相。当流动相中所含混合物经过固定相时，就会与固定相发生作用。由于各组分在性质和结构上的差异，与固定相发生作用的大小、强弱也有差异，因此，在同一推动力作用下，不同组分在固定相中的滞留时间有长有短，从而按先后不同的次序从固定相中流出。这种借在两相间分配原理而使混合物中各组分分离的技术，称为色谱分离技术或色谱法（又称色层法、层析法）。

色谱法有多种类型，从不同角度出发，有各种分类法。

（1）按流动相的物态，色谱法可分为气相色谱法（流动相为气体）和液相色谱法（液动相为液体）；按固定相的物态，又可分为气固色谱法（固定相为固体吸附剂）、气液色谱法（固定相为涂在担体上或毛细管壁上的液体）、液固色谱法和液液色谱法等。

（2）按固定相使用的形式，可分为柱色谱法（固定相装在色谱柱中）、纸色谱法（滤纸为固定相）和薄层色谱法（将吸附剂粉末制成薄层作固定相）等。

（3）按分离过程的机制，可分为吸附色谱法（利用吸附剂表面对不同组分的物理吸附性能的差异进行分离）、分配色谱法（利用不同组分在两相中有不同的分配系数来进行分离）、离子交换色谱法（利用离子交换原理）和排阻色谱法（利用多孔性物质对不同大小分子的排阻作用）等。

本章讨论气相色谱分析及测试原理。

由前述可见，气相色谱法是采用气体作为流动相的一种色谱法。在此法中，载气（是不与被测物作用，用来载送试样的惰性气体，如氢、氮等）载着欲分离的试样通过色谱柱中的固定相，使试样中各组分分离。欲后分别检测。

气相色谱法简单流程如图5-1所示。流程：载气由高压钢瓶1供给，经减压阀2减压后，进入载气净化干燥管3以除去载气中的水分。由针形阀4控制载气的压力和流量。流量计5和压力表6用以指示载气的柱前流量和压力。再经过进样器7（包括气化室），试样就在进样器注入（如为液体试样，经气化室瞬间气化为气体）由不断流动的载气携带试样进入色谱柱8，将各组分分离，各组分依次进入检测器9后放空。

监测器信号由记录仪10记录，就可得到如图5-2所示的色谱图。图中编号的4个峰代表混合物中的4个组分。由图5-1可见，气相色谱仪一般由五部分组成。

① 载气系统，包括气源、气体净化、气体流速控制和测量；

② 进样系统，包括进样器、气化室；

③ 分离系统，色谱柱和柱箱，包括检测器、控温装置；

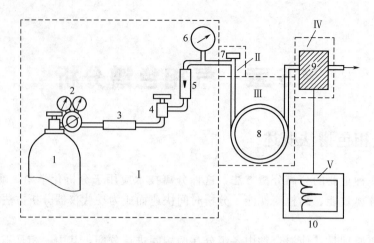

图 5-1　气相色谱流程

1—高压钢瓶；2—减压阀；3—载气净化干燥管；4—针形阀；5—流量计；

6—压力表；7—进样器；8—色谱柱；9—检测器；10—记录仪

④ 检测系统，主要是检测器；

⑤ 数据处理系统，包括放大器、微机进行数据处理。

如上所述，试样中各组分经色谱柱分离后，随载气依次流出色谱柱，经检测器转换为电信号，然后用记录仪将各组分的浓度变化记录下来，即得色谱图。色谱图是以组分的浓度变化作为纵坐标，流出时间作横坐标的，这种曲线称为色谱流出曲线。现以组分的流出曲线图 5-3 来说明有关色谱术语。

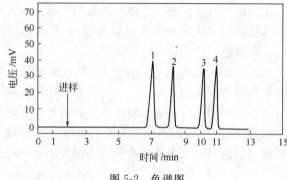

图 5-2　色谱图

基线（baseline）　当色谱柱没有组分进入检测器时，在实验操作条件下，反映检测器系统噪声随时间变化的线称为基线。稳定的基线是一条直线，如图 5-3 中 O-t 所示的直线。

基线漂移（baseline drift）　指基线随时间定向地缓慢变化。

基线噪声（baseline noise）　指由各种因素所引起的基线起伏。

保留值（retention value）　表示试样中各组分在色谱柱中的滞留时间的数值。通常用时间或用将组分带出色谱柱所需载气的体积来表示。如前所述，被分离组分在色谱柱中的滞留时间，主要取决于它在两相间前分配过程，因而保留值是由色谱分离过程中的热力学因素所控制的，在一定的固定相和操作条件下，任何一种物质都有一确定的保留值，这样就可用作定性参数。

死时间（dead time，t_M）　指不被固定相吸附或溶解的气体（如空气、甲烷）从进样开始到柱后出现浓度最大值时所需的时间。如图 5-3 中 $O'A'$ 所示。显然，死时间正比于色谱柱的空隙体积。

保留时间（retention time，t_R）　指被测组分从进样开始到柱后出现浓度最大值时所需的时间，如图 5-3 中 $O'B$。

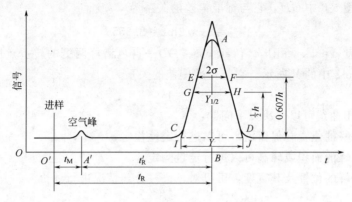

图 5-3　色谱流出曲线图

调整保留时间（adjusted retention time，t'_R）　指扣除死时间后的保留时间，如图 5-3 中 $A'B$，即

$$t'_R = t_R - t_M \tag{5-1}$$

此参数可理解为，某组分有溶解或吸附固定相，比不溶解或不被吸附的组分在色谱柱中多滞留的时间。

死体积（dead volume，V_M）　指色谱柱在填充后柱管内固定相颗粒间所剩留的空间、色谱仪中管路和连接头间的空间以及检测器的空间的总和。当两项很小时可以忽略不计，死体积可由死时间与色谱柱出口载气体积流速 F_0（mL·min^{-1}）来计算

$$V_M = t_M F_0 \tag{5-2}$$

保留体积（retention volume，V_R）　指从进样开始到柱后被测组分出现浓度最大值时所通过的载气体积，即

$$V_R = t_R F_0 \tag{5-3}$$

载气流速大，保留时间相应降低，两者乘积仍为常数，因此 V_R 与载气流速有关。

调整保留体积（adjusted retention volume，V'_R）　指扣除死体积后的保留体积，即

$$V'_R = t'_R F_0 \quad \text{或} \quad V'_R = V_R - V_M \tag{5-4}$$

同样，V'_R 与载气流速无关。死体积反映了柱和仪器系统的几何特性，它与被测物的性质无关，故保留体积值中扣除死体积后将更合理地反映被测组分的保留特性。

相对保留值（relative retention volume，r_{21}）　指某组分 2 的调整保留体积与另一组分 1 的调整保留体积之比：

$$r_{21} = t'_{R(2)} / t'_{R(1)} = V'_{R(2)} / V'_{R(1)} = t_{R(2)} / t_{R(1)} \neq V_{R(2)} / V_{R(1)} \tag{5-5}$$

相对保留值的优点是，只要柱温、固定相性质不变，即使柱径、柱长，填充情况及流动相流速有所变化，值仍保持不变，因此它是色谱定性分析的重要参数。亦可用来表示固定相（色谱柱）的选择性。

r_{21} 亦可以用来表示固定相的选择性（色谱柱）。r_{21} 值越大，相邻两组分的 t'_R 相差越大，分离得越好，$r_{21} = 1$ 时，两组分不能被分离。r_{12} 亦可用 a 表示。

区域峰宽（peak width）　色谱峰区域宽度是色谱流出曲线中一个重要参数。从色谱分离角度着眼，希望区域宽度越窄越好。通常度量色谱峰区域宽度有三种方法。

（1）标准偏差（standard deviation，σ）　即 0.607 倍峰高处色谱峰宽度的一半，如图 5-3 中 EF 一半。

（2）半峰宽度（peak width at half-height，$Y_{1/2}$）　又称半宽度或区域宽度，即峰高为一

半处的宽度，如图 5-3 中 GH，它与标准偏差的关系为

$$Y_{1/2} = 2\sigma\sqrt{2\ln 2} = 2.355\sigma \tag{5-6}$$

（3）峰底宽度（peak width at peak base，Y）　自色谱峰两侧的转折点所作切线在基线上的截距，如图 5-3 中的 Y 所示。它与标准偏差的关系为

$$Y = 4\sigma \tag{5-7}$$

利用色谱流出曲线可以解决以下问题：

① 根据色谱峰的位置（保留值）可以进行定性检定；

② 根据色谱峰的面积或峰高可以进行定量测定；

③ 根据色谱峰的位置及其宽度，可以对色谱柱分离情况进行评价。

5.2　气相色谱分析理论基础

在气-固色谱分析的流程中，多组分的试样是通过色谱柱而得到分离的，那这是怎样实现的呢？

色谱柱有两种，一种是内装固定相的，称为填充柱，通常为用金属（钢或不锈钢）或玻璃制成的内径 2～6mm，长 0.5～10m 的 U 形或螺旋形的管子。另一种是将固定液均匀地涂敷在毛细管的内壁的，称为毛细管柱。现以填充柱为例简要说明色谱分离的原理。在填充往内填充的固定相有两类，即气-固色谱分析中的固定相和气-液色谱分析中的固定相。

气-固色谱分析中的固定相是一种具有多孔性及较大表面积的吸附剂颗粒。试样由载气携带进入柱子时，立即被吸附剂所吸附。载气不断流过吸附剂时，吸附着的被测组分又被洗脱下来。这种洗脱下来的现象称为脱附。脱附的组分随着载气继续前进时，又可被前面的吸附剂所吸附。随着载气的流动，被测组分在吸附剂表面进行反复的物理吸附→脱附→吸附→再脱附的过程。由于被测物质中各个组分的性质不同，它们在吸附剂上的吸附能力就不一样，较难被吸附的组分就容易被脱附，较快地移向前面。容易被吸附的组分就不易被脱附，向前移动得慢些。经过一定时间，即通过一定量的载气后，试样中的各个组分就彼此分离而先后流出色谱柱。

气-液色谱分析中的固定相是在化学惰性的固体微粒（此固体是用来支持固定液的，称为担体）表面，涂上一层高沸点有机化合物的液膜。这种高沸点有机化合物称为固定液。在气-液色谱柱内，被测物质中各组分的分离是基于各组分在固定液中溶解度的不同。当载气携带被物质进入色谱柱，和固定液接触时，气相中的被测组分就溶解到固定液中去。载气连续流经色谱柱，溶解在固定液中的被测组分会从固定液中挥发到气相中去。随着载气的流动，挥发到气相中的被测组分分子又会溶解在前面的固定液中。这样反复多次溶解→挥发→再溶解→再挥发。由于各组分在固定液中溶解能力不同，溶解区大的组分就较难挥发，停留在柱中的时间就长些，往前移动得就慢些。而溶解度小的组分，往前移动得就得快些，停留在柱中的时间就短些。经过一定时间后，各组分就彼此分离。

物质在固定相和流动相（气相）之间发生的吸附、脱附和溶解、挥发的过程，叫做分配过程。被测组分按其溶解和挥发能力（或吸附和脱附能力）的大小，以一定的比例分配在固定相和气相之间。溶解度（或吸附能力）大的组分分配给固定相的量多一些，气相中的量就少一些。溶解度（或吸附能力）小的组分分配给固定相的量就少一些，气相中的量就多一些。在一定温度下组分在两相之间分配达到平衡时的浓度比称为分配系数 K。

$$K = 组分在固定相中的浓度 / 组分在流动相中的浓度 = \frac{c_S}{c_M} \tag{5-8}$$

一定温度下，各物质在两相之间的分配系数是不同的。显然，具有小的分配系数的组分，每次分配后在气相中的浓度较大，因此就较早地流出色谱柱。而分配系数大的组分，则由于每次分配后在气相中的浓度较小，因而流出色谱柱的时间较迟。当分配次数足够多时，就能将不同的组分分离开来。由此可见，气相色谱分析的分离原理是基于不同物质在两相间具有不同的分配系数。当两相作相对运动时，试样中的各组分在两相中进行反复多次的分配，使得原来分配系数只有微小差异的各组分产生很大的分离效果，从而使各组分彼此分离开来。

由上述可见，分配系数是色谱分离的依据。在实际工作中，常应用另一表征色谱分配平衡过程的参数，即分配比（partition ratio）。分配比亦称容量因子（capacity factor）或容量比（capacity ratio），以 k 表示，是指在一定温度、压力下，在两相间达到分配平衡时，组分在两相中的质量比：

$$k = \frac{m_S}{m_M} \tag{5-9}$$

m_S 为组分在固定相中的质量，m_M 为组分在流动相中的质量。它与分配系数 K 的关系为：

$$K = \frac{c_S}{c_M} = \frac{m_S / V_S}{m_M / V_M} = k \cdot \frac{V_M}{V_S} = k\beta \tag{5-10}$$

式中，V_M 为色谱柱中流动相体积，即柱内固定相颗粒间的空隙体积。V_S 为色谱柱中固定相体积，对于不同类型色谱分析，V_S 有不同内容，例如在气-液色谱分析中它为固定液体积，在气-固色谱分析中则为吸附剂表面容量。V_M 与 V_S 之比称为相比（phase ratio），以 β 表示之，它反映了各种色谱柱柱型及其结构。例如，填充柱的 β 值大约为 $6 \sim 25$，毛细柱的 β 值大约为 $50 \sim 1500$，由式(5-10) 可见：

（1）分配系数 K 是组分在两相中浓度之比，分配比 k 则是组分在两相中分配总量之比。它们都与组分及固定相的热力学性质有关，并随柱温、柱压的变化而变化。

（2）分配系数只决定于组分和两相性质，与两相体积无关。分配比不仅决定于组分和两相性质，且与相比有关，亦即组分的分配比随固定相的量而改变。

（3）对于一给定色谱体系（分配体系），组分的分离最终决定于组分在每相中的相对量，而不是相对浓度，因此分配比是衡量色谱柱对组分保留能力的重要参数。k 值越大，保留时间越长，k 值为零的组分，其保留时间即为死时间 t_M。

（4）若流动相（载气）在柱内的线速度为 u，即一定时间里载气在柱中流动的距离（单位为 $cm \cdot s^{-2}$）。由于固定相对组分有保留作用，所以组分在柱内的线速度 u_S 将小于 u，则两速度之比称为滞留因子（retardation factor）R_S

$$R_S = \frac{u_S}{u} \quad 即 \quad u_S = R_S u \tag{5-11}$$

若某组分的 $R_S = 1/3$，表明该组分在柱内的移动速度只有流动相速度的 $1/3$，显然 R_S 亦可用质量分数表示：

$$R_S = w = \frac{m_M}{m_S + m_M} = \frac{1}{1 + \dfrac{m_S}{m_M}} = \frac{1}{1 + k} \tag{5-12}$$

组分和流动相通过长度为 L 的色谱柱，所需时间分别为

$$t_R = \frac{L}{u_S} \tag{5-13}$$

$$t_M = \frac{L}{u} \tag{5-14}$$

由式(5-11)、式(5-12)、式(5-13) 及式(5-14) 可得

$$t_R = \frac{t_M}{1+k} \tag{5-15}$$

$$k = \frac{t_R - t_M}{t_M} = \frac{t'_R}{t_M} \tag{5-16}$$

可见，k 只可根据式(5-16) 由实验测得。

5.2.1 色谱分离的基本理论

试样在色谱柱中分离过程的基本理论包括两方面。

(1) 试样中各组分在两相间的分配情况。这与各组分在两相间的分配系数，各物质（包括试样中组分，固定相，流动相）的分子结构和性质有关。各个色谱峰在柱后出现的时间（即保留值）反映了各组分在两相间的分配情况，它由色谱过程中的热力学因素所控制。

(2) 各组分在色谱柱中的运动情况。这与各组分在流动相和固定相之间的传质阻力有关，各个色谱峰的半峰宽度就反映了各组分在色谱柱中运动的情况。这是一个动力学因素。所以在讨论色谱柱的分离效能时，必须全面考虑这两个因素。

5.2.2 塔板理论

在色谱分离技术发展的初期，人们将色谱分离过程比拟作蒸馏过程，因而直接引用了处理蒸馏过程的概念、理论和方法来处理色谱过程，即将连续的色谱过程看作是许多小段平衡过程的重复。这个半经验理论把色谱柱比作一个分离塔，这样，色谱柱可由许多假想的塔板组成（即色谱柱可分成许多个小段），在每一小段（塔板）内，一部分空间为涂在担体上的液相占据，另一部分空间充满着载气（气相），载气占据的空间称为板体积 ΔV。当欲分离的组分随载气进入色谱柱后，就在两相间进行分离。由于流动相在不停地移动，组分就在这些塔板间隔的气液两相间不断地达到分配平衡。塔板理论（plate theory）假定：

(1) 在这样一小段间隔内，气相平均组成与液相平均组成可以很快地达到分配平衡。这样达到分配平衡的一小段柱长称为理论塔板高度（height equivalent theoretical plate，H）。

(2) 载气进入色谱柱，不是连续的而是脉动式的，每次进气为一个板体积。

(3) 试样开始时都加在第 0 号塔板上，且试样沿色谱柱方向的扩散（纵向扩散）可略而不计。

(4) 分配系数在各塔板上是常数。

为简单起见，设色谱柱由 5 块塔板 [$n=5$，为柱子的理论塔板数（number of theoretical plate）] 组成，并以 r 表示塔板编号，n 等于 $0,1,2,\cdots,n-1$，某组分的分配比 $k=1$，则根据上述假定，在色谱分离过程中该组分的分布可计算如下：

开始时，若有单位质量，即 $m=1$（1mg 或 1μg）的该组分加到第 0 号塔板上，分别达平衡后，由于 $k=1$，故 $m_S = m_M = 0.5$。

当一个板体积（$1\Delta V$）的载气以脉动形式进入 0 号板时，就将气相中含有 m_M 部分组分的载气顶到 1 号板上，此时 0 号塔板液相中 m_S 部分组分及 1 号塔板气相中的 m_M 部分组分，将各自在两相间重新分配，故 0 号板上所含组分总量为 0.5，其中气液两相各为 0.25；而 1 号板上所含总量同样为 0.5，气液两相亦各为 0.25。

以后每当一个新的板体积载气以脉动式进入色谱柱时，上述过程就重复一次，如表 5-1 所示。

表 5-1　色谱分离过程中该组分在 5 块塔板上分布

塔板号	相	0	1	2	3
进样	m_M/m_S	0.5/0.5			
进样 $1\Delta V$	m_M/m_S	0.25/0.25	0.25/0.25		
进样 $2\Delta V$	m_M/m_S	0.125/0.125	0.125+0.125/0.125+0.125	0.125/0.125	
进样 $3\Delta V$	m_M/m_S	0.063/0.063	0.063+0.125/0.125+0.063	0.125+0.063/0.063+0.125	0.063/0.063

按上述分配过程，对于 $r=5$，$k=1$，$w=1$ 的关系，随着脉动式进入柱中，板体积载气的增加，组分分布在柱内任一板上的总量（气相、液相总质量）见表 5-2。由表中数据可见，当 $r=5$ 时，即 5 个板体积载气进入柱子后，组分就开始在柱出口出现，进入检测器产生信号（见图 5-4，图中纵坐标 x 为组分在柱出口出现的分数）。

表 5-2　组分在 $r=5$，$k=1$，$w=1$ 柱内任一板上的分配表

载气板体积 n ＼ r	0	1	2	3	4	5
$n=0$	0	0				
1	0.5	0.5				
2	0.25	0.5	0.25			
3	0.125	0.375	0.375	0.125		
4	0.063	0.25	0.375	0.25	0.063	
5	0.032	0.157	0.313	0.313	0.157	0.032
6	0.016	0.095	0.235	0.313	0.235	0.079
7	0.008	0.056	0.116	0.274	0.274	0.118
8	0.004	0.032	0.086	0.196	0.274	0.133
9	0.002	0.018	0.059	0.141	0.236	0.138
10	0.001	0.010	0.038	0.100	0.189	0.118
11	0	0.005	0.0234	0.069	0.145	0.095
12	0	0.002	0.016	0.046	0.107	0.073
13	0	0.001	0.008	0.030	0.076	0.054
14	0	0	0.004	0.019	0.053	0.038
15	0	0	0.002	0.012	0.036	0.028
16	0	0	0.001	0.008	0.024	0.018

由图 5-4 可以看出，组分从具有 5 块塔板的柱中冲洗出来的最大浓度是在 n 为 8 和 9 时。流出曲线呈峰形但不对称。这是由于柱子的塔板数太少的缘故。当 $n>50$ 时，就可以得到对称的峰形曲线。在气相色谱中，n 值是很大的，约为 $10^3 \sim 10^5$。因而这时的流出曲线可趋近于正态分布曲线。这样，流出曲线上的浓度 c 与时间 t 的关系可由下式表示：

$$c = \frac{c_0}{\sigma\sqrt{2\pi}}e^{-\frac{(t-t_R)^2}{2\sigma^2}} \tag{5-17}$$

式中，c_0 为进样浓度；t_R 为保留时间；σ 为标准偏差；c 为时间 t 时在柱出口的浓度，此式

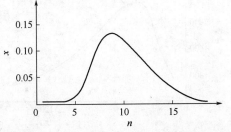

图 5-4　组分从柱中 $r=5$ 流出曲线

称为流出曲线方程式。

以上讨论了单一组分在色谱柱中的分配过程。若试样为多组分混合物，刚经过很多次的分配平衡后，如果各组分的分配系数有差异，则在柱出口处出现最大浓度时所需的载气板体积数亦将不同。由于色谱柱的塔板数相当多，因此分配系数有微小差异，仍可获得好的分离效果。

由塔板理论可导出色谱峰半峰宽度或峰底宽度的关系：

$$n = 5.54 \times \left(\frac{t_R}{Y_{1/2}}\right)^2 = 16 \times \left(\frac{t_R}{Y}\right)^2 \tag{5-18}$$

而

$$H = \frac{L}{n} \tag{5-19}$$

式中，L 为色谱柱的长度；t_R 及 $Y_{1/2}$ 或 Y 用同一物理量的单位（时间或距离的单位）。由式(5-18)及式(5-19)可见，色谱峰越窄，塔板数 n 越多，理论塔板高度 H 就越小，此时柱效能越高，因而 n 或 H 可作为描述柱效能的一个指标。

由于死时间 t_M（或死体积 V_M）的存在。它包括在 t_R 中，而 t_M（或死体积 V_M）不参加柱内的分配，所以往往计算出来 n 尽管很大，H 很小，但色谱柱表现出来的实际分离效能却并不好，特别是对流出色谱柱较早（t_R 较小）的组分更为突出。因而理论塔板数 n 和理论塔板高度 H 并不能真实反映色谱柱分离的好坏。因此提出了将死时间 t_M 除外的有效塔板数和有效塔板高度作柱效能指标。其计算式为：

$$n_{有效} = 5.54 \times \left(\frac{t_R - t_m}{Y_{1/2}}\right)^2 = 16 \times \left(\frac{t_R'}{Y}\right)^2 \tag{5-20}$$

$$H_{有效} = \frac{L}{n_{有效}} \tag{5-21}$$

有效塔板数和有效塔板高度消除了死时间的影响，因而能较为真实地反映柱效能的好坏。应该注意，同一色谱柱对不同物质的柱效能是不一样的，当用这些指标表示柱效能时，必须说明这是对什么物质而言的。

色谱柱的理论塔板数越大，表示组分在色谱柱中达到分配平衡的次数越多，固定相的作用越显著，因而对分离越有利。但还不能预测并确定各组分是否有被分离的可能，因为分离的可能性决定于试样混合物在固定相中分配系数的差别，而不是决定于分配次数的多少，因此不应把 $n_{有效}$ 看作有无实现分离可能的依据，而只能把它看作是在一定条件下柱分离能力发挥的程度的标志。

塔板理论在解释流出曲线的形状（呈正态分布），浓度极大点的位置以及计算评价柱效能等方面都取得了成功。但是它的某些基本假设是不当的，例如纵向扩散是不能忽略的，分配系数与浓度无关只在有限的浓度范围内成立，而且色谱体系几乎没有真正的平衡状态。因此塔板理论不能解释塔板高度是受哪些因素影响的这个本质问题，也不能解释为什么在不同流速（F）下可以测得不同的理论塔板数这一实验事实（见图5-5）。

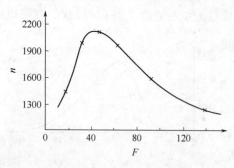

图 5-5　流速对塔板数的影响

尽管如此，由于以 n 或 H 作为柱效能指标很直观,因而迄今仍为色谱工作者所接受。

5.2.3 速率理论（rate theory）

1956 年荷兰学者范弟姆特（Van Deemter）等提出了色谱过程的动力学理论,他们吸收了塔板理论的概念,并把影响塔板高度的动力学因素结合进去,导出了塔板高度 H 与载气线速度 u 的关系:

$$H = A + \frac{B}{u} + Cu \qquad (5\text{-}22)$$

式中,A、B、C 为三个常数,其中 A 称为涡流扩散项（eddy diffusion term）,B 为分子扩散项（molecule diffusion）系数,C 为传质阻力（resistance to mass transfer）系数。上式即为范弟姆特方程式的简化形式。

由此式可见,影响 H 的三项因素为:涡流扩散项,分子扩散项和传质项。在 u 一定时,只有 A,B,C 较小时,H 才能较小,柱效才能较高,反之则柱效较低,色谱峰将扩张。

下面分别讨论各项的意义。

(1) 涡流扩散项 A　气体碰到填充物颗粒时,不断地改变流动方向,使试样组分在气相中形成类似"涡流"的流动,因而引起色谱峰的扩张。由于 $A = 2\lambda d_p$,表明 A 与填充物的平均颗粒直径 d_p（单位为 cm）的大小和填充的不均匀性 λ 有关,而与载气性质、线速度和组分无关,因此使用适当细粒度和颗粒均匀的担体,并尽量填充均匀,是减少涡流扩散,提高柱效的有效途径。对于空心毛细柱,A 项为零。

(2) 分子扩散项 B/u 或称纵向扩散项（longitudial diffusion term）　由于试样组分被载气带入色谱柱后,是以"塞子"的形式存在于柱的很小一段空间中,在"塞子"的前后（纵向）存在着浓差而形成浓度梯度,因此使运动着的分子产生纵向扩散。而

$$B = 2\gamma D_g \qquad (5\text{-}23)$$

式中,γ 为因载体填充在柱内面引起气体扩散路径弯曲的因数（弯曲因子）;D_g 为组分在气相中的扩散系数,$cm^2 \cdot s^{-1}$。

纵向扩散与组分在柱内的保留时间有关,保留时间越长（相应于载气流速越小）,分子扩散项对色谱峰扩张的影响就越显著。分子扩散项还与组分在载气流中的分子扩散系数 D_g 的大小成正比,而 D_g 与组分及载气的性质有关:相对分子质量大的组分,其 D_g 小,D_g 反比于载气密度的平方根或载气相对分子质量的平方根,所以采用相对分子质量较大的载气（如氮气）,可使 B 项降低,D_g 随柱温增高而增加,但反比于柱压。

弯曲因子 γ 为与填充物有关的因素。它的物理意义可理解为由于固定相颗粒的存在,使分子不能自由扩散,从而使扩散程度降低。若组分通过空心毛细管柱,由于没有填充物的阻碍,扩散程度最大,$\gamma = 1$;在填充柱中,由于填充物的阻碍,使扩散路径弯曲,扩散程度降低,$\gamma < 1$。对于硅藻土担体,$\gamma = 0.5 \sim 0.7$。因此填充柱的分子扩散比空心柱的小。γ 与前述 A 项中的 λ 虽同样是与填充物有关的因素,但两者是有区别的。γ 是指因填充物的存在造成扩散阻碍而引入的校正系数;λ 则是指填充物的不均匀性造成路径的不同。可以设想,填充物填充得很均匀时,λ 可显著降低,而扩散阻碍并不会显著减小。

(3) 传质项 C　系数 C 包括气相传质阻力系数 C_g 和液相传质阻力系数 C_1 两项。

所谓气相传质过程是指试样组分从气相移动到固定相表面的过程,在这一过程中试样组分将在两相间进行质量交换,即进行浓度分配。这种过程若进行缓慢,表示气相传质阻力大,就引起色谱峰扩张。对于填充柱。

$$C_g = \frac{0.01k^2}{(1+k)^2} \times \frac{d_p^2}{D_g}$$ (5-24)

式中，k 为容量因子。由上式可见，气相传质阻力与填充物粒度的平方成正比，与组分在载气流中的扩散系数成反比。因此采用粒度小的填充物和分子量小的气体（如氢气）作载气可使 C_g 减小，可提高柱效。

所谓液相传质过程是指试样组分从固定相的气液界面移动到液相内部，并发生质量交换，达到分配平衡，然后又返回气液界面的传质过程。这个过程也需要一定时间，在此时间内，气相中组分的其他分子随载气不断地向柱口运动，这也造成峰形的扩张。液相传质阻力系数 C_l 为

$$C_l = \frac{2}{3} \times \frac{0.01k}{(1+k)^2} \times \frac{d_f^2}{D_l}$$ (5-25)

因此固定相的液膜厚度 d_f 薄，组分在液相的扩散系数 D_l 大，则液相传质阻力就小。

对于填充柱，固定液含量较高（早期固定液含量一般为 $20\% \sim 30\%$）。中等线速时，塔板高度的主要控制因素是液相传质项，而气相传质项数值很小，C_g 对 H 的影响，不但不能忽略，甚至会成为主要控制因素。

常数项的关系式带入简化式(5～22) 得：

$$H = 2\lambda d_p + \frac{2\gamma D_g}{\mu} + \left[\frac{0.01k^2}{(1+k)^2} \times \frac{d_p^2}{D_g} + \frac{2}{3} \times \frac{0.01k}{(1+k)^2} \times \frac{d_f^2}{D_l} \right] \times u$$ (5-26)

由上述讨论可见，范弟姆特方程式对于分离条件的选择具有指导意义。它可以说明，填充均匀程度、担体粒度、载气种类、载气流速、柱温、固定相液膜厚度等对柱效、峰扩张的影响。

例 5.1 用一根柱长 1m 的色谱柱分离含有 A、B、C、D 四个组分的混合物，它们的保留时间分别为 6.4min、14.4min、15.4min、20.7min，其峰底宽分别 0.45min、1.07min、1.16min、1.45min，试计算：

(1) 各谱峰的理论塔板数；

(2) 它们的平均塔板数；

(3) 平均塔板高度。

解： 由公式 $\qquad\qquad n = 16\left(\dfrac{t_R}{Y}\right)^2$

(1) $n_A = 16 \times \left(\dfrac{6.4}{0.45}\right)^2 = 3236$ $\qquad\qquad n_B = 16 \times \left(\dfrac{14.4}{1.07}\right)^2 = 2898$

$n_C = 16 \times \left(\dfrac{15.4}{1.16}\right)^2 = 2820$ $\qquad\qquad n_D = 16 \times \left(\dfrac{20.7}{1.45}\right)^2 = 3261$

(2) $n_A + n_B + n_C + n_D = 12215$ $\qquad\qquad n_{平均} = \dfrac{12215}{4} = 3054$

(3) $H_{平均} = \dfrac{1000}{3.054 \times 10^3} = 0.33\text{mm}$

例 5.2 用一根柱长 1m 的色谱柱分离含有 A、B、C、D 四个组分的混合物，它们的保留时间分别为 6.4min、14.4min、15.4min、20.7min，不被保留组分的保留时间为 4.2min，其峰底宽几乎为零，若固定相的体积为 0.148mL，流动相的体积为 1.26mL，试计算：

(1) 各组分的容量因子；

(2) 各组分的分配系数。

解（1）$k=\dfrac{t_R-t_M}{t_M}=\dfrac{t_R'}{t_M}$，可得

$$k_A=\frac{6.4-4.2}{4.2}=0.524$$

同理　　　　　　　$k_B=2.43\quad k_C=2.67\quad k_D=3.93$

（2）由公式 $K=k\dfrac{V_M}{V_S}$，可得　　　$K=k\dfrac{V_M}{V_S}=0.524\times\dfrac{1.26}{0.148}=4.50$

同理　　　　　　　$K_B=20.7\quad K_C=22.7\quad K_D=33.4$

5.3　色谱分离条件的选择

5.3.1　分离度（resolution）

一个混合物能否为色谱柱所分离，取决于固定相与混合物中各组分分子间的相互作用的大小是否有区别。但在色谱分离过程中各种操作因素的选择是否合适，对于实现分离的可能性也有很大影响。因此在色谱分离过程中，不但要根据所分离的对象选择适当的固定相，使其中各组分有可能被分离，而且还要创造一定的条件，使这种可能性得以实现，并达到最佳的分离效果。

两个组分怎样才算达到完全分离？首先是两组分的色谱峰之间的距离必须相差足够大。若两峰间仅有一定距离，而每一个峰却很宽，致使彼此重叠，如图 5-6（a）的情况，则两组分仍无法完全分离，所以第二个峰必须窄。只有同时满足这两个条件时，两组分才能完全分离，如图 5-6（b）所示。

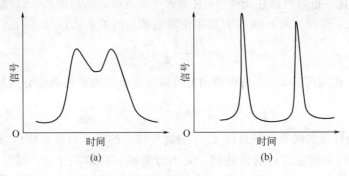

图 5-6　色谱分离的两种情况

为判断相邻两组分在色谱柱中的分离情况，可用分离度 R 作为色谱柱的分离效能指标。其定义为相邻两组分色谱峰保留值之差与两个组分色谱峰峰底宽度总和之半的比值；

$$R=\frac{t_{R(2)}-t_{R(1)}}{\dfrac{1}{2}(Y_1+Y_2)} \tag{5-27}$$

式中，$t_{R(2)}$ 和 $t_{R(1)}$ 分别为两组分的保留时间（也可采用调整保留时间）；Y_1 和 Y_2 分别为相应组分的色谱峰的峰底宽度，与保留值单位相同。R 值越大，就意味着相邻两组分分离得越好。两组分保留值的差别，主要决定于固定液的热力学性质；色谱峰的宽窄则反映了色谱过程的动力学因素，柱效能高低。因此，分离度是柱效能、选择性影响因素的总和，故可用其作为色谱柱的总分离效能指标（over-all resolution efficiency）。

从理论上可以证明，若峰形对称且满足于正态分布，则当 $R=1$ 时，分离程度可达到98%；当 $R=1.5$ 时，分离程度可达99.7%。因而可用 $R=1.5$ 来作为相邻两峰已完全分开的标志。

当两组分的色谱峰分离较差，峰底宽度难于测量时，可用半峰宽代替峰底宽度，并用下式表示分离度：

$$R' = \frac{t_{R(2)} - t_{R(1)}}{\frac{1}{2}(Y_{1/2(1)} + Y_{1/2(2)})} \tag{5-28}$$

与 R 的物理意义是一致的，但数值不同，$R=0.59R'$，应用时要注意所采用分离度的计算方法。

5.3.2 色谱分离的基本方程式

色谱分析中，对于多组分混合物的分离分析，在选择合适的固定相及实验条件时，主要针对其中难分离物质对来进行，这就是说要抓主要矛盾。对于难分离物质对，由于它们的保留值差别小，可合理地认为 $Y_1 = Y_2 = Y$，$k_1 \approx k_2 = k$。由式（5-18）得：

$$\frac{1}{Y} = \frac{\sqrt{n}}{4} \times \frac{1}{t_R}$$

将上式及式（5-15）代入式（5-27），整理后可得：

$$R = \frac{\sqrt{n}}{4} \times \frac{\alpha - 1}{\alpha} \times \frac{k}{1+k} \tag{5-29}$$

上式称色谱分离基本方程式，它表明 R 随体系的热力学性质（α 选择性因子和 k 容量因子）的改变而变化，也与色谱柱条件（n 柱效改变）有关。若将式（5-18）除以式（5-20）。并将式（5-15）代入，可得 n 与 $n_{有效}$（有效理论塔板数）的关系式：

$$n = \left(\frac{1+k}{k}\right)^2 \times n_{有效} \tag{5-30}$$

将式（5-30）代入式（5-29），则可得用有效理论塔板数表示的色谱分离基本方程式：

$$R = \frac{1}{4}\sqrt{n_{有效}} \times \left(\frac{\alpha - 1}{\alpha}\right) \tag{5-31}$$

① 分离度与柱效的关系（柱效因子） 分离度与 n 的平方根成正比。当固定相确定，亦即被分离物质对的 α 确定后，欲使达到一定的分离度，将取决于 n。增加柱长可改进分离度，但增加柱长使各组分的保留时间增长，延长了分析时间并使峰产生扩展，因此在达到一定的分离度条件下应使用短一些的色谱柱。除增加柱长外，增加 n 值的另一办法是减小柱的 H 值，这意味着应制备一根性能优良的柱子，并在最优化条件下进行操作。

② 分离度与容量比的关系（容量因子） k 值大一些对分离有利，但并非越大越有利。观察表5-3数据，可见 $k>10$ 时，$k/(k+1)$ 的改变不大，对 R 的改进不明显，反而使分析时间大为延长。因此 k 值的最佳范围是 $1<k<10$，在此范围内，既可得到大的 R 值，亦可使分析时间不致过长。使峰的扩展不会太严重而对检测发生影响。

使 k 值改变的方法有：改变柱温和改变相比。前者会影响分配系数而使 k 改变；改变相比包括改变固定相 V_S 及柱的死体积 V_M [见式（5-10）]。其中 V_M 影响 $k/(k+1)$，当组分的保留值较大而 V_M 又相当小时，$k/(k+1)$ 随 V_M 增加而急剧下降，导致达到相同的分离度所需 n 值大为增加。由此可见，使用死体积大的柱子，分离度要受到大的损失。采用细颗粒固定相，填充得紧密而均匀，可使柱死体积降低。

③ 分离度与柱选择性的关系（选择性因子）　α 是柱选择性的量度，α 越大，柱选择性越好，分离效果越好。在实际工作中，可由一定的 α 值和所要求的分离度，用式(5-31) 计算柱子所需的有效理论塔板数。表 5-4 列出了根据式(5-31) 计算得到的一些结果。这些结果表明，分离度从 1.0 增加至 1.5，对应于各 α 值所需的有效理论塔板数大致增加一倍。从表 5-4 还可看出，在一定的分离度下，大的 α 值可在有效理论塔板数小的色谱柱上实现分离。例如，当 α 值为 1.25 时，获得分离度为 1 的色谱柱的有效理论塔板数为 400，只要 α 值增至 1.5，在此柱上的分离度就可增大到 1.50 以上。因此，增大 α 值是提高分离度的有效办法。

表 5-3　k 值对 $k/(k+1)$ 影响

k	0.5	1.0	3.0	5.0	8.0	10	30	50
$k/(k+1)$	0.33	0.50	0.75	0.83	0.89	0.91	0.97	0.98

表 5-4　在给定的 α 值下，获得所需分离度对柱有效理论塔板数的要求

α	$n_{有效}$		α	$n_{有效}$	
	$R=1.0$	$R=1.5$		$R=1.0$	$R=1.5$
1.00	∞	∞	1.10	1900	4400
1.005	650000	1450000	1.15	940	2100
1.01	163000	367000	1.25	400	900
1.02	42000	94000	1.50	140	320
1.05	7100	16000	2.0	65	145
1.07	3700	8400			

当 α 值为 1 时，分离所需的有效理论塔板数为无穷大，故分离不能实现。在 α 值相当小的情况下，特别是 $\alpha<1.1$ 时，实现分离所需的有效理论塔板数很大，此时首要的任务应当是增大 α 值。如果两相邻峰的 α 值已足够大，即使色谱柱的理论塔板数较小，分离亦可顺利地实现。

增加 α 最有效的方法是通过改变固定相，使各组分的分配系数有较大差别。

应用上述同样的处理方法可将分离度、柱效和选择性参数联系起来：

$$R=\frac{2(t_{R(2)}-t_{R(1)})}{Y_1+Y_2}=\frac{2(t'_{R(2)}-t'_{R(1)})}{Y_1+Y_2}=\frac{t'_{R(2)}-t'_{R(1)}}{Y}$$

$$Y=\frac{t'_{R(2)}-t'_{R(1)}}{R}$$

$$n_{有效}=16\times\left(\frac{t'_{R(2)}}{Y}\right)^2=16\times\left(\frac{t'_{R(2)}\times R}{t'_{R(2)}-t'_{R(1)}}\right)$$

$$=16R^2\left(\frac{\alpha}{\alpha-1}\right)^2 \tag{5-32}$$

$$L=16R^2\left(\frac{\alpha}{\alpha-1}\right)^2\times H_{有效} \tag{5-33}$$

因而只要已知两个指标，就可估算出第三个指标。

例如假设有一物质对，其 $\alpha=1.15$，要在填充柱上得到完全分离（$R\approx1.5$），所需有效理论塔板数为：

$$n_{有效}=16\times1.5^2\times\left(\frac{1.15}{1.15-1}\right)^2=2116$$

若用普通柱，一般的有效理论塔板分离度为0.1cm，所需柱长应为：

$$L=2116×0.1cm≈2m$$

5.3.3 分离操作条件的选择

（1）载气及流速的选择 对一定的色谱柱和试样，有一个最佳的载气流速，此时柱效最高，根据式（5-22）

$$H=A+B/u+Cu$$

用在不同流速下测得的塔板高度 H 对流速 u 作图，得 H-u 曲线图（见图5-7）。在曲线的最低点，塔板高度 H 最小（$H_{最小}$），此时柱效最高。该点所对应的流速即为最佳流速（$u_{最佳}$），$u_{最佳}$ 及 $H_{最小}$ 可由式（5-22）微分求得：

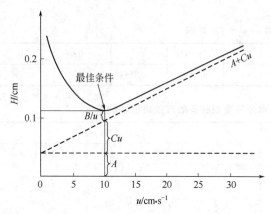

图5-7 塔板高度与载气线速的关系

$$\frac{\mathrm{d}H}{\mathrm{d}u}=-\frac{B}{u^2}+C=0$$

$$u_{最佳}=\left(\frac{B}{C}\right)^{\frac{1}{2}} \tag{5-34}$$

将式（5-34）代入式（5-22）得

$$H_{最小}=A+2\sqrt{AB} \tag{5-35}$$

在实际工作中，为了缩短分析时间，往往使流速稍高于最佳流速。

从式（5-22）及图5-7可见，当流速减小时，分子扩散项（B 项）就成为色谱峰扩张的主要因素，此时应采用相对分子质量较大的载气（N_2，Ar），使组分在载气中有较小的扩散系数。而当流速较大时，传质项（C 项）为控制因素，宜采用相对分子质量较小的载气（H_2，He），此时组分在载气中有较大的扩散系数，可减小气相传质阻力，提高柱效。选择载气时还应考虑对不同检测器的适应性（见5.5）。

对于填充柱，N_2 的最佳实用线速为 $10\sim12cm\cdot s^{-1}$；H_2 为 $10\sim12cm\cdot s^{-1}$。通常载气的流速习惯上用柱前的体积流速 $mL\cdot min^{-1}$［体积流速 F_0 与线速度之间的关系为：$u/(cm\cdot s^{-1})=(F_0/60)/$柱截面积$/cm^2$］来表示，也可通过皂膜流量计在柱后进行测定。若色谱柱内径为3mm，N_2 的流速一般为 $40\sim60mL\cdot min^{-1}$，H_2 为 $60\sim90cm\cdot s^{-1}$。

（2）柱温的选择 柱温是一个重要的操作变数，直接影响分离效能和分析速度。首先要考虑到每种固定液都有一定的使用温度。柱温不能高于固定液的最高使用温度，否则固定液挥发流失。

柱温对组分分离的影响较大，提高柱温使各组分的挥发靠拢，不利于分离，所以，从分离角度考虑，宜采用较低的柱温。但柱温太低，被测组分在两相中的扩散速率大为减小，分配不能迅速达到平衡，峰形变宽，柱效下降，并延长了分析时间。选择的原则是：使最难分离的组分在尽可能好的分离前提下，尽可能采取较低的柱温，但以保留时间适宜，峰形不拖尾为宜。具体操作条件的选择应根据不同的实际情况而定。

对于高沸点混合物（300～400℃），希望在较低的柱温下（低于其沸点100～200℃）分析。为了改善液相传递速率，可用低固定液含量（质量分数1%～3%）的色谱柱，使液膜薄一些，但允许最大进样量减小，因此应采用高灵敏度检测器。

对于沸点不太高的混合物（200～300℃），可在中等柱温下操作，固定液质量分数5%～

10%，柱温比其平均沸点低 100℃。

对于沸点在 100～200℃的混合物，柱温可选在其平均沸点 2/3 左右，固定液质量分数 10%～15%。

对于气体、气态烃等低沸点混合物，柱温选在其沸点或沸点以上，以便能在室温或者 50℃以下分析。固定液质量分数一般在 15%～25%。

对于沸点范围较宽的试样，宜采用程序升温（programmed temperature），即柱温按预定的加热速度，随时间作线性或非线性的增加。升温的速度一般常是呈线性的，即单位时间内温度上升的速度是恒定的，例如每分钟 2℃，4℃，6℃，等等。在较低的初始温度，沸点较低的组分，即最早流出的峰可以得到良好的分离。随柱温增加，较高沸点的组分也能较快地流出，并和低沸点组分一样也能得到分离良好的尖峰。

图 5-8 为宽沸程试样在恒定柱温及程序升温时的分离结果比较。为（a）柱温（t_c）恒定于 45℃时的分离结果，此时只有五个组分流出色谱柱，但低沸点组分分离良好；图（b）为柱温恒定于 120℃时的分离情况，因柱温升高，保留时间缩短，低沸点组分峰密集，分离不好；图（c）为程序升温时的分离情况，从 30℃起始，升温速度为 5℃·min^{-1}，低沸点及高沸点组分都能在各自适宜的温度下得到良好的分离。

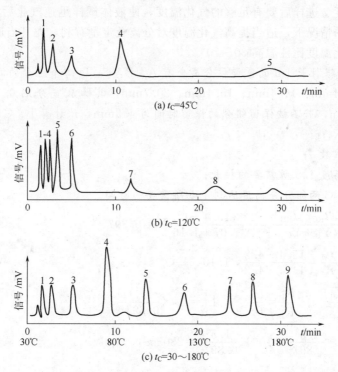

图 5-8　宽沸程试样在恒定柱温及程序升温时的分离结果比较

1—丙烷（−42℃）；2—丁烷（−0.5℃）；3—戊烷（36℃）；4—己烷（68℃）；5—庚烷（98℃）；

6—辛烷（126℃）；7—溴仿（150.5℃）；8—间氯甲苯（161.6℃）；9—间溴甲苯（183℃）

（3）固定液的性质和用量　固定液的性质对分离是起决定作用的。有关这方面的问题将在 2.4 中详细讨论。在这里讨论一下固定液的用量问题。一般来说，担体的表面积越大，固定液用量可以越高，允许的进样量也就越多。但从式(5-25) 可见，为了改善液相传质，应使液膜薄一些。目前填充色谱柱中盛行低固定液含量的色谱柱。固定液液膜薄，柱效能提高，并可缩短分析时间。但固定液用量太低，液膜越薄，允许的进样量也就越少。因此固定液的用量要根据具体情况决定。

固定液的配比（指固定液与担体的质量比）一般用 5∶100 到 25∶100，也有低于 5∶100 的。不同的担体为了要达到较高的柱效能，其固定液的配比往往是不同的。一般来说，担体的表面积越大，固定液的含量可以越高。

（4）担体的性质和粒度 担体的表面结构和孔径分布决定了固定液担体上的分布以及液相传质和纵向扩散的情况。要求担体表面积大，表面和孔径分布均匀。这样，固定液涂在担体表面上成为均匀的薄膜，液相传质就快，就可提高柱效。对担体粒度要求均匀、细小，这样有利于提高柱效。但粒度过细，阻力过大，使柱压降增大，对操作不利。对 3～6mm 内径的色谱柱，使用 60～80 目的担体较为合适。

（5）进样时间和进样量 进样速度必须很快，一般用注射器或进样阀进样时，进样时间都在 1s 以内。若进样时间过长，试样原始宽度变大，半峰宽必将变宽，甚至使峰变形。

进样量一般是比较少的。液体试样一般进样 0.1～0.5μL，气体进样 0.1～5mL。进样量太多，会使几个峰叠在一起，分离不好。但进样量太少，又会使含量少的组分因检测器灵敏度不够而不出峰。最大允许的进样量，应控制在峰面积或峰高与进样量呈线性关系的范围内。

（6）气化温度 进样后要有足够的气化温度，使液体试样迅速气化后将载气带入柱中。在保证试样分解的情况下，适当提高气化温度对分离及定量有利，尤其当进样量大时更是如此。一般选择气化温度比柱温高 30～70℃。

例 5.3 用一根柱长 1m 的色谱柱分离含有 A、B、C、D 四个组分的混合物，它们的保留时间分别为 6.4min、14.4min、15.4min、20.7min，其峰底宽分别 0.45min、1.07min、1.16min，1.45min，若不被保留组分的保留时间为 4.2min，试计算 B、C 两组分的：

（1）分离度 R_s；

（2）选择性系数 α；

（3）达到分离度 1.5 所需要的柱长；

（4）使得 B、C 两组分分离度达到 1.5 所需要的时间。

解 （1）$R=\dfrac{2(t_{RC}-t_{RB})}{Y_B+Y_C}=\dfrac{2\times(15.4-14.4)}{1.07+1.16}=0.897$

（2）$\alpha=\dfrac{t_{RC}-t_M}{t_{RB}-t_M}=\dfrac{15.4-4.2}{14.4-4.2}=1.10$

（3）$\dfrac{R_1}{R_2}=\dfrac{\sqrt{L_1}}{\sqrt{L_2}}$ $\dfrac{R_1^2}{R_2^2}=\dfrac{L_1}{L_2}$ $L_1=L_2\times\dfrac{1.5^2}{0.897^2}$

$L_1=L_2\times\dfrac{1.5^2}{0.897^2}=100\times\dfrac{1.5^2}{0.897^2}=280cm$

（4）$\dfrac{t_{R1.5}}{t_{RC}}=\dfrac{1.5^2}{0.897^2}$

$t_{R1.5}=\dfrac{1.5^2}{0.897^2}\times t_{RC}=2.80\times15.4=43.1$

例 5.4 已知某色谱柱有如下常数：$A=0.01cm$，$B=0.30cm^2\cdot s^{-1}$，$C=0.015s$，就最低塔板高度而言，试求其最佳流速。

解 对下面公式微分

$$H=A+\dfrac{B}{u}+Cu$$

$$u_{最佳} = \left(\frac{B}{C}\right)^{\frac{1}{2}} = \left(\frac{0.30}{0.15}\right)^{\frac{1}{2}} = 1.41 \mathrm{cm \cdot s^{-1}}$$

例 5.5　已知物质 A 和 B 在水和正己烷中的分配系数 $[c(H_2O)/c(hex)]$ 分别为 6.50 和 6.31 在一带水硅胶中分离,用正己烷为流动相,已知相比为 0.422。试计算

(1) 两物质的分配比;

(2) 选择性系数;

(3) 欲得到分离度为 1.5 时,需多少塔板数;

(4) 若柱长为 806cm,流动相的流速为 $7.10 \mathrm{cm \cdot s^{-1}}$,则需要多长时间可冲洗出各物质?

解　(1) 由公式

$$k = K\frac{V_S}{V_M} = K\beta, \quad 则$$

$$k_A = 6.50 \times 0.422 = 2.74$$

$$k_B = 6.31 \times 0.422 = 2.66$$

(2) 由公式

$$\alpha = \frac{t'_{R_2}}{t'_{R_1}} = \frac{k_2}{k_1} = \frac{K_2}{K_1}, \quad 可得$$

$$\alpha = \frac{6.50}{6.31} = 1.030$$

(3) 由公式

$$n = 16R^2 \left(\frac{\alpha}{\alpha - 1}\right)^2 \left(\frac{1+k}{k}\right)^2$$

$$n = 16 \times 1.5^2 \times \left(\frac{1.030}{1.030 - 1}\right)^2 \left(\frac{1 + 2.74}{2.74}\right)^2$$

$$n = 7.91 \times 10^4 \ (块)$$

(4) 由公式

$$\bar{u} = \frac{L}{t_M}$$

$$t_M = \frac{806}{7.10} \times \frac{1}{60} = 1.89 \mathrm{min}$$

由式

$$k_A = \frac{t_R - t_M}{t_M} = \frac{t'_R}{t_M}, \quad 可得$$

$$2.74 = \frac{t_{RA} - 1.89}{1.89}$$

$$t_{RA} = 2.74 \times 1.89 + 1.89 = 7.07$$

同理,

$$k_B = \frac{t_{RB} - t_M}{t_M} = \frac{t'_R}{t_M}, \quad 可得$$

$$t_{RB} = 6.92$$

5.4　固定相及其选择

5.4.1　气-固色谱固定相

在气相色谱分析中,某一多组分混合物中各组分能否完全分离开,主要取决于色谱柱的效能和选择性,后者在很大程度上取决于固定相选择得是否适当,因此选择适当的固定相就成为色谱分析中的关键问题。

在气相色谱分析中,气液色谱法的应用范围广,选择性好;但在分离常温下的气体及气态烃类时,因为气体在一般固定液中溶解度甚小,所以分离效果并不好。若采用吸附剂作固

定相，由于其对气体的吸附性能常有差别，因此往往可取得满意的分离效果。

在气-固色谱法中作为固定相的吸附剂，常用的有非极性的活性炭，弱极性的氧化铝，强极性的硅胶等。它们对各种气体吸附能力的强弱不同，因而可根据分析对象选用。一些常用的吸附剂及其一般用途列于表 5-5 中。由于吸附剂种类不多，不是同批制备的吸附剂的性能往往又不易重复，且进样量稍多时色谱峰就不对称，有拖尾现象，等等。近年来，通常对吸附剂表面进行物理化学改性，研制出表面结构均匀的吸附剂（例如石墨化炭黑、碳分子筛等），不但使极性化合物的色谱峰不致拖尾，而且可以成功地分离一些顺、反式空间异构体。

表 5-5 气-固色谱法常用的几种吸附剂及其性能

吸附剂	主要化学组成	最高使用温度/℃	性质	分析对象	使用前活化方法
活性炭	C	<300	非极性	分离惰性气体，永久性气体（N_2，CO_2，CH_4）及低沸点烃类气体等，不适宜分析极性化合物	粉碎过筛后，用苯浸泡几次，以除去其中的硫黄，焦油等杂质，然后通 350℃ 下过热蒸汽，吹至乳白色物质消失为止，最后在 180℃ 烘干备用，商品用活性炭可不必水蒸气处理
石墨化炭黑	C	<400	非极性	分离气体及烃类，对高沸点有机化合物可获得较对称的峰形	同上
硅胶	$SiO_2 \cdot xH_2O$	<400	氢键型	分离永久性气体（N_2O，SO_2，N_2，CO_2，CH_4）及低沸点烃类（$C_1 \sim C_4$）气体等	粉碎过筛后，用 6HCl·L^{-1} 泡 12h，水洗至无氯离子。在 180℃ 下烤 2h。装柱后在 200℃ 下载气活化 2h。商品用硅胶 200℃ 下活化处理
氧化铝	Al_2O_3	<400	弱极性	分离烃类及有机异构体，低温下可分离氢的同位素	粉碎过筛后，以分析目标，在 200～1000℃ 烘烤活化，一般 600℃ 下烘烤 4h
分子筛	$x(MO) \cdot y(Al_2O_3)$ $x(SO_2) \cdot n(H_2O)$	<400	极性	特别适用于分离惰性气体和永久性气体（H_2，O_2，N_2，CH_4，CO）等	粉碎过筛后，使用前 350～550℃ 下烘烤活化 3～4h，或者在 350℃ 真空中活化 2h
GDX	多孔聚合物	见表 5-6	聚合时随原料不同而不同	见表 5-6	170～180℃ 烘去微量水分后，在 H_2 或 N_2 气流中处理 10～20h

高分子多孔微球（国产商品牌号为 GDX）是以二乙烯基苯作为担体，经悬浮共聚所得的交联多孔聚合物，是一种应用日益广泛的气固色谱固定相。

例如有机物或气体中水的含量测定，若应用气液色谱柱，由于组分中含水会给固定液、担体的选择带来麻烦与限制；若采用气固色谱柱，由于水的吸附系数很大，以至于实际上无法进行分析；而采用高分子多孔微球作固定相，由于多孔聚合物和羟基化合物的亲和力极小，且基本按分子质量顺序分离，故相对分子质量较小的水分子可在一般有机物之前出峰，峰形对称，特别适于分析试样中的痕量水含量，也可用于多元醇、脂肪酸、腈类等强极性物质的测定。由于这类多孔微球具有耐腐蚀和耐辐射性能，可用以分析如 HCl_2、NH_3、Cl_2、SO_2 等。

高分子多孔微球随共聚体的化学组成和共聚后的物理性质不同，不同商品牌号具有不同的极性及应用范围（见表 5-6）。该固定相除可以应用于气固色谱外，又可以作为担体涂上固定液后使用。

表 5-6 国内外高分子多孔微球性能比较

来源	牌号	化学组成	极性	温度上限/℃	分离特征
国内产品	GDX-101	二乙烯苯交联共聚	非极性	270	气体及低沸点化合物
	GDX-201	二乙烯苯交联共聚	非极性	270	高沸点化合物
	GDX-301	二乙烯苯,三氯乙烯共聚	弱极性	250	乙炔,氯化氢
	GDX-401	二乙烯苯,含氮杂环共聚	中极性	250	氯化氢中微量水
	GDX-501	二乙烯苯,含氮极性有机物共聚	中强极性	270	C_4 烯烃异构体
	GDX-601	含强极性基团的二乙烯苯共聚物	强极性	200	分析环己烷,苯
国外产品	Porapak-P	苯乙烯,乙基乙烯乙烯,二乙烯苯共聚	最小极性	250	乙烯与乙炔
	Porapak-P-S		—	250	—
	Porapak-Q		最小极性	250	正丁醇与叔丁醇
	Porapak-Q-S		—	250	—
	Porapak-R		中极性	250	正丁醇与叔丁醇
	Porapak-S		中强极性	300	—
	Porapak-N		中极性	200	—
	Porapak-T		强极性	200	—

5.4.2 气-液色谱固定相

担体（载体）应是一种化学惰性、多孔性的固体颗粒，它的作用是提供一个大的惰性表面，用以承担固定液，使固定液以薄膜状态分布在其表面上。

对担体有以下几点要求：

（1）表面应是化学惰性的，即表面没有吸附性或吸附性很弱，更不能与被测物质起化学反应。

（2）多孔性，即表面积较大，使固定液与试样的接触面较大。

（3）热稳定性好，有一定的机械强度，不易破碎。

（4）对担体粒度的要求，一般希望均匀、细小，这样有利于提高柱效。但颗粒过细，使柱压降增大，对操作不利。一般选用 40～60 目，60～80 目或 80～100 目等。

气-液色谱中所用担体可分为硅藻土型和非硅藻土型两类。常用的是硅藻土型担体，它又可分为红色担体和白色担体两种。它们都是天然硅藻土经煅烧而成，所不同的是白色担体在煅烧前于硅藻土原料中加入少量助熔剂，如碳酸钠。这两种硅藻土担体的化学组成和内部结构基本相似，但它们的表面结构却不相同。

红色担体（如 6201 红色担体、201 红色担体，C-22 保温砖等）表面孔穴密集，孔径较小，表面积大（比表面积为 $4.0m^2 \cdot g^{-1}$），平均孔径为 $1\mu m$。由于表面积大，涂固定液量多，在同样大小柱中分离效率就比较高。此外，由于结构紧密，因而机械强度较好。缺点是表面有吸附活性中心。如与非极性固定液配合使用，影响不大，分析非极性试样时也比较满意；然而与极性固定液配合使用时，可能会造成固定液分布不均匀，从而影响柱效，故一般适用于分析非极性或弱极性物质。

白色担体（如 101 白色担体等）则与之相反。由于在煅烧时加入了助熔剂（碳酸钠），成为较大的疏松颗粒，其机械强度不如红色担体。表面孔径较大，约 $8～9\mu m$，表面积较小，比表面积只有 $1.0m^2 \cdot g^{-1}$。但表面极性中心显著减少，吸附性小，故一般用于分析极性物质。

硅藻土型担体表面含有相当数量的硅醇基团 —Si— 以及 $\overset{/}{Al}-O$，$\overset{/}{Fe}-O$ 等基团，具有细孔结构，并呈现不同的 pH，故担体表面既有吸附性，又有催化活性。如涂上极性固定液，会造成固定液分布不均匀。分析极性试样时，由于与活性中心的相互作用，会造成色谱峰的拖尾。而在分析萜烯、二烯、含氮杂环化物、氨基酸衍生物等化学活泼的试样时，都有可能发生化学变化和不可逆吸附。因此在分析这些试样时，担体需加以钝化处理，以改进担体孔隙结构，屏蔽活性中心，提高柱效率。

硅藻土型担体采用酸洗、碱洗、硅烷化（silicatization）处理方法。

（1）酸洗、碱洗　即用浓盐酸、氢氧化钾甲醇浴液分别浸泡，以除去铁等金属氧化物杂质及表面的氧化铝等酸性作用点。

（2）硅烷化　用硅烷化试剂和担体表面的硅醇、硅醚基团起反应，以消除担体表面的氢键结合能力，从而改进担体的性能。常用的硅烷化试剂有二甲基二氯硅烷和六甲基二硅烷胺，其反应为：

非硅藻土型担体有氟担体、玻璃微球担体、高分子多孔微球等。

担体的选择往往对色谱分离很有影响。例如分析试样中含有 $10^{-9}\,g\cdot\mu L^{-1}$ 的 4 个有机磷农药，若用未处理的担体，涂 3% OV-1 固定液则不出峰；用白色硅烷化担体，出三个峰，柱效很低；用酸洗 DMCS 硅烷化（二甲基二氯硅烷化）的担体，出四个峰，且柱效很高。但若固定液质量分数在 10% 左右，进行常量分析，则未处理的白色担体效果也很好。

选择担体的大致原则为：

（1）当固定液质量分数大于 5% 时，可选用硅藻土型（白色或红色）担体。

（2）当固定液质量分数小于 5% 时，应选用处理过的担体。

（3）对于高沸点组分，可选用玻璃微球担体。

（4）对于强腐蚀性组分，可选用氟担体。

对固定液的要求：

（1）挥发性小，在操作温度下有较低蒸气压，以免流失。

（2）热稳定性好，操作温度下不发生分解。在操作温度下呈液体状态。

（3）对试样各组分有适当的溶解能力，否则易被载气带走而起不到分配作用。

（4）具有高的选择性，即对沸点相同或相近的不同物质有尽可能高的分离能力。

（5）化学稳定性好，不与被测物质起化学反应。

为了满足第一、二个要求，固定液一般都是高沸点的有机化合物，而且各有其特定的使用温度范围，特别是最高使用温度极限。可用作固定液的高沸点有机物很多，现在已有上千种固定液，而且数量还在增加。表 5-7（麦氏常数）以及附录列出了部分常用的固定液，它们的性质，最高使用温度和主要用途。

为了满足第 3～5 个要求，就必须针对被测物质的性质选择合适的固定液。

固定液的分离特征是选择固定液的基础。固定液的选择，一般根据"相似相溶"原理进行，即固定液的性质和被测组分有某些相似性时，其溶解度就大。在气相色谱中常用"极性"来说明固定液和被测组分的性质。由电负性不同的原子所构成的分子，它的正电中心和负电中心不重合时，就形成具有正负极的极性分子。如果组分与固定液分子性质（极性）相似，固定液和被测组分两种分子间的作用力就强，被测组分在固定液中的溶解度就大，分配系数就大，也就是说，被测组分在固定液中溶解度或分配系数的大小与被测组分和固定液两种分子之间相互作用力的大小有关。

分子间的相互作用力包括静电力、诱导力、色散力和氢键力。

（1）静电力（定向力）这种力是由于极性分子的永久偶极间存在静电作用而引起的。在极性固定液柱上分离极性试样时，分子间的作用力主要就是静电力。被分离组分的极性越大，与固定液间的相互作用力就越强，因而该组分在柱内滞留的时间就越长。因为静电力的大小与热力学温度成反比，所以在较低柱温下依靠静电力有良好选择性的固定液，在高温时选择性就变差，亦即升高柱温对分离不利。

（2）诱导力 极性分子和非极性分子共存时，由于在极性分子永久偶极的电场作用下，非极性分子极化而产生诱导偶极，此时两分子相互吸引而产生诱导力。这个作用力一般是很小的。在分离非极性分子和可极化分子的混合物时，可以利用极性固定液的诱导效应来分离这些混合物。例如苯和环己烷的沸点很相近（$80.10℃$ 和 $80.81℃$）。若用非极性固定液（例如液体石蜡）是很难将它们分离的。但苯比环己烷容易极化，所以用一个中等极性的邻苯二甲酸二辛酯固定液，使苯产生诱导偶极，苯的保留时间是环己烷的 1.5 倍；若选用强极性的 β,β'-氧二丙腈固定液，则苯的保留时间是环己烷的 6.3 倍，这样就很易分离了。

（3）色散力 非极性分子间虽没有静电力和诱导力相互作用，但其分子却具有瞬间的周期变化的偶极矩（由于电子运动、原子核在零点间的振动而形成的），只是这种瞬间偶极矩的平均值等于零，在宏观上显示不出偶极矩而已。这种瞬间偶极矩带有一个同步电场，能使周围的分子极化，被极化的分子又反过来加剧瞬间偶极矩变化的幅度，产生所谓色散力。

对于非极性和弱极性分子而言，分子间作用力主要是色散力。例如用非极性的角鲨烷固定液分离 C_1～C_4 烃类时，它的色谱流出次序与色散力大小有关。由于色散力与沸点成正比，所以组分基本按沸点顺序分离。

（4）氢键力 也是一种定向力，当分子中一个 H 原子和一个电负性（原子的电负性是原子吸引电子的能力，电负性愈大，吸引电子的能力愈强）很大的原子（以 X 表示，如 F，O，N 等）构成共价键时，它又能和另一个电负性很大的原子（以 Y 表示）形成一种强有力的有方向性的静电吸引力，这种能力就叫氢键作用力。这种相互作用关系表示为"X—H⋯Y"，X，H 之间的实线表示共价键，H，Y 之间的点线表示氢键。X，Y 的电负性愈大，也即吸引电子的能力愈强，氢键作用力就愈强。同时，氢键的强弱还与 Y 的半径有关，半径愈小，愈易靠近 X—H，因而氢键愈强。氢键的类型和强弱次序为：

$$F—H⋯F>O—H⋯O>O—H⋯N>N—H⋯N>N≡C—H⋯N$$

因为—CH_2—中的碳原子电负性很小，因而 C—H 键不能形成氢键，即饱和烃之间没有氢键作用力存在。固定液分子中含有—OH，—COOH，—COOR，—NH_2，=NH 官能团时，对含氟、含氧、含氮化合物常有显著的氢键作用力，作用力强的在柱内保留时间长。氢键型基本上属于极性类型，但对氢键作用力更为明显。

由上述可见，分子间的相互作用力是与分子的极性有关的。固定液的极性可以采用相对

极性 (relative polarity) P 来表示。这种表示方法规定强极性的固定液 β,β'-氧二丙腈的相对极性 $P=100$，非极性的固定液角鲨烷的相对极性 $P=0$，然后用一对物质正丁烷-丁二烯或环己烷-苯进行试验，分别测定这一对试验物质在 β,β'-氧二丙腈，角鲨烷及欲测极性固定液的色谱柱上的调整保留值，然后按下列两式计算欲测固定液的相对极性 P_x：

$$P_x = 100 - \frac{100(q_1 - q_x)}{q_1 - q_2} \tag{5-36}$$

$$q = \lg \frac{t'_R(\text{苯})}{t'_R(\text{环己烷})} \tag{5-37}$$

式中下标 1、2 和 x 分别表示 β,β'-氧二丙腈、角鲨烷及欲测固定液。这样测得的各种固定液的相对极性均在 0~100 之间，为了便于在选择固定液时参考，又将其分为五级，每 20 为一级，P 在 0~1 间的为非极性固定液，+1~+2 为弱极性固定液，+3 为中等极性固定液，+4~+5 为强极性固定液，非极性亦可用 "-" 表示。

应用相对极性 P_x 表征固定液性质，显然并未能全面反映被测组分和固定液分子间的全部作用力，为能更好地表征固定液的分离特性，罗胥耐特 (Rohrschneider L，罗氏) 及麦克雷诺 (McReynolds W O，麦氏)，在上述相对极性概念的基础上提出了改进的固定液特征常数。

罗胥耐特选用了 5 种代表不同作用力的化合物作为探测物 (probe)，即苯 (电子给予体)、乙醇 (质子给予体)、甲乙酮 (偶极定向力)、硝基甲烷 (电子接受体) 和吡啶 (质子接受体)，以非极性固定液角鲨烷为基准来表征不同固定液的分离性质，即罗氏常数。麦氏在罗氏工作的基础上，选用 10 种物质来表征固定液的分离特性。实际上通常采用麦氏的前 5 种探测物，即苯、丁醇、2-戊酮、硝基丙烷和吡啶测得的特征常数 (麦氏常数) 已能表征固定液的相对极性。麦氏常数也以角鲨烷固定液为基准，其计算方法为：

$$X' = I_s^{\text{苯}} - I_p^{\text{苯}}$$
$$Y' = I_p^{\text{丁醇}} - I_s^{\text{丁醇}}$$
$$Z' = I_p^{\text{2-戊酮}} - I_s^{\text{2-戊酮}}$$
$$U' = I_p^{\text{硝基丙烷}} - I_s^{\text{硝基丙烷}}$$
$$S' = I_p^{\text{吡啶}} - I_s^{\text{吡啶}}$$

式中采用重现性好的保留指数 I (保留指数的意义和测定方法见 5.6) 来代替调整保留值，下标 p 为待测固定液，s 为角鲨烷固定液，$I_p^{\text{苯}}$ 为以苯作为探测物时在待测固定液上的保留指数，$I_s^{\text{苯}}$ 为以苯作探测物时在角鲨烷固定液上的保留指数，其余类同。显而易见，两者的差值可表征以标准非极性固定液角鲨烷为基准时欲测固定液的相对极性，即麦氏常数，以 X'、Y'、Z'、U'、S' 符号表示各相应作用力的麦氏常数。将这 5 种探测物值 ΔI 之和 $\sum \Delta I$ 称为总极性，其平均值称为平均极性。

固定液的总极性越大，则极性超强；不同固定液的麦氏常数相近，表明它们的极性基本相同；麦氏常数值越小，则固定液的极性越接近于非极性固定液的极性；麦氏常数中某特定值如 X' 或 Y' 值越大，则表明该固定液对相应的探测物 (作用力) 所表征的性质越强。因而利用麦氏常数将有助于固定液的评价、分类和选择。表 5-7 列出一些常用固定液的麦氏常数。较详细的麦氏常数表可从气相色谱手册中查找。

表 5-7 中固定液的极性随序号增大而增加。其中标有序号的 12 种是李拉 (Lrary J J) 用其近邻技术 (nearest neighbor technique) 从品种繁多的固定液中选出分高效果好、热稳定性好、使用温度范围宽，有一定极性间距的典型固定液，它对固定选择是有用的依据。

表 5-7　麦氏常数

序号	固定液	型号	苯 X'	丁醇 Y'	2-戊酮 Z'	硝基丙烷 U'	吡啶 S'	平均极性	总计性 $\sum\Delta I$	最高使用温度/℃
1	角鲨烷	SQ	0	0	0	0	0	0	0	100
2	甲基硅橡胶	SE-30	15	53	44	64	41	43	217	300
3	苯基(10%)甲基聚硅氧烷	OV-3	44	86	81	124	88	85	423	350
4	苯基(20%)甲基聚硅氧烷	OV-7	69	113	111	171	128	118	592	350
5	苯基(50%)甲基聚硅氧烷	DC-710	107	149	153	228	190	165	827	225
6	苯基(60%)甲基聚硅氧烷	OV-22	160	188	191	283	253	219	1075	350
	苯甲酸二癸酯	DDP	136	255	213	320	235	232	1159	175
7	三氟丙基(50%)甲基聚硅氧烷	QF-1	144	233	355	463	305	300	1500	250
	聚乙二醇十八醚	EmulpborON-270	202	396	251	395	345	318	1589	200
8	氰乙基(25%)甲基硅橡胶	XE-60	204	381	340	493	367	357	1785	250
9	聚乙二醇-20000	PEG-20M	322	536	368	572	510	462	2308	225
10	己二酸二乙二醇聚酯	DEGA	378	603	460	665	658	533	2764	200
11	丁二酸二乙二醇聚酯	DEGS	492	733	581	833	791	686	3504	200
12	三(2-氰乙氧基)丙烷	TCEP	593	857	752	1028	915	829	4145	175

在固定液选择中"相似相溶"原理是具有一定实际意义并能给予初学者一个简单清晰的思考途径。应用此原理的色谱流出规律为：

（1）分离非极性物质，一般选用非极性固定液，这时试样中各组分按沸点次序先后流出色谱柱，沸点低的先出峰，沸点高的后出峰。

（2）分离极性物质，选用极性固定液，这时试样中各组分主要按极性顺序分离，极性小的先流出色谱柱，极性大的后流出色谱柱。

（3）分离非极性和极性混合物时，一般选用极性固定液，这时非极性组分先出峰，极性组分（或易被极化的组分）后出峰。

（4）对于能形成氢键的试样，如醇、酚、胺和水等的分离。一般选择极性的或是氢键的固定液，这时试样中各组分按与固定液分子间形成氢键的能力大小先后流出，不易形成氢键的先流出，最易形成氢键的后流出。

然而，相似相溶原理是一个原则性提法，应用时有一定局限性。例如，欲分离组分为乙醇（沸点 78℃）和乙酸乙酯（沸点 77℃）的混合物，根据相似相溶原理，则固定液应为醇类或酯类，比较聚乙二醇十八醚、苯二甲酸二癸酯和聚乙二醇-20000 的麦氏常数（列于表 5-7），若将乙醇比拟为丁醇探测物、乙酸乙酯比拟为 2-戊酮探测物，它们相应在醚类固定液上 Y' 与 Z' 比值为 1.6，在酯类固定液上为 1.2，在醇类固定液上为 1.5，其结果反而是醚类固定液分离效果好。从这一举例中可显示麦氏常数在固定液选择上的作用。

对于试样性质不够了解的情况，一种较简便且实用的方法是由前述李拉提出的 12 种固定液（表 5-7）中选出，一般选用 4 种固定液（SE-30，DC-710，PEG-20，DEGS）。以适当的操作条件进行色谱初步分离，观察未知样分离情况，然后进一步按 12 种固定液的极性程序作适当调整或更换，以选择较适宜的一种固定液。

值得注意的是毛细管柱气相色谱（5.8 毛细管柱气相色谱法）现在已得到广泛应用。由于毛细管柱的柱效很高，如以每米 3000 理论塔板数计，50m 的毛细管柱具有 15 万块理论塔板，$\alpha > 1.015$ 的难分离物质对已可得到分离（见表 5-4），所以有人主张大部分分析任务可用三根毛细管柱完成：甲基硅橡胶柱（非极性，$\sum \Delta I = 217$）、三氟丙基甲基聚硅氧烷柱（中等极性，$\sum \Delta I = 1500$）。聚乙二醇-20M 柱（中强极性，$\sum \Delta I = 2308$）。因而固定液选择就变得容易得多。但还有少数分析问题，如高沸点多组分试样、沸点结构极相近的对应异构体等还需选用特殊的、耐高温、高选择性固定液。鉴于分子的异性是生命现象的基础，各种类型异性固定相的研制已引起广泛关注并取得了成果，使气相色谱在生命物质的分离、分析中起重要作用。

5.5　气相色谱检测器

检测器的作用是将经色谱柱分离后的各组分按其特性及含量转换为相应的电信号。因此检测器是检知和测定试样的组成及各组分含量的部件，是气相色谱仪中的主要组成部分。

根据检测原理的不同，可将检测器分为浓度型检测器（concentration sensitive detector）和质量型检测器（mass flow rate sensitive detector）两种。

浓度型检测器：测量的是载气中某组分浓度瞬间的变化，即检测器的响应值和组分的浓度成正比。如热导池检测器和电子捕获检测器等。

质量型检测器：测量的是载气中某组分进入检测器的速度变化，即检测器的响应值和单位时间内进入检测器某组分的质量成正比。如氢火焰离子化检测器和火焰光度检测器等。

5.5.1　热导池检测器

热导池检测器（thermal conductivity detector），常用 TCD 表示。由于结构简单，灵敏度适宜，稳定性较好，而且对所有物质都有响应，因此是应用最广、最成熟的一种检测器。

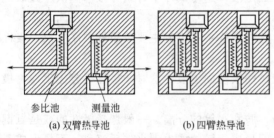

参比池　　测量池

(a) 双臂热导池　　　　(b) 四臂热导池

图 5-9　热导池示意图

（1）**热导池的结构**　热导池由池体和热敏元件构成，又可分双臂热导池和四臂热导池两种，参阅图 5-9(a) 和图 5-9(b)。

热导池体用不锈钢块制成，有两个大小相同、形状完全对称的孔道，每个孔里固定一根金属丝（如钨丝、铂丝），两根金属丝长短、粗细、电阻值都一样，此金属丝称为热敏元件。为了提高检测器的灵敏度，一般选用电阻率高，电阻温度系数（即温度每变化 1℃，导体电阻的变化值）大的金属丝或半导体热敏电阻作热导池的热敏元件。

钨丝具有较高的电阻温度系数（$6.5 \times 10^{-3} \text{cm} \cdot \Omega^{-1} \cdot \text{℃}^{-1}$）和电阻率（$5.5 \times 10^{-6} \Omega \cdot \text{cm}$），而且价廉，容易加工，因此是目前最广泛使用的热敏元件。钨丝的主要缺点是高温时容易氧化。为克服钨丝的氧化问题，可采用铼钨合金制成的热丝，铼钨丝抗氧化性好，机械强度、化学稳定性及灵敏度都比钨丝高。

热导池有两根钨丝（采用 220V，40W 白炽灯钨丝）的是双臂热导池，其中一臂是参比池，一臂是测量池；有四根钨丝（采用 220V，5W 白炽灯钨丝）的是四臂热导池；其中两臂是参比池，两臂是测量池。

热导池体两端有气体进口和出口，参比池仅通过载气气流，从色谱柱出来的组分由载气携带进入测量池。

（2）热导池检测器的基本原理　热导池作为检测器，是基于不同的物质具有不同的热导率。

一些物质的热导率见表 5-8。

表 5-8　某些气体或蒸汽的热导率（λ）

气体或蒸气	$\lambda/10^{-4}J\cdot(cm\cdot s\cdot ℃)^{-1}$		气体或蒸气	$\lambda/10^{-4}J\cdot(cm\cdot s\cdot ℃)^{-1}$	
	0℃	100℃		0℃	100℃
空气	2.17	3.14	正己烷	1.26	2.09
氢	17.41	22.4	环己烷	—	1.80
氦	14.57	17.41	乙烯	1.76	3.10
氧	2.47	3.18	乙炔	1.88	2.85
氮	2.43	3.14	苯	0.92	1.84
二氧化碳	1.47	2.22	甲醇	1.42	2.30
氩	2.18	3.26	乙醇	—	2.22
甲烷	3.01	4.56	丙酮	1.01	1.76
乙烷	1.80	3.06	乙醚	1.30	—
丙烷	1.51	2.64	乙酸乙酯	0.67	1.72
正丁烷	1.34	2.34	四氯化碳	—	0.92
异丁烷	1.38	2.43	氯仿	0.67	1.05

当电流通过钨丝时，钨丝被加热到一定温度，钨丝的电阻值也就增加到一定值（一般金属丝的电阻值随温度升高而增加）。在未进试样时，通过热导池两个池孔（参比池和测量池）的都是载气。由于载气的热传导作用，使钨丝的温度下降，电阻减小，此时热导池的两个池孔中钨丝温度下降和电阻减小的数值是相同的。在试样组分进入以后，载气流经参比池，而载气带着试样组分流经测量池，由于被测组分与载气组成的混合气体的热导率和载气的热导率不同，因而测量池中钨丝的散热情况就发生变化，使两个池孔中的两根钨丝的电阻值之间有了差异。此差异可以利用电桥测量出来。

气相色谱仪中的桥路，如图 5-10 所示。

图 5-10 中，R_1 和 R_2 分别为参比池和测量池的钨丝的电阻，分别连于电桥中作为两臂。在安装仪器时，挑选配对的钨丝，使 $R_1=R_2$。

从物理学中知道，电桥平衡时，$R_1R_4=R_2R_3$。

当电流通过热导池中两臂的钨丝时，钨丝加热到一定温度，钨丝的电阻值也增加到一定值，两个池中电阻增加的程度相同。如果用氢气作载气，当载气经过参比池和测量池时，由于氢气的热导率较大，被氢气传走的热量也较多，钨丝温区就迅速下降，电阻减小。在载气流速恒定时，在两只池中的钨丝温度下降和电阻值的减小程度是相同的，亦即 $\Delta R_1=\Delta R_2$，因此当两个池都通过载气时，电桥处于平衡状态，能满足 $(R_1+\Delta R_1)\cdot R_4=(R_2+\Delta R_2)\cdot R_3$，C、D 两端的电位相等，$\Delta E=0$，就没有信号输出，电位差计记录的是一条零位直线，称为基线。

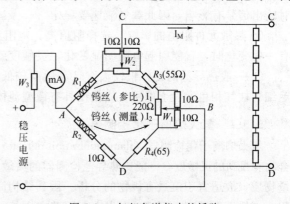

图 5-10　气相色谱仪中的桥路

如果从进样器注入试样，经色谱柱分离后，由载气先后带入测量池。此时由于被测组分与载气组成的二元热导率与纯载气不同，使测量池中钨丝散热情况发生变化，导致测量池中钨丝温度和电阻值的改变，而与只通过纯载气的参比池内的钨丝的电阻值之间有了差异，这样电桥就不平衡，即

$$\Delta R_1 \neq \Delta R_2$$

$$(R_1 + \Delta R_1) \cdot R_4 \neq (R_2 + \Delta R_2) \cdot R_3$$

这时电桥 C、D 之间产生不平衡电位差，就有信号输出。载气中被测组分的浓度愈大，测量池钨丝的电阻值改变亦愈显著，因此检测器所产生的响应信号，在一定条件下与载气中组分的浓度存在定量关系。电桥 C、D 间不平衡电位差用一自动平衡电位差计记录其响应电位，在记录纸上即可记录出各组分的色谱峰。

W_1，W_2，W_3 为三个电位器。当调节 W_1 或 W_2 时，都要影响电桥一臂的电位值，也就是影响电桥输出信号，因此 W_1、W_2 都可用来调节桥路平衡，其中 W_1 为零点调节粗阀，W_2 为零点调节细阀。在进样前，先调节 W_1，W_2，使记录器基线处在一定位置。W_3 用来调节桥路工作电流的大小。C、D 之间的一串电阻是衰减电阻，用以调节输入记录器电位信号的大小，使得到大小合适的色谱峰。

（3）影响热导池检测器灵敏度

① 桥路工作电流的影响　电流增加，使钨丝温度提高，钨丝和热导池体的温差加大，气体就容易将热量传出去，灵敏度就提高。一般工作电流与响应值之间有三次方的关系，即增加电流能使灵敏度迅速增加；但电流太大，将使钨丝处于灼热状态，引起基线不稳，呈不规则抖动，甚至会将钨丝烧坏。一般桥路电流控制在 $100 \sim 200 mA$ 左右（N_2 作载气时为 $100 \sim 200 mA$，H_2 作载气时为 $150 \sim 200 mA$）。

② 热导池体温度的影响　当桥路电流一定时，钨丝温度一定。如果池体温度低，池体和钨丝的温差就大，能使灵敏度提高。但池体温度不能太低，否则被测组分将在检测器内冷凝。一般池体温度不应低于柱温。

③ 载气的影响　载气与试样的热导率相差愈大，则灵敏度愈高。由于一般物质的热导率都比较小，选择热导率大的气体（例如 H_2 或 H_e）作载气，灵敏度就比较高。另外，载气的热导率大，在相同的桥路电流下，热丝温度较低，桥路电流就可升高，从而使热导池的灵敏度大为提高，因此通常采用氢作载气。如果用氮气载气，除了由于氮和被测组分热导率差别小，灵敏度低以外，还常常由于二元系热导率呈非线性，以及因热导性能差而使对流作用在热导池中影响增大等原因，有时会出现不正常的色谱峰（如倒峰，W 峰等）。载气流速对输出信号有影响，因此载气流速要稳定。

④ 热敏元件阻值的影响　选择阻值高，电阻温度系数较大的热敏元件（钨丝），当温度有一些变化时，就能引起电阻明显变化，灵敏度就高。

⑤ 一般热导池的死体积较大，且灵敏度较低，这是其主要缺点，为提高灵敏度并能在毛细管柱气相色谱仪上配用，应使用具有微型池体（$2.5 \mu L$）的热导池。

5.5.2　氢火焰离子化检测器

氢火焰离子化检测器（flame ionization detector，FID），简称氢焰检测器。它对含碳有机化合物有很高的灵敏度，一般比热导池检测器的灵敏度高几个数量级，能检测至 $10^{-12} g \cdot s^{-1}$ 痕量物质，故适宜于痕量有机物的分析。因其结构简单，灵敏度高，响应快，稳定性好，死体积小，线性范围宽，可达 10^6 以上，因此它也是一种较理想的检测器。

（1）氢焰检测器的结构　氢焰检测器主要部分是一个离子室。离子室一般用不锈钢制成，包括气体入口，火焰喷嘴，一对电极和外罩，如图 5-11 所示。

被测组分被载气携带，从色谱柱流出，与氢气混合一起进入离子室，由毛细管喷嘴喷出。氢气在空气的助燃下经引燃后进行燃烧，以燃烧所产生的高温（约 2100℃）火焰为能源，使被测有机物组分电离成正负离子。在氢火焰附近设有收集极（正极）和极化极（负极），在此两极之间加有 150V 到 300V 的极化电压，形成一直流电场。产生的离子在收集极和极化极的外电场作用下定向运动而形成电流。电离的程度与被测组分的性质有关，一般在氢火焰中电离效率很低，大约每 50 万个碳原子中有一个碳原子被电离，因此产生的电流很微

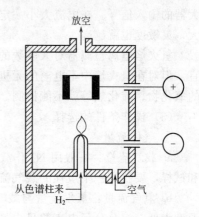

图 5-11　氢火焰离子化检测器
离子室示意图

弱，需经放大器放大后，才能在记录仪上得到色谱峰。产生的微电流大小与进入离子室的被测组分含量有关，含量愈大，产生的微电流就愈大，这二者之间存在定量关系。

为了使离子室在高温下不被试样腐蚀，金属零件都用不锈钢制成，电极都用纯铂丝绕成，极化极兼作点火极，将氢焰点燃。为了把微弱的离子流完全收集下来，要控制收集极和喷嘴之间的距离。通常把收集极置于喷嘴上方，与喷嘴之间的距离不超过 10mm。也有把两个电极装在喷嘴两旁，二极间距离约 6～8mm。

（2）氢焰检测器的离子化的作用机理　对于氢焰检测器离子化的作用机理，至今还不十分清楚。根据有关研究结果，目前认为火焰中的电离不是热电离而是化学电离，即有机物在火焰中发生自由基反应而被电离。火焰性质如图 5-12 所示，A 为预热区，B 层点燃火焰，C 层温度最高，为热裂解区。有机物 C_nH_m 在此发生裂解而产生含碳自由基·CH：

$$C_nH_m \longrightarrow \cdot CH（自由基）$$

然后进入 D 层反应层，与外面扩散进来的激发态原子或分子氧发生反应，生成 CHO^+ 及 e^-：

$$\cdot CH + O^+ \longrightarrow 2CHO^+（正离子）+ e^-（电子）$$

形成的 CHO^+ 与火焰中大量水蒸气碰撞发生分子-离子反应，产生 H_3O^+：

$$CHO^+ + H_2O \longrightarrow H_3O^+（正离子）+ CO$$

化学电离产生的正离子（CHO^+，H_3O^+）和电子（e^-）在外加 150～300V 直流电场作用下向两极移动而产生微电流。经放大后，记录下色谱峰。

氢火焰离子室与放大器连结的线路如图 5-13 所示。

此处高电阻的作用，是使产生的微电流通过高电阻，在高电阻两端产生电压降，作为放

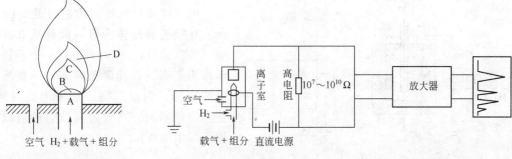

图 5-12　火焰分层　　　　　图 5-13　氢火焰离子室与放大器连接示意图

大器的输入信号。在电流大小一定时，高电阻的数值越大，在高电阻两端产生的电压降就越大，灵敏度也就越高。

氢火焰电离检测器对大多数的有机化合物有很高的灵敏度，故对痕量有机物的分析很适宜。但对在氢火焰中不电离的无机化合物，例如永久性气体、水、一氧化碳、二氧化碳、氮的氧化物、硫化氢等就不能检测。

（3）操作条件的选择

① 气体流量

a. 载气流量：一般用 N_2 作载气，载气流量的选择主要考虑分离效能。对一定的色谱柱和试样，要找到一个最佳的载气流速，使柱的分离效果最好。

b. 氢气流量：氢气流量与载气流量之比影响氢火焰的温度及火焰中的电离过程。氢焰温度太低，组分分子电离数目少，产生电流信号就小，灵敏度就低。氢气流量低，不但灵敏度低，而且容易熄火。氢气流量太高，热噪声就大。故对氢气必须维持足够流量。当氮气作载气时，一般氢气与氮气流量之比是 $1:1 \sim 1:5$。在最佳氢氮比时，不但灵敏度高，而且稳定性好。

c. 空气流量：室气是助燃气，并为生成 CHO^+ 提供 O_2。空气流量在一定范围内对响应值有影响。当空气流量较小时，对响应值影响较大，流量很小时，灵敏度较低。空气流量高于某一数值（例如 $400mL \cdot min^{-1}$），此时对响应值几乎没有影响。一般氢气与空气流量之比为 $1:10$。

气体中的机械杂质或载气中含有微量有机杂质时，对基线的稳定性影响很大，因此要保证管路的干净。

② 极化电压 氢火焰中生成的离子只有在电场作用下向两极定向移动，才能产生电流。因此极化电压的大小直接影响响应值。实践证明，在极化电压较低时，响应值随极化电压的增加成正比增加，然后趋于一个饱和值，极化电压高于饱和值时与检测器的响应值几乎无关。一般选 $\pm 100V$ 到 $\pm 300V$ 之间。

③ 使用温度 与热导池检测器不同，氢焰检测器的温度不是主要影响因素，从 $80 \sim 200℃$，灵敏区几乎相同。$80℃$ 以下，灵敏度显著下降，这是由于水蒸气冷凝造成的影响。

5.5.3 电子捕获检测器

电子俘获检测器（electron capture detector，ECD）是应用广泛的一种具有选择性、高灵敏度的浓度型检测器。它的选择性是指它只对具有电负性的物质（如含有卤素、硫、磷、氮、氧的物质）有响应，电负性愈强，灵敏度愈高。高灵敏度表现在能测出 $10^{-14} g \cdot s^{-1}$ 的电负性物质。

电子俘获检测器的构造如图 5-14 所示。在检测器池体内有一圆筒状 β 放射源（^{63}Ni 或 ^3H）作为负极，一个不锈钢棒作为正极。在此两极间施加一直流或脉冲电压。当载气（一般采用高纯氮）进入检测器时，在放射源发射的射线作用下发生电离：

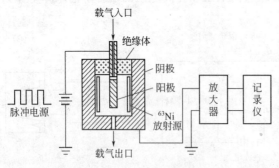

图 5-14 电子俘获检测器的构造

$$N_2 \longrightarrow N_2^+ + e^-$$

生成的正离子和慢速低能量的电子，在恒定电场作用下向极性相反的电极运动，形成恒定的电流即基流。当具有电负性的组分进入检测器时，它俘获了检测器中的电子而产生带负电荷的分子离子并放出能量：

$$AB + e^- \longrightarrow AB^- + E$$

带负电荷的分子离子和载气电离产生的正离子复合成中性化合物，被载气携出检测器外：

$$AB^- + N_2^+ \longrightarrow N_2 + AB$$

由于被测组分俘获电子，其结果使基流降低，产生负信号而形成倒峰。组分浓度愈高，倒峰愈大。

由于电子俘获检测器具有高灵敏度、高选择性，其应用范围日益扩大。它经常用于痕量的具有特殊官能团的组分的分析，如食品、农副产品中农药残留量的分析，大气、水中痕量污染物的分析等。

操作时应注意载气的纯度（应在四个 9 以上）和流速对信号值和稳定性有很大的影响。检测器的温度对响应值也有较大的影响。由于线性范围较窄，只有 10^3 左右，进样量要注意不可超载。

5.5.4　火焰光度检测器

火焰光度检测器（flame photometric detector，FPD）是对含磷、含硫的化合物有高选择性和高灵敏度的一种色谱检测器。

这种检测器主要由火焰喷嘴、滤光片、光电倍增管三部分组成，见图 5-15。

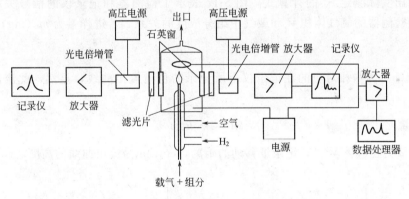

图 5-15　火焰光度检测器

当含有硫（或磷）试样进入氢焰离子室，在富氢-空气焰中燃烧时，有下述反应：

$$RS + 空气 + O_2 \longrightarrow SO_2 + CO_2$$

$$SO_2 + 4H \longrightarrow S + 2H_2O$$

亦即有机硫化物首先被氧化成 SO_2，然后被氢还原成 S 原子，S 原子在适当温度下生成激发态的分子，当其跃迁回基态时，发射出 $350 \sim 430nm$ 的特征分子光谱。

$$S + S \longrightarrow S_2'$$

$$S_2' \longrightarrow S_2 + h\nu$$

含磷试样主要以 HPO 碎片的形式发射出 526nm 波长的特征光。这些发射光通过滤光片而照射到光电倍增管上，将光转变为光电流，经放大后在记录器上记录下硫或磷化合物的色谱图。至于含碳有机物，在氢焰高温下进行电离而产生微电流，经收集极收集，放大后可同时记录下来。因此火焰光度检测器可以同时测定硫、磷和含碳有机物，即火焰光度检测器、氢焰检测器联用。

对检测器的要求是响应快、灵敏度高、稳定性好、线性范围宽，以这些作为衡量检测器质量的指标。现将检测器的主要指标分述如下。

① 灵敏度 S 检测器的灵敏度，亦称响应值或应答值。实验表明，一定浓度或一定质量的试样进入检测器后，就产生一定的响应信号 R。如果以进样 Q 对检测器响应信号作图，就可得到一直线，如图 5-16 所示。

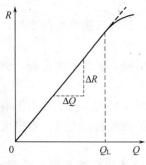

图 5-16 检测器的 R-Q 关系图

图 5-16 中直线的斜率就是检测器的灵敏度，以 S 表示之。因此灵敏度就是响应信号对进样量的变化率：

$$S = \Delta S / \Delta Q \tag{5-38}$$

图中 Q_L 为最大允许进样量，超过此量时进样量与响应信号将不呈线性关系。

由于各种检测器作用机理不同，灵敏度的计算式和量纲也不同。

对于浓度型检测器，已如前述，其响应信号正比于载气中组分的浓度 c：

$$R \propto c$$

故可写作：

$$R = S_c c \tag{5-39}$$

式中，S_c 为比例常数，即检测器的灵敏度，下标 c 表示浓度型。

为了导出实际测定 S_c 的计算式，图 5-17 表示了检测器和记录仪的信号关系。图 5-17(a) 是进入检测器的氧气体积 V 和载气中组分浓度的关系，若进样量为 m（mg），则

$$m = \int_0^\infty c \mathrm{d}V \tag{5-40}$$

图 5-17(b) 为与相对应的在记录仪上所记录的色谱流出曲线，显然，此流出曲线所包含的面积：

$$m = \int_0^\infty h \mathrm{d}x \tag{5-41}$$

式中，x 为在气体 V 时，记录纸移动的距离，cm；h 为流出曲线的高度，cm。

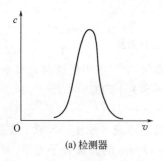

(a) 检测器

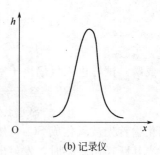

(b) 记录仪

图 5-17 检测器和记录仪的信号关系

若记录仪的灵敏度为 C_1（单位为 $mV \cdot cm^{-1}$），则：

$$C_1 h = R$$

上式与（5-39）相比，有：

$$S_c c = C_1 h$$

$$c = \frac{C_1 h}{S_c} \tag{5-42}$$

根据流速 F_0，定义 $F_0 = V/t$，则有：

$$V = F_0 t = F_0 C_2 x$$

式中，C_2 为记录纸速度的倒数，$min \cdot cm^{-1}$。将 V 微分得：

$$dV = C_2 F_0 dx \tag{5-43}$$

将式(5-43)、式(5-42)代入式(5-40)得：

$$m = \int_0^\infty c dV = \int_0^\infty \frac{C_1 C_2 F_0}{S_c} h dx = \frac{C_1 C_2 F_0 A}{S_c}$$

$$S_c = \frac{C_1 C_2 F_0 A}{m} \tag{5-44}$$

式(5-44)即浓度型检测器的灵敏度计算式。如果进样是液体，则灵敏度的单位是 $mV \cdot mL \cdot mg^{-1}$，即每毫升载气中有 1mg 试样时在检测器能产生的响应信号，单位为 mV。同样，试样为气体，灵敏度的单位是 $mV \cdot mL \cdot mL^{-1}$。

由式(5-44)可见，进样量与峰面积成比，当进样量一定时，峰面积与流速成反比。前者是色谱定量的基础，后者要求定量时要保持载气液速恒定。

对于质量型检测器（如氢焰检测器），其响应值取决于单位时间内进入检测器某组分的量。浓度型与质量型检测器所以有这样的差别，主要是由于前者对载气有响应，而后者则对载气没有响应的缘故。因此

$$R \propto \frac{dm}{dt}$$

$$R = S_m \frac{dm}{dt} \tag{5-45}$$

式中，S_m 为质量型检测器灵敏度，$mV \cdot s \cdot g^{-1}$。此时在检测器中其信号的关系为速度对时间作图，即 $\frac{dm}{dt} - t$，故：

$$m = \int_0^\infty \frac{dm}{dt} dt \tag{5-46}$$

而

$$S_m \frac{dm}{dt} = C_1 h$$

$$\frac{dm}{dt} = \frac{C_1 h}{S_m} \tag{5-47}$$

由于时间 t 以 s 为单位，故

$$t = C_2 x \times 60$$

$$dt = 60 C_2 dx \tag{5-48}$$

将式(5-47)、式(5-48)代入式(5-46)得：

$$m = \int_0^\infty \frac{dm}{dt} dt = \int_0^\infty \frac{C_1 h}{S_m} \times 60 C_2 dx$$

$$m = \frac{60 C_1 C_2 A}{S_m}$$

$$S_m = \frac{60 C_1 C_2 A}{m} \tag{5-49}$$

上式即质量型检测器的灵敏度计算式。由此式可见，峰面积与进样量成正比；进样量一定时，峰面积与流速无关。

② 检出限 D（detection limit） 检出限也称敏感度，是指检测器恰能产生和噪声相鉴别的信号时，在单位体积或时间需向检测器进入的物质质量（单位为 g）。通常认为恰能鉴别的响应信号至少应等于检测器噪声的 3 倍［过去用噪声的 2 倍，国际纯粹与应用化学联合会（IUPAC）推荐 3 倍］（见图 5-18）。

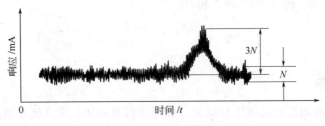

图 5-18　检测限

检出限以 D 表示，则可定义为：

$$D = \frac{3N}{S} \tag{5-50}$$

式中，N 为检测器的噪声，指由于各种原因所引起的基线在短时间内左右偏差的相应数值，单位为 mV；S 为检测器的灵敏度。一般来说，D 值越小说明仪器越敏感。

③ 最小检出量 Q_0（minimum detectable quantity） 指检测器恰能产生和噪声相鉴别的信号时所需进入色谱柱的最小物质质量（或最小浓度），以 Q_0 表示。

由于 $A = 1.065 \times Y_{1/2} \times h$，$h$ 为峰高（单位为 cm），见 5.7。

式(5-49)可写作：

$$m = \frac{1.065 C_1 Y_{1/2} C_2 h}{S_m}$$

因为 $C_1 h = 3N$（单位为 mV），并以时间（单位为 s）表示色谱峰的半宽度，所以最小检出量为：

$$Q_0 = 1.065 \times Y_{1/2} \times D \tag{5-51}$$

上式是对质量型的检测器而言，对于浓度型可得：

$$Q_0 = 1.065 \times Y_{1/2} \times F_0 \times D \tag{5-52}$$

由式(5-51)及式(5-52)可见，Q_0 与检测器的检出限成正比；但与检出限不同，Q_0 不仅与检测器的性能有关，还与柱效率及操作条件有关。所得色谱峰的半宽度越窄，Q_0 就越小。

④ 响应时间（response time） 要求检测器能迅速地和真实地反映通过它的物质的浓度变化情况，即要求响应速度快。为此，检测器的死体积要小，电路系统的滞后现象尽可能小，一般都小于 1s。同时记录仪的全行程时间要小（1s）。

⑤ 线性范围（linear range） 这是指试样量与信号之间保持线性关系的范围，用最大进样量与最小检出量的比值来表示，这个范围愈大，愈有利于准确定量。

5.5.5　几种常用检测器的性能

在气相色谱仪中，检测器有很多类型，常用热导检测器、氢火焰检测器、电子捕获检测器和火焰光度检测器等，表 5-9 列出了几种常用检测器的性能，灵敏度、检测限、最小检测浓度、最高使用温度及应用范围等。

表 5-9　几种常用检测器的性能

性能指标	热　导	氢火焰	电子捕获	火焰光度
灵敏度	$10^4 mV \cdot mL \cdot mg^{-1}$	$10^{-2}C \cdot g^{-1}$	$800 mA \cdot mL \cdot mg^{-1}$	$400C \cdot g^{-1}$
检测限	$2 \times 10^{-6} mg \cdot mL^{-1}$	$10^{-13}g \cdot s^{-1}$	$10^{-14}g \cdot mL^{-1}$	$10^{-11}g \cdot s^{-1}(S)$ $10^{-12}g \cdot s^{-1}(P)$
最小检测浓度	$0.1 \mu g \cdot mL^{-1}$	$1 ng \cdot mL^{-1}$	$0.1 ng \cdot mL^{-1}$	$10 ng \cdot mL^{-1}$
线性范围	10^4	10^7	$10^2 \sim 10^4$	10^3
最高使用温度	500℃	约 1000℃	350℃(^{63}Ni)	270℃
进样量	$1 \sim 40 \mu L$	$0.05 \sim 0.5 \mu L$	$0.1 \sim 0.10 ng$	$1 \sim 400 ng$
载气流量/mL · min^{-1}	$1 \sim 4000$	$1 \sim 200$	$10 \sim 200$	$10 \sim 100$
试样性质	所有物质	含碳有机物	多卤、亲电子物	硫、磷化合物
应用范围	无机气体、有机气体	有机物及痕量分析	农药、污染物	农药残留物及大气污染物

5.6　气相色谱定性方法

应用气相色谱法进行定性分析还存在着一定的问题。长期以来，色谱工作者在这方面做了很多努力，建立了很多新方法和辅助技术，使其在定性方面有了很大进展，但总的来说仍然不能令人十分满意。

近年来，气相色谱与质谱、光谱等联用，这样既充分利用了色谱的高效分离能力，又利用了质谱、光谱的高效鉴别能力，加上色谱数据微机处理系统以及色谱图谱的高速检索，为未知物的定性分析打开了一个广阔的前景。

5.6.1　根据色谱保留值进行定性分析

前已述之，各种物质在一定的色谱条件（固定相、操作条件）下均有确定不变的保留值，因此保留值可作为一种定性指标，它的测定是最常用的色谱定性方法。这种方法应用简便，不需要其他仪器设备，但由于不同化合物在相同的色谱条件下往往具有近似或甚至完全相同的保留值，因此这种方法的应用有很大的局限性。其应用仅限于当未知物通过其他方面的考虑（如来源，其他定性方法的结果等）已被确定可能为某几个化合物或属于某种类型时做最后的确证；其可靠性不足以鉴定完全未知的物质。

这种方法的可靠性与色谱柱的分离效率有密切关系。只有在高性能的柱效下，其鉴定结果才可认为有较充分的根据。为了提高可靠性，应采用重现性较好和较少受到操作条件影响的保留值。

保留时间（或保留体积）由于受柱长、固定液含量、载气流速等操作条件的影响较大，因此一般宜采用仅与柱温有关，而不受操作条件影响的相对保留值 r_{21} 作为定性指标。

对于较简单的多组分混合物，如果其中所有待测组分均为已知，它们的色谱峰也能一一分离，则为了确定各个色谱峰所代表的物质，可将各个保留值与各相应的标准试样在同一条件下所测得的保留值进行对照比较。

但更多的情况是需要对色谱图上出现的未知峰进行鉴定。这时，首先充分利用对未知物了解的情况（如来源、性质等）估计出来未知物可能是哪几种化合物。再从文献中找出这些化合物在某固定相上的保留值，与未知物在同一固定相上的保留值进行粗略比较，以排除一部分，同时保留少数可能的化合物。然后将未知物与每一种可能化合物的标准试样在相同的色谱条件下进行验证，比较两者的保留值是否相同。

如果两者（未知物与标准试样）的保留值相同，但峰形不同，仍然不能认为是同一物质。进一步的检验方法是将两者混合起来进行色谱实验。如果发现有新峰或在未知峰上有不规则的形状（例如峰略有分叉等）出现，则表示两者并非同一物质。如果混合后峰增高而半峰宽并不相应增加，则表示两者很可能是同一物质。

应注意，在一根色谱柱上用保留值鉴定组分有时不一定可靠，因为不同物质有可能在同一色谱柱上具有相同的保留值。所以应采用双柱或多柱法进行定性分析。即采用两根或多根性质（极性）不同的色谱柱进行分离，观察未知物和标准试样的保留值是否始终重合。

保留指数（retention index），又称 Kovats 指数，是一种重现性较其他保留数据好的定性参数，可根据所用固定相和柱温直接与文献值对照而不需标准试样。

保留指数 I 是把物质的保留行为用两个紧靠近它的标准物（一般是两个正构烷烃）来标定，并以均一标度（即不用对数）来表示。某物质的保留指数可由下式计算而得：

$$I = 100 \times \left(\frac{\lg X_i - \lg X_Z}{\lg X_{Z+1} - \lg_Z} + Z \right) \tag{5-53}$$

式中，X 为保留值，可以用调整保留时间 t'_R，调整保留体积 V'_R 或相应的记录纸的距离表示。i 为被测物质，$Z, Z+1$ 代表具有 Z 个和 $Z+1$ 个碳原子数的正构烷烃。被测物质的 X 值应恰在这两个正构烷烃的 X 值之间，即 $X_Z < X_i < X_{Z+1}$。正构烷烃的保留指数则人为地定为它的碳数乘以 100，例如正戊烷、正己烷、正庚烷的保留指数分别为 500，600，700。因此，欲求某物质的保留指数，只要与相邻的正构烷烃混合在一起（或分别的），在给定条件下进行

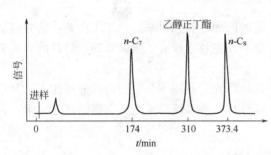

图 5-19　保留指数测定示意图

色谱实验，然后按式（5-53）计算其保留指数。

现以乙酸正丁酯在阿皮松 L 柱上，柱温为 100℃时的保留指数为例来加以说明。选正庚烷、正辛烷两个正构烷烃，乙酸正丁酯的峰在此两正构烷烃峰的中间（见图 5-19）。设相当于调整保留时间的记录纸距离为：

正庚烷（n-C$_7$）	$X_Z = 174.0$mm	$\lg 174.0 = 2.2406$
乙酸正丁酯	$X_i = 310.0$mm	$\lg 310.0 = 2.4914$
正辛烷（n-C$_8$）	$X_{Z+1} = 373.4$mm	$\lg 373.4 = 2.5722$

$Z = 7$，将上述数据代入式(5-53)得：

$$I = 100 \times \left(\frac{2.4914 - 2.2406}{2.5722 - 2.2404} + 7 \right)$$

同一物质在同一柱上，其 I 值与柱温呈直线关系，这就便于用内插法或外推法求出不同柱温下的 I 值。保留指数的有效数字为三位，其准确度和重现性都很好，相对误差 <1%，因此只要柱温和固定液相同，就可用文献上发表的保留指数进行定性鉴定，而不必用纯物质。

5.6.2　与其他方法结合的分析方法

（1）与质谱、红外光谱仪器联用　较复杂的混合物经色谱柱分离为单组分，再利用质谱、红外光谱或核磁共振等仪器进行定性鉴定。其中特别是气相色谱和质谱的联用，是目前解决复杂未知物定性问题的最有效工具之一。

（2）与化学方法配合进行定性分析　带有某些官能团的化合物，经一些特殊试剂处理，发生物理变化或化学反应后，其色谱峰将会消失或提前或移后，比较处理前后色谱峰的差

异，就可初步辨认试样含有哪些官能团。使用这种方法时可直接在色谱系统中装上预处理柱。

如果反应过程进行较慢或进行复杂的试探性分析，也可使试样与试剂在注射器内或者其他小容器内反应，再将反应后的试样注入色谱柱。

5.6.3 利用检测器的选择性进行定性分析

不同类型的检测器对各种组分的选择性和灵敏度是不相同的，例如热导池检测器对无机物和有机物都有响应，但灵敏度较低。

氢焰电离检测器对有机物灵敏度高，而对无机气体、水分、二硫化碳等响应很小，甚至无响应。

电子捕获检测器只对含有卤素、氧、氮等电负性强的组分有高的灵敏度。

火焰光度检测器只对含硫、磷的物质有信号。碱盐氢焰电离检测器对含卤素、硫、磷、氮等杂原子的有机物特别灵敏。

利用不同检测器具有不同的选择性和灵敏度，可以对未知物大致分类定性。

5.7 气相色谱定量方法

如 5.5 节所述，在一定操作条件下，分析组分 i 的质量 (m_i) 或其在载气中的浓度是与检测器的响应信号（色谱图上表现为峰面积 A_i 或峰高 h_i）成正比的，可写作：

$$m_i = f'_i A_i \tag{5-54}$$

这就是色谱定量分析的依据。由上式可见，在定量分析中需要：

① 准确测量峰面积；

② 准确求出比例常数 f'_i（称为定量校正因子）；

③ 根据上式正确选用定量计算方法，将测得组分的峰面积换算为质量分数。下面分别讨论之。

5.7.1 峰面积测量法

峰面积的测量直接关系到定量分析的准确度。常用且简便的峰面积测量方法（根据峰形的不同）有如下几种。

(1) 峰高乘半峰宽 当色谱峰为对称峰时可采用此法。根据等腰三角形面积的计算方法，可以近似认为峰面积等于峰高乘以半峰宽：

$$A = hY_{1/2} \tag{5-55}$$

这样测得的峰面积为实际峰面积的 0.94 倍，实际上峰面积应为：

$$A = 1.065 hY_{1/2} \tag{5-56}$$

显然，在作绝对测量时（如测灵敏度），应乘以 1.065。但在相对计算时，1.065 可约去。

由于此法简单、快速，所以在实际工作中常采用；但对于不对称峰。很窄或很小的峰，由于 $Y_{1/2}$ 测量误差较大，就不能应用此法。

(2) 峰高乘峰底宽法 这是一种作图求峰面积的方法。这种作图法测得的峰面积约为真实面积的 0.98 倍。对于矮而宽的峰，此法更准确些。但应注意，在同一分析中，只能用同一种近似测量方法。

(3) 峰高乘平均峰宽法 对于不对称色谱峰使用此法可得较准确的结果。所谓平均峰宽是指在峰高 0.15 和 0.85 处分别测峰宽，然后取其平均值：

$$A = h \times \frac{(Y_{0.15} + Y_{0.85})}{2} \tag{5-57}$$

（4）峰高乘保留值法　在一定操作条件下，同系物的半峰宽与保留值成正比，即：

$$Y_{1/2} \propto t_R$$

$$Y_{1/2} = bt_R$$

$$A = hY_{1/2} = hbt_R \tag{5-58}$$

在相对计算时，b 可约去，于是：

$$A = hY_{1/2} = ht_R$$

此法适用于狭窄的峰，是一种简便快速的测量方法，常用于工厂控制分析。

（5）积分仪　积分仪或称数据处理机是测量峰面积最方便的工具，速度快，线性范围宽，精度一般可达到 0.2%～2%，对小峰或不对称峰也能得出较准确的结果。数字电子积分仪能以数字的形式把峰面积和保留时间打印出来。

由于计算机技术在分析仪器上的广泛应用，目前许多色谱仪器已配有类似于"N2000 的色谱工作站"的微型计算机控制系统，它不仅具有积分仪的所有功能，还能对仪器进行实时控制，对色谱出信号进行自动数据采集和处理，以可视的图像和数据形式监控整个分析过程，以报告格式给出定量、定性分析结果，使测定的精度、灵敏度、稳定性和自动化程度都大为提高。N2000 的色谱工作站可以在线测试还可以离线分析。

5.7.2　定量校正因子

色谱定量分析是基于被测物质的量与其峰面积的正比关系。但是由于同一检测器对不同的物质具有不同的响应值，所以两个相等量的物质出的峰面积往往不相等，这样就不能用峰面积来直接计算物质的含量。为了使检测器产生的响应信号能真实地反映出物质的含量，就要对响应值进行校正，因此引入"定量校正因子"（quantitative calibration factor）。

前已述及，在一定的操作条件下，进样量（m_i）与响应信号（峰面积 A_i）成正比：

$$m_i = f'_i A_i$$

或写作：

$$f'_i = \frac{m_i}{A_i} \tag{5-59}$$

式中，f'_i 为绝对质量校正因子，也就是单位峰面积所代表物质的质量。主要由仪器的灵敏度所决定，它既不易准确测定，也无法直接应用。所以在定量工作中都是用相对校正因子，即某物质与一标准物质的绝对校正因子之比值，平常所指及文献查得的校正因子都是相对校正因子。常用的标准物质，对热导池检测器是苯，对氢焰检测器是正庚烷。按被测组分使用的计量单位的不同，可分为质量校正因子，摩尔校正因子和体积校正因子（通常把相对二字略去）。

（1）质量校正因子 f_M　这是一种最常用的定量校正因子，即：

$$f_m = \frac{f'_{i(m)}}{f'_{s(m)}} = \frac{A_s m_i}{A_i m_s} \tag{5-60}$$

式中，i，s 下标分别代表被测物质和标准物质。

（2）摩尔校正因子 f_M　如果以摩尔数计量，即：

$$f_M = \frac{f'_{i(M)}}{f'_{s(M)}} = \frac{A_s m_i M_s}{A_i m_s M_i} = f_m \times \frac{M_s}{M_i} \tag{5-61}$$

式中，M_i，M_s 分别代表被测物质和标准物质的相对分子量。

（3）体积校正因子 f_V　如果以体积计量（气体试样），则体积校正因子就是摩尔校正因子，这是因为 1mol 的任何气体在标准状态下其体积都是 22.4L。

$$f_V = \frac{f'_{i(V)}}{f'_{s(V)}} = \frac{A_s m_i M_s \times 22.4}{A_i m_s M_i \times 22.4} = f_M \tag{5-62}$$

对于气体分析，使用摩尔校正因子可得体积分数。

（4）相对响应值 s'　相对响应值是物质 i 与标准物质 s 的响应值（灵敏度）之比。单位相同时，它与校正因子互为倒数，即：

$$s' = \frac{1}{f'} \tag{5-63}$$

s' 和 f' 只与试样、标准物质以及检测器类型有关，而与操作条件和柱温、载气流速、固定液性质等无关，因而是一个能通用的常数。表 5-10 列出了一些氢火焰检测相对校正因子数据，表 5-11 列出了一些热导检测相对校正因子数据。

表 5-10　氢火焰检测相对校正因子

化合物	f_m	化合物	f_m	化合物	f_m	化合物	f_m
甲烷	0.97	苯	1.12	甲醇	0.23	甲酸	0.01
乙烷	0.97	甲苯	1.07	乙醇	0.46	乙酸	0.24
丙烷	0.98	乙苯	1.03	正丙醇	0.60	丙酸	0.40
丁烷	1.09	对二甲苯	1.00	异丙醇	0.53	丁酸	0.48
戊烷	1.04	间二甲苯	1.04	正丁醇	0.66	戊酸	0.63
己烷	1.03	邻二甲苯	1.02	异丁醇	0.68	庚酸	0.61
庚烷	1.00	乙炔	1.07	另丁醇	0.69	辛酸	0.65
辛烷	0.97	乙烯-1	1.02	特丁醇	0.74	丙酮	0.49
壬烷	0.93	辛烯-1	0.99	戊醇	0.71	甲乙酮	0.61
丁醛	0.62	癸烯-1	1.01	己醇	0.74	丁基丁酮	0.71
庚醛	0.77	乙烯	1.02	辛醇	0.88	乙基戊酮	0.80
辛醛	0.78			癸醇	0.84	环己酮	0.72
癸醛	0.80						

表 5-11　热导检测相对校正因子

化合物	f_m	化合物	f_m	化合物	f_m	化合物	f_m
甲烷	0.45	苯	0.78	甲醇	0.58	丙酮	0.68
乙烷	0.59	甲苯	0.794	乙醇	0.84	甲乙酮	0.74
丙烷	0.68	乙苯	0.822	正丙醇	0.72	甲基正乙酮	0.67
丁烷	0.68	对二甲苯	0.812	异丙醇	0.71	环己酮	0.785
戊烷	0.69	间二甲苯	0.812	正丁醇	0.78	2-壬酮	0.84
己烷	0.70	邻二甲苯	0.840	异丁醇	0.77	甲基正戊酮	0.86
庚烷	0.70	异丙苯	0.826	另丁醇	0.76	氩气	0.95
辛烷	0.71	正丙苯	0.847	特丁醇	0.77	氮气	0.67
壬烷	0.72	另丁苯	0.847	2-戊醇	0.80	氧气	0.80
癸烷	0.71	联苯	0.912	3-戊醇	0.81	CO_2	0.915
十一烷	0.79	1,2,4-三甲苯	0.800	正己醇	0.87	CO	0.67
十四烷	0.85	1,2,3-三甲苯	0.806	正庚醇	0.91	CCl_4	1.43
$C_{20\sim135}$烷	0.72			癸庚	0.88	H_2S	0.89

校正因子的测定方法：准确称量被测组分和标准物质，混合后，在实验条件下进样分析（注意进样量应在线性范围之内），分别测量相应的峰面积，由式（5-60）、式（5-61）计算质

量校正因子、摩尔校正因子。如果数次测量数值接近，可取其平均值。

5.7.3 几种常用的定量计算方法

(1) 归一化法 （normalizationmethod） 当试样中各组分都能流出色谱柱，并在色谱图上显示色谱峰时，可用此法进行定量计算。

假设试样中有 n 个组分，每个组分的质量分别为 $m_1, m_2, \cdots, m_n$，各组分含量的总和 m 为 100%，其中组分 i 的质量分数 w_i 可按下式计算：

$$w_i = \frac{m_i}{m} \times 100\% = \frac{m_i}{m_1 + m_2 + \cdots + m_i + \cdots + m_n} \times 100\%$$

$$= \frac{A_i f_i}{A_1 f_1 + A_2 f_2 + \cdots + A_i f_i + \cdots + A_n f_n} \times 100\% \tag{5-64}$$

f_i 为质量校正因子，得质量分数；如为摩尔校正因子，则得摩尔分数或体积分数（气体）。

若各组分的 f 值相近或相同，例如同系物中沸点接近的各组分，则上式可简化为：

$$w_i = \frac{A_i}{A_1 + A_2 + \cdots + A_i + \cdots + A_n} \times 100\% \tag{5-65}$$

对于狭窄的色谱峰，也有用峰高代替峰面积来进行定量测定。当各种操作条件保持严格不变时，在一定的进样量范围内，峰的半宽度是不变的，因此峰高就直接代表某一组分的量。

这种方法快速简便，最适合于工厂和一些具有固定分析任务的化验室使用。此时

$$w_i = \frac{h_i f_i''}{h_1 f_1'' + h_2 f_2'' + \cdots + h_i f_i'' + \cdots + h_n f_n''} \times 100\% \tag{5-66}$$

式中，f_i' 为峰高校正因子，此值需要自行测定，测定方法同峰面积校正因子，不同的是用峰高来代替峰面积。

归一化法的优点是：简便、准确，当操作条件、进样量、流速等变化时，对结果影响小。

(2) 内标法 （internal standardmethod） 当只需测定试样中某几个组分，而且试样中所有组分不能全部出峰时，可采用此法。

所谓内标法是将一定量的纯物质作为内标物，加入到准确称取的试样中，根据被测物和内标物的质量及其在色谱图上相应的峰面积比，求出某组分的含量。例如要测定试样中组分 i（质量为 m_i）的质量分数 w_i，可于试样中加入质量为 m_s 的内标物，试样质量为 m，则

$$m_i = f_i A_i$$

$$m_s = f_s A_s$$

$$m_i / m_s = A_i f_i / A_s f_s$$

$$\frac{m_i}{m_s} = \frac{A_i f_i}{A_s f_s}$$

$$m_i = \frac{A_i f_i}{A_s f_s} \times m_s$$

$$w_i = \frac{m_i}{m} \times 100\% = \frac{A_i f_i}{A_s f_s} \times \frac{m_s}{m} \times 100\% \tag{5-67}$$

一般以内标物为基准，则 $f_n = 1$，此时计算可简化为

$$w = \frac{A_i}{A_s} \times \frac{m_s}{m} \times f_i \times 100\% \tag{5-68}$$

由上述计算式可以看到，本法是通过测量内标物及欲测组分的峰面积的相对值来进行计算的，因而由于操作条件变化而引起的误差，都将同时反映在内标物及被测组分上而得到抵消，所以可得到较准确的结果。这是内标法的主要优点，在很多仪器分析方法上得到应用。

内标物的选择是重要的。它应该是试样中不存在的纯物质；加入的量应接近于被测组分；同时要求内标物的色谱峰位于被测组分色谱峰附近，或几个被测组分色谱峰的中间，并与这些组分完全分离；还应注意内标物与欲测组分的物理及物理化学性（如挥发度，化学结构，极性以及溶解度等）相近，这样当操作条件变化时，更有利于内标物及欲测组分作匀称的变化。

此法的优点是定量较准确，而且不像归一化法有使用上的限制；每次分析都要准确称取试样和内标物的质量，因而它不宜于作快速控制分析。

（3）内标标准曲线法　为了减少称样和计算数据的麻烦，适于工厂控制分析的需要，可用内标标准曲线法进行定量测定，这是一种简化的内标法。由式（5-67）可见，若称量同样量的试样，加入恒定量的内标物，则此式 $(f_i m_s / f_s m) \times 100\%$ 中为一常数，此时

$$w_i = \frac{A_i}{A_s} \times 常数 \tag{5-69}$$

亦即被测物的质量分数与 A_i/A_s 成正比关系，以 w_i 对 A_i/A_s 作图将得一直线（见图5-20）。

制作标准曲线时，先将欲测组分的纯物质配成不同浓度的标准溶液。取固定量的标准溶液和内标物，混合后进样分析，测 A_i 和 A_s，以 A_i/A_s 对标准溶液浓度作图。分析时，取和制作标准曲线时所用量同样的试样和内标物，测出其峰面积比，从标准曲线上查出被测物的含量。若各组分相对密度比较接近，可用量取体积代替称量，则方法更为简便。此法不必测出校正因子，消除了某些操作条件的影响，也不需严格定量进样，适合于液体试样的常规分析。

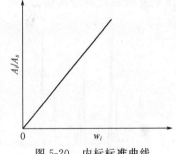

图 5-20　内标标准曲线

（4）外标法（又称定量进样-标准曲线法）（external standardmethod）　所谓外标法就是应用欲测组分的纯物质来制作标准曲线，这与在分光光度分析中的标准曲线法是相同的。此时用欲测组分的纯物质加稀释剂（对液体试样用溶剂稀释，气体试样用载气或空气稀释）配成不同质量分数的标准溶液，取固定量标准溶液进样分析，从所得色谱图上测出响应信号（峰面积或峰高等），然后绘制响应信号（纵坐标）对质量分数（横坐标）的标准曲线。分析试样时，取和制作标准曲线时同样量的试样（固定量进样），测得该试样的响应信号，由标准曲线即可查出其质量分数。

此法的优点是操作简单，计算方便；但结果的准确度主要取决于进样量的重现性和操作条件的稳定性。

当被测试样中各组分浓度变化范围不大时（例如工厂控制分析往往是这样的），可不必绘制标准曲线，而用单点校正法。即配制一个和被测组分含量十分接近的标准溶液，定量进样，由被测组分和外标组分峰面积比或峰高比来求被测组分的质量分数。

$$\frac{w_i}{w_s} = \frac{A_i}{A_s} \qquad w_i = \frac{A_i}{A_s} \times w_s$$

由于 w_i 与 A_s 均为已知，方可令 $K_i = w_s/A_s$，得

$$w_i = A_i K_i \tag{5-70}$$

115

式中，K_i 为组分 i 的单位面积质量分数校正值，这样，A_i 乘以 K_i 即得被测组分的质量分数。此法假定标准曲线是通过坐标原点的直线，因此可由一点决定这条直线，K_i 即直线的斜率，因而称之为单点校正法。

5.8　毛细管柱气相色谱法

毛细管柱气相色谱法（capillary column gas chromatography）是用毛细管柱作为气相色谱柱的一种高效、快速、高灵敏的分析方法，是 1957 年由戈雷（Golay M. J. E.）首先提出的。他用内壁涂渍一层极薄而均匀的固定液膜的毛细管代替填充柱，解决组分在填充柱中由于受到大小不均匀载体颗粒的阻碍而造成色谱峰扩展，柱效降低的问题。这种色谱柱的固定液涂布在内壁上，中心是空的，故称开管柱（open tubular column），习惯称毛细管柱。由于毛细管柱具有相比大、渗透性好、分析速度快、总柱效高等优点，因此可以解决原来填充柱色谱法不能解决或很难解决的问题。

图 5-21 表示菖蒲油试样分别在毛细管柱和填充柱上使用相同固定相在各自的最佳色谱条件时所得的色谱图。可见好几对在填充柱上未能分开的峰，如峰 1 与峰 2，峰 3 与峰 4，峰 5 与峰 6 等，在毛细管柱上均被完全分离。由此可见，毛细管柱的应用大大提高了气相色谱法对复杂物质的分离能力。

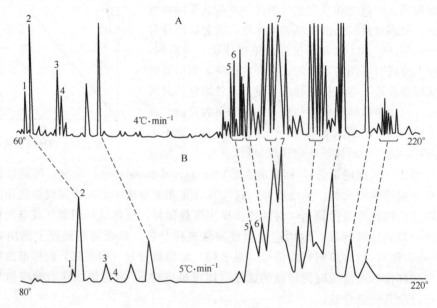

图 5-21　菖蒲油（calmus oil）色谱图

A：使用 50m×0.3mm 内径，OV−1 玻璃毛细管柱；B：4m×3mm 内径填充柱内填 5%
OV−1 固定相涂在 60/80 目 Gaschrom Q 担体上，A、B 分析各自选择最佳条件。

5.8.1　毛细管色谱柱的种类与制备

毛细管柱可由不锈钢、玻璃等制成，不锈钢毛细管柱由于惰性差，有一定的催化活性，加上不透明，不易涂渍固定液，现已很少使用。玻璃毛细管柱表面惰性较好，表面易观察，因此长期在使用，但易折断，安装较困难。1979 年出现使用熔融石英制作柱子，由于这种色谱柱具有化学惰性、热稳定性及机械强好，并具有弹性，因此它已占主要地位。

（1）毛细管柱按其固定液的涂渍方法可分为以下几种。

① 壁涂开管柱（wall coated open tubular，WCOT）将固定液直接涂在毛细管内壁上，这是戈雷最早提出的毛细管柱。由于管壁的表面光滑，润湿性差，对表面接触角大的固定液，直接涂渍制柱，重现性差，柱寿命短，现在的 WCOT，其内壁通常都先经过表面处理，以增加表面的润湿性，减小表面接触角，再涂固定液。

② 多孔层开管柱（porous layer open tubular，PLOT ）在管壁上涂一层多孔性吸附固体颗粒，不再涂固定液，实际上是使用开管柱的气固色谱。

③ 载体涂渍开管柱（support coated open tubular，SCOT）为了增大开管柱内固定液的涂渍量，先在毛细管内壁上涂一层很细的（$<2\mu m$）多孔颗粒，然后再在多孔层上涂渍固定液，这种毛细管柱，液膜较厚，因此柱容量较 WCOT 柱高。

④ 化学键合相毛细管柱　将固定相用化学键合的方法键合到硅胶涂敷的柱表面或经表面处理的毛细管内壁上。经过化学键合，大大提高了柱的热稳定性。

⑤ 交联毛细管柱　由交联引发剂将固定相交联到毛细管管壁上。这类柱子具有耐高温、抗溶剂抽提、液膜稳定、柱效高、柱寿命长等特点，因此得到迅速发展。

（2）毛细管柱的制备

① 柱材料　为了制备一根好的毛细管气相色谱柱，选择适宜的色谱柱的柱材料十分重要。好的毛细管柱材料应具有惰性、热稳定性、内表面光滑容易湿润及操作方便等特点。随着玻璃毛细管柱改性方法的不断发展及石英毛细管柱的出现，毛细管柱的材料几乎都是以二氧化硅为主要成分的玻璃管和石英管。石英管具有纯度高、惰性好、柔性好、操作时不易断裂等优点。

② 固定液　在毛细管柱色谱中，可以将固定液分为两大类：聚硅氧烷和非聚硅氧烷。其中类高聚物的地位最突出，例如，甲基和二甲基聚硅氧烷、苯基（或二苯基、氯苯基）甲基聚硅氧烷、三氟丙基聚硅氧烷等。非聚硅氧烷类固定液由脂肪类、酯类聚二醇类、氰类等。

聚硅氧烷类固定液因含有键能大的 Si—O 和 Si—C 键，故而热稳定性好和化学稳定好，使用温度范围宽；当取代不同数目的有机侧基时，又可以设计合成出许多性能不同的聚硅氧烷；此外，这类固定液黏度小，容易制备出性能稳定的高效色谱柱，因此应用范围广泛。

③ 壁涂层毛细管的制备　为了在毛细管柱内获得好的涂层，必须改善固定液对原料管内壁表面的润湿性，所以应对毛细管内壁改性。

a. 内壁改性　毛细管内壁改性主要有两种方法，即化学改性和物理改性。

化学改性主要包括沥滤、淋洗、脱水及改性去活等过程。沥滤的目的是除去玻璃柱内表面的金属离子，以消除由这些离子引起的吸附性和催化作用。沥滤后，立刻进行淋洗。淋洗的目的是洗去淋洗出来的金属离子。淋洗后的柱子通过干燥的氮气，使柱内水气和酸气彻底脱除。脱水后进一步改性去活处理。

物理改性的目的是将内壁表面粗造化，以增大其表面积，从而使固定液能较均匀地在内壁形成一个液膜。表面粗造化的方法很多，如表面刻蚀、碳沉积及二氧化硅沉积等。但是这样常常又会使表面的活性增加，因此一般都需要在表面粗造化以后再用化学改性的方法对柱内表面进行去活处理。

b. 固定液的涂渍　改性后的柱子就可以进行固定液的涂渍。涂渍的方法分为动态涂渍和静态涂渍两种。目前使用更多的是静态涂渍。

动态涂渍是将一定浓度的固定液溶液，在气流的推动下，以一定的线速度流经毛细管柱。待溶液流出毛细管柱后，再以小气量气流使溶剂挥发掉，则柱内留下一层很薄的液膜。

静态涂渍是先用涂渍液充满整个要涂渍的柱子，然后将柱子一端封死，另一端在外力的作用下使溶剂挥发，这样在毛细管内壁留下一层很薄的液膜。静态涂渍的涂渍效率高，其缺点是真空挥发时所需时间长。

④ 固定液的固载化　固载化的毛细管柱，具有液膜稳定，不易被冲洗脱落，使用寿命长，可以扩大固定液的使用温度等优点。固定化的方法有三种：第一种是固定液分子中的功能集团和柱内表面产生化学结合，形成一个稳定的液膜，称为固定液的键合；第二种是固定液分子间化学结合，交联形成一个网状的大分子覆盖在毛细管内表面，成为不可抽提的液膜，称为固定液的交联；第三种是固定液分子既与毛细管内表面形成化学结合，其自身又交联形成一个网状的大分子，称为键合交联。其中以交联（cross-linking）和键合交联法用得最多。

交联法主要用于制备非极性、极性及手性的毛细管柱。交联反应中常用的引发剂有自由基引发、臭氧引发、辐射引发和热引发等。其中用得较多的是自由基引发。

键合交联法是用端羟基聚硅氧烷和毛细管柱内表面的硅羟基直接键合、交联，既达到去活的目的又可制备交联的固定相。事实上，它是毛细管制备方法的又一改进。其制备方法是将柱内表面经沥滤、淋洗、真空脱水、硅烷化处理后，静态涂渍固定液，再载气流下，程序升温到 300℃，恒温过夜，使固定液和柱表面硅羟缩合，再用氮气流将引发剂蒸发带入到色谱柱内，在一定的温度下完成交联反应。

5.8.2　毛细管色谱柱的特点

（1）渗透性好，可使用长色谱柱　柱渗透性好，即载气流动阻力小。柱渗透性一般用比渗透率来表示：

$$B_0 = \frac{L\eta\bar{u}}{j\Delta p} \tag{5-71}$$

式中，L 为柱长；η 为载气黏质；$\bar{u}$ 载气平均线速；Δp 为柱压降；j 为压力校正因子。

压力校正因子 j 的计算公式：

$$j = \frac{3[(p_i/p_0)^2 - 1]}{2[(p_i/p_0)^3 - 1]}$$

式中，p_i 与 p_0 分别为柱的进口压力，出口压力。

毛细管色谱柱的比渗透率约为填充柱的 100 倍，这样就有可能在同样的柱压降下，使用 100m 以上的柱子，而载气线速仍可保持不变。

（2）相比（β）大，有利于实现快速分析　根据式（5-10）及式（5-29）得：

$$n = 16R^2\left(\frac{\alpha}{\alpha-1}\right)^2\left(1+\frac{1}{k}\right)^2$$

$$= 16R^2\left(\frac{\alpha}{\alpha-1}\right)^2\left(1+\frac{\beta}{K}\right)^2 \tag{5-72}$$

可见 β 值大（固定液液膜厚度小），有利于提高柱效。可是毛细管柱的 k 值比填充柱小 ［参见式(5-10)］，加上由于渗透性大可使用很高的载气流速，从而使分析时间变得很短。为了弥补由于上述两因素所损失的柱效，通过增加柱长来解决很方便，这样既可有高的柱效，又可实现快速分析。

（3）柱容量小，允许进样量少　进样量取决于柱内固定液的含量。毛细管柱涂渍的固定液仅几十毫克，液膜厚度为 $0.35\sim1.50\mu m$，柱容量小，因此进样量不能太大，否则将导致过载而使柱效率降低，色谱峰扩展、拖尾。对液体试样，进样量通常为 $10^{-3} \sim 10^{-4}$。因此毛细管柱气相色谱在进样时需要采用分流进样技术。

（4）总柱效高，分离复杂混合物的能力大为提高　从单位柱长的柱效分析，毛细管柱的柱效优于填充柱，但二者仍处于同一数量级，由于毛细管柱的长度比填充柱大 $1 \sim 2$ 个数量级，所以总的柱效远高于填充柱，可解决更多极复杂混合物的分离分析问题。

毛细管柱与填充柱的比较见表 5-12。

表 5-12　毛细管色谱柱与填充柱的比较

因　素		填　充　柱	毛细管色谱柱
色谱柱	内径/mm	$2 \sim 6$	$0.1 \sim 0.5$
	长度/m	$0.5 \sim 6$	$20 \sim 200$
	比渗透率 B_0	$1 \sim 20$	约 10^2
	相比 β	$6 \sim 35$	$50 \sim 1500$
	总塔板数 n	约 10^3	约 10^6
动力学方程式	方程式	$H = A + B/u + (C_L + C_g)u$	$H = B/u + (C_L + C_g)u$
	涡流扩散项	$A = 2\lambda d_p$	$A = 0$
	分子扩散项	$B = 2\gamma D_g; \gamma = 0.5 \sim 0.7$	$B = 2D_g; \gamma = 1$
	气相扩散项	$C_g = [0.01k^2/(1+k)^2] \cdot d_p^2/D_g$	$C_g = [(1+6k+11)k^2/24(1+k)^2] \cdot r^2/D_g$
	液相扩散项	$C_L = 2/3 \cdot k/(1+k)^2 \cdot d_f^2/D_L$	$C_L = 2/3 \cdot k/(1+k)^2 \cdot d_f^2/D_L$
进样量、设备及结果	进样量/μL	$0.1 \sim 10$	$0.01 \sim 0.2$
	进样器	直接进样	附加分流装置
	检测器	TCD，FID 等	常用 FID
	柱制备	简单	复杂
	定量结果	重现性较好	与分流器设计性能有关

5.8.3　毛细管色谱柱色谱系统

毛细管柱和填充柱的色谱系统，基本上是相同的。但由于毛细管柱内径小，柱容量很小，色谱峰流出很快，很窄，因此对色谱仪的进样系统、监测器和记录仪有些特殊要求。

由于毛细管柱内径小，如果柱两端连接管路的接头部件、进样器、检测器死体积大，就会使试样组分在这些部分扩散而影响毛细管系统的分离和柱效（柱外效应），所以毛细管柱色谱仪对死体积的限制是很严格的。

为了减少组分的柱后扩散，可在色谱系统中增加尾吹气，即在毛细管柱出口到检测器流路中增加一股叫尾吹气的输助气路，以增加柱出口到检测器的载气流速，减少这段死体积的影响。又由于毛细管柱系统的载气 N_2 流速低（$1 \sim 5$ mL·min^{-1}），使氢焰电离检测器所需 N/H 比过小而影响灵敏度，因此尾吹 N_2 还能增加 N/H 比而提高检测器的灵敏度。

再者由于毛细管柱内径小，固定液的液膜厚度很小，相应的进样量必须极小，液体样品只需要 $10^{-2} \sim 10^{-3}$ μL，其液体试样为 10^{-7} mL。用微量注射器很难准确地将试样直接送入，一般只能采用分流法进样，才能在瞬间将微量的试样引入色谱柱。

所谓分流法进样是在气化室出口分两路，绝大部分放空，极小部分进入色谱柱，这两部分的比例称为分流比。显然，当柱温、分流比及速度等改变时，分流器不改变分流前

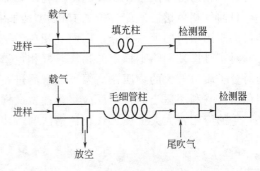

图 5-22　毛细管色谱仪和填充柱
色谱仪的流路比较

后试样中各组分的相对含量。

毛细管柱色谱系统以分流进样为例和填充柱色谱系统的流路比较如图 5-22 所示。由图可见，主要不同是毛细管柱色谱仪柱前增加了分流进样装置，柱后增加了尾吹气。

所谓分流进样，是将液体试样注入进样器使其气化，并与载气均匀混合，然后让少量试样进入色谱柱，大量试样放空如图 5-22 所示。

图 5-22 中放空的试样量与进入毛细管柱试样的比称分流比，通常控制在 50∶1 至 500∶1。分流后的试样组分能否代表原来的试样与分流器的设计有关。分流进样器由于简便易行而得到广泛应用。然而它尚未能很好适用于痕量组分的定量分析以及定量要求高的分析，为此已发展了多种进样技术，如不分流进样、冷柱头进样等。

5.9　气相色谱分析的特点及其应用范围

由前面的讨论可以看到，气相色谱分析是一种高效能、选择性好、灵敏度高、操作简单、应用广泛的分析、分离方法。

色谱分离主要是基于组分在两相间反复多次的分配过程。一根长 1～2m 的色谱柱，一般可有几千个理论塔板，对于长柱（毛细管柱），甚至有一百多万个理论塔板，这样就可使一些分配系数很接近的以及极为复杂、难以分离的物质，经过多次分配平衡，最后仍能得到满意的分离。例如用空心毛细管色谱柱，一次可以解决含有一百多个组分的烃类混合物的分离及分析，因此气相色谱法的分离效能是很高的，其选择性是很好的。这是这个方法的突出优点。

在气相色谱分析中，由于使用了高灵度的检测器，可以检测 $10^{-11}\sim10^{-13}$ g 物质。因此在痕量分析上，它可以检出超纯气体、高分子单体和高纯试剂等中质量分数为 10^{-6} 甚至 10^{-9} 数量级的杂质；在环境监测上可用来直接检测（即试样不需事先浓缩）大气中质量分数为 $10^{-6}\sim10^{-9}$ 数量级的污染物；农药残留量的分析中可测出农副产品、食品、水质中质量分数为 $10^{-6}\sim10^{-9}$ 数量级的卤素、硫、磷化物等。

气相色谱分析操作简单，分析快速，通常一个试样的分析可在几分钟到几十分钟内完成。某些快速分析，1s 可分析好几个组分。但若使用手工计算数据，常使分析速度受到很大限制。

目前的色谱仪器，通常都带有数据微处理机，使色谱操作及数据处理实现了自动化，这样就使气相色谱分析的高速度得到了实现。

气相色谱法可以应用于分析气体试样，也可分析易挥发或可转化为易挥发的液体和固体，不仅可分析有机物，也可分析部分无机物。一般地说，只要沸点在 500℃ 以下，热稳定性良好，相对分子质量在 400 以下的物质，原则上都可采用气相色谱法。

目前气相色谱法所能分析的有机物，约占全部有机物的 15%～20%，而这些有机物恰是目前应用很广的那一部分，因而气相色谱法的应用是十分广泛的。

对于难挥发和热不稳定的物质，气相色谱法是不适用的，但近年来裂解气相色谱法（将相对分子质量较大的物质在高温下裂解后进行分离检定，已应用于聚合物的分析）、反应气相色谱法（利用适当的化学反应将难挥发试样转化为易挥发的物质，然后以气相色谱法分析之）等的应用，大大扩展了气相色谱法的适用范围。

习　　题

一、填空题

1. 色谱法有多种类型，从不同角度出发，有各种分类法。可以按（　　　　）、（　　　　）等方式方法进行分类。

2. 据固定相的不同物态，可将气相色分为（　　　　）、（　　　　）、（　　　　）和（　　　　）等类型。

3. 色谱法分离原理是，使混合物中各组分在两相间进行分配，其中一相是不动的，称为（　　　　），另一相是携带混合物流过此固定相的流体，称为（　　　　）。

4. 色谱法与蒸馏、（　　　　）、（　　　　）、（　　　　）及电解沉积法等方法相同，也是一种（　　　　），特别适用于（　　　　）。

5. 范弟姆特导出的塔板高度 H 与载气线速度 u 的关系中，涡流扩散项 A 与填充物的平均颗粒直径 d_p 的大小和填充的不均匀性 λ 有关，而与（　　　　）、（　　　　）和（　　　　）无关，因此使用适当细粒度和颗粒均匀的担体，并尽量填充均匀，是减少涡流扩散，提高柱效的有效途径。

6. 对于沸点在（　　　　）的混合物，可在中等柱温下操作，固定液质量分数 5%～10%，柱温比其平均沸点低（　　　　）。

7. 气-液色谱中所用担体可分为（　　　　）和（　　　　）两类。常用的是（　　　　），它又可分为红色担体和白色担体两种。

8. 对担体粒度的要求，一般希望均匀、细小，这样有利于提高柱效。但颗粒过细，使柱压降增大，对操作不利。一般选用（　　　　）、（　　　　）或（　　　　）等。

9. 活性炭适宜于分离（　　　　）气体和（　　　　）气体及（　　　　）烃类气体等，不适宜分析极性化合物。

10. 石墨化炭黑是一种（　　　　）吸附剂，适宜于分离（　　　　）和（　　　　），对（　　　　）有机化合物可获得较对称的峰形等。

11. 分子筛是一种（　　　　）吸附剂，特别适宜于分离（　　　　）气体和（　　　　）气体。

12. 气相色谱检测器根据检测原理的不同，可将检测器分为（　　　　）检测器和（　　　　）检测器两种。

13. 电子俘获检测器，常用（　　　　）表示，是应用广泛的一种具有选择性、高灵敏度的检测器。它的选择性是指它只对具有（　　　　）物质有响应，例如对（　　　　）物质有响应，电负性愈强，灵敏度愈高。高灵敏度表现在能测出 $10^{-14}\,g \cdot s^{-1}$ 的电负性物质。

14. 毛细管内壁改性主要有两种方法，即（　　　　）和（　　　　）。

15. 所谓分流法进样是在（　　　　）分两路，绝大部分放空，极小部分进入色谱柱，这两部分的比例称为（　　　　）。显然，当（　　　　）、（　　　　）及速度等改变时，分流器不改变分流前后试样中各组分的相对含量。

二、选择题

1. 色谱柱一般有两种，一种是内装固定相的，称为填充柱，通常为用金属（钢或不锈钢）或玻璃制成的内径为（　　　　），长（　　　　）的 U 形或者螺旋形的管子。

A. 2～3mm、0.5～3m　　B. 3～5mm、5～10m

C. 2～6mm、0.5～10m　　D. 6～10mm、0.5～100m

2. 一个混合物能否为色谱柱所分离，首先取决于（　　　　）中各组分分子间的相互作用的大小是否有区别（对气-液色谱）。但在色谱分离过程中各种操作因素的选择是否合适，对于实现分离的可能性也有很大影响。

A. 固定相与混合物　　B. 色谱柱　　C. 流动相　　D. 固定相

3. 分离度与柱选择性因子的关系，α 是柱选择性的量度，α 越大，柱选择性越好，分离效果越好。当 α 值为 1.25 时，获得分离度为 1 的色谱柱的有效理论塔板数为（　　　　）。

A. 300　　B. 400　　C. 500　　D. 1000

4. 对于气体、气态烃等低沸点混合物，柱温选在其沸点或沸点以上，以便能在室温或者（　　　　）以下分析。固定液质量分数一般在 15%～25%。

A. 30　　B. 40　　C. 50　　D. 60

5. 6201 红色担体、201 红色担体、C-22 保温砖等红色担体表面孔穴密集，孔径较小，表面积大，比表面积为（　　），平均孔径为 $1\mu m$。由于表面积大，涂固定液量多，在同样大小柱中分离效率就比较高。

    A. $2.0m^2 \cdot g^{-1}$ B. $3.0m^2 \cdot g^{-1}$ C. $4.0m^2 \cdot g^{-1}$ D. $5.0m^2 \cdot g^{-1}$

三、简答题

1. 简要说明气相色谱分析的基本原理。

2. 色谱分析过程中，当下述参数改变时：（1）柱长缩短，（2）固定相改变，（3）流动相改变，（4）相比减小，是否会引起分配系数的变化？为什么？

3. 色谱分析过程中，当下述参数改变时：（1）柱长缩短，（2）固定相改变，（3）流动相改变，（4）相比减小，是否会引起分配比的变化？为什么？

4. 试以理论塔板高度 H 为指标讨论气相色谱操作条件的选择。

5. 试述速率方程式中 A，B，C 三项的物理意义。$H\text{-}u$ 曲线有何用途？曲线的形状变化主要受哪些主要因素的影响？

6. 色谱分析过程中，当下述参数改变时：（1）增大分配比，（2）流动相速率增加，（3）减小相比，（4）提高柱效，是否会使色谱峰变窄？为什么？

7. 为什么用分离度 R 作为色谱柱的总分离效能的指标？

8. 试述色谱分离基本方程式的含义，它对色谱分离有什么指导意义？

9. 通常度量色谱峰区域宽度的方法有哪几种？分别说明其含义。

10. 简要说明利用色谱流出曲线可以解决的问题。

11. 在气-固色谱分析的流程中，多组分的试样是通过色谱柱而得到分离的，以填充柱为例简要说明气-固色谱分离的原理。

12. 在气-液色谱分析的流程中，多组分的试样是通过色谱柱而得到分离的，以填充柱为例简要说明气-液色谱分离的原理。

13. 分配系数 K 的含义？分配比 k 的含义？

14. 试样在色谱柱中分离过程的基本理论包括哪两方面？

15. 简述塔板理论。

16. 色谱分析混合物时，假设有两个组分，那么两个组分怎样才算达到完全分离？

17. 在气相色谱分析中，某一多组分混合物中各组分能否完全分离主要取决于何因素？在气-固色谱法中作为固定相的吸附剂常用的有哪几种？

18. 简述气相色谱定性分析方法。

19. 简述气相色谱定量分析方法。

20. 毛细管柱按其固定液的涂渍方法可分为哪几种？各有何特点？

四、计算题

1. 已知某色谱柱的柱前压力为 $2\times10^5 Pa$，出口压力为 $1\times10^5 Pa$。试计算该色谱柱内平均压力为多少大气压？

2. 利用皂膜流量计测得柱出口处载气流速为 $30mL \cdot min^{-1}$。柱前表压为 $1\times10^5 Pa$。当时的大气压为 $1\times10^5 Pa$，色谱柱温为 $127℃$，室温为 $27℃$（在此温度下，水的饱和蒸气压为 $3.564\times10^3 Pa$），试计算载气在柱中的平均流速。

3. 为了测定热导池检测器的灵敏度，注入 $0.5\mu L$ 苯进色谱仪，记录仪纸速为 $5mm \cdot min^{-1}$。苯的峰高为 $2.5mV$，半峰宽为 $2.5mm$，柱出口处载气流量为 $30mL \cdot min^{-1}$（苯的密度为 0.88），试计算该热导池检测器的灵敏度。

4. 已知某色谱柱的柱前压力为 $2\times10^5 Pa$，出口压力为 $1\times10^5 Pa$。试计算该色谱柱内平均压力为多少大气压？

5. 用一根柱长 3m 的色谱柱分离含有 A、B、C 三个组分的混合物，它们的保留时间分别为 3min、5min、7min，其峰底宽分别为 0.50min、1.10min、1.55min，试计算：（1）各谱峰的理论塔板数；（2）它们的平均塔板数。

6. 某色谱柱，固定相体积为 1.0mL，流动相体积为 2.5mL。流动相的流速为 $0.5mL \cdot min^{-1}$，组分 A 和 B 在该柱上的分配系数分别为 15 和 20，求 A 和 B 组分的保留时间和保留体积。

7. 利用皂膜流量计测得柱出口处载气流速为 $30mL \cdot min^{-1}$。柱前表压为 $1 \times 10^5 Pa$。当时的大气压为 $1 \times 10^5 Pa$，色谱柱温为 127℃，室温为 27℃（在此温度下，水的饱和蒸气压为 $3.564 \times 10^3 Pa$），试计算载气在柱中的平均流速。

8. 某色谱柱的柱长 3.0m，分离 A、B 两组分，空气峰的时间为 1.5min，A、B 组分的保留时间分别为 6min、8min，试计算 A、B 组分的保留时间，用组分 B 计算有效塔板数和塔板高度。

9. 若 A、B 两组分的保留时间分别为 3.5min、5min，则所用色谱柱的塔板高度为 1.5mm，两个色谱峰具有相同的宽度，完全分离两组分需要的色谱峰的色谱柱为多长？

10. 某色谱柱的柱长 6.0m，分离 A、B 两组分，空气峰的时间为 1.0min，A、B 组分的保留时间分别为 3min、5.5min，A、B 两组分的峰底宽分别为 0.80min、1.20min，试计算 A、B 组分的容量因子，A、B 组分的分配比，A、B 两组的分离度。

11. 某混合物中含有甲、乙两种组分，在毛细管上的保留时间分别为 7.2min 和 7.7min，甲、乙两种组分的理论塔板数均为 5200，试计算甲、乙两种组分能分离到何种程度？若甲、乙两种组分的保留时间不变，要求分离度达到 1.5，则需要多少理论塔板数？

12. 已知某色谱柱测得如下常数：$A = 0.03cm$，$B = 0.58cm^2 \cdot s^{-1}$，$C = 0.025s$，试计算最佳线速度和最小塔板数。

13. 在气相色谱中得到下列数据：组分的保留时间为 5.0min，死时间为 1.0min，液相体积为 2.0mL，柱出口处载气体积流速力 $50mL \cdot min^{-1}$，试计算该组分的分配系数。

14. 在一根理论塔板数为 9025 的色谱柱上，测得异辛烷和正辛烷的调整保留时间为 810s 和 825s，则该柱分离上述两组分所得到的分离度为多少？

15. 已知某色谱柱的理论塔板数为 2500 块，组分 A 和 B 在该柱上的保留距离分别为 25mm 和 36mm，求组分 B 的峰底宽为多少？

16. 在一根长 3m 的色谱柱上，分离两组分得到如下数据：它们的调整保留时间分别为 13min 和 16min，且后者的基线宽度为 16min。如果使两组分的分离度达 1.5，试问需用多长的色谱柱？

17. 分析某试样时，两种组分的相对保留值 $r_{21} = 1.16$，柱的有效塔板高度 $H_{有效} = 1mm$，需要多长的色谱柱才能将两组分完全分离（即 $R = 1.5$）？

18. 已知在混合酚试样中仅含有苯酚、邻甲酚、间甲酚和对甲酚四种组分，经乙酸化处理后，用液晶柱测得色谱图。各组分色谱峰图的峰高、半峰宽及已测得各组分的校正因子分别如下。求各组分的质量分数？

出　峰　次　序	苯　　酚	邻　甲　酚	间　甲　酚	对　甲　酚
h/mm	63.0	102.1	88.2	76.0
$Y_{1/2}/mm$	1.91	2.48	2.85	3.22
f	0.85	0.95	1.03	1.00

第6章 高效液相色谱法

流动相是液体的色谱法称为液相色谱法（liquid chromatography，LC）。液相色谱可分为平板色谱和柱色谱，前者如纸色谱和薄层色谱，后者如离子交换柱色谱等。

在液相柱色谱中，采用颗粒十分细的高效固定相，并采用高压泵输送流动相，全部工作通过仪器来完成。这种色谱法称为高效液相色谱法（high performance liquid chromatography，HPLC）。

与气相色谱法比较，液相色谱法不受试样挥发度和热稳定性的限制，非常适合于分离生物大分子、离子型化合物、不稳定的天然产物以及其他各种高分子化合物等。此外，液相色谱中的流动相不仅起到使试样沿色谱柱移动的作用，而且与固定相一样，与试样发生选择性的相互作用，这就为控制改善分离条件提供了一个额外的可调因素。

尽管如此，在实际应用中，凡是能用气相色谱法分析的试样一般不用液相色谱法，这是因为气相色谱更快，更灵敏，更方便，并且耗费较低。

高效液相色谱法包括四种基本类型：

分配色谱（partition chromatography）；

吸附色谱（adsorption chromatography）又称液固色谱（liquid-solid chromatography）；

离子交换色谱（ion exchange chromatography）；

分子排斥色谱（molecular exclusion chromatography，MEC）又称凝胶色谱（gel chromatography）。

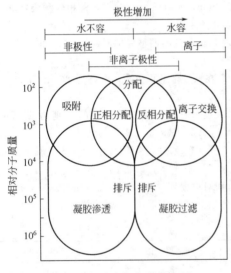

图 6-1 几种液相色谱的应用

从应用的角度而言，这四种方法实际上是相互补充的，如图 6-1 所示。

对于分离相对分子质量大于 10000 的物质来说，虽然现已有可能用反相分配色谱，但目前仍主要用尺寸排斥色谱；对于低相对分子质量的离子化合物的分离则广泛选用离子交换色谱；对那些极性小的非离子化合物最适宜用分配色谱，同时也可用分配色谱来分离同系物；吸附色谱最适宜分离非极性物质、结构异构，以及从脂肪醇中分离脂肪族碳氢化合物等。

6.1 液相色谱的柱效

6.1.1 液相色谱的速率理论

速率理论虽然是在研究气液色谱时提出的，但作适当修改后，也适用于液相色谱，其板高方程可写成如下形式：

$$H=\left(\frac{1}{C_e d_p}+\frac{D_M}{C_m d_p^2}\right)^{-1}+\frac{C_d D_M}{\overline{u}}+\left(\frac{C_s \cdot d_f^2}{D_S}+\frac{C_{sm} \cdot d_p^2}{D_M}\right)\times\overline{u} \qquad (6\text{-}1)$$

式中，C_e、C_m、C_d、C_s、C_{sm} 为有关项的板高系数，当填料一定时均为定值；D_M 和 D_S 分别是组分在流动相和固定相中的扩散系数；d_f 为固定相层的厚度；d_p 为填料粒度的平均直径；$\bar{u}$ 为流动相的线速度。

在式（6-1）中的各项意义如下：

①和③项分别表示涡流扩散项和分子扩散项。在液相色谱中，由于组分在液体中的扩散系数比在气相中小 4～5 个数量级，因此在液相色谱中，分子扩散项③通常可以忽略不计。

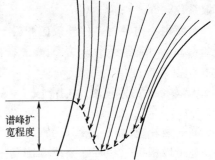

图 6-2　流动区域中的流动相传质阻力

④项为固定相传质阻力。该项与气液色谱中固定相传质阻力项相应。

②项是在流动区域内，流动相的传质阻力。它指出流动相通过同一流路时，在接近固定相表面的流速比在流动中间的要慢一些，如图 6-2 所示。

⑤项是在流动相停滞区域内的传质阻力。固定相孔穴中的流动相，一般是不移动的。流动相中的溶质分子与固定相进行交换时，必须首先扩散进入滞留区。若固定相的微孔小且深，就会大大减慢传质速率。如图 6-3 所示。

以上各种传质阻力都将导致谱峰展宽。

从式（6-1）可以看出，在液相色谱法中，可采用减小填料的孔穴深度、粒径，采用低黏度及低流速流动相，适当提高柱温等方法来降低板高提高柱效。

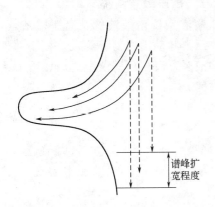

图 6-3　流动相滞留区的传质阻力

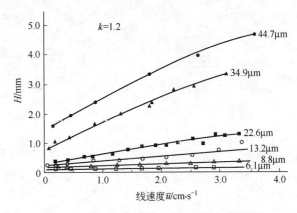

图 6-4　填料粒度和流动相的流速对 H 的影响

由 $H \propto d_p$ 可知，减小填料粒度是提高柱效的有效方法；因孔穴深度也同时随之减小，故减小填料粒度是提高柱效的最有效途径。图 6-4 示出了填料粒度和流动相的流速对板高 H 的影响。从图中可以看出，当填料的粒度从 $45\mu m$ 降至 $6\mu m$ 时，板高将要降低 10 倍。

6.1.2　液相色谱的柱外谱带展宽

发生在填充柱本身以外区域的谱带展宽，称为柱外谱带展宽。柱外包括流动相携带质通过管柱的进样系统、检测区域和体系的各种组件的连接管道。由于流动相在管壁邻近处的流速，从而导致柱外谱带展宽。

在气相色谱中，柱外展宽很大程度上取决于纵向扩散，而在液相色谱中，纵向扩散明显减慢，常常不被人们注意。

柱外效应对板高的总影响 H_{ex} 可用下式表示：

$$H_{ex} = \frac{\pi r^2 \bar{u}}{24 D_M} \tag{6-2}$$

式中，$\bar{u}$ 是流动相的线速度，$cm \cdot s^{-1}$；r 是管子的半径，cm；D_M 是溶质在流动相中的扩散系数，$cm^2 \cdot s^{-1}$。

当使用小内径时，柱外效应变得十分严重。因此在实际工作中，一般柱外管道的半径降至 $2\sim3mm$，或者更小。

6.2 高效液相色谱仪

高效液相色谱仪一般分为四部分：高压输液系统、进样系统、色谱柱、检测系统。此外，还可以根据一些特殊要求，配备一些附属装置，如梯度洗脱、自动进样及数据处理装置等。

图 6-5 是高效液相色谱仪的结构示意图，其工作过程如下。

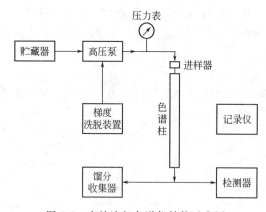

图 6-5　高效液相色谱仪结构示意图

高压泵将贮液罐的溶剂经进样系统送入色谱柱中，然后从检测器的出口流出。当欲分离的试样从进样器进入时，流经进样器的流动相将其带入色谱中进行分离，然后依次先后进入检测器，记录仪将进入检测器的信号记录下来，得到液相色谱图。

6.2.1 高压输液系统

高压输液系统由贮液罐、高压输液泵、过滤器、压力脉动阻力器等组成，核心部件是高压输液泵。液相色谱仪中的高压输液泵有如下性能。

（1）有足够的输出压力，是流动相能顺利地通过颗粒很细的色谱柱，通常其压力范围为：$25\sim40MPa$。

（2）输出恒定的流量，其流量精度应在 $1\%\sim2\%$ 之间。

（3）输出流动相的流量范围可调，对分析仪器一般为 $3mL \cdot min^{-1}$；制备仪器为 $10\sim20mL \cdot min^{-1}$。

（4）压力平稳，脉动小。

高压泵按其操作原理可分为恒流泵和恒压泵。

恒流泵的特点是在一定的操作条件下，输出的流量保持恒定，而与色谱柱等引起的阻力变化无关。常用的有往复泵和注射泵。

恒压泵与恒流泵不同。它能保持输出压力恒定，而流量则随色谱系统阻力的变化而变化。导致保留时间的重现性差，所以目前在分析上已较少使用。

6.2.2 进样系统

进样系统与气相色谱不同，在液相色谱中，柱外的谱带展宽现象会造成柱效显著下降，尤其是用微粒填料时，更为严重。柱外的谱带展宽通常发生在进样系统，连接管道及检测器中，故一个设计较好的液相色谱仪应尽量减少这三个区域的体积。

常用的进样方式有三种：直接注射进样、停流进样和高压六通阀进样。

直接注射进样的优点是操作简便，并可获得较高的柱效，但这种方法不能承受高压。

停流进样是在高压泵停止供液，体系压力下降的情况下，将试样直接加到柱头。这种进样方式操作不便，重现性差，仅在不得已时才采用。

高压六通阀进样的优点是进样量的可变范围大，耐高压，易于自动化；缺点是容易造成谱峰柱前扩宽。

6.2.3　色谱柱

在高效液相色谱中，色谱柱一般采用优质不锈钢管制作。在早期，填充剂粒度大（20～75μm），柱管径一般为 2mm，柱长 50～100cm。近年来，由于高效微型填料（3～10μm）的普遍应用，考虑管壁效应对柱效的影响，故一般采用管径粗（4～5mm）、长度短（10～50cm）的色谱柱。

液相色谱柱的填充一般采用匀浆法。具体操作是先将填料配成悬浮液，在高压泵的作用下快速将其压入装有洗脱液的色谱柱内，经冲洗后，即可备用。目前采用这种装柱法。可达到每米柱效 8 万塔板数。

6.2.4　检测系统

用于液相色谱中的检测器，除应该具有灵敏度高、噪声低、线性范围宽、响应快、死体积小等特点外，还应对温度和流速的变化不敏感。为了将谱带展宽现象减小到最低，检测池的体积一般小于 15μL，当接微型柱时应小到 1μL 以下。

在液相色谱仪中，有两类基本类型的检测器：

一类是溶质性检测器，它仅对被分离组分的物理或物理化学特性有响应。属于这类检测器的有紫外、荧光、电化学检测器等。

另一类是总体检测器，它对试样和洗脱液总的物理或物理化学性质有响应，属于这类检测器的有示差折光、介电常数检测器等。表 6-1 列出了常用检测器及其某些特性。

表 6-1　列出了常用检测器及其某些特性

规　格	紫外（吸收值）	折光（折光指数单位）	氢火焰（A）	荧光	放射性	极谱（μA）	电导（μΩ）	红外（吸收值）
类型	选择性	普通	普通	普通	选择性	选择性	选择性	选择性
能否用梯度洗脱	能用	不能用	能用	能用	能用	—	不能用	能用
线性动态范围上限	0.56	10^{-3}	10^{-8}	—	—	2×10^{-5}	1000	1.5
线性范围	5×10^4	10^4	$\sim10^5$	$\sim10^3$	大	10^4	2×10^4	10^4
±1%噪声下满刻度灵敏度	0.005	10^{-5}	$10^{-11}\sim10^{-8}\,g\cdot s^{-1}$	0.005		2×10^{-6}	0.005	0.01
对适当试样灵敏度	$5\times10^{-10}\,g\cdot mL^{-1}$	$5\times10^{-7}\,g\cdot mL^{-1}$	$(\sim5\times10^{-7}g\cdot mL^{-1})$	$10^{-9}\sim10^{-10}\,g\cdot mL^{-1}$	$50Ci\cdot mL^{-1}$	$10^{-10}\,g\cdot mL^{-1}$	$10^{-8}\,g\cdot mL^{-1}$	$10^{-6}\,g\cdot mL^{-1}$
对流速敏感性①	无	无	有	无	无	有	有	无
对温度敏感性	低	$10^{-4}℃$	可忽略	低	可忽略	1.5%/℃	2%/℃	低

① 因为对温度变化的敏感性，有些检测器对流量显出敏感性。

液相色谱中的检测器与气相色谱的检测器比较，除荧光检测器和电化学检测器等选择型检测器的灵敏度接近气相色谱的检测器外，其他液相色谱检测器的灵敏度都比气相色谱检测器的灵敏度差，并且没有与气相色谱中氢火焰离子化检测器和热导检测器相当的检测器，即在液相色谱中，没有一个既灵敏又通用，还可以用于梯度洗脱的检测器。因此，在液相色谱的发展中，检测器的改进是人们所遇到的最大挑战。

从联用技术的角度来看，液相色谱的检测器是充分体现了仪器分析的这一特点。高效液相色谱法与紫外吸收光谱法的联用，是色谱与分子光谱联用中最成功的实例。毫无疑问，分子光谱等仪器的类型和发展，也充分地反映在液相色谱中。

例如，紫外检测器也相应有滤光片（固定波长）式，单色器（可变波长和扫描）式、光二极管列阵分光光度检测器。利用扫描式和光二极管作为检测器，可在组分到达检测器时停泵，扫描记录分离后某一组分的吸光度-波长吸收曲线和吸光度-波长-时间为坐标的三维图形，如图 6-6 所示。

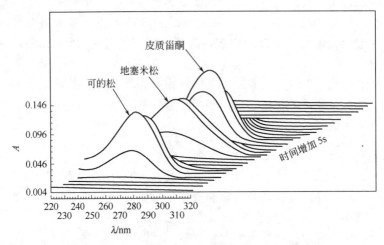

图 6-6　以吸光度、波长、时间为坐标的三维图形

据文献统计，在液相色谱检测器中，光学检测器的使用占有优势，而紫外检测器的应用最为广泛，大约占 70%。示差折光检测器虽然是一种通用检测器，但是由于对温度变化大十分敏感，而在使用上受到限制。

液相色谱仪与质谱仪或者傅里叶红外光谱仪的联用，提供了高级又昂贵的检测和鉴定方法。用这些检测方法时，液相色谱流动相的选择受到限制。由于红外检测器可在高温下测定，因此可以检测在高温下分离的高分子化合物。

6.2.5　附属系统

液相色谱仪的附属装置以使用者的要求而异。通常它们包括脱气、梯度洗脱、再循环、恒温、自动进样、馏分收集以及处理装置。这些装置一般均属选用部件，但使用得当，会大大增加仪器的功能和提高工作效率。

一般说来，梯度洗脱装置是一种极重要的附属装置。这种洗脱方式是将两种或两种以上不同性质但可以互溶的溶剂，随着时间改变而按一定比例混合，以连续改变色谱柱中冲洗液的极性，离子强度或 pH 等，从而改变被测组分的相对保留值，提高分离效率，加快分离速度。很明显，液相色谱中的梯度洗脱和气相色谱中的程序升温相似。这种洗脱方式主要应用于分离分配比 k 相差很大的复杂混合物。

6.3　分配色谱

分配色谱法是四种液相色谱方法中应用最广的一种，它类似于溶剂萃取。过去这个方法主要用于分离相对分子质量小于 3000 的非离子型和极性化合物。近年来，随着这个方法的发展，已扩大到分离离子型化合物。

一般将分配色谱分为液液色谱和键合相（bonded phase）色谱两类。

液液色谱的固定相是通过物理吸附的方法将液相固定液涂在载体表面。显然，物理浸渍的液体固定相由于流动相的溶解作用或者机械力的作用很容易流失，结果导致色谱柱上保留行为的改变，并引起分离试样的污染。为了防止固定液的流失，流动相需要预先用固定液饱和，这种方法除较麻烦外，还不能用于梯度洗脱。

键合相色谱的固定相是通过化学反应将有机分子键合到载体或硅胶表面上。这样不仅解决了固定相的流失问题，而且使固定相的功能得以改善，成为高效液相色谱法中占压倒优势的一种方法。

6.3.1　化学键合固定相

目前，在分配色谱中，键合固定相一般采用硅胶为基体，利用硅胶表面的硅醇基（Si—OH）与有机分子之间成键，即可得到各种性能的固定相。一般说来，在分配色谱中键合的有机基团主要有两类：

（1）疏水基团　如不同链长的烷烃（C_8 和 C_{18}）以及苯基等。

（2）极性基团，如丙氨基（$-C_3H_6NH_2$）、氰乙基（$-C_2H_4CN$）、二醇（$-C_3H_6OCH_2CHOHCH_2OH$）、氨基（$-[CH_2]_3NH_2$）等。

在液液色谱中，为了尽量减小固定液的流失，选择的流动相与固定相的极性差别很大。因此人们将固定相为极性，流动相为非极性的液相色谱称正相液相色谱；而将固定相为非极性，流动相为极性的液相色谱称反相液相色谱。

在键和固定相中，人们将键合有疏水基团的固定相称为反相键合固定相，相应的色谱方法称为反相键合相色谱法；而将键合有极性基团的固定相称为正相固定相，相应的色谱方法称为正相键合相色谱法。

制备键合固定相有几种途径，其中应用最广泛的是，用有机氯硅烷与硅胶表面反应形成的硅烷涂层，如：

$$\begin{array}{ccc} & CH_3 & CH_3 \\ & | & | \\ -Si-OH + Cl-Si-R & \longrightarrow & -Si-O-Si-R \\ & | & | \\ & CH_3 & CH_3 \end{array}$$

反应式中 R 是烷基或一种取代的烷基。由于空间位阻，通过硅烷化覆盖的硅醇基大约是水解后硅胶表面硅醇基的 $1/2$，即 $4\mu mol \cdot m^{-2}$。未反应的硅醇基将会导致色谱峰拖尾，特别是在碱性的介质中。为了减小这种影响，还需要用较小分子的三甲基硅烷进一步反应，以减小尚未处理的硅醇数量。本法除制备简便外，其最大优点是固定相的热稳定好，不宜吸水，耐有机溶剂，能在 70℃以下，pH 2～8 范围内正常工作，因此应用特别广泛。

6.3.2　固定相和流动相的选择

在分配色谱中，必须考虑溶质（分析物质）、固定相和流动相三者之间分子作用力才能获得好的分离。三者之间分子的相互作用可用相对极性来定性地说明。各种分析物质功能基的极性按下列顺序增加：烷烃＜醚＜酯＜酮＜醛＜酰胺＜胺＜醇，水的极性最大。

在分配色谱中，选择柱子的类型有以下方式。

（1）固定相的极性与分析物质的极性粗略匹配，用极性明显不同的流动相洗脱。

（2）流动相的极性与分析物质的极性匹配，用极性明显不同的固定相。

（3）固定相的极性与分析物质的极性极为相似，仅由流动相差异使分析物质沿柱移动。

显然采用第一种方式很容易取得分离，而在第二种方式中，固定相因不可能保留分析物质而达不到分离的目的；第三种方式则会使分析物质保留无限延长。由此，反相键合相色谱法多采用水-乙醇或水-乙腈体系，分离那些不（或微）溶于水但溶于醇类或其他与水混溶的有机物质。

由式(5-29)可知，改善分辨率有三个途径，即改变 n、k 和 α。其中 k 在很大程度上取决于流动相的组成，在实验中又最易调节，是改善分辨率的首选方法。虽然 k 值最佳范围在 2～5 之间，但对复杂组分而言，可扩大到 0.5～20。

与溶质分子有强烈作用的溶剂常常称为极性溶剂。溶剂的极性可定量地用几种指数描述。对分配色谱最常用的是由 Snyder 提出的极性指数 p'。参数 p' 是用物质在三种溶剂中的溶解度来度量。这三种溶剂是二氧六环-低偶极质子的接收体，硝基甲烷-高偶极质子的接收体，乙醇-高偶极质子给予体。极性指数是从数量上度量各种溶剂的相对极性。表 6-2 列出了分配色谱常用溶剂的极性指数及其他性质。

表 6-2　液相色谱中常用流动相的性质

溶　剂	折射率[①]	黏度 $\mu/mN \cdot s \cdot m^{-2}$	沸点/℃	极性指数 p'	洗脱强度[②]
氯代烷烃	1.27～1.29	0.4～206	50～174	<-2	-0.25
环己烷	1.432	0.90	81	0.04	0.04
正己烷	1.372	0.30	69	0.1	0.01
1-氯丁烷	1.400	0.42	78	1.0	0.26
四氯化碳	1.475	0.90	77	1.6	0.18
i-丙醚	1.365	0.38	68	2.4	0.28
甲苯	1.494	0.55	110	2.4	0.29
二己基醚	1.350	0.24	35	2.8	0.38
四氢呋喃	1.405	0.46	66	4.0	0.45
氯仿	1.443	0.53	61	4.1	0.40
乙醇	1.359	1.08	78	4.3	0.88
乙酸乙酯	1.370	0.43	77	4.4	0.58
二氧六环	1.420	1.2	101	4.8	0.56
甲醇	1.326	0.54	65	5.1	0.95
乙腈	1.341	0.34	82	5.8	0.65
硝基甲烷	1.380	0.61	101	6.0	0.64
乙二醇	1.431	16.5	182	6.9	1.11
水	1.333	0.89	100	10.2	大

①在 25。②在 Al_2O_3 上，乘 0.8 为在 SiO_2 上。

值得注意的是，极性指数并不是连续递减。为了精细的调节 k 值，可采用混合溶剂法，以达到所希望的极性指数。混合溶剂的极性指数 p'_{AB} 可用下式表示：

$$p'_{AB} = \psi'_A p'_A + \psi'_B p'_B \qquad (6\text{-}3)$$

式中，p'_A 和 p'_B 是两种溶剂的极性指数，而 ψ'_A 和 ψ'_B 是相应组分的体积分数。

根据式(6-3)可以很容易地调节两溶剂组成的流动相的极性指数 p'，进而调节 k。一般来说，p' 改变两个单位，可是 k 改变 10 倍，即对正相分离有：

$$\frac{k_2}{k_1} = 10^{(p'_1 - p'_2)/2} \qquad (6\text{-}4)$$

式中，k_2 和 k_1、p'_1 和 p'_2 分别为组分的初始和最后的容量因子和极性指数。对反相柱分离则有：

$$\frac{k_2}{k_1}=10^{(p'_2-p'_1)/2} \tag{6-5}$$

例 6.1　在 ODS 固定相上，以甲醇为流动相，某分离组分的分配容量 $k_1=1.2$，如果乙腈为流动相，其 k 值是增加还是减小？为什么？（已知极性参数为 $p'_{甲醇}=6.1$，$p'_{乙腈}=6.8$）

解：解题分析，根据题中所给条件，以 ODS 固定相上，甲醇为流动相，可判断色谱为反相色谱体系，依据公式 $\frac{k_2}{k_1}=10^{(p'_2-p'_1)/2}$ 求容量因子。

因为
$$\frac{k_2}{k_1}=10^{(p'_2-p'_1)/2}$$

所以
$$\frac{k_2}{1.2}=10^{(6.8-6.1)/2}$$

$$k_2=2.70$$

结论：k 增加，在反相色谱体系中，流动相由甲醇变为乙腈，溶剂参数由 6.1 变为 6.8，溶剂极性增加了，但组分在流动相中的溶解度反而减小，所以 k 增加，由 1.2 变为 2.70。

例 6.2　用 20cm 长的 ODS 分离柱分离两个组分，已知在某实验条件下的柱效 $n=2.63\times10^4\,\mathrm{m}^{-1}$。用苯磺酸溶液测得死时间 t_0 为 1.50min，$t_{R(1)}=4.96$min，$t_{R(2)}=5.25$min。试计算（1）k_1、k_2 和 α；（2）若增加柱长至 35cm，分离度能否达到 1.5？

解：解题分析，本题考查容量因子 k（分配比）及分离系数 α 的理解；熟悉 k、α 及 R 三者之间的关系。由题意可知，依据公式 $k=\dfrac{t_R-t_M}{t_M}=\dfrac{t'_R}{t_M}$ 求容量因子；利用选择因子 $\alpha=\dfrac{k_2}{k_1}$ 及液相分离方程式 $R=\dfrac{\sqrt{n}}{4}\times\dfrac{\alpha-1}{\alpha}\times\dfrac{k_2}{1+k_2}$ 求出容量因子 k 及分离度 R；在利用公式 $\dfrac{L_1}{L_2}=\dfrac{R_1^2}{R_2^2}$ 求分离度 R_2。

（1）依据公式
$$k=\frac{t_R-t_M}{t_M}=\frac{t'_R}{t_M}$$

$$k_1=\frac{4.96-1.50}{1.50}=\frac{3.46}{1.50}=2.31$$

同理

$$k_2=\frac{5.25-1.50}{1.50}=\frac{3.75}{1.50}=2.50$$

选择因子

$$\alpha=\frac{k_2}{k_1}=\frac{2.50}{2.31}=1.08$$

分离度 R

$$R=\frac{\sqrt{n}}{4}\times\frac{(\alpha-1)}{\alpha}\times\frac{k_2}{1+k_2}$$

$$=\frac{\sqrt{2.63\times10^4\times0.20}}{4}\times\frac{1.08-1}{1.08}\times\frac{2.50}{1+2.50}=0.96$$

（2）依据公式
$$\frac{L_1}{L_2}=\frac{R_1^2}{R_2^2}\quad\frac{0.20}{0.35}=\frac{0.96^2}{R_2^2}$$

所以
$$R_2=1.30$$

结论：若增加柱长至 35cm，分离度仍然达不到 1.5。

例 6.3　色谱柱 A 的长 20cm，载体的粒度为 5μm，另一色谱柱 B 的长 50cm，载体的

粒度为 $10\mu m$ ，两柱的柱效相等吗？

解：解题分析，该题测试分析折合柱长的定义的理解。折合柱长公式：$l=\dfrac{L}{d_p}$

因为
$$l=\frac{L}{d_p}$$

所以
$$l_A=\frac{L}{d_p}=\frac{20}{0.0005}=40000$$

$$l_B=\frac{L}{d_p}=\frac{50}{0.001}=50000$$

结论：色谱柱 A 折合柱长为 40000，色谱柱 B 折合柱长为 50000，表明组分在两根柱内从入口到出口分别经过 40000、50000 个载体颗粒，因而两柱的柱效不相等。

在反相色谱中，常常用水和极性的有机溶剂混合后的溶剂作为流动相。然后通过改变水的含量，使保留因子迅速变化。如图 6-7(a) 和图 6-7(b) 所示。

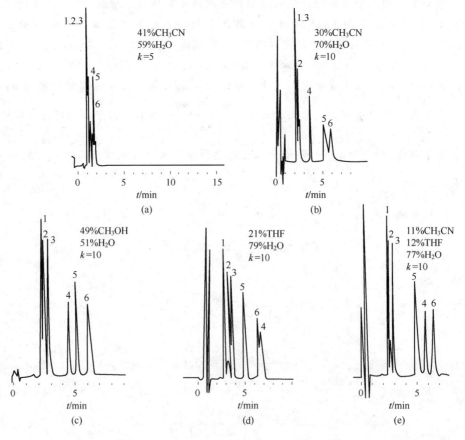

图 6-7　系统研究六种甾类化合物的分离

(a) 和 (b) 中水作为调节剂；在 (b) (c) (d) 和 (e) 中，k 为定值时，改变 α 的影响。

色谱柱：C_8 键合相，0.4mm×150mm；粒度 5μm；温度：50℃；

流量：3.0mL·min^{-1}；检测器：UV_{254nm}

从图中可以看出，当乙腈与水的质量比为 41%：59% 时，k 值为 5，其所有的分析在很短的时间（2min）内被洗脱出色谱柱，分离不完全。当将水的量增加到 70% 时，冲洗时间 7min，k 值为增加了 2 倍，除 1 和 2 未达到分离外，其他组分基本分离。

当通过调节 k 到一个合适值，仍不能获得满意的分离时，必须增加两组分的选择因子 α。改变选择性的最方便的途径是，固定预先确定的 k 值，改变流动相的化学性质。

为了从理论上找到在最短时间内，分离化合物的最佳溶剂系统，人们对反相色谱提出了一种四溶剂最佳操作。它们是甲醇、乙腈、四氢呋喃和水。其中前三种溶剂是用来调节选择因子 α，水是用来调节混合溶剂的强度，以获得合适的 k 值。图 6-7(a)～图 6-7(e) 说明了四种溶剂探讨分离六种稠类化合物的情况。

对正相色谱也有类似的四种溶剂系统，它们是乙醚、氯仿、三氯甲烷和正己烷，其中用正己烷可调节溶剂的强度。

6.3.3 洗脱物的流出顺序

为了预测洗脱物的流出顺序，我们有必要了解键合相色谱的保留机制。反相键合相色谱的保留机制可用所谓疏溶剂作用原理来解释。这种理论把非极性的烷基键合相，看作是硅胶表面覆盖了一层键合的十八烷基的"分子毛"。这种"分子毛"有强的疏水性。当用极性溶剂为流动相来分离含有极性官能基的有机化合物时，一方面，分子中的非极性部分与固定相表面上的疏水烷基之间产生缔合作用，使它在固定相得到保留；另一方面，被分离的极性部分受到极性流动相的作用，使它离开固定相，减小保留。显然，这两种作用力之差，决定了分子在色谱中的保留值。

一般来说，固定相上的烷基或被分离分子非极性部分的表面积越大，或者溶剂表面的张力及介电常数越大，使缔合作用增强时，分配比 k 值也越大，不难理解，在反相键合相色谱中，极性大的组分先流出，极性小的组分后流出。同理，在正相键合相色谱中，极性弱的组分先流出色谱柱。

6.3.4 分配色谱的应用

由于反相键合相色谱具有如下优点而得到广泛应用：

① 通过改变流动相，容易调节 k 和 α；
② 用单柱和流动相就能分离非离子化合物、离子化合物和可电离化合物；
③ 以便宜的水作为流动相的主体，以价格适宜且易醇化的甲醇为有机改性剂；
④ 保留时间随溶质的疏水性增加而增加，常常可以预测洗脱顺序；
⑤ 色谱柱平衡快，适宜梯度洗脱。

在反相键合相色谱基本流动相（例如甲醇和水、乙腈和水）的基础上，通过改变、添加盐缓冲剂、金属螯合物、手性试剂及银离子等方法，可以分离未电离或弱电离的化合物、金属离子、手性异构体及烯烃等。相应的形式和分离对象如表 6-3 所示。从表中可以看出，在含水流动相中加入银离子，使其与烯烃形成电荷转移络合物，使其烯烃与不含双键的物质分离。

表 6-3 各种反相键合相色谱法

方 法	应 用	典型的流动相
常规	一般	(A)水/与水互溶的有机溶剂
电离控制	可电离的化合物	(B)(A)/盐缓冲剂
离子抑制	弱酸或弱碱	(C)分离弱酸:/酸或碱;
		分离弱碱:酸(如磷酸、高氯酸)
离子对	强酸、强碱或弱酸、弱碱	(D)分离阳离子:(B)/ 烷基磺酸盐或硫酸盐;
		分离阴离子:(B)/四烷基铵盐
络合	金属、溴合物、立体异构体	(E)(B)/金属螯合物、手性试剂、阴离子、配位体
非水反相	极性很弱的化合物（如类脂、三酸甘油酯、长链脂肪酸）	(F)乙腈或甲醇/四氢呋喃或二氯甲烷

表 6-4 典型的对离子及主要应用

对离子类型	典型化合物	主要应用
季铵	四甲铵、四丁铵、十六烷基三甲铵离子	强酸＋弱酸、磺酸染料、羧酸
叔铵	三辛铵	磺酸盐
烷基芳基磺酸盐	甲烷或庚烷盐、樟脑磺酸	强酸＋弱酸、儿茶酚胺
高氯酸		与许多碱性溶质形成很强的离子对
烷基硫酸盐	十二烷基硫酸盐	与磺酸相似,产生不同的选择性

反相离子对色谱法是由离子对萃取技术发展起来的。从分离机理上来看，离子对色谱是典型的分配色谱，可用来分离离子型化合物和可电离的化合物。在离子对色谱中，流动相又含有有机溶剂（如甲醇、乙醇）的缓冲溶液和与分析物质带有相反电荷的离子化合物组成，后者又成为对离子。对离子是可以与分析离子结合形成离子对的一种离子。显然中性的离子对物质，可以被反相填料保留。

在表 6-4 中列出了许多对离子的类型。从表中可以看出，用作对离子的物质一般都含有烷基，这是为了使形成的离子对能在非极性固定相上保留。

在实际工作中，离子对色谱与离子交换色谱常常可相互替代使用。在分离小的无机和有机离子时，一般采用离子交换色谱。由于离子交换树脂有紧密的网状结构，因此传质速率较慢，在分离大分子时，容易损失柱效。在分离表面活性剂时，宜用离子对色谱。这不仅仅是因为它的分子大小，更重要的是这类物质对离子交换剂有强的亲和性能，以致使它们难以洗脱出色谱柱。此外，两者的不同之处在于，离子对色谱不仅能分离离子型及可离解的化合物，而且能在同一色谱条件下，同时分离离子型和非离子型两类化合物。图 6-8 是用反相离子对色谱分离 6 种药物的实例，可见分离效果是十分满意的。

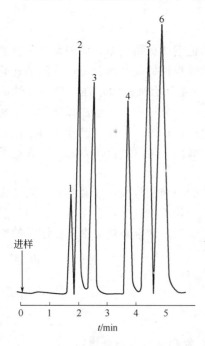

图 6-8 反相离子对色谱分离某些药物
色谱柱：μBondapakC$_{18}$，
300mm×4mm；流动相：甲醇-水
（50：50），含 5mmol·L^{-1}戊基
磺酸盐和 10g·L^{-1}醋酸；
流量：2mL·min^{-1}，
检测器：UV$_{254nm}$

正相键合相色谱法是通过改变有机端极性官能团的性质，获得了与未键合的硅胶填料十分不同的选择性。在键合时，大多数酸性硅醇基被极性弱于它的氰基或氨基之类的官能团所取代，减小了拖尾。同时极性键合相对流动相组成的变化响应较快，特别是有利于梯度洗脱。

正相液相色谱法在许多方面可以代替以硅胶为固定相的吸附色谱法。可以分离烷烃和类脂，以及糖类、甾族化合物和脂溶性维生素。当然，在水溶液中不稳定的化合物必须用正相键合相色谱法分离。

6.4 液固色谱

液固色谱的固定相是固体吸附剂，故又称吸附色谱。吸附剂是一些多孔的固体颗粒物质，在它的表面上通常存在吸附点。因此液固色谱是根据物质的固定相上的吸附作用不同来进行分离的。

6.4.1 固定相

在液固色谱中，常用的固定相是硅胶和氧化铝。如表 6-5 所示。它们对试样的保留时间顺序大致如下：醛≪酮＜醇≪胺＜砜＜亚砜＜酰胺＜羧酸。由于硅胶柱具有高的柱效，试样容量大，必有较为广泛的使用形式，因此，是使用最为普遍的一种吸附剂。硅胶的表面终端为硅醇或者硅氧烷键，如图 6-9 所示。

表 6-5 某些商品吸附剂

类 型	名 称	形 状	粒度/μm	比表面/$m^2 \cdot g^{-1}$	平均粒径/nm
硅胶	Porasil C	球形	35~75	50~100	200~400
硅胶	Lichrosorb SI60	无定型	5,10	500	60
硅胶	Lichrosorb SI100	无定型	5,10	400	100
硅胶	Lichrosorb SI100	球形	5,10	370	100
氧化铝	Woelm Alumina	无定型	18~30	200+	150
氧化铝	Lichrosor ALOX-T	无定型	5,10,30	70	150
氧化铝	Bio-Rad AG	无定型	74	200	150

一般认为，酸性的硅醇官能团在分离中起着重要作用，而硅氧烷键只有很少影响或没有影响。硅醇官能团本身具有不同程度的酸性。在相邻硅原子上的酸性最强的羟基由于形成分子内氢键而常常引起不希望有的色谱效应，如化学吸附和色谱峰的拖尾。为了使最强的吸附点位去活化，常常往吸附剂中加入极性改性剂，如水。

6.4.2 保留机制

当流动相 M 进入色谱柱后，它便以单分子层形式占据吸附剂上的活性点。当试样分子 X 被流动相带入柱后，在迁移过程中，发生如下交换吸附反应：

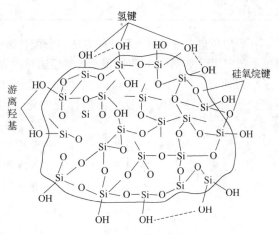

图 6-9 硅胶结构示意图

$$X_m + nM_{ad} = X_{ad} + nM_m$$

式中，下标 ad 和 m 分别表示在吸附剂上和流动相中。从上式可以看出，吸附剂表面上发生了试样分子和流动相分子间的竞争吸附。

吸附剂吸附试样的能力，主要取决于吸附剂的比表面积和理化性质，试样分子的组成和结构以及洗脱液的性质等。例如，非极性基团与极性吸附剂（如硅胶、氧化铝）之间的亲和力很弱，其 k 值较小；相反，极性基团或能够形成的氢键的基团与极性吸附剂之间的亲和力较强，因此 k 值较大。可极化的分子与极性吸附剂间的诱导偶极作用也得到保留，它们 k 值的大小取决于极化作用的难易程度。

6.4.3 流动相

液固色谱与分配色谱不同，在吸附色谱中，使 k 和 α 最佳化的有效参数是流动相的组成。

在分配色谱中表示溶剂极性的参数——极性指数 p' 也能粗略地说明吸附色谱中溶剂的

强度。不过在吸附色谱中，洗脱液的极性强度更多使用的是洗脱剂的强度参数 ε^0，ε^0 越大，ε^0 表示洗脱剂越强。ε^0 表示单位面积吸附剂上溶剂的吸附能。这个参数与吸附剂的类型有关。

表 6-6 列出了以氧化铝为吸附剂时，某些溶剂的洗脱强度序列。在硅胶上的 ε^0 值大约为氧化铝的 0.8。

表 6-6　氧化铝上的洗脱强度序列

溶　剂	ε^0	溶　剂	ε^0
氟代烷烃	−0.25	二氯乙烷	0.44
正戊烷	0.00	四氢呋喃	0.45
异辛烷	0.01	丙酮	0.56
正庚烷	0.04	乙酸乙酯	0.58
环己烷	0.04	乙腈	0.65
四氯化碳	0.18	吡啶	0.71
二甲苯	0.26	二甲亚砜	0.75
甲苯	0.29	异丙醇	0.82
苯	0.32	乙醇	0.88
氯仿	0.40	甲醇	0.95
二氯甲烷	0.42	乙酸	大

在吸附色谱中选择溶剂系统的方法与分配色谱中类似。即选择两个共存的溶剂，其中一个的强度参数 ε^0 很大，另一个 ε^0 则很小。然后通过改变这两种溶剂的体积，以获得适宜的 k 值。

一般而言，ε^0 每增加 0.05 个单位，就要降低 3～4 倍，使适当改变成为可能。不过 ε^0 不能像 p' 那样随溶剂的体积比而线性地变化。因此计算最佳混合比，较为困难。当遇到谱峰重叠时，可大致固定 k 为常数，而改变溶剂强度相对的一种溶剂，以改变 α，这样常常可以改善所需要的分辨率。有时这种反复的实验并不一定能获得成功。为了缩短探索溶剂系统的时间，应首先采用薄层色谱法搜寻。

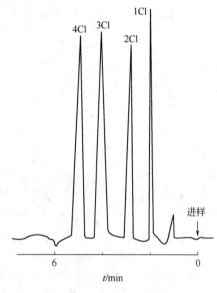

图 6-10　吸附色谱分离氯化噻吩嗪的
四种异构体

色谱柱：115mm×4mm；填料：7.5μm 的
Spherisorb 氧化铝；流动相：正己烷/二氧
六环（体积分数 50%：50%）；
检测器：UV$_{254nm}$

6.4.4　应用

在某些情况下，液固色谱的分离对象与分配色谱可以相互替代，但主要还是互补。

一般来说，液固色谱最适宜分离那些溶解在非极性溶剂中、具有中等相对分子质量且为非离子型的试样。水溶性的试样常常也能满意地用液固色分离，但是要找到合适的分离条件常常比较困难。由于在硅胶或氧化铝上的保留，主要受溶质所含极性官能团所控制。所以不同类型的化合物容易被液固色谱法分离。而仅有弱色散作用的烃的同系物或仅在脂肪族基取代程度上略有不同的其他混合物，则很难分开或不能分开。

液固色谱也能分开那些具有相同极性基团但数量不同的试样。此外，液固色谱特别适于分离异构体。这主要是一位异构体有不同的空间排列方式。适应吸附表面状态的情况有差异，因而得到分离。图 6-10 是用吸附色谱分离氯化噻吩嗪的四种异构体的结果。

表 6-7 比较了分配色谱的吸附色谱对几对典型物质的选择性。可以看出，吸附色谱对异构体的选择性最好。

表 6-7　吸附色谱和反向色谱选择性的比较

分离对象	化合物		α(吸附)	α(反相)
同系物	苯环-CO₂R（苯甲酸酯）；蒽醌-R	R=C₁	4.8	3.3
		R=C₂		6.5
		R=C₃	4.1	
		R=C₄	3.6	17
苯并物	(苯并吖啶)；(吖啶)		1.2	1.4
	(苯并喹啉)；(喹啉)		1.1	1.8
同分异构体	(苯并喹啉异构体)		12.5	1.06
	1,3-二溴苯；1,4-二溴苯		1.8	
	喹啉；异喹啉		3.4	

6.5　离子交换色谱和离子色谱

离子色谱法（ion chromatography，IC）是一种离子交换色谱方法。

离子交换色谱法（ion exchange chromatography，IEC）特别适于分离离子化合物、有机酸和有机碱等能电离的化合物和能与离子基团相互作用的化合物。

它不仅广泛地应用于有机物质，而且广泛地应用于生物物质的分离，如氨基酸、核酸、蛋白质、药物及它们的代谢物、维生素的混合物、食品防腐剂、血清等的分离。

图 6-11 是用离子交换色谱法分离氨基酸的色谱图。在这种技术中，化学平衡对化合物的分配过程起着主导作用。

6.5.1　离子交换平衡

离子交换色谱的柱填料是一种带电荷官能团的固定基质。固体基质上带—SO₃⁻ 等负电荷的称为阳离子交换剂，带—N(CH₃)₃⁺ 等正电荷的称为阴离子交换剂，为保持交换剂的电中性，基质上还存在带相同电荷数但正、负号相反的离子，称为反离子。

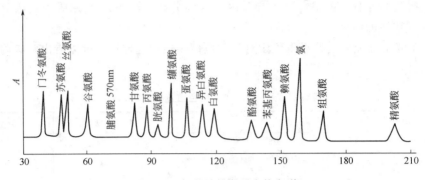

图 6-11　氨基酸的离子交换色谱

树脂：Durrum DC−1A，是一种 $d_p = 8\mu m$ 磺化聚苯乙烯-二乙烯基苯

氧离子交换剂。10mmol 校准混合物。流量：$70mL \cdot h^{-1}$

在离子交换过程中，流动相中存在被分析离子与反离子之间发生竞争吸附。如果被分析离子为单价，则它与反离子之间的交换过程，可用下列平衡表示：

阴离子交换：

$$\overline{B^+Y^-} + X^- \xrightarrow{K_{XY}} \overline{B^+Y^-} + Y^- \tag{6-6}$$

阳离子交换：

$$\overline{A^-M^+} + Z^+ \xrightarrow{K_{ZM}} \overline{A^-Z^+} + M^+ \tag{6-7}$$

式中，——表示在固定相上；K_{XY} 和 K_{ZM} 是交换的平衡常数；X^- 和 Z^+ 代表被分析的离子；Y^- 和 M^+ 代表反离子；B^+ 和 A^- 代表固体基质上带电官能基。若以阳离子交换为例，则有阳离子交换反应的平衡常数为：

$$K_{ZM} = \frac{[\overline{A^-Z^+}]\,[\overline{M^+}]}{[\overline{A^-M^+}][\overline{Z^+}]} \tag{6-8}$$

被分析离子在两相间的分配系数 K_{DZ} 为：

$$K_{DZ} = \frac{[\overline{A^-Z^+}]}{[Z^+]} = K_{ZM}\frac{[\overline{A^-M^+}]}{[\overline{M^+}]} \tag{6-9}$$

在洗脱过程中，水溶液中反离子的浓度 M^+ 是远大于流动相中 Z^+ 浓度，这样相对于 Z^+ 的数量而言，交换剂上有足够数量的交换位去保留 Z^+。因此，流动相中 $[M^+]$ 和固定相中 $[\overline{A^-M^+}]$ 的浓度并不能明显地影响式（6-7）平衡反应的移动。当 $[\overline{A^-M^+}] \gg [\overline{A^-Z^+}]$，$[M^+] \gg [Z^+]$ 时，方程式（6-9）可写成：

$$\frac{[\overline{A^-Z^+}]}{[\overline{Z^+}]} = K = \frac{c_s}{c_m} \tag{6-10}$$

式中，K 是分配平衡常数，可近似认为常数，可应用于第 5 章介绍的色谱基本方程中。

值得注意的是，式（6-8）中的 K_{ZM} 代表子树脂相对于其他离子（M^+）对 Z^+ 的亲和能力。当 K_{ZM} 越大，同定相对 Z^+ 的保留能力越强；K_{ZM} 越小，情况则相反。实验证明，Z^+ 的电荷越大，水合离子半径越小，其 K_{ZM} 就越大。

如在磺酸基阳离子交换树脂上，一价离子 K_{ZM} 的值按下面顺序减小：

$Tl^+ > Ag^+ > Cs^+ > Rb^+ > K^+ > NH_4^+ > Na^+ > H^+ > Li^+$；

对二价离子有如下顺序：

$Ba^{2+} > Pb^{2+} > Sr^{2+} > Ca^{2+} > Ni^{2+} > Cd^{2+} > Cu^{2+} > Co^{2+} > Zn^{2+} > Mg^{2+} > Uo_2^{2+}$。

在强的阴离子交换树脂上，阴离子的 K_{ZM} 值按下面顺序减小：

$$SO_4^{2-}>CO_4^{2-}>I^->NO_3^->Br^->Cl^->HCO_2^{2-}>CH_3CO_2^->OH^->F^- 。$$

在离子色谱中，通过控制流动相中反离子的浓度、离子强度和离子类型等，可调整被分析组分的 k 值，从而获得好的选择性和柱效。

6.5.2　固定相

在离子交换色谱中，一般常用的离子交换剂的基质有三大类：合成树脂（聚苯乙烯）、纤维素和硅胶。前面已经提到，离子交换剂有阴离子及阳离子之分；再根据官能团的解离度大小，还有强弱之分（见表 6-8）。用交换容量表示树脂交换离子的能力，理论交换容量是指每克干树脂含离子交换基团的量。

表 6-8　离子交换剂上的功能基

类　型	功　能　基	类　型	功　能　基
强阳离子交换剂 SCX	$-SO_3H$	强阴离子交换剂 SAX	$-N+R_3$
强阳离子交换剂 WCX	$-CO_2H$	强阴离子交换剂 WAX	$-NH_2$

经典的离子交换树脂主要是聚苯乙烯和二乙烯基的苯交联聚合物，其粒度一般为 $5\sim10\mu m$，有微孔型和大孔型之分。前者交联度高，骨架紧密，孔穴小，适于分离小的无机离子；后者交联度稍低，除微孔外，还有刚性的大孔结构，如图 6-12(a)、(b) 所示。

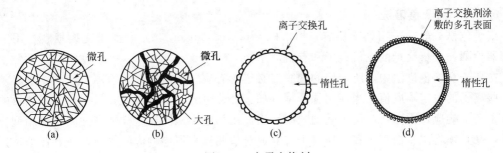

图 6-12　离子交换剂

(a) 微孔型；(b) 大孔型；(c) 薄膜型；(d) 表面多孔型

多孔型离子交换剂由于交换基团多，所以有高的交换容量，且对温度的稳定性好。其主要缺点是在水或有机溶剂中发生膨胀，造成传质速度慢，柱效低，难以实现快速分离。

为了加速颗粒内的扩散，可采用薄膜型及表层多孔型树脂，如图 6-12 (c)、(d) 所示。前者是在直径 $30\mu m$ 的固体惰性核上，凝聚 $1\sim2\mu m$ 厚的树脂层；后者是在固体惰性核上，覆盖一层微球硅胶，然后用机械方法或化学键合的方法，在微球硅珠上涂上一层很薄的离子交换剂膜。这两类树脂很少发生溶胀，传质速度快，具有高的柱效，能实现快速分离。但是应该指出，由于表层上离子物质的量有限，所以它们的交换容量低，柱子容易超负荷。

此外，若在以硅胶为基质，化学键合离子交换基团，也是一种优良的离子交换剂。它的优点是机械强度好，可使用小粒度固定相和高柱压来实现快速分离；主要缺点是化学稳定性较差，只适用于在一定的 pH 范围内操作，否则硅胶基质会很快被溶解而破坏其交换性能。

6.5.3　流动相

离子交换色谱通常在水介质中进行，为了增加带有较大有机基团的分子的溶解度，可采用水乙醇混合溶剂作流动相，有时甚至全部采用有机溶剂。

在离子交换色谱中，常通过改变流动相中反离子的种类和浓度及流动相的 pH 等来控制

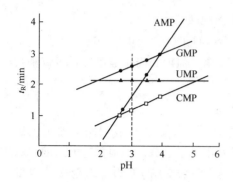

图 6-13　几种单核苷酸阴离子交换剂
上的分离与 pH 的关系
AMP—单磷酸腺苷；CMP—5′-单磷酸胞苷；
GMP—单磷酸鸟嘌呤核苷；
UMP—5′-单磷酸尿核苷

k 值，改变选择性。一般说来，增加反离子的浓度，可降低试样离子的竞争吸附能力，从而降低其在固定相上的保留值。另一方面，改变反离子的类型，有时能显著地改变试样离子的保留值。

例如，对于阴离子交换树脂来说，结合树脂上最强的是柠檬酸根离子，最弱的是氟离子，因此用柠檬酸根离子为反离子洗脱试样离子时，显然比用氟离子要更快些。但是对于阳离子交换树脂来说，实验证明，即使各种阳离子的大小及电荷有所不同，但它们对试样离子保留值的影响并不显著。至于流动相 pH 的影响，也根据具体情况的不同而不同。

就总体而言，pH 增加，在阳离子变换色谱上试样保留值降低，而在阴离子变换色谱上试样保留值增加，这主要是与有关组分的解离度有关。

例如，在分离有机酸碱时，洗脱剂影响酸碱的解离程度，而影响 k 值。

一般来说，最好将 pH 选在酸碱的 pK_a 值附近，此外也有些组分将不受流动相的影响。图 6-13 是 pH 对各种核苷酸保留时间影响的实例。

6.5.4　离子色谱法

离子色谱一般是采用低交换容量（$0.02\sim0.05mmol\cdot L^{-1}$）的离子交换填料，用电导检测器检测，分析痕量的无机离子和有机离子。

在离子交换色谱法中，所使用的洗脱液必定含有离子，故在任何检测系统中，都必须考虑这些离子的恒定本底值。当使用选择型（如紫外、荧光）检测器时，只能对有限数目的试样离子产生响应，因而在应用上受到限制。当使用如电导检测器这样灵敏度高、通用型检测器时，又必须将洗脱液离子和试样离子转变成对检测器有不同响应物质，或者仔细选择原已具有这种性质的洗脱液。

由此在离子色谱中有两种使用形式：①双柱离子色谱或抑制型离子色谱；②单性离子色谱或非抑制型离子色谱。

（1）双柱离子色谱法　它是在分离柱与电导检测器之间增加一根抑制柱，柱中填充的离子交换树脂所带电荷与分离柱相反。经分离后的流出液首先通过抑制柱，进行抑制反应，除去洗脱剂中离子，再进入电导检测器检测，获得扣除流动相背景的电导值。

例如：当分离和测定阳离子时，常用 HCl 作为洗脱剂。若抑制柱是 OH^- 型的阴离子交换树脂，柱流出液在抑制柱中反应生成难电离的 H_2O，不再干扰测定；同时抑制柱不保留被分析的阳离子，不会影响测定。

例如：当分离测定阴离子时，常用碳酸氢钠或碳酸钠作洗脱剂。

若用酸型阳离子交换树脂作为抑制柱的填料，柱滤出液在抑制柱中反应生成弱电解质如 H_2CO_3，对电导测定没有明显的影响。

双柱法的优点是降低了流动相的总离子含量，提高检测试样离子的灵敏度。

其缺点在于，抑制柱必须再生，并且由于抑制柱的存在而使色谱峰展宽，导致分辨率下降。

早期的抑制柱因抑制反应树脂逐渐消耗，使用一段时间后需要再生。现在新型的中空纤维管抑制器和平板微膜抑制器等已可以自动连续再生。

例如中空纤维管抑制器，是将几根磺化聚乙烯空心纤维捆为一束。让管内流动洗脱液，管外逆向流动稀 H_2SO_4 再生液。纤维膜只允许 Na^+ 出去，H^+ 进来，而阴离子不能进出。在分析阴离子时，可边使用边再生。图 6-14 是双柱离子色谱分析阴离子和阳离子的色谱图。

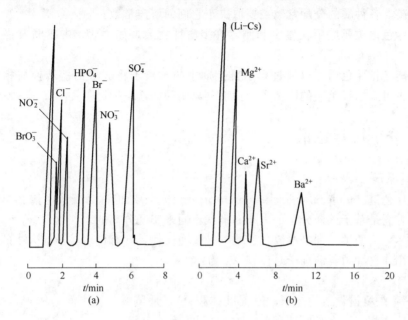

图 6-14　离子色谱的典型应用

(a) 在阴离子交换柱上分离阴离子。洗脱剂：$0.028mol \cdot L^{-1}NaHCO_3/0.028mol \cdot L^{-1}$

Na_2CO_3。进样量：$50\mu L$。(b) 在阴离子交换柱上分离碱土金属。洗脱剂：

$0.025mol \cdot L^{-1}$ 苯二胺，二氢氯化物/$0.025mol \cdot L^{-1}HCl$。进样量：$100\mu L$。

近年来，已有专门的仪器可用于自动生成 H^+ 或 OH^- 以使抑制溶液再生。

（2）单柱离子色谱　它只有一根分离柱，不用抑制柱，故流动相直接由分离柱流到电导检测器。单柱离子色谱法一方面是采用低浓度洗脱液，以降低洗出液的本底电导，另一方面是采用低容量的离子交换树脂，使保留值保持不变。

单柱离子色谱法因减少了抑制柱带来的死体积，分离效率高，且能用普通 HPLC 仪改装，因此该法近年来发展特别迅速。单柱离子色谱法的主要缺点是难以在高电导介质中测量低含量试样离子。

离子色谱法广泛用于分析地下水和人体血、尿等试样中的痕量阴离子和阳离子。原子吸收光谱法或发射光谱法等通常适于分析痕量的阳离子，而分析痕量阴离子时，离子色谱法则是最为方便的。

6.5.5　离子排斥色谱法

离子排斥色谱并不用来分离离子化合物，它不是离子交换色谱的一种形式。但离子排斥色谱像离子色谱一样，是采用离子交换柱完成物质的分离，因此常常从讨论方便的角度来说，将其放在离子色谱中介绍。

下面将以在酸型阳离子交换树脂上分离简单羧酸为例，说明离子排斥色谱的分离原理和应用。

在分离羧酸时，是以稀 HCl 溶液为洗脱剂，以银离子形式的阳离子交换树脂柱为抑制柱，并用电导检测器检测。在抑制柱中的反应如下：

$$Ag^+ + Cl^- \longrightarrow AgCl\downarrow$$

因此除去了冲洗剂中的 Cl^-。被分析物质中未离解的酸，因不带电荷被排斥于离子交换剂之外，只能在柱中流动相和填料孔穴中停滞的液体之间进行分配，因各种酸的分配常数不同而达到分离。各种酸的分配常数主要取决于它们的解离常数。

离子排斥色谱主要应用在鉴定和测定许多酸性物质，如牛奶、咖啡酒及许多其他商业产品。

此外，离子排斥色谱可以通过离子交换剂中的氢离子将弱酸的盐转换成相应的酸来分离，同理，也可采用羟基型的阴离子交换剂分离弱碱的盐。

6.6 分子排斥色谱

6.6.1 原理

分子排斥色谱（molecular-exclusion chromatography）也称为凝胶色谱。与其他液相色谱方法不同，它是基于试样分子的大小和形状不同来实现分离的。

分子排斥色谱的填充剂是凝胶。它是一种表面惰性，含有许多被不同大小的孔穴或立体网状物质。用作这种填料的柱子总体积 V_A 为：

$$V_A = V_g + V_i + V_o \tag{6-11}$$

式中，V_g 是填料骨架的体积；V_i 是孔体积；V_o 是填料颗粒之间的体积。孔体积 V_i 中的溶剂成为固定相，而在粒间体积 V_o 中的溶剂成为流动相。

凝胶的孔穴大小与被分离的试样的大小相当。对于那些太大的分子，由于不能进入孔穴而被排斥，所以随流动相移动而最先流出。小分子则完全相反，它能渗入大大小小的空隙中完全不受排斥，所以最后流出。中等大小的分子则可渗入较大的空隙中，但受到较小空隙中的排斥，所以介于两种情况之间。

对于中等大小的分子而言，淋出体积为：

$$V_e = V_o + V_{i.\,acc} \tag{6-12}$$

式中，$V_{i.\,acc}$ 是总孔体积 V_i 的一部分，是溶质分子量的函数，它和 V_i 之比等于分配比 K：

$$K = V_{i.\,acc}/V_i \tag{6-13}$$

由式（6-12）和式（6-13）可得到

$$V_e = V_o + KV_i \tag{6-14}$$

$$K = (V_e - V_o)/V_i = c_s/c_m \tag{6-15}$$

图 6-15 是上述分离的示意图。图中上部分表示洗脱体积和聚合物分子大小之间的关系，向下半部分为各有关聚合物的洗脱曲线。由图可见，凝胶有一个排斥极限 (A)。凡是比 A 点相应的相对分子质量大的分子均排斥于所有的胶孔之外，因而它们将以一个单一的谱带 C 出现，在保留体积 V_o 时一起洗脱。

另一方面，凝胶洗脱还有一个完全渗透极限（B 点）。不难理解，凡是比 B 点相应的有相对分子质量小的分子都可以完全渗入孔穴中。同理，这些化合物也将以

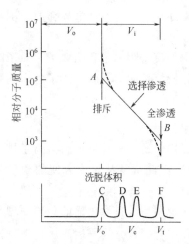

图 6-15　空间排斥色谱法示意图

一个单一的谱带 F 在保留体积 V_t 被洗脱。

最后，可以预计，相对分子质量介于上述两极限之间的化合物，将根据它们的分子大小进入一部分孔隙，而不能进入另一部分孔隙。其结果是这些化合物按相对分子质量降低的次序被洗脱。通常将 $A<V_e<B$ 这一范围称为分级范围。当化合物的分子大小不同而又在此分级范围内时，就可以得到分离。

概括起来，凝胶色谱具有如下特点。

（1）保留时间是分子大小的函数，因此有可能提供分子结构的某些信息。

（2）保留时间短，谱峰窄，容易检测，可用灵敏度较低的检测器。

（3）固定相与分子间的作用力极弱，趋于零，即柱子不能很强地保留分子，因此柱寿命长。

（4）不能分辨分子大小相近的化合物。一般说来，分子量的差别需要 10% 以上时才能得到分离，所以这个方法不能分离复杂的混合物。它主要用来获得分散性聚合物的相对分子质量分布情况。

6.6.2 色谱柱填料和流动相

色谱柱用凝胶填料分为有机和无机两大类。前者如交联聚苯乙烯，后者如多孔硅胶和多孔玻璃等。一般来说，有机凝胶的柱效较高，但热稳定性、机械强度和化学惰性较差，易老化，且使用条件要求高；无机凝胶的柱效稍差，但可长期使用，性能稳定。

表 6-9 列出了分子排斥色谱中常用填料的性质。

表 6-9　常用的凝胶色谱填充剂

填 料 类 型	粒度/μm	平均孔径/nm	相对分子质量排斥极限
聚乙烯-二乙烯基苯	10	10^3	700
硅胶	10	10^4	$(0.1\sim20)\times10^4$
		10^5	$(1\sim20)\times10^4$
		10^6	$(1\sim20)\times10^5$
		10^7	$(5\sim>20)\times10^6$
		1250	$(0.2\sim5)\times10^4$
		3000	$(0.03\sim1)\times10^5$
		5000	$(0.05\sim5)\times10^5$
		10000	$(5\sim20)\times10^5$

在凝胶色谱中，选择流动相的主要依据是：

（1）在分离温度下具有低的黏度，其沸点通常比柱温高 $20\sim50℃$。

（2）能完全溶解试样。

（3）溶剂与检测器匹配，以使检测器提供较高的灵敏度。

（4）必须考虑流动相对凝胶的影响。例如：聚苯乙烯型的凝胶不能用丙酮、乙醇作流动相。

6.6.3 应用

一般将分子色谱分为凝胶过滤色谱和凝胶渗透色谱两大类。前者使用水溶剂和亲水填料分离水溶性试样；后者是以非极性有机溶剂和疏水溶剂，分离在极性小的有机溶剂中溶解的物质。在应用上这两方面是互补的。

虽然近年来由于填充剂的发展，用凝胶色谱能在水或废水系统中分离有机或无机小分子化合物，但是该技术主要用来分离相对分子量高（>2000）的化合物，如有机聚合物，硅化物以及从低分子量物质或盐中分离天然产物等。另外，凝胶色谱越来越多的应用是通过测定相对分子量和相对分子量分布来鉴定高聚物。由于聚合物的相对分子量及其分布与其性能有着密切的关系，因此，凝胶色谱的结果可应用于研究聚合机理，选择聚合工艺及条件，并考虑聚合材料在加工和使用过程中的相对分子量变化等。

在未知物的分析中，凝胶色谱作为一个预分离手段，再配合其他方法，能有效地解决各种复杂的分离问题。

分子排斥色谱具有分析时间短、谱峰窄、灵敏度好、试样量损失小以及柱子不易失活等优点。但是排斥色谱只能容纳有限数目的谱带；不能应用于分子相似的试样的分析。

例如异构体，一般来说，在相对分子质量上有 10% 的差异，才能获得合适的分辨率。

习 题

一、填空题

1. 流动相是液体的色谱法称为液相色谱法（liquid chromatography，LC）。液相色谱可分为（　　　）平板色谱和（　　　）柱色谱，前者如（　　　）和（　　　），后者如（　　　）等。

2. 高效液相色谱法包括四种基本类型：（　　　）、（　　　）、（　　　）和（　　　）。

3. 高效液相色谱法从应用的角度而言，这四种方法实际上是相互补充的。对于分离相对分子质量大于 10000 的物质，目前仍主要用（　　　）；对于低相对分子质量的离子化合物的分离则广泛选用（　　　）；对那些极性小的非离子化合物最适宜用（　　　）；分离非极性物质、结构异构，以及从脂肪醇中分离脂肪族碳氢化合物最适宜用（　　　）。

4. 高效液相色谱仪一般分为四部分：（　　　）、（　　　）、（　　　）和（　　　）。此外，还可以根据一些特殊要求，配备一些附属装置，如梯度洗脱、自动进样及数据处理装置等。

5. 在分配色谱中，键合固定相一般采用（　　　）为基体，利用（　　　）的硅醇基（Si—OH）与有机分子之间成键，即可得到各种性能的固定相。一般说来，在分配色谱中键合的有机基团主要有（　　　）和（　　　）两类。

6. 高效液相色谱仪中的梯度洗脱装置是一种极重要的附属装置。这种洗脱方式是将（　　　）或（　　　）以上不同性质但可以互溶的溶剂，随着时间改变而按一定比例混合，以连续改变色谱柱中冲洗液的（　　　），（　　　）或 pH 等，从而改变被测组分的相对保留值，提高分离效率，加快分离速度。

7. 在分配色谱中，必须考虑溶质（分析物质）、固定相和流动相三者之间分子作用力才能获得好的分离。三者之间分子的相互作用可用（　　　）来定性地说明。各种分析物质功能基的极性按下列顺序增加：烷烃＜醚＜酯＜酮＜醛＜酰胺＜胺＜醇，（　　　）极性最大。

8. 在反相色谱中，常常用（　　　）和（　　　）溶剂混合后的溶剂作为流动相。然后通过改变水的含量，使保留因子迅速变化。

9. 正相键合相色谱法是通过改变（　　　）官能团的性质，获得了与未键合的硅胶填料十分不同的选择性。在键合时，大多数酸性硅醇基被极性弱于它的（　　　）或（　　　）之类的官能团所取代，减小了拖尾。同时极性键合相对流动相组成的变化响应较快，特别是有利于梯度洗脱。

二、选择题

1. 在高效液相色谱中，色谱柱一般采用优质不锈钢管制作。由于高效微型填料（3～10um）的普遍应用，考虑管壁效应对柱效的影响，故一般采用管径为（　　　）、长度为（　　　）的色谱柱。液相色谱柱的填充一般采用匀浆法。

  A. 2～3mm、10～20cm   B. 4～5mm、10～50cm

  C. 5～10mm、10～50cm   D. 4～5mm、50～100cm

2. 一般来说，固定相上的烷基或被分离分子非极性部分的表面积越大，或者溶剂表面的张力及介电常数越大，使缔合作用增强时，分配比 k 值也越大，不难理解，在反相键合相色谱中，（　　　）的组分先流出，极性小的组分后流出。同理，在正相键合相色谱中，（　　　）的组分先流出色谱柱。

A. 极性弱；极性大　　B. 极性大；极性弱　　C. 极性大；极性小　　D. 无极性；有极性

3. 离子交换剂有阴离子及阳离子之分，再根据官能团的解离度大小还可再分类。用交换容量表示树脂交换离子的能力，理论交换容量是指每克干树脂含（　　）的量。

A. 离子交换剂空隙大小　　B. 分子大小　　C. 离子大小　　D. 离子交换基团

4. 离子色谱法分离测定阴离子时，常用（　　）作洗脱剂。若用酸型阳离子交换树脂作为抑制柱的填料，柱滤出液在抑制柱中反应生成弱电解质如 H_2CO_3，对电导测定没有明显的影响。

A. HCl　　B. 碳酸氢钠　　C. 氢氧化钠　　D. 碳酸氢钠或碳酸钠

5. 在液相色谱分析时，为了改善分离的选择性，下列措施（　　）是有效的方式。

A. 改变流动相　　B. 改变固定相　　C. 增加流速　　D. 改变填料的粒度

6. 在分配色谱法与化学键合相中，选择不同类别的溶剂（分子间作用力不同）以改善分离度，主要是（　　）因素。

A. 提高分配系数比　　B. 容量因子增大　　C. 保留时间增长　　D. 色谱柱柱效提高

三、简答题

1. 高压液相色谱仪的高压输液系统由哪几部分组成，核心部件是哪一部分？高压输液泵的主要性能是什么？

2. 一般将分配色谱分为哪两类色谱？简述色谱吸附的原理。

3. 分配色谱中，选择柱子的类型有哪几种方式？

4. 简述键合相色谱的保留机理及应用。

5. 简述离子排斥色谱的分离原理及应用。

6. 简述凝胶色谱的分离原理及应用。

四、计算题

1. 用 25cm 长的 ODS 分离柱分离两个组分，已知在实验条件下，测得苯的保留时间 $t_R = 4.65min$，半峰宽 $W_{1/2} = 0.77min$；萘的保留时间 $t_R = 7.37min$，半峰宽 $W_{1/2} = 1.15min$，记录速度为 5.0mm/min，试计算柱效与分离度。

2. 用 15cm 长的 ODS 分离柱分离两个组分，已知在实验条件下的柱效 $n = 2.84 \times 10^4 m^{-1}$。用苯磺酸溶液测得死时间 t_0 为 1.31min，$t_{R(1)} = 4.10min$，$t_{R(1)} = 4.38min$。试计算（1）k_1、k_2 和 α；（2）若增加柱长至 31cm，分离度能否达到 1.5？

3. 色谱柱 A 的长 20cm，载体的粒度为 $5\mu m$，另一色谱柱 B 的长 60cm，载体的粒度为 $10\mu m$，两柱的柱效相等吗？假如不相等，采取何措施使其达到相同的柱效？

第7章 红外吸收光谱

红外吸收光谱法（Infrared Absorption Spectrometry），也称为红外分光光度法（Infrared Spectrometry），简称红外光谱法，以 IR 表示，它是以研究物质分子对红外辐射的吸收特性而建立起来的一种定性（包括结构分析）、定量分析方法。

从物质分子与光的作用关系而言，红外吸收光谱法与可见-紫外吸光光度法都属于分子吸收光谱的范畴，但光谱产生的机理不同，前者为振动-转动光谱，后者为电子光谱。

红外吸收光谱法大约开始于 1905 年，从 1918 年到 1940 年人们对双原子分子进行了系统研究，建立了一套完整的理论，随后在量子力学的基础上又建立了多原子、分子光谱的理论基础，但到目前为止红外光谱法的理论尚未成熟，还难于解释复杂有机物的分子结构与其红外光谱的相互关系，人们从丰富的红外光谱资料中归纳出的大量经验规律是解决结构分析问题的一把钥匙，使红外光谱才发展成为有机化合物结构分析的最成熟的方法之一。

红外吸收光谱法又称为分子振动转动光谱。红外吸收光谱在化学领域的应用大体可分为两个方面：用于分子结构的基础研究和用于化学组成的分析。前者，应用红外吸收光谱可以测定分子的键长、键角，以此推断出分子的立体构型；根据所得的力常数可以知道化学键的强弱；由简正振动频率来计算热力学函数，等等。但是，红外光谱最为广泛的应用还在于对物质的化学组成进行分析。红外光谱法可以根据光谱中吸收峰的位置和形状来推断未知物结构，依照特征吸收峰的强度来测试混合物中各组分的含量，加上此法具有快速、高灵敏度、检测试样用量少，能分析各种状态的试样等特点，因此，它已成为现代结构化学、分析化学最常用和不可缺少的工具。

通常按红外线波长，将红外光谱分成三个区域。这样分类的原因，是由于在测试这些区的光谱时，所使用的仪器不同以及各个区域所得到的信息各不相同的缘故。在这三个区域所含波长范围中，其中红外区是研究、应用最多的波长区域。

7.1 概述

7.1.1 红外区及红外吸收光谱

在习惯上，对红外光多用 μm 作波长单位，用波数作频率单位。波数以符号 σ 表示，被定义为波长 λ 的倒数，即

$$\sigma = \frac{1}{\lambda}(cm)^{-1} = \frac{10^4}{\lambda}(\mu m)^{-1} = \frac{\nu}{c} \tag{7-1}$$

式中，ν 为光的振动频率，Hz；c 为光速，3×10^{10} cm。

波数的单位为 cm^{-1}，其物理意义是 1cm 中所包含波的个数。例如，$20\mu m$ 的红外光所对应的波数为

$$\sigma = \frac{10^4}{20} = 500 cm^{-1}$$

由式(7-1) 看出，用波数表示的频率不同于光的振动频率，两者在数值上相差 c 倍。用波数表示频率的好处是：比用光的振动频率作单位要简单方便。例如 $\sigma = 500 cm^{-1}$ 的红外光

所对应的光的振动频率为

$$\nu = \sigma \times c = 3 \times 10^{10} \times 500 = 1.5 \times 10^{13}\,Hz$$

从可见光到微波区之间的一段电磁波属于红外光区的范畴，其波长范围大致是 $0.80 \sim 200\mu m$ 或 $500\mu m$ 或 $1000\mu m$。没有一种单一的辐射源及检测器可适用于这个范围，于是可根据所采用的实验技术及获取的信息的不同，将红外光按波长分为三个区域，表 7-1 为红外光谱区。

表 7-1　红外光谱区

区　域	$\lambda/\mu m$	σ/cm^{-1}	ν/Hz	跃　迁　类　型
近红外区	$0.80 \sim 2.5$	$12500 \sim 4000$	$3.8 \times 10^{14} \sim 1.2 \times 10^{14}$	OH、NH 和 CH 的倍频吸收区
中红外区	$2.5 \sim 50$	$4000 \sim 200$	$1.2 \times 10^{14} \sim 6.0 \times 10^{12}$	振动、转动
远红外区	$50 \sim 1000$	$200 \sim 10$	$6.0 \times 10^{12} \sim 3.0 \times 10^{11}$	骨架振动、转动
常用红外区	$2.5 \sim 25$	$4000 \sim 400$	$1.2 \times 10^{14} \sim 1.2 \times 10^{13}$	

近红外区主要用来研究 OH、NH、CH 键的倍频吸收，远红外区主要用来研究纯转动光谱及晶格的振动光谱，中红外区主要用于研究物质分子的振动-转动光谱。振转光谱能深刻地揭示分子结构与化学组成的各种关系。

对分析工作者来说，中红外区最有用，也是研究得最多的区域。一般所说的红外光谱即指中红外光谱而言。

一般多用透光率-波数曲线或透光度-波长曲线来描述红外吸收光谱。通常红外吸收光谱的横坐标都用波长及波数两种标度。但以其中之一为等间距，光栅光谱以波数为等间距，棱镜光谱以波长为等间距。对同一样品，以波数为等间距和以波长为等间距的两张光谱图的外貌是有差异的，即除峰位置一致外，峰的强度和形状往往不同。

红外吸收光谱法定性、定量分析的数据与紫外吸收光谱法相似。以特征吸收峰所对应的波长或波数、峰数目及峰强度作为定性分析及结构分析的依据；某特征吸收峰的强度是物质浓度的函数（即朗伯-比尔定律），也是红外吸收光谱法定量分析的基础。

7.1.2　红外吸收光谱的特点

（1）具有高度的特征性　除光学异构体外，没有两个化合物的红外吸收光谱完全相同，即每种化合物都有自己特征的红外吸收光谱，这是进行定性鉴定及结构分析的基础。

（2）应用范围广　紫外吸收光谱法不能研究饱和有机化合物，而红外吸收光谱法不仅对所有有机化合物都适用，还能研究络合物、高分子化合物及无机化合物；不受样品相态的限制，无论是固态、液态，还是气态都能直接测定。

（3）分析速度快，操作简便，样品用量少，属于非破坏分析。

（4）红外光谱法灵敏度低，在进行定性鉴定及结构分析时，需要将待测样品提纯。在定量分析中，红外光谱法的准确度低，对微量成分无能为力，远不如比色法及紫外吸收光谱法重要。

7.1.3　红外吸收光谱法在石化工业及环境监测中的应用

红外吸收光谱法在定性及定量分析方面都有广泛的应用，如未知物的鉴别；化学结构的确定，化学反应的跟踪，纯度检查；区别异构体及质量控制等，但最重要的应用还是进行分子结构研究。

（1）在催化研究中的应用　红外光谱法是研究表面化学的一种重要工具，通过它来观测吸附或反应过程中在催化剂表面生成的中间产物的结构和特性，从而研究化学吸附、催化反应机理及催化剂的表面性质等。测定催化剂表面的酸类型就是一例，在石油的催化裂化、异构化、歧化、脱氢及芳构化等反应中，常常用三氧化二铝、硅酸铝及分子筛等作催化剂或催化剂载体，这些催化剂的表面存在着质子酸或非质子酸，它们的类型及含量极大地影响催化剂的活性。质子酸能与吡啶形成吡啶离子，在 $1545cm^{-1}$ 处产生特征吸收峰，非质子酸能与吡啶上的氮原子形成配位络合物，在 $1450cm^{-1}$ 处产生特征吸收峰，所以，只要测出催化剂吸吡啶后所形成的吸附态吡啶的特征吸收峰便可确定酸类型，再由吸收峰强度确定酸含量。

（2）**在研究高聚物方面的应用** 红外光谱法是研究合成纤维、合成塑料及合成橡胶的有效工具之一。研究聚合反应机理，鉴定未知聚合物，剖析添加剂、助剂及聚合物的链结构，定量分析共聚物的组成，检测链上的端基、分枝及交链等，测定聚合物的结晶度，取向度，判别它的立体构型等。

例如，研究聚合物的链结构。如氯乙烯（VC）和偏氯乙烯（VDC）形成共聚物的结构与吸收峰位置的关系为：

$$—VDC—VC—VDC— \qquad 1197cm^{-1}$$
$$—VC—VC—VDC— \qquad 1235cm^{-1}$$
$$—VC—VC—VC—VC— \qquad 1247cm^{-1}$$

例如，测定结晶度。一般高聚物都有晶态及非晶态两种形态，两种形态的物理性质有明显差异。图 7-1 为聚乙烯的红外吸收光谱，图中 $730cm^{-1}$ 及 $720cm^{-1}$ 分别是晶态及非晶态聚乙烯的特征吸收峰，测定两峰的相对强应即可求得聚合物的结晶度。

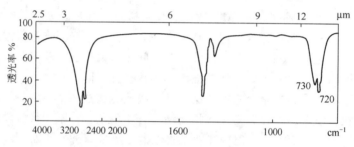

图 7-1 聚乙烯的红外吸收光谱

（3）**在环境检测中的应用** 红外光谱法广泛用于测定大气的组成及含量，可定性、定量测定空气中的粉尘成分及含量，测定含油废水中油类的含量。

（4）**定量分析** 许多无机化合物及大多数有机化合物都可用红外光谱法进行定量分析，表 7-2 为有机化合物定量分析的若干实例。

表 7-2 有机化合物定量分析的实例

化 合 物	分析波数/cm^{-1}	化 合 物	分析波数/cm^{-1}
$C_1\sim C_4$ 饱和烃	1308～748	芳香酸和脂肪酸	1740±30
C_7 饱和烃	1260～740	酸酐	1828～1764
碳氧化合物混合物	3067～2857	邻甲苯酚	752
乙基苯	661	间甲苯酚	776
n-丙基苯	492	对甲苯酚	816
t-丁基苯	649	有机过氧化物	900～800
p-$C_6H_4CH_3Cl$	1089	吡啶	704
o-$C_6H_4CH_3Cl$	1054	甲基吡啶	800～712
m-$C_6H_4CH_3Cl$	855	二甲基吡啶	913～727
$C_6H_4CHCl_2$	834	三甲基吡啶	1136～838
有机酸	1715	烯烃	1667～1639
羧酸	1754～1639		3125～2857
脂肪酸	943	有机化合物中羧基含量	3623
脂肪酸乙酯	1042		

7.2　基本理论

7.2.1　双原子分子的振动光谱

在分子的振动能级上叠加有许多转动能级，当振动能级跃迁时，不可避免地伴随有转动能级跃迁，因此无法测得纯粹的振动光谱，而只能获得分子的振动-转动光谱。为了便于在理论上阐述振动光谱，以下讨论将不考虑转动能级的变化。

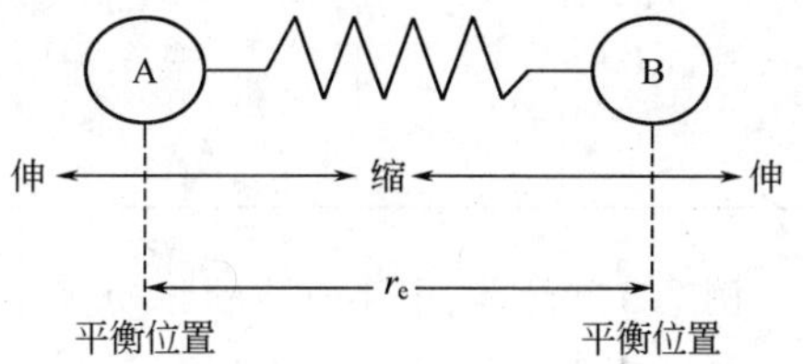

（1）简谐振子模型

① 简谐振子模型的假设　假设组成分子的两个原子为小球 A、B，化学键为无质量的弹簧，并假设双原子分子的振动方向只能是沿键轴方向作简谐伸缩振动，即两个原子只能在它们的平衡位置（即键长 r_e）附近作振幅非常小的往复振动，而不能作使化学键弯曲的任何振动，如图 7-2 所示。

图 7-2　简谐振子模型

② 简谐振子的振动频率　在经典力学中，简谐振子的振动频率可由虎克定律得出：

$$\nu_l = 1307 \times \sqrt{\frac{K}{\mu}} \tag{7-2}$$

或
$$\sigma = \frac{1}{2\pi c} \times \sqrt{\frac{K}{\mu}}$$

式中，ν_l 为以波数表示的简谐振子的振动频率，cm^{-1}；K 为化学键力常数，$N \cdot cm^{-1}$。化学键越强、键长越短，则 K 值越大；一些化学键的力常数列于表 7-3；σ 为用波数计算振动频率，化学键力常数，$N \cdot cm^{-1}/cm$，而应采用原子质量单位（u）为单位；c 为光速；μ 折合质量，在数值上

$$\mu = \frac{m_1 m_2}{m_1 + m_2} \tag{7-3}$$

式中，m_1、m_2 分别为双原子分子中两个原子的原子量。

式(7-2)称为分子振动方程式，主要用于计算双原子分子的伸缩振动频率，但对复杂分子中的一些化学键也适用。

式(7-2)表明简谐振子的伸缩振动频率取决于化学键的力常数及原子质量，即化学键越强，原子质量越小，振动频率越高。具体地说：

第一，对于具有相同或相近质量的原子团，伸缩振动频率随化学键力常数的增大而增大，例如 C—C、C=C 及 C≡C，其折合质量均为 $\frac{12 \times 12}{12 + 12} = 6$。化学键的力常数分别为 $5.0N \cdot cm^{-1}$、$10.0N \cdot cm^{-1}$、$15.6N \cdot cm^{-1}$，伸缩振动频率分别为 $1193cm^{-1}$、$1687cm^{-1}$ 及 $2107cm^{-1}$。

第二，对于具有相同化学键的基团，伸缩振动频率随原子质量的减小而增大，例 C—C 及 C—H 均为力常数 $5N \cdot cm^{-1}$ 的单键。但 $\mu_{C-H} = 0.9231 < \mu_{C-C} = 6$，所以，$\nu_{C-C} = 3042cm^{-1} > \nu_{C-C} = 1193cm^{-1}$。

表 7-3　一些化学键的力常数

化　学　键	$K/N \cdot cm^{-1}$	化　学　键	$K/N \cdot cm^{-1}$
HF	9.65	C—Cl	3.5
HCl	5.16	C—C	5.0
HBr	4.11	C=C	10.0
HI	3.14	—C=O	12.0
C—H	5.0	—N=O	15.9
C—F	6.0	C≡C	15.6
N—H	5.3	C≡N	17.7
O—H	7.7		

例 7.1　计算 HCl 的伸缩振动频率

解： 查表 7-3 得 $K_{HCl} = 5.16N \cdot cm^{-1}$

$$\mu = \frac{1 \times 35.45}{1 + 35.45} = 0.9726$$

$$\nu_{HCl} = 1307 \times \sqrt{\frac{K}{\mu}} = 1307 \times \sqrt{\frac{5.16}{0.9726}} = 3010 cm^{-1}$$

实测 $2885.9 cm^{-1}$。

例 7.2　计算 C—H 的伸缩振动频率

解： 查表 7-3 得 $K_{C-H} = 5.0N \cdot cm^{-1}$

$$\nu_{HCl} = 1307 \times \sqrt{\frac{K}{\mu}}$$

$$= 1307 \times \sqrt{\frac{5.0}{12 \times 1/(12+1)}} = 3042 cm^{-1}$$

实际上在烯烃及芳香族化合物中 ν_{C-H} = 在 $3030 cm^{-1}$ 附近；在饱和碳氢化合物中，—CH_2 的反对称伸缩振动频率在 $2960 cm^{-1}$，对称伸缩振动频率为 $2860 cm^{-1}$，分别位于 $2930 cm^{-1}$ 及 $2850 cm^{-1}$。

例 7.3　计算羰基的伸缩振动频率

解：

$$K_{-C=O} = 12N \cdot cm^{-1}$$

$$\mu_{-C-O} = \frac{12 \times 16}{12 + 16} = 6.86$$

$$\nu_{HCl} = 1307 \times \sqrt{\frac{K}{\mu}} = 1307 \times \sqrt{\frac{12}{6.86}} = 1729 cm^{-1}$$

实际上羰基化合物中羰基的伸缩振动频率为：酮基 $1715 cm^{-1}$，醛基 $1725 cm^{-1}$，酯基 $1735 cm^{-1}$，羧基 $1760 cm^{-1}$。在谱图解析过程中，可以根据羰基伸缩振动频率位置的变化区分羰基化合物的类型。

例 7.4　计算碳氢键 H—F 伸展运动所产生的基频吸收峰的近似波数及波长。已知单键力常数的近似值为 $9.67N \cdot cm^{-1}$。

解： 根据公式 $\sigma = \frac{1}{2\pi c} \times \sqrt{\frac{K}{\mu}} = \frac{1}{2\pi c} \times \sqrt{\frac{K(m_1+m_2)}{m_1 m_2}}$

H 原子的质量 $= \frac{1}{6.023 \times 10^{23}} = 0.166 \times 10^{-23}$ （g）

F 原子的质量 $= \frac{18.998}{6.023 \times 10^{23}} = 3.154 \times 10^{-23}$ （g）

代入公式：

$$\sigma=\frac{1}{2\pi c}\sqrt{\frac{K(m_1+m_2)}{m_1m_2}}=\frac{1}{2\times3.14\times3\times10^{10}}\times\sqrt{\frac{9.67\times(0.166+3.154)\times10^{-23}\times10^5}{0.166\times3.154\times10^{-46}}}$$

$$=\frac{1}{2\times3.14\times3\times10^{10}}\times\sqrt{61.3190\times10^{28}}=4156.0(\sigma/cm^{-1})$$

$$\lambda=\frac{1}{\sigma}(cm)=\frac{10^4}{4156.0}=2.41(\mu m)$$

例 7.5　计算碳氮三键 C≡N 伸展运动所产生的基频吸收峰的近似波数及波长。已知三键力常数的近似值为 $17.7N\cdot cm^{-1}$。

解：根据公式 $\sigma=\frac{1}{2\pi c}\times\sqrt{\frac{K}{\mu}}=\frac{1}{2\pi c}\times\sqrt{\frac{K(m_1+m_2)}{m_1m_2}}$

C 原子的质量$=\frac{12}{6.023\times10^{23}}=1.992\times10^{-23}$（g）

N 原子的质量$=\frac{14.01}{6.023\times10^{23}}=2.326\times10^{-23}$（g）

代入公式：

$$\sigma=\frac{1}{2\pi c}\times\sqrt{\frac{K(m_1+m_2)}{m_1m_2}}=\frac{1}{2\times3.14\times3\times10^{10}}\times\sqrt{\frac{17.7\times(1.992+2.326)\times10^{-23}\times10^5}{1.992\times2.326\times10^{-46}}}$$

$$=\frac{1}{2\times3.14\times3\times10^{10}}\times\sqrt{16.495\times10^{28}}=2156.0(\sigma/cm^{-1})$$

$$\lambda=\frac{1}{\sigma}(cm)=\frac{10^4}{2156.0}=4.64\mu m$$

例 7.6　计算能斯特灯波数为 $5000\sim400cm^{-1}$ 和碘钨灯波数为 $10000\sim5000cm^{-1}$ 对应的波长？振动频率？

解：根据公式 $\sigma=\frac{1}{\lambda}(cm^{-1})=\frac{10^4}{\lambda}(\mu m^{-1})=\frac{\nu}{c}(\mu m^{-1})$

能斯特灯对应的波长：$\lambda=\frac{1}{\sigma}(cm)=\frac{10^4}{5000}(\mu m)-2\mu m$

$$\lambda=\frac{1}{\sigma}(cm)=\frac{10^4}{400}(\mu m)=25\mu m$$

即能斯特灯的波长范围 $25\sim2\mu m$。

碘钨灯对应的波长：$\lambda=\frac{1}{\sigma}(cm)=\frac{10^4}{10000}(\mu m)=1\mu m$

$$\lambda=\frac{1}{\sigma}(cm)=\frac{10^4}{5000}(\mu m)=2\mu m$$

即碘钨灯的波长范围 $2\sim1\mu m$。

能斯特灯对应波长的振动频率：$\sigma=\frac{1}{\lambda}(cm^{-1})=\frac{10^4}{\lambda}(\mu m^{-1})=\frac{\nu}{c}$

$$\nu=\sigma\times c=3\times10^{10}\times5000=1.5\times10^{14}Hz$$

$$\nu=\sigma\times c=3\times10^{10}\times400=1.2\times10^{13}Hz$$

碘钨灯对应波长的振动频率：$\sigma=\frac{1}{\lambda}(cm^{-1})=\frac{10^4}{\lambda}(\mu m^{-1})=\frac{\nu}{c}$

$$\nu=\sigma\times c=3\times10^{10}\times10000=3.0\times10^{14}Hz$$

$$\nu=\sigma\times c=3\times10^{10}\times5000=1.5\times10^{14}Hz$$

③ 简谐振子的能级　由图 7-2 可见，弹簧伸长或缩短 X 距离时，体系的势能为

$$U=\frac{1}{2}\times KX^2=\frac{1}{2}\times K(r-r_e)^2 \tag{7-4}$$

式中，K 为化学键力常数；r 为双原子分子振动时两原子核间的距离；r_e 为键长。

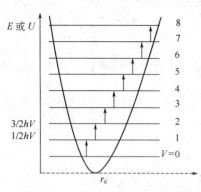

图 7-3　简谐振子的势能曲线

由式(7-4) 可以看出，简谐振子的势能曲线为一抛物线，见图 7-3。

量子力学证明简谐振子的总能量为

$$E=\left(V+\frac{1}{2}\right)hc\nu_l$$

$$=1307\left(V+\frac{1}{2}\right)hc\sqrt{\frac{K}{\mu}} \tag{7-5}$$

式中，V 为振动量子数，可取 $0,1,2,3\cdots$；c 为光速；h 为普朗克常数。

由式(7-5) 看出，分子的振动能量是量子化的、非连续的，只能存在于一些分立的能级上；振动能量最低是 $hc\nu_l/2$，即 $V=0$ 时谐振子处于最低能级（基态）的能量，这就意味着即使温度降到热力学零度，振动能级也不为零，振动能级是等间距的，即能级差均为：

$$\Delta E=E_{(V\neq1)}-E_{(V)}=hc\nu_l$$

④ 谐振光谱的选择　振动能级发生跃迁而产生振动光谱，但并不是任意两个能级之间都可以发生跃迁，哪些能级之间可以跃迁是要遵守一定规律的。将为产生光谱而发生能级跃迁所遵守的规律叫光谱选律。选律可以通过实验归纳得到，也可以由量子力学加以证明。

a. 整体选律　整体选律是指只有能引起分子偶极矩变化的振动才能吸收红外光，产生振动光谱。将有偶极矩变化的振动称为红外活性振动，将无偶极矩变化的振动称为非红外活性振动。偶极矩被定义为

$$\mu=qd \tag{7-6}$$

式中，μ 为分子的偶极矩；q 为正负电荷重心所带的电荷量；d 为正负电荷中心的距离。

例如，H_2 分子在伸缩振动 $\vec{H}-\vec{H}$ 中，偶极矩变化为零，为非红外活性振动。HCl 分子在伸缩振动 $\vec{H}-\vec{Cl}$ 中，正负电荷重心不重合，有偶极矩变化，为红外活性振动。对于双原子分子来说，极性分子的伸缩振动都是红外活性振动，必产生红外吸收光谱；非极性分子的伸缩振动都是非红外活性振动，不产生红外吸收光谱。

整体选律亦适用于多原子分子。

对整体选律可作如下解释：分子振动能级的跃迁只有在吸收外界红外光的能量之后才能实现，即只有将外界红外光的能量转移到分子中去才能实现振动能级的跃迁，而这种能量的转移是通过偶极矩的变化来完成的。将有偶极矩变化的振动基团视为一个偶极子，偶极子有规则的振动产生一个交变电磁场，红外光亦产生一个与其传播方向垂直的交变电磁场，当红外光的频率与偶极子的振动频率相匹配时，则两电场相互作用（即偶合），红外光的能量转移给偶极子，使偶极子的振动加剧（振幅增大），即使偶极子由原来的基态振动能级跃迁到较高的振动能级。对于正负电荷重心重合的振动基团，虽然两个原子仍在其平衡位置附近发生简谐振动，但由于整个振动基团为电中性的，不会产生电磁场，因此就不能与外界红外光的电场相偶合而产生红外吸收。

b. 具体选律　对于简谐振子只有 $\Delta V=\pm1$ 的跃迁才是允许的。$\Delta V=+1$ 的跃迁产生吸

收光谱，而 $\Delta V = -1$ 的跃迁产生发射光谱，后者在吸收光谱中无意义。

⑤ 简谐振子的振动光谱 在室温下绝大部分分子都处于振动基态，即 $V=0$，按具体选律，分子在吸收红外光的能量后只能由能级 $E_{(V=0)}$ 跃迁到能级 $E_{(V=1)}$，则

$$\Delta E = \left(1 + \frac{1}{2}\right)hc\nu_1 - \left(0 + \frac{1}{2}\right)hc\nu_1 = hc\nu_1$$

红外光的能量为

$$e = \frac{hc}{\lambda} = hc\sigma$$

因为分子所吸收的红外光子的能量 e 等于 ΔE，即

$$hc\sigma = hc\nu_1$$

所以

$$\sigma = \nu_1 = 1307\sqrt{\frac{K}{\mu}} \tag{7-7}$$

这就是说简谐振子所吸收红外光的频率 σ 与它本身的振动频率 ν_1 一致，而且只产生一条振动谱线，更确切地说，与叠加的转动能级的变化一起构成一条谱带（即红外吸收光谱上的一个吸收峰）。

（2）非简谐振子模型 实际上双原子分子并非是理想的简谐振子，例如，在 HCl 的红外吸收光谱（见图 7-4）上，除在 2885.0cm^{-1} 处有一条很强的谱线外，还有几条弱线。

简谐振子模型不能解释这几条弱线的来源。双原子分子之所以不完全符合简谐振子模型的原因是两者的势能曲线不完全一致之故，见图 7-5。

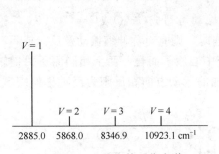

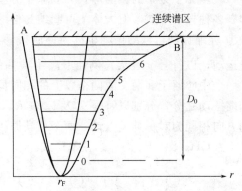

图 7-4 HCl 的红外吸收光谱

图 7-5 A 为双原子分子的势能曲线和振动能级
B 为简谐振子模型的势能曲线

在通常条件下，分子维持在平衡位置附近作微小振动，这时两者的势能曲线几乎重合。当核间距增大到一定值时，核间引力不再存在，分子解离为原子，势能为一常数 D_0（D_0 即为分子的解离能）。而简谐振子的势能曲线却告诉人们，在两原子核相距无限远时仍不能解离，这和事实相矛盾。

因此，需要对简谐振子模型加以修正，经修正的简谐振子模型叫非简谐振子模型。由量子力学导出的非简谐振子模型的能量为

$$\Delta E = \left(V + \frac{1}{2}\right)hc\nu_1 - \left(V + \frac{1}{2}\right)xhc\nu_1 \tag{7-8}$$

式中，x 为非谐振性常数，表示分子振动的非谐性大小的一个量，原子质量越小、分子振动振幅越大，则 x 越大。一般 x 值远小于 1。例如 HCl 的 x 值为 0.017。

非简谐振子模型的具体选律规定的跃迁 $\Delta V = 1$、2、3…是允许的，因此，非简谐振子

的振动光谱不是由一个吸收峰而是由数个吸收峰所组成。

基频峰，是由 $V=0$ 跃迁至 $V=1$ 所产生的吸收峰，其对应的波数可由式(7-8)求得

$$\sigma = \frac{E_{(1)} - E_{(0)}}{hc} = (1-2x)\nu_1 \tag{7-9}$$

二倍频峰，是由 $V=0$ 跃迁至 $V=2$ 所产生的吸收峰，其对应的波数为

$$\sigma = \frac{E_{(2)} - E_{(0)}}{hc} = (1-3x)\nu_1 \tag{7-10}$$

三倍频峰，是由 $V=0$ 跃迁至 $V=3$ 所产生的吸收峰，其对应的波数为

$$\sigma = \frac{E_{(3)} - E_{(0)}}{hc} = (1-4x)\nu_1 \tag{7-11}$$

在倍频峰中，二倍频峰还比较强，三倍频峰以上，由于跃迁概率极小，一般都很弱，常观测不到。

在非简谐振子模型中，倍频峰的产生合理地解释了 HCl 的红外光谱中几条弱线的来源。

将式(7-9)与式(7-7)相比较，可以解释为什么用式(7-2)所得的计算值大于观测值的原因。

7.2.2 多原子分子的振动形式及数目

讨论振动形式可以了解吸收峰的起源，即吸收峰是由什么形式的振动能级跃迁所引起的，讨论分子振动的数目可以估计基频峰的可能数目。

(1) 多原子分子的振动形式　双原子分子只有一种振动形式——伸缩振动，而多原子分子却有多种振动形式，但大体上可归纳为伸缩振动及弯曲振动两类。

① 伸缩振动　伸缩振动也称为伸展振动，是指原子沿着键轴方向作使键长发生变化的往复运动，以符号 ν 表示。例如甲醛中羰基的伸缩振动可写成 $\overset{\leftrightarrow}{C=O}$ 或 $\overset{\rightarrow}{C=O}$，以 $\nu_{(C=O)}$ 表示。一个中心原子和两个或两个以上的相同原子相连时，则有对称伸缩振动及反（或不）对称伸缩振动之分，分别以符号 ν_s 及 ν_{as} 表示。相对于中心原子而言，两个相同原子沿键轴的运动方向相同为对称伸缩振动，两个相同原子沿键轴的运动方向相反则为反对称伸缩振动。图 7-6 为 CH_2 及 CH_3 的伸缩振动形式。

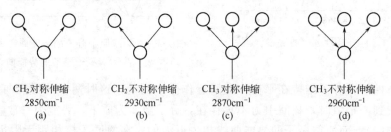

CH₂对称伸缩　　CH₂不对称伸缩　　CH₃对称伸缩　　CH₃不对称伸缩
2850cm⁻¹　　　　2930cm⁻¹　　　　2870cm⁻¹　　　　2960cm⁻¹
(a)　　　　　　　(b)　　　　　　　(c)　　　　　　　(d)

图 7-6　CH_2 及 CH_3 的伸缩振动形式

对于同一个基团，反对称伸缩振动的频率及吸收强度总是稍高于对称伸缩振动的频率。

② 弯曲振动　弯曲振动也称为变形振动，是指原子沿垂直于它的键轴方向的运动，它可能有键角的变化。弯曲振动又可分为面内弯曲振动及面外弯曲振动两种。

a. 面内弯曲振动　指弯曲振动在几个原子所构成的平面内进行，以符号 δ 表示。它又分为剪式振动及面内摇摆振动两种。

剪式振动是指两个相同原子在同一平面内彼此相向弯曲的振动，键角发生变化，见图 7-7(a)；面内摇摆振动是指两个相同原子在同一平面内向同一方向弯曲振动，键角不发生变

化，见图 7-7(b)。

b. 面外弯曲振动　指弯曲振动在几个原子所构成的平面上下进行，以符号 γ 表示。它又分为扭曲振动及面外摇摆振动两种。

扭曲振动是指两个相同原子方向相反，相对于纸平面上下方向所作的弯曲振动，键角发主变化，见图 7-7(d)；面外摇摆振动是指两个相同原子向同方向，相对于纸平面上下方向所作的弯曲振动，键角不发主变化，见图 7-7(c)。

图 7-7 为—CH_2 及—CH_3 的几种弯曲振动形式。

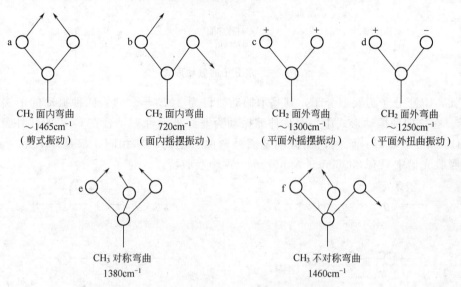

图 7-7　—CH_2 及—CH_3 的几种弯曲振动形式

＋向纸平面上方振动；—向纸平面下方振动

对于同一个基团，弯曲扳动所需要的能量小，出现在低频区；伸缩振动所需要的能量高，出现在高频区，见图 7-8。

(2) 多原子分子的振动数目　分子的振动数目与分子中所含原子的数目有关。一个原子在空间的位置需要用 X、Y、Z 三个坐标来描述，即每个原子在空间的运动有三个自由度，那么含有 N 个原子的分子在空间的运动就有 $3N$ 个自由度。由于化学键将 N 个原子连接在一起构成一个整体，分子作为一个整体的运动有平动、转动及振动。

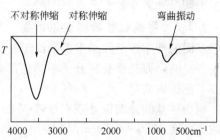

图 7-8　伸缩振动及弯曲振动所出现的频率区

N 个原子都向一个坐标方向运动就构成平动，一个分子有三个平动自由度。转动是分子围绕其质量重心轴所作的旋转运动，非线型分子可以绕 X、Y 及 Z 三个轴转动，有三个转动自由度；线型分子只有两个转动自由度，因为以键轴为轴的转动惯量（即原子质量和原子与转轴距离之平方的乘积的总和）为零，以键轴为轴的转动不能发生之故。

由 $3N$ 个自由度扣除平动及转动自由度后即为分子的振动自由度或分子的基本振动数目。

$$振动 = 3N - 6 \text{（非线型分子）}$$

或 $\qquad\qquad\qquad\qquad\qquad\qquad\qquad\qquad =3N-5$（线型分子）

例如，水分子为非线型分子，其基本振动数目为 $3\times3-6=3$，三种振动形式如图7-9所示，这三种振动形式都是红外活性振动，在红外吸收光谱上产生三个吸收峰。

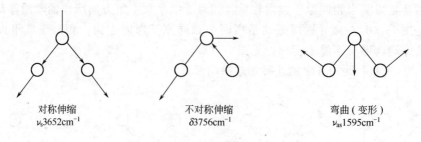

对称伸缩
$\nu_s 3652cm^{-1}$ 　　　　不对称伸缩
$\delta 3756cm^{-1}$ 　　　　弯曲（变形）
$\nu_{as} 1595cm^{-1}$

图 7-9　水分子的振动形式

例如，CO_2 分子为线型分子，其基本振动数目为 $3\times3-5=4$，四种振动的形式如图7-10所示。在这四种振动形式中，对称伸缩振动为非红外活性振动，在 CO_2 的红外吸收光谱中无 $1315cm^{-1}$ 吸收峰；面内弯曲振动及面外弯曲振动的频率相同，都是 $667cm^{-1}$。因此，在红外吸收光谱中只有 $2396cm^{-1}$ 及 $667cm^{-1}$ 两个吸收峰。

$\nu_s 1315cm^{-1}$ 　　　　　　　　　$\nu_{as} 2396cm^{-1}$

$\delta 667cm^{-1}$ 　　　　　　　　　$\gamma 667cm^{-1}$

图 7-10　CO_2 分子的振动形式

可见，非线型三原子分子的红外吸收光谱中有三个吸收峰，线型三原子分子有两个吸收峰，据此可推断三原子分子的形状。

7.2.3　影响吸收峰峰位的因素

基团的伸缩振动频率主要取决于基团中原子的质量及化学键的力常数，但基团的振动并不是孤立的，而是要受到分子中其他部分，特别是邻近基团及化学键的影响，使基团振动频率在某范围内变化。

例如羰基的伸缩振动频率按式(7-2) 的计算值为 $1729cm^{-1}$，但在不同的羰基化合物中，此频率将在 $1850\sim1680cm^{-1}$ 变化。此外，吸收峰的频率还受到测定条件、溶剂种类等外部因素的影响。

总之，可将影响吸收峰峰位的因素归纳为内部因素及外部因素两类。掌握这些因素对结构分析很有用。

（1）内部因素　指分子内各种结构因素的影响，如诱导效应、共轭效应、氢键、共振偶合、张力效应及空间效应等。

① 诱导效应　也称 I 效应。吸电子基团引起亲电诱导效应，以 $-I$ 表示；斥电子基团引起供电诱导效应，以 $+I$ 表示。

由于取代基的诱导效应，在邻近基团或化学键中的电荷分布发生变化，从而使键的力常数变化，改变了键的伸缩振动频率。在红外吸收光谱法中，诱导效应一般是指吸电子基团的影响，它使吸收峰向高频方向移动。见表7-4列举的化合物的诱导效应。

表 7-4　诱导效应

化合物	$\underset{R-C-R'}{\overset{O}{\parallel}}$	$\underset{R-C-H}{\overset{O}{\parallel}}$	$\underset{R-C-OR'}{\overset{O}{\parallel}}$	$\underset{R-C-Cl}{\overset{O}{\parallel}}$
$\nu_{(C=O)}$, cm^{-1}	~1715	~1730	~1736	~1800
化合物	$\underset{Cl-C-Cl}{\overset{O}{\parallel}}$	$\underset{R-C-F}{\overset{O}{\parallel}}$	$\underset{F-C-F}{\overset{O}{\parallel}}$	
$\nu_{(C=O)}$, cm^{-1}	~1828	~1920	~1928	

与 RCHO 相比，RCOF 的 $\nu_{(C=O)}$ 的增加了 $190cm^{-1}$，这是因为吸电子基团 F 通过诱导效应吸引本来偏向于—C$=$O 上氧原子一端的价电子，使电子云更接近于—C$=$O 的中心，其共价键成分增强，极性键成分减弱，价的力常数变大，结果使伸缩振动频率增大。

显然，取代基的电负性越大，使 $\nu_{(C=O)}$ 向高频方向移动的数值越大，一些原子的电负性是：C 2.5、S 2.5、N 3.0、O 3.5、Cl 3.5、F 4.0。

与 RCHO 相比，RCOR$'$ 的 $\nu_{(C=O)}$ 略有减小，这是由于烷基 R$'$ 为弱推电子基团之故。

诱导效应是通过化学键起作用的，与分子的几何构型无关。

② 共轭效应　也称 C 效应或 M 效应。共轭效应使共轭体系中的电子云密度平均化，双键略有伸长，单键略有缩短，即使双键的电子云密度降低，化学键力常数变小，伸缩振动频率向低频方向移动。见表 7-5 列举的化合物的共轭效应。

表 7-5　共轭效应

化合物	$\underset{R-C-OR'}{\overset{O}{\parallel}}$	$\underset{R-C-CH=CH-R'}{\overset{O}{\parallel}}$
$\nu_{(C=O)}$, cm^{-1}	~1715	1685~1665
化合物	$\overset{O}{\underset{R-C-\phi}{\parallel}}$	$\overset{O}{\underset{\phi-C-CH=CH-R'}{\parallel}}$
$\nu_{(C=O)}$, cm^{-1}	1695~1680	1667~1653

除 π-π 共轭效应外，还有 n-π 共轭效应，见表 7-6 列举的化合物的 n-π 共轭效应。

表 7-6　n-π 共轭效应

化合物	$\overset{O}{\underset{R-C-N:H_2}{\parallel}}$	$\underset{\overset{\parallel}{O}}{R-C-N\overset{R'}{\underset{R''}{\diagdown}}}$
$\nu_{(C=O)}$, cm^{-1}	1690~1650	~1690
化合物	$\overset{O}{\underset{R-C\cdot S\cdot\phi}{\parallel}}$	
$\nu_{(C=O)}$, cm^{-1}	~1710	

含有杂原子（如卤素、氧、氮、硫等）的取代基，既有吸电子的诱导效位，又有 n-π 共轭效应。一般来说，卤素及氧原子的诱导效应占优势，而氮及硫原子的共轭效应占优势。在一个化合物中，常常是$-I$ 效应及$+M$ 效应共存，这时吸收峰的位移方向取决于哪种效应占

优势，见表 7-7 列举的化合物的－I 效应及＋M 效应。

表 7-7　－I 效应及＋M 效应

化合物	$R-\overset{\displaystyle O}{\underset{\displaystyle \parallel}{C}}-Cl:$	$R-\overset{\displaystyle O}{\underset{\displaystyle \parallel}{C}}-O:R$
$\nu_{(C=O)}$, cm^{-1}	～1800	～1736
效应大小	－I＞＋M	－I＞＋M

化合物	$R-\overset{\displaystyle O}{\underset{\displaystyle \parallel}{C}}-S:\bigcirc$	$\bigcirc-\overset{\displaystyle O}{\underset{\displaystyle \parallel}{C}}-O:R$
$\nu_{(C=O)}$, cm^{-1}	～1710	～1720
效应大小	－I＜＋M	－I＜＋M(苯环)

共轭效应也是通过化学键起作用的，与分子的几何构型无关。

③ 空间效应　空间效应不是通过化学键起作用，而与分子的几何构型有关。空间效应包括环状化合物的张力效应、空间障碍（即空间位阻）效应及偶极场效应。

a. 张力效应　环张力效应的存在使环内各键键强削弱，键的力常数变小，伸缩振动频率向低频方向位移。环张力越大，频率越低。例如

化合物

张力大小 ──────────────────────────▶ 增大
$\upsilon_{(C=C)}$, cm^{-1},　　1639　　　1623　　　1566　　　1541

张力效应的存在使环外双键的伸缩振动频率向高频方向位移。例如

化合物（＝CH$_2$）

张力大小 ──────────────────────────▶ 增大
$\upsilon_{(C=H)}$, cm^{-1},　　1651　　　1657　　　1678

化合物（＝O）

张力大小 ──────────────────────────▶ 增大
$\upsilon_{(C=O)}$, cm^{-1},　　1716　　　1745　　　1775

b. 空间位阻效应　取代基的空间位阻效应会影响分子内两共轭基团的共面性，故能削弱甚至破坏共轭效应，使吸收峰峰位向高频方向位移。见表 7-8 列举的化合物的张力效应与空间位阻效应。

在化合物（b）、（c）中，由－CH$_3$ 的空间位阻效应，使－C ＝O 与双键不能很好地共平面，结果使两基团的共轭效应受到削弱，所 $\nu_{(C=O)}$ 依次升高。

c. 偶极场效应（即 F 效应）　F 效应是通过分子空间起作用的，因此，只有在立体结构上相互靠近的基团才能产生 F 效应，例如，如 1,3-二氯丙酮的三种旋转异构体。见表 7-9 列举的化合物的偶极场效应。

表 7-8 张力效应与空间位阻效应

化 合 物	$\nu_{(C-O)}$，cm^{-1}
(a)张力效应	1668
(b)空间位阻效应	1686
(c)空间位阻效应	1693

表 7-9 偶极场效应

化 合 物	$\nu_{(C-O)}$，cm^{-1}
(a)偶极场效应	1755
(b)偶极场效应	1743
(c)偶极场效应	1728

　　氯及氧原子都为偶极的负极，负负相斥，使羰基上的电子云移向双键中间，键的共价键性增强，力常数增大，所以，在 $\nu_{(C-O)}$ 按 (a)、(b)、(c) 以上三种异构体中，依次降低。

　　④ 氢键效应　氢键的形成使形成氢键的两个基团的键强均有削弱，其伸缩振动频率均降低。氢键越强，频率降低的幅度越大，氢键的形成还使吸收峰变宽。例如，游离羧酸（在蒸气状态或在极稀的非极性溶剂的溶液中）的 $\nu_{(OH)}$ 吸收峰大约位于 3550cm^{-1} 处，其 $\nu_{(C-O)}$ 吸收峰位于 1760cm^{-1}；液体或固体羧酸由于形成分子间氢键而以二聚体形式存在。

　　二聚体羧酸 $\nu_{(OH)}$ 和 $\nu_{(C-O)}$ 均明显降低，分别位于 3200～2500cm^{-1} 及约 1770cm^{-1} 处。

　　分子间氢键的形成受到溶液浓度的影响，随着浓度的变化，吸收峰位置及强度均有改变，而分子内氢键的形成却不受溶液浓度的影响。据此可用稀释方法来区分这两类氢键。

　　⑤ 互变异构　不同的互变异构体在红外吸收光谱上表现出各异的吸收峰。例如

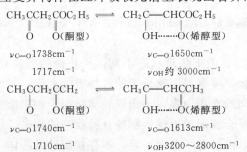

⑥ 振动偶合效应　分子中两个频率相同或相近的振动相互作用，使一个频率变大，另一个变小而分裂为两个峰的现象叫振动偶合。偶合效应越强，则分裂峰的频率相差越大。

振动偶合的形式主要有以下几种。

a. 伸缩振动的偶合　两个伸缩振动共用一个原子时，可发生强偶合；两个伸缩振动被两个以上键隔开时，偶合作用很小。

例如

化合物	$\nu_{(C=C)}$，cm^{-1}
C=C	～1650
C=C—C=C	～1600，～1650
C=C	～1050，～1950

例如　二羧酸化合物中的两个羰基伸缩振动偶合

二羧酸
$$(CH_2)_n \begin{array}{l} COOH \\ COOH \end{array}$$

n	$\nu_{(C=C)}$，cm^{-1}
1	1740，1710
2	1780，1700
3	一个峰

酸酐
$$O=\overset{R}{C}\quad\overset{R}{C}=O$$
$$O$$

$\nu_{(C=C)}$，cm^{-1}
1820
1760

b. 费米共振　费米共振是指某振动的倍频峰与另一振动的倍频峰之间的偶合。例如苯甲醛中羰基上 C—H 伸缩振动的倍频峰（2800cm^{-1}）与—CH 的面内弯曲振动（1400cm^{-1}）的二倍频峰相互偶合而产生 2780cm^{-1} 及 2700cm^{-1} 两个吸收峰。

c. 此外，还有弯曲振动的偶合，伸缩振动与弯曲振动的偶合。

（2）外部因素

a. 溶剂效应　溶剂效应是指在以溶液状态绘制红外吸收光谱时，由于溶剂种类不同，所获得的吸收光谱不相同的现象。

在红外吸收光谱中，最常见的溶剂效应是极性基团（如—NH、—OH、—C=O、—N=O及—CN）的伸缩振动频率随溶剂极性的增大而面向低波数方向位移，且峰强往往增强。其原因是极性基团和极性溶剂分子之间形成氢键。形成氢键的能力越强，频率降低得越多。例如，纯甲乙酮的 $\nu_{(C=O)}$ 吸收峰为 1715cm^{-1}，当配成 10％的甲醇溶液时则出现于 1706cm^{-1}，这是由于形成分子间氢键 CH$_3$（C$_2$H$_6$）CO…HOCH$_3$ 之故。又如，在非极性碳氢化合物溶剂中，丙酮的 $\nu_{(C=O)}$ 为 1727cm^{-1}，在 CCl$_4$ 中为 1720cm^{-1}，在 CHCl$_3$ 中则为 1705cm^{-1}。

为消除溶液效应，通常应尽量采用非极性溶剂，如 CCl$_4$、CS$_2$ 等，并且以稀溶液来获得光谱。

b. 态效应　同一试样，由于物理状态不同，所获得的吸收光谱往往是有差异的。在气态下，分子间的影响甚微，可测得游离分子的红外吸收光谱，并出现特有的转动结构。在液态和固态下，由于分子间的作用力强，不出现转动结构，相对于气态光谱吸收峰频率有所降低，如果发生分子间的缔合或形成氢键，则特征吸收峰的频率、强度及数目都可能发生重大变化。样品在结晶态下，由于分子取向一定，不存在旋转异构体，所以，会造成一些吸收峰从光谱中消失。

7.2.4　吸收峰强度

（1）吸收峰强度的表示方法　吸收峰强度是用最大吸收处的表观摩尔吸收系数来表示的。一般分为五级：$\varepsilon > 200$ 时，表示峰很强，以 ν_s 表示；在 $75 \sim 200$ 范围时，为强峰，以 s 表示；ε 在 $20 \sim 75$ 范围时，为中强峰，以 m 表示，在 $5 \sim 20$ 时为弱峰，以 w 表示；$\varepsilon < 5$ 时，表示峰很弱，以 ν_w 表示。

（2）影响吸收峰强度的因素　吸收峰的强度主要取决于振动过程中偶极矩的变化及能级的跃迁概率。

① 振动过程中偶极矩变化的影响　由量子力学可得

$$\varepsilon \propto \Delta \mu^2 \tag{7-12}$$

式中，$\Delta \mu$ 为振动过程中偶极矩变化。

$\Delta \mu$ 又与分子（或基团）的偶极矩、分子的对称性及振动形式等有关。一般极性比较强的分子或基团的吸收峰强度都比较大，例如—C=O、Si—O、C—Cl 及 C—F 的伸缩振动吸收峰的 ε 值为 $100 \sim 1000$；相反，极性比较弱的分子或基团（如 C=C、C=N、C—C、C—H 等）的吸收峰强度都比较弱，例如 2-甲基-2-丁烯的 C=C 伸缩振动的 ε 值为 5。

对于同一类型的化学键，偶极矩的变化还与分子结构的对称性有关。例如，R—CH=CH₂ 中 C=C 伸缩振动的 ε 值为 40，RCH=CHR′ 顺式为 10，反式为 2。又如，三氯乙烯的 C=C 伸缩振动在 1585cm⁻¹ 处有一中强度的吸收峰，而四氯乙烯因结构完全对称，C=C 伸缩振动吸收峰消失。

② 能级跃迁概率的影响　跃迁概率是指在能级跃迁过程中激发态分子所占分子总数的百分数。基频峰的跃迁概率大，倍频峰的跃迁概率小。

7.3　红外光谱仪及制样技术

7.3.1　红外光谱仪

红外光谱仪的种类很多。按分光原理的不同可将红外光谱仪分为两大类，一类为色散型红外光谱仪，它是以棱镜或光栅作为单色器，利用棱镜的色散作用或光栅衍射达到分光目的；另一类是傅里叶变换红外光谱仪，它是利用迈克尔逊干涉仪作为干涉分光装置。

棱镜式红外光谱仪属于第一代，其缺点是制造光学材料费事、分辨率低、要求恒温恒湿。1960 年以后发展起来的光栅式红外光谱仪属于第二代，其分辨率较高，具有近似线性的色散率，对空调要求不高。1970 年以后发展起来的傅里叶变换红外光谱仪（FTS）与计算机化色散型红外光谱仪（CDS）属于第三代。傅里叶变换红外光谱仪的分辨率高，为 $0.1 \sim 0.005 \text{cm}^{-1}$，扫描速度极快，能测定弱信号及微量样品，为红外光谱的应用开辟了许多新领域；CDS 除扫描速度外，其他大部分性能与 FTS 相当，但价格要便宜得多。最近几年第四代仪器，即激光红外光谱仪已经问世，它采用可调激光器作红外光谱来代替单色器，分辨率极高，可达 10^{-4}cm^{-1}。目前最广泛、最普遍使用的仪器为色散型双光束自动记录式红外光谱仪。

（1）红外光谱仪的工作原理

① 色散型双光束光学自动平衡式红外光谱仪　双光束光学自动平衡系统也称光学零位系统。此类仪器使用得最广泛，常常作为红外光谱仪的代表。它是由光源、吸收池（或固体

压片）、单色器、检测器和放大记录系统五个基本部分组成，与双光束可见-紫外分光光度计相类似。仪器结构原理见图7-11。

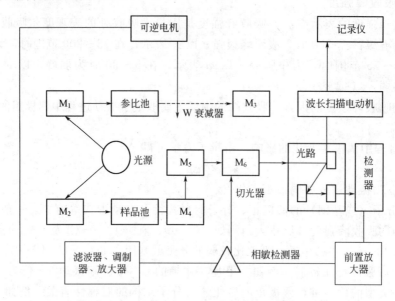

图7-11　双光束光学自动平衡式红外光谱仪原理

来自光源的红外光被反射镜 M_1、M_2 反射后分为强度相等且对称的两束光，一束通过样品，称为样品光束，而另一束通过参比池及光学衰减器 W（也称为光梳或减光器），称为参比光束。两光束分别由反射镜 M_3、M_4 及 M_5 反射会合于切光器 M_6 上。M_6 为一由电动机带动旋转的半圆形反光镜。两光束经切光器调制后交替地进入单色器，经光栅单色器色散后的两束单色光再交替地落到检测器上。图7-12为双光束色散型红外光谱仪的光学系统图。

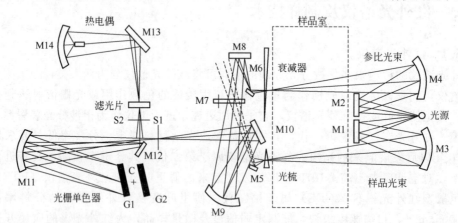

图7-12　色散型双光束红外光谱仪的光学系统

图7-12为国产色散型双光束红外光谱仪的光学系统图。光源光被分成两束，一束通过样品池，另一束通过参比池。各光束交替通过扇形旋转镜 M7，利用参比光路的衰减器对参比光路和样品光路的光的吸收强度进行对照。因此通过参比池和样品池后溶剂的影响被消除，得到的光谱图只是样品本身的吸收。

双光束光学自动平衡的原理是通过自动移动光学衰减器在光路中的位置以改变参比光束的强度，使参比光束与样品光束的强度相等而达到平衡。

在某一波长下，当样品无吸收时，照射到检测器上的两光束的强度相等，检测器输出一直流信号［见图 7-13(a)］，不被交流放大器所放大，放大器无输出；当样品光束被样品吸收一部分时，则投射到检测器上的样品光束强度 I_S 小于参比光束强度 I_R，检测器输出一个交流信号［见图 7-13(b)］，通过交流放大器放大后推动可逆电机转动，带动参比光路中的光学衰减器向移入光路的方向前进以减弱参比光束的强度，直至两光束强度差减至零，系统又处于平衡状态［见图 7-13(c)］；如果在某一波长处，样品的吸光度减小，则出现与图 7-13(b) 相反的情况［见图 7-13(d)］，两图中交流信号的相位正好相差 180℃，因此，可逆电机将反向转动，使光学衰减器向移出参比光路的方向移动。

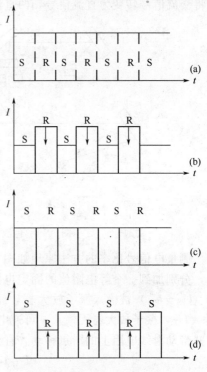

图 7-13　检测器上的电流变化

显然，光学衰减器所在位置的透光度正好等于样品的透光度，如果可逆电机带动记录笔和光学衰减器同步移动，则记录笔在记录纸纵坐标上的位置代表样品的百分透光度。另一方面，波长扫描电机带动波长凸轮及记录器同步转动，被长凸轮转动时带动杠杆推动光栅转动，使不同波长的红外光束依次通过单色器的出射狭缝进入检测器中，所以，记录纸的横坐标代表光束的波长或波数，因此，在记录纸上记录下来的不同波长下样品的透光度，即为红外吸收光谱图。

由于真空热电偶检测器的响应频率低于 15Hz，所以，切光器的频率一般为 10Hz。相敏检测器的作用是把 10Hz 交流信号转变为直流信号，调制器的作用是把直流信号变成 50Hz 的交流信号，50Hz 功率放大器把 50Hz 的交流信号进行功率放大，以推动可逆电动机。

双光束仪器能消除光源强度、狭缝宽度、检测器灵敏度及放大器放大倍率等的变化对测定的影响，能消除大气中的水蒸气和二氧化碳等的干扰。

色散型双光束光学自动平衡式红外光谱仪结构简单、价格便宜，能满足一般分析的要求，但不适于作高温或低温样品的分析，因为高温样品本身就相当于一个红外辐射源，它所放射出来的辐射能叠加在样品光束之中而被检测；反之，若样品处于低温状态，则常温状态下的参比吸收池放射出来的辐射不能为低温样品放出的辐射所平衡。这都会造成透光度零点漂移，产生测定误差。

为了克服双光束光学自动平衡设计的缺点，出现了双光束电学自动平衡式红外光谱仪。计算机化色散型红外光谱仪就是采用电学自动平衡系统设计的光栅色散型红外光谱仪与微机联用型红外光谱仪器。

② 色散型双光束电学自动平衡式红外光谱仪　双光束电学自动平衡系统也称双光束电比率记录系统。其特点是：第一，在样品光路及参比光路中，于光源和吸收池之间各放置一个不同转动频率的切光器（见图 7-14），使通过样品及参比池的光束成为间断的脉冲光束，可消除样品温度变化的影响。因为样品发射的红外光在检测器上产生直流信号，不为交流放大器所放大。第二，由于样品光路与参比光路中切光器的转动频率不同，因此，在检测器上便产生不同频率的电信号，经放大器放大后，用调谐电路按频率将二者分离，再用相敏检测

器将交流信号转变为直流信号，两直流信号的比率即为透光度。

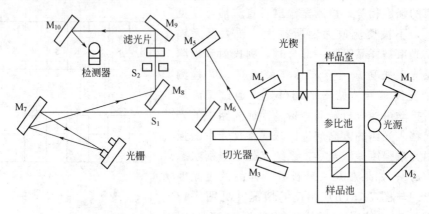

图 7-14　色散型双光束光学自动平衡式光学系统

测量电信号比率的方法原理如图 7-15 所示。将样品直流信号与参比直流信号反极性串联，分别加到一个等电阻值的固定电阻及滑线电阻上，其电位降分别为 U_S 及 U_R，差值信号（U_S-U_S'）被输入振子放大器，经放大并转变为交流信号以推动可逆电机转动。如果 $U_S'=U_S$，振子放大器无输入，可逆电机不转；若 $U_S'\neq U_S$，则放大器有输入，可逆电机转动并带动滑线电阻上的滑点移动，直至 $U_S'=U_S$ 为止。显然，在平衡时样品的透光度应为

$$T=I_S/I_R=U_S/U_R=U_S'/U_R \tag{7-13}$$

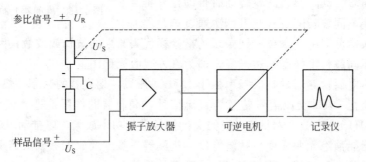

图 7-15　电比率记录原理

③ 傅里叶变换红外光谱仪　傅里叶变换红外光谱仪主要由光源（硅碳棒和高压汞灯）、样品室、检测器、迈克尔逊干涉仪、电子计算机及记录仪等部分组成，见图 7-16。

傅里叶变换红外光谱仪的工作原理与迈克尔逊干涉仪相同；图 7-17 为迈克尔逊干涉仪的结构原理图。

干涉仪主要由互相垂直排列的可移动镜 M_1 及固定镜 M_2 与两反射镜成 45°角的分光板所组成。分光板的作用是使照射到它上面的入射光分裂为等强度的两束，即使入射光的 60％透过、50％反射。外光板为在一片透光材料（如 KBr、CsBr、KRS-5 等）的平面上涂以硅或锗制成的半透镜。自光源发出的红外光由凹面反射镜变成平行光束，经分光板被分裂为透射光束与反射光束。透射光束被固定镜 M_2 反射沿原路回到分光板，再被分光板反射到达检测器；反射光束则由可移动镜 M_1 反射沿原路通过分光板到达检测器，这样在检测器上所得到的两光束是干涉光。

如果入射光是波长为 λ 的单色光，开始时因反射镜 M_1 及 M_2 距分光板等距离，两光束到达检测器时相位相同，发生相长干涉，亮度最大；当可移动镜移动 $\lambda/4$ 的奇数倍时，两光

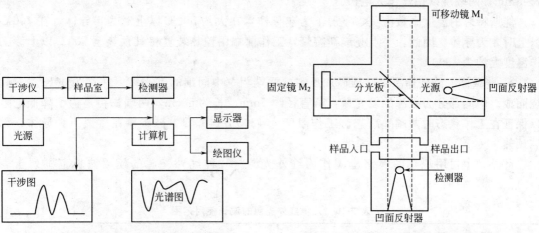

图 7-16 傅里叶变换红外光谱仪原理　　　　图 7-17 迈克尔逊干涉仪的结构原理

束到达检测器的光程差 X 为 $\pm\lambda/2$、$\pm\lambda3/2$、…，发生相消干涉；当可移动镜移动 $\lambda/4$ 的偶数倍时，则光程差 X 为 $\pm\lambda$、$\pm2\lambda$、$\pm3\lambda$、…，发生相长干涉。使可移动镜以匀速向分光板移动，并以检测器所接收的光强度对可移动镜的移动距离作图，即得一干涉图。此干涉图可用图 7-18 所示的余弦曲线来表示，其数学表示式为

$$I_{(x)} = B_{(\nu)}\cos2\pi\nu X \tag{7-14}$$

式中，$I_{(x)}$ 为干涉图上某点的强度，它是光程差 X 的函数；$B_{(\nu)}$ 为样品吸收光谱上某点的强度，它是光程差 X 的函数。

如果入射光为复色光，则所得干涉图为所有单色光干涉图的加和，如图 7-19 所示，显然，其数学表达式就是式(7-14) 的积分，即

$$I_{(x)} = \int_{-\infty}^{+\infty} B_{(\nu)}\cos2\pi\nu dX \tag{7-15}$$

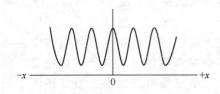

图 7-18 用迈克尔逊干涉仪
获得单色光的干涉图

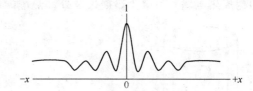

图 7-19 用迈克尔逊干涉仪
获得复色光的干涉图

可见，由迈克尔逊干涉仪不能直接获得样品的吸收光谱，只能得到样品吸收光谱的干涉图。为了获得样品的吸收光谱，必须对式(7-16) 进行傅里叶变换：

$$B_{(\nu)} = \int_{-\infty}^{+\infty} I_{(x)}\cos2\pi\nu X\,d\nu \tag{7-16}$$

式(7-16) 是傅里叶变换光谱学的基本方程式。这一套变换处理工作十分复杂，必须使用电子计算机才能完成。

（2）红外光谱、检测器及透光材料

① 红外光源　常用的红外光源为硅碳棒及能斯特灯。

a. 能斯特灯　能斯特灯系由粉末状氧化锆、氧化钍和氧化钇等稀土元素氧化物的混合物加压成型，并在 $1900\sim2000K$ 的高温下烧结而成或空心或实心的细棒，长约 30mm，直径

1～3mm，两端绕以铂丝作为电极。

能斯特灯的温度系数为负，室温下为非导体，在大约500℃以上时为半导体，在700℃以上时才为导体。因此，要点亮能斯特灯，工作前端用预热装置将其预热至700℃以上。工作温度大约为1800℃。

b. 硅碳棒　硅碳棒系由硅碳砂加压制成两端粗、中间细的实心棒，并在2000K左右煅烧而成。中间部分为光源的发光体，其直径约5mm、长约50cm，两端加粗是为了降低电阻以保证在工作状态时两端呈冷态。工作温度为1200～1400℃。硅碳棒在室温下为导体，无需预热。

此外，也可用炽热的镍铬丝圈作为红外光源。几种红外光源的使用波长范围列于表7-10。

表7-10　几种红外光源的波长使用范围

光源名称	波长范围/cm^{-1}	光源名称	波长范围/cm^{-1}
能斯特灯	5000～400	碘钨灯	10000～5000
硅碳棒	5000～400	高压汞灯	小于400
镍铬丝圈	5000～200		

② 检测器　基于光电效应的可见-紫外辐射检测器，如光电池、光电管及光电倍增管，不能作红外辐射的检测器，因为红外光子的能量小，不足以引起光电效应。目前色散型红外光谱仪普遍使用真空热电偶作检测器，而傅里叶变换红外光谱仪广泛使用的检测器为光电导管及热电量热计。

a. 真空热电偶　利用不同导体构成回路时的温差电现象，将温差转变为电位差的装置称为热电偶。

在一块厚0.5μm、面积（0.2～0.4）mm×2mm的金箔或铂箔的一面镀一层金黑或铂黑，在另一面焊接两种不同的金属（如镍、锑、铋或它们的合金）或半导体（含碲的金属合金）即构成热电偶。为避免热损失及外部热源的影响，需将热电偶密封于残压约为10^{-2}Pa的带光窗的玻璃管中。当红外辐射透过光窗照射到涂黑金箔或铂箔上时，红外辐射被吸收而转变为热能，使热电偶焊接点温度升高并产生热电势，显然，热电势的大小与照射在涂黑金箔或铂箔上的红外辐射强度有线性关系。热电偶的输出信号很小，约10^{-6}V，不能直接输入预放大器，因为预放大器的固有噪声会把信号淹没，而是先用一个输出变压器把信号放大200～300倍之后再输入预放大器，见图7-20。

热电偶的时间常数为0.05s，这就决定它不适于作快速扫描用的检测器。

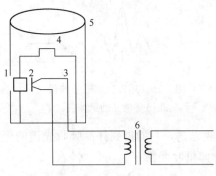

图7-20　真空热电偶构造
1—红外透光窗；2—涂黑金箔；3—热电偶；
4—真空密封玻璃；5—金属屏蔽罩；
6—输出变压器

b. 热电量热计　这种检测器的元件为具有温度灵敏偶极矩的晶体物质，如钽酸锂、钛酸钡、硫酸三甘肽 $[(NH_2CH_2COOH)_2 \cdot H_2SO_4]$。其中最常用的是硫酸三甘肽，简称TGS，它在49℃以下能显示很大的极化效应，而且其极化度随温度的升高而降低。在厚10～20μm、面积3mm×1mm的硫酸三甘肽薄片的正面镀铬，背面镀金，即形成两个电极。具有两个电极的硫酸三甘肽薄片相当于一个电容，当红外光照射到薄片上时，引起薄片温度升高，使极化度改变，两极便产生感应电荷，经放大后可以电流或电压的形式进行测量。TGS 广泛用作傅里叶变换红外光谱仪的检测器。

c. 光电导管　这种检测器的元件为具有光导性的半导体，如硫化钛、硫化镉、硫化铅及硒化铅等。没有红外光照射时，半导体为绝缘体；有红外光照射时，一个光子会移走半导体一个电子，而大大改变其电性，测量它的电导或电阻的变化，可以检测红外光的强度。这种检测器特别适用于低温下使用，而且主要用于近红外区，它和 TGS 配合一同作为傅里叶变换红外光谱仪的检测器。几种常用检测器的性能列于表 7-11。

表 7-11　几种常用检测器的性能

名　称	类　型	工作温度/K	波长范围/μm	响应时间/μs
真空热电偶	热效应	常温	2～50	5000
TGS	热电型	295	2～1000	1
汞化碲	光电导型	77	0.8～40	1
硒化铅	光电导型	295	1～5	2
锑化铟	光电导型	77	1～5.5	6
硫化铅	光电导型	293	0.8～3	/

③ 红外透光材料　中红外光不能透过玻璃和石英。用以制作棱镜、检测器窗口、吸收池窗口及迈克尔逊干涉仪分光板的红外透光材料为一些无机盐的大结晶体，见表 7-12。其中最常用的为溴化钾。

表 7-12　常用红外透光材料的透光区域

材　料	透光区域/μm	材　料	透光区域/μm
氟化钙	0.13～11	溴化铯	0.3～40
氯化钠	0.2～16	碘化铯	0.3～55
氯化钾	0.2～21	KRS-5(TiBr44%＋TiI56%)	0.5～40 能抗水腐蚀，
溴化钾	0.2～25		用于测定水溶液

7.3.2　制样技术

制样在红外光谱技术中占重要地位，制样不当就得不到满意的红外吸收光谱。制样时应注意以下几点：

第一，样品应是单一组分的纯物质，纯度应大于 98%，否则应进行预分离，以免引起光谱干扰。

第二，样品不应含水，包括游离水及结晶水，因为水不仅会腐蚀吸收池的盐窗，还会干扰羟基的测定。对于水溶液样品，一般应采用 KRS-5 窗片吸收池测定。

第三，样品的浓度及厚度要适当，以使红外吸收光谱图中大多数吸收峰的透光度处于 15%～70% 范围内。浓度太稀或厚度太薄，常使弱峰甚至中等强度的峰及光谱的微细部分消失，得不到完整的谱图；相反，会使一些强吸收峰超过零透光度而无法准确判定其峰位。

第四，直接测定固体样品时，要求样品颗粒直径小于红外光的波长，否则会发生对入射光的明显散射。

（1）液态样品　液态样品可用液体吸收池法、夹片法，黏度大的样品还可采用涂片法。

① 液体吸收池法　溶液或液体样品可注入具有岩盐窗片的吸收池中进行测定。液体吸收池的主要形式有厚度一定的固定池、可更换不同厚度垫片的可拆液体池、可连续改变液层

厚度的可变池（测微计液体池）、用于测定微量样品的显微液体池及可加热或冷却的变温液体池。不论哪种形式的液体吸收池都是由池架、窗片及垫片所组成，将中间夹有垫片的两片窗片用池架固定即组成液体池。在一片窗片上钻有小孔，以便用注射器向窗片与垫片之间所形成的空间注射液态样品。窗片通常用溴化钾或氯化钠晶体制成。

不论是固体样品还是液体样品均可转变成溶液进行分析。选择溶剂的原则是：溶剂本身在测定范围内无吸收，对样品的溶解性好，不与样品发生化学反应及强溶剂效应，不腐蚀吸收池窗片，毒性小。由于没有一种溶剂对整个中红外区是透明的，所以，要用一种溶剂获得整个中红外区的谱图是不可能的，但采用数种溶剂分别进行测定则可达到此目的。例如四氯化碳在 $12.5\sim13.5\mu m$ 区间有强吸收，适于高频范围（$4000\sim1300cm^{-1}$）的测定；二硫化碳在 $6.2\sim7.1\mu m$ 区间有强吸收，适于低频范围（$1300\sim600cm^{-1}$）的测定。

一些溶剂的适用范围列于表 7-13。在参比光路中放置装有溶剂的相同厚度的吸收池，能在一定程度上消除溶剂吸收的干扰。水和醇很少被用作溶剂，因为它们不仅强烈地吸收红外光，还能腐蚀池窗。

表 7-13 一些溶剂的适用范围

溶　剂	可用区域/cm^{-1}	溶　剂	可用区域/cm^{-1}
CS_2	除 $2200\sim2100$ 及 $1600\sim1400$ 外,全部可用	CH_2Cl_2	除 $1300\sim1200$ 及 820 外,全部可用
CCl_4	除 $850\sim700$ 外,全部可用	CH_2SCOH_4	除 $1100\sim900$ 外,全部可用
$CHCl_3$	除 $1250\sim1175$ 及 820 外,全部可用		

② 夹片法　将一两滴样品滴在一片溴化钾空白片上，片外侧放置一个约 0.01mm 厚的间隔片（纸垫或橡皮垫），再盖上一片溴化钾空白片，放在片剂框架中夹紧即可。如果样品吸收很强，可不放间隔片，一般将不用间隔片的液层厚度称为毛细厚度。本法适用于样品量很少或没有适当溶剂的低挥发性液体样品。由于难以获得再现的透光度，所以，通常仅用于定性分析。

③ 涂片法　对于黏度大的液体样品，可以将样品涂在一片空白溴化钾片上测定，不必夹片。

(2) 固体样品　固体制样最简单的方法是溶液法，即选择适当的溶剂配成 5％～10％的溶液，用液体吸收法进行测定。其他最常用的方法有压片法、糊剂法、薄膜法和粉末法。

① 压片法　将固体样品分散在碱金属卤化物（多采用溴化钾或氯化钠）细粉中，装入模具，在压片机下压成锭片进行测定。方法是取 0.5～2mg 样品、研细，加干燥溴化钾粉末 100～200mg，在玛瑙研钵中混合研磨成 200 筛孔左右的粉末，装入压片模具，在低真空下用 $(8\sim10)\times10^8Pa$ 的压力经 10min 即可压成一直径 10mm 左右、厚 1～2mm 的片子。

光谱纯溴化钾在中红外区无吸收，因此用溴化钾压片可获得全都红外光谱。但溴化钾易吸潮，光谱中常出现 $3400\sim3300cm^{-1}$ 及约 $1640cm^{-1}$ 的水峰，在解释 OH、NH、C═C 及 C═N 的伸缩振动吸收时必须注意。

对于不溶于有机溶剂的无机化合物及难于找到合适溶剂的高聚物，压片法更能显示其优越性。本法可用于定性分析及定量分析。

② 糊剂法　将 2～10mg 粉末样品与几滴与其折射率相近的悬浮剂相混合，研磨成糊状，夹在两片空白溴化钾或氯化钠片之间进行测定。常用的悬浮剂有石蜡油、氟化煤油，六

氯丁二烯。石蜡油是一种精制长链烷烃，适宜的测定范围是 $1360\sim400\mathrm{cm}^{-1}$，不能用来研究饱和碳氢键的振动吸收。氟化煤油在 $4000\sim1400\mathrm{cm}^{-1}$ 无吸收，六氯丁二烯在 $4000\sim1700\mathrm{cm}^{-1}$ 及 $1500\sim1200\mathrm{cm}^{-1}$ 无吸收。石蜡油与氟化煤油或六氯丁二烯相互配合，可完成整个中红外区的测定。

凡能变成粉末的样品都可用该法进行测定，对溶液法没有合适溶剂的样品更为有效。糊剂法一般只用于定性分析，而不用于定量分析，其主要原因是糊剂的厚度难以精确控制。

③ 薄膜法　将固体样品制成透明薄膜进行测定。制成的方法有两种。

一种为溶液法，即将样品溶于挥发性溶剂中，滴于窗片上，在室温下使溶剂挥发而成膜，再用红外灯或在真空干燥箱内进一步除去残留溶剂。溶液法特别适于测定能够成膜的高分子物质。

另一方法为熔融法，对于那些无合适溶剂、熔点低、熔融时不发生分解等化学变化的物质，如蜡、沥青、聚乙烯等，可采用此法。将样品放在可拆卸池的两片盐窗之间，将池架夹紧后放入烘箱内，借池架所施的压力使样品熔化时形成薄膜。

由于薄膜厚度不易精确掌握，该法很少用于定量分析。

④ 粉末法　将样品研磨成 $2\mu\mathrm{m}$ 左右的粉末，悬浮在易挥发溶剂中，将此悬浮液滴于盐窗上，溶剂挥发后即形成一均匀的薄层。

（3）气态样品　气态样品是注入气体吸收池内进行测定的。

① 短光程气体吸收池　短光程气体吸收池常用于高浓度无毒气体或低沸点液体的测定。其结构如图 7-21 所示，光程长可由几厘米到几米。进样前先用真空泵把池内空气抽出，然后注入样品。通过调节吸收池内样品的压力以控制吸收峰的强度。

② 长光程气体吸收池　长光程吸收池为铝制，其内壁涂敷聚四氟乙烯，内装多个反射镜，利用光学上的多次反射作用可使光程长达 40m，甚至更长，见图 7-22。常用于检测低浓度（检测限 10^{-9}）有毒气体及测定低蒸气压物质的蒸气光谱。

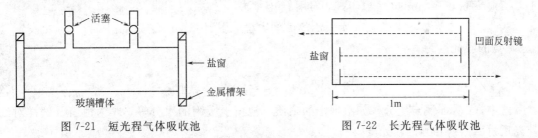

图 7-21　短光程气体吸收池　　　　　　图 7-22　长光程气体吸收池

此外，还有可加热气体吸收池，可加热到 $200℃$，用于低沸点液体的分析。由于气体的红外定量分析较为麻烦，现在多效分析已为气相色谱法所取代。

7.4　定量及定性分析

7.4.1　定量分析

和可见-紫外吸收光度分析法一样，红外吸收光谱法定量分析的依据是朗伯-比尔定律。由于物质对红外光的摩尔吸收系数小于 1000，检测灵敏度低，对含量小于 1% 的组分检测不出来；单色器通带宽，分析误差大。所以，只要有可能，就尽量不用红外吸收光谱法进行定量分析。但对异构体混合物的分析，红外光谱法却有独到之处，例如定量分析邻、间、对二甲苯及乙基苯的混合物。

(1) 定量分析吸收峰的选择　一种物质在红外区有许多吸收峰，但并不是每个吸收峰都适于做定量分析，定量吸收峰应具有以下条件：

① 具有特征性　例如分析芳香族化合物，应选择与苯环骨架振动有关的吸收峰；分析羰基化合物，则应选择与羰基振动有关的吸收峰。

② 峰的吸收强度应服从朗伯-比尔定律。

③ 摩尔吸收系数大。

④ 干扰少，即所选的定量吸收峰附近应尽可能没有其他吸收峰存在。

(2) 测定吸光度的方法-基线法　由于红外吸收光谱曲线是 T-λ 或 T-ν 形式记录下采的，

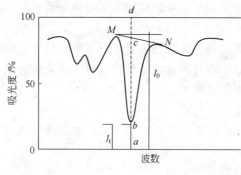

图 7-23　基线法

因此，由吸收峰的峰高不能直接获得吸光度，需要由公式 $A = \lg I_0 / I_t$ 来计算，但公式中的 I_0 不能取 100% 透光度，只能取基线所指的透光度。基线的做法如下：在定量吸收峰两侧的峰谷上选择两个基点 M、N，将 M、N 的连线叫基线，见图 7-23，通过峰顶作横坐标的垂直线 $abcd$，交基线于 c 点，交 $100\%T$ 线于 d 点，令 $ac = I_0$，$ab = I_t$ 则吸光度为

$$A_c = \lg \frac{ad}{ac} \tag{7-17}$$

在红外吸收光谱法中不能以 $100\%T$ 作为 I_0 的直接原因是因为吸收峰的峰底多数不落在 $100\%T$ 轴之故。峰底不落在 $100\%T$ 轴上的原因有：池窗易吸潮雾化，并易为溶剂及空气中的污物所沾污，使池窗的透光性能不断变化；池窗对入射红外光的反射和吸收；固体试样对红外光的散射；溶剂对红外光的吸收等。不能像可见-紫外吸收光度分析法那样，采用类似参比溶液的参比池来补偿以上背景吸收，而使峰底落在 $100\%T$ 轴上，因为样品厚都很小，一般为 $0.01 \sim 1\text{mm}$，难以再现，使补偿困难。

基线法正是为校正背景吸收所采用的简便方法，其计算的方法如下：

c 点的吸光度为

$$A_c = \lg \frac{ad}{ac} = \sum_{i=1}^{m} K_j C_j b + A_a$$

式中，j 为非测定组分，如溶剂中的杂质、池窗上吸附的水分等；A 为池窗及试样对红外光反射、散射相当的吸光度。

吸收峰峰顶 b 点的吸光度为

$$A_b = \lg \frac{ad}{ab} = K_i C_i b + \sum_{i=1}^{m} K_j C_j b + A_a$$

欲测组分的真实吸光度为

$$A = A_b - A_c$$
$$= \lg \frac{ad}{ab} - \lg \frac{ad}{ac} = \lg \frac{ac}{ab}$$
$$= K_i C_i b \tag{7-18}$$

(3) 定量分析的方法

① 工作曲线法　根据被测组分是否遵守朗伯-比尔定律及为消除背景吸收而采取的补偿

措施是否适当，可将工作曲线分为四种类型，见图 7-24。

在红外吸收光谱法中，曲线（b）最常见。

此法对固体样品也同样适用。例如以压片法进行测定，设压片的面积为 S，厚度为 L，其中被测组分的含量为 m，则压片中被测组分的浓度为

$$C = \frac{m}{SL}$$

压片的吸光度为

$$A = \varepsilon bc = \varepsilon L \times \frac{m}{SL}$$

因为用同一模具压片，S 为常数，所以

$$A = Km \tag{7-19}$$

因此，可制备一系列不同含量的压片，用基线法测得吸光度后，绘制 A-m 工作曲线。

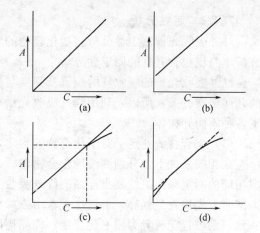

图 7-24 工作曲线的四种类型

工作曲线遵守朗伯-比尔定律情况	补偿适当与否
(a) 遵守	适当
(b) 遵守	不适当
(c) 低浓度遵守，高浓度不遵守	不适当
(d) 不遵守	不适当

② 比例法　比例法只适用于测定二元混合物中二组分的相对含量。例如测定丙烯腈-甲基丙烯酸甲酯共聚物薄膜中二组分的相对含量。

由组分 1 的特征峰得 $A_1 = \varepsilon_1 C_1 b_1$

由组分 2 的特征峰得 $A_1 = \varepsilon_2 C_2 b_2$

因为是同一样品，则 $b_1 = b_2$

所以

$$\frac{A_1}{A_2} = \frac{\varepsilon_1 C_1}{\varepsilon_2 C_2} \tag{1}$$

$$C_1 + C_2 = 1 \tag{2}$$

解此联立方程式（1）、（2）可得

$$\frac{A_1}{A_2} = \frac{\varepsilon_1}{\varepsilon_2 C_2} - \frac{\varepsilon_1}{\varepsilon_2} \tag{7-20}$$

若先用纯品测出 ε_1 及 ε_2，则可直接用式(7-20) 计算两组分的相对摩尔分数；或用已知组成的混合物绘制 $A_1/A_2 - 1/C_2$ 工作曲线，再由工作曲线求得未知物的含量。

③ 内标法　使用薄膜法、夹片法、涂片法及糊剂法等制样方法时，由于试样厚度难以再现，使采用工作曲线法进行定量分析变得困难，这时可采用内标法。

由样品的特征峰得 　　　　　　　$A = \varepsilon bC$

由内标物的特征峰得 　　　　　　$A_a = \varepsilon_a C_a b_a$

所以

$$\frac{A}{A_a} = \frac{\varepsilon C}{\varepsilon_a C_a} = KC \tag{7-21}$$

式中，K 为常数，等于 $\varepsilon/\varepsilon_a C_a$。

式(7-21)为内标法的基本公式。需先绘制 A/A_a-C 工作曲线。

选择内标物的原则是：吸收峰少，其特征吸收峰不受干扰，不吸水，热稳定性好，易于研磨，无毒。常用的内标物质有萘（870cm^{-1}）、六溴苯（1300cm^{-1} 及 1255cm^{-1}）、碳酸钾（875cm^{-1}）、碳酸钙（866cm^{-1}）、硫氰化钾（2100cm^{-1}）、硫氰化铅（2045cm^{-1}）。

171

7.4.2 定性分析

红外吸收光谱法定性分析包括化合物的鉴定、官能团定性分析及结构分析三方面。结构分析本身也包含有官能团定性分析。

红外吸收光谱的吸收峰的位置及强度与组成分子的各原子质量、化学键的性质及化合物的几何构型有关，所以，利用红外吸收光谱可以鉴别由不同原子及化学键所组成的物质。识别各种不同异构体。

（1）化合物的鉴定　对于化合物的鉴定，红外光谱法是最方便的方法之一。

在相同条件下，分别测绘纯化合物与样品的红外吸收光谱，对照两谱图；或在与标准谱图相同的测定条件下绘制出样品的红外吸收光谱后，将样品谱图与标准谱图相比较。在比较谱图时，先检查最强峰，再依次检查中强峰和弱峰。若两谱图中各峰的峰位和相对强度完全一致，则可肯定两者为同一化合物；样品谱图中的峰数目少于标准谱图或纯化合物谱图中的峰数目，则可断定两者不是同一化合物；若样品谱图中的峰比标准谱图的峰多，可能不是同一化合物，也可能是同一化合物，只因样品不纯，多出的峰为杂质峰，此时需经分离提纯后再进行光谱鉴定。

（2）结构分析　结构分析的任务是解析谱图，确定化合物的结构。结构分析的程序如下：

① 了解样品的性质　应尽可能多地了解样品的熔点、沸点、溶解度、颜色及气味等物理性质，弄清样品的纯度、组成及来源。这样不仅有利于选择最适当的制样方法，还可缩小欲鉴定物质的范围，并可作为化合物结构的旁证。

② 样品的分离提纯　在实际剖析工作中，要剖析的样品多为混合物，如添加剂、润滑脂、合成高聚物、染料等。先需选择适当溶剂溶解样品，再采用各种分离手段，如纸色谱、薄层色谱、柱色谱、萃取、分馏等，将混合样品中各组分加以分离和提纯。

③ 确定分子式，计算不饱和度　分子式可由质谱分析法给出，也可由元素分析及分子量测定推出。由分子式可计算出不饱和度。不饱和度是表示有机化合物分子中碳原子的饱和程度，可以判断在分子结构中是否含有双键、叁键、芳香环等，能初步确定化合物的类型。

规定在分子式中每缺少两个一价元素时，不饱和度为一个单位。因此链烷烃的不饱和度为零，双键及饱和环状结构为1，叁键为2，苯环为4。计算不饱和度的经验公式为

$$U = 1 + n_4 + 0.5(n_3 - n_1) \tag{7-22}$$

式中，n_1、n_3、n_4 分别为分子式中含一、三、四价原子的数目。

例 7.7　计算 C_8H_{18} 不饱和度。

解：不饱和度的经验公式 $U = 1 + n_4 + 0.5(n_3 - n_1)$ 计算：

含四价原子 n_4 的数目为8，三价原子 n_3 的数目为0，含一价原子 n_1 的数目为1，所以

$$U = 1 + 8 + 0.5 \times (0 - 18) = 0$$

例 7.8　计算正丁腈 C_4H_7N 不饱和度。

解：不饱和度的经验公式 $U = 1 + n_4 + 0.5(n_3 - n_1)$ 计算：

含三价原子 n_3 的数目为1，含一价原子 n_1 的数目为7，所以

$$U = 1 + 4 + 0.5 \times (1 - 7) = 2$$

例 7.9　根据物质结构计算不饱和度。

解：不饱和度的经验公式 $U = 1 + n_4 + 0.5(n_3 - n_1)$ 计算：

含三价原子 n_3 的数目为0，含一价原子 n_1 的数目为8，所以

$$U=1+8+0.5\times(0-8)=5$$

含有一个双键及一个苯环。

例 7.10　分子式为 C_5H_6O 是一种不稳定的液体，计算不饱和度并解析。

解：根据不饱和度的经验公式 $U=1+n_4+0.5(n_3-n_1)$：

含四价原子 n_4 的数目为 5，三价原子 n_3 的数目为 0，含一价原子 n_1 的数目为 6，所以

$$U_{C_5H_6O}=1+5+0.5(0-6)=3$$

$U_{C_5H_6O}=3$，表明化合物为含有一个双键及一个叁键或含有三个双键。

④ 查特征频率区，利用基团特征峰进行官能同定性分析。

为了便于进行光谱分析，通常将中红外区大致分为两个区域，即特征频率区（4000～1500cm^{-1}）及指纹区（1500～400cm^{-1}）。

特征频率区简称为特征区或基频区，其区间的吸收峰主要来源于含氢原子的单键、各种双键及叁键的伸缩振动的基频峰。特征区的特点是峰数目少且具有鲜明的特征性，可用以鉴定官能团。

在特征频率区中，凡是可用于鉴定官能团存在的吸收峰称为特征吸收峰，简称特征峰，或称特征频率。例如在酮、醛、酸、酯及酰胺中，羰基的伸缩振动频率一般处于1850～1680cm^{-1} 范围内，因此，只要在此波数范围内出现强吸收峰，则可判断有羰基存在。

根据各基团特征峰的分布规律，又将特征区分为以下三个区域：

a. XH 伸缩振动区（4000～2500cm^{-1}）。

X 可以是 C、O、N、S 原子。

CH 基的伸缩振动吸收峰位于 3300～2700cm^{-1} 区域内。大体以 3000cm^{-1} 为界，高于3000cm^{-1} 时，表示与氢原子相连的碳原子是不饱和的，或表示样品可能是高卤代烷或小环烷；低于 3000cm^{-1} 时，则表示与氢原子相连的碳原子是饱和的，见图 7-25 中的 A 峰；若高于及低于 3000cm^{-1} 的吸收峰都存在，则表示在化合物的分子中不饱和碳原子及饱和碳原子都存在，见图 7-26 中的 A、B 峰。

一些基团的 $\nu_{(CH)}$ 伸缩振动频率列于表 7-14。

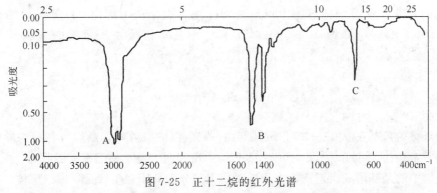

图 7-25　正十二烷的红外光谱

A—$\nu_{(CH)}$：其中 $\nu_{as(CH_3)}$ 为 2960cm^{-1}，$\nu_{s(CH_3)}$ 2872cm^{-1}，$\nu_{as(CH_2)}$ 为 2926cm^{-1}，$\nu_{s(CH_2)}$ 2853cm^{-1}；

B—$\delta_{(CH)}$：其中 $\delta_{s(CH_2)}$ 为 1465cm^{-1}，$\delta_{as(CH_3)}$ 为 1450cm^{-1}，$\delta_{s(CH_3)}$ 为 1376cm^{-1}；

C—CH$_2$ 的面内摇摆振动，$\rho_{(CH_2)}$ 722cm^{-1}

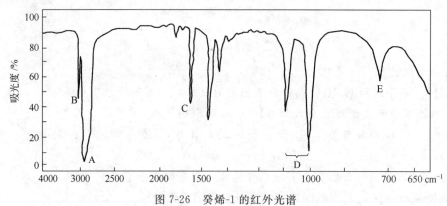

图 7-26　癸烯-1 的红外光谱

A—$\nu_{(CH)}$，同图 7—25A 峰；B—烯基 $\nu_{(=C-H)}$ 3049cm^{-1}，C—$\nu_{(C=C)}$ 1545cm^{-1}；

D—C—H 键面外弯曲振动，907 及 988cm^{-1}；E—$\rho_{(CH_2)}$ 720cm^{-1}

表 7-14　一些基团的 $\nu_{(CH)}$ 伸缩振动频率

基　团	吸收峰频率/cm^{-1}及其特征
CH$_3$	ν_{as} 约 2960，ν_s 约 2870
CH$_2$	ν_{as} 约 2930，ν_s 约 2850
—CH	ν 约 2890，很弱，甚至观测不到
O=CH$_2$	ν 约 2850 及 ν 约 2720，中强，用于鉴定醛
—CH—	3040～3010
=CH$_2$	约 3085
≡CH	约 3300，用于鉴定端基炔
⬡—H	约 3030，峰尖锐，较饱和 $\nu_{(CH)}$ 弱，见图 7-27 的 1 号峰

醛在约 2850cm^{-1} 及 2720cm^{-1} 处有两个中强度的特征峰，其中约 2850cm^{-1} 峰易与 $\nu_s(CH_2)$ 峰混淆，而 2720cm^{-1} 峰较尖锐，干扰少，易识别，是区分醛、酮的特征峰，见图 7-27 的 2、3 号。≡CH 基的伸缩振动吸收峰位于约 3300cm^{-1}，峰较窄，易与 $\nu_{(CH)}$ 及 $\nu_{(NH)}$ 峰区分开来，是鉴定炔烃最好的峰，见图 7-28 的 A 峰。

OH 基的伸缩振动出现在 3700～3100cm^{-1} 范围内，可以作为鉴定醇、酚的重要依据。

醇、酚在非极性溶剂稀溶液中以游离 OH 基形式存在，游离 OH 基的伸缩振动吸收峰位于 3700～3580（即约 3600）cm^{-1}，醇、酚的浓溶液由于氢键的形成而产生缔合现象。

$$n\text{ROH} \longrightarrow \begin{array}{c} H \\ | \\ \text{R—O—H}\cdots\text{O—R} \\ | \\ \text{H—O—R} \end{array}$$

形成氢键的羟基在 3400～3200cm^{-1} 出现一宽而强的吸收峰。所以，在醇、酚的红外吸光谱中，常常在约 3600cm^{-1} 及 3400～3200cm^{-1} 出现两个羟基伸缩振动吸收峰。

有机酸中的羟基形成氢键的能力很强，使大部分酸分子发生缔合形成二聚体，酸的二聚体的 OH 基伸缩振动吸收峰在 3200～2500cm^{-1} 区间呈一宽而散的强峰，其中心大约在 3000～2800cm^{-1}，在许多情况下与约 3000cm^{-1} 的峰相重叠，特征性很强，常用于羧酸的鉴定，见图 7-29A 峰。

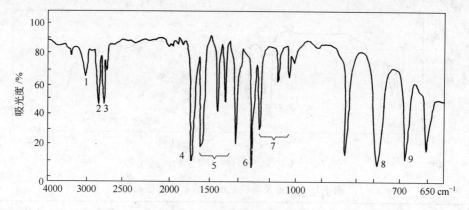

图 7-27　苯甲醛的红外光谱

$1—\nu_{(-CH)}3030cm^{-1}$；2、$3—\nu_{(C-H)}2840cm^{-1}$、$2710cm^{-1}$；$4—\nu_{(C=O)}1700cm^{-1}$；

$5—\nu_{(C=C)}1650cm^{-1}$、$1585cm^{-1}$、$1500cm^{-1}$ 及 $1460cm^{-1}$；$6—\nu_{(-C-O)}1205cm^{-1}$；

$7—\beta\nu_{(-CH)}1170cm^{-1}$、$1080cm^{-1}$、$1020cm^{-1}$；

8、$9—\gamma_{(-CH)}755cm^{-1}$、$686cm^{-1}$

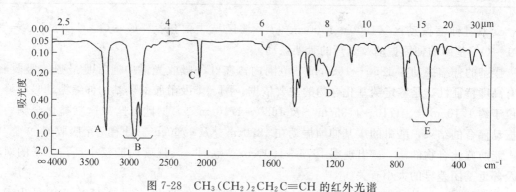

图 7-28　$CH_3(CH_2)_2CH_2C\equiv CH$ 的红外光谱

$A—\nu_{(\equiv C-H)}3268cm^{-1}$，$B—\nu_{(-CH)}$，同图 7-25A 峰，$2857\sim2941cm^{-1}$，$C—\nu_{(C\equiv C)}2110cm^{-1}$；

$D—\equiv C—H$ 弯曲振动的倍频峰 $1247cm^{-1}$，$E—\equiv C—H$ 弯曲振动的基频峰 $630cm^{-1}$

　　NH 基的伸缩振动出现在 $3500\sim3300cm^{-1}$ 范围内，它与 OH 基的伸缩振动重叠，使峰形比较尖锐，其吸收峰的数目与氮上氢原子的数目有关。R-NH$_2$ 及 R-CONH$_2$ 由于存在 $\nu_{as(NH)}$ 及 $\nu_{s(NH)}$ 而出现双峰，见图 7-30 的 1、2 号峰，R-NH-R′ 及 R-CONH′ 只有一个吸收峰，R$_2$N 及 R-CON-R$_2$′ 无 $\nu_{(NH)}$ 吸收峰。

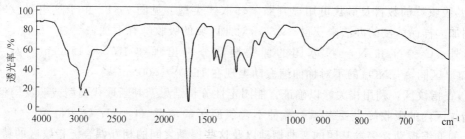

图 7-29　$CH_3(CH_2)_2CHCH_2COOH$ 的红外光谱

　　b. 叁键及累积双键区（$2500\sim1900cm^{-1}$）　该区域主要包括 C≡C、C≡N 等叁键的伸缩振动及 C＝C＝C、C＝C＝O 等累积双键的反对称伸缩振动，见表 7-15。

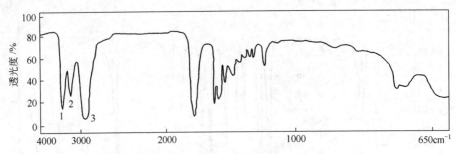

图 7-30　CH$_3$(CH$_2$)$_{10}$CONH$_2$ 的红外光谱

表 7-15　叁键及累积双键区的基团特征频率

基　团	特征频率/cm^{-1}	基　　团	特征频率/cm^{-1}
RC≡CH	2100～2140	C═C═C	约 1950
RC≡CR′	2190～2250	C═C═O	2160
RC≡CR	无	C═N═N	2100
RC≡N	2260～2240	R─N═C═O	2276～2250
ArC≡N	2240～2220		

c. 双键伸缩振动区（1900～1500cm^{-1}）　该区域主要包括─C═O、C═C，C═N、─N═O等基团的伸缩振动及苯环的骨架振动。

羰基的伸缩振动在 1850～1680cm^{-1} 范围内，在红外吸收光谱中通常是最强的吸收峰，具有高度特征性，是鉴定羰基化合物的主要依据。酮、酯及酰胺的羰基的伸缩振动吸收峰分别位于约 1710cm^{-1}、1710～1735cm^{-1} 及 1680～1710cm^{-1}，据此可区分这三类化合物。由于振动偶合的结果，酸酐的羰基伸缩振动在 1820cm^{-1} 及 1760cm^{-1} 处有两个吸收峰。

脂肪族化合物的 $\nu_{(C═C)}$ 出现在 1675～1600cm^{-1} 范围，其强度一般较小且与分子的对称性及邻近基团差异的大小有关。

苯环的 C═C 伸缩振动位于 1620～1450cm^{-1} 之间，在 1600cm^{-1} 及 1500cm^{-1} 处出现的两个吸收峰是鉴别苯环的重要标志之一。当苯环与取代基发生 π-π、π-x 共振时，往往在～1580cm^{-1} 及 1450cm^{-1} 处出现第三、第四个吸收峰，同时使 1600cm^{-1} 及 1500cm^{-1} 两峰加强。约 1580cm^{-1} 吸收峰很弱，常常为约 1600cm^{-1} 峰所掩盖或变成它的一个肩。对约 1450cm^{-1} 峰常与甲基及亚甲基的面内弯曲振动吸收峰相重叠，对鉴定苯环的存在无多大实际意义。

苯的衍生物在 2000～1670cm^{-1} 区域出现 CH 面外弯曲振动的倍频吸收峰及组合频吸收峰[1]，其吸收峰的数目及形状可用于判断苯环取代类型，见图 7-31。由于这组吸收峰很弱，常采用加大样品浓度的办法来获得。$\nu_{(C═O)}$ 对此区域的吸收峰有干扰。

此外，C═N 和 N═N 基团的伸缩振动分别出现在 1675～1640cm^{-1} 及 1630～1575cm^{-1} 区间，─NO$_2$ 的不对称伸缩振动出现在 1600～1500cm^{-1}。

⑤ 查指纹区，利用相关峰以确证官能团定性分析结果及判断取代类型或顺反构型等。

指纹区内的吸收峰主要来源于各种不含氢原子的单键（C─C、C─N、C─O、碳─卤素等）的伸缩振动，多数基团的弯曲振动以及这些振动之间的相互偶合。指纹区的特点是吸收峰密集，峰位、峰强度及形状对分子结构变化十分敏感，是整个分子的特征。化学结构相

---

❶ 组合频吸收峰，其吸收峰的频率是由两个或两个以上的不同频率之和或之差组成的。

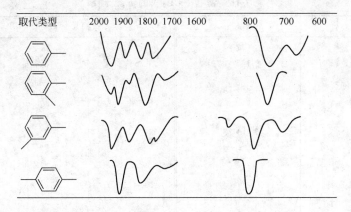

| 取代类型 | 2000 1900 1800 1700 1600 | 800 700 600 |

图 7-31　苯环取代类型在 $2000 \sim 1670 cm^{-1}$ 和 $900 \sim 600 cm^{-1}$ 区域的图形

近，但又存在着细小差别的两个化合物，其特征频率可能大同小异，而指纹区一般却有明显差别，犹如人的指纹一样。

多数基团都有数种振动形式，而每一种红外活动振动一般相应产生一个吸收峰。相关峰乃指因某一基团存在而出现的一组相互依存，相互佐证的吸收峰。

例如 $—CH = CH_2$ 基团的一组相关峰为：$\nu_{as(=CH_2)} 3085 cm^{-1}$、$\nu_{(C=C)} 1642 cm^{-1}$、$\gamma_{as(=CH)} 990 cm^{-1}$、$\gamma_{(=CH_2)} 910 cm^{-1}$。烷、烯、炔、芳香烃、醇和酚、含羰基化合物，胺及酰胺的相关峰参见相关文献。为避免误诊，用一组相关峰而不是仅用一个特征峰来鉴定官能团，这是官能团定性分析一个重要原则。

指纹区的吸收峰具有各化合物的指纹，除用于化合物的鉴定外，由于许多吸收峰都是特征区吸收峰的相关峰，还可以作为官能团定性分析的旁证，判断苯环的取代类型及烯烃的顺反构型等。

在指纹区中，以 CH 弯曲振动最重要。

$—CH_3$ 的对称及不对称弯曲振动分别位于 $1380 cm^{-1}$ 及 $1470 cm^{-1}$，其中对称弯曲振动受取代基的影响不大，且干扰谱带也较少，常作为鉴定甲基的依据。当碳原子上有两个甲基时，即 $C—(CH_3)_2$，由于两个甲基的对称弯曲振动相互偶合而出现 $1385 cm^{-1}$ 及 $1375 cm^{-1}$ 等强度的双峰。同样 $C—(CH_3)_2$ 也分裂为 $1395 cm^{-1}$、$1385 cm^{-1}$ 及 $1365 cm^{-1}$ 近似等强度的三重峰。

在亚甲基的四种弯曲振动（见图 7-7）中，以面内摇摆振动 $\delta_{(CH)}$ 最重要，由其峰位可判断 $\{CH_2\}_n$ 链的长短，当 $n > 4$ 时，其频率稳定在 $720 cm^{-1}$，见表 7-16。

$=CH$ 的面外弯曲振动位于 $900 \sim 670 cm^{-1}$ 的范围，可用来判别烯烃的顺反构型及苯环的取代类型（见表 7-17 及图 7-32）。

C—O 的伸缩振动在 $1300 \sim 1000 cm^{-1}$ 区间产生很强的吸收峰，可用于判别 C—O 键的存在，以鉴别醇、醚、酯及酚。醇的 $\nu_{(C—O)}$ 出现在 $1160 \sim 1040 cm^{-1}$，根据峰位可区分伯、仲、叔醇，伯醇出现在 $1050 cm^{-1}$，仲醇出现在 $1100 cm^{-1}$，叔醇在 $1150 cm^{-1}$。

非共轭脂肪胺的 $\nu_{(C—N)}$ 在 $1250 \sim 1020 cm^{-1}$ 区间有一弱吸收峰，芳香胺则出现在 $1342 \sim 1266 cm^{-1}$ 区间。

C—X 的伸缩振动在指纹区也有强吸收，在 $\nu_{(C—H)}$ 在 $1400 \sim 1000 cm^{-1}$ 区间，$\nu_{(C—Cl)}$ 在 $800 \sim 600 cm^{-1}$ 区间，$\nu_{(C—Br)}$ 在 $600 \sim 500 cm^{-1}$ 区间，$\nu_{(C—I)}$ 在 $500 \sim 400 cm^{-1}$ 区间。

表 7-16　链状 $-(CH_2)_{\overline{n}}$ 的 $\rho_{(CH)}$ 频率

结　　　构	频率/cm^{-1}	结　　　构	频率/cm^{-1}
$-C-CH_2-CH_2$	770	$-C-CH_2-C$	810
$-C-(CH_2)_2-CH_3$	750～740	$-C-(CH_2)_2-C$	754
$-C-(CH_2)_4-CH_3$	740～730	$-C-(CH_2)_3-C$	740
$-C-(CH_2)_4-CH_2$	730～725	$-C-(CH_2)_4-C$	725
$-C-(CH_2)_n-CH_3$	$n>4722$	$-C-(CH_2)_n-C$	$n>4722$

例如在某样品的红外吸收光谱中，于 1730cm^{-1} 处出现一强峰，表示有酯羰基存在，若在指纹区发现有约 $1200\nu_{(C-O-R)}$、约 $1465\delta_{as(CH_3)}$、约 $1375\delta_{s(CH_3)}$ cm^{-1} 及 $720\rho_{(CH_2)}$ cm^{-1} 峰出现，则可判定样品为一长链饱和烃。

⑥ 推断分子结构　由官能团定性分析结果、分子式、不饱和 $\gamma_{(=CH_2)}$ 等数据可写出一种至数种可能存在的结构式，再根据特征频率的位移规律来判断基团或化学键所邻接的原子或原子团，以排除错误的结构式，初步确定最可能的结构式。

⑦ 分子结构的验证　根据推断的分子结构，查找标准红外谱图或绘制纯化合物的红外谱图。进行对照以核对所推断的结构是否正确。若样品为新化合物，查不到它的标准谱图，则需要用质谱、核磁共振等分析方法进行验证。在结构分析中，分子结构验证这一步是必不可少的。

表 7-17　取代苯的 $=CH$ 面外弯曲振动频率

取　代　类　型	频率/cm^{-1}	取　代　类　型	频率/cm^{-1}
苯	670	1、2、3-三取代	780～760 和 745～705
单取代	770～730 和 710～690	1、2、4-三取代	885～870 和 825～805
邻双取代	770～735	1、3、5-三取代	865～810 和 730～675
间双取代	900～860、810～750、710～690	1、2、3、4-四取代	810～800
对双取代	840～800		

(3) 定性分析注意事项

① 绘制样品红外谱图的仪器条件与测定条件应与绘制标准谱图的条件一致或相近。

仪器条件包括所用仪器的分辨率及精密度，测定条件包括样品的状态、制样方法、溶剂种类、样品浓度（对含易形成氢键基团的样品，浓度不同，缔合程度就不同），气体样品的压力等。

② 识别杂质峰

a. 水峰　水分或来源于样品或来源于溴化钾，因为溴化钾容易吸收，在用溴化钾样片制样时，谱图中可能出现水吸收峰。

b. 溶剂峰　洗涤吸收池残留的溶剂或溶液中的溶剂。

—COO$^-$ 的反对称伸缩振动吸收峰　一些酸性样品会与溴化钾反应生成盐，于是在

$1610 \sim 1550 cm^{-1}$ 区间产生—COO^- 的 ν_{as} 吸收峰。

c. 其他　研钵、试剂瓶等器皿可能会引入杂质。

③ 解析谱图的方法一般是先特征区后指纹区，先强峰后弱峰，先否定后肯定。

先特征区后指纹区是指先从特征频率区入手，推断未知物可能含有的基团，然后根据指纹区的吸收峰再加以验证；先强峰后弱峰（含肩峰）是指先从特征区的强峰开始解析，因为由第一强峰往往可以推断未知物所含的官能团，估计化合物的类型，但对有些弱峰及肩峰也不可忽视，它们对结构分析常常给予重要启示；先否定后肯定，这是因为谱图中某特征峰不存在即可确信该峰对应的谱图不存在，相反，某吸收峰存在并不是某基团存在的确证，应考虑杂质及其他基团的干扰。

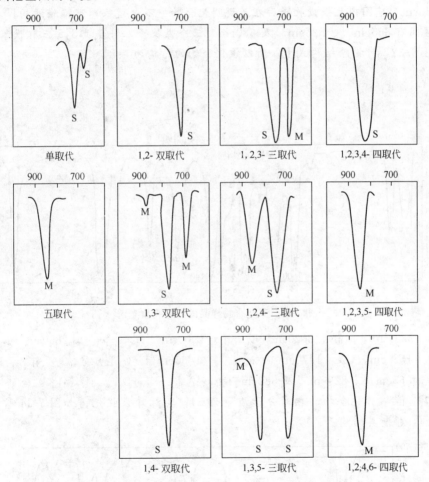

图 7-32　取代苯环在 $900 \sim 670 cm^{-1}$ 区的吸收峰特点

④ 不可能解释谱图中的所有吸收峰，因为有些峰是某些峰的倍频峰或组频峰，有的则是多种振动偶合的结果，还有分子作为一个整体产生吸收而形成的吸收峰。

（4）光谱解析举例判断样品的结构式

例 7.11　某化合物样品的红外吸收光谱如图 7-33 所示，试判断其结构式为下列四种结构中的哪一种？

Ⅰ.

Ⅱ.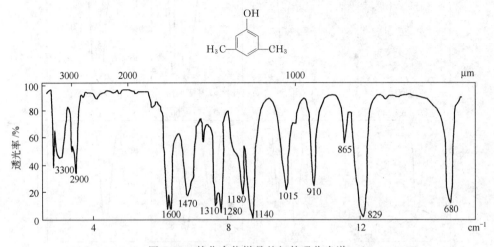

Ⅲ.

Ⅳ.

解析 由 $1600cm^{-1}$、$1580cm^{-1}$ 及 $1470cm^{-1}$ 峰推断有苯环存在，可排除结构Ⅱ；在 $1580\sim1680cm^{-1}$ 范围内无强吸收峰存在，说明化合物中不含羰基，可排除结构Ⅳ，在 $900\sim670cm^{-1}$ 区间有 $865cm^{-1}$、$825cm^{-1}$ 及 $680cm^{-1}$ 三个吸收峰，符合 1,3,5-三取代苯的峰位及峰形，见图 7-32，可排除结构式Ⅰ。所以该化合物的结构为

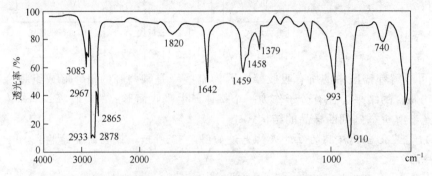

图 7-33　某化合物样品的红外吸收光谱

归属　$3300cm^{-1}$ $\nu_{(OH)}$，$3030cm^{-1}$ $\nu_{(=OH)}$，$2900cm^{-1}$ $\nu_{as(=C-CH_3)}$，$2860cm^{-1}$ $\nu_{s(=C-CH_3)}$，$1600cm^{-1}$、$1580cm^{-1}$ 及 $1470cm^{-1}$ $\nu_{(C=C)}$，$1460cm^{-1}$（肩）$\delta_{as(=C-CH_3)}$，$1370cm^{-1}$ $\delta_{s(=C-CH_3)}$，$865cm^{-1}$、$829cm^{-1}$ 及 $680cm^{-1}$ $\gamma_{(=CH)}$。

例 7.12　某液体化合物的相对分子质量为 84，其红外吸收光谱如图 7-34 所示（液膜 0.0088mm），推断其结构。

图 7-34　某液体化合物的相对分子质量为 84 的红外吸收光谱

解析　在特征频率区，$2967cm^{-1}$、$2933cm^{-1}$、$2878cm^{-1}$ 及 $2865cm^{-1}$ 为 CH_3 和 CH_2

的伸缩振动所产生，在指纹区可以查到它们的相关峰是 $1379cm^{-1}\delta_{s(CH_2)}$、$1459cm^{-1}\delta_{(CH_2)}$ 及 $740cm^{-1}\rho_{(CH_2)}$，表示化合物中有 CH_2、CH_3 基团存在。$\rho_{(CH_2)}$ 为 $740cm^{-1}$，表明有 $(CH_2)_2$ 或 $(CH_2)_3$ 键存在，见表 7-9。

特征区 $3083cm^{-1}$ 峰来源于 $\nu_{(OH)}$，表示化合物中合有不饱和碳原子；中强度 $1642cm^{-1}$ 峰来源于 $\nu_{(C=C)}$，峰强度较大，表明化合物的结构对烯烃双键很不对称，查指纹区有 $993cm^{-1}$ 及 $910cm^{-1}$ 峰，来源于 $\gamma_{(=CH)}$，表示有 $RHC=CH_2$ 结构存在；$1820cm^{-1}$ 为 $910cm^{-1}$ 的二倍频峰，它的出现进一步证实 $-HC=CH_2$ 结构的存在。

综上所述，化合物中存在的结构单元有

$$CH_2、(CH_2)_2 \text{ 或}(CH_2)_3、-HC=CH_2$$

将以上结构单元连接起来，可组成以下两种结构

(A) $CH_3\!+\!CH_2\!\!\xrightarrow{}_2 HC=CH_2$

(B) $CH_3\!+\!CH_2\!\!\xrightarrow{}_3 HC=CH_2$

结构式（A）相对分子质量为 70，不符合题意，可以排除。结构式（B）的相对分子质量 84，即为所推断的结构式。

例 7.13 某液体化合物的分子式为 $C_4H_5O_2$，图 7-35 为其红外吸收光谱，推断其结构。

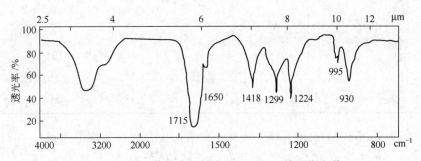

图 7-35 某液体化合物的为 $C_4H_5O_2$ 红外吸收光谱

解析 $U=2$，含两个双键。

特征区的最强峰 $1715cm^{-1}$ 峰应归属于羰基的伸缩振动，表示此化合物为羰基化合物，查指纹区有 $1224cm^{-1}$ 峰，它来源于 $\nu_{(C-O)}$，进一步指明该羰基化合物为酸或酯；在特征区 $3300\sim2700cm^{-1}$ 区间有一宽而散的吸收峰，其中心大约在 $3000cm^{-1}$，为羧基的 OH 基伸缩振动所产生，因此，肯定有羧基 COOH 存在。

特征区的 $1650cm^{-1}$ 中强峰，从峰位上看应归属于 $\nu_{(C=C)}$；查指纹区，$995cm^{-1}$ 及 $930cm^{-1}$ 峰进一步证实此双键以 $-CH=CH_2$ 基团存在。

化合物中存在的结构单元有

$$-COOH、-CH=CH_2$$

其化学组成式为 $C_3H_4O_2$，与分子式相比较还缺少一个 CH_2 基团。将 $-COOH$、$-CH=CH_2$ 与 CH_2 连接起来，即可得此化合物的结构式

$$CH_2=CH-CH_2-\overset{\displaystyle O}{\overset{\displaystyle \|}{C}}-OH$$

例 7.14 分子式为 $C_8H_{18}O$ 某化合物的红外吸收光谱如图 7-36 所示，推断其结构。

解析 $U=0$，为饱和脂肪化合物。见表 7-18。

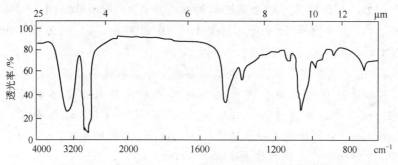

图 7-36　分子式为 $C_8H_{18}O$ 某化合物的红外吸收光谱

表 7-18　分子式为 $C_8H_{18}O$ 某化合物的红外吸收光谱解析

峰频率/cm^{-1}	归　属	结　构　单　元
2960	$\nu_{(CH)}$ 饱和碳	CH_2 及 CH_2
2925	$\nu_{(CH)}$ 饱和碳	CH_3 及 CH_2
2865	$\nu_{(CH)}$ 饱和碳	CH_3 及 CH_2
1467	$\delta_{as(CH_3)}$	CH_3 及 CH_2
1460	$\delta_{(CH_2)}$	CH_3 及 CH_2
1378	$\delta_{s(CH_3)}$	CH_3 及 CH_2
719	$\rho_{(CH_2)}$	$(CH_2)n, n \geqslant 4$
3330	$\nu_{(O-H)}$ 氢键	伯醇 RCH_2OH
1065	$\nu_{(C-O)}$ 醇	伯醇 RCH_2OH

在图 7-36 中，由于 1378cm^{-1} 峰未分裂，表明在化合物的结构中无 $C_{(CH_3)_2}$ 及 $C_{(CH_3)_3}$ 基团存在。$\nu_{(C=C)}$ 峰的峰位对伯醇为 ～1050cm^{-1}、对仲醇为 ～1100cm^{-1}、对叔醇为 ～1150cm^{-1}。根据以上判断，可得出该化合物为一长链脂肪醇且一定是伯醇的结论。按分子式可有以下三种结构

$$CH_9(CH_2)_6\overset{\displaystyle|}{\underset{\displaystyle CH_3}{C}}HCH_2OH \qquad CH_8CH_2CH\overset{\displaystyle|}{\underset{\displaystyle CH_8}{(}}CH_2)_3CH_2OH$$

$$CH_9(CH_2)_9CH_2OH$$

究竟为哪一种，需借助于标准谱图或者核磁共振波谱法才能确定。

例 7.15　图 7-37 是相对分子质量为 117 的某化合物的红外吸收光谱，试确定其结构。

解析　相对分子质量为 117 的某化合物的红外吸收光谱解析。见表 7-19。

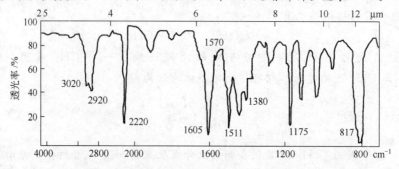

图 7-37　分子量为 117 的某化合物的红外吸收光谱

表 7-19　分子式为 $C_8H_{18}O$ 某化合物的红外吸收光谱解析

峰频率/cm^{-1}	归　　属	结　构　单　元
3020	$\nu_{(=CH)}$ 不饱和碳	
1605	$\nu_{(C=C)}$ 苯环	
1511	$\nu_{(C=C)}$ 苯环	
1572	$\nu_{(C=C)}$ 共轭苯环	
2220	$\nu_{(C\equiv N)}$ 腈基	
817	$\gamma_{(=CH)}$ 对位取代苯环	
2920	$\nu_{(-CH)}$ 饱和碳,CH_3	
1380	$\nu_{(-CH_2)}$,CH_3	$M,W=117$

7.5　仪器的维护及实验技术

7.5.1　对红外吸收光谱分析室的要求

（1）防潮　吸收池及检测器的窗片大都是用易吸潮的溴化钾或碘化铯等岩盐制成的，吸潮后会变得不透明，所以，仪器室最好安装空调或除湿装置。

（2）防尘　仪器的光学部件及电子元件落上灰尘，会降低仪器的性能。仪器室的门窗不宜与外界直通，最好有缓冲间，墙壁最好刷油漆。

（3）防腐蚀　光学系统的各种反射镜镜面通常为真空镀铝面，易为氯化氢、醋酸、氨等酸碱蒸气所腐蚀，使反射率下降，影响仪器的性能及使用寿命，因此，化学处理室应与仪器室分开，也不要在仪器室内制样及洗涤吸收池。

（4）防震　震动可能使粘接的检测器窗片脱落、漏气，甚至损坏，仪器应安放在稳定的实验台上。

（5）防电磁干扰　真空热电偶的输信号为 10^{-9} V 数量级，极易受外界电磁干扰，要求有良好的专用地线，并远离大功率设备。

7.5.2　红外光谱仪的维护

（1）液体吸收池使用后应立即清洗，清洗剂最好用含水量低 0.1% 的低沸点溶剂，如 $CHCl_3$、CCl_4 等。乙醇等溶剂的含水量较高，不宜使用。因为溶剂的迅速挥发，会使盐窗温度骤降而凝结水滴，用溶剂清洗后，应立即用红外灯烘干盐窗，再置于干燥器内保存。

（2）未使用的真空热电偶最好保存在一个真空度与热电偶接近的真空干燥器内，并在干燥器内装一小灯泡，使其温度高于室温 $3\sim5℃$。

（3）搬运仪器时对光学衰减器、扇形镜、记录笔架、开启狭缝的杠杆及波数扫描杠杆等活动部件应加以固定。对真空热电偶、前置放大器等怕震部件应采取固定及防震措施或拆下另行包装。

（4）及时更换单色器舱中的硅胶，经常在机械传动部分涂润滑油。为防止手汗污染，操作时应戴医用乳胶手套。

7.5.3　吸收池窗片的抛光

吸收池在使用一定时期后，窗片会发雾，影响透光度，需重新抛光。抛光是在仪器附带的抛光砧板上进行的，在砧板上撒一些粒度为微米级的三氧化二铁粉或三氧化二铝粉，再滴数滴 95% 的乙醇或水，然后将窗片置砧板上作圆周运动研磨，用力要均匀，否则会使窗片产生裂纹。当乙醇或水将干时，沿砧板面移出窗片，并在鹿皮上迅速摩擦即可得一透明窗片。照样再抛光另一面。抛光时应戴上胶手套，以防手汗弄湿抛光面。

7.5.4 吸收池厚度的测定

对于 0.5mm 以下的较薄吸收池，通常采用干涉条纹法测定厚度。干涉条纹法是基于光在空吸收池的空气层中发生干涉的原理。红外光在通过空吸收池时，一部分透过，一部分在吸收池界面反射，其反射光强度 I_r 占入射光 I_0 强度的分数与介质的折射率有关，可由式(7-23) 表示

$$\frac{I_r}{I_0} = \left(\frac{n_2 - n_1}{n_2 + n_1}\right)^2 \tag{7-23}$$

式中，n_1 为空气的折射率；n_2 为窗片材料的折射率。

由于反射光在吸收池内表面的两次反射，与透过光相比光程差为二倍吸收池的厚度。将空吸收池置于光路中进行波数扫描时，两光束使发生干涉作用形成一系列含有极大及极小的干涉条纹，见图 7-38，记录波数 ν_1 及 ν_2 之间波的数目 n，即可由式(7-24) 计算出吸收池的厚度 b。

$$b = \frac{10}{2 \times (\nu_1 - \nu_2)}$$

或

$$b = \frac{n\lambda_1\lambda_2}{2(\lambda_2 - \lambda_1)} \tag{7-24}$$

假如对图 7-38 中三个吸收池的厚度计算如下：已知 $\nu_1 = 2000\text{cm}^{-1}$，$\nu_2 = 600\text{cm}^{-1}$、$n_1 = 10$、$n_2 = 24$、$n_3 = 37$，则

$$b = \frac{10}{2 \times (\nu_1 - \nu_2)} = \frac{10}{2 \times (2000 - 600)} = 0.0036\text{cm}$$

$$b = \frac{24}{2 \times (2000 - 600)} = 0.0086\text{cm}$$

$$b = \frac{37}{2 \times (2000 - 600)} = 0.0132\text{cm}$$

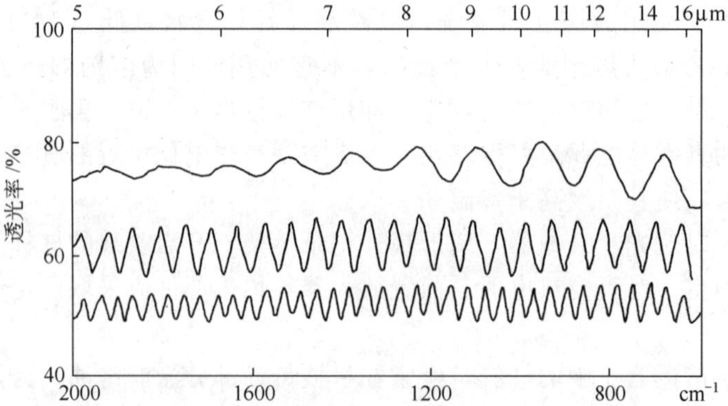

图 7-38　三个不同吸收池的干涉条纹

测定时必须使用空吸收池。这是因为在吸收池中充装溶液时，大多数液体的折射率与池窗材料的折射率接近，即式(7-23) 中的 $n_1 = n_2$，这里的 n_1 指液体的折射率，致使反射光的强度很小，通常看不见干涉条纹。

干涉条纹越清晰，即极大与极小之间的距离越大，则吸收池的质量越好；如果干涉条纹近似为平滑线，表示两窗片不平行或窗片被游离水腐蚀；如果出现一些小峰，则说明池窗内

表面不平。

7.5.5　波数校正

吸收峰的波数是进行红外光谱定性分析的主要依据，若仪器的波数读数相对于真实值发生较大位移，就会给红外谱图的解析和与标准谱图的对照带来困难，以致发生误诊。

对于分辨率在 $1cm^{-1}$ 以下的精密型红外光谱仪，是通过比较已知气体吸收峰的实测值与文献值来校正波数的。例如利用氯化氢气体校正 $3100\sim2700cm^{-1}$ 区，用氨气校正 $1200\sim800cm^{-1}$ 区。

对于简易型红外光谱仪，通常采用 $0.1mm$ 的聚苯乙烯薄膜进行波数校正。表 7-20 列出其主要吸收峰位置。苊在 $4000\sim700cm^{-1}$ 区有 77 个尖锐的吸收峰，也可用来校正波数。

必要时需调整波长刻度和光栅或棱镜的位置。

表 7-20　聚苯乙烯吸收峰的波长和波数[①]

编　　号	1	2	3	4	5	6
波数/cm^{-1}	3062.0	3027.0	2924.0	2850.7	1944.0	1801.6
波长/μm	3.2658	3.303	3.4199	3.5079	5.1440	5.5506
编　　号	7	8	9	10	11	12
波数/cm^{-1}	1601.4	1494.0	1154.3	1028.0	906.7	698.9
波长/μm	6.2445	6.6934	8.6632	9.7276	11.0290	14.3081

① 光栅红外分光光度计的测定结果。

习　　题

一、填空题

1. 红外吸收光谱法是以研究（　　　　）物质分子对（　　　　）红外辐射的吸收特性而建立起来的一种定性（包括结构分析）、定量分析方法。

2. 可见光到微波区之间的一段电磁波属于红外光区的范畴，其波长范围大致是 0.76～（　　　　）μm 或（　　　　）μm 或（　　　　）μm。

3. 红外光按波长分为三个区域：（　　　　）、（　　　　）和（　　　　），一般所说的红外光谱是指（　　　　）。

4. 双原子分子只有一种振动形式——伸缩振动，而多原子分子却有多种振动形式，但大体上可归纳为（　　　　）及（　　　　）。

5. 在分子的振动能级上叠加有许多转动能级，当振动能级跃迁时，不可避免地伴随有转动能级跃迁，因此无法测得纯粹的振动光谱，而只能获得（　　　　）光谱。

6. 共轭效应也称 C 效应或 M 效应。共轭效应使（　　　　）密度平均化，双键略有伸长，单键略有缩短，即使（　　　　）密度降低，化学键力常数变小，伸缩振动频率向低频方向移动。

7. 空间效应不是通过（　　　　）起作用，而与（　　　　）有关。空间效应包括环状化合物的张力效应、空间障碍（　　　　）效应及偶极场效应。

8. 氢键的形成使形成（　　　　）均有削弱，其伸缩振动频率均降低。（　　　　）越强，频率降低的幅度越大，氢键的形成还使吸收峰变宽。

9. 红外光谱仪的种类很多。按分光原理的不同可将红外光谱仪分为两大类，一类为（　　　　），它是以（　　　　）作为单色器，利用棱镜的色散作用或光栅衍射达到分光目的；另一类是（　　　　），它是利用（　　　　）作为干涉分光装置。

10. 傅里叶变换红外光谱仪主要由（　　　　）、（　　　　）、（　　　　）、（　　　　）和（　　　　）等部分组成。

11. 红外光谱仪常用的红外光源为（　　　　）和（　　　　）。

12. 红外光谱法测试液态样品，可用液体（　　　　）、（　　　　），黏度大的样品还可采用（　　　　）涂片法。

13. 红外光谱法测试固体样品，固体制样最简单的方法是溶液法，即选择适当的溶剂配成5%～10%的溶液，用液体吸收法进行测定。其次最常用的方法有（　　　　）、（　　　　）、（　　　　）和（　　　　）。

14. 红外光谱区的检测器一般分为两种：（　　　　）和（　　　　）。红外光谱仪中常用的检测器有（　　　　）、（　　　　）和（　　　　）。

二、选择题

1. 波数的单位为cm^{-1}，其物理意义是1cm中所包含波的个数。例如，$50\mu m$的红外光所对应的波数为（　　　　）。

A. $100cm^{-1}$ B. $200cm^{-1}$ C. $300cm^{-1}$ D. $400cm^{-1}$

2. 用波数表示的频率不同于光的振动频率，两者在数值上相差c倍。用波数表示频率比用光的振动频率作单位要简单方便。例如$\sigma = 500cm^{-1}$的红外光所对应的光的振动频率为（　　　　）。

A. $1.0\times10^{18}Hz$ B. $1.5\times10^{15}Hz$ C. $1.5\times10^{12}Hz$ D. $1.5\times10^{18}Hz$

3. 电磁波属于红外光区的范畴，没有一种单一的辐射源及检测器可适用于其范围，于是可根据所采用的实验技术及获取的信息的不同，将红外光按波长分为三个区域，其中中红外区的波长为（　　　　）。

A. $1.5\sim15\mu m$ B. $2.5\sim20\mu m$ C. $2.5\sim25\mu m$ D. $3.5\sim50\mu m$

4. 电磁波属于红外光区的范畴，没有一种单一的辐射源及检测器可适用于其范围，于是可根据所采用的实验技术及获取的信息的不同，将红外光按波长分为三个区域，其中近红外区的对应的波数为（　　　　）。

A. $4000\sim1000cm^{-1}$ B. $5000\sim2000cm^{-1}$ C. $10000\sim5000cm^{-1}$ D. $13158\sim4000cm^{-1}$

5. 远红外红外光谱分析金属有机化合物，波数范围为$200\sim10cm^{-1}$，要求采用的红外光源为（　　　　）。

A. 钨丝灯   B. 硅碳棒   C. 高压汞灯   D. 能斯特

6. 近红外红外光谱分析气体混合物，波长范围为$0.78\sim2.5\mu m$，要求采用的红外光源为（　　　　）。

A. 能斯特   B. 高压汞灯   C. 硅碳棒   D. 钨丝灯

7. 一般所说的红外光谱是指（　　　　）。

A. 远红外光谱   B. 近红外光谱   C. $800\sim1000nm$ D. 中红外光谱

三、简答题

1. 红外吸收光谱主要研究范围是什么？

2. 红外吸收光谱法有何特点？

3. 简述红外吸收光谱法定量分析的依据。

4. 红外光谱法在石化工业及环境监测中有何应用？

5. 试述简谐振子模型的假设。

6. 简谐振子的伸缩振动频率取决于哪些因素？

7. 解释什么叫光谱选律，光谱选律通过何种方式获得？

8. 色散型双光束光学自动平衡式红外光谱仪的工作原理是什么？

9. 傅里叶变换红外光谱仪的工作原理是什么？

10. 制样在红外光谱技术中占重要地位，制样不当就得不到满意的红外吸收光谱。制样时应注意哪些因素？

11. 红外光谱法测试固体样品的制样方法如何？

12. 简述压片法的制样技术。

13. 简述糊剂法的制样技术及适用范围。

14. 简述薄膜法的制样技术及适用范围。

四、计算题

1. 根据表7-3试计算HF的伸缩振动频率。

2. 根据表7-3试计算C—Cl的伸缩振动频率。

3. 根据表7-3试计算—CHO（醛基）的伸缩振动频率。

4. 计算苯 C_6H_6 的不饱和度并解析。

5. 某液体化合物的分子式为 $C_4H_5O_2$，计算不饱和度并解析。

6. 某化合物分子式为 $C_8H_{18}O$，计算不饱和度并解析。

7. 某化合物分子式为 $CH_3-(CH_2)_7-COOH$，计算不饱和度并解析。

8. 分子式为 C_8H_{14} 的化合物，计算不饱和度并解析。

9. 计算 $2.5\mu m$ 及即 $50\mu m$ 红外光所对应的波数，$250cm^{-1}$ 及 $725cm^{-1}$ 对应的波长。

10. 根据表 7-3 给出的化学键力常数，计算 CH、NH、OH、C—C、C=C、C≡C、C=O 及 C≡N 的伸缩振动频率。

11. 计算苯及线型分子乙炔的基本振动数目，写出乙炔所有的基本振动形式。

12. 某化合物分子式如下，试计算其不饱和度并解析。

13. Cl_2、H_2O 分子的振动能否引起红外吸收光谱而产生吸收谱带？试说明理由并预测可能有的谱带数。

14. 下面 a、b 两个化合物中，哪一个化合物 $\nu_{C=O}$ 吸收带出现在较高频率？为什么？

第8章 极谱法及伏安分析法

极谱分析法与伏安分析法是通过测量电解过程中所得到的电流-电压（或电位-时间）曲线来确定电解液中含被测组分的浓度，从而实现分析测定的电化学分析法。它们与电解、库仑分析法的区别在于电解池中的两个电极的性质。其中一个电极的电位完全随外加电压的变化而变化，是极化电极，用作为工作电极；另一个则是电极的电位保持恒定的电极，是去极化电极，作为参比电极。

极谱分析法与伏安分析法的不同则在于工作电极的差别。凡使用滴汞电极或电极表面能周期性更新的叫极谱法，而使用表面不能更新的液体或固体电极的叫伏安法。

极谱分析法是建立在电解过程的基础上，而电解过程可分为控制电位电解过程和控制电流电解过程两大类。

因此，极谱分析法也可分为两大类，即控制电位极谱法和控制电流极谱法。控制电位极谱法尚可细分为直流极谱法、单扫描极谱法、方波极谱法等；控制电流极谱法尚可分为计时电位法（依据电位-时间曲线）、交流示波极谱法等。

本章主要介绍直流极谱法，之后，简单介绍某些近代极谱法或伏安分析法。

8.1 直流极谱法概述

8.1.1 极谱分析的一般装置

直流极谱法（direct current polarography，DC polarography）也可简称为极谱法（polarography），是以控制电位的电解过程为基础的极谱法，其实验装置如图 8-1 所示。

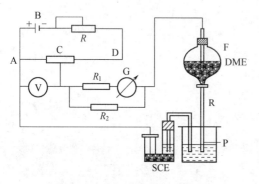

图 8-1 直流极谱法装置示意图

由图 8-1 可见，其实验装置与一般电解装置大体相似，主要有三个部分。

第一部分是提供可变外加电压的装置。它是由直流电源 B、可变电阻 R 和一均匀的滑线电阻 AD 组成的，通过改变接触点 C 的位置，可以改变加在两个电极上的电压，一般其变化幅度为 0~2V，这一电压的大小则通过伏特计 V 来指示。

第二部分是指示电压改变过程中进行电解时，流经电解池电流变化的装置。它是由串联在电路中的检流计和分流器组成的，由检流计 G 来指示电流的变化，其电流的强度为 μA 数量级。

第三部分是电解池。它是由两个电极和待测的电解液组成的。

由以上的分析可以看出，极谱分析与电解分析装置的不同则在于两个电极。极谱分析使用的两个电极一般都是汞电极，其中一个是面积很小的滴汞电极（dropping mercury electrode DME）；另一个是面积很大的甘汞电极，通常是饱和甘汞电极。

滴汞电极的结构是，上部为一贮汞瓶 F，其下端以厚壁软塑料管 R 与一支长约 10cm、内径约 0.05mm 的玻璃厚壁毛细管 P 相连接。当贮汞瓶中贮以适当量汞，并完全注满塑料管和毛细管，因重力作用插入电解液的毛细管下口汞滴自由在电解液中滴落，而构成滴汞电极。滴汞电极是待测物质发生电极反应的一极，由于滴汞面积很小，电解时电流密度很大，很容易发生浓差极化，是极谱分析的工作电极。

甘汞电极是通过盐桥与电解液相沟通。由于甘汞电极的面积比滴汞电极大很多，电解时电流密度小，不发生浓差极化，是去极化电极，在一定条件下其电极电位保持恒定，是参比电极。

因此，滴汞电极的电位就完全随着外加电压的改变而变化，使极谱电解过程完全成为控制工作电极电位的电解过程。极谱电解过程中，所测电解液必须处于静止状态，不得搅动。

8.1.2　极谱波的形成过程

极谱法是通过极谱电解过程所获得的电流-电压曲线（i-U 曲线）来实现分析测定的。所得的这条 i-U 曲线称为极谱波或极谱图，亦简称极谱。极谱分析这一名称也就是因此而来的。

例如，以极谱法测定某一样品中 Cd 的含量时，首先将试样制备成含 Cd^{2+} 的试液，再配制成待测的电解液移入电解池。以滴汞电极为阴极，饱和甘汞电极为阳极进行电解（亦称极谱电解）。使外加电压在 $0 \sim 1V$ 间逐渐增加，以自动记录的办法绘制电解过程中的极谱波，如图 8-2 所示。

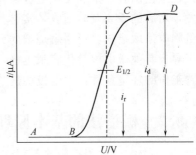

图 8-2　Cd 的极谱波

由图 8-2 可见，极谱波是一台阶状的曲线。起始的平坦部分 AB 线段，是外加电压还未达到 Cd^{2+} 的分解电压，滴汞电极上还没有 Cd^{2+} 被还原，此时应该没有电流通过电解池。但实际上仍有极微小的电流通过，称为残余电流，以 i_c 为其表示符号。当外加电压增加到大于 Cd^{2+} 的分解电压后，电解作用开始，Cd^{2+} 在滴汞电极上还原为金属 Cd，并在电极上形成汞齐。与此同时，在甘汞电极上则发生氧化反应，使甘汞电极中的 Hg 氧化为 Hg_2Cl_2。其电极反应分别为：

阴极：$\qquad\qquad Cd^{2+} + 2e^- + Hg \rightleftharpoons Cd(Hg)$（镉汞齐）

阳极：$\qquad\qquad 2Hg + 2Cl^- \rightleftharpoons Hg_2Cl_2 + 2e^-$

电解开始后，随着外加电压的继续增大，电流急剧上升，形成极谱波的 BC 线段。最后当外加电压增加到一定数值时，电流不再增加，达到一个极限值。极谱波出现了一个平台 CD 线段，此时的电流称为极限电流，以 i_1 为符号。极限电流与残余电流之差称为扩散电流，也叫波高，以 i_d 表示。波高与电解液中 Cd^{2+} 的浓度成正比，这是极谱定量分析的基础。

8.1.3　极谱法的特点

极谱法由于所采用的工作电极和分析测试方式的特殊，它具有以下一些特点。

(1) 适用范围广　氢在汞电极上的超电位很高，即使在酸性介质中，滴汞电极的电位变负至 $-1.0V$ 还不致发生氢离子还原的干扰。当滴汞电极作为阳极时，由于汞本身会被氧化，所以其电位变正一般不能超过 $+0.4V$。在上述适宜电位范围内，能在电极上还原或氧化的物质，包括无机物和有机物均可以极谱法进行测定。同时，它也是一种测定化学反应平衡常数和研究电极反应机理的一种手段。

（2）可测定组分含量的范围宽　一般被测定组分在电解液中的浓度范围为 $10^{-2}\sim10^{-5}$ mol/L，适宜作微量组分的测定。近年也有用它来测定常量组分的。如果采用近代一些极谱分析方法，其可测定的组分在电解液中的浓度可低至 $10^{-7}\sim10^{-10}$ mol/L，能进行超微量组分的测定。

（3）准确度高，重现性好　由于汞滴不断更新，工作电极始终保持洁净，使所得的实验数据比较准确，重现性也好。一般相对误差约为 $\pm1\%$，使用很精密的仪器其相对误差可减小到 $\pm0.5\%$。

（4）选择性好，可实现连续测定　由于工作电极的电位是完全可以控制的。对析出电位相差约 $>50mV$ 的各种金属离子，可以在工作电极处于不同电位下，还原成金属，而产生不相互重叠的极谱波。既不相互干扰，又可在同一电解液中实现对某些共存金属离子的连续测定。

还应指出，极谱法工作电极所使用的汞，其蒸气是有毒的。在实验中应谨防汞的散落和蒸发，用后的汞要及时回收，实验室要注意通风，并应经常检查空气中汞的含量，如超过允许量则应采取措施，可用燃烧碘的方法进行消毒。极谱法的这一缺陷，多年来有许多学者致力于寻找其他微电极替代滴汞电极，但其效果都不如汞电极。只要在实验中细心操作，注意改善工作的环境条件，汞电极的这一缺点是完全可以克服的。

8.2　极谱法的基本原理

8.2.1　工作电极的电位完全受外加电压的控制

极谱分析是以电解为基础的分析方法。因此，极谱电解过程中电解物理量之间的关系应完全符合电解方程式。例如，当通过电解池的极谱电流为 i(A) 时，电解线路中的总电阻为 $R(\Omega)$，外加电压为 U(V)，滴汞电极的电位为 φ_{DME}(V)，饱和甘汞电极的电位为 φ_{SEC}(V)，根据电解方程式，则它们与外加电压 U 的关系为：

$$U=(\varphi_{SEC}-\varphi_{DME})+iR \tag{8-1}$$

由于极谱电解时通过电解池的电流很小（μA 数量级），通常 R 值也不是很大，所以 iR 可以忽略不计，于是式(8-1) 可简化为

$$U=\varphi_{SEC}-\varphi_{DME} \tag{8-2}$$

在极谱电解中阳极通常采用的是大面积饱和甘汞电极，由于电解池通过的电流很小，所以饱和甘汞电极表面的电流密度极小，在其表面上所发生的汞的氧化作用所引起的 a_{Cl^-} 变化是不致察觉的，在电解过程中其电极电位保持恒定。当以饱和甘汞电极为标准，即视 $\varphi_{SEC}=0$，以 vs. SCE 为表示符号，则

$$U=-\varphi_{DME}(\text{vs. SCE}) \tag{8-3}$$

式(8-3) 定量地说明，在极谱电解中由于采用了大面积的饱和甘汞电极和与之对应的面积很小的滴汞电极，则工作电极的电位完全受外加电压的控制。滴汞电极的电位 φ_{DME}（vs. SCE）的数值与外加电压完全相等，符号相反。同时还表明，当 iR 可以忽略不计时，如果横坐标值取负值，则曲线 i-U 与曲线 i-φ_{DME} 完全重合。

8.2.2　极谱电流是完全受控制的电解电流

当外加电压从零开始逐渐增加时，滴汞电极的电位则逐渐变负，当达到 Cd^{2+} 的析出电位，汞滴表面的 Cd^{2+} 便开始还原，随即形成 $Cd(Hg)$，产生电解电流。这时，电极表面的

$lg[(Cd^{2+})/Cd(Hg)]$ 与工作电极电位的对应关系符合能斯特方程，25℃时

$$\varphi_{DME} = \varphi'_{Cd^{2+}/Cd(Hg)} + \frac{0.059}{2} lg \frac{[Cd^{2+}]}{[Cd(Hg)]} \tag{8-4}$$

式(8-4) 中的 $\varphi'_{Cd^{2+}/Cd(Hg)}$ 为此时 $Cd^{2+}/Cd(Hg)$ 电对的条件电位。

当继续增大外加电压，使 φ_{DME} 更加变负时，则电极表面有更多的 Cd^{2+} 被还原，而使滴汞电极表面一薄层电解液与本体溶液间 Cd^{2+} 的浓度产生了浓度差，从而使本体溶液中的 Cd^{2+} 向电极表面扩散。扩散到电极表面的 Cd^{2+} 又在电极上还原，形成持续不断的电解电流，称为扩散电流，即形成图 8-2 的 BC 线段。于是，在滴汞电极表面产生了一层厚度约 0.05mm 的扩散层，扩散层内沿（电极表面）Cd^{2+} 的浓度以 c_0 表示，它的大小取决于电极电位；扩散层外沿 Cd^{2+} 的浓度与本体溶液相等，以 c 表示。扩散层内、外沿之间 Cd^{2+} 浓度由小到大形成了浓度梯度。由于扩散层的厚度 δ 极薄，如果近似地认为扩散层内 Cd^{2+} 浓度的变化与离开电极表面距离的变化呈线性关系，则其浓度梯度可近似地视为 $c \sim c_0/\delta$（见图 8-3）。

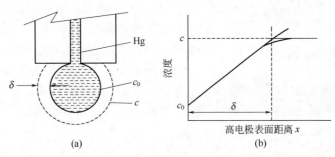

图 8-3　扩散层示意图

（a）扩散层示意；（b）被测物质在扩散层内浓度梯度的变化

由理论和实验部证明，扩散电流 i 的大小与被还原的反应物在扩散层中的扩散速度成正比，而扩散速度又与浓度梯度成正比，于是

$$i \propto \frac{c - c_0}{\delta}$$

滴汞电极表面扩散层的厚度 δ 是电位和时间的函数。所以在一定电位下，某一时刻的扩散电流为：

$$i = K(c - c_0)$$

式中，K 为比例常数。

当外加电压继续增加，使 φ_{DME} 变得更负时，电极表面电解液中的 Cd^{2+} 浓度变得更小，扩散电流更大。最后，当 φ_{DME} 负到一定程度，c_0 趋近于零，扩散电流达到最大值，即为极限扩散电流。此时：

$$i_d = Kc \tag{8-5}$$

c 是本体溶液的浓度，对某一被测电解液是个定值。当 φ_{DME} 变得再负时，极限扩散电流也不再变大，滴汞电极也就达到了完全的浓差极化。所以在极谱波上出现一个平台，此时，极限扩散电流与被测组分的浓度成正比，是极谱定量分析的依据。

由以上的讨论可以看出，极谱电解过程产生扩散电流，最后达到极限扩散电流，就必须使工作电极产生浓差极化，并最后达到完全的浓差极化，而参比电极要始终保持是去极化电极。

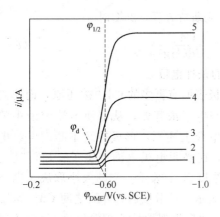

图 8-4 不同浓度 Cd^{2+} 在 $1mol \cdot L^{-1}$
KCl 溶液中的极谱波

1—$2.8 \times 10^{-4} mol \cdot L^{-1}$；

2—$5.6 \times 10^{-4} mol \cdot L^{-1}$；

3—$1.1 \times 10^{-3} mol \cdot L^{-1}$；

4—$2.0 \times 10^{-3} mol \cdot L^{-1}$；

5—$5.0 \times 10^{-2} mol \cdot L^{-1}$

因此，其实验装置所使用的电极一个是小面积的滴汞电极，另一个是大面积甘汞电极；为使电解电流完全受被测物质的扩散速度所控制，且不破坏扩散层，电解时不搅拌，应使电解液保持静止。同时，还要注意消除其他电流的影响。由于电解液中含被测组分的浓度越低，越容易产生浓差极化，所以极谱分析很适用于对微量组分的测定。

还应指出，极谱波是受扩散速度所控制的含义不仅是指反应物（如 Cd^{2+}）向电极表面的扩散运动，还包括反应产物（如金属 Cd）在汞滴内的扩散。所以极谱的电极反应过程应包含三个步骤：

① 反应物由溶液扩散到电极表面；

② 在电极表面发生电极反应；

③ 反应产物向汞滴中心扩散。其中反应物扩散到电极表面是最慢的一步，它控制着电极反应过程的速度。所以我们这里才着重讨论这个问题。

当极谱波的扩散电流值为其极限扩散电流的一半时，它所对应的滴汞电极的电位称为半波电位，以 $\varphi_{1/2}$ 为表示符号。在一定条件下，每种物质的半波电位是个固定值，不因该物质在电解液中所含的浓度不同而有变化（见图 8-4），是极谱定性分析的依据。

8.3 扩散电流的理论探讨——尤考维奇方程式

极谱法是 1922 年由海洛夫斯基（J. Heyrovsky）建立的。在对其原理有了一般认识的基础上，迅速地得到了推广和应用。与此同时，有关扩散电流的理论研究也逐步深化。1934 年尤考维奇（D. Ilkovic）导出了扩散电流方程式，简称为尤考维奇方程式。尽管方程式的导出中做了某些近似处理，但经多年广大电化学和电化学分析工作者的实践，证实尤考维奇方程式基本上是正确的，理论值与实验值基本相符。

尤考维奇方程式是人们对扩散电流认识上的一次历史性的飞跃。为了能全面了解和很好掌握极谱法，本书将对其作一简要介绍。重点放在有助于进一步理解扩散电流的原理，略去一些复杂的严格数学推导。

8.3.1 尤考维奇方程的简介

假设滴汞电极从汞滴生成开始，当 $t(s)$ 时，汞滴的球面积为 $A_t(cm^2)$，其扩散层的厚度为 $\delta(cm)$，汞滴表面被测物质的浓度为 $c_0(mol/L)$，在扩散层外沿本体溶液中被测物质的浓度为 $c(mol \cdot L^{-1})$，电极表面电解液的浓度梯度为 $c \sim c_0/\delta$。

根据斐克（A. Frick）于 1855 年提出的第一扩散定律，每秒钟通过扩散而达到电极表面的被测定离子的物质的量 $f(mol)$ 与电极面积和浓度梯度成正比。于是

$$f = DA_t \frac{c - c_0}{\delta}$$

D 是比例常数，称为扩散系数。如果每摩尔离子在电极上起反应时，其转移电子的物质的量为 $n(mol)$（即俗称电极反应电子转移数为 n），依据法拉第电解定律，t 时电解电流 i_t

应为：

$$i_t = nFf = nFDA_t \frac{c-c_0}{\delta} \tag{8-6}$$

当 i_t 为某一时刻（t）的瞬时极限扩散电流 $(i_d)_t$ 时，$c_0 = 0$，于是

$$(i_d)_t = nFDA_t \frac{c}{\delta} \tag{8-7}$$

假定汞在毛细管中的流出速度为 $m(\mathrm{g \cdot s^{-1}})$，汞的密度为 $\rho(\mathrm{g \cdot mL^{-1}})$，则每秒流出汞的体积为 $m/\rho(\mathrm{mL})$，若视汞滴为球形，于汞滴形成 $t(\mathrm{s})$ 时，汞滴半径为 $r_t(\mathrm{cm})$，则汞滴的总体积 V_t 与 r_t 的关系为：

$$V_t = \frac{mt}{\rho} = \frac{4\pi r_t^3}{3} \tag{8-8}$$

于是

$$r_t = \left(\frac{3mt}{4\pi\rho}\right)^{1/3} \tag{8-9}$$

所以 t 时的汞滴面积 $A_t(\mathrm{cm^2})$ 为：

$$A_t = 4\pi r_t^2 = 4\pi\left(\frac{3mt}{4\pi\rho}\right)^{1/3} \tag{8-10}$$

根据尤考维奇的研究工作探明，在时间 t 时，滴汞电极上的扩散层厚度 δ 为：

$$\delta = \left(\frac{3}{7}\pi Dt\right)^{1/2} \tag{8-11}$$

将式（8-10）和式（8-11）代入式（8-7）并整理，得

$$(i_d)_t = 70800nD^{1/2}m^{2/3}t^{1/6}c \tag{8-12}$$

式（8-2）中，$(i_d)_t$、m 和 c 的单位分别为 A、$\mathrm{g \cdot s^{-1}}$ 和 $\mathrm{mol \cdot mL^{-1}}$。但极谱分析中，$(i_d)_t$、$m$ 和 c 的单位分别为 μA、$\mathrm{mg \cdot s^{-1}}$ 和 $\mathrm{mmol \cdot mL^{-1}}$，此时式（8-12）改写成

$$(i_d)_t = 708nD^{1/2}m^{2/3}t^{1/6}c$$

式（8-12）为瞬时极限扩散电流公式。由该式可见，滴汞电极的极限扩散电流随时间 t 的 $1/6$ 次幂而增加，如图 8-5 的曲线 a，当 $t = 0$ 时，$(i_d)_t = 0$；$t = \tau$（汞滴从生长开始到滴落所需的时间）时，$(i_d)_t$ 最大，以 $(i_d)_{\max}$ 表示。则

$$(i_d)_{\max} = 708nD^{1/2}m^{2/3}t^{1/6}c \tag{8-13}$$

当汞滴落下时，电流降到零。又即刻出现新汞滴，随汞滴成长电流迅速增大至最大。以 $i_{d平均}$ 表示平均极限扩散电流，即从 $t = 0$ 到 $t = \tau$ 的电流平均值，则

$$\begin{aligned}
\bar{i}_d &= \frac{1}{\tau}\int_0^t (i_d)_t \, \mathrm{d}t \\
&= 708nD^{1/2}m^{2/3}c \times \frac{1}{\tau}\int_0^t t^{1/6}\,\mathrm{d}t \\
&= 607nD^{1/2}m^{2/3}\tau^{1/6}c \quad (25℃) \tag{8-14}
\end{aligned}$$

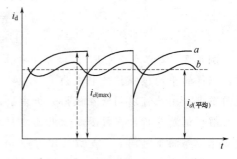

图 8-5　滴汞电极的 i_d-t 曲线

a 为每滴汞的真实 i_d-t 曲线；b 为用长时间
检流计记录的 i_d-t 曲线；虚线为 $i_{d平均}$-
t 曲线

式（8-14）就是尤考维奇方程式。式中，$\bar{i}_d$ 为平均极限扩散电流，μA；n 为电极反应中的电子转移数；D 为被测物质在溶液中的扩散系数，$\mathrm{cm^2 \cdot s^{-1}}$；$m$ 为汞流速度，$\mathrm{mg \cdot s^{-1}}$；τ 为滴汞周期，s；c 为被测物质的浓度，$\mathrm{mmol \cdot L^{-1}}$。

式(8-13)与式(8-14)相比较得知：

$$\bar{i}_d = \frac{6}{7}(i_d)_{max}$$

即平均极限扩散电流为最大极限扩散电流的6/7倍。如果用一个响应极快的，即振荡周期极短的检流计，可以由实验得到与滴汞电极的真实电流相符合的曲线。但在极谱分析中只需测量平均扩散电流，所以用一个振荡周期颇长（3~10s）的检流计。它指示的电流在平均极限扩散电流的上下振荡，因此用自动拍照或自动记录所得的极谱波呈现锯齿形。从极谱波上测量极限扩散电流是量取锯齿曲线的上下振幅中间的平均值。

在极谱分析中说到极限扩散电流，就是指平均极限扩散电流 $(i_d)_t$，而不是指瞬时极限扩散电流或最大极限扩散电流 $(i_d)_{max}$。

将式(8-5)与式(8-14)相对比可知，在一定条件下，式(8-5)中的 K 所包括的内容就是 $607nD^{1/2}m^{2/3}\tau^{1/6}$，所以该 K 项也称为尤考维奇常数。

由此可见，尤考维奇方程式使人们对扩散电流的认识更加深入、具体和全面了。

例8.1 某溶液中 Cu^{2+} 在滴汞电极上的还原反应为

$$Cu^{2+} + 2e^- + Hg = Cu(Hg)$$

若浓度为 $5.0 \times 10^{-4} mol \cdot L^{-1}$，汞的流速为 $3.11 mg \cdot s^{-1}$，汞滴滴下的时间为 $3.87s$ 测得其可逆极谱波的时间扩散电流为 $8.60\mu A$，求：（1）它在介质中的扩散系数？（2）若溶液中 Cu^{2+} 的浓度下降一半，扩散系数是增大还是减小？

解： 试题分析，将所给数据代入尤考维奇方程式求解，所以根据尤考维奇方程式：

（1）它在介质中的扩散系数

$$\bar{i}_d = 607nD^{1/2}m^{2/3}\tau^{1/6}c$$

$$8.6 = 607 \times 2 \times D^{1/2} \times (3.11)^{2/3} \times (3.87)^{1/6} \times 5.0 \times 10^{-4} \times 10^{-3}$$

则

$$D^{1/2} = 5.30 \times 10^{-3}$$

$$D = 2.81 \times 10^{-5} cm^2 \cdot s^{-1}$$

（2）若溶液中 Cu^{2+} 的浓度下降一半，其扩散系数

$$8.6 = 607 \times 2 \times D^{1/2} \times (3.11)^{2/3} \times (3.87)^{1/6} \times 2.5 \times 10^{-4} \times 10^{-3}$$

则

$$D^{1/2} = 10.61 \times 10^{-3}$$

$$D = 5.62 \times 10^{-5} cm^2 \cdot s^{-1}$$

例8.2 某溶液中 Cd^{2+} 在滴汞电极上能产生良好的极谱还原波。当汞柱高度为 $59.8cm$ 时，测得的平均极限扩散电流为 $1.66\mu A$，如果将汞柱高度升为 $81.8cm$，其平均极限扩散电流为多少？由此可以判断在极谱分析中应注意的问题？

解： 试题分析，由极限扩散电流方程式可知，i_d 与 $m^{2/3}t^{1/6}$ 成正比，流速 m 与汞压力 p 成正比，而滴下时间 t 与 p 成反比，即 $m \propto p$，$t \propto p^{-1}$。由此得到 $i_d \propto mt^{1/6} \propto p^{-1}$。通常情况下，汞压力 p 是用汞柱高度 h 来表示的，因此 $i_d \propto h^{1/2}$。当汞柱高度 h 发生变化时，平均极限扩散电流也会相应地发生变化。

（1）所以根据极限扩散电流方程式，平均极限扩散电流 i_d

$$\frac{i_d}{i_d'} = \frac{h^{1/2}}{h'^{1/2}}$$

则

$$i_d' = \frac{h'^{1/2}}{h^{1/2}} \times i_d = \left(\frac{81.8}{59.8}\right)^{1/2} \times 1.66 = 1.94\mu A$$

（2）由本题计算可知，在极谱分析中为了获得准确的实验结果，则测定过程中应注意保持贮汞瓶的高度不变。

8.3.2　影响扩散电流的主要因素

由尤考维奇方程式可以了解到，在极谱分析过程中只有保持 K 所包含的各项为一固定值，才能确保极限扩散电流与被测物质的浓度成正比。而 K 值是由 D、m 和 τ 等各种因素决定的。同时，K 的数值大小又影响极谱分析法的灵敏度，这又是由于 D、m 和 τ 各项都影响扩散电流的原故。

（1）毛细管特性的影响　从尤考维奇方程式可见，$\bar{i}_d$ 与 $m^{2/3}\tau^{1/6}$ 成正比。因此，m 与 τ 的任何改变都会引起极限扩散电流的变化。由于 m 和 τ 决定于毛细管孔的大小和汞柱的压力，均为毛细管特性，所以 $m^{2/3}\tau^{1/6}$ 称为毛细管常数。

汞流速度 m 与汞柱压力成正比，即

$$m = k_1 p$$

而滴汞周期 τ 与 p 汞柱压力成反比，为

$$\tau = k_2/p$$

于是

$$m^{2/3}\tau^{1/6} = (k_1^{2/3} k_2^{1/6}) p^{1/2}$$

而

$$\bar{i}_d \propto m^{2/3}\tau^{1/6}$$

则

$$\bar{i}_d \propto m^{2/3}\tau^{1/6}$$

由此可见，极限扩散电流与汞柱压力的平方根成正比。汞柱压力通常是以贮汞瓶中的汞面与滴汞电极玻璃毛细管末端之间的垂直高度 h 来表示。由于

$$p \propto h$$

所以

$$\bar{i}_d \propto h^{1/2}$$

因此在实际操作中应保持汞柱高度一致。同时，由于毛细孔的大小难以检测，在有相关的一项分析测定中要用同一支毛细管，并直立放置，以便减少分析测定误差。

（2）温度的影响　在尤考维奇方程式中，除 n 之外的其他各项均受温度的影响，但一般影响较小，只是对 D 的影响稍大些。对大多数金属离了来说，在 $20 \sim 50℃$ 范围内，温度每升高 $1℃$，其极限扩散电流约增长 1.7%。因此，在实验过程中将温度变化控制在 $\pm0.5℃$ 范围之内，才可保证因温度的变化而产生的误差 $<\pm1\%$，可以忽略不计。

（3）滴汞电极电位的影响　从尤考维奇方程式看不出滴汞电极电位对 $\bar{i}_d$ 的影响。经实验证明，滴汞电极电位对汞流速度的影响较小，但是在不同的 φ_{DME} 下，汞滴的表面张力 σ 不同，而 $\sigma \propto \tau$，则对 $\bar{i}_d$ 产生一定的影响。

研究滴汞电极电位 φ_{DME} 与汞滴表面张力 σ 关系的曲线（通常为 σ-φ_{DME} 或 τ-φ_{DME} 曲线），称为电毛管曲线（见图 8-6）。滴汞周期 τ 随着电极电位不同而改变，在 -0.5V（vs. SCE）处有一极大值。$m^{2/3}\tau^{1/6}$ 也随着电极电位的变化而有所改变，在 $0 \sim -1.0\text{V}$ 之间变化较小，可忽略不计，但在更负的电位下，$m^{2/3}\tau^{1/6}$-φ_{DME} 曲线的下降较为显著，对 $\bar{i}_d$ 产生的影响必须考虑。

（4）电解液组成的影响　电解液的组成不同时，对被测组分的扩散系数（D）有影响。极限扩散电流与 $D^{1/2}$ 成正比，所以也影响极限扩散电流的大小。电解质溶液的组成不同，黏度有差别。黏度越大，各种组分的扩散系数就越小。被测组分的状态不同时，如被测金属离子形成络合物后，通常都比其水合离子的半径大，扩散系数小，极限扩散电流也要相应变小。所以在极谱分析中，标准溶液和试液所含各种共存组分要基本一致。

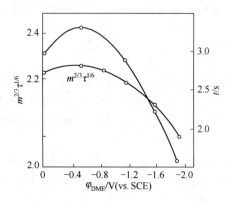

图 8-6 滴汞电极电位对 m、τ 的影响

8.4 干扰电流及其消除方法

在极谱电解过程中，除上述讨论的扩散电流外，还会夹杂产生一些其他电流。这些电流与被测组分无关，但对分析工作有影响，故统称之为干扰电流。

在极谱分析中应根据干扰电流产生的原因设法加以消除，以得到准确的测试分析数据。

8.4.1 残余电流

前已述及，在极谱电解过程中，外加电压尚未达到被测物质的分解电压时，仍有微小的电流通过电解池，这种电流称为残余电流。残余电流是由电解电流和电容电流所组成的。

电解电流是由于待测电解液受各种污染混入容易在滴汞电极上还原的杂质造成的，如 O_2、Cu^{2+}、Fe^{2+} 和 Pb^{2+} 等。电解电流在残余电流中所占的比例极小。

电容电流是残余电流的主要部分。这种电流是由于对滴汞电极和待测液的界面电双层的充电形成的，所以也叫充电电流。它是由于下述原因产生的。

将电解池中装入已仔细除尽溶解氧的 $0.1\,mol \cdot L^{-1}\,KCl$ 溶液，并插入滴汞电极和甘汞电极（如图 8-7 所示）。当外加电压电路的接触点 C 与 A 点接触时，外加电压为零，仅使滴汞电极与甘汞电极短路，则滴汞电极将具有甘汞电极的电位。甘汞电极中的汞层与甘汞相接触的界面上有电双层。于是使甘汞电极的汞表面带正电荷，而向滴汞电极充正电，使汞滴表面带正电荷，并从溶液中吸引负离子形成电双层。这种电双层的性质如同一个电容器，在一定的电位时具有一定的电存量。如果汞滴的面积不变化，这个充电过程在一瞬间即告完成。即对电双层充电当使其达到甘汞电极的电位时，甘汞电极上的正电荷便停止流入滴汞电极。因此，这个电流只是瞬时的。但是在滴汞电极上，由于汞滴面积的不断改变，这样便形成了连续不断的电容电流。当外加电压从零起逐渐增大，即图 8-7 中接触点 C 由 A 向 B 端移动，由于滴汞电极与外电源的负极相连，滴汞电极的电位逐渐变负，电极从外电源取得的负电荷抵消了汞滴所带的一部分正电荷。当滴汞电极的电位达到 -0.56（vs. SCE），汞滴表面不带电荷，称为零电荷电位。再继续增加外加电压，使滴汞电极电位更加变负时，汞滴表面就带负电荷则从溶液中吸引正离子形成电双层，于是在零电荷电位之后又不断地产生电容电流。

根据习惯规定，氧化电流为负，还原电流为正。当滴汞电极的电位正于零电荷电位时，应向汞滴充以正电荷，因此便有电流从甘汞电极经外电路流向滴汞电极，电容电流是负电流。当滴汞电极的电位负于零电荷电位时，应向汞滴充以负电荷，则电容电流为正电流（见图 8-8）。

残余电流通常 $<1\mu A$，相当于 $10^{-5}\,mol \cdot L^{-1}$ 一价金属离子产生的极限扩散电流，这就限制了直流极谱法的灵敏度。近代一些新的极谱法排除了电容电流的干扰，其灵敏度大为提高。在极谱分析中，残余电流一般采用作图法予以扣除，或利用仪器的残余电流补偿装置予以抵消。

8.4.2 迁移电流

迁移电流是由于电解池的阳极和阴极对电解液中的阴、阳离子的静电吸引力或排斥力，

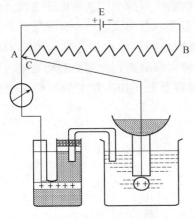

图 8-7　电容电流的产生

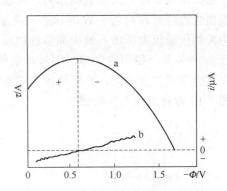

图 8-8　滴汞电极的电毛细管曲线
（a）和电容电流曲线（b）

使离子迁移到电极表面而产生电极反应所形成的电流，称为迁移电流。例如，Cd^{2+} 在滴汞电极上的还原，由于浓度梯度，Cd^{2+} 由本体溶液扩散到电极表面，产生电极反应形成扩散电流。同时 Cd^{2+} 还受电场的作用，作为阴极的滴汞电极对阳离子的吸引力，使 Cd^{2+} 移向电极表面而被还原，产生迁移电流。迁移电流的大小与被测 Cd^{2+} 的浓度无一定计量关系，故应加以消除，以便免除由此而产生的分析误差。

消除迁移电流的方法是在被测电解液中加入大量的电解质，使电解液中含有大量的阴、阳离子，阴极对所有各种阳离子都有静电吸引力，于是阴极表面被所加入电解质的阳离子所包围，而使阴极对被测离子的静电引力大为减弱，以致使被测离子所产生的迁移电流趋近于零。而为消除迁移电流所加入的电解质，在被测离子产生扩散电流的电位范围内，并不发生电极反应。所加入的这种电解质物质称为支持电解质。

常用的支持电解质有：KCl、KNO_3、NH_4Cl、Na_2SO_4、HCl、H_2SO_4 或 KOH 等。在电解液中所含支持电解质的浓度应大于被测物质浓度的 100 倍以上，通常为 $0.1 \sim 1 mol \cdot L^{-1}$ 左右。在实际工作中，由于制备试液或为控制待测液的酸度等所加的一些电解质物质，也同时会起支持电解质的作用。因此，对支持电解质的选用，也应从实际出发全面考虑。

8.4.3　极谱极大

在极谱电解过程中，常会出现一种特殊的现象，即电解开始后，电流随滴汞电极电位的变负而迅速增大到一个极大值，然后下降到极限扩散电流区域，并保持恒定，所出现的这种不正常的电流峰，称为极谱极大或畸峰。图 8-9 为极谱极大形成原因示意。

极谱极大的产生是由于汞滴在成长过程中，电极表面的电解液被搅动，使在电极上发生反应的物质急速地达到电极表面，所以使电解电流急剧地增加，而形成极谱极大。电极表面溶液被搅动，是由于汞滴表面沿切线的方向的运动所造成的。汞滴表面有切线方向运动，是汞滴表面各部位的表面张力不均匀形成的。表面张力小的部位要扩张，表面张力大的部分要收缩。表面张力的不均匀又是由于汞滴表面各部分的电流密度不均匀造成的。在汞滴表面不同部位的单位面积上离子的还原速度不均匀，例如汞滴上部在一定程度上受毛细管的末端所遮蔽，离子不容易接近，因而由于电极反应所产生的电流密度较小。反之，汞滴的下部电流密度就较大。电流密度大则表面张力小，电流密度小则表面张力大。当电流峰上升至极大值后，可被还原的离子在电极表面的浓度趋近于零，达到完全浓差极化，电流就立即下降到极限扩散电流区域。当汞滴荷正电时，道理相似，只是溶液搅动的方向相反。

197

极谱极大可由在被测电解液中加入少量表面活性物质予以抑制。这是由于表面活性物质可以吸附在汞滴表面，而且表面张力较大的部分吸附得多，否则吸附得少，使汞滴表面各部分的表面张力降低到均匀一致的状态。免除了汞滴表面沿切线方向的运动，消除了极谱极大。为抑制极谱极大所加入的表面活性物质，统称为极大抑制剂，常用的有动物胶、聚乙烯醇或 Triton-X 等。使用极大抑制剂时，掌握适当用量很重要，加入量太少不能完全抑制极大；太多会降低扩散电流，甚至使极谱波变形。

图 8-10 为有无极大的极谱波。

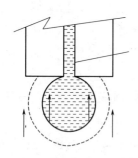

图 8-9　极大形成原因示意
（汞滴负电荷时）

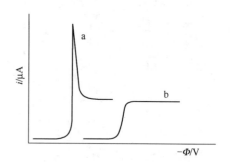

图 8-10　有无极大的极谱波
a—$0.1mol \cdot L^{-1} NaCl\text{-}Pa^{2+}$；
b—a+$0.1mol \cdot L^{-1} 0.1\%$动物胶

8.4.4　氧波

溶液的表面与空气接触，空气中的氧会溶解在溶液中，在常温常压下，达到溶解平衡时，O_2 的溶解度约为 $8mg \cdot L^{-1}$。在试液中所溶有的少量 O_2 很容易在滴汞电极上还原，产生两个极谱波。其电极反应分别为：

第一个波

$$O_2 + 2H^+ + 2e^- \Longrightarrow H_2O_2 \text{（酸性溶液）}$$
$$O_2 + 2H_2O + 2e^- \Longrightarrow H_2O_2 + 2OH^- \text{（碱性或中性溶液）}$$

第二个波

$$H_2O_2 + 2H^+ + 2e^- \Longrightarrow 2H_2O \text{（酸性溶液）}$$
$$H_2O_2 + 2e^- \Longrightarrow 2OH^- \text{（碱性或中性溶液）}$$

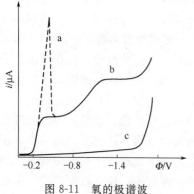

图 8-11　氧的极谱波
a—$0.1mol \cdot L^{-1}$ NaCl；
b—a+0.1% 动物胶；
c—b 完全除氧后

O_2 的两个极谱波的半波电位（缓冲溶液出 pH $1\sim10$）分别为 -0.05 和 $-0.94V$（vs. SCE，$20\sim25℃$）。由于氧波的波形很倾斜，延伸很长，从 -0.05 直到 $-1.30V$ 左右，影响很多物质的极谱测定，因此必须除去溶液中的溶解氧（见图 8-11）。除氧的方法有两种：

（1）用极谱惰性气体除氧　一般可将 N_2、H_2 和 CO_2 气体通入溶液一定时间，借以驱除溶解的 O_2。N_2 或 H_2 可用于所有溶液，即 CO_2 则只能用于酸性溶液。

（2）用化学方法除氧　在中性或碱溶液中，SO_3^{2-} 很容易被氧化为 SO_4^{2-}。加入数粒 Na_2SO_3 的晶体或数滴新配制的 Na_2SO_3 饱和溶液，就可除去溶液中的溶解氧。

$$2SO_3^{2-} + O_2 \Longrightarrow 2SO_4^{2-}$$

生成的 SO_4^{2-} 不干扰极谱测定。但在酸性溶液中不能使用，因此时生成的 H_2SO_3 可分解产生 SO_2，SO_2 可在电极上还原产生极谱波。在酸性溶液中加入抗坏血酸除氧的效果也很好。

8.4.5　氢波、前波和叠波

上述所讨论的四种电流是极谱分析中常见的干扰电流。此外，在实际工作中有时还要注意消除以下一些极谱波的干扰。

(1) 氢波　极谱分析一般是在水溶液中进行的，溶液中的 H^+ 在足够负的电位对，会在滴汞电极上还原，产生极谱波，称为氢波。

在酸性溶液中，H^+ 在 $-1.2V \sim -1.4V$（vs. SCE）处开始还原（其具体还原电位，由于溶液酸度大小的不同，而略有差异）。因此，半波电位比 $-1.2V$ 更负的物质就不能在酸性溶液中测定。

在中性或碱性溶液中，H^+ 浓度大为降低，H^+ 在更负的电位下才开始还原，可不至于影响对半波电位较负物质的测定。

(2) 前波　如果欲测物质的半波电位较负，而待测试液中又有大量（浓度大于欲测物质 10 倍以上）共存的半波电位较正的还原物质，由于共存物质先于欲测物质在滴汞电极上还原，产生一个较大的极谱波称为前波，对欲测物质的极谱波产生干扰，使分析测定工作无法进行。

最常遇到的前波是 $Cu(II)$ 和 $Fe(III)$ 的极谱波，对这类共存组分的干扰可以通过分离或掩蔽处理予以排除。例如，$Cu(II)$ 可用电解法或化学法将其分离除去；$Fe(III)$ 可在酸性溶液中，加入抗坏血酸或羟胺等还原剂使其还原为 $Fe(II)$，而消除干扰。

(3) 叠波　两种物质的极谱波的半波电位相差 $<0.2V$ 时，两个极谱波就会发生重叠，这种波形称为叠波。于是不易分辨而影响测定。消除叠波现象，一般可采用下列方法。

① 改变物质的存在形态，使其半波电位有所偏移，借以增大两者半波电位之差。例如，在酸性溶液中 Co^{2+} 和 Ni^{2+} 的半波电位相近，产生叠波。但加入吡啶后，Co^{2+} 和 Ni^{2+} 形成络离子，它们的半波电位分别为 $-1.09V$ 和 $-0.79V$（vs. SCE），相差 $0.3V$，两波不再重叠。

② 进行分离或掩蔽，以实现分析测定。

8.5　极谱定量分析方法

8.5.1　极谱底液的选择

通过前两节的讨论得知，极谱定量分析的关键是准确测量极限扩散电流。因此要设法消除或尽量减小各种干扰电流的影响，并选择恒定的最佳实验条件。为达到这一目的，往往要向试液中加入各种试剂。由加入的试剂所调配成的溶液，称为极谱分析的底液。

依据被测定的样品和组分的性质选择底液的具体成分，通常应遵循的原则：

① 极谱波形好；

② 极限扩散电流与被测物质的浓度的线性关系好；

③ 干扰少，成本低，便于配制。

8.5.2　极谱波高的测量

极谱定量分析中，常用极谱波的波高表示极限扩散电流的大小，只要求测量相对的波高

$h(mm)$，而不必测量极限扩散电流的绝对值。测量波高的方法很多，这里仅介绍两种简便而准确的方法。

（1）平行线法　如波形良好时，可通过极谱波的残余电流部分和极限电流部分作两条相互平行的直线 AB 和 CD，两线间的垂直距离 h 即为所求的波高 ［图 8-12(a)］。但在实际工作中，许多极谱波的残余电流和极限电流的线段并不平行，因此这种方法的应用受到了限制。

（2）三切线法　在极谱波上通过残余电流、极限电流和扩散电流上升的部分，分别作 AB、CD 和 OP 三条切线。OP 与 AB、CD 分别相交于 O 点和 P 点。通过 O 和 P 作平行与横坐标轴的两条平行线，两条平行线的垂直距离 h 即为波高 ［图 8-12(b)］。此法比较方便，又适用于不同的波形，故广泛地被采用。

进行连续测定两种以上组分所得的极谱波，也可采用上述方法测量出各相应组分的波高 ［图 8-12(c)］。

8.5.3　定量分析方法

在极谱定量分析中，常采用一般仪器分析所通用的标准曲线法或标准加入法。个别组成不太复杂的样品也可采用单次标准加入法进行测定。

例如，首先取未知液浓度 (c_x) 的待测液 $V_x(mL)$ 进行极谱测定，获得极谱波 a（见图 8-13），测得其波高为 $h_x(mm)$；然后加入浓度为 $c_s(mol/L)$，体积为 V_s 的被测物质的标准溶液，在与上同一条件下，再次进行测定，获得极谱波 b（见图 8-13），并测得波高为 H (mm)。则

$$h_x = Kc_x$$

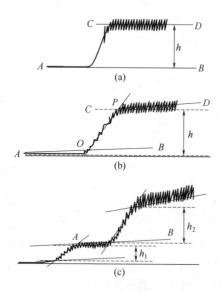

图 8-12　测量波高的方法

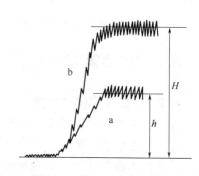

图 8-13　标准加入法（单次）

标准曲线法适用于大批量样品的分析，如生产单位的例行分析。标准加入法准确度高，但标准溶液的加入量要选择适当。标准加入法适用于组成比较复杂的少数样品的分析工作。

$$H = K\left(\frac{V_x c_x + V_s c_s}{V_x + V_s}\right)$$

由上列两式求得：

$$c_x = \frac{V_s c_s h}{H(V_x + V_s) - V_x h}$$

8.6　极谱波的类型及其特征

极谱电解过程中，由于控制反应速度的关键步骤不同，可将所得的极谱波分为不同的类型。各种类型的极谱波也各有一定特征，但它们都可用来作为分析测定的依据。例如，极谱电解某金属离子（M^{n+}）的络离子（ML^{n+}）时，当其在滴汞电极表面还原，要受到下面四种过程的制约。

（1）ML^{n+} 向电极表面的扩散，决定于扩散系数；

（2）ML^{n+} 在电极表面的离解，决定于离解反应的速率常数；

（3）M^{n+} 在滴汞电极表面的还原，决定于电极反应的速率常数；

（4）M 原子在汞滴中的扩散，决定于在汞中的扩散系数。

在上述四种过程中，速度最慢的就是起控制作用的步骤，它决定着极谱波的类型和产生电解电流的大小。

8.6.1　可逆极谱波

当极谱电解过程，只有扩散速度最慢，其他过程都比较快，滴汞电极的电位与电极表面反应物的活度关系符合能斯特方程；其电解电流都是受扩散控制的；这样的极谱波称为可逆波。此时，滴汞电极电位（φ_{DME}）与电解电流（i）、极限扩散电流（i_d）和半波电位（$\varphi_{1/2}$）之间的关系符合下列方程式：

$$\varphi_{DME} = \varphi_{1/2} - \frac{RT}{nF} \lg \frac{i}{i_d - i} \tag{8-15}$$

即

$$\varphi_{DME} - \varphi_{1/2} - \frac{0.059}{n} \lg \frac{i}{i_d - i} \ (25℃)$$

式(8-15) 称为极谱波方程式。它是一个用 φ_{DME} 与 $\lg \frac{i}{i_d - i}$ 的线性方程，据此可用作图法求得 $\varphi_{1/2}$ 和 n 值，这一方法叫作对极谱波进行对数分析。

例如，以 $0.1\,mol \cdot L^{-1}$ $HClO_4$ 为支持电解质含 $1.0 \times 10^{-3}\,mol \cdot L^{-1}$ $Cd(NO_3)_2$ 待测液，在 25℃时，进行极谱电解，获得一可逆极谱波，其极限扩散电流（i_d）为 $10.0\,\mu A$，并在极谱波的上升部分得到下列数据：

φ_{DME}/V(vs. SCE)	$i/\mu A$	φ_{DME}/V(vs. SCE)	$i/\mu A$
−0.600	0.91	−0.627	4.44
−0.612	2.01	−0.639	6.66
−0.620	3.20	−0.650	8.25

应用上列数据并行对数分析即可求得 $\varphi_{1/2}$ 和其 n 值。根据式(8-15)线性方程，首先求出各项 $\lg \frac{i}{i_d - i}$ 值。

φ_{DME}	$i/(i_d-i)$	$\lg[i/(i_d-i)]$
-0.600	$0.91/(10.0-0.91)=0.100$	-1.000
-0.612	$2.01/(10.0-2.01)=0.252$	-0.599
-0.620	$3.20/(10.0-3.20)=0.471$	-0.328
-0.627	$4.44/(10.0-4.44)=0.799$	-0.097
-0.639	$6.66/(10.0-6.66)=1.994$	0.300
-0.650	$8.25/(10.0-8.25)=4.714$	0.672

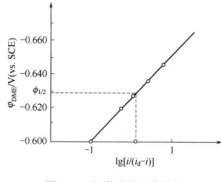

图 8-14　极谱波的对数分析

由上列计算所得数据绘制曲线 $\varphi_{DME}-\lg\dfrac{i}{i_d-i}$，图 8-14 极谱波的对数分析。图中对应值即为 $\lg\dfrac{i}{i_d-i}=0$ 的 φ_{DME} 值为 $\varphi_{1/2}$，于是求得其半波电位为 $-0.629V$（vs. SCE）。直线的斜率（S）可取两个数据点的坐标值计算求得：

$$S=\frac{-0.650-(-0.600)}{0.672-(-1.000)}=-0.0299V$$

根据式（8-15）其线性斜率应为 $-\dfrac{0.0592}{n}$（V），于是

$$\frac{-0.0592}{n}=-0.0299$$

$$n=1.98\approx2$$

还应指出，不仅依据式（8-15）进行对数分析可准确求得半波电位和电极反应中的电子转移数。尚可根据对数分析所得的结果如不是直线；或当 n 为已知时，其斜率不等于（或不近似于）$-\dfrac{0.0592}{n}$，以此作为判断该极谱波是属于非可逆波的一种证据。

8.6.2　不可逆极谱波

当极谱电解过程是电极反应速度慢，扩散和其他相关的化学反应的速度快，而是受电极反应速度所控制。此时，电极处于电化学极化状态，电极反应的进行表现出明显的超电位。因此，不能简单地应用能斯特方程来表达其电极电位与电极表面反应物活度的关系。这类极谱波称为不可逆波。不可逆波的波形较差，斜率较小，延伸较长（见图 8-15）。

应当指出的是，在实际情况下，可逆波与不可逆波并无截然的界限，有许多是介于可逆和不可逆之间。有时还会在极谱电解的开始一段为不可逆，而后又逐渐转化为完全由扩散过程所控制的可逆过程。而且，同一种金属离子，在不同的介质条件下，极谱波的类型也会有差别。

例如 Ti^{4+} 在酒石酸或柠檬酸的酸性介质中的极谱波是可逆波，而它在盐酸底液中就是不可逆波了。由此可见，极谱波属于可逆波或不可逆波与支持电解质的种类也是有关系的。

8.6.3　动力波

极谱电解过程受化学反应速度的控制所得的极谱波，称为动力波。

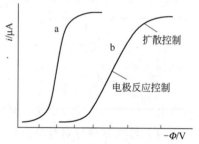

图 8-15　波形差异示意图
a—可疑波；b—部分不可疑波

例如，甲醛在滴汞电极上的还原，由于甲醛溶于水后，主要以其水解产物甲二醇的形态存在。

$$H_2C=O + H_2O \rightleftharpoons HC(OH)_2$$

而甲二醇不能在滴汞电极上还原，则必须是在甲二醇重新转化成甲醛后，才能产生电极反应。但甲二醇脱水反应的速度比它的扩散速度和甲醛的电极还原反应速度慢。因此，甲醛在滴汞电极上的还原是受化学反应的速度所控制的，其极谱波是属于动力波的。

依据控制极谱电解电流的化学反应和电极反应的相对顺序，可将动力波分为三类。化学反应前行于电极反应的，（如甲醛还原的极谱波）称为前行动力波；化学反应随后于电极反应的，叫作随后动力波；化学反应平行于电极反应的，称平行动力波。

平行动力波的一个典型实例是 Fe^{3+} 和 H_2O_2 共存体系的极谱波。Fe^{3+} 在滴汞电极上较易被还原为 Fe^{2+}，H_2O_2 在滴汞电极上则较难还原。但在化学反应中，H_2O_2 是比 Fe^{3+} 更强的氧化剂，可将 Fe^{2+} 氧化为 Fe^{3+}。

$$2Fe^{2+} + H_2O_2 = 2Fe^{3+} + 2OH^-$$

于是当 Fe^{3+} 与 H_2O_2 共存时，Fe^{3+} 先在滴汞电极上还原为 Fe^{2+}，Fe^{2+} 又被电极附近的 H_2O_2 氧化为 Fe^{3+}，即

由于其电极反应速度快，化学反应速度慢，电解电流是受化学反应所控制的。化学反应和电极反应是平行进行的，其极谱波自当属于平行动力波。平行往复，多次循环，所产生的极谱电解电流要比只有 Fe^{3+} 存在时的扩散电流大得多。

如果，Fe^{2+} 与 H_2O_2 的化学反应速度足够大，则在滴汞电极表面的平衡浓度保持恒定，在电解过程中只表现出消耗了 H_2O_2。

总的看来，Fe^{2+} 的行为像催化剂，故将这类平行动力波称为催化波。

催化波比一般极谱波灵敏得多，电解液中含被测物质的最低浓度可达 $10^{-6} \sim 10^{-8}$ mol·L^{-1}，有些甚至低至 $10^{-9} \sim 10^{-11}$ mol·L^{-1}，因此，受到重视。

目前我国的科技工作者，已经提出了对 30 多种元素的多种催化波体系，并广泛应用于超纯物质、冶金材料、环境监测或复杂矿石的分析工作。

8.7　几种新的极谱和伏安分析法

8.7.1　单扫描极谱法

（1）方法原理

① 基本概念　前面讨论的直流极谱法，虽然加到滴汞电极和参比电极上的电压是变化的，但电压的改变速率却很慢。要获得一幅适用的极谱波，需经许多汞滴才能完成。这样的分析方法汞消耗得多，速度也较慢。如果，只在一个汞滴成长的最后时刻，汞滴面积的相对变化很小，可视其汞滴面积基本上无变化，而将其作为面积恒定的电极来使用。此时，把滴汞电极的电位从一个数值迅速地改变到另一数值，例如从零移动到 $-0.5V$，同时用示波器

观察电流随电位改变的变化。这种方法叫做线性变位示波极谱法。线性变位是指汞滴的电位随时间作线性变化；示波是指用示波器观察或记录 i-U（i-φ_{DME}）曲线。1976 年，IUPAC 倡议将这类极谱法称为单扫描极谱法（single-sweep polarography）。单扫描是指在一个汞滴上只加一次扫描电压。我国则通称为示波极谱法，其相应的仪器称为示波极谱仪。

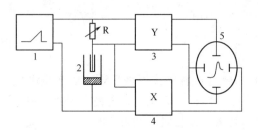

图 8-16　单扫描极谱仪基本电路
1—锯齿波电压发生器；2—电解池；3—垂直放大；
4—水平放大；5—示波器

② 仪器装置和方法原理　单扫描极谱仪的基本电路和装置如图 8-16 所示。由锯齿波电压发生器 1 产生的扫描电压，加到电解池的电极上，它所引起的电解电流从测量电阻 R 上流过，在 R 两端产生电位降的变化，经放大器将其输入示波器的垂直偏向板上，于是垂直偏向板代表电流坐标。另外，将工作电极（DME）和参比电极（SCE）之间的电位差经放大后，输入示波器的水平偏向板上，则水平偏向板完全反映了滴汞电极电位。因此，示波器上所显示的图像是一完整的 i-U 曲线。

我国生产的示波极谱仪采用的汞滴落下时间间隔为 7s，在最后 2s 才加上扫描电压以观察 i-U 曲线。为使汞滴下时间与电压扫描取得同步，在滴汞电极上有敲击装置，在每次扫描结束时，启动敲击器将汞滴敲落，然后汞滴又开始生长，到最后 2s 期间又进行一次扫描。每进行一次扫描，示波器的荧光屏上就重复描绘出一次极谱波。因为这一极谱波是在一个汞滴面积基本恒定时获得的，所以是一光滑曲线（见图 8-17）。

当电压扫描开始时，电极电位还未达到被测物质还原的电位值，这时的电流为残余电流，形成极谱波的基线。当电位负到被测物质可以还原时，由于电位以很快的速度变负，在瞬间使汞滴表面的被测物质都在电极上还原，以致来不及补充，所以在 i-U 曲线上出现电流峰，最后电流仍受扩散所控制，电流值又下降。电流峰极大时的电流称为峰电流，以 i_p 为表示符号，它所对应的电位称峰电位，以 u_p 表示。

概括以上的讨论，可将单扫描极谱法中汞滴面积 A，扫描电压 U，以及电解电流 i 随时间而变化的相互关系，用图 8-18 来表示。

③ 三电极体系　我国所生产的示波极谱仪采用了三电极体系，即在工作电极和参比电

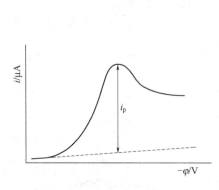

图 8-17　单扫描极谱波形

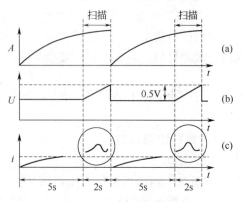

图 8-18　单扫描极谱信号时序图
(a) 汞滴面积 A 和时间的关系；
(b) 扫描电压波形；
(c) 在荧光屏上观察到的 i-U 曲线

极之外，还增加了一个辅助电极（亦称对电极）。其工作电极和参比电极与通常的双电极体系完全相同，辅助电极一般采用的是铂电极。采用三电极体系是为了确保工作电极的电位完全受外加电压所控制和参比电极的电位始终保持为零的恒电位控制体系，所以 i-U 即 i-φ。

近年来各国所生产各种极谱仪都采用了这一新方法，其电子线路如图 8-19 所示。

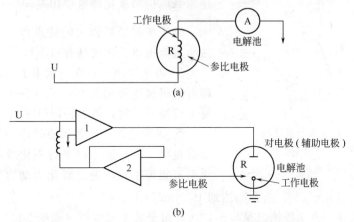

图 8-19　双电极体系与三电极体系线路图比较

（a）双电极体系；（b）三电极体系

由于电流在工作电极和辅助电极之间流过，则参比电极作为监测工作电极的电位，从而减小参比电极和工作电极间溶液的电阻的影响。同时，因为运算放大器输入的阻抗高，流过参比电极的电流趋于零，则参比电极的电位十分稳定。当参比电极和工作电极间的电位差偏离预计的值时，其偏差信号通过参比电极电路反馈回放大器的输入端，调整放大器的输出，而使工作电极电位恢复到预计值，于是工作电极就能完全受外加电压的控制，起了消除电位失真的控制作用。

（2）极谱波的理论探讨　研究表明，单扫描极谱的可逆波的峰电流 i_p 符合兰德尔斯（J. E. B. Randles）-休维奇（A. Sevcik）方程式：

$$i_p = kn^{3/2} D^{1/2} m^{2/3} t_p^{2/3} \nu^{1/2} c \qquad (8\text{-}16)$$

式中，i_p 为单扫描极谱峰电流，μA；n 为电极反应中的电子转移数；D 为被测物质在溶液中的扩散系数，$cm^2 \cdot s^{-1}$；m 为滴汞电极汞的流速，$mg \cdot s^{-1}$；t_p 为电流峰出现的时间，从汞滴开始生成时算起，s；ν 为扫描电压改变速率，亦称扫描，$mV \cdot s^{-1}$；k 为常数，根据兰德尔斯求得为 2344；c 为被测物质的浓度，$mmol \cdot L^{-1}$。

将兰德尔斯-休维奇方程式与尤考维奇方程式相对比可知，对同一金属离子相同浓度的电解液，单扫描极谱法所测得的峰电流要比直流极谱法得到的极限扩散电流大得多。而且扫速 ν 越大，峰电流 i_p 也越大。但是 ν 越大，充电电流也越大；而且 ν 过大时，记录仪的信号也会失真。我国生产的示波极谱仪其 ν 值取 $100mV \cdot s^{-1}$。

对于不可逆波，由于电极反应速度较慢，其极谱波的尖峰就不明显，灵敏度也就较低（见图 8-20）。

单扫描极谱的可逆波的峰电位 φ_p 与直流极谱波的半波电位 $\varphi_{1/2}$ 的关系为：

$$\varphi_p = \varphi_{1/2} - 1.1 \frac{RT}{nF}$$

25℃时

$$\varphi_p = \varphi_{1/2} - \frac{0.028}{n}$$

对还原过程 φ_p 较 $\varphi_{1/2}$ 负 $\frac{0.028}{n}$（V），对氧化过程 φ_p 比 $\varphi_{1/2}$ 正 $\frac{0.028}{n}$（V）。因此，可逆波的还原峰电位与氧化峰电位相差 $\frac{0.056}{n}$（V）。

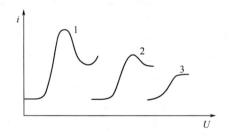

图 8-20　单扫描极谱波比较
1—不可逆波；2—部分不可逆波；
3—不可逆波

（3）单扫描极谱法的特点和应用　单扫描极谱法与直流极谱法相比较有以下特点。

① 方法快速　只在一滴汞上通过一次电压扫描即可测得极谱波的峰高，且可直接在示波器的荧光屏上读得其数值，数秒钟即可完成。

② 灵敏度高　一般比直流极谱法的灵敏度高两个数量级。如果配合以平行催化或形成络合物产生吸附富集等手段，使之转化为动力波，其检测下限可达 $10^{-7} \sim 10^{-8} mol \cdot L^{-1}$，甚至能达到 $10^{-9} mol \cdot L^{-1}$。

③ 分辨力较好　由于极谱波是峰形，两种组分的半波电位（或峰电位）相差 0.1V，即可实现连续测定。

我国有自行设计生产的示波极谱仪；同时广大科学技术工作者也建立了许多新的实验体系；目前在各种工作领域中，对金属或非金属元素以及各类有机物的分析测试，已得到广泛应用。

8.7.2　循环伏安法

（1）方法原理　与单扫描极谱法相似，以快速线性扫描的方式施加电压，单扫描极谱法施加的是锯齿波电压，而循环伏安法施加的是三角波电压，如图 8-21 所示。

当线性扫描由起始电压 U_i 开始，随时间按一定方向作线性扫描，达到一定电压 U_t 后，将扫描反向，以相同的扫速返回到原来的起始扫描电压 U_i。如果在扫描电压范围内，开始扫描的方向使工作电极电位不断变负时，当电解液中某物质在电极上发生了被还原的阴极过程；而反向扫描时，在电极上发生使还原产物重新氧化的阳极过程。于是一次三角波扫描，完成了一个还原-氧化过程的循环。同时，所使用的工作电极是表面固定的微电极（悬汞电极），所以叫做循环伏安法（cyclic voltammetry）。所得的 i-U 曲线称为循环伏安图（见图 8-22）。

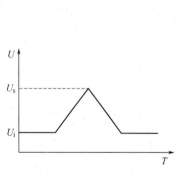

图 8-21　三角波扫描电压

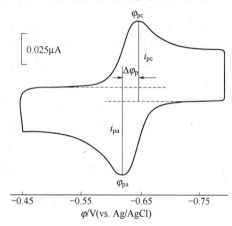

图 8-22　Cd^{2+} 循环伏安图

由图 8-22 可见，Cd^{2+} 的循环伏安图有两个电流峰。阴极过程的峰电流称为阴极峰电流，以 i_{pc} 表示。阳极过程的峰电流称为阳极峰电流，以 i_{pa} 表示。相应的以 φ_{pc} 和 φ_{pa} 表示阴极峰电位和阳极峰电位。其阴、阳极峰电位之差以 $\Delta\varphi_p$ 表示。

(2) 循环伏安法的应用 循环伏安法一般不作成分分析用，成分分析不需应用三角波，采用单向扫描就可达到目的。循环伏安法一般用于研究电极过程的可逆性、吸附性以及测定可逆体系标准电极电位，鉴别电极反应产物和研究化学反应控制的各种电极过程，是一种应用十分广泛的方法。

例如，对于可逆体系其循环伏安图的阴、阳极峰基本上是对称的，而且在 25℃时，

$$\varphi_{pc} = \varphi_{1/2} - \frac{28}{n} \quad (mV)$$

$$\varphi_{pa} = \varphi_{1/2} + \frac{28}{n} \quad (mV)$$

$$\Delta\varphi_p = \varphi_{pa} - \varphi_{pc} = \frac{56}{n} \quad (mV)$$

其峰电流可用兰德尔斯-休维奇方程式表示：

$$i_{pc} = kn^{3/2} D_c^{1/2} \nu^{1/2} m^{2/3} t_p^{2/3} c$$

$$i_{pa} = kn^{3/2} D_a^{1/2} \nu^{1/2} m^{2/3} t_p^{2/3} c$$

由于 $D_c \approx D_a$，于是

$$\frac{i_{pa}}{i_{pc}} \approx 1$$

以上是可逆体系循环伏安图的特征。对于不可逆体系，则 $\Delta\varphi_p > \frac{56}{n}$ （mV），$\frac{i_{pa}}{i_{pc}} < 1$。两峰电位相距越远，阳、阴极峰电流比值越小，则越不可逆。

又如，电极上的吸附现象往往使循环伏安图变形或分裂出新的峰。当反应物或产物为弱吸附，能使峰电流增大。如反应物或产物为强吸附，则在正常峰之前或后产生新的吸附峰（见图 8-23）。吸附峰电流的大小与吸附物质的浓度和扫描速度成正比。

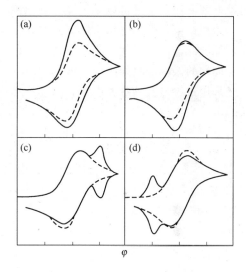

图 8-23 电极反应物或产物吸附的循环伏安图

(a) 反应物弱吸收；(b) 产物弱吸收；

(c) 反应物强吸收；(d) 产物强吸收

例 8.3 某金属离子的可逆循环伏安图表明，阳极峰电位为 $-0.470V$，阴极峰电位为 $-0.501V$，已知该离子的扩散系数为 $4.41 \times 10^{-6} cm^2 \cdot s^{-1}$。试求在 25℃时，该金属离子在滴汞电极上的扩散电流常数。

解：试题分析，根据可逆循环伏安图，得 φ

$$\Delta\varphi_p = \varphi_{pa} - \varphi_{pc} = \frac{56}{n}$$

在 25℃时

$$n = \frac{56}{\varphi_{pa} - \varphi_{pc}} = \frac{56 \times 10^{-3}}{-0.470 - (-0.510)} = 1.8 \approx 2$$

则扩散电流常数

$$I = 607nD^{1/2} = 607 \times 2 \times (4.41 \times 10^{-6})^{1/2} = 2.55$$

8.7.3 脉冲极谱法

（1）方法原理 在一个缓慢改变的直流电压上，在滴汞电极每一汞滴生长后期的某一时刻，叠加上一个矩形脉冲电压，并在脉冲结束前的一定时间范围内，测量脉冲电解电流的极谱方法，称为脉冲极谱法。这种方法是于1960年首先由巴克尔（G. C. Barker）等提出的。

根据施加脉冲电压方式的不同，常用的脉冲极谱法可分为：常规脉冲极谱法（normal pulse polarography，NPP）和示差脉冲极谱法（differential pulse polarography，DPP）。

① 常规脉冲极谱法 常规脉冲极谱是在每一汞滴生长到一定时间（约2～4s），在一个恒定的直流电压U_i上叠加一个振幅随时间作线性增长的矩形脉冲电压（见图8-24）。在汞滴生长到一定时间，对汞滴双电层的充电所产生的电容电流，已衰减至可以忽略不计。此时外加电压保持为U_i，被测物质不能发生电极反应，没有电解电流。当加入脉冲电压后，使电压突然跃至U，并持续一个短暂时间（一般为40～80ms），由于U值已达到能使被测物质发生电极反应，产生电解电流，同时也有电容电流和毛细管噪声等背景电流的存在。在脉冲末期某一时刻，各种背景电流都已衰减趋近于零（一般在脉冲电压结束前20ms），这时开始测量电解电流，于是可以尽量减少或消除电容电流等的干扰，借以提高极谱分析的灵敏度。

脉冲结束，外加电压又恢复到U_i，开始下一个周期。每个周期外加电压保持在U_i的时间，加脉冲电压的时间，测量电流的时间，以及汞滴的滴落时间都完全相同，仅脉冲电压较前一周期的振幅随时间有线性的增长（约数mV）如图8-24所示。

采用这种形式的脉冲电压，每一个脉冲提供的电解电流都是受扩散过程所控制的，所记录的电流为扩散电流。因此，脉冲极谱波（亦称NPP图）与直流极谱波类似，为一平台图形（见图8-25）。通过测量平台的波高可进行定量分析。

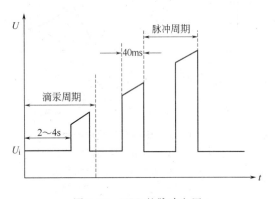

图 8-24 NPP 的脉冲电压

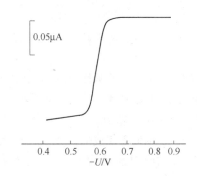

图 8-25 Cd^{2+} NPP 图
（0.04mol/L KHP-8.9×10^{-5}mol/L Cd^{2+}）

② 示差脉冲极谱法 示差脉冲极谱是在滴汞电极每一汞滴生长到一定时刻（一般为1或2s），在线性变化的直流电压上叠加一个恒定振幅的脉冲电压（脉冲电压的振幅可选择范围为2～1000mV），脉冲持续时间与常规脉冲极谱法相似（一般为40～80ms），如图8-26所示。

示差脉冲极谱记录电流的方法是每滴汞生长期间记录两次电流，一次是在叠加脉冲前的20ms时，另一次是在脉冲结束前20mV的瞬间。第一次记录的是直流电压的背景电流，第二次记录的是叠加脉冲电压后的电解电流，取第二次记录的电流值与第一次记录电流值的差值作为所得的电流数据。因此，所得的电流数据能很好地扣除了由于直流电压所引起的背景电流。当脉冲电压叠加在直流极谱波的残余电流或极限电流部分时，都不会使电解电流发生显著变化，故两次记录取样的差值都很小。

当脉冲电压叠加在半波电位附近时，将使电解电流发生很大的变化，故两次电流取样值的差值就比较大。于是示差脉冲极谱所得到的脉冲电流与直流电压的关系曲线呈峰状，其峰所对应的是半波电位（见图 8-27）。通过峰高可进行定量分析。

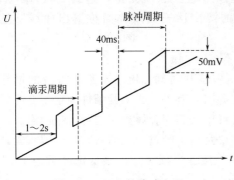

图 8-26　DPP 的脉冲电压

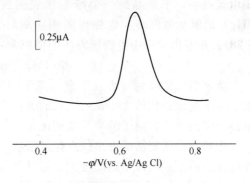

图 8-27　Cd^{2+} DPP 图 0.04mol/L
KHP-8.9×10^{-5} mol/L Cd^{2+}

（2）方法的特点和应用

① 灵敏度高　对电极反应为可逆的物质灵敏度可达 10^{-3} mol/L，对不可逆的物质可以达到 $10^{-5} \sim 10^{-7}$ mol·L^{-1}。如果与伏安溶出方法相结合，可高达 $10^{-10} \sim 10^{-11}$ mol·L^{-1}。

② 分辨力强　示差脉冲极谱法对两个峰电位相差约 40mV 的电流峰即可明显地分开，使其进行连续测定。同时，使前波的影响也大为减小，提高了选择性。

由于脉冲极谱法对不可逆波的灵敏度很高，分辨率又好，很适合于对有机物的分析。它也是研究电极反应机理的重要手段。

8.7.4　溶出伏安法

（1）方法原理　为提高极谱分析的灵敏度，在适当的条件下，使用表面不能更新的液体或固体电极，使被测定的组分富集在电极上，为了提高富集效果，可同时使电极旋转或搅拌溶液，以加快被测物质尽快输送到电极表面。经过一定时间的富集后，停止搅拌，静止一定时间，再逐渐改变电极电位，使被富集的物质重新电解溶出，根据溶出过程中所得的伏安曲线来进行对该富集组分的测定，称为溶出伏安法（stripping voltammetry）。它是从极谱法发展起来的一种电化学分析法。

溶出伏安法根据富集处理方式的不同，可分为一般溶出伏安法和吸附溶出伏安法（adsorptive stripping voltammetry）。一般溶出伏安法的富集过程是采用电解方式进行的；吸附溶出伏安法则是通过吸附作用来实现的；电解溶出过程则均可采用各种伏安方法。根据溶出时工作电极发生的是氧化反应还是还原反应，溶出伏安法又可分为阳极溶出伏安法和阴极溶出伏安法。

① 阳极溶出伏安法　测定盐酸溶液中的微量 Cu^{2+}（5×10^{-7} mol·L^{-1}）、Pb^{2+}（1×10^{-6} mol·L^{-1}）和 Cd^{2+}（5×10^{-7} mol·L^{-1}）时，先在 0.8V 的外加电压下进行恒电位电解，当电解一定时间（如 3min）后，溶液中一部分 Cu^{2+}、Pb^{2+} 和 Cd^{2+} 在悬汞（液体固定电极）电极上还原，生成汞齐，富集在汞滴上。此时电极上所进行的反应为：

$$M^{n+} + ne^- + Hg \Longrightarrow M(Hg)$$

当电解富集完毕，再使悬汞电极的电位均匀地由负向正改变，首先达到可以使 Cd(Hg) 发生氧化反应的电位，这时由于 Cd 的氧化产生很大的氧化电流（负电流）。当电位继续变正时，由于电极表面层的 Cd 已被氧化得差不多了，而电极内部的 Cd 又来不及扩散出来，则电流减小，于是得到一个峰形伏安曲线。同理，当电位继续变正，达到 Pb(Hg)、Cu(Hg) 的氧化电位时，也将得到相应的峰。所得的溶出伏安曲线亦简称溶出曲线（见图 8-28）。在溶出过程中电极所发生的反应为：

$$M(Hg) - ne^- \rightleftharpoons M^{n+} + Hg$$

溶出曲线的峰高与溶液中金属离子的浓度、电解富集时间、电解富集时溶液的搅拌速度、悬汞电极面积的大小及溶出时的电位变化速度等因素有关。当实验条件固定不变时，则峰高与溶液中金属离子的浓度成正比，据此可对溶液中的相应金属离子进行定量测定。

阳极溶出伏安法的突出优点是灵敏度高，这主要是由于经过预先的长时间电解富集，使在电极表面上被测离子的浓度大增，从而提高了灵敏度。一般测定的最低浓度可达 $10^{-6} \sim 10^{-9}\,mol \cdot L^{-1}$。在适宜的条件下甚至可达 $10^{-11}\,mol \cdot L^{-1}$。

② 吸附溶出伏安法　例如，采用吸附溶出伏安法测定抗精神病药物氟哌啶（droperidel，Dro）时，Dro 的化学结构式为：

是一个丁酰苯类化合物，它在汞的表面有较好的吸附性。当以 $NH_3\text{-}NH_4Cl$ 为支持电解质，置悬汞电极于试液中，以高纯氮除氧 4min，于悬汞电极电位为 $-1.2V$（vs. 饱和 Ag/AgCl），进行搅拌吸附富集 60s，静止 15s 后，向阴极方向作线性扫描，并进行记录伏安曲线（见图 8-29）。

伏安曲线的峰高与溶液中 Dro 的浓度、支持电解质种类和浓度、富集电位和搅拌时间、悬汞电极的面积、溶出时的扫描速度等因素有关。当一切实验条件固定时，则峰高只与 Dro 的浓度成正比，据此可对 Dro 进行定量分析。

吸附溶出伏安法灵敏度高，简便快速。由于一般有机物在汞表面都有吸附性，或以有机物为配位体的金属络合物，亦均在汞的表面有吸附性（络合吸附）。这类方法的应用也非常广泛。

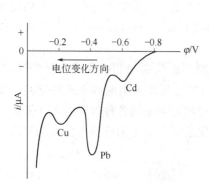

图 8-28　$1.5mol \cdot L^{-1}$ HCl 溶液中
微量 Cd^{2+}、Pb^{2+}、Cu^{2+} 的溶出伏
安图（悬汞电极，富集电位 $-0.8V$）

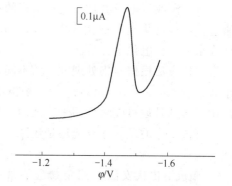

图 8-29　吸附溶出伏安曲线图
$0.1mol \cdot L^{-1}$ NH_3-$0.1mol \cdot L^{-1}$
NH_4Cl-$6.0 \times 10^{-7} mol \cdot L^{-1}$
Dro 富集电位 $-1.2V$；富集时间 60s；
扫描速度 $100mV \cdot s^{-1}$

(2) 工作电极 溶出伏安法由于使用的工作电极的材料和种类不同，其灵敏度也有差别。通常使用以下几种电极。

① 悬汞电极 悬汞电极种类很多，利用汞的表面张力可制成各式各样的大小汞滴能重现的悬汞电极。例如，机械挤压式悬汞电极，构造如图 8-30 所示。它是将一根毛细管的上端连接于密封的储汞器中，使用时由旋转顶针的圈数来控制汞滴的体积。毛细管的内壁要事先用硅烷处理，不使之沾水，否则汞滴容易脱落。

还有一类悬汞电极是将汞滴悬挂于镀汞的微铂电极上，所以又称挂汞电极。较易制备，如图 8-31 所示。

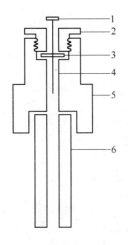

图 8-30 机械挤压式悬汞电极

1—电极接线柱；2—塑料盖；3—夹板；4—钢
顶针；5—塑料盖；6—玻璃毛细管

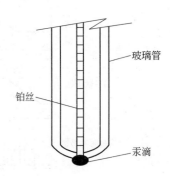

图 8-31 挂汞电极

悬汞电极的优点是简单、经济、重现性好。

悬汞电极的缺点是：

第一，灵敏度较低，预电解时析出到汞滴中的待测物质少。同时其溶出峰较宽，分辨率低。

第二，使用悬汞电极时为了避免汞滴变形或脱落，搅拌溶液的速度不能太快，否则会使灵敏度降低。

第三，需要一个滴汞电极供给汞滴，使工作人员接触汞的机会增多。

第四，在预电解与溶出之间需静止 30s，以便使汞滴内部均匀一致，增长了工作时间。

② 汞膜电极 目前应用较普遍的汞膜电极是玻璃碳为基体的玻璃碳汞膜电极。它的性能比较好，而且制作也比较简单，是将玻璃状石墨加工成长约 5cm，直径约 3mm 的圆柱体，一端用金相砂纸和碳化硼抛光成镜面，用环氧树脂封闭在玻璃管内，即可制成电极（见图 8-32）。玻璃管中放少量汞使之与玻璃碳接触，汞中浸入一铂丝为导线。玻璃管可围绕导线转动，可以用电机带动旋转，转速可达 1500r/min。

当其用于测定时，可在试液中加入 Hg^{2+} （浓度约 10^{-5}

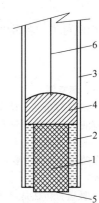

图 8-32 玻璃碳
汞膜电极

1—玻璃碳；2—环氧树脂；
3—玻璃管；4—汞与电极
表面；5—电极表面；
6—铂丝表面

mol·L^{-1}），在预电解时，使汞与被测金属同时沉积在电极上，这时得到的汞膜很薄，一般为 0.001~0.01nm。

通过本章所讨论的内容可以看出，极谱分析法及伏安分析法在成分分析和对化学物质某些特性的研究上是十分重要的手段。自 1922 年捷克化学家海洛夫斯基建立了极谱分析法以来，随着科学技术的不断进步，特别是电子学的发展，不断有所创新，出现了一系列新方法和新手段，使其测定的灵敏度不断提高（见图 8-33）。

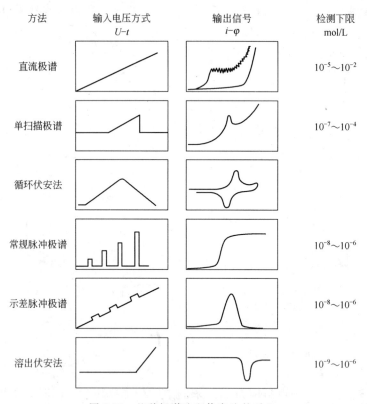

图 8-33　几种极谱法和伏安法的对比

由此可见，各种电化学分析法与其他各类仪器分析方法一样，今后也将继续取得新的发展。

习　题

一、填空题

1. 极谱分析法与伏安分析法是通过测量电解过程中所得到的（　　　）或者（　　　）曲线来确定电解液中含被测组分的浓度，从而实现分析测定的电化学分析法。

2. 极谱分析法与伏安分析法与电解、库仑分析法的区别在于（　　　）的性质。其中一个电极的电位完全随外加电压的变化而变化，是（　　　）电极，作为工作电极；另一个则是电极的电位保持恒定的电极，是（　　　）电极，作为参比电极。

3. 极谱分析法是建立在电解过程的基础上，而电解过程可分为（　　　）过程和（　　　）电解过程两大类。因此，极谱分析法也可分为两大类，即（　　　）极谱法和（　　　）极谱法。

4. 常用的脉冲极谱法可分为：（　　　）和（　　　）。

5. 溶出伏安法根据富集处理方式的不同，可分为（　　　）和（　　　）。（　　　）的富集过程是采用电解方式进行的；（　　　）则是通过吸附作用来实现的。

6. 根据溶出时工作电极发生的是氧化反应还是还原反应，溶出伏安法又可分为（　　　）和（　　　）。

二、选择题

1. 波数的单位为 cm^{-1}，其物理意义是 1cm 中所包含波的个数。例如，$50\mu m$ 的红外光所对应的波数为（　　）。

    A. $100cm^{-1}$　　　B. $200cm^{-1}$　　　C. $300cm^{-1}$　　　D. $400cm^{-1}$

2. 极谱法可测定组分含量的范围宽。一般被测定组分在电解液中的浓度范围为（　　），适宜作微量组分的测定。近年也有用它来测定常量组分的。如果采用近代一些极谱分析方法，浓度范围会进一步提高。

    A. $10^{-2}\sim10^{-5}mol \cdot L^{-1}$　　　B. $10^{-3}\sim10^{-5}mol \cdot L^{-1}$

    C. $10^{-4}\sim10^{-5}mol \cdot L^{-1}$　　　D. $10^{-2}\sim10^{-6}mol \cdot L^{-1}$

3. 残余电流通常 $<1\mu A$，相当于（　　）一价金属离子产生的极限扩散电流，这就限制了直流极谱法的灵敏度。近代一些新的极谱法排除了电容电流的干扰，其灵敏度大为提高。

    A. $10^{-3}mol \cdot L^{-1}$　　　B. $10^{-4}mol \cdot L^{-1}$　　　C. $10^{-5}mol \cdot L^{-1}$　　　D. $10^{-6}mol \cdot L^{-1}$

4. 我国生产的示波极谱仪采用的汞滴落下时间间隔为（　　），在最后（　　）才加上扫描电压以观察 i-U 曲线。为使汞滴下时间与电压扫描取得同步，在滴汞电极上有敲击装置，在每次扫描结束时，启动敲击器将汞滴敲落，然后汞滴又开始生长，到最后 2s 期间又进行一次扫描。

    A. 7s, 1s　　　B. 7s, 2s　　　C. 5s, 1s　　　D. 9s, 2s

5. 在极谱电解过程中，溶液的表面与空气接触，空气中的氧会溶解在溶液中，在常温常压下，达到溶解平衡时，O_2 的溶解度约为（　　）。在试液中所溶有的少量 O_2 很容易在滴汞电极上还原，产生两个干扰的极谱波。

    A. $4mg \cdot L^{-1}$　　　B. $5mg \cdot L^{-1}$　　　C. $6mg \cdot L^{-1}$　　　D. $8mg \cdot L^{-1}$

三、简答题

1. 简述极谱分析法的原理，并举例说明。

2. 根据尤考维奇方程试分析影响扩散电流的主要因素。

3. 简述示波极谱法的测试原理。

4. 简述循环伏安的方法原理及应用。

5. 简述单扫描极谱法的特点和应用。

6. 简述脉冲极谱法的方法原理与分类。

7. 简述溶出伏安法的方法原理与特点。

8. 在极谱电解过程中，极谱极大产生的过程与消除是怎样进行的？

四、计算题

1. 某金属离子的可逆循环伏安图所示，阳极峰电位为 $-0.458V$，阴极峰电位为 $-0.673V$，已知该离子的扩散系数为 $5.22\times10^{-6}cm^2 \cdot s^{-1}$。试求在 20℃时，该金属离子在滴汞电极上的扩散电流常数。

2. 某溶液中 Pb^{2+} 在滴汞电极上的还原反应为

$$Pb^{2+}+2e^-+Hg \Longrightarrow Pb(Hg)$$

若浓度为 $3.5\times10^{-4}mol \cdot L^{-1}$，汞的流速为 $2.87mg \cdot s^{-1}$，汞滴滴下的时间为 3.05s 测得其可逆极谱波的时间扩散电流为 $6.70\mu A$，求：

(1) 它在介质中的扩散系数？

(2) 若溶液中 Pb^{2+} 的浓度下降一半，扩散系数是增大还是减小？

3. 某溶液中 Cd^{2+} 在滴汞电极上能产生良好的极谱还原波反应。当汞柱高度为 58.7cm 时，测得的平均极限扩散电流为 $1.52\mu A$，如果将汞柱高度升为 72.8cm，其平均极限扩散电流为多少？

4. Sn^{2+} 在 $1mol \cdot L^{-1}$ HCl 介质中还原而产生极谱波。在 25℃时，测得其平均极限扩散电流 $\bar{i}_d$ 为 $4.25\mu A$，测得不同电位时的平均极限扩散电流数据如下表所示：

φ_{DME}/V (vs. SCE)	平均扩散电流 $\bar{i}_d$/μA	φ_{DME}/V (vs. SCE)	平均扩散电流 $\bar{i}_d$/μA
-0.432	0.56	-0.462	2.54
-0.443	1.03	-0.472	3.19
-0.455	1.90	-0.483	3.74

试计算：（1）电极反应的电子数；

（2）极谱波的半波电位；

（3）电极反应的可逆性。

5. Cd^{2+} 在 $1mol \cdot L^{-1}$ HCl 溶液中于 $-0.640V$ 显示一可逆的两电子极谱还原波。测得 $0.500mmol \cdot L^{-1}$ Cd^{2+} 溶液极谱波在 $\varphi_{1/2}$ 处的扩散电流为 $3.96\mu A$，毛细管特性为 $2.50mg \cdot s^{-1}$，$t=3.02s$。试计算：

（1）Cd^{2+} 的尤考维奇常数；

（2）在 $1mol \cdot L^{-1}$ HCl 溶液中 Cd^{2+} 的扩散电流常数。

6. 用标准加入法对含 Cd^{2+} 试样进行极谱测定，得到下表中一组数据，计算试样中 Cd^{2+} 的浓度。

加入浓度/mmol·L^{-1}	$i_d/\mu A$	加入浓度/mmol·L^{-1}	$i_d/\mu A$
0（试样）	3.8	4.04	9.5
1.20	5.5	6.00	12.2
2.50	7.2	7.50	14.3

7. 根据下列实验数据计算试液中 Pb^{2+} 的质量浓度（以 mg·L^{-1} 表示）。

编号	电 解 液	在 $-0.65V$ 处测得电流 $i_d/\mu A$
1	25.0mL 0.40mol·L^{-1} KNO$_3$ 稀释至 50mL	12.4
2	25.0mL 0.40mol·L^{-1} KNO$_3$，加试液 10.0mL，稀释至 50mL	58.9
3	25.0mL 0.40mol·L^{-1} KNO$_3$，加试液 10.0mL，加 5.0mL1.7×10^{-3}mol·L^{-1} Pb^{2+}，稀释至 50mL	81.5

第9章　X射线光谱法

9.1　概述

1895年德国科学家伦琴发现了X射线。1923年海维赛提出X射线荧光分析的原理。当将试样放在原级X射线的通路上，试样中各种元素的原子被原级X射线照射后，分别发出各自的特征X射线。这种由原级X射线激发出的次级X射线，又叫荧光X射线。荧光X射线的波长只取决于物质中原子的种类。根据荧光X射线的波长，即可确定物质的元素构成；根据该波长的荧光X射线的强度，即可定量测定所属元素的含量。这种利用荧光X射线进行分析的方法称为X射线荧光分析。

X射线荧光法（X-ray fluorescence analysis，XRY）和X射线吸收法（X-ray absorption analysis，XRA）广泛用于元素的定性和定量分析。一般来说，它们可以用于测量周期表中原子序数大于钠的元素，若采用特殊设备，还可以测量原子序数5~10范围的元素，X射线衍射法（X-ray diffraction analysis，XRD）则广泛用于物质晶体结构测定分析。

1923年Hevesy提出了应用X射线荧光光谱法定量分析，但由于受到当时探测技术的限制，该方法未得到实际应用，直到20世纪40年代随着X射线管和分光技术的改进，X射线荧光分析才开始进入蓬勃发展的时期。

随着X射线测量技术的发展和大功率稳定的X射线发生装置的研制成功，X射线荧光分析技术在20世纪初开始迅速发展，目前已达到先进水平，被广泛应用于合金、矿石、玻璃、陶瓷、水泥、塑料、石油等材料的成分分析。

X射线荧光光谱分析具有下述特点：

（1）荧光法分析元素种类多　除少数几种轻元素外，元素周期表中几乎所有的元素均能使用X射线荧光分析进行测定。

（2）分析的元素浓度范围广　从常量组分到痕量杂质都能分析，对高低含量的元素测定灵敏度均能满足要求。

（3）可分析各种形态的试样，如固体、粉末、液体以至气体试样，且分析试样可不被破坏，即无损检测。

（4）荧光法分析速度快　特别是多道分析仪可在几分钟内同时测定最多28种元素的含量。

（5）谱线干扰少，结果准确。

（6）X射线荧光光谱法与计算机联用可实现自动分析　X射线光谱法可在环境材料的开发中应用，还可用于环境在线监测；在其他生产上的在线分析中应用也日益广泛，特别是在现代化水泥厂中的应用取得显著的效果。

X射线吸收法及X射线衍射法的应用范围：

（1）X射线吸收法适应于基体效应极小的试样分析。

（2）X射线衍射法是测定晶体结构的有效手段，应用极其广泛。

9.2 X射线光谱法的基本原理

X射线是一种电磁辐射，由于高能电子的减速运动或原子内层轨道电子跃迁产生的短波辐射，其波长介于紫外线和γ射线之间。它的波长没有一个严格的限制界限，一般来说，是指波长为0.005～50nm的电磁辐射。对分析化学家来说，最感兴趣的波长段是0.01～24nm，0.01nm左右是超铀元素的K系谱线，24nm则是超轻元素的K系谱线。

X射线产生的途径有四种：

① 用高能粒子束轰击金属靶；

② 将物质用初级X射线照射以产生次级射线——X射线荧光；

③ 利用放射性同位素衰变产生的X射线发射；

④ 从同步加速器辐射源获得。

在分析测试中，常用的光源为前三种，第四种虽然质量非常优越，但是设备庞大，国内仅有少数实验室拥有这种设施。

9.2.1 X射线的基本知识

X射线是一种波长很短、能量很高的电磁波，是由高能电子的减速或由原子内层轨道电子的跃迁产生的。其波长介于光学的紫外光与γ射线的波长之间，对于元素来说，在常规X射线光谱分析中所涉及的波长范围为0.01～10nm。

X射线可以通过X射线管产生。X射线管内部抽成真空，设有阴极（灯丝）和阳极（靶子）及出射窗口，在阳极和阴极之间施加数千伏直流高压。在阴极回路中被加热的电子在阳极高压的吸引下，以极高的速度射向阳极，这时就有X射线自阳极发出，通过极薄的铍窗射至管外。

如果将X射线管发出的X射线按各波长的强度绘制成图，则可得到如图9-1所示的谱图。谱图连续部分和叠加在上面的若干尖峰构成。前者称为连续X射线，后者称为特征X射线。两者的特点及产生机理彼此不同。

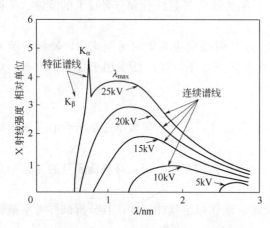

图9-1 钼的X射线与管电压的关系

9.2.2 基本原理

（1）连续X射线 连续X射线的产生机理是高能电子的减速。按照经典电磁理论，高速运动的带电粒子突然减速时，其周围的电磁场发生急剧的变化，必然辐射出电磁波。如果电子在第一次碰撞靶时即被制止，则放出其全部能量，所辐射出的电磁波即为能量最高的X射线光子，亦即为波长最短的X射线。如果电子和靶子多次碰撞而逐次失去能量，则辐射出的是能量较低的X射线光子，或波长较长的X射线。因有大量电子击中靶子，其能量的损失情况是一随机变量，因此产生的X射线的波长是连续的，从而形成连续X射线谱。

根据量子论理论，一次碰撞就丧失其全部动能的电子将辐射出具有最大的X射线光子，其波长最短，称为短波限。

一个高速运动电子具有的动能可以写成 eV 为 X 光电管电压，则电子的能量按下式转化为 X 光能：

$$eV = h\nu_{最大} = h\frac{c}{\lambda_{短波限}}$$

$$\lambda_{短波限} = \frac{hc}{eV} = \frac{1239.8}{V} \tag{9-1}$$

λ 和 V 的单位分别为 nm 和 V（伏）。连续谱的短波限仅与 X 射线管的供电电压有关，与靶材无关。升高管电压，短波限将减小，即 X 光能量子能量增大。连续 X 射线的总强度（I）与 X 光电管的电压（V）和靶材（Z）的原子序数有关：

$$I = AiZV^2 \tag{9-2}$$

式中，A 为比例常数；i 为 X 光电管电流，A。不难看出，提高电压（数十千伏），可获得高强度连续 X 射线；增加靶材的原子序数，可以提高光强度，故常采用重金属靶，如钨、铑、钼、铬等。

连续 X 射线在 X 射线荧光分析中的意义可从两方面看：

一方面，在 X 射线荧光分析中一般都以连续 X 射线作为试样的激发源，这是因为连续分布的原级 X 射线的波长分布是连续的，覆盖面广，对元素周期表中大多数元素的各特征谱线系的激发具有普遍的适用性；

另一方面，靶子发出的连续谱线又是构成被测元素分析谱线本底的主要来源，成为影响分析灵敏度的主要因素之一。因此，选择各元素的测定条件时，应考虑到靶子连续 X 射线分布的特点，选择最合适的分析线，尽量减小靶子连续谱线的影响。

例 9.1　工作电压为 75kV 的 X 射线管（铬靶），所产生的连续发射的短波限是多少？计算激发 Ca 的 K_α 谱线（0.3064nm）所需的最低管电压？

解：X 射线管的连续 X 射线强度和短波限 λ 与射线管的电压有关：

$$\lambda_{短波限} = \frac{hc}{eV} = \frac{1239.8}{V}$$

式中，λ 为 nm；普朗克常数 $h = 6.626 \times 10^{-34}$ J·s；光速 $c = 3.998 \times 10^{10}$ cm·s^{-1}；电子电荷 $e = 1.602 \times 10^{-19}$ J；V 为射线管压，V（伏）。

① 连续发射的短波限为：

$$\lambda_{短波限} = \frac{hc}{eV} = \frac{1239.8}{75 \times 10^3} = 0.01653 \text{nm}$$

② 激发 Ca 的 K_α 谱线（0.3064nm）所需的最低管电压：

$$V = \frac{hc}{eV} = \frac{1239.8}{0.3064} = 4046 \text{V}$$

（2）特征 X 射线　当 X 射线管的电压提高到某一临界值后，便会在一定波长处出现强度很高的谱线，叠加在连续谱线上。这些谱线的波长取决于靶材元素的种类，而与入射电子的能量无关，由于谱线形状非常尖锐，因而称之为特征 X 射线或标识 X 射线。

特征 X 射线是由靶材元素的原子内层轨道上电子的跃迁产生的。在 X 射线管中具有高能量的电子与靶材原子相碰撞时，把原子内层轨道上的电子轰击出去，原子内层轨道上出现空穴，处于激发态，极不稳定，外层轨道上的电子立即跃入内层轨道空穴，使原子恢复到基态。外层轨道电子的能量高于内层轨道电子的能量。外层电子跃入内层空穴时，多余的能量即以电磁辐射形式发出。这种电磁辐射的波长位于 X 射线区域，因而形成特征 X 射线（见图 9-2）。

莫来斯（Mosley）定律指出，元素的特征 X 射线的波长 λ 域 Z 原子序数的关系为

$$\sqrt{\frac{1}{\lambda}} = K(Z-S) \tag{9-3}$$

式中，K 与 S 是与线性有关的常数。

由此可见，不同元素具有不同的 X 射线（特征射线）。根据特征谱线的波长和强度，可以进行定性和定量分析。

特征 X 射线的产生，也要符合一定的选择原则。这些定则是：

① 主量子数 $n \neq 0$；

② 角量子数 $L = 1$；

③ 内量子数 $J = 1$ 或 0。内量子数是主量子数和自旋量子数 S 的矢量和。

次量子数 m 及单独的自旋量子数在特征 X 射线的产生中无意义。不符合上述的谱线选率的称为禁阻谱线。

X 射线特征谱线可分成若干线系（K，L，M，N…），同一线系分为不同的子线系，子线系中的各条谱线是由各个能级上的电子向同一壳层跃迁而产生的。当 K 层电子被逐出后，其空穴可以被外层中任意电子所填充，从而可产生一系列的谱线，称为 K 系谱线。由 L 层跃迁到 K 层辐射的 X 射线叫 K_α 射线，由 M 层跃迁到 K 层辐射的 X 射线叫 K_β 射线，同理，L 层电子被逐出可产生 L 系辐射……也就是说，当 $n=1$ 的跃迁产生 α 系，$n=2$ 的跃迁产生 β 系。K_α 系用 $K_{\alpha_1\alpha_2}$ 表示双线；K_β 系用 $K_{\beta_1\beta_2}$ 表示双线。产生 K 系和 L 系 X 射线的示意图见图 9-3。

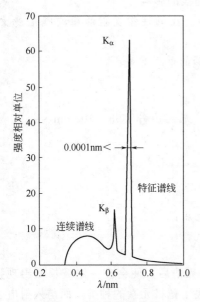

图 9-2　Mo 的特征谱线

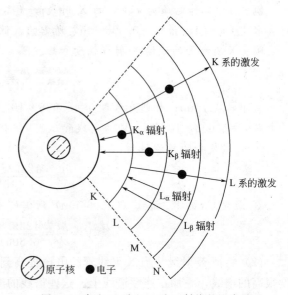

图 9-3　产生 K 系和 L 系 X 射线的示意图

如果入射的 X 射线是某元素的 K 层使某元素激发成电子后，L 层电子跃迁到 K 层，此时就有能量 ΔE 释放出来，且 $\Delta E = E_K - E_L$，这个能量是以 X 射线形式释放，产生的则是 K 射线。同理，还可以产生 K_β 射线、L 系射线等。表 9-1 所示为 X 射线分析常用阳极材料 K 系特征谱线。

（3）X 射线辐射的吸收

① 吸收　当 X 射线照射固体物质后，发生一系列的变化。一部分 X 射线透过晶体，产

表 9-1 X 射线分析常用阳极材料 K 系特征谱线

阳极元素	$K_{\alpha 1}$ 波长/nm[①]	$K_{\alpha 2}$ 波长/nm[①]	$K_{\alpha 2}$ 相对强度[②]	K_α 波长/nm[①]	K_β 波长/nm[①]	K_β 相对强度[②]	K 吸收限 /nm	K 线系电压 /kV
24Cr	0.228970	0.2293606	51	0.2291002	0.208487	21	0.207020	6.0
25Mn	0.2101820	0.210578	55	0.210314	0.191021	22	0.189643	6.5
26Fe	0.1936042	0.1939980	49	1.937355	0.175661	18	0.174346	7.5
27Co	0.1788965	0.1792850	53	0.1790260	0.162079	19	0.160815	7.7
28Ni	0.1657910	0.1661747	48	0.1659189	0.1500135	17	1.48807	8.3
29Cu	0.1540562	0.1544390	46	0.1541838	0.1392218	16	0.138059	8.9
42Mo	0.0709300	0.0713590	51	0.071073	0.0632288	23	0.061978	20.0
47Ag	0.05594075	0.0563789	52	0.0560871	0.0497069	24	0.048589	25.5

① 1967 年后公认 $\lambda(K_{\alpha 1})=0.02090100\text{nm}\pm0.000005\text{nm}$，并作为标准采用；本表波长值均以此为标准，令 $\lambda(K_{\alpha 1})=$ 0.02090100nm* 求得的，故波长均以 nm 为单位。1973 年国际科协"科技数据委员会"正式公式比值为 $\lambda(\text{nm})/$ $\lambda(\text{nm}^*)=1.0000205\pm5.6\times10^{-6}$，故若以 nm 单位表示波长，则表示各波长值均要乘以 1.0000205（科技数据委员会公布是以埃为单位）。

② 以 $K_{\alpha 1}$ 线的强度作为 100，计算强度。

生热能；一部分与用于产生散射、衍射和次级射线（荧光）等；还有一部分将其能量转移给晶体中的电子。表 9-2 所示为某些物质的 X 射线穿透系数。因此，用 X 射线照射固体物质后会发生衰减。衰减率预期穿过的厚度呈正比，即也符合光吸收定律：

$$\frac{dI}{I}=-\mu dx \tag{9-4}$$

将上式积分后，得到

$$I=I_0{}^{-\mu x} \tag{9-5}$$

式中，I 和 I_0 是入射和投射的 X 射线强度；x 是试样的厚度；μ 是射线衰减系数。

表 9-2 某些物质的 X 射线穿透系数

物 质	厚度/mm	穿 透 系 数 $\text{MoK}_\alpha/0.07107\text{nm}$	穿 透 系 数 $\text{CuK}_\alpha/0.1542\text{nm}$	穿 透 系 数 $\text{CrK}_\alpha/0.2291\text{nm}$
空气（标态）	100	0.99	0.89	0.68
氢气（标态）	100	0.79	0.12	1.4×0^{-3}
铝	0.01	0.99	0.95	0.86
	0.10	0.95	0.62	0.22
铍	0.20	0.99	0.97	0.91
	0.50	0.98	0.93	0.80
黑纸	0.10	0.99	0.93	0.80
林德曼玻璃	0.10	0.99	0.86	0.62

在 X 射线分析中，对于固体试样，最方便使用的是质量衰减系数 $\mu_m(\text{cm}^2\cdot\text{g}^{-1})$，即

$$\mu_m=\frac{\mu}{\rho} \tag{9-6}$$

式中，ρ 为物质密度，$\text{g}\cdot\text{cm}^{-1}$。对于一般的 X 射线，可以认为它的衰减是由 X 射线散射和吸收所引起的，因此可将质量衰减系数写成

$$\mu_m=\tau_m+\sigma_m \tag{9-7}$$

式中，τ_m 和 σ_m 分别代表质量吸收系数和质量散射系数（包括相干散射和非相干散射）。在有些教材中，将 X 射线的衰减广义地定义为吸收，而将真正吸收 X 射线致使原子内层电

子激发的过程称为真吸收。质量衰减系数具有加和性，因此，

$$\mu_m = w_A\mu_A + w_B\mu_B + w_C\mu_C + \cdots \tag{9-8}$$

式中，μ_m 是试样的质量衰减系数，所含元素的质量分数为 w_A、w_B、w_C，而 μ_A、μ_B、μ_C 分别为各元素的质量衰减系数。元素在不同波长或能量的质量衰减系数可从许多文献中检索查阅。

质量吸收系数是物质的一种特性。对于不同的波长或能量，物质的质量吸收也不相同，质量吸收系数与 X 射线波长（λ）和吸收物质的原子序数（Z）大致符合下述经验关系：

$$\tau_m = K\lambda^3 Z^4 \tag{9-9}$$

式中，K 为常数。此时说明，物质的原子序数越大，即元素越重，它对 X 射线的阻挡能力越大；X 射线的波长越长，即能量越重，越易被吸收。

当吸收过程中伴随内层电子的激发时，情况就越复杂。此时，当波长在某个数值时，质量吸收系数发生突变，如图 9-4 所示。图中突变时的波长称之为吸收边或吸收跃（质量吸收系数），是一个特征 X 谱线的临界激发波长。当入射 X 射线的波长到此临界值时，将引起相应的电子激发而电离。否则因入射 X 射线波长过长，能量低，不足以引起电子电离为自由电子（X 光电子）。

在图 9-4 中，虚线表示没有特征 X 射线的吸收时的质量吸收系数与波长的关系（如没有 M、N、O…电子的激发）。它符合上述经验式所表示的关系。由图可见，当入射 X 射线由长波向短波方向（自左向右）变化时，达到 L_3 的吸收边后，由于该层电子吸收相应的 X 射线而得到激发和电离，因而是入射的 X 射线强度大大减小，即质量衰减系数突然增大，引起突变。根据特征 X 射线产生的机理，可得知 K 层有一个吸收边，L 有三个吸收边，M 层有五个，N 有七个吸收边等。能级越接近原子核，吸收边的波长越短。表 9-3 为某些元素的激发电压、特征 X 光谱射线及吸收边。

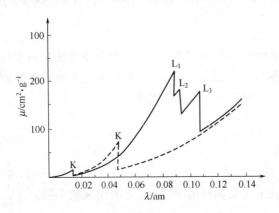

图 9-4　X 射线吸收边或吸收跃示意图
（金属铂 X 射线质量吸收系数变化）

② 散射和衍射　X 射线的散射分为非相干散射和相干散射。

非相干散射是指 X 射线与原子中束缚较松的电子作随机的非弹性碰撞，把部分能量给予电子，并改变电子的运动方向。很明显，入射线的能量愈大，波长愈短，这种非弹性碰撞的程度愈大；元素的原子序数愈小，它的电子束缚愈牢固，这种非弹性的程度愈小。非相干散射造成的能量降低，波长向长波移动，即所谓"康普顿效应"。这种散射的周相与入射线无确定关系，不能产生干涉效应，只能成为衍射图像的背景值，对观测不利。

相干散射是指 X 射线与原子中束缚较紧的电子作随机的弹性碰撞。一般来说，这类电子散射的 X 射线只改变方向而无能量损失，波长不变，其相位与原来的相位有确定的关系。在重原子中由于存在大量与原子核相结合紧密的电子，尽管有外层电子产生的非相干散射，但是相干散射仍是重要的部分。

瑞利散射属于弹性碰撞引起的散射，不产生波长的变化，在 X 射线分析中不太重要。

相干散射是产生衍射的基础，它在晶体结构研究得到广泛的应用。当一束 X 射线以某角度 θ 打在晶体表面，一部分被表面的原子层散射。光束没有被散射的部分穿透至第二原子

层后，又有一部分被散射，余下的继续至第三层，如图 9-5 所示。从晶体规则间隔中心的这种散射的累积效应就是光束的衍射，非常类似于可见光辐射被反射光栅衍射。

X 射线衍射所需条件有两个：

a. 原子层之间间距必须与辐射的波长大致相当；

b. 散射中心的空间分布必须非常规则。

如果距离

$$AP + PC = n\lambda \tag{9-10}$$

n 为一整数，散射将在 OCD 相，晶体好像是在反射 X 辐射。但是，

$$AP = PC = d\sin\theta \tag{9-11}$$

d 为晶体平面间的间距。因此，光束在反射方向发生相干干涉的条件为：

$$n\lambda = 2d\sin\theta \tag{9-12}$$

此关系即为布拉格（Bragg）公式。值得注意的是，X 射线仅在入射角满足以下条件时，才从晶体反射，即

$$\sin\theta = \frac{n\lambda}{2d} \tag{9-13}$$

而其他角度，仅发生相干干涉。

X 射线衍射的原理及应用将在本章后面进一步讨论。

③ 内层激发电子的弛豫过程   如图 9-6 所示，内层电子激发后，此外层电子将自发地从高能态跃迁到低能态，此过程称为弛豫过程。它可以是辐射跃迁，如发射 X 荧光；也可以是非辐射跃迁，如发射俄歇电子和光电子等。

a. X 射线荧光发射   设入射 X 射线使 K 层电子激发后生成光电子后，L 层电子落入 K 层孔穴，此时就有能量释放出来，如果这种能量是以辐射形式释放，产生的就是 K_α 射线，即 X 射线荧光。X 射线荧光的波长和强度是确定元素存在和测定含量的依据，是 X 射线荧光分析法的基础。

b. 俄歇（Auger）电子发射   L 层电子向 K 层电子跃迁时所释放的能量，也可以是另一核外电子激发成自由电子，即俄歇电子。俄歇电子也具有特征能量。各元素的俄歇电子的能量带有固定值，俄歇电子能谱法就是建立在此基础上的。

c. 光电子发射   原子内层某一个电子吸收了一个 X 光子的全部能量后，克服原子核的库仑作用力，进入空间成为自由电子。对于一定能量的 X 射线，在测得 X 光电子的动能后，

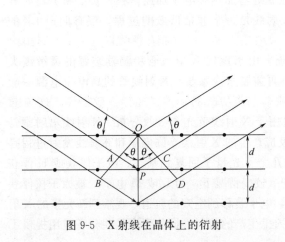

图 9-5 X 射线在晶体上的衍射

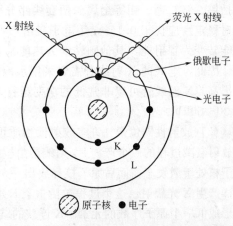

图 9-6 X 射线激发电子弛豫过程示意图

利用如下近似关系式可以求得光电子的结合能。

$$E_B = h\nu - E_K \tag{9-14}$$

式中，E_K 和 E_B 分别表示光电子的动能和结合能。这是光电子能谱分析的原理。

例 9.2 试计算 MgK_α 激发源下 N 1s 光电子的动能？（MgK_α 辐射能为 1253.6eV；N 1s 的结合能为 399eV）。

解： X 射线的能量一部分使原子内壳层中的电子克服原子核的库仑作用力（结合能 E_B），进入空间成为自由电子，一部分转变为电子的动能 E_K，三者之间的关系为

$$E_B = h\nu - E_K$$

MgK_α 辐射能为 1253.6eV；N 1s 的结合能为 399eV，代入公式，则

$$E_B = h\nu - E_K = 1253.6eV - 854.6eV = 854.6eV$$

9.3 仪器的基本结构

在化学分析以及环境监测中，X 射线的吸收、发射、荧光和衍射都有应用。这些应用中所用仪器都有类似的光学光谱测量的五个部分组成，它们包括：光源、入射辐射波长限定装置、试样台、辐射检测器或变换器、信号处理器和读取器。

X 射线仪器有 X 射线光度仪和 X 射线分光光谱仪之分，前者采用滤光片来限定来自光源的辐射，后者采用单色仪。X 射线仪器根据解析光谱方法的不同，而分波长色散型和能量色散型。

9.3.1 X 射线辐射源

（1）X 射线管 分析工作中常用的 X 射线光源是各种不同形状和方式的高功率 X 射线管，一般是由一个带铍窗口的防射线的重金属罩和一个具有绝缘性能的真空玻璃罩组成的套管，见图 9-7 所示。

热阴极灯丝加热到白炽灯之后发出的热电子，经凹面聚焦电极聚焦后，在正高压电场的作用下加速奔向靶面（阳极）。X 射线管的靶是嵌入或镀在空心铜块上的金属圆片或金属镀层，铜块可把焦斑（灯丝电子轰击的地方）上的热量带走。X 射线向各个方向发射，但只能通过铍窗口的光才能射出。窗口里有一开孔的环形罩，用以遮住来自灯丝聚焦不完全的电子以及靶面散射的电子，从而减少钨丝升华的靶溅射出来的金属元素污染窗口。可选用靶材料包括钨、铬、铜、钼等金属。两套线路分别控制灯丝加热和电子加速，在定量能量分析时其相对稳定性应优于 0.1%。用电子轰击产生 X 射线是一个非常低效的过程，仅有低于 1% 的电能转变为辐射能，其他则转变为热能。

因此，老式的 X 射线管需要采用水冷系统。由于现代 X 射线管检测器装置的灵敏度大大提高，X 射线管可以非常低的功率运行，不再需要水冷系统。X 射线管的高电压电源一般为 30~50kV。

（2）放射性同位素 许多放射性物质可以用于 X 射线荧光和吸收分析。X 射线辐射常常是放射衰减过程的一个产物。λ 射线是由核内反应产生的 X 射线。许多 σ 和 β 射线发射过程是原子核处于激发态；而后原子核释放出一个或几个 γ 光量子回复到基态。电子俘获或 K 俘获同样产生 X 光辐射。这个过程包括一个 K 电子（较少情况下，为 L 或 M 电子）被原子核俘获并形成低一个原子序数的元素。K 俘获的结果，电子装移到空穴的轨道，观察到新元素的 X 射线光谱。K 俘获的半衰期从几分钟到几千年。人工生产的放射性同位素为某些分析应用提供了

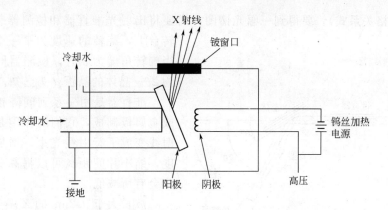

图 9-7　X 射线管结构示意图

一个非常简便的单能量辐射源。最常用的是^{55}Fe，进行 K 俘获反应，半衰期 2.6 年：

$$^{55}\text{Fe} \longrightarrow {}^{54}\text{Mn} + h\nu$$

生成的 MnK$_\alpha$ 位于约 0.21nm，在荧光和吸收方法中是非常有用的光源。其他一些常见的放射性同位素源是$^{57}_{27}$Co(6.4keV)、$^{109}_{48}$Cd(22keV)、$^{125}_{51}$I(27.35keV) 等。

通常，放射性同位素封装在容器中防止实验室污染，并且套在吸收罩内，吸收罩能够吸收除去一定方向外所有辐射。多数同位素源提供的是线光谱。由于 X 射线吸收线的形状，一个给定的放射性同位素可以适合一定范围元素的荧光和吸收研究。例如在 0.03～0.047nm 范围产生一条谱线的光源可用于银 K 吸收边的荧光研究。当辐射源谱线的波长接近吸收边，灵敏度得到改善。从这点分析，有 0.046nm 谱线的^{125}I 是测定银的理想辐射源。

（3）次级 X 射线　为了减少 X 射线管一次射线的背景可采取次级 X 射线辐射源，利用从 X 射线管出来的辐射，去激发某些纯材料的二次靶面，然后利用二次辐射来激发试样。例如带钨靶的 X 射线管可以用来激发钼的 K$_\alpha$ 和 K$_\beta$ 谱线，但连续光谱几乎可以忽略。此时 X 射线管的高压电源为 50～100kV。

9.3.2　入射波长限定装置

（1）次级 X 射线滤光片　用 X 射线滤光片可以得到相对单色性光束，如图 9-8 所示。从钼靶发射出来的 K$_\beta$ 谱线和多数连续谱被厚度约 0.01nm 的锆滤光片去掉，得到纯的 K$_\alpha$ 谱线即可用于分析目的。将几个不同靶-滤光片结合，各材料用于分离某元素强线。这种方法产生的单色化辐射广泛用于 X 射线衍射研究。但是由于靶-滤光片的组合不多，用此技术选择波长受到一定的限制。从 X 射线管出来的连续谱可以用薄金属片过滤掉，但所希望的波长的强度也会明显减弱。

（2）X 射线单色器　如图 9-9 所示，X 射线单色器由一对光束准直器和色散元件组成，为 X 射线光谱仪的基本部件。色散元件是一块单晶，装在测角器或旋转台上，可以精确测定晶面或准直后入射光束之间的夹角 θ。很明显，对给定的角度的测角器，仅有少数几个波长被衍射（λ，λ/2，…，λ/n，此处 λ=

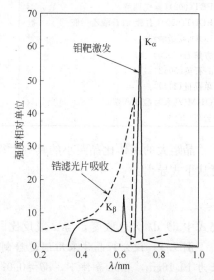

图 9-8　过滤光片产生单色光

$2d\sin\theta$，布拉格关系式）。要得到一幅光谱图，需要将出射光准直器和检测器装在第二个旋

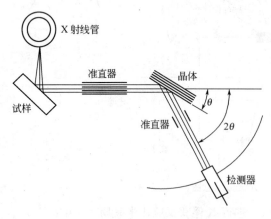

转台上，旋转的速度为第一个的两倍，即当旋转角度为 θ 时，检测器同步旋转角度为 2θ。晶体的晶距 d 为已知。

准直器是由一系列间隔很小的金属片或金属板制成，它们的作用是将发散的 X 射线变成平行射线光束。增加准直器的长度，缩小片间距离可以提高分辨率，但强度会有所减低。

波长大于 0.2nm 的 X 辐射会被空气吸收，因此在此波长范围测定可以在实验室和单色气通入连续氮气气流或者在这些区域用真空泵抽成真空。

图 9-9　波长色散型 X 射线荧光
光谱仪（分光和检测）示意图

99％的辐射被发散并作为准直器吸收，以此辐射强度的损失很大。采用凹面镜体则可使出射强度提高十倍，如图 9-10 所示。凹面镜体不仅起到衍射的作用，还可能使射线源射出的发散射线束聚焦在出口狭缝上。

常用的分析晶体列表于 9-3。从表中所列看出，测定 0.01～1nm 整个波长范围内仅使用一种晶体是不够的，因此 X 射线光谱仪一般都配有两个以上可更换的晶体，用于不同的波长范围。

表 9-3　常用分析晶体

名　称	$2d$/nm	测定元素/$10°\sim145°2\theta$
LiF(422)	0.1652	87Fr～29Cu
LiF(420)	0.180	84Po～28Ni
LiF(200)	0.4027	58Ce～19K
ADP(112)(磷酸二氢胺)	0.614	48Cd～16S
Ge	0.6532	46Pd～15P
PET(002)(异戊四醇)	0.8742	40Zr～13Al
EDDT(020)(右旋-酒石酸乙二胺)	0.8808	41Nb～13Al
LOD(硬脂酸铅)	10.04	12Mg～5B
方解石($20\bar{2}0$)	0.6071	48Cd～16S
α-石英($50\bar{5}2$)	0.1642	83Bi～Cu29
单晶硅(111)	0.6271	47Ag～16S
OHM(马来氢酸十八烷)	6.35	15P～6C
云母(002)	1.984	27Co～F9

晶距大的晶体比晶距小的具有大得多的波长范围，但相应的色散都要小许多。这种效应可从下式导出：

$$\frac{d\theta}{d\lambda} = \frac{n}{2d\cos\theta} \tag{9-15}$$

公式中 $d\theta/d\lambda$ 为色散度，与 d 成反比。

例 9.3　设分析晶体采用经过磨制与腐蚀的 LiF(200) 晶面，准直器片间距为 0.0127cm，长为 10.16cm，在此条件下，$d\theta=0.078°$。试估算能否分开 $CuK_{\alpha1\alpha2}$ 双线？（$CuK_{\alpha1}=0.15406$；$CuK_{\alpha2}$，$=0.15444$）。

解： 分析 LiF(200)$2d=0.402$nm；一级衍射 $n=1$；$d\theta=0.078°=0.0014$ 弧度；

$CuK_\alpha\lambda=0.1542$nm。首先代入布拉格公式（参阅有关文献的推导）计算 θ 值：

$$\frac{n\lambda}{2d}=\sin\theta$$

$$\theta=\sin^{-1}\left(\frac{n\lambda}{2d}\right)=\sin^{-1}\left(\frac{1\times0.1542}{0.402}\right)=22°34'$$

代入式(9-15) 得

$$d\lambda=\frac{d\theta\times2d\times\cos\theta}{n}$$

$$=\frac{0.0014\times0.402\times\cos22°34'}{1}=0.00052\text{nm}$$

$d\lambda$ 表示在此分析晶体和准直器条件下的分辨率极限，若小于 $d\lambda$ 则不能分辨。双线波长差为

$$d\lambda=\lambda CuK_{\alpha2}-\lambda CuK_{\alpha1}=0.15444-0.15406=0.0038\text{nm}$$

$CuK_{\alpha1\alpha2}$ 双线波长差小于分辨率极限，故能分开，需要另选适当条件分析。

例 9.4　假如采用例 9.3 的分析晶体 LiF (200) 晶面，其他仪器分析条件不变，能否分开 CrK_β 线和 $MnK_{\alpha1}$ 线？（$CrK_\beta=0.21018$；$MnK_{\alpha1}=0.20849$）。

解： 分析 LiF(200) 分析晶体和准直器条件下的分辨率极限为 0.00052nm，若小于其分辨率极限，则可以分开，计算两线的波长差：

$$d\lambda=\lambda CrK_\beta-\lambda MnK_{\alpha1}$$

$$=0.21018-0.20849$$

$$=0.0169\text{nm}$$

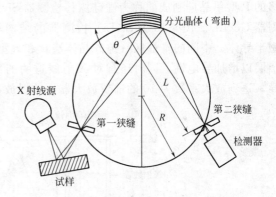

图 9-10　弯面晶体 X 射线荧光光谱仪（聚焦法）示意图

两线的波长差 0.0169nm，大于分辨率极限 0.00052nm，故不能分开。

9.3.3　X 射线检测器

检测器的基本作用在于把 X 射线量子的辐射能转化为电信号，然后测量电信号，所以检测器实际上是一种辐射能换能装置。早期的 X 射线仪器采用乳胶版来检测和测量辐射能。现代常用的检测器有正比计数器、闪烁计数器和半导体检测仪三种。

（1）正比计数器　正比计数器是一种充气型检测器。它的外壳为圆柱形金属壁，管内充有工作气体（如 Ar、Kr 等惰性气体）和抑制气体（甲烷、乙醇等）的混合气体。在一定电压下，进入检测器的入射 X 射线光子与工作气体作用，产生初始离子-电子对。这个过程称为"光电离"。检测器中的高压直流电可使电离产生的离子移向阳极，并受到加速而引起其他离子的电离。如此循环，一个电子可以引发 10^3 到 10^5 个电子。这种现象称为"雪崩"。这种雪崩式的放电，使瞬时电流突然增大，并使高压电突然间小而产生脉冲输出。在一定条件下，脉冲幅度与入射 X 射线光子能量成正比。

自脉冲开始至达到脉冲满幅度的 90% 所需的时间称为脉冲的"上升时间"。两次可检测脉冲的最小时间间隔称为"分辨时间"。分辨时间也可以粗略称为"死时间"。在"死时间"内进入的 X 射线光子不能被测出。正比计数器的"死时间"大约为 $0.2\mu s$。图 9-11 所示为

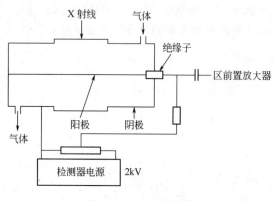

图 9-11　正比计数器

正比计数器。

（2）闪烁计数器　闪烁晶体是一种荧光物质，可将 X 射线光子转换为可见光。通常用的闪烁晶体为铊激活的碘化钠 NaI(Tl)。由闪烁晶体发出的可见光子以光电倍增管放大，形成闪烁计数器的输出脉冲，脉冲高度与入射 X 射线的能量成正比，"死时间"为 $0.25\mu s$，如图 9-12 所示。一些有机化合物也可以用闪烁体，如茂、蒽、三联苯等。处于晶体形态时，这些化合物的衰减时间为 $0.01\sim0.1\mu s$。有机液体闪烁体也可以使用，其优点是对辐射的自吸收较固体态要小。

（3）半导体检测器　半导体检测器或探测器是最重要的 X 射线检测器。如果由锂硅漂移的 P 型单晶硅制成的称为锂硅漂移检测器 Si(Li)；由锂漂移单晶锗制成的称为锂漂移锗检测器 Ge(Li)。图 9-13 为 Si(Li) 检测器的结构示意图。晶体分为三层，朝向 X 射线源的 p 型半导体、中间的本征区（纯硅晶体层）和 n 型半导体。p 型半导体层的外层面镀有很薄的金层以增加导电性，同时还有对 X 射线透明的薄的铍窗。信号通过镀在 n 型硅层的铝层传导，送到放大系数为 10 的前置放大器。前置放大器常常为场效应管，是检测器的一部分。

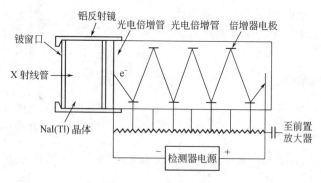

图 9-12　闪烁计数器

Si(Li) 检测器是用气相沉积法将锂沉积 p 掺杂硅晶体表面制备得到的。加热到 $400\sim500℃$，锂即在晶体中扩散。因为锂容易失去电子，将 p 型区域转化为 n 型区域。在仍处于高温时，在晶体两端加一个直流电势，从锂层撤出电子，从 p 型层撤出孔穴。电流通过 pn 结要求锂离子迁移或漂移至 p 层和形成本征层，在本征层锂离子取代因导通失去的空穴。冷却后，因为锂离子在介质中的移动性小于被取代的空穴，此中间层相对其他层来说电阻要高一些。

Si(Li) 检测器的本征层在某种形式上类似于正比计数器中的氩气。开始，光子的吸收使高能光电子形成，其动能因加速硅晶体中几千个电子至导带，明显地使导电性增大。在晶体两端施加电

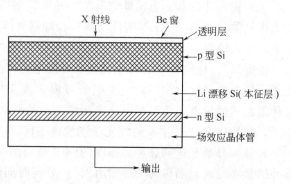

图 9-13　Si(Li) 半导体检测器的结构示意图

势时，伴随每个光子的吸收产生一个电流脉冲，脉冲幅度的大小直接正比于被吸收光子的能量。但是，相比于正比计数器，不发生脉冲的二级放大。

Si(Li) 检测器的前置放大器必须放置在液氮中，使电子噪声降低至可接受水平，因为在室温下锂原子会在硅中扩散，由此影响检测器的性能，新型的 Si(Li) 检测器仅需在使用时进行冷却。锗可以在锂漂移锗检测器 Ge(Li) 中替换硅，尤其用于检测小于 0.03nm 段波长辐射时，但必须有冷却保护。由纯硅锗制备的锗检测器不需要锂漂移，称为本征锗检测器，仅需在使用时进行冷却。

（4）X 射线检测器的脉冲高度分布　在能量色光谱仪中，检测器对能量的 X 射线光子的吸收所得到的电流脉冲大小不完全相同。光电子的激发和相应的导电电子的产生是一个符合概率理论的随机过程。因而，脉冲高度在平均值附近为高斯分布。分布的宽度因检测器的不同而不同，半导体检测器的脉冲宽度明显要窄，故此，锂漂移检测器在能量色散 X 射线光谱仪中尤为重要。

9.3.4　信号处理器

从 X 射线光谱仪的前置放大器出来的信号输送到一个快速相应的放大器，增益可以变化 10000 倍。结果使高电压脉冲高达 10V。

（1）脉冲高度选择器　现代 X 射线光谱仪（波长色散以及能量色散）都配备脉冲高度选择器，用来除去放大后小于 0.5V 的脉冲。这样，检测器和放大器噪声大大降低。许多仪器使用脉冲高度选择器，此电子线路不仅除去低于某一设定值的脉冲，同时也消除高于某些预设最大值的脉冲，即除掉所有不再脉冲高度窗口或通道范围内的脉冲。色散型仪器常常配备脉冲高度选择器来消除噪声和协助单色气把分析线与同一晶体出来的高级衍射线或能量更高的谱线分开。

（2）脉冲高度分析器　脉冲高度分析器是由一个或多个脉冲高度选择器组成的，用来提供能量谱图，图 9-14 为脉冲高度分析器原理图。单道分析器通常有一电压范围，10V 或更高，窗口为 0.1~0.5V。窗口可手工或自动调节以扫描整个电压范围，为能量色散光谱提供数据。多通道分析器通常由几千个分力的通道组成。每一个通道表现为与一

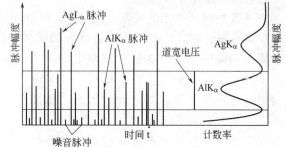

图 9-14　脉冲高度分析器原理

个不同电压窗口相对应的独立通道。之后，从各通道出来的信号被收集于分析器与通道能量对应的存储器地址中，因此能够对整个光谱进行同步计数和记录。X 射线检测器的输出有时会很高，要得到合适的计数速率就需要进行换算，将脉冲数降低。

9.4　X 射线荧光光谱法

试样置于 X 射线管的靶区能够激发 X 射线发射光谱，但此方法在许多试样上难以应用。最普遍的是采用 X 射线管或同位素源发射出来的 X 射线来激发试样。在此种情况下，试样中的元素将初级 X 射线线束吸收并发射出它们自己的特征荧光 X 射线。这一分析方法称为 X 射线荧光法。X 射线荧光法（XRF）是所有元素分析方法中最常用的一种。它可以对原子

序数大于氧的所有元素进行定性分析。同时还可以对元素进行半定量或定量元素分析。荧光法与其他分析方法比较，其最独特的一个优点是对试样无损伤。

9.4.1　仪器装置

X射线荧光分析装置可以分为三种类型，即波长色散型、能量色散型和非色散型；后两种可以仪器使用的光源是X射线管或放射性物质源来进一步细分。

（1）波长色散型　波长色散型的仪器有两种，即单道和多道。图9-9所示的是光谱仪的分光和检测示意图，图9-10所示的是光谱仪采用聚焦法分光器的原理图，可以用于射线荧光分析。图9-15为波长色散型X射线荧光光谱仪检测方框图。

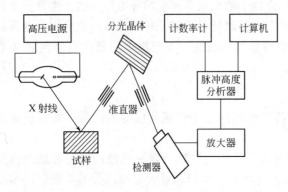

图9-15　波长色散型X射线荧光光谱仪检测示意图

单道荧光光谱仪可以是手动或自动分析。前者用于仅含几个元素的试样定量分析。在此类应用中，晶体核检测器固定在合适的角度（θ 和 2θ），持续计数直至收集到精确结果。自动化仪器更适合于需要扫描整个光谱的定性分析。晶体和检测器的驱动必须同步，检测器输出接到数据和采集系统。图9-16是一种不锈钢试样的波长色散X射线荧光光谱图。现代单道光谱仪都配备两个X射线源，通常铬靶用于长波而钨靶用于短波。

波长大于0.2nm时，就有必要用泵抽出光源的和检测器间的空气或用连续氦气流来取代。同时有色散晶体转换装置。

多道X射线荧光光谱仪庞大且昂贵，可以同时检查和测定多至24种元素。这里，由晶体和检测器组成的单个通道沿X射线源和试样架成圆周排列。晶体或多数通道固定在与给定分析线相应的角度。在某些仪器上，一个或多个晶体可以移动以进行光谱扫描。多道仪器中，各个检测器有自己的放大器、脉冲高度选择器、转换器和计数器或者积分器。这类仪器目前一般都配有计算机用于仪器控制、数据处理和分析结果显示。20个以上元素的分析可以在几秒至几分钟内就可以完成。

多道X射线荧光光谱仪广泛用于工业分析中某些组分的测定，如钢铁、合金、水泥、矿石和石油产品。多道和单道仪器可以分析诸如金属、粉末固体、蒸发镀膜、纯液体或溶液。如有必要，试样可装载有塑料薄膜窗口的试样池内。

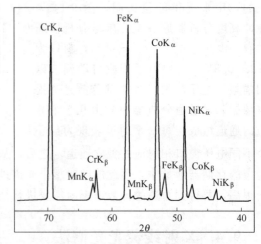

图9-16　一种不锈钢试样的波长
色散X射线荧光光谱图

目前在环境中的应用也不断得到发展，例如分析膨润土、橄榄石等岩石类物质，对其改性，然后用于处理工业废水处理的新材料。

（2）能量色散型　图9-17所示为能量色散型光谱仪，有多色光源（X射线管或放射性物质）、试样架、半导体检测器和不同的用于能量选择的电子元件。能量色散系统的一个显著优点是简便，在光谱仪的激发和检测部分中没有移动部件。再者，由于没有准直器和晶体衍射器并且检测器靠近试样，使达到检测器的能量增大 100 倍或者更多，因而可以用强度较弱的光源，如放射性物质或低能量 X 射线管，能量色散型光谱仪价格仅为波长色散仪器的四分之一到五分之一，而且对试样的损伤要小很多。在多道能量色散仪器中，

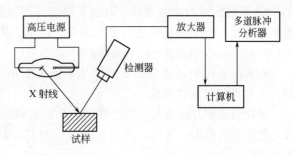

图 9-17　能量色散型 X 荧光光谱仪检测示意图

所有 X 射线都可以同步测定。图 9-18 为一种血清试样的能量色散 X 荧光光谱图。

与晶体光谱仪相比，能量色散荧光光谱系统在 0.1nm 以上的波长分辨率较低，但在短波长范围能量色散系统分辨率较高。

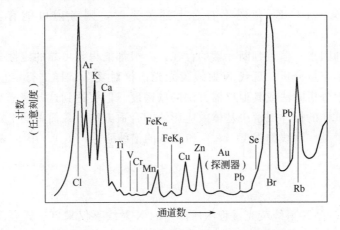

图 9-18　一种血清试样的能量色散 X 荧光光谱

（3）非色散型　非色散型系统一般用于某些简单试样中少数几个元素的常规分析。采用合适的放射源激发试样，发出的 X 射线荧光经过两个相邻的过滤片进入一对噪声正比计数器。一个过滤片的吸收边在被测线的短波方向，而另一个的吸收边在长波方向，两信号强度之差正比于被测元素含量。这类仪器需要较长的计数时间。分析的相对标准偏差约为 1%。

9.4.2　X 射线荧光分析法及其应用

前面已经提到，当用 X 射线照射物质时，除了发生散射现象和吸收现象外，还能产生特征用 X 射线（X 荧光），荧光的波长与元素的种类有关，据此可以进行定性分析；荧光的强度与元素的含量有关，据此可以进行定量分析。

（1）定性分析　X 荧光的本质就是特征 X 射线，莫斯莱定律就是定性分析的基础。

目前，除轻元素外，绝大多数元素的特征 X 射线，均以精确测定，且已汇编成册（2θ-谱线表），供实际分析是查阅。例如，以 LiF(200) 作为分光晶体时，在 2θ 为 44.59°处出现一强峰，从 2θ-谱线表上查出此谱线为 Ir-K$_\alpha$，由此可以判断试样中有 Ir 存在。

元素的特征 X 射线有如下特点：

① 每一种元素的特征 X 射线，包含一系列波长确定的谱线，且强度比是确定的，例如，Mo($Z=42$) 的特征 X 射线，K 系列就有 α_1、α_2、β_1、β_2、β_3，它们的强度比为 100：50：14：5：7。

② 不同元素的同名谱线，其波长随原子序数的增大而减小。这是由于电子与原子之间的距离缩短，电子结合得更加牢固所致。以 $K_{\alpha 1}$ 谱线为例，Fe($Z=46$) 0.1936nm，Cu($Z=29$) 0.1540nm，Ag($Z=49$) 0.00559nm。

在实际工作中，通常需要根据几条谱线及相对强度，参照谱线表，对有关谱峰进行鉴别，才可得到可靠的数据。

谱峰的识别方法是首先把已知元素的所有峰都挑出来，这些谱峰包括试样中已知元素的峰，靶线的散射线。然后，再鉴别剩余的谱峰，从最强的谱线开始逐个识别。识别时则应注意：

a. 由于仪器的误差，测得的角度与表中所列数据可能相差 $0.5°$(2θ)；

b. 判断某一位置元素的存在最好用几条谱线，如果某一个峰查得是 FeK_α，则应寻找 FeK_β 的峰，以肯定 Fe 的存在；

c. 应从谱峰的相对强度来判断谱线的干扰情况，若某一个强峰是 CuK_α，则 CuK_β 应为 K_α 强度的 1/5。当 CuK_β 很弱不符合上述关系时，则考虑可能有其他谱线重叠在 CuK_α 上。

考虑以上各种因素，慎重判断元素的存在，一般都能得到可靠的定性分析结果。

(2) 定量和半定量分析　现代 X 射线荧光光谱仪对复杂试样进行定量分析能够得到等同或超过经典化学分析方法或其他仪器方法的精密度。但要达到这一精密水平，需要有化学和物理组成接近试样的标样或解决基体效应影响的合适方法。最简单的半定量方法是比较未知试样中待测元素某一谱线的强度（I_s）和元素的谱线强度（I_p）。用 w 表示待测元素的质量分数，则

$$w=\frac{I_s}{I_p} \tag{9-16}$$

① 基体效应　在 X 射线荧光过程中所产生的 X 射线不仅来自试样表面的原子，也来自表面之下的原子。因此，入射的辐射和生成的荧光都在试样中穿透相当一段厚度。这两束射线的衰减决定于介质的质量吸收系数，进而取决于试样中所有元素的吸收系数。故此，在 X 射线荧光测量过程中，到达检测器的分析线净强度一方面取决于产生此线的元素浓度，另一方面受到基体元素的浓度和质量吸收系数的影响。

基体的吸收效应将使由式(9-16)所得的结果偏高或偏低。举例来说，如果基体中的其他某元素对入射和出射光束的吸收比测定元素强且含量显著，那么计算得到的 w 将会偏低，因为 I_s 是从吸收较小的标样计算得来的，相反地，如果试样的基体元素比标样元素吸收低，计算得到的含量则会偏高。

第二种基体吸收效应是增强效应，它会使得被测元素的结果偏高。这种效应就是被测元素能够被基体中的其他元素的 X 射线荧光激发产生分析线的次级发射。

② 常用定量和半定量分析　X 射线荧光分析中常用定量和半定量方法有标准曲线法、可加入法和内标法等。

选择内标元素时应注意以下几点：

a. 试样中不含该内标元素；

b. 内标元素与分析元素的激发和吸收性质要尽量相似；

c. 一般要求内标元素的原子序数在分析元素的原子序数附近（相差 $1\sim 2$）；

d. 待测元素与内标元素间没有相互作用。

③ 数学方法　在 X 射线荧光分析中，采用标准曲线法或内标法等方法时，标样的制作

十分费时和困难，尤其是在基体效应复杂和基体元素变化范围较大的情况下，要得到准确的分析结果是不容易的。为了提高定量分析的精度，发展了一些复杂的数学处理方法，例如经验系数法和基本参数法等。随着计算机计算功能的提高和普及，这些方法已成为 X 射线荧光分析法的主要方法。

（3）荧光分析法的应用　X 射线荧光分析法可能是元素分析中最有效方法之一。可以测定原子序数 5 以上的所有元素，并可以同时检测，是一种快速、精密度高的分析方法，广泛应用于金属、合金、矿物、环境监测、外太空探索等各个领域。

① X 射线荧光分析法在分析水中污染元素 Cr、Ni、Zn、Cd、Hg、Pb 等的测定，快速简便，可同时分析多个元素；用荧光分析法分析大气中污染物也得到广泛应用，用滤膜收集的大气飘尘可以直接在 X 射线荧光以上进行定量分析。

水中污染元素 Cr、Ni、Zn、Cd、Hg、Pb 等的测定应用：分析直接测定液体试样，由于受到液体体积限制和液体本身的吸收等因素的影响，灵敏度不高，检测限只能达到 10^{-6} 数量级，为了提高检测限，一般需要与处理水样，对待测元素进行富集，方法有沉淀法、电解法、溶剂萃取法、离子交换法等。现将元素富集的沉淀法介绍如下：

液体试样加入沉淀剂后，过滤。过滤器容量为 300mL，直径为 47mm，过滤板上小孔径为 $0.45\mu m$，板厚 0.1mm，过滤板上放置微孔滤纸。

沉淀剂采用与重金属作用的螯合剂，有 Na-DDTC［二乙胺二硫代甲酸钠和羟基喹啉］。沉淀量与沉淀剂的 pH 值有关，根据经验，Na-DDTC 在 pH＝8～9 的范围内使用最佳。

为了增加沉淀量，通常需要加入能与 Na-DDTC 发生共沉淀的共沉淀元素，一般以 Fe 作共沉淀元素，实际上，Fe 起着载体的作用。在有共沉元素的存在下，对 X 射线荧光的强度是有影响的，应当作出检测曲线，找出适宜的共沉元素量，见图 9-19。

从中可以看出，对 Zn 来说，Fe 含量在 3mg 以下时，对 X 射线强度尚无影响；对 Cd 来说，Fe 含量在 1mg 时尚无影响。但 Fe 载体又不可加得过多，以免试样太厚，影响 X 射线强度，一般在 $2000\mu g$ 以下。

溶液浓度与富集率也有关系，因为金属螯合物有一定的溶解度，当金属离子含量很低时，则富集率就很低。例如 Cd 含量为 $1\mu g/100mL$ 时，加入 Na-DDTC 后，滤纸几乎不被收集，当另添加 Cu$100\mu g$ 则为 100％。

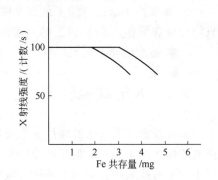

图 9-19　Fe 共沉淀元素对 Zn、Cd 强度的关系（Zn、Cd 分别为 $100\mu g$）

在考虑了上述因素以后，可采用下列分析步骤。

a. 分别绘制每个元素的标准曲线：在纯水中加入不同量的分析元素，绝对量以 1～10μg 为宜，测荧光强度，绘制 I-w 标准曲线，w 表示分析元素的添加量。

b. 采取水样：应使被测元素的绝对含量不小于 1μg。一般采取水样 100mL 即可。

c. 加入载体：在 100mL 水样中加入 Fe 载体 700～1000μg；在分析 Cr 时，为使沉淀完全，须另加入乙醇和盐酸各 1mL，煮沸后冷却至室温。其他元素无须如此处理。

d. 调整 pH 值在 8～9 范围。

e. 水处理后放置 1h，在 100mL 水样中加入 1% Na-DDTC 溶液 3～5mL，过滤富集；

f. 在过滤器上测量 X 射线荧光强度，从标准曲线上查得被测元素的含量。

通过实际分析证明，水样经过 Na-DDTC 预处理后，检测限可提高至 10^{-9} 数量级，而且快速简便。

② 应用正确的基体效应矫正方法，可以分析复杂的矿物试样，同时检测 10 个元素以上，平均每个试样分析时间约为十多分钟。相对平均偏差可以小于 0.08%，优于化学分析方法。在冶金工业中，X 射线荧光分析法广泛应用于金属和合金生产中的质量控制，可以在合金的生产过程中，快速提供元素分析结果以校正合金成分。

③ X 射线荧光分析法还可以方便地用于液体试样的分析，例如，飞行汽油中 Pb 和 Br 的直接定量分析，润滑油中 Ca、Ba、Zn 的定量分析，以及油漆中填充料的直接分析等。

④ 在空间探索中的应用，例如发射到火星的"探路者"机器人装置，使用 X 射线荧光仪定量分析着陆点附近岩石或土壤里重于 Na 的所有元素，与散射法和中子发射法结合定量分析了除 H 以外，质量分数在千分之几的所有元素。装置配备的是 ^{244}Ce 同位素，发射 α 粒子轰击试样，产生的 X 射线荧光用能量色散光谱仪测量，得到的光谱直接从火星发挥到地球，在地球上进行定量分析。

⑤ X 射线荧光与原子发射法有很多相似之处，但是比较起来具有如下优点：

a. 特征 X 射线来自原子内层电子的跃迁，谱线简单，且谱线仅与元素的原子序数有关，与其他化合物的状态无关，所以方法的特征性强；

b. 各种形状和大小的试样均可分析，且不破坏试样；

c. 分析含量范围广，自微量至常量均可进行分析，精密度和准确度也较高。

目前高度自动化和程序控制的 X 射线荧光光谱法是仪器分析中最为重要的元素分析方法之一。

⑥ X 射线荧光的局限性主要表现在以下几方面：

a. 不能分析原子序数小于 5 的元素；

b. 灵敏度不够高（除了最新发展的全反射 X 射线荧光法外，但其为破坏性检测），一般只能分析含量在 $0.0x\%$ 以上的元素；

c. 对标准试样要求很严格。

9.5　X 射线吸收光谱法

X 射线吸收光谱法的应用远不及 X 射线荧光光谱法广泛。虽然吸收测量可以相对无基体效应的情况下进行，但所涉及的技术与荧光法比较起来相当麻烦和耗费时间。因此大多情况下，X 射线吸收法应用于基体效应极小的试样。

吸收法与前面的光学吸收法相似，X 射线辐射或带的减弱为分析变量。波长的选择采用单色器或滤光片，或者采用放射源的单色辐射。

因为 X 射线吸收峰很宽，直接吸收方法一般仅用于轻元素组成基体的试样里的单个高原子序数元素的测定，例如，汽油中的 Pb 的测定和碳氢化合物中卤元素的测定。

9.6　X 射线衍射光谱法

X 射线衍射光谱法的是目前测定晶体结构的重要手段，应用极其广泛。

晶体是由原子、离子或分子在空间周期性排列而成的固态物质。自然界中的固态物质，绝大多数是晶体。按照晶体内部微粒间的作用力区分，晶体的基本类型有离子晶体、原子晶体、分子晶体、金属晶体及混合型晶体等。

晶体结构的周期性可以用空间点阵来描述。空间点阵：它是一种表示晶体内部质点排列规律的几何图形。它是按晶体中相同质点的排列规律从晶体结构中抽象出来的。空间点阵中的点，它代表晶体结构中的原子、分子等相同点。对于点阵中这样一组点，当连接其中任意两点的向量平移以后，均能复原。

晶体周期型结构包括两个要素：一是按周期性重复的内容，称为结构基元；二是重复周期的大小和方向。若把结构基元抽象成一个几何点来表示，画在每个结构基元某个确定的位置，而不考虑结构基元中具体的原子、离子或分子，这些点就形成了点阵，因此，晶体结构＝点阵＋结构基元。

晶体结构是三度空间上伸展的点阵结构，有许多单个相同内容的基本单位晶格所组成。晶体中空间点阵的单位叫做晶胞，它是晶体结构的最小单位。包含一个结构基元的叫素晶胞，包含两个或两个以上结构基元的叫复晶胞。

晶胞有两个要素：一是晶胞的大小、类型，也就是它在三维空间中的向量大小，方向以及是素晶胞还是复晶胞；另一个是晶胞的内容，即晶胞中原子或分子的种类数目以及它们在晶胞中的分布位置。晶胞的三个向量 a、b、c 的长度，以及它们之间的夹角 α、β、γ 成为晶胞参数。其表示方式见图 9-20。晶胞的六个参数表示晶胞的大小和形状。晶胞中每个原子的空间位置可用 x、y、z 来确定。由于原子在晶胞内，故值均小于 1，称为原子的分数坐标。晶胞中含有几个原子，则有几组分数坐标。

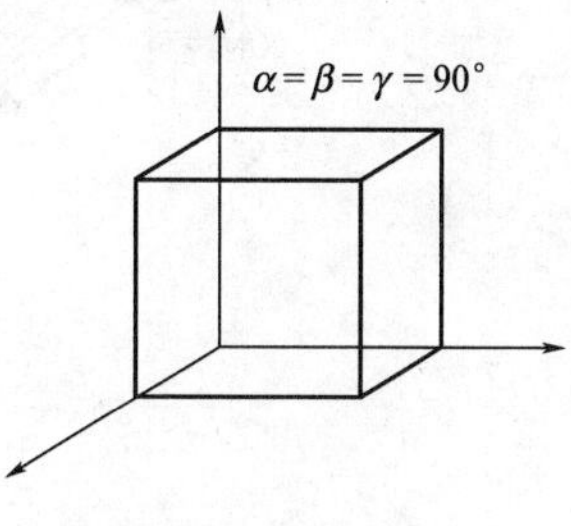

图 9-20　正交晶胞

设有一个晶面或平面点阵与三个晶轴 X、Y、Z 相交，截距分别为 xa、yb、zc，如图 9-21 所示，则截距中的 x、y、z 分别表示晶面或平面点阵在三个晶轴上的截数，那么，这里的 $1/x$、$1/y$、$1/z$ 称为倒易截数。晶面指标就是晶面在三个晶轴上的倒易截数之比。这三个截数之比化为一组整数，即

$$\frac{1}{x} : \frac{1}{y} : \frac{1}{z} - h : k : l \tag{9-17}$$

晶面指标用 (hkl) 符号来表示。

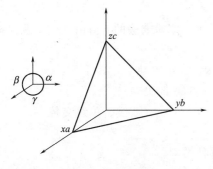

图 9-21　晶面指标

当一个晶面和某一个晶轴平行时可认为晶面与这个晶轴在无穷远处相交，截数为无穷大时，而其倒易截数为零。因此若晶面指标中某一个数为零，就意味着晶面与该指标相对应的晶轴平行。例如晶面 (110) 与 c 轴平行。

由于晶体中原子散射的电磁波互相干涉和互相叠加而在某一方向得到加强或抵消的现象称为衍射，其相应的方向成为衍射方向。一个原子对 X 射线的散射能力，取决于它的电子数。晶体衍射 X 射线的方向，与构成晶体的晶胞大小、形状以及入射 X 射线波长有关。衍射光的强度，则与晶体内原子的类型和晶胞内原子的位置有关。所以，从所有衍射光的方向和强度来分析，每种类型的晶体物质都有自己的衍射图。衍射图是晶体化合物的"指纹"，所以可用作定性分析的依据。在实际应用中，又可将 X 射线衍射法分为多晶粉末法和单晶粉末法。

9.6.1 多晶粉末法

多晶粉末法常用来测定立方晶系的晶体结构的点阵形式、晶胞参数及简单结构的原子坐标；还可以对固体样品进行物相分析等。

（1）X射线衍射仪 用于多晶粉末法的仪器多为旋转阳极X射线衍射仪。主要由单色X射线源，试样台和检测器（闪烁计数器）组成。如图9-22所示。

为了增加X光对晶体部位的照射，通常是试样平面旋转，光源对试样以不同的θ角进行扫描，而检测器则以2θ角位置进行探测。X射线管发射出来的辐射，则是由阳极靶决定的。在辐射中只有$K_{\alpha1}$、$K_{\alpha2}$是有用的。常用的靶材是铜。CuK_{β}射线可用薄镍箔滤掉。如果晶体中存在某些吸收某一特定波长的元素，则须选用合适的靶材。K_{β}能被原子序数较其小1或2单位的元素强烈吸收；K_{α}能被原子序数较其小2或3单位的元素强烈吸收。

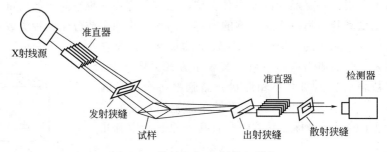

图 9-22 旋转阳极 X 射线衍射仪

（2）X射线衍射仪的应用

① 晶体结构分析 多晶粉末擦痕能够用于测定立方晶系定晶体结构，并可对固体进行物相分析。

布拉格公式是晶体X射线衍射法的基本方程，其表达式为

$$2d\sin\theta = n\lambda \tag{9-18}$$

将晶面间距d与晶胞参数α的关系式代入式（9-16），则可得到

$$\sin^2\theta = \left(\frac{\lambda}{2\alpha}\right)^2 (h^2 + k^2 + l^2) \tag{9-19}$$

由此式可见，$\sin^2\theta$值与（$h^2 + k^2 + l^2$）衍射指标和成正比。按粉末法的θ值由大到小顺序排列，$\sin^2\theta$值的比例有如下规律：

对于 P（简单立方点阵）：1：2：3：4：5：6：8：9：10…（缺7、15）；

对于 I（立方体心阵）：1：2：3：4：5：6：7：…（不缺7、15）；

对于 F（立方面心点阵）：3：4：8：11：12：16：19：20…（双线、单线交替）；

金刚石结构型：3：8：11：16：19….

根据试样晶体的衍射线出现情况，即可判断属于哪种结构。

例9.5 求 Al 的晶胞参数α，用 Cu（$K_{\alpha1}$）射线（$\lambda = 0.15405nm$）照射样品，选取$\theta = 81.17°$的衍射线，晶面指标$h:k:l$为3：3：3，计算晶胞参数？

解：已知$\theta = 81.17°$，$h:k:l$为3：3：3，$\lambda = 0.15405nm$代入晶胞参数关系式，则

$$\sin^2\theta = \left(\frac{\lambda}{2\alpha}\right)^2 (h^2 + k^2 + l^2)$$

$$\sin^2 81.17° = \left(\frac{0.15406}{2\alpha}\right)^2 (3^2 + 3^2 + 3^2)$$

$$\alpha = \frac{0.15406}{2\sin 81.17°}(3^2 + 3^2 + 3^2)^{1/2}$$

$$= 0.40490 \text{nm}$$

样品中 Al 的晶胞参数 α 为 0.40490nm。

自然界中固态物质多数以多晶形式存在，每一种晶态物质都有其特定的结构。因此，实验中得到的各种晶态物质的粉末衍射图都有不同的特征。由布拉格方程，根据 θ 值可求得 d/n 值，对于每一种晶态物质，可用已知标样根据衍射图建立一套相应的 d/n-I 数据，编成 X 射线粉末衍射图。将未知晶体物质的衍射图以及计算出来的 d 值同已知数据进行比较，即可得出结果。每种晶态物质建立一张卡片，将最强的三条或四条反射线列入卡片中，强度最大的衍射线以 100 表示，其他线的强度按比例计入。

如果试样是以混合物，则应对每一组分进行鉴定，测定方法是先按 d 值找出可能的组分，再按谱线的强度比，确定其中所含的某一组分。然后将一组分的谱线删除，对剩余的谱线重新标定，即以峰强最大的为 100，其他谱线按比例重新计算出相对强度，再重复上述方法找出其余组分。粉末衍射法是鉴定物质晶相的有效手段。例如鉴别同一元素的几种氧化物，如 FeO、Fe_2O_3、Fe_3O_4 等。这是一般化学方法无法解决的。

图 9-23 为 α-SiO_2 石英粉末样品的 X 射线衍射图谱，图谱中 100、110 等表示晶面符号。

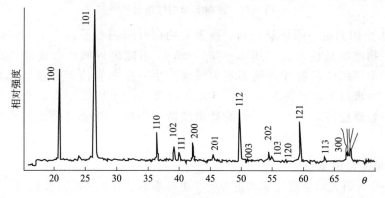

图 9-23　α-SiO_2 石英粉末样品的 X 射线衍射图谱

② 矿物学方面应用　矿物学中曾有不少矿物的元素构成很接近，但它们的性质相差很远（如石墨和金刚石都是碳，还如一些硅酸盐），而有的矿物其物理或化学性质相近，但其元素组成又很不相同（如云母类矿物等），使人困惑。晶体结构的测定使性能的异同从结构上得到了合理的解释。如石墨因是层状结构，层间结合力差，故较软，而金刚石为共价键形成的骨架结构，故结合力强，无薄弱环节，成为最硬的材料。

③ 在环境监测领域的应用　环境保护越来越受到人们的高度重视，环境对有机废水处理标准要求的日益提高，固体吸附材料的研制已成为热点课题。膨润土是一种天然黏土矿物，价廉易得，经过有机化改性的膨润土具有较好的亲油性，试验表明，膨润土对于含苯、甲苯、二甲苯废水有着良好的吸附效果，其用于有机废水的治理有着良好的发展前景，是一种高效的废水处理材料。

将膨润土原矿在玛瑙研钵手工研磨至 200 目对样品进行 X 射线衍射分析，原矿的 X 射线衍射谱图如图 9-24 所示。由膨润土原矿的 X 射线衍射图谱可知，蒙脱石的层面间距 $d001$

为 1.5250nm，$d = 0.3347$nm 为 SiO_2 的特征反射峰，图中 SiO_2 的特征反射峰强度非常高，说明原膨润土中杂质为石英。对于膨润土工业类型的划分，不同的国家有不同的标准，我国主要以碱性系数划分为钙基土和钠基土。根据资料分析，膨润土的类型可以根据 $d001$ 数值来判断，1.2～1.3nm 为钠质膨润土；1.3～1.4nm 为钠钙质膨润土；1.4～1.5nm 为钙钠质膨润土；1.5～1.6nm 为钙质膨润土。所以原膨润土为钙质膨润土。

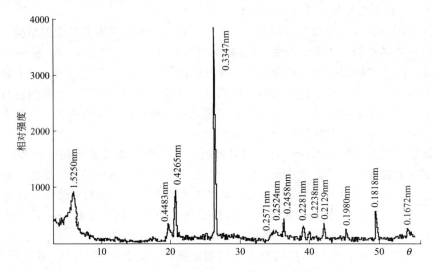

图 9-24　膨润土 X 射线衍射图谱

④ 粒子大小的测定　固体催化剂、高聚合物以及蛋白粒子的大小与它们的性能有密切关系。这些物质的晶粒太大（$10^{-4} \sim 10^{-6}$ cm），不能再近似地看成是具有无限多晶面的理想晶体，所得到的衍射线条就不够尖锐而产生一定的宽度。根据谱线宽度，利用有关计算公式，可求得平均晶粒大小。2～50nm 的微晶或非均质物质，能在很低的角度内产生衍射效应，通过测定在 $0.2° \sim 2°$ 的低角度散射强度，结合有关公式计算，也可求出粒子的大小。

9.6.2　单晶衍射法

以单晶来作为研究对象能比多晶更方便、更可靠地获得更多的实验数据。目前测定单晶晶体结构的主要设备是四圆 X 射线衍射仪。它是将电子计算机与衍射仪结合，通过程序控制，自动收集衍射数据和进行结构分析，使晶体结构测定的速度和精确度大大提高。四圆 X 射线衍射仪也是由单色 X 光源、试样台和检测器组成。它与多晶衍射仪的主要区别在于：试样台能在四个圆的运动中使晶体依次转到每一个 hkl 晶面所要求的反射位置上，以便检测器收集到全部反射数据。图 9-25 为四圆 X 射线衍射仪。

单晶结构分析是结构分析中最有效的方法之一。它能为一个晶体给出精确的晶胞参数，同时还能给出晶体中成键原子间的键长、键角

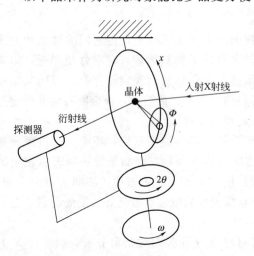

图 9-25　四圆 X 射线衍射仪

等重要的结构化学数据。图 9-26 是 β-间甲二酚在 c 轴方向的电子云密度。图左侧为等电子云密度线图，其高度就相应于原子的位置。由此还可以求出分子的键长和键角，如图 9-27 所示。

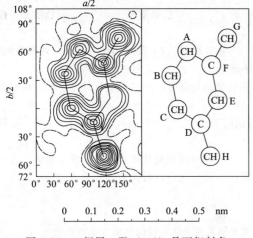

图 9-26　β-间甲二酚（001）晶面衍射角

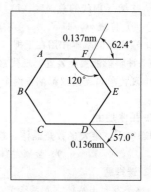

图 9-27　β-间甲二酚的键长和键角
（氧原子比环平面高 0.08nm）

目前的实验室对单晶体结构分析方法对于测定小分子的单晶体结构已经是相当完美了，但对于巨大的生物大分子就显得软弱无力，主要是光源强度不够，光的平行性不良，波长又不易调试。主要依靠同步辐射作为 X 射线源。我国同步辐射光源之一的国家同步辐射实验室（NSRL）目前已完成用于生物大分子结构测定的光束线与实验站的建设，并已收集到尖吻蝮蛇蛇毒磷脂酸 A2、神经毒等多种生物大分子的衍射数据，并解出了结构。同时，同步辐射装置（BSRF）的生物平台使用的是聚焦光束，也已投入运转，在样品冷冻条件下成功地收集了部分结构数据，数据分析准确。

习　题

一、填空题

1. X 射线是一种电磁辐射，由于高能电子的减速运动或原子内层轨道电子跃迁产生的短波辐射，其波长介于（　　　）和（　　　）射线之间。它的波长没有一个严格的限制界限，一般来说，是指波长为（　　　）nm 的电磁辐射。

2. X 射线产生的途径有四种：（　　　）、（　　　）、（　　　）和（　　　），在分析测试中，常用的光源为（　　　）。

3. 当 X 射线照射固体物质后，发生一系列的变化。一部分 X 射线透过晶体，产生（　　　）；一部分与用于产生（　　　）、（　　　）和（　　　）等；还有一部分将其能量转移给晶体中的电子。

4. 当 X 射线照射固体物质后，质量吸收系数特性是：物质的原子序数越大，即元素（　　　），它对 X 射线的阻挡能力（　　　）；X 射线的波长（　　　），即能量（　　　），越易被（　　　）。

5. X 射线的散射分为（　　　）和（　　　）。（　　　）是指 X 射线与原子中束缚较松的电子作随机的非弹性碰撞，把部分能量给予电子，并改变电子的运动方向。

6. 瑞利散射属于（　　　）弹性碰撞引起的散射，不产生（　　　）的变化，在 X 射线分析中不太重要。

7. 康普顿效应造成的能量降低，波长向（　　　）移动，这种散射的周相与入射线无确定关系，不能产生（　　　），只能成为衍射图像的背景值，对观测不利。

8. 相干散射是产生衍射的基础，它在晶体结构研究得到广泛的应用。X 射线衍射所需条件有两个（　　　）和（　　　）。

9. X 射线仪器有 X 射线光度仪和 X 射线分光光谱仪之分，前者采用（　　　）来限定来自光源的辐射，后者采用（　　　）。

10. X 射线仪器根据解析光谱方法的不同，而分为（　　　）色散型和（　　　）色散。检测试样时，X 射线到达检测器的光能量大的是（　　　）。

11. 连续 X 射线的总强度（I）与 X 光电管的电压（V）和靶材（Z）的原子序数有关：升高管电压，（　　　）将减小，即（　　　）能量增大；原子序数（　　　），X 射线的强度增大。

12. 检测器的基本作用在于把（　　　）的辐射能转化为电信号，然后测量电信号，所以检测器实际上是一种辐射能换能装置。现代常用的检测器有（　　　）、（　　　）和（　　　）三种。

13. 现代单道光谱仪都配备两个 X 射线源，通常铬靶用于（　　　）长波，钨靶（　　　）用于短波。

14. 晶体是由（　　　）、（　　　）或（　　　）在空间周期性排列而成的固态物质。自然界中的固态物质，绝大多数是晶体。按照晶体内部微粒间的作用力区分，晶体的基本类型有（　　　）、（　　　）、（　　　）、金属晶体及混合型晶体等。

二、选择题

1. 原子发射出特征 X 射线荧光时，发射的 X 射线荧光波长总是比相应的初级 X 射线的波长（　　　）。

A. 长　　B. 短　　C. 两者相等　　D. 两者无关

2. X 射线分析涉及到原子的（　　　）产生的短波辐射。

A. 外层价电子跃迁　　B. 内层电子跃迁　　C. 价电子跃迁　　D. 外层价电子跃迁

3. X 射线分析中，通常采用的分光器是（　　　）。

A. 棱镜　　B. 光栅　　C. 晶体　　D. 棱镜＋光栅

4. 波长色散型 X 射线荧光光谱仪的主要部件为（　　　）。

A. X 射线管＋分光晶体＋检测器　　B. 空心阴极灯＋波长＋检测器

C. X 射线源＋波长＋检测器　　D. 空心阴极灯＋分光晶体＋检测器

5. 波长色散型与能量色散型相比，能量色散型 X 射线荧光光谱仪没有（　　　）。

A. X 射线管　　B. 分光晶体　　C. 能量分析器　　D. 检测器

6. X 射线荧光法（XRF）是所有元素分析方法中最常用的一种。它可以对（　　　）的元素进行定性分析。同时还可以对元素进行半定量或定量元素分析。

A. 原子序数小于氧　　B. 原子序数大于氧　　C. 原子序数大于氢　　D. 所有元素

三、简答题

1. 简述 X 射线荧光光谱分析的特点及应用。

2. 简述 X 射线衍射光谱法的特点。

3. 何谓 X 射线？

4. 简述连续 X 射线产生的机理。

5. 简述特征 X 射线产生的机理。

6. 连续 X 射线在 X 射线荧光分析中的意义是什么？

7. X 射线检测器有哪几种？简述不同 X 射线检测器的检测原理。

8. X 射线荧光分析法定性、定量分析的依据是什么？简述荧光分析法的应用。

9. 简述晶体衍射 X 射线定性分析的依据。

10. X 射线衍射法在环境监测领域有何应用？

四、计算题

1. 以 LiF（$2d=4.027nm$）作为分光晶体，2θ 从 $10°\sim145°$ 转动，可测定的波长范围为多少？镁是否能被检测？

2. 工作电压为 40kV 的 X 射线管（铬靶），所产生的连续发射的短波限是多少？计算激发 Ca 的 K_α 谱线（0.3064nm）所需的最低管电压？

3. 在 X 射线光谱法中，当采用 LiF（$2d = 4.027\text{nm}$）作为分光晶体，在一级衍射 $2\theta = 45°$ 处有一谱峰，计算此峰的波长应为多少？

4. 使用钼靶及 LiF（$2d = 0.4027\text{nm}$）晶体的色散型 X 射线荧光光谱仪对某试样进行分析测定时，测得如下数据，2θ 为 $48.20°$、$48.54°$、$20.16°$ 和 $20.24°$，试样中含有的主要组分是什么？

5. 以 MgK_α（$\lambda = 0.9890\text{nm}$）为激发源，测得发射的光电子动能为 977.5eV（已扣除仪器的功函数），试计算 Mg 元素的光电子结合能？

6. 某分析晶体采用经过磨制与腐蚀的 LiF（200）晶面，准直器片间距为 0.0118cm，长为 10.09cm，在此条件下，$d\theta = 0.076°$。试估算能否分开 $CuK_{\alpha1\alpha2}$ 双线？（$CuK_{\alpha1} = 0.15406$；$CuK_{\alpha2} = 0.15444$）。

第 10 章 质谱分析法

10.1 概述

质谱分析是现代物理与化学分析领域内使用的一个极为重要的工具，而且在其他领域也得到了较快发展。从第一台质谱仪的出现至今已有 100 多年的历史。早期的质谱仪主要用于测量某些同位素的相对丰度和原子质量，20 世纪 40 年代起开始用于气体分析和化学元素稳定同位素分析，以及研究电子碰撞过程等物理领域。随着应用领域的拓宽，以后发现复杂的有机化合物分子可以产生可重复的质谱，由于出现高分辨率的质谱仪，从这种仪器对复杂有机化合物的分析所得到的谱图分辨率高、重现性好，开始成为测定有机化合物结构的重要手段之一。

60 年代色谱-质谱联用技术的成功实现，使气相色谱法的高效分离混合物的特点，与质谱法的高分辨率鉴定化合物的特点相结合，以及计算机的应用，大大提高了质谱仪的效能，为分析组成复杂的有机化合混合物提供有力手段。使之成为最有效的分析技术之一。

近年来各种类型的质谱仪相继问世，质谱法日益广泛地应用于原子能、石油、化工、电子、冶金、医药、食品、陶瓷工业等部门，农业科学研究部门以及核物理、电子与离子物理、同位素地质学、有机化学、生物化学、地球化学、无机化学、临床化学、考古研究、空间探索等科学领域，同时，随着人们生活质量的不断提高，对环境质量的要求不断提高，质谱仪在环境监测和分析有毒有害物质中也得到了高速拓展应用。

质谱分析法是按照离子的质核比（m/z）大小对离子进行分离和测定，从而对样品进行定性和定量分析的一种方法。

（1）质谱法的主要作用

①准确测定物质的分子量；②根据碎片特征进行化合物的结构分析。

分析时，首先将分子离子化，然后利用离子在电场或磁场中运动的性质，把离子按质核比大小排列成谱，此即为质谱。

（2）有机质谱中的各种离子

① 分子离子（molecular ion），样品分子失去一个电子而电离所产生的离子，记为 M^+。

② 准分子离子（quasi-molecular ion），准分子离子常由软电离产生，一般为（$M+H)^+$、$(M-H)^+$。

③ 碎片离子（fragment ion），泛指由分子离子破裂而产生的一切离子。狭义的碎片离子指由简单断裂产生的离子。

④ 重排离子（rearrangement ion），经重排反应产生的离子，其结构不是原分子结构单元。

⑤ 母离子（parent ion）与子离子（daughter ion），任何一离子进一步产生某离子，前者称为母离子，后者称为子离子。

⑥ 亚稳离子（metastable ion），是从离子源出口到检测器之间产生的离子。

⑦ 奇电子与偶电子离子（odd-electron ion and even-electron ion），具有未配对电子的离子称为奇电子离子，不具有未配对电子的离子称为偶电子离子。

⑧ 多电荷离子（multiply-charged ion），失掉两个以上电子的离子称为多电荷离子。

⑨ 同位素离子（isotopic ion），当元素具有非单一的同位素组成时，产生同位素离子。

（3）样品分子形成离子的四种途径

① 样品分子被打掉一个电子形成分子离子（同位素离子）。

② 分子离子进一步发生化学键断裂形成碎片离子。

③ 分子离子发生结构重排形成重排离子。

④ 通过分子离子反应生成加合离子。

（4）质谱法的特点

① 分析范围广。

② 可测定微小的质量和质量差。

③ 分析速度快，几分钟一个样。

④ 灵敏度高（10^{-9}）。

⑤ 样品用量少，1mg 或几个 u 就可以。

（5）质谱法的缺点

① 测定过程中化合物必须气化。

② 仪器昂贵，维护复杂，不易普及。

10.2　质谱分析原理

质谱分析是利用带电荷的粒子在磁场中的偏转来进行测定的。样品被气化后，气态分子经过等离子化器（如电离），变成离子或打成碎片，所产生的离子（带电粒子）在高压电场中加速后，进入磁场，在磁场中带电粒子的运动轨迹发生偏转，然后到达收集器，产生信号，信号的强度与离子的数目成正比，质荷比（m/z）不同的碎片（或离子）偏转情况不同，记录仪记录下这些信号就构成质谱图，不同的分子得到的质谱图不同，通过分析质谱图可确定分子量及推断化合物分子结构。

因此质谱分析仪器必须具备下述几部分：

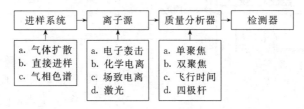

质谱仪按其用途可分为：同位素质谱仪（测定同位素丰度）、无机质谱仪（测定无机化合物）、有机质谱仪（测定有机化合物）等。这类仪器虽都是由上述部分组成，然而在仪器和应用上却有很大的差别。本章主要讨论有机质谱仪的原理及其分析方法。

现以扇形磁场单聚焦质谱仪为例，将质谱一个主要部分的作用原理分析如下。图 10-1 为单聚焦质谱仪的示意图。

10.2.1　真空系统

质谱仪的离子源、质量分析器及检测器必须处于高真空状态（离子源的真空度应达到

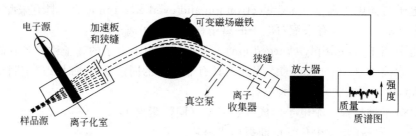

图 10-1　单聚焦质谱仪的示意图

$10^{-3} \sim 10^{-5}$ Pa，质量分析器应达 10^{-6} Pa），若真空度低，则

① 大量氧会烧坏离子源的灯丝；

② 会使本底值增高，干扰质谱图；

③ 引起额外的离子-分子反应，改变裂解模型，使质谱解释复杂化；

④ 干扰离子源中电子束的正常调节；

⑤ 用加速粒子的几千伏高压会引起放电，等等；

通常用机械泵抽成真空，然后用扩散泵高效率并连续地抽气。

10.2.2　进样系统

图 10-2 是一种进样系统的示意图。对于气体及沸点不高、易于挥发的液体，可以用图中上方的进样装置。贮样器为玻璃或上釉不锈钢制成，抽低真空（1Pa），并加热至150℃，试样以微量注射器注入，在贮样器内立即气化为蒸气分子，然后由于压力梯度，通过漏孔以分子流形式渗透入高真空的离子源中。

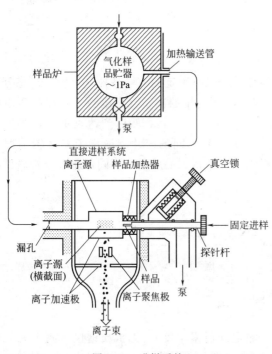

图 10-2　进样系统
上方：用加热的贮样器及漏孔；
下方：用插入的真空锁的试样探针杆

对于高沸点的液体、固体，可以用探针（probe）杆直接进样（见图 10-2 下方）。调节加热温度，使试样气化为蒸汽。此方法可将微克级甚至更少试样送入电离室。探针杆的温度可冷却至约 -100℃，或在数秒钟内加热到较高温度（例如300℃左右）。

对于有机化合物的分析，目前较多采用色谱-质谱联用，此时试样经色谱柱分离后，经分子分离器进入质谱仪的离子源。

10.2.3　离子源

被分析的气体或蒸汽首先进入仪器的离子源，转化为离子。使分子电离的方法很多。最常用的离子源是电子轰击（electron impact，EI）离子源，其构造原理如图 10-3 所示。

电子由直流式阴极（多用铼丝制成）f 发射，在电离室（正极）和阴极（负极）之间施

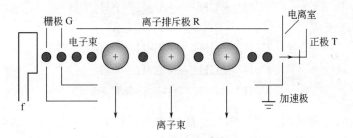

图 10-3　电子轰击离子源示意图

加直流电压（70V），使电子得到加速而进入电离室中。当这些电子轰击电离室中气体（或蒸气）的原子或分子时，该原子或分子失去电子成为正离子（分子离子）：

$$M + e^- \rightleftharpoons M^+ + 2e^-$$

分子离子继续受到电子的轰击，使一些化学键断裂，或引起重排以瞬间速度裂解成多碎片离子（正离子）。

T 为电子捕集极，在 T（正极）和电离室（负极）之间施加适当电位（例如 45V），使多余的电子被 T 收集。G 为栅极，可用来控制进入电离室的电子流，也可在脉冲工作状态下切断和道通电子束。

R 为离子推斥极，在推斥极上施加正电压，于是正离子受到它的排斥作用而向前运动。除此之外，还有使正离子在运动中聚焦集中的电极等（图中未表示）。总的来讲，离子源的作用是将分子或原子转化为正离子，并使正离子加速、聚焦为离子束，此离子束通过狭缝而进入质量分析器。

分子中各种化学键的键能最大为几十电子伏，电子轰击的能量远远超过普通化学键的键能，过剩的能量将引起分子多个键的断裂，生成许多碎片离子，由此提供分子结构的一些重要的官能团信息。但对有机化合物中相对分子质量较大或极性大，难气化，热稳定性差的化合物，在加热和电子轰击下，分子易破碎，难于给出完整的分子离子信息，这是 EI 源的局限性。为了解决这类有机物的质谱分析，发展了一些软电离技术，如化学电离源（chemical ionization，CI）、场致电离源（field ionization，FI）、场解析电离源（field desorption，FD）、快原子轰击电离源（fast atom bombardment，FAB）等。近年来又发展了一些电离技术，如电喷雾电离源（electrospray ionization，ESI）、大气压化学电离源（atmospheric pressure chemical ionization，APCI）、大气压光致电离源（atmospheric pressure photo ionization，APPI）、激光解析源（laser desorption，LD）等新技术。

（1）化学电离源（CI）　在离子源内充满一定压强的反应气体，如甲烷、异丁烷、氨气等，用高能量的电子（100eV）轰击反应气体使之电离，电离后的反应分子再与试样分子碰撞发生分子离子反应形成准分子离子 QM^+（quasi-molecular）和少数碎片。以 CH_4 作反应气体为例，以高能量电子轰击时，反应气体发生下述反应：

一级反应：

$$CH_4 + e^- \longrightarrow CH_4^+ + CH_3^+ + CH_2^+ + CH^+ + C^+ + H_2^+ + H^+ + ne^-$$

二级离子-分子反应：

$$CH_4^+ + CH_4 \longrightarrow CH_5^+ + CH_3$$

$$CH_3^+ + CH_4 \longrightarrow C_2H_5^+ + H_2$$

$$CH_2^+ + CH_4 \left\langle \begin{array}{l} C_2H_4^+ + H_2 \\ C_2H_3^+ + H_2 + H \end{array} \right.$$

$$CH^+ + CH_4 \longrightarrow C_2H_2^+ + H_2 + H$$

三级离子-分子反应：

$$C_2H_5^+ + CH_4 \longrightarrow C_3H_7^+ + H_2$$

$$C_2H_3^+ + CH_4 \longrightarrow C_3H_5^+ + H_2$$

$$C_2H_2^+ + CH_4 \longrightarrow 聚合体$$

在上述反应中，主要的离子是 CH_5^+（总量的47%），$C_2H_5^+$（总量的41%）及 $C_3H_5^+$（6%）。它们在于试样分子 M 发生下列离子-分子反应。

① 质子的转移

$$CH_5^+ + M \longrightarrow MH^+ + CH_4 \qquad\qquad 产生(M+1)峰$$

$$C_2H_5^+ + M \longrightarrow MH^+ + C_2H_4 \qquad\qquad 产生(M+1)峰$$

$$CH_5^+ + M \longrightarrow (M-H)^+ + CH_4 + H_2 \qquad 产生(M-1)峰$$

$$C_2H_5^+ + M \longrightarrow (M-H)^+ + C_2H_4 \qquad\quad 产生(M-1)峰$$

② 复合反应

$$CH_5^+ + M \longrightarrow (M+CH_5)^+ \qquad\qquad 产生(M+17)峰$$

$$C_2H_5^+ + M \longrightarrow (M+C_2H_5)^+ \qquad\qquad 产生(M+22)峰$$

这样就形成了一系列准分子离子 QM^+ 而出现 $(M+1)^+$、$(M-1)^+$、$(M+17)$、$(M+29)$ 的等质谱峰。

在 CI 谱图中准分子离子往往是最强峰，便于从 QM^+ 推断相对分子质量、碎片峰较少，谱图较简单，易于解释，使用 CI 源时需将试样气化后进入离子源，因此不适用于难挥发、热不稳定或极性较大的有机化合物分析。

（2）场致电离源（FI） 场致电离源如图 10-4 所示。在相距很近（$d<1mm$）的阳极和阴极之间，施加 $7000 \sim 10000V$ 的稳定直流电压，在阳极的尖端（曲率半径 $r=2.5\mu m$）附近产生 $10^7 \sim 10^8 V \cdot cm^{-1}$ 的强电场，依靠这个电场把尖端附近纳米处的分子中的电子拉出来，使之形成正离子，然后通过一系列静电透镜聚焦成束，并加速到质量分析器中去。图 10-5 是 3,3-二甲基戊烷的质谱图。在场致电离的质量谱图上，分子离子峰很清楚，碎片峰较弱，这对相对分子质量测定很有利，但缺乏分子结构信息。为了弥补这个缺点，可以使用复合离子源，例如电子轰击-场致电离复合源，电子轰击-化学电复合源等。

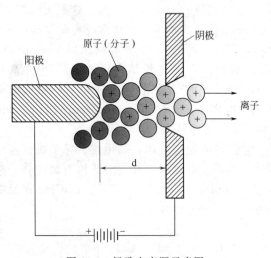

图 10-4 场致电离源示意图

（3）电喷雾电离源（ESI） ESI 是近年来出现的一种新的大气压电离方式，常作为四极杆质量分析器、飞行时间或傅里叶变换离子回旋共振仪的离子源，主要用于液相色谱-质谱联用仪器。ESI 既是液相色谱和质谱仪之间的连接装置，同时又是电离装置，如图 10-6 所示。

ESI 主要是一个多层套管组成的电喷雾针。最内层是液相色谱流出物，外层是喷雾器，喷射器采用大流量的氮气，其作用是喷射出的液体容易分散成为小液滴。另外，在喷嘴的斜

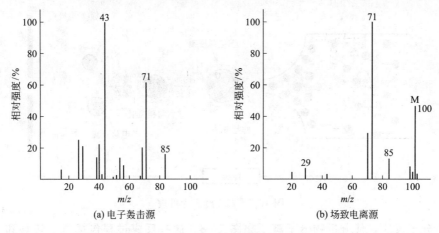

(a) 电子轰击源　　　　　　　　(b) 场致电离源

图 10-5　3,3-二甲基戊烷的质谱图

前方还有一个辅助气喷嘴，在加热辅助气的作用下，喷射出的带电微滴随溶剂快速蒸发而逐渐缩小，在微滴蒸发过程中微滴表面电荷密度逐渐增大。当增大到瑞利极限（某个临界值）时，即电荷间的库仑排斥力大于微滴的表面张力时，会发生库仑爆炸，形成更小的带电雾滴。此过程不断地重复直至微滴变得足够的小、表面电荷形成的电场足够强，最终试样品离子解析出来。离子产生后，借助于喷嘴与锥孔之间的电压，穿过取样孔进入分析器（离子化机理见图 10-7）。加到喷嘴上的电压可以是正，也可以是负。通过调节极性，可以得到正或负离子的质谱。

对于电喷雾喷嘴，值得一提的是这种喷嘴的角度，如果喷嘴正对取样孔，则取样孔易堵塞。因此，有的电喷雾喷嘴设计成喷射方向与取样孔不在一条线上，而错开一定角度。这样溶剂雾滴不会直接喷到取样孔上，使取样孔比较干净，不易堵塞。产生的离子靠电场的作用引入取样孔，进入分析器。

电喷雾电离源是一种软电离方式，即便是分子量大，稳定性差的化合物，也不会在电离过程中发生分解，它适合于分析极性强、热稳定性差的大分子有机化合物，如蛋白质、肽、糖等。电喷雾电离源的最大特点是容易形成多电荷离子。这样，一个分子量为 10000Da 的分子若带有 10 个电荷，则其质荷比只有 1000，用常规质谱仪可以分析的范围之内。目前采用电喷雾电离，可以测量分子量在 300000Da 以上的蛋白质。

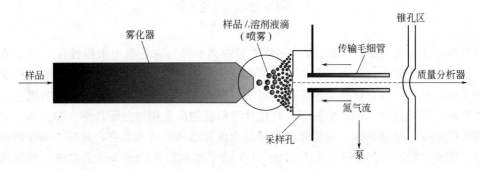

图 10-6　电喷雾电离源的示意图

（4）大气压化学电离源（APCI）　它的结构与电喷雾源大致相同，不同之处在于 APCI 喷嘴的下游放置一个针状放电电极，通过放电电极的高压放电，使空气中某些中性分子电离，产生 H_3O^+，N_2^+，O_2^+ 和 O^+ 等离子，溶剂分子也会被电离，这些离子与分析物分子

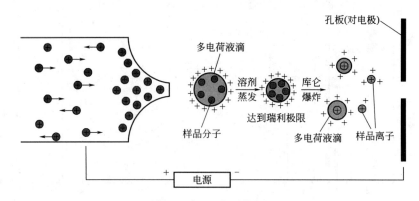

图 10-7　ESI 离子化机理

进行离子-分子反应，使分析物分子离子化图 10-8。这些反应过程包括质子转移和电荷交换产生正离子，质子脱离和电子捕获产生负离子等。图 10-9 是大气压化学电离源的示意图。

大气压化学电离源主要用来分析中等极性的化合物。有些分析物由于结构和极性方面的原因，若用 ESI 不能产生足够强的离子，可以采用 APCI 方式增加离子产率，可以认为 APCI 是 ESI 的补充。APCI 主要产生的是单电荷离子，所以分析的化合物分子量一般小于 1000u。用这种电离源得到的质谱很少有碎片离子，主要是准分子离子。

大气压化学电离源适用于液相色谱-质谱联用仪。

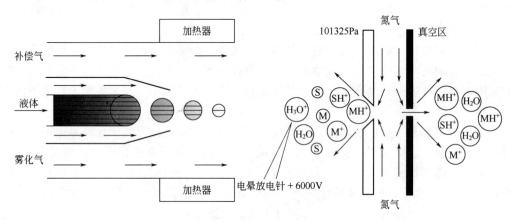

图 10-8　APCI 离子化机理

S—溶剂；M—样品

（5）快原子轰击电离源（FAB）　一种常用的离子源，它主要用于极性强、分子量大的样品分析。其工作原理：氩气在电离室依靠放电产生氩离子，高能氩离子经电荷交换得到高能氩原子流，氩原子打在样品上产生样品离子。样品置于涂有底物（matrix）的靶上。常用的底物甘油、硫代甘油、三乙醇胺等。性能优良的底物应是相对分子量小、沸点高、对试样的质谱干扰小等。靶材为铜，原子氩打在样品上使其电离后进入真空，并在电场作用下进入分析器。质谱中给出 $(M+H)^+$ 和与甘油（G）分子加和以及失去一分子水的一系列簇离子峰，即 $(M+nG+H)^+$，$(M+nG-H_2O+H)^+$，以及底物甘油的一系列簇离子峰 $[93n+1-(H_2O)_m]^+$ 等。

电离过程中不必加热气化，因此适合于分析大分子量、难气化、热稳定性差的样品。例如肽类、低聚糖、天然抗生素、有机金属络合物等。FAB 源得到的质谱不仅有较强的准分

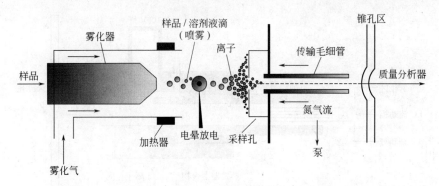

图 10-9　大气压化学电离源的示意图

子离子峰，而且有较丰富的结构信息。但是，它与 EI 源得到的质谱图很不相同。其一是它的分子量信息不是分子离子峰 M，而往往是（M＋H）$^+$ 或（M＋Na）$^+$ 等准分子离子峰；其二是碎片峰比 EI 谱要少。图 10-10 快原子轰击电离源工作原理示意图。

FAB 源主要用于磁式双聚焦质谱仪。

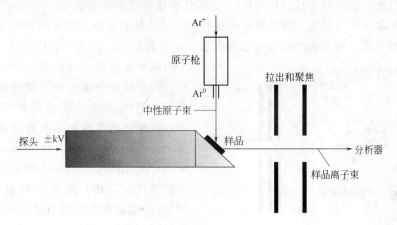

图 10-10　快原子轰击电离源示意图

（6）场解析电离源（FD）　将液体或固体试样溶解在适当的溶剂中，并滴加在特制的发射丝上，发射丝由直径 $10\mu m$ 的钨丝及在丝上用真空活化的方法制成的微针形碳刷组成。发射丝通电加热使其上的试样分子解吸下来并在发射丝附近的高压静电场（$10^7\sim10^8$ V·cm^{-1}）的作用下被电离形成分子离子，其电离原理与场致电离。解吸所需能量远低于气化所需能量，故有机化合物不会发生热解，因为试样不气化而直接得到分子离子，因此即使是热稳定性差的试样仍可得到很好的分子离子峰，在 FD 源中分子中的 C—C 键一般不断裂，因而很少成碎片离子。

（7）大气压光致电离源（APPI）　APPI 与 APCI 相似，采用标准的加热喷雾器，用氪灯（krypton，Kr 灯）代替电晕放电针。当样品进入 APPI 源后，加热蒸发，分析物在 UV 光源（如 Kr 灯）辐射的光子作用下产生离子化（见图 10-11）。加入合适的掺杂剂可提高离子化效率。根据掺杂剂的存在与否，发生直接或间接的光离子化。

① 当分析物的电离能抵御光子能量时，直接发生光离子化。

② 形成的分析物离子可与质子型溶剂作用，产生（M＋H）$^+$。

③ 在有掺杂剂的存在时，光子先是相对大量的掺杂剂离子化，再通过质子转移或电荷交换等使分析物离子化，这成为间接光离子化。

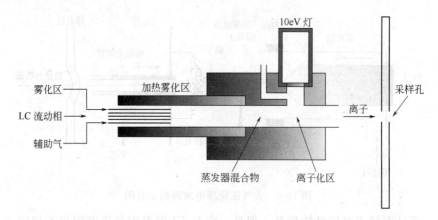

图 10-11　大气压光致电离源示意图

在正离子模式下，主要的离子化反应是质子转移或电荷交换，在负离子 APPI 中，分析物通过质子转移、电子捕获、电荷交换或取代反应而离子化。APPI 多应用于弱极性及非极性化合物的分析，如多环芳烃（PAHs）、甾族化合物和类黄酮等。

（8）激光解吸源（LD）　激光解吸源是利用一定波长的脉冲式激光照射样品，使样品电离的一种电离方式。被分析的样品置于涂有基质的样品靶上，激光照射样品靶上时，基质分子吸收激光能量，与样品分子一起蒸发到气相，并使样品分子电离。激光解吸电离源需要有合适的基质才能获得较好的离子化效率，因此，通常称为基质辅助激光解吸电离源（matrix assisted laser desorption，ionization，MALDI）。MALDI 特别适合与飞行时间质谱仪（TOF）组合成 MALDI-TOF。图 10-12 为辅助激光解吸电离源示意图。

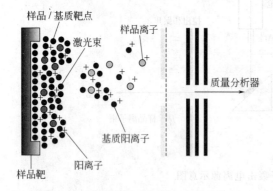

图 10-12　为辅助激光解吸电离源示意图

MALDI 属于软电离技术，主要用于分析生物大分子及高聚物，得到的大多是分子离子、准分子离子、碎片离子和多电荷离子较少。MALDI 常用的基质 2,5-二羟基苯甲酸、芥子酸、烟酸、α-氰基-4-羟基肉桂酸等。

10.2.4　质量分析器

质量分析器内主要为一种电磁铁，自离子源发生的离子束在加速电场（800～8000V）的作用下，使质量 m 的正离子获得 v 的速度，以直线方向 n 运动（见图 10-13），其动能为：

$$zU=\frac{1}{2}mv^2 \qquad (10-1)$$

式中，z 为离子电荷数；U 为加速电压。显然，在一定的加速电压下，离子的运动速度与质量有关。

当此具有一定动能的正离子进入垂直于离子速度方向的均匀磁场（质量分析器）正离子磁场力（洛伦兹力）的作用下，将改变运动半径（磁场不能改变离子运动速度）作

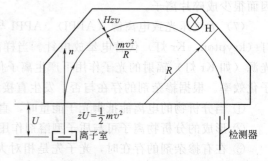

图 10-13　正离子在正交磁场中的运动

圆周运动。设离子作圆周运动的轨道半径（近似为磁场曲率半径），则运动离心力必然 $\dfrac{mv^2}{R}$ 和磁场力 Hzv 相等，故

$$Hzv = \frac{mv^2}{R} \tag{10-2}$$

式中，H 为磁场强度。合并式(10-2)、式(10-1)，可得

$$\frac{m}{z} = \frac{H^2 R^2}{2u} \tag{10-3}$$

式(10-3) 称为磁分析器质谱方程式，是设计质谱仪的主要依据。由此式可见，离子与在磁场内运动半径 R 与 m/z，H，u 有关。因此只有在一定的 u 及 H 的条件下，某些具有一定质荷比 m/z 的正离子才能以运动半径为 R 的轨道到达检测器。式中的物理单位为：m 为 kg，$1u = 1.660 \times 10^{-27}$ kg；z 为基本电荷 C，1 基本电荷 $= 1.602 \times 10^{-19}$C；H 为磁场强度，T；R 为曲率半径；u 为电压。

若 H，R 固定，$\dfrac{m}{z} \propto \dfrac{1}{u}$ 只要连续改变加速电压（电压扫描）；或 U，R 固定，$\dfrac{m}{z} \propto H^2$ 连续改变 H（磁场扫描），就可使具有不同 m/z 的离子顺序到达检测器发生信号而得到谱图。

例 10.1　加速电压固定在 2.00kV，被聚焦的离子束在离子出口狭缝处的曲率半径 R 为 30.0cm，试计算 $C_4H_9^+$ 离子束聚焦于质谱仪检测器所需要的磁感应强度。

解：已知 m 为 $1u = 1.660 \times 10^{-27}$ kg，$C_4H_9^+$ 质量为 57u 单位，$z = 1.602 \times 10^{-19}$C，$R = 30.0$cm，代入式(10-3)，则

$$H = \sqrt{\frac{2um}{R^2 z}}$$

$$= \sqrt{\frac{2 \times 2.00 \times 10^3 \times 57u \times 1.660 \times 10^{-27} \text{ kg} \cdot u^{-1}}{(0.30\text{m})^2 \times 1 \text{ 基本电荷} \times 1.602 \times 10^{-19} \text{C/基本电荷}}} = 0.16\text{T}$$

10.2.5　离子检测器

常以电子倍增器（electron multiplier）检测离子流，其中一种电子倍增器的结构如图 10-14 所示。当离子束撞击阴极（铜铍合金或其他材料）C 的表面时，产生二次电子，然后用 D_1，D_2，D_3 第二次电极（通常为 15～18 极）使电子不断倍增（一个二次电子的数量倍增为 $10^4 \sim 10^6$ 个二次电子）。最后为阳极 A 检测，可测出 10^{-17}A 的微弱电流，时间常数远小于 1s，可灵敏、快速地进行检测。由于产生二次电子的数量与离子的质量与能量有关，即存在质量歧视效应，因此在进行定量分析时需加以校正。

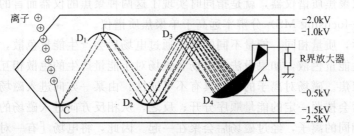

图 10-14　静电式电子倍增器

渠道式电子倍增器阵列（channel electron multiplier array）是一种具有高灵敏的质谱离

子检测器。它由在半导体材料平板上密排的渠道构成［见图 10-15(a)］，在渠道内壁涂有二次电子发射材料而构成的倍增器，为得到更高的增益，将两块渠道板连接［见图 10-15(c)］，图 10-15(b) 为工作原理示意图。

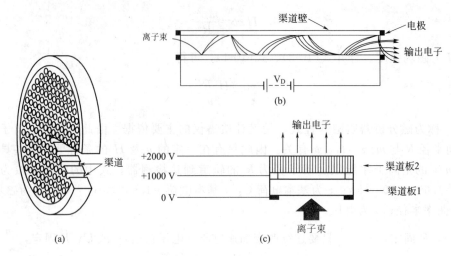

图 10-15　渠道式电子倍增器阵列检测器

10.3　双聚焦质谱仪

在质量分析器分离原理的讨论中，简述了离子源进入磁场的离子情况。实际上，由于离子源进入磁场的离子不是完全平行的，而是有一定的发散角度，另一方面，由于离子的初始能量存在差异，以及在加速过程中所处位置不同等原因，离子的能量（亦即射入质量分析器的速度）也不是一致的。

离子束以一定的角度分散进入磁场的情况中，如果磁场安排得当（半圆形磁场或扇形磁场），一方面会使离子束按质荷比的大小分离开来，另一方面，相同质荷比、不同角度的离子在到达检测器时又重新汇聚起来，则称为方向（角度）聚焦。前述质量分析器只包括一个磁场，故称为单聚焦质谱仪（single-focusing MS）。单聚焦质谱仪只能把质荷比相同而入射方向不同的离子聚焦，但是对于质荷比相同而能量不同的离子却不能实现聚焦，这样就影响了仪器的分辨率。为了克服单聚焦质谱仪分辨率低的缺点，必须采用电场和磁场所组成的质量分析器。这时，不仅仍然可以实现方向聚焦，而且质荷比相同、速度（能量）不同的离子也可聚焦在一起，称为速度聚焦。

因此所谓双聚焦质谱仪器，就是指同时实现了这两种聚焦的仪器而言的，因而双聚焦质谱仪器（double-focusing MS）分辨率远高于单聚焦质谱仪。

根据物理学，质量相同、能量不同的离子通过电场后会产生能量色散，磁场对不同能量的离子也能产生能量色散，如果设法使电场和磁场对于能量产生的色散相互补偿，就能实现能量（速度）聚焦。磁场对离子的作用具有不可逆性：由某一方向进入磁场的质量相同的离子，经过磁场后会按照一定的能量顺序分开；反之，从相反方向进入磁场的以一定的能量顺序排列的质量相同的离子，经过磁场后会聚在一起。因此，将电场［有一对弯曲的电极板组成，在这一对电极板上施加一直流电位，使之产生静电场，这种仪器成为静电分析器（electro static analyzer）］和磁场（磁分析器，magnetic analyzer）配合使用，当静电分析器产生的能量色散和磁分析器产生的能量色散，在数值上相等，方向上相反时，离子经过这两个分析器后，可以实现能量聚焦，再加上磁分析器本身具有方向聚焦作用，这样就实现了双聚焦。

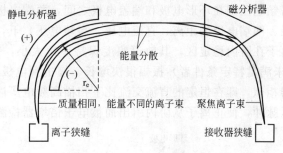

图 10-16　双聚焦质量分析器

这种由电场和磁场共同实现质量分离的分析器，同时具有方向聚焦和能量聚焦作用，叫作双聚焦质量分析器，见图 10-16。双聚焦分析器的优点是分辨率高，缺点是扫描速度慢，操作、调节比较困难，而且仪器造价也比较昂贵。

10.4　四极杆质量分析器、离子阱质谱仪及飞行时间质谱仪

上述仪器，在质谱学中都属于静态仪器。在这类仪器中的电场、磁场、离子轨道半径等，在不同时间内都是稳定的，随时间而改变电场（电压扫描）或磁场（磁场扫描），只是为了连续记录质谱，而不是质量分离原理所必需。

质谱的另一类仪器是所谓动态仪器，采用了随时间而周期变化的电场（有的同时使用静态磁场），以实现质量分离。下面介绍其中 3 种仪器的工作原理。

10.4.1　四极杆质量分析器

四极杆质量分析器（quadrupole analyzer）又称为四极质量分析器、过滤器、四极质谱仪等。仪器由四根截面为双曲面或圆形的棒状电极组成，两组电极间施加一定的直流电压和频率为射频范围的交流电压（见图 10-17）。

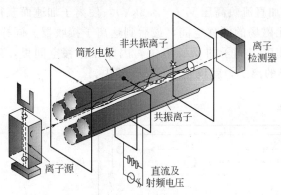

图 10-17　四极杆质量分析器示意图

当离子束进入筒形电极所包围的空间后，离子作横向摆动，在一定的直流电压、交流电压和频率，以及一定的尺寸等条件下，只有某一种（或一定范围）质荷比的离子能够到达收集器并发出信号（这些离子称为共振离子），其他离子在运动的过程中撞击在筒形电极上而被"过滤"掉，最后被真空泵抽走（称为非共振离子）。

如果使交流电压的频率不变而连续地改变直流和交流电压的大小（但要保持它们的比例不变）（电压扫描），或保持电压不变而连续地改变交流电压（频率扫描），就可使不同质荷比的离子依次到达收集器（检测器）而得到质谱图，其扫描速度远高于磁质谱仪器。四极质谱仪利用四极杆代替了笨重的电磁铁，故具有体积小、重量轻等优点，灵敏度较磁式仪器高，而且操作方便。

10.4.2　离子阱质谱仪

离子阱（ion trap）的结构如图 10-18 所示。图 10-18 中由一个双曲线表面的中心环形电极（ring electrode）和两个端盖电极（end cap electrode）形成一个室腔（阱）。直流电压和

高频电压加在环形电极和端盖电极之间，两端电极处于低电位，在适当的条件（环形电极半径、两端电极的距离、直流电压、高频电压）下，由离子源（EI 和 CI）注入的特定 m/z 的离子在阱内稳定区，其轨道幅度保持一定大小，并可长时间留在阱内，反之不稳定态离子（未满足特定条件者）振幅很快增长，撞击到电极而消失，质量扫描方式和四极杆质量分析器相似，即在恒定的直流交流比下扫描高频电压以得到质谱图。检测时在引出电极上加负电压脉冲，使正离子从阱内引出而被电子倍增器检测。

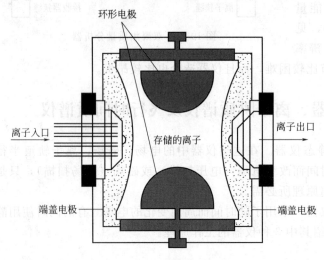

图 10-18　离子阱结构示意图

离子阱内存在的氦（10^{-1} Pa）能大大提高其质量分辨能力。离子阱具有结构简单，易于操作、灵敏度高的特点。在有机质谱中已用于构成离子阱质谱仪与 GC 的台式联用装置上。

10.4.3　飞行时间质谱仪

飞行时间质谱仪的工作原理很简单，在图 10-19 所示的飞行时间质谱仪（time of flight spectrometer，TOF-MS）中，由阴极 F 发射的电子，受到电离室 A 上正电位的加速，进入并通过 A 而到达电子收集极 P，电子在运动过程中撞击 A 中的气体分子并使之电离。在栅极 G_1 上加上一个不大的负脉冲（-270V），把正离子引出电离室 A，然后在栅极 G_2 上施加直流负高压 V（-2.8kV），使离子加速而获得动能，以速度 v 飞越长度为 L 的无电场又无磁场的漂移空间，最后到达离子接收器。同样，当脉冲电压为一定值时，离子向前运动的速度与离子的 m/z 有关，因此在漂移空间里，离子是以各种不同的速度在运动着，质量越小的离子，就越先落到接受器中。

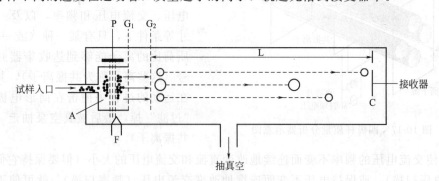

图 10-19　飞行时间质谱仪

若忽略离子（质量为 m）的初始能量，根据式（10-1）可以认为离子动能为：

$$\frac{mv^2}{2} = zU$$

由此可写出离子速度：

$$v = \sqrt{\frac{2zU}{m}} \tag{10-4}$$

离子飞行长度为 L 的漂移空间所需时间 $t=\dfrac{L}{v}$，故可得

$$t=L\sqrt{\dfrac{m}{2zU}} \tag{10-5}$$

由此可见，在 L 和 U 等参数不变的条件下，离子由离子源到达接受器的飞行时间 t 与质荷比的平方根成正比。准确地测定 t 及相应的信号强度即得到了质谱图。

在通常情况下，离子飞行时间为微秒数量级，因此要求离子开始飞行的时间准确到（ns）数量级。

例 10.2　某飞行时间质谱仪的飞行路径长 100.0cm，使用的加速电压为 2500V，试计算碎片离子 $m/z\ 100$ 和 $m/z\ 101$ 到达检测器所需的时间，并计算两离子到达检测器所需的时间差。

解　由式(10-5) 可得碎片离子 $m/z\ 100$ 到达检测器所需的时间：

$$t_{100}=L\sqrt{\dfrac{m}{2zU}}=1.000\text{m}\sqrt{\dfrac{100\text{u}\times1.660\times10^{-27}\text{kg}\cdot\text{u}^{-1}}{2\times1\ \text{基本电荷}\times1.60\times10^{-19}\text{C/基本电荷}\times2500\text{V}}}$$
$$=1.44\times10^{-5}=14.4\text{s}$$

同理　　　　　　　　　　　$t_{101}=1.45\times10^{-5}=14.5\text{s}$

两离子到达检测器所需的时间差

$$\Delta t=t_{101}-t_{100}=100\text{ns}$$

飞行时间质谱仪的特点为：

（1）质量分析器既不需要磁场，又不需要电场，只需要直线漂移空间。因此，仪器的机械结构较简单。由于受飞行距离的限制，早期的仪器分辨率（在质谱法中把区分两个可分辨质量的能力，定义为质谱的分辨率，即 $R=m/\Delta m$，Δm 为两个"可分辨峰"的峰谷重叠高度小于峰高的 10% 之间的质量差）较低。但是近年来采用一些延长离子飞行距离的新离子光学系统，如各种离子反射透镜等，可随意改变飞行距离，使质量分辨率达到几千到上万。

（2）扫描速度快，可在 $10^{-5}\sim10^{-6}$s 时间内观察、记录整段质谱，使此类分析器可用于研究快速反应及与色谱联用等。

（3）不存在聚焦狭缝，因此灵敏度很高。

（4）测定的质量范围仅决定于飞行时间，可达到几十万 u。

上述优点为生命科学中对生化大分子的分析，提供了诱人的前景，同时在环境科学及相关领域得到了较快的发展。因此 TOF-MS 技术近年来发展十分迅速。例如以激光作解吸电离源的 TOF-MS 仪，其相对分子质量可测到数十万。

10.4.4　四极杆、离子阱、飞行时间质谱仪等性能比较

质谱仪中将不同质荷比的离子分离的部分称为质量分析器。各种类型的质量分析器的性能对比见表 10-1。

表 10-1　不同质量分析器比较

质量分析器	测定参数	质量范围	分辨率	优　点	缺　点
四极杆	按 m/z 大小过滤	m/z 3000	2000	适合电喷雾,易于正负模式转换,体积小,价格低	质量范围限于 m/z 3000,与 MALDI 兼容性差
离子阱	频率	m/z 2000	1500	体积小,中等分辨率,设计简单,价格低,适合多级质谱,正负模式易于转换	质量范围有限

质量分析器	测定参数	质量范围	分辨率	优　点	缺　点
磁场	动量/电荷	m/z 20000	10000	分辨率高,分子测量准确,中等测量范围	要求高真空,价格高,操作繁琐,扫描速度慢
飞行时间(TOF)	飞行时间	m/z ∞	15000	质量范围宽,高分辨率,高灵敏度,扫描速度快,设计简单	价格高
FT-MS	频率	m/z 10000	30000	高分辨率,适合多级质谱	需要高真空($<133.322\times10^{-7}$Pa)和超导磁体,操作繁琐,价格昂贵

10.5　离子的类型

当气体或蒸气分子（原子）进入离子源（例如电子轰击离子源）时，受到电子轰击而形成各种类型的离子。以 A，B，C，D 四种原子组成的有机化合物分子为例，它在离子源中可能发生下列过程：

$$ABCD + e^- \longrightarrow ABCD^+ + 2e^- \qquad \text{分子离子} \qquad (10\text{-}6)$$

$$
\begin{aligned}
ABCD^+ &\longrightarrow BCD \cdot + A^+ \\
&\longrightarrow CD \cdot + AB^+ \longrightarrow \begin{cases} B \cdot + A^+ \\ A \cdot + B^+ \end{cases} \\
&\longrightarrow AB \cdot + CD^+ \longrightarrow \begin{cases} D \cdot + C^+ \\ C \cdot + D^+ \end{cases}
\end{aligned}
\qquad \text{裂分为碎片离子} \qquad (10\text{-}7)
$$

$$
ABCD^+ \rightarrow ADBC^+ \longrightarrow \begin{cases} BC \cdot + AD^+ \\ AD \cdot + BC^+ \end{cases}
\qquad \text{重排后裂分} \qquad (10\text{-}8)
$$

$$
\begin{aligned}
ABCD^+ + ABCD &\longrightarrow (ABCD)_2^+ \\
&\longrightarrow BCD \cdot + ABCDA^+ \qquad \text{离子分子反应}
\end{aligned}
\qquad (10\text{-}9)
$$

因而在所得的质谱图中可出现下述一些质谱峰。

（1）分子离子峰　式(10-6)形成的离子 $ABCD^+$ 称为分子离子或母离子。因为多数分子易于失去一个电子而带一个正电荷，所以分子离子的质荷比值就是它的相对分子质量。

对于有机物，杂原子上未共用电子（n 电子）最易失去，其次是 π 电子，再其次是 σ 电子。所以对于含有氧、氮、硫等杂原子的分子，首先是杂原子失去一个电子而形成分子离子，此时正电荷的位置处在杂原子上，例如

上式中氧或氮原子上的"＋·"表示一对未共用电子对失去一个电子而形成的分子离子。含双键无杂原子的分子离子，正电荷位于双键的一个碳原子上：

当难以判断分子离子的电荷位置时可表示为"⌐＋"，例如

$$CH_3CH_2CH_3 \xrightarrow{-e^-} CH_3CH_2CH_3{}^{\urcorner +}$$

（2）同位素离子峰　除 P，F，I 外，组成有机化合物的常见的十几种元素，如 C，H，

O，N，S，Cl，Br 等都有同位素，它们的天然丰度如表 10-2 所示，因而在质谱中会出现由不同质量的同位素形成的峰，称为同位素离子峰。同位素峰的强度比与同位素的丰度比是相当的。从表 10-2 可见，S，Cl，Br 等元素的同位素丰度高，因此含 S，Cl，Br 的化合物的分子离子或碎片离子，其 M^{2+} 峰强度较大，所以根据 M 和 M^{2+} 两个峰的强度比易于判断化合物中是否含有这些元素。

表 10-2　几种常见元素的精确质量、天然丰度及丰度比

元　素	同位素	精确质量	天然丰度/%	丰度比/%
H	^{1}H	1.007825	99.985	^{2}H/^{1}H　0.015
	^{2}H	2.014102	0.015	
C	^{12}C	12.000000	98.893	^{13}C/^{12}C　1.11
	^{13}C	13.003355	1.107	
N	^{14}N	14.003074	99.634	^{15}N/^{14}N　0.37
	^{15}N	15.000109	0.366	
O	^{16}O	15.994915	99.759	^{17}O/^{16}O　0.04
	^{17}O	16.999131	0.037	^{18}O/^{16}O　0.20
	^{18}O	17.999159	0.204	
F	^{19}F	18.998403	100.00	
S	^{32}S	31.972072	95.02	^{33}S/^{32}S　0.8
	^{33}S	32.971459	0.78	^{34}S/^{32}S　4.4
	^{34}S	33.967868	4.22	
Cl	^{35}Cl	34.968853	75.77	^{37}Cl/^{35}Cl　32.5
	^{37}Cl	36.965903	24.23	
Br	^{79}Br	78.918336	50.537	^{81}Br/^{79}Br　97.9
	^{81}Br	80.916290	49.463	
I	^{127}I	126.904477	100.00	

（3）碎片离子（fragment ion）峰　产生分子离子只要十几电子伏特的能量，而电子轰击源常选用电子能量为 70eV，因而除产生分子离子外，尚有足够能量致使化学键断裂，形成带正、负电荷和中性的碎片［见式（10-7）］，所以在质谱图上可以出现许多碎片离子峰（由质谱原理可知，通常在质谱图中易出现带正电荷的离子峰）。碎片离子的形成和化学键的断裂与分子结构有关，利用碎片峰可协助阐明分子的结构。

（4）重排离子（rearrangement ion）峰　分子离子裂解为碎片离子时，有些碎片离子不仅仅是通过简单的键的断裂，而且还是通过分子内原子或基团的重排后裂分而形成的，这种特殊的碎片离子称为重排离子［见式（10-8）］。重排远比简单断裂复杂，其中麦氏（McLafferly）重排是重排反应的一种常见而重要的方式。产生麦氏重排的条件是，与化合物中 C＝X（如 C＝O）基团相连的键上需要有三个以上的碳原子，而且在 γ 碳上要有 H，即 γ氢。此 γ 位的氢向缺电子的原子转移，然后引起一系列的一个电子的转移，并脱离一个中性分子。在酮、醛、链烯、酰胺、腈、酯、芳香族化合物、磷酸酯和亚硫酸酯等的质谱上，都可找到由这种重排产生的离子峰。有时环氧化合物也会产生这种重排。例如：

式中，↘表示一个电子的转移；＋表示偶数个电子；⟶表示在裂解过程中发生了重排。

（5）两价离子峰　分子受到电子轰击，可能失去两个电子而形成两价离子 M^{2+}。在有

机化合物的质谱中，M^{2+} 是杂环、芳环和高度不饱和化合物的特征，可供结构分析参考。

（6）离子分子反应　在离子源压强较高的条件下，正离子可能与中性碎片进行碰撞而发生离子分子反应［见式（10-9）］，形成大于原来分子的离子。但离子源处于高真空时，此反应可忽略。

（7）亚稳离子（metastable ion）峰　以上各种离子都是指稳定的离子。实际上，在电离、裂解或重排过程中所产生的离子，都有一部分处于亚稳态，这些亚稳离子同样被引出离子室。例如在离子源中生成质量为 m_1 的离子，当被引出离子源后，在离子源和质量分析器入口处之间的无场区（对于双聚焦质谱仪，在离子源、静电分析器、磁分析器及检测器之间存在三个无场区）飞行漂移时，由于碰撞等原因很易进一步分裂失去中性碎片而形成质量为 m_2 的离子，由于它的一部分动能被中性碎片夺走，这种 m_2 离子的动能要比在离子源直接产生的 m_2 小得多，所以前者在磁场中的偏转要比后者大得多，此时记录到的质荷比要比后者小，这种峰称亚稳离子峰。例如在十六烷的质谱图中可以发现好几个亚稳离子峰，其质荷比分别为 32.9，29.5，28.8，25.7 和 21.7。

亚稳离子峰钝而小，一般要跨 2～5 个质量单位，其质荷比通常不是整数，故可利用这些特征加以区别。亚稳离子的质量用 m^* 表示，以区别于正常情况下产生的 m_2^+。m_1，m_2 和 m^* 有如下关系：

$$m^* = \frac{(m_2)^2}{m_1}$$

上述十六烷的例子中，因为 $41^2/57 \approx 29.49$，所以 m^* 29.5 表示存在如下裂开：

$$C_4H_9^+ \longrightarrow C_3H_5^+ + CH_4$$
$$m/z\ 57 \qquad\quad m/z\ 41$$

这个例子表示，根据 m^* 就可找出 m_1 和 m_2，并证实有 $m_1^+ \rightarrow m_2^+$ 的裂解过程。这对解析一个复杂的质谱是很有用的。

下面以甲基异丁基甲酮为例说明形成上述各种离子的过程，甲基异丁基甲酮的质谱图（大部分质谱图用所谓条图来表示，其中横坐标表示质荷比 m/z，纵坐标表示相对强度或称相对丰度，即将最强的峰作为标准峰或称基峰 100%，而以对它的百分比表示其他离子峰的强度）如图 10-20 所示。

图 10-20　甲基异丁基甲酮的质谱图

（1）分子离子

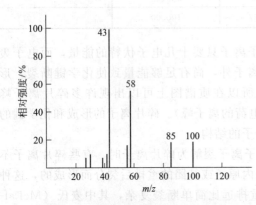

$$M = 100$$

（2）碎片离子

a.

$$m/z = 85$$

b.

$$m/z = 43$$

c.

$$m/z = 57$$

（3）重排后裂解

$$m/z = 58$$

10.6　质谱定性分析及图谱解析

质谱图可提供有关分子结构的许多信息，因而定性能力强是质谱分析的重要特点。以下简要讨论质谱在这方面的主要作用。

10.6.1　相对分子质量的测定

从分子离子峰可以准确地测定该物质的相对分子质量，这是质谱分析的独特优点，它比经典的相对分子质量测定方法（如冰点下降法、沸点上升法、渗透压力测定等）快而准确，且所需试样量少（一般为 0.1mg）。关键是分子离子峰的判断，因为在质谱中最高质荷比的离子峰不一定是分子离子峰，这是由于存在同位素等原因，可能出现 M+1，M+2 峰；另一方面，若分子离子不稳定，有时甚至不出现分子离子峰。因此，在判断分子离子峰时应注意以下一些问题。

（1）分子离子稳定性的一般规律　分子离子的稳定性与分子结构有关。碳数较多，碳链较长（有例外）和有链分支的分子，分裂概率较高，其分子离子峰的稳定性低；具有 π 键的芳香族化合物和共轭链烯，分子离子稳定，分子离子峰大。分子离子稳定性的顺序为：芳香环＞共轭链烯＞脂环化合物＞直链的烷烃类＞硫醇＞酮＞胺＞酯＞醚＞分支较多的烷烃类＞醇。

（2）分子离子峰质量数的规律（氮律）　由 C、H、O 组成的有机化合物，分子离子峰的质量一定是偶数。而由 C、H、O、N 组成的化合物，含奇数个 N，分子离子峰的质量是奇数；含偶数个 N，分子离子峰的质量则是偶数。这一规律称为氮律。凡不符合氮律者，就不是分子离子峰。

（3）分子离子峰与邻近峰的质量差是否合理　如有不合理的碎片峰，就不是分子离子峰。例如分子离子不可能裂解出两个以上的氢原子和小于一个甲基的基团，故分子离子峰的左面，不可能出现比分子离子峰质量小 3～14 个质量单位的峰；若出现质量差 15 或 18，这是由于裂解出 ·CH$_3$ 或一分子水，因此这些质量差都是合理的。表 10-3 列出从有机化合物中易于裂解出的游离基（附有黑点的）和中性分子的质量差，这对判断质量差是否合理和解析裂解过程有参考价值。

表 10-3　一些常见的游离基和中性分子的质量数

质量数	游离基或中性分子	质量数	游离基或中性分子
15	$\cdot CH_3$	45	$CH_3CHOH\cdot,CH_3CH_2O\cdot$
17	$\cdot OH$	46	$CH_3CH_2OH,NO_2,(H_2O+CH_2=CH_2)$
18	H_2O	47	$CH_3S\cdot$
20	HF	48	CH_3SH
26	$CH\equiv CH,\cdot C\equiv N$	49	$\cdot CH_2Cl$
27	$CH_2=CH\cdot,HCN$	50	CF_2
28	$CH_2=CH_2,CO,NO_2$	54	$CH_2=CH-CH=CH_2$
29	$CH_3CH_2\cdot,\cdot CHO$	55	$\cdot CH_2=CHCHCH_3$
30	$NH_2CH_2\cdot,CH_2O,NO$	56	$CH_2=CHCH_2CH_3$
31	$\cdot OCH_3,\cdot CH_2OH,CH_3NH_2$	57	$\cdot C_4H_9$
32	CH_3OH	59	$CH_3O\dot{C}=O,CH_3CONH_2$
33	$HS\cdot,(CH_3+H_2O)$	60	C_3H_7OH
34	H_2S	61	$CH_3CH_2S\cdot$
35	$Cl\cdot$	62	$(H_2S+CH_2=CH_2)$
36	HCl	64	CH_3CH_2Cl
40	$CH_3C\equiv CH$	68	$CH_2=C(CH_3)-CH=CH_2$
41	CH_2CHCH_3,CH_2CO	71	$\cdot C_5H_{11}$
43	$C_3H_7\cdot,CH_3CO\cdot,CH_2=CH-O$	73	$CH_3CH_2O\dot{C}=O$
44	$CH_2=CHOH,CO_2$		

（4）$M+1$ 峰　某些化合物（如醚、酯、胺、酰胺等）形成的分子离子不稳定，分子离子峰很小，甚至不出现；但 $M+1$ 峰却相当大。这是由于分子离子在离子源中捕获一个 H 而形成的，例如：

$$R-O-R' \xrightarrow{-e^-} R-O^+\cdot R' \xrightarrow{+H\cdot} R-O^+\overset{H}{\diagup}R'$$

（5）$M-1$ 峰　有些化合物没有分子离子峰，但 $M-1$ 峰却较大，醛就是一个典型的例子，这是由于发生如下的裂解而形成的：

$$R-\overset{H}{\underset{O}{C}} \xrightarrow{-e^-} R-\overset{H}{\underset{O}{C}}{}^+ \xrightarrow{-H^\bullet} R-C\equiv O^+$$

因此在判断分子离子峰时，应注意形成 $M+1$ 或 $M-1$ 峰的可能性。

（6）降低电子轰击源的电子能量　这时可采用 12eV 左右低电子能量，虽然总离子流强度会大为降低，但有可能得到一定强度的分子离子。

（7）采用其他电离方式　采用软电离技术，如化学电离、场解析电离、快原子轰击等（10.2 质谱仪器原理）这些离子源的特点是可得到较强的分子离子峰或准分子离子峰。

10.6.2　分子式的确定

高分辨质谱仪可精确地测定分子离子或碎片离子的质荷比（误差可小于 10^{-5}），故可利用元素的精确质量及丰度比（见表 10-2）求算其元素组成。例如 CO，C_2H_4，N_2 的质量数都是 28，但它们的精确值是不同的。因而可通过精确值测定来进行推断。对于复杂分子的分子式同样可计算求得。这种计算虽然麻烦，但可易于由计算机完成，即在测定其精确质量值后由计算机计算给出化合物的分子式。这是目前最为方便、迅速、准确的方法。现在的高分辨质谱仪都具有这种功能。

对于相对分子质量较小，分子离子峰较强的化合物，在低分辨的质谱仪上，可通过同位素相对丰度法推导其分子式。

各元素具有一定的同位素天然丰度（参见表 10-2），因此不同的分子式，其 $(M+1)/M$ 和 $(M+2)/M$ 的百分比都将不同。若以质谱法测定分子离子峰及其分子离子的同位素峰 $(M+1, M+2)$ 的相对强度，就能根据 $(M+1)/M$ 和 $(M+2)/M$ 的百分比来确定分子式。为此，Beynon J. H. 等计算了含碳、氢、氧和氮的各种组合的质量和同位素丰度比（Beynon J H, Williams A E. Mass and abundance table for use in mass spectrrometry. Elsevier, 1963. 提出相对分子质量<500，只含 C，H，O，N 的化合物的同一质量的各种不同化学式的 $M+1/M$，$M+2/M$ 值）。下面举例说明其应用。

某化合物，根据其质谱图，已知其相对分子质量为 150，由质谱测定，m/z 150、151 和 152 的强度比为：

M (150)	100%
$M+1$ (151)	9.9%
$M+2$ (152)	0.9%

试确定此化合物的分子式。

从 $(M+2)/M=0.9\%$ 可见，该化合物不含 S，Br 或 Cl。在 Beynon 的表中相对分子质量为 150 的分子式共 29 个，其中 $(M+2)/M$ 的百分比在 9%～11% 的分子式有如下 7 个。

	分子式	$M+1$	$M+2$
①	$C_7H_{10}N_4$	9.25	0.38
②	$C_8H_8NO_2$	9.23	0.78
③	$C_8H_{10}N_2O$	9.61	0.61
④	$C_8H_{12}N_3$	9.98	0.45
⑤	$C_9H_{10}O_2$	9.96	0.84
⑥	$C_9H_{12}NO$	10.34	0.68
⑦	$C_9H_{14}N_2$	10.71	0.52

此化合物的相对分子质量是偶数，根据前述氮律，可以排除上列第 2、4、6 三个式子，剩下四个分子式中，$M+1$ 与 9.9% 最接近的是第 5 式（$C_9H_{10}O_2$），这个式子的 $M+2$ 也与 0.9% 很接近，因此分子式可能为 $C_9H_{10}O_2$。

上例中已提及，根据同位素离子峰可判断某些元素（如 Cl，Br，S 等）是否存在。由表 10-2 可见，有些元素具有较大的丰度比，例如 ^{37}Cl 的丰度比为 32.5%，即 $x(^{37}Cl) : x(^{35}Cl) = 1 : 3$，因此若碎片离子含有一个 Cl，就会出现强度比为 3：1 的 M 和 $M+2$ 峰。如乙基氯 CH_3CH_2Cl 的质谱图 10-21。

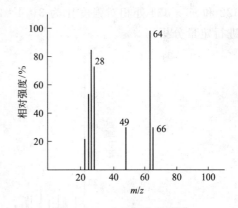

图 10-21 乙基氯的质谱图

$$H_3C—CH_2—Cl^{+\cdot} \begin{cases} \longrightarrow H_2C=Cl^+ & m/z\ 49 \\ \longrightarrow H_2C=CH_2^{\top+} & m/z\ 28 \end{cases}$$

在 m/z 为 64/66 及 49/51 处各出现强度比为 3：1 的二连峰。

同样，若含有一个 Br（丰度比 97.9%），质谱图上就会出现强度比大约相等的 M 和 $M+2$ 二连峰。碎片离子如果含两个以上的同位素，则可用 $(a+b)^n$ 的展开式来计算大概的丰度比，式中 a 和 b 分别为轻同位素和重同位素的比例，n 为该元素的数目。例如 CCl_4

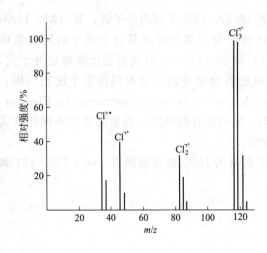

图 10-22 CCl₄ 的质谱图

（$M=152$）的质谱（见图 10-22）。

对于 CH_3^+，$x(^{35}Cl) : x(^{37}Cl) = 100 : 32.5 = 3 : 1$，故 $a=3$，$b=1$，$n=3$，则：

$(a+b)^3 = a^3 + 3a^2b + 3ab^2 + b^3 = 27 + 27 + 9 + 1$，故 CH_3^+ 由 m/z 117，m/z 119，m/z 121 和 m/z 123 组成四连峰，它们的强度比为 $27 : 27 : 9 : 1$。

对于 CH_3^+，$(a+b)^2 = a^2 + 2ab + b^2 = 9 + 6 + 1$，故由 m/z 82，84，86 组成三连峰，强度比为 $9 : 9 : 1$。

对于 Cl^+ 及 CCl^+，则分别为强度比 $3 : 1$ 的二连峰。

若 $n=4$ 时，二项展开式为 $(a+b)^4 = a^4 + 4a^3b + 6a^2b^2 + 4ab^3 + b^4$。若分子中含 4 个氯原子，因 $a=3$，$b=1$，则

$$a^4 + 4a^3b + 6a^2b^2 + 4ab^3 + b^4 = 3^4 + 4 \times 3^3 \times 1 + 6 \times 3^2 \times 1^2 + 4 \times 3 \times 1^3 + 1^4$$
$$= 81 + 108 + 54 + 12 + 1$$

从上式可见，等号右边第 4 项、第 5 项相对较小可以忽略，故得：$M : (M+2) : (M+2)$ 近似为 $3 : 4 : 2$。一个著名的应用实例是超痕量的四氯二苯噁英（TCDD）分析。TCDD 是环境中最有毒的化合物之一。它是在垃圾焚烧过程中产生的有害物质，排放到大气中后，降低空气质量，能通过食物链在动物脂肪组织中或牛奶中积蓄，或者通过呼吸道进入人体，损害人体健康等，因其毒性要求对其检测必须准确到 10^{-12} 数量级，用其他检测方法都有困难，而采用 GC-MS 正是利用该分子中有 4 个氯原子，分别在 m/z 320、m/z 322 和 m/z 324 处相对强度比为 $3 : 4 : 2$ 的一组清晰的同位素峰（见图 10-23）的性质来进行定量分析。

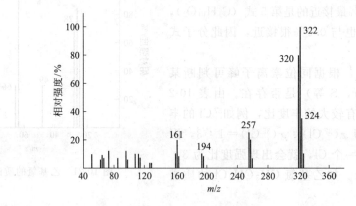

图 10-23 TCDD 质谱图

通过测定质谱图上同位素峰与分子离子峰的强度相比，在利用上述关系是可以推断分子式。

四氯二苯噁英（TCDD）的结构如下：

10.6.3　分子结构的确定

质谱图解解析结构的方法和步骤如下所述。

（1）由质谱的高质量端确定分子离子峰，求出相对分子质量 M。根据分子离子峰相对强度初步判断化合物的类型，根据同位素峰的相对强度初步判断是否含有 Cl、Br、S 等元素。

（2）根据高分辨率数据（或同位素峰）确定分子离子和重要碎片离子的元素组成。

（3）根据公式计算不饱和度。

（4）研究高质量端离子及丢失的中性碎片。高质量的离子和重要性远大于中、低质量范围的离子，因为它与分子离子的关系密切。无论其由简单断裂或重排产生，都反映化合物的一些结构特征。直接研究高质量端的离子很困难，一般总是通过考察分子离子丢失的中性碎片间接地进行研究。从分子离子失去的中性碎片，可以确定化合物中含有哪些取代基。

（5）注意研究质图谱中的重要的特征离子。质图谱中，有许多离子是随机产生的，再结构解析上没有意义。另外一些离子有明确的来历，只有特定的化合物、特定基团或特定排列次序才能产生这些离子，因此它们能给出明确的结构信息，这种离子称为特征离子。例如，烷基苯的苄基断裂生成的 m/z 91 草鎓离子；伯醇 α 断裂生成的 m/z 31 离子；邻苯二甲酸酯类总产生强峰 m/z 149；以及经麦氏重排或消去反应等而生成奇电子离子一般都属于特征离子。表 10-4 列出了一些常见的特征离子以及它们所提供的结构信息。

表 10-4　一些电子化质谱图中的的特征碎片离子

m/z	离　子	官能团	m/z	离　子	官能团
15	CH_3^+	甲基烷烃	77	$C_6H_5^+$	苯基
29	$C_2H_5^+$ 或 HCO^+	烷烃或醛	83	$C_7H_{11}^+$	环己基
30	$CH_2{=}NH_2^+$	胺	91	$C_7H_7^+$	苄基（草鎓离子）
31	$CH_2{=}OH^+$	醚或醇	105	$C_6H_5C_2H_4^+$	取代苯
43	$C_3H_7^+$ 或 CH_3CO^+	烷烃或酮		$CH_3{-}C_6H_4{-}CH_2^+$	二取代苯
45	CO_2H^+ 或 CHS^+	羧酸,噻吩		$C_6H_5CO^+$	苯甲酰基
50,51	$C_4H_2^+$ 或 $C_4H_3^+$	芳香基	149	$C_6H_4(CO)_2OH$	邻苯二甲酸及其酯

（6）研究低质量端离子峰，寻找不同化合物的断裂后生成的特征离子和特征离子系列。例如，正构烷烃的特征离子系列为 m/z 15，m/z 29，m/z 43，m/z 57，m/z 71 等"烷基系列"峰；芳香族化合物出现 m/z 39，m/z 65，m/z 77，m/z 91 等"芳香系列"。在解析时，要特别关注的是那些丰度最强或质荷比最大的低质量系列离子，它们能提供化合物结构类型的重要信息。

（7）若有亚稳离子峰存在，可利用 $m^* = (m_2)^2/m_1$ 的关系式，找到 m_1 和 m_2，并推断 $m_1 \rightarrow m_2$ 的断裂过程。

（8）根据上述各方面的研究，提出化合物的结构单元，然后再按各种可能方式，链接一致的结构单元及剩余的结构碎片，提出可能的结构式。

（9）根据质谱或其他数据，排除不可能的结构，最后确定可能的结构式。

（10）验证所得结果。验证的方法有：将所得结构式按质谱断裂规律分解，分析所得离子与所给未知物质谱图是否一致；查该化合物的标准质谱图，比较是否与未知谱图相同；寻找标样，作标样的质谱图，与未知谱图比较等方法。

质谱图解解析结构举例如下。

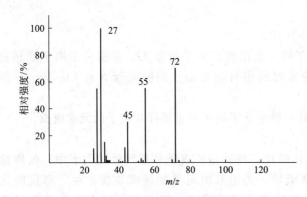

图 10-24 某未知物的质谱图

例 10.3 某未知物的质谱图如图 10-24 所示。高质量端各峰的相对强度为：

m/z	72	73	74
相对强度/%	64.5	2.2	0.32

试推出该未知物的结构式。

解 该 $m/z=72$ 的分子离子峰，丢失质量为 17、27 和 45 的主要的三个碎片分别出现在 m/z 55、m/z 45 和 m/z 27，中性碎片的丢失是合理的，可初步确定 m/z 72 为分子离子峰。

从 I_{M+1} 与 I_M、I_{M+2} 与 I_M 的强度比为：

$$\frac{I_{M+1}}{I_1}=\frac{2.2}{64.5}=3.4\% \qquad \frac{I_{M+2}}{I_2}=\frac{0.32}{64.5}=0.5\%$$

可以看出该化合物不含 Cl、Br、S；并可算出该化合物含有 3 个碳原子，2 个氧原子，所以可推算出分子式为 $C_3H_4O_2$，由此算出其不饱和度为 2，结构式为

$$H_2C\!=\!CH\overset{\displaystyle O}{\overset{\|}{-C}}-OH$$

上述结构的断裂情况与谱图完全一致，虚线表示分子 HC—C 处断裂形成质荷比为 m/z 45 碎片，虚线表示分子 C—OH 处断裂形成质荷比为 m/z 55 碎片。

$$
\begin{array}{l}
\longrightarrow H_2C\!=\!CH\cdot + HO\!-\!C\!\equiv\!O^+ \quad m/z\ 45\\[2mm]
\longrightarrow HO\cdot + H_2C\!=\!CH\!-\!C\!\equiv\!O^+ \quad m/z\ 55\\[2mm]
\longrightarrow HC\overset{O}{\underset{O\cdot}{\big\langle}} + H_2C\!=\!CH^+ \quad m/z\ 72
\end{array}
$$

例 10.4 某未知物的质谱图如图 10-25 所示。各谱峰的相对强度为：

m/z	43	91	134	135
相对强度/%	100	46.6	18.4	1.8

试推出该未知物的结构式。

解 图谱中高质量端 $m/z=134$ 的峰较强，表明化合物可能含有苯环，两个最大碎片分别为 m/z 34 和 m/z 91，它们质量数之和正好等于 134，说明 $m/z=134$ 峰很可能是分子离子峰。

查表 10-4 可知，m/z 91 为草鎓离子 $C_7H_7^+$；m/z 43 为乙酰基 CH_3CO^+ 或 $C_3H_7^+$。由于强度比为

$$\frac{I_{M+1}}{I_1}=\frac{1.8}{18.4}=9.8\%$$

可推出碳原子数 $w=9.8\div1.1=9$。因此 m/z 34 只能是 CH_3CO^+，于是推出结构式为

$$\text{（苯环）}-CH_2-\overset{\displaystyle O}{\overset{\|}{C}}-CH_3$$

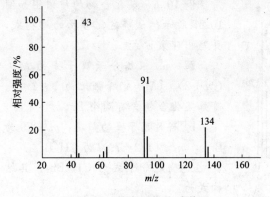

图 10-25　某未知物的质谱图

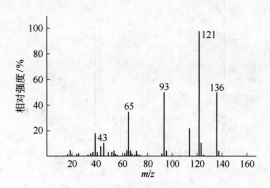

图 10-26　某化合物的化学组成式为
$C_8H_8O_2$ 的质谱图

上述结构的断裂情况与谱图完全一致，虚线表示分子从此处断裂，形成䓬鎓离子 $C_7H_7^+$ 和乙酰基 CH_3CO^+。

$$m/z134$$

$$m/z91(46.6\%)$$

$$H_3C—C≡O^+$$

$$m/z43(100\%)$$

例 10.5　由元素分析测得某化合物的化学组成式为 $C_8H_8O_2$，其质谱图如图 10-26 所示。试确定化合物的结构式，并写出碎裂方式。

解　该化合物的相对分子量 $M=136$，分子离子峰强度大，说明此分子离子相当稳定，可能是芳香族化合。首先计算其不饱和度：

$$U=1+8+\frac{-8}{2}=5$$

由于不饱和度为 5，推断该化合物中含有苯环。高质量端质谱峰 m/z 121 是 m/z 136 失去质量为 15 的碎片（—CH_3）产生的，m/z 93 是 m/z 136 失去质量为 43 的碎片（—$COCH_3$）产生的，m/z 65 是对应 m/z 93 失去 CO 产生的。

推断该化合物的结构式为：

最后，可以用标样确定未知物属于哪种异构体，对于本例也可用红外光谱进一步验证。对照标准图谱，该化合物结构为：

主要碎裂方式如下：

$$m/z\,121$$

$$m/z\,136$$

$$m/z\,93 \quad m/z\,65$$

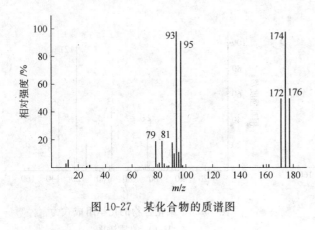

图 10-27 某化合物的质谱图

例 **10.6** 某化合物的质谱图如图 10-27 所示。试确定化合物的结构式，并写出碎裂方式。

解 a. 根据分子离子峰的 M：$(M+2)$：$(M+4)$ 峰强比为 $1：2：1$，可知某化合物含有两个 Br。

b. 碎片离子峰的归属：m/z 79 为 Br^+，m/z $(172-79)$ 为 CH_2Br^+。

c. 确定分子式为 CH_2Br_2，其结构式为：

$$Br—CH_2—Br$$

d. 碎裂方式如下：

$$Br—CH_2—Br^{+}\cdot \begin{cases} \xrightarrow{\text{均裂}} Br^+ + Br—CH_2^{\cdot} \quad m/z\ 79 \\ \xrightarrow{\text{异裂}} Br—CH_2^+ + Br^{\cdot} \quad m/z\ 93 \end{cases}$$

例 **10.7** 已知苯乙酮 C_8H_8O 分子离子峰 m/z 120，基峰（苯甲酰离子）$C_6H_5—C\equiv O^+$ m/z 105，离子 $C_6H_5^+$ m/z 77 和亚稳离子 $m^* = 56.47$。试确定离子通过下列哪种途径形成？

a.

$$m/z\ 120 \quad\quad m/z\ 77$$

b.

$$m/z\ 105 \quad\quad m/z\ 77$$

解 根据式 $m^* = (m_2)^2/m_1$，则

$$m_a^* = \frac{(m_2)^2}{m_1} = \frac{77^2}{120} = 49.41$$

$$m_b^* = \frac{(m_2)^2}{m_1} = \frac{77^2}{105} = 56.47$$

由此证明，m/z 77 离子是通过 b 途径形成的。应当指出的是，这并不等于证明了 a 不存在，因为很多分裂途径不一定会产生亚稳离子。

10.7 气相色谱-质谱联用（GC-MS）

如前所述，质谱法具有灵敏度高、定性能力强等特点，但进样要纯，才能发挥其特长，另一方面，进行定量分析又较复杂；气相色谱法则具有分离效率高、定量分析简便的特点，但定性能力却较差。因此这两种方法若能联用，可以相互取长补短，其优点是：

（1）气相色谱仪是质谱法的理想的"进样器"，试样经色谱分离后以纯物质形式进入质

谱仪，就可充分发挥质谱法的特长。

（2）质谱仪是气相色谱法的理想的"检测器"，色谱法所用的检测器如氢焰电离检测器、热导池检测器、电子捕获检测器等都有局限性，而质谱仪能检出几乎全部化合物，灵敏度又很高。

所以，色谱-质谱联用技术既发挥了色谱法的高分离能力，又发挥了质谱法的高鉴别能力。这种技术适用于作多组分混合物中未知组分的定性鉴定；可以判断化合物的分子结构；可以准确地测定未知组分的相对分子质量；可以修正色谱分析的错误判断；可以鉴定出部分分离甚至未分离开的色谱峰等，因此日益受到重视，现在几乎全部先进的质谱仪器都具有进行联用的气相色谱仪，并配有计算机数据化学工作站。

图 10-28 是气相色谱-质谱联用仪组成的方框示意图，有机混合物以色谱柱分离后经接口（interface）进入离子源被电离成离子，离子在进入质谱的质量分析器前，在离子源与质量分析器之间，有一个总离子流检测器，以截取部分离子流信号，实际上，总离子流强度的变化正是流入离子源的色谱组分变化的反映，因而总离子流强度与时间或扫描数变化曲线就是混合物的色谱图，称为总离子流色谱图（TIC）。另一种获得总离子流图的方法是利用质谱仪自动重复扫描，由计算机收集，计算并再现出来，此时总离子流检测系统可省略。对 TIC 图的每个峰，可同时给出对应的质谱图，由此可推测每个色谱峰的结构组成。在相同条件下，由 GC-MS 得到的总离子流色谱图与由普通气相色谱仪所得色谱图大体相同。各个峰的保留时间、峰高、峰面积可作为各峰的定量参数。一般 TIC 的灵敏度比 GC 的氢火焰离子化检测器高 1～2 个数量级，它对所有的峰都有相近的响应值，是一种通用性检测器。

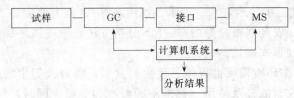

图 10-28 气相色谱-质谱联用仪组成方框图

实现 GC-MS 联用的关键是接口装置，色谱仪和质谱仪就是通过它连接起来的。因为通常色谱柱出口处于常压，而质谱仪则要求在高真空下工作，所以将这两者联结起来时需要有一接口起到传输试样，匹配两者工作气压（工作流量）的作用。早期的 GC 与 MS 联用使用填充柱气相色谱，由于柱子中载气的流量大，因此联用时必须经过一个分子分离器作为接口将载气与试样分子分离，匹配两者的工作气压。喷射式分子分离器是其中常用的一种。其构造如图 10-29 所示。由色谱柱出口的具有一定压强的气流，通过狭窄的喷嘴孔，以超声膨胀喷射方式喷向真空室，在喷嘴出口端产生扩散作用，扩散速率与相对分子质量的平方根成反比，质量小的载气（在色谱-质谱联用仪中用氦为载气）大量扩散，被真空泵抽除；组分分子通常具有大得多的质量，因而扩散得慢，大部分按原来的运动方向前进，进入质谱仪部分，这样就达到分离载气、浓缩组分的作用。为了提高效率，可以采用双组喷嘴分离器。

在色谱-质谱联用仪中一般用氦作载气，原因是：

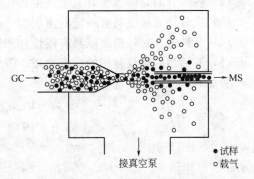

图 10-29 喷射式分子分离器

(1) He 的电离电位 24.6eV，是气体中最高的（H_2，N_2 为 15.8eV），它难于电离，不会因气流不稳而影响色谱图的基线；

(2) He 的相对分子质量只有 4，易于与其他组分分子分离。另一方面，它的质谱峰很简单，主要在 m/z 4 处出现，不干扰后面的质谱峰。

由于填充柱的分离效率不高，柱中固定液易流失而引致质谱化的污染和本底提高。因此毛细管柱气相色谱在联用中得到更广泛的应用。由于毛细管柱载气流量大大下降，一般为 $1 \sim 3 \text{mL} \cdot \text{min}^{-1}$，所以可实现直接导入式接口，亦即将毛细管色谱柱的末端直接插入质谱离子源内，接口只起保护插入段毛细管柱和控制温度的作用，直接导入式接口的进样可采用分流式和不分流式两种方式。分流式是在毛细管的出口处将载气分为两部分，然后将质谱能承受的部分载气和试样引入质谱仪中，其余部分放空，以保持色谱柱出口压强为常压，不降低毛细管柱的分离效率，并避免过量的试样进入质谱仪中和由此引起离子源的污染。但采用分流进样，引入质谱仪的试样只有几十分之一，对微量组分的检测不利，为此应采用不分流进样，一般的 GC-MS 仪器同时具备这两种操作方式，可根据分离情况与试样中各组分的含量进行选择。

气相色谱与质谱联用后，每秒可获数百至数千质量数离子流的信息数据，因此计算机系统数据化学工作站是一个重要而必需的组件，以采取和处理大量数据，并对联用系统进行操作及控制。

由于 GC-MS 所具有的独特优点，目前已得到十分广泛的应用。一般说来，凡能用气相色谱法进行分析的试样，大部分都能用 GC-MS 进行定性鉴定及定量测定。环境分析是 GC-MS 应用最重要的领域。水（地表水、废水、饮用水等）、危害性废物、土壤中有机污染物、空气中挥发性有机物、农药残留量等的 GC-MS 分析方法已被美国环保局（EPA）及许多国家采用，有的已以法规形式确认。

GC-MS 联用在我国环境领域也得到了较快的发展，随着人们生活质量提高，对环境质量标准的提高，尖端仪器的普及使用，标准不断修改和更新。同时，GC-MS 技术和标准也促使其向其他法规性应用领域扩展，例如法医毒品的检定、公安案例的物证、体育运动中兴奋剂的检验等，已形成或将形成一系列法定性或公认的标准方法。

10.8 质谱定量分析

以质谱法进行多组分有机混合物的定量分析时，应满足一些必要条件，例如：

(1) 组分中至少有一个与其他组分有显著不同的峰；

(2) 各组分的裂解模型具有重现性；

(3) 组分的灵敏度具有一定的重现性（要求 1%）；

(4) 每种组分对峰的贡献具有线性加和性；

(5) 有适当的供仪器用的标准物质，等等。

假如对 n 个组分的混合物：

$$i_{11}p_1 + i_{12}p_2 + \cdots + i_{1n}p_n = I_1$$
$$i_{21}p_1 + i_{22}p_2 + \cdots + i_{2n}p_n = I_2$$
$$\cdots \quad \cdots \quad \cdots \quad \cdots \quad \cdots$$
$$i_{m1}p_1 + i_{m2}p_2 + \cdots + i_{mn}p_n = I_m$$

式中，I_m 为在混合物的质谱图上于质量 m 处的峰高（离子流）；i_{mn} 为组分 n 在质量 m

处的离子流；p_n 为混合物中组分 n 的分压强。

故以纯物质校正 i_{mn}，p_n，测得未知混合物 I_m，通过上述多元一次联立方程组即可求出各组分的含量。

早期的质谱定量分析，主要应用于石油工业，例如烷烃、芳香烃组分分析。但这些方法费时费力，对于复杂的有机混合物的定量分析，单独使用质谱仪分析较困难，目前已大多采用 GC-MS 联用技术，由于计算机的高度发展，同时配有数据化学工作站，这些问题已迎刃而解。

10.9　液相色谱-质谱联用（LC-MS）

科学和技术的发展为研究环境化学、材料科学、生物化学、化学和化工领域等提供了很有效的技术，其中包括色谱技术、质谱技术等。GC 和 GC-MS 成功地解决了在操作温度下气化且不分解的有机化合物的分离、分析的技术问题，但这些化合物只占已知有机化合物的20％左右。对于高极性、难挥发、热不稳定的大分子有机化合物，使用 GC-MS 有困难。液相色谱的应用则不受沸点和相对分子质量的限制，并能对热稳定性差的试样进行分离、分析。然而液相色谱也有局限性，其定性能力更弱，且缺乏灵敏性、选择性和通用性的检测器，这就是 HPLC 和 MS 联用的推动力。为了解决生命科学研究中有关生物活性物质（如蛋白质、核酸、多糖等）的分离分析问题也是推动 HPLC-MS 联用的重要原因。当然其他生态环境科学、新材料、农业科学等领域同样也推动了液相色谱-质谱联用技术的不断发展。

长期以来，液相色谱与质谱联用被认为是不可能的结合。其原因有以下几方面：

（1）液相色谱流动相挥发产生气体压力与质谱的高真空工作条件明显不相容。液相色谱流动相是液体，常规流速大约为 $1\sim2\text{mL}\cdot\text{min}^{-1}$，若为甲醇，气化后换算为常压下的气体流速为 $560\text{mL}\cdot\text{min}^{-1}$（水则为 $1250\text{mL}\cdot\text{min}^{-1}$）。质谱仪抽气系统通常仅在进入离子源的气体流速为 $10\text{mL}\cdot\text{min}^{-1}$ 时才能保持所要求的真空。

（2）液相色谱分析对象主要是难挥发和热不稳定的化合物，这与质谱常用的离子源（如 EI 和 CI 等）要求是不相适应的。

（3）液相色谱的流动相中常常加有缓冲剂等物质，易于对质谱测定产生干扰。

经过长期研究分析，直到 20 世纪 90 年代，由于新的联用接口技术的出现，如新型的电喷雾电离（electrospray ionization，ESI）接口，大气压化学电离（atmospheric pressure chemical ionization，APCI）接口，大气压光致电离（atmospheric pressure photo ionization，APPI）接口等，由于接口技术难题的克服，使得 HPLC-MS 联用得到突破，并得到高速发展。不同接口的工作原理，所得到的质谱信息及使用范围各不相同。

HPLC-MS 联用中，要根据不同分析要求选择接口技术，对于 ESI 技术，它是迄今为止最为温和的电离方法，即便是相对分子质量大，稳定性差的化合物，也不会在电离过程中发生分解，它适合分子极性强的大分子有机化合物如蛋白质、多肽、糖类等。对于 APCI 技术，其主要用来分析中等极性的化合物。有些分析物由于结构和极性方面的原因，若用 ESI 不能产生足够强的离子，可以采用 APCI 方式增加离子产率，可以认为 APCI 是 ESI 的补充。

习　题

一、填空题

1. 质谱仪按其用途可分为：（　　　　）、（　　　　）和（　　　　）等。这类仪器虽都是由上述部分组成，然而在仪器和应用上却有很大的差别。

2. 质谱分析法是按照（　　　　　　）对离子进行分离和测定从而对样品进行定性和定量分析的一种方法。

3. 质谱分析仪器必须具备的基本部件为（　　　　　）、（　　　　　）、（　　　　　）和（　　　　　）。

4. 质谱仪的离子源种类很多，对于挥发性样品主要采用（　　　　）离子源。特别适合于分子量大、难挥发或者热稳定性差的样品的分析是（　　　　）离子源。分析过程要引进一种反应气体获得准分子离子的离子源是（　　　　）电离源。在液相色谱-质谱联用仪中，既作为液相色谱和质谱仪之间的接口装置，同时又是电离装置的是（　　　　）电离源。

5. 质谱图上出现质量分数比相对分子质量大 1 或 2 的峰，即 $M+1$ 和 $M+2$ 峰，其相对丰度与化合物中元素的天然丰度成（　　　　），这些峰是（　　　　）峰。预测氯乙烷的分子离子峰附近将出现两个强峰，质荷比为（　　　　）和（　　　　），强度比为（　　　　）。

6. 除同位素离子峰外，如果存在分子离子峰，则其一定是 m/z（　　　　）的峰，它是失去（　　　　）生成的，故其 m/z 是该化合物的（　　　　），它的相对强度与分子的结构及（　　　　）有关。

7. 某化合物的分子式为 C_4H_8O，写出与下面质谱峰相对应的离子和化合物的结构式：m/z 72 为（　　　　），m/z 44 为（　　　　），m/z 29 为（　　　　），化合物为（　　　　）。

8. 一种取代苯的相对分子质量为 120，质谱图上出现 m/z 120、m/z 92、m/z 91 峰，m/z 120 为（　　　　）峰，m/z 92 为（　　　　）峰，m/z 91 为（　　　　）峰，化合物为（　　　　）。

二、选择题

1. 在质谱图中，若某烃类化合物的 $M+1$ 和 M 的强度比为 24:100，则该化合物中存在的碳原子数为（　　　　）。

A. 2　　　B. 8　　　C. 22　　　D. 46

2. 在质谱图中，$CHCl_3$ 的 $M+2$ 峰的强度大约为 M 峰的（　　　　）。

A. 1/3　　　B. 1/2　　　C. 1/4　　　D. 大致相当

3. 含 C、H、O 的有机化合物的分子离子的质荷比（　　　　）。

A. 为奇数　　　　　　　　B. 为偶数

C. 由仪器的离子源所决定　　　D. 由仪器的质量分析器所决定

4. 含 C、H、O 的有机化合物的分子离子的质荷比 m/z 的规则是（　　　　）。

A. 偶数个 N 原子数形成偶数 m/z，奇数个 N 原子数形成奇数 m/z；

B. 偶数个 N 原子数形成奇数 m/z，奇数个 N 原子数形成偶数 m/z；

C. 不管 N 原子数的奇偶都形成偶数 m/z；

D. 不管 N 原子数的奇偶数都形成奇数 m/z。

5. 某含氮化合物的质谱图上，其分子离子峰 m/z 为 265，则可提供的信息是（　　　　）。

A. 该化合物含奇数氮，相对分子质量为 265；

B. 该化合物含偶数氮，相对分子质量为 265；

C. 该化合物含偶数氮；

D. 该化合物含奇数氮或偶数氮。

6. 在磁场强度保持恒定，而加速器逐渐增加的质谱仪中，最先通过固定的收集器狭缝的是（　　　　）。

A. 质荷比最低的正离子　　　B. 质荷比最高的负离子

C. 质荷比最高的正离子　　　D. 质荷比最低的负离子

7. 四极杆质量分析器适合电喷雾，易于正负模式转换，体积小，价格低，其分析器的分辨率为（　　　　），质量范围为 m/z 3000。

A. 1000　　　B. 2000　　　C. 4000　　　D. 5000

8. 飞行时间（TOF）质量范围宽，高分辨率，高灵敏度，扫描速度快，设计简单，其分析器的分辨率为10000，质量范围为（　　　　）。

A. m/z 3000　　　B. m/z 5000　　　C. m/z 8000　　　D. m/z ∞

9. FT-MS高分辨率，适合多级质谱，其分析器的分辨率为30000，质量范围为（　　　　）。

A. $m/z\ 3000$ B. $m/z\ 5000$ C. $m/z\ 8000$ D. $m/z\ 10000$

三、简答题

1. 试画出质谱仪组成的方框图并注明各部分名称及其作用。

2. 试解释在快原子轰击质谱法中甘油作为基体的作用。

3. 试述分子离子峰判断的基本原则。

4. 简述氮规则，能否根据氮规则确定某离子峰是分子离子峰？

5. 影响分子离子峰丰度的主要因素有哪些？

6. 质谱仪有哪几种离子源？分别论述其工作原理及应用特点。

7. 质谱仪质量分析器有哪几种？分别论述其工作原理及应用特点。

8. 简述产生麦氏重排的条件。

9. 何谓单聚焦质谱仪？何谓双聚焦质谱仪？两种质谱仪各有何特点？

10. 质谱仪有哪些主要性能指标？各有何意义？

11. 试以甲基异丁基甲酮为例说明形成各种离子的过程。

12. 简述常见的 GC-MS 接口技术。

13. 如何实现 GC-MS 联用？

14. 简述常见的 LC-MS 接口技术。

15. 试述质谱图解解析的方法和步骤。

16. 试比较电喷雾离子源与大气压化学电离源的工作原理和应用范围。

17. 简述 GC-MS 和 LC-MS 特点和主要用途。

四、计算题

1. 加速电压为 7500V，出口狭缝处离子偏转的曲率半径为 25.0cm，试计算 $m/z\ 245$ 离子在质量分析器出口狭缝聚焦所需要磁感应强度。

2. 在飞行时间质谱仪中，$m/z\ 298$ 离子从离子源到达检测器需要 $1.75\mu s$，试计算 $m/z\ 425$ 离子到达检测器需要的时间？

3. 某飞行时间质谱仪的飞行路径长 200.0cm，使用的加速电压为 3000V，试计算碎片离子 $m/z\ 93$ 和 $m/z\ 95$ 到达检测器所需的时间，并计算两离子到达检测器所需的时间差。

4. 1,2,3,4-四氢化萘（$M=132$）的质谱峰中有 $m/z\ 104$ 的强峰，试写出它的裂解方式。

5. 某化合物的质谱图如图 10-30 所示，试给出其分子式及谱峰归属。

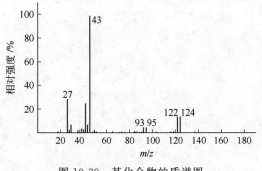

图 10-30　某化合物的质谱图

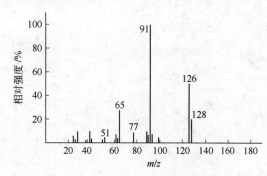

图 10-31　某化合物的质谱图

6. 某未知化合物的质谱图如图 10-31 所示，试给出其分子结构及裂解方式。

7. 图 10-32 是乙基氯 C_2H_5Cl 的 EIMS 质谱图，试写出 $m/z\ 66$、$m/z\ 64$、$m/z\ 51$、$m/z\ 49$ 和 $m/z\ 28$ 各峰随对应的碎片离子，并指出 $m/z\ 64$ 和 $m/z\ 66$ 以及 $m/z\ 49$ 和 $m/z\ 51$ 两峰的相对强度比。

8. 某未知物的质谱图如图 10-33 所示。高质量端谱峰的相对强度为：

m/z	154	155	156
相对强度/%	46.7	4.1	15.4

试推出该未知物的结构式。

9. 某化合物的 EIMS 质谱图如图 10-34 所示。$m/z\ 93$、$m/z\ 95$ 谱线强度相近，$m/z\ 79$ 和 $m/z\ 81$ 峰强

度也类似，而 m/z 49 和 m/z 51 峰强度比为 3 : 1，试推出化合物的结构。

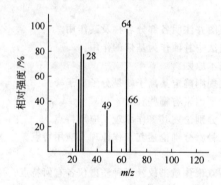

图 10-32　乙基氯 C_2H_5Cl 的 EIMS 质谱图

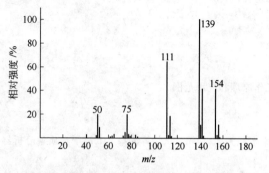

图 10-33　某未知物的质谱图

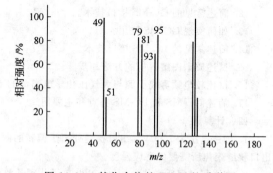

图 10-34　某化合物的 EIMS 的质谱图

第 11 章　现代环境测试技术实验

11.1　二苯碳酰二肼分光光度法测定水中铬

11.1.1　测定原理
在酸性溶液中，六价铬离子与二苯碳酰二肼反应，生成紫红色化合物，其最大吸收波长为 540nm，吸光度与浓度的关系符合比耳定律。如果测定总铬，需先用高锰酸钾将水样中的三价铬氧化为六价，再用本法测定。

11.1.2　测定仪器
(1) 分光光度计，比色皿 (1cm、3cm)。
(2) 50mL 具塞比色管，移液管，容量瓶等。

11.1.3　测定试剂
(1) 丙酮、(1+1) 硫酸、(1+1) 磷酸。
(2) 0.2% 氢氧化钠溶液。
(3) 氢氧化锌共沉淀剂：称取硫酸锌 ($ZnSO_4 \cdot 7H_2O$) 8g，溶于 100mL 水中，称取氢氧化钠 2.4g，溶于 120mL 水中。将以上两溶液混合。
(4) 4‰ 高锰酸钾溶液。
(5) 铬标准储备液：称取于 120℃ 干燥 2h 的重铬酸钾 (优级纯) 0.2829g，用水溶解，移入 1000mL 容量瓶中，用水稀释至标线，摇匀。每毫升储备液含 0.100μg 六价铬。
(6) 铬标准使用液：吸取 5.00mL 铬标准储备液于 500mL 容量瓶中，用水稀释至标线，摇匀。每毫升标准使用液含 1.00μg 六价铬。使用当天配制。
(7) 20% 尿素溶液。
(8) 0.2% 亚硝酸钠溶液。
(9) 二苯碳酰二肼溶液：称取二苯碳酰二肼 (简称 DPC，$C_{13}H_{14}N_4O$) 0.2g，溶于 50mL 丙酮中，加水稀释至 100mL，摇匀，贮于棕色瓶内，置于冰箱中保存。颜色变深后不能再用。
(10) 硝酸。
(11) 1+1 氢氧化铵溶液。
(12) 5% 铜铁试剂：称取铜铁试剂 [$C_6H_5N(NO)ONH_4$] 5g，溶于冷却水中并稀释至 100mL。临用时现配。

11.1.4　六价铬的测定
(1) 水样预处理
① 对不含悬浮物、低色度的清洁地面水，可直接进行测定。
② 如果水样有色但不深，可进行色度校正。即另取一份试样，加入除显色剂以外的各种试剂，以 2mL 丙酮代替显色剂，用此溶液为测定试样溶液吸光度的参比溶液。
③ 对浑浊、色度较深的水样，应加入氢氧化锌共沉淀剂并进行过滤处理。

④ 水样中存在次氯酸盐等氧化性物质时，干扰测定，可加入尿素和亚硝酸钠消除。

⑤ 水样中存在低价铁、亚硫酸盐、硫化物等还原性物质时，可将 Cr^{6+} 还原为 Cr^{3+}，此时，调节水样 pH 值至 8，加入显色剂溶液，放置 5min 后再酸化显色，并以同法作标准曲线。

（2）标准曲线的绘制　取 9 支 50mL 比色管，依次加入 0mL、0.20mL、0.50mL、1.00mL、2.00mL、4.00mL、6.00mL、8.00mL 和 10.00mL 铬标准使用液，用水稀释至标线，依次加入 1+1 硫酸 0.5mL 和 1+1 磷酸 0.5mL，摇匀。加入 2mL 显色剂溶液，摇匀。5～10min 后，于 540nm 波长处，用 1cm 或 3cm 比色皿，以水为参比，测定吸光度并作空白校正。以吸光度为纵坐标，相应六价铬含量为横坐标绘出标准曲线。

（3）水样的测定　取适量（含 Cr^{6+} 少于 $50\mu g$）无色透明或经预处理的水样于 50mL 比色管中，用水稀释至标线，测定方法同标准溶液。进行空白校正后根据所测吸光度从标准曲线上查得 Cr^{6+} 含量。

（4）计算

$$Cr^{6+}(mg \cdot L^{-1}) = \frac{m}{V}$$

式中，m 为从标准曲线上查得的 Cr^{6+} 量，μg；V 为水样的体积，mL。

11.1.5　总铬的测定

（1）水样预处理

① 一般清洁地面水可直接用高锰酸钾氧化后测定。

② 对含有大量有机物的水样，需要进行消解处理。即取 50mL 或者适量（含铬小于 $50\mu g$）水样，置于 150mL 烧杯中，加入 5mL 硝酸或 3mL 硫酸，加热蒸发至冒白烟。如溶液仍有色，在加入 5mL 硝酸，重复上述操作，至溶液清澈，冷却。用水稀释至 10mL，用氢氧化铵溶液中和 pH 至 1～2，移入 50mL 容量瓶中，用水稀释至标线，摇匀，供测定。

③ 如果水样中钼、钒、铁、铜等含量较大，先用铜铁试剂-三氯甲烷萃取出去，然后再进行消解处理。

（2）高锰酸钾氧化三价铬：取 50mL 或者适量（含铬小于 $50\mu g$）水样或经预处理水样（如不到 50mL，用水补充至 50mL）于 150mL 锥形瓶中，用氢氧化铵和硫酸锰溶液调至中性，加入几粒玻璃珠，加入 1+1 硫酸和 1+1 磷酸各 0.5mL，摇匀。加入 4% 高锰酸钾溶液 2 滴，如紫色退去，则继续滴加高锰酸钾溶液至保持紫红色。加热煮沸至溶液剩约 20mL。冷却后，加入 1mL 20% 尿素溶液，摇匀。用滴管加 2% 亚硝酸钠溶液，每加一滴充分摇匀，至紫色刚好消失，稍停片刻，待溶液内气泡逸尽，转移至 50mL 比色管中，用水稀释至标线，供测定。

标准曲线的绘制、水样的测定和计算同六价铬。

11.1.6　注意事项

（1）用于测定铬的玻璃器皿不应用重铬酸钾洗液洗涤。

（2）Cr^{6+} 与显色剂的显色反应一般控制酸度：在 $0.05～0.3mol \cdot L^{-1}$（$1/2\ H_2SO_4$）范围，以 $0.2mol \cdot L^{-1}$ 酸度时显色最好。显色前，水样应调至中性。显色温度和放置时间对显色有影响，在 15℃ 时，5～15min 颜色最好，即可稳定。

（3）如测定清洁地面水样，显色剂可按以下方法配置：溶解 0.2g 二苯碳酰二肼（简称

DPC，$C_{13}H_{14}N_4O$）于 100mL 的乙醇中，边搅拌边加入 1＋9 硫酸 400mL。该溶液在冰箱中可存放一个月。用此显色剂，在显色时直接加入 2.5mL 即可，不必再加酸。但加入显色剂后，要立即摇匀，以免 Cr^{6+} 可能被乙醇还原。

11.2　废水中酚类物质的测定

酚类的分析方法很多，各国普遍采用的为 4-氨基安替比林光度法，高浓度含酚废水可采用溴化容量法，此法特别适于车间排放口或未经处理的总排污口废水的测定。

11.2.1　4-氨基安替比林分光光度法测定废水中酚类物质的原理

酚类化合物于 pH 10.0 ± 0.2 介质中，在铁氰化钾存在下，与 4-氨基安替比林反应，生成橙红色的吲哚酚安替比林染料，其水溶液在 510nm 波长处有最大吸收。

用光程长为 20mm 比色皿测量时，酚的最低检出浓度为 $0.1mg \cdot L^{-1}$。

11.2.2　测定仪器

（1）500mL 全玻璃蒸馏器。

（2）分光光度计。

11.2.3　测定试剂

实验用水应为无酚水。

（1）无酚水：于 1L 水中加入 0.2g 经 200℃活化 0.5h 的活性炭粉末，充分振摇后，放置过夜。

用双层中速滤纸过滤，或加氢氧化钠使水呈强碱性，并滴加高锰酸钾溶液至紫红色，移入蒸馏瓶中加热蒸馏，收集馏出液备用。无酚水应贮于玻璃瓶中，取用时应避免与橡胶制品（橡皮塞或乳胶管）接触。

（2）硫酸铜溶液：称取 50g 硫酸铜（$CuSO_4 \cdot 5H_2O$）溶于水，稀释至 500mL。

（3）磷酸溶液：量取 50mL 磷酸（$\rho_{20℃}=1.59g \cdot mL^{-1}$），用水稀释至 500mL。

（4）甲基橙指示液：称取 0.05g 甲基橙溶于 100mL 水中。

（5）苯酚标准储备液：称取 1.00g 无色苯酚（C_6H_5OH）溶于水，移入 1000mL 容量瓶中，稀释至标线。至冰箱内保存，至少稳定一个月。

标定方法：

① 吸 10.00mL 酚储备液于 250mL 碘量瓶中，加水稀释至 100mL，加 10.0mL 0.1mol·L^{-1} 溴酸钾-溴化钾溶液，立即加入 5mL 盐酸，盖好瓶塞，轻轻摇匀，于暗处放置 10min。加入 1g 碘化钾，密塞，再轻轻摇匀，放置暗处 5min。用 0.0125mol·L^{-1} 硫代硫酸钠标准滴定溶液滴定至淡黄色，加入 1mL 淀粉溶液，继续滴定至蓝色刚好褪去，记录用量。

② 同时以水代替苯酚储备液作空白试验，记录硫代硫酸钠标准滴定溶液用量。

③ 苯酚储备液浓度由下式计算：

$$苯酚(mg \cdot mL^{-1}) = \frac{(V_1 - V_2)c \times 15.68}{V}$$

式中，V_1 为空白试验中硫代硫酸钠标准滴定溶液用量，mL；V_2 为滴定苯酚储备液时，硫代硫酸钠标准滴定溶液用量，mL；V 为取用苯酚储备液体积，mL；c 为硫代硫酸钠标准滴定溶液浓度，mol·L^{-1}；15.68 为 1/6 C_6H_5OH 摩尔质量，g·moL^{-1}。

（6）苯酚标准中间液：取适量苯酚储备液，用水稀释至每毫升含 0.010mg 苯酚。使用时当天配制。

(7) 溴酸钾-溴化钾标准参考溶液（$c_{1/6\ KBrO_3} = 0.1mol \cdot L^{-1}$）称取 2.784g 溴酸钾（$KBrO_3$）溶于水，加入 10g 溴化钾（KBr），使其溶解，移入 1000mL 容量瓶中，稀释至标线。

(8) 碘酸钾标准参考溶液（$c_{1/6KIO_3} = 0.0125mol \cdot L^{-1}$）：称取预先经 180℃烘干的碘酸钾 0.4458g 溶于水，移入 1000mL 容量瓶中，稀释至标线。

(9) 硫代硫酸钠标准溶液（$c_{Na_2S_2O_3 \cdot 5H_2O} \approx 0.0125mol \cdot L^{-1}$）：称取 3.1g 硫代硫酸钠溶于煮沸放冷的水中，加入 0.2g 碳酸钠，稀释至 1000mL，临用前，用碘酸钾溶液标定。

标定方法：取 10.00mL 碘酸钾溶液置 250mL 碘量瓶中，加水稀释至 1000mL，加 1g 碘化钾，再加 5mL(1+5) 硫酸，加塞，轻轻摇匀。置暗处放置 5min，用硫代硫酸钠溶液滴定至淡黄色，加 1mL 淀粉溶液，继续滴定至蓝色刚褪去为止，记录硫代硫酸钠溶液用量。按下式计算硫代硫酸钠溶液浓度（$mol \cdot L^{-1}$）：

$$c_{Na_2S_2O_3 \cdot 5H_2O} = \frac{0.0125 \times V_4}{V_3}$$

式中，V_3 为硫代硫酸钠标准溶液消耗量，mL；V_4 为移取碘酸钾标准参考溶液量，mL；0.0125 为碘酸钾标准参考溶液浓度，$mol \cdot L^{-1}$。

(10) 淀粉溶液：称取 1g 可溶性淀粉，用少量水调成糊状，加沸水至 100mL，冷后，置冰箱内保存。

(11) 缓冲溶液（pH 值约为 10）：称取 20g 氯化铵（NH_4Cl）溶于 100mL 氨水中，加塞，置冰箱中保存。

应避免氨挥发所引起 pH 值的改变，注意在低温下保存和取用后立即加塞盖严，并根据使用情况适量配制。

(12) 2‰ 4-氨基安替比林溶液：称取 4-氨基安替比林（$C_{11}H_{13}N_3O$）2g 溶于水，稀释至 100mL，置于冰箱中保存。可使用一周。

固体试剂易潮解、氧化，宜保存在干燥器中。

(13) 8‰铁氰化钾溶液：称取 8g 铁氰化钾 $K_3[Fe(CN)_6]$ 溶于水，稀释至 100mL，置于冰箱内保存。可使用一周。

11.2.4 酚类物质的测定

(1) 水样预处理

① 量取 250mL 水样置蒸馏瓶中，加数粒小玻璃珠以防爆沸，再加两滴甲基橙指示液，用磷酸溶液调节 pH 值至 4（溶液呈橙红色），加 5.0mL 硫酸铜溶液（如采样时已加过硅酸铜，则适量补加）。

如加入硅酸铜溶液后产生较多量的黑色硫化铜沉淀，则应摇匀后放置片刻，待沉淀后，再滴加硫酸铜溶液，至不再产生沉淀为止。

② 连接冷凝器，加热蒸馏，至蒸馏出约 225mL 时，停止加热，放冷。向蒸馏瓶中加入 25mL 水，继续蒸馏至馏出液为 250mL 为止。

蒸馏过程中，如发现甲基橙的红色褪去，应在蒸馏结束后，再加 1 滴甲基橙指示液。如发现蒸馏后残液不呈酸性，则应重新取样，增加磷酸加入量，进行蒸馏。

(2) 标准曲线的绘制：于一组 8 支 50mL 比色管中，分别加入 0mL、0.50mL、1.00mL、3.00mL、5.00mL、7.00mL、1.00mL、12.50mL 酚标准中间液，加水至 50mL

标线。加 0.5mL 缓冲溶液，混匀，此时 pH 值为 10.0 ± 0.2，加 4-氨基安替比林溶液 1.0mL，混匀。再加 1.0mL。铁氰化钾溶液，充分混匀后，放置 10min 立即于 510nm 波长，用光程为 20mm 比色皿，以水为参比，测量吸光度。经空白校正后，绘制吸光度对苯酚含量（mg）的标准曲线。

（3）水样的测定：分取适量的馏出液放入 50mL 比色管中，稀释至 50mL 标线。用与绘制标准曲线相同的步骤测定吸光度，最后减去空白试验所得吸光度。

（4）空白试验：以水代替水样，经蒸馏后，按水样测定步骤进行测定，以其结果作为水样测定的空白校正值。

（5）计算

$$\text{挥发酚}(\text{以苯酚计}, \text{mg} \cdot \text{L}^{-1}) = \frac{m}{V} \times 1000$$

式中，m 为由水样的校正吸光度，从标准曲线上查得的苯酚含量，mg；V 为移取馏出液体积，mL。

测定时，若废水样品含挥发酚较高，移取适量水样并加至 250mL 进行蒸馏，则在计算时应乘以稀释倍数。

11.3　高效液相色谱法测定水中多环芳烃

11.3.1　方法原理
本方法用正己烷或二氯甲烷萃取水中多环芳烃（PAHs），萃取液经硅胶或佛罗里硅土柱净化，用二氯甲烷和正己烷的混合溶剂洗脱，洗脱液浓缩后，用具有荧光\紫外检测器的高效液相色谱仪分离检测。

11.3.2　适用范围
本标准规定了测定饮用水、地下水、湖库水、河水及焦化厂等工业污水中十六种多环芳烃（PAHs）萘、苊、二氢苊、芴、菲、蒽、荧蒽、芘、苯并 [a] 蒽、䓛、苯并 [b] 荧蒽、苯并 [k] 荧蒽、苯并 [a] 芘、茚并 [1,2,3-c,d] 芘、二苯并 [a, h] 蒽、苯并 [g, h, i] 苝的高效液相色谱（HPLC）法。

本标准适用于饮用水、地下水、湖库水、河水及焦化厂等工业污水中多环芳烃的测定。当样品体积为 1L 时，方法的检出限为 $5 \sim 31\text{ng} \cdot \text{L}^{-1}$。

11.3.3　测定仪器
（1）高效液相色谱仪：具有可调波长紫外检测器或荧光检测器。

（2）推荐的色谱柱：ODS-C18，$25\text{cm} \times 0.46\text{mm}$ 反相色谱柱或其他性能相近的色谱柱。

（3）采样瓶：1L 或 2L 具磨口玻璃塞的棕色玻璃细口瓶。

（4）分液漏斗：2000mL，玻璃活塞不涂润滑油。

（5）碘量瓶：250mL。

（6）量筒：1000mL。

（7）浓缩瓶：15mL，250mL。

（8）浓缩装置：旋转蒸发装置或 K-D 浓缩器、浓缩仪等性能相当的设备。

（9）固相萃取装置。

（10）N2000 色谱工作站。

11.3.4 测定试剂及材料

（1）高效液相色谱流动相　水和乙腈的混合溶液。

① 乙腈：液相色谱纯。

② 重蒸蒸馏水：指经过上述处理的蒸馏水在目标化合物检测限内未出现干扰。

（2）硫代硫酸钠（$Na_2S_2O_3 \cdot 5H_2O$）　分析纯。

（3）配制标准样品和水样预处理使用的试剂和材料

① 二氯甲烷（CH_2Cl_2）：液相色谱纯。如使用分析纯试剂，同（1）。

② 正己烷：液相色谱纯。如使用分析纯试剂，同（1）。

③ 无水硫酸钠（Na_2SO_4）：分析纯，在 400℃下烘烤 2h，冷却后，贮于磨口玻璃瓶中密封保存。

④ 氯化钠（NaCl）：分析纯，在 400℃下烘烤 2h，冷却后，贮于磨口玻璃瓶中密封保存。

⑤ 硅胶柱或佛罗里硅土柱：1000mg/6.0mL（水）。

⑥ 淋洗液：1+1 二氯甲烷/正己烷混合溶液。

⑦ 标准溶液

a. 多环芳烃标准储备液：包括萘、苊、二氢苊、芴、菲、蒽、荧蒽、芘、䓛、苯并 [a] 蒽、苯并 [b] 荧蒽、苯并 [k] 荧蒽、苯并 [a] 芘、二苯并 [a，h] 蒽、苯并 [g，h，i] 芘、茚并 [$1,2,3\text{-}cd$] 芘，浓度分别为 200mg·L^{-1}。

b. 多环芳烃标准使用液：用乙腈（1）将多环芳烃标准储备液（a）稀释成浓度为 10.0mg·L^{-1}的标准使用液。

c. 替代物：二氟联苯（decafluorobiphenyl）和对三联苯-d$_{14}$（p-terphenyl-d$_{14}$）。纯度：99%，样品萃取前加入，用于跟踪样品前处理的回收率。

d. 替代物标准储备液：分别称取二氟联苯和对三联苯-d$_{14}$（c）0.025g，准确到 1mg，于 25mL 容量瓶中，用正己烷溶解并稀释至刻度，该溶液含替代物浓度为 1000μg·mL^{-1}。

e. 替代物标准使用溶液：取 1.0mL 替代物标准储备液（d）于 25mL 容量瓶中，用乙腈稀释至刻度，该溶液中含替代物浓度为 40μg·mL^{-1}。

11.3.5 样品的采集

（1）水样的采集：采水器具应当在使用之前充分洗净，并在运输过程中避免污染。样品必须采集在预先洗净烘干的棕色玻璃容器中，采样前不能用水样预洗试样容器，以防止样品的沾染或吸附。样品瓶要完全注满，不留气泡。若水中有残余氯存在，要在每升水中加入 80mg 硫代硫酸钠除氯。

（2）样品的保存：采集的样品须避光于 4℃冰箱中保存，采样后应在 24h 内萃取，萃取后的样品在 40 天内分析完毕。样品采集后应尽快进行预处理，以减少样品在容器壁上的吸附，在采样、样品保存和预处理过程中，应避免接触塑料和其他有机物。

11.3.6 测定步骤

（1）样品的萃取和浓缩

① 样品的萃取：摇匀水样，用 1000mL 量筒量取 1000mL 水样（萃取所用水样体积视

具体情况而定，可增减），倒入 2000mL 的分液漏斗中，加入适量替代物，加入 30g 氯化钠，加入 50mL 二氯甲烷或正己烷，振摇 5min，静置分层，收集有机相，放入 250mL 碘量瓶中，水相再用二氯甲烷或正己烷重复萃取两遍，弃去水相，萃取液并入同一碘量瓶中，加无水硫酸钠至萃取液澄清，放置 30min，脱水干燥。

② 样品的浓缩：将干燥好的萃取液转移至 250mL 浓缩瓶中，用二氯甲烷或正己烷洗涤碘量瓶中的无水硫酸钠三次，每次 5～10mL，洗涤液也并入同一浓缩瓶中，用 K-D 浓缩仪浓缩至 1mL；如萃取液为二氯甲烷，更换溶剂为正己烷，待净化。

（2）萃取液的净化

① 饮用水的萃取液可不经过柱净化，浓缩后直接进行 HPLC 分析。

② 地表水和工业污水萃取液的净化：选用 1g 硅胶柱或佛罗里硅土柱作为净化柱，先用 4mL 淋洗液（1+1）冲洗净化柱，再用 10mL 正己烷平衡净化柱（当 2mL 正己烷流过净化柱后，关闭活塞，让正己烷在柱中停留 5min），弃去流出的溶剂。将浓缩后的样品溶液约 0.5～1mL 加入到已平衡过的净化柱上，被测定的样品吸附于柱上，用约 3mL 正己烷分 3 次洗涤装样品的容器，将洗涤液加入到柱上；用 10mL 淋洗液洗涤吸附有样品的硅胶柱（当 2mL 淋洗液流过净化柱后关闭活塞，让淋洗液在柱中停留 5min），以 1mL·min^{-1} 的速度，收集淋洗液于浓缩瓶中。氮吹浓缩至 1mL 以下，更换溶剂为乙腈，定容至 1.0mL，装瓶待 HPLC 分析。

在萃取过程中出现乳化现象时，可经过无水硫酸钠漏斗过滤或采用离心法破乳。样品分析时，若预处理过程中溶剂转换不完全（即有残存正己烷、丙酮或二氯甲烷），会出现保留时间漂移、峰变宽或双峰的现象。

（3）仪器的色谱条件

① 柱温：30℃。

② 流动相：A-乙腈；B-水，65%A(27min)～100%A(45min)。

③ 流动相流量：1.2mL·min^{-1}。

④ 检测器

a. 紫外检测器波长的选择：254nm、220nm 和 295nm。

b. 荧光检测器波长的选择：Ex：280nm，Em：340nm；20min 后 Ex：300nm，Em：400nm、430nm 和 500nm。

（4）校准

① 用外标法定量。

② 标准系列的配制：取一定量校准标准溶液（多环芳烃标准使用液）和标准替代物溶液（替代物标准使用溶液）于乙腈中，制备至少 5 个浓度点的标准系列，浓度分别为 0.05μg·mL^{-1}，0.1μg·mL^{-1}，0.5μg·mL^{-1}，1.0μg·mL^{-1}，2.0μg·mL^{-1}，贮存在棕色小瓶中于冷暗处存放。

③ 校准曲线：通过自动进样器或样品定量环分别移取 5 种浓度的标准使用液 5～25μL，注入液相色谱，得到不同浓度的多环芳烃的色谱图，计算不同浓度待测物的相应峰高（或峰面积），绘制校准曲线。

（5）样品的测定

① 进样方式：以注射器人工进样或使用自动进样器。

② 进样量：5～25μL。

③ 操作：用试样润湿微量注射器的针头和针筒，并洗涤三次。抽取样品，排出针筒中

的气泡,迅速注入 HPLC 的柱头,进行 HPLC 分析。记录色谱峰的保留时间和峰高(或峰面积)。

(6) 空白试验

全程序空白:在分析样品的同时,每次均应作空白试验,即按样品的测定条件,分析纯水空白,检查分析过程中是否有污染。

(7) 色谱图的考察(定性分析)

① 各组分的出峰顺序为:1. 萘,2. 二氢苊,3. 苊,4. 芴,5. 菲,6. 蒽,7. 荧蒽,8. 芘,9. 䓛,10. 苯并 [a] 蒽,11. 苯并 [b] 荧蒽,12. 苯并 [k] 荧蒽,13. 苯并 [a] 芘,14. 二苯并 [a, h] 蒽,15. 苯并 [g, h, i] 苝,16. 茚并 [1,2,3-cd] 芘。

② 鉴定的辅助方法:可用加标样使峰高叠加的方法;或用停泵扫描,测定各组分荧光或紫外谱图与对应标样谱图比对的办法来帮助鉴定化合物。

11.3.7 结果计算

用外标法按下式计算试样中的浓度:

$$p_i = \frac{A_i \times B_i \times V_t}{V_i \times V_s}$$

式中,p_i 为试样中组分 i 的含量,$\mu g \cdot L^{-1}$;A_i 为标样中组分 i 进样量对峰高(或峰面积)的比值,ng;B_i 为样品中组分 i 的峰高(或峰面积);V_t 为萃取液浓缩后的总体积,μL;V_i 为进样体积,μL;V_s 为水样体积,mL。

11.3.8 精密度和准确度

本方法的加标回收率在 61.4% ~ 109.0% 之间,相对标准偏差在 4.5% ~ 19.9% 之间。

11.3.9 质量控制和质量保证

(1) 空白

① 试剂空白:所有试剂空白测试结果应低于方法检出限。

② 全程序空白:每分析一批(20 个)样品至少做两个全程序空白。

③ 运输空白:每采集一批样品,至少采集一个运输空白。

④ 现场空白:每采集一批样品,至少采集一个现场空白。

(2) 加标

① 空白加标:各组分的回收率在 60% ~ 120% 之间。

② 替代物回收率:替代物的回收率在 60% ~ 120% 之间。

11.4 萃取火焰原子吸收分光光度法测定微量铅(镉)

11.4.1 测定原理

在约 1% 的 HCl 介质中,Pb^{2+}、Cd^{2+} 与 I^- 形成离子缔合物,在 HCl 浓度达 1% ~ 2%,KI 为 0.1mol·L^{-1} 时,MIBK 对于 Pb、Cd 的萃取率分别在 99.4% 和 99.3% 以上。将 MIBK 相吸入火焰,进行原子吸收法测定。

本标准方法适用于固体废物浸出液中铅和镉的测定。

测定范围,Pb 10 ~ 80$\mu g \cdot L^{-1}$;Cd 1 ~ 50$\mu g \cdot L^{-1}$。

11.4.2　干扰及消除

当样品中存在能与铅、镉形成比和 KI 更为稳定络合物的络合剂时，则需将其氧化分解后再进行测定。

11.4.3　测定仪器

（1）原子吸收分光光度计。

（2）铅、镉空心阴极灯。

（3）乙炔钢瓶或乙炔发生器。

（4）空气压缩机，应备有除水、除油和除尘装置。

（5）仪器参数：根据仪器说明书要求自己选择测试条件。一般仪器的使用条件如表11-1所示。

表 11-1　一般仪器使用的条件

元　素	铅	镉	元　素	铅	镉
测定波长/nm	283.3	228.8	火焰性质	贫燃	贫燃
通带宽度/nm	2.0	1.3	其他可选择谱线/nm	217.0,261.4	326.1

11.4.4　测定试剂

均使用符合国家标准或专业标准的试剂，去离子水或同等纯度的水。

（1）盐酸（HCl），优级纯。

（2）盐酸 1+1，用（1）配制。

（3）盐酸 0.2%，用（1）配制。

（4）抗坏血酸（$C_6H_8O_6$），优级纯，10% 水溶液。

（5）铅、镉标准储备溶液：$1.000 g \cdot L^{-1}$。

分别称取 1.0000g 光谱纯金属铅、镉。用 20mL 盐酸（2）溶解后，水定容至 1000mL。此溶液每毫升分别含 1.00mg 铅、镉。

（6）铅、镉混合标准溶液：铅 $2.0\mu g \cdot L^{-1}$，镉 $0.5\mu g \cdot L^{-1}$。

用铅、镉的标准储备溶液（5）和盐酸溶液（3）逐级稀释配制而成。

（7）碘化钾 $2mol \cdot L^{-1}$：称取 33.2g 优级纯碘化钾溶于 100mL 纯水中。

（8）甲基异丁基甲酮（MIBK，$C_6H_{11}O$）水饱和溶液。

在分液漏斗中放入甲基异丁基甲酮和等体积的水，振摇 1min，静置分层（约 3min）后弃去水相，上层的有机相待用。

11.4.5　测定步骤

（1）样品保存：浸出液如不能很快进行分析，应加浓硝酸［硝酸（HNO），$\rho = 1.42g \cdot mL^{-1}$］酸化至 1% 下保存，时间不要超过一周。

（2）空白试验：用水代替样品，采用和样品相同的步骤和试剂，在测定试料的同时测定空白值。

（3）校准

① 根据表 11-2 在 50mL 容量瓶中，用 HCl 溶液（盐酸 0.2%）将混合标准溶液（铅 $2.0\mu g \cdot L^{-1}$，镉 $0.5\mu g \cdot L^{-1}$）配制成至少 5 个工作标准溶液，其浓度范围应包括固体废物提取液中铅、镉的浓度。

在编号 0～5 的 50mL 具塞比色管中，分别加入［HCl 溶液（盐酸 0.2%）与混合标准

表 11-2　标准系列配制和浓度

比 色 管 号	0	1	2	3	4	5
混合标准溶液体积/mL	0	0.50	1.00	2.00	3.00	4.00
Pb 标准系列含量/μg	0	1.00	2.00	4.00	6.00	8.00
Cd 标准系列含量/μg	0	0.25	0.50	1.00	1.50	2.00

溶液（铅 $2.0\mu g \cdot L^{-1}$，镉 $0.5\mu g \cdot L^{-1}$）] ①的工作标准溶液 10mL。在另外的比色管中分别加入适量浸出液（例如 5~20mL，视其 Pb、Cd 的含量而定）以及相应的空白试样。

② 萃取：在上述每支比色管中分别加入抗坏血酸 [抗坏血酸（$C_6H_8O_6$），优级纯，10％水溶液 10.4] 2.0mL，HCl（盐酸 1＋1）0.5mL，KI 溶液（碘化钾 $2mol \cdot L^{-1}$）2.5mL，定容至 50mL，加塞摇匀。准确加入 5mL 水饱和的甲基异丁基甲酮，振摇 1min，打开塞子放气后再将塞子盖好，静置分层。

③ 测定：根据最佳条件调节火焰，吸入 MIBK 后调节好仪器零点。顺次序吸入空白、工作标准系列及试样空白和试料 MIBK② 萃取相，测定吸光度。

用测得的吸光度值扣除空白后与相对应的浓度绘制校准曲线，并利用校准曲线查出试料中铅、镉的浓度。

11.4.6　结果计算

浸出液中（Pb、Cd）浓度 c 按下式计算：

$$c(mg \cdot L^{-1}) = c \times \frac{V_0}{V}$$

式中，c_1 为被测试料中铅、镉的浓度，$mg \cdot L^{-1}$；V_0 为制样时定容体积，mL；V 为试料的体积，mL。

11.4.7　准确度与精密度

两个实验室测定含铅 $0.03~0.06mg \cdot L^{-1}$、含镉 $0.004~0.02mg \cdot L^{-1}$ 的固体废物浸出液中镉和铅，其相对标准偏差（$n=8$）分别为 2.8％~4.0％ 和 1.6％~2.3％，铅加标 $0.05mg \cdot L^{-1}$，铜加标 $0.005mg \cdot L^{-1}$ 时的回收率分别为 94.0％~104％ 和 98.4％~102％。

11.4.8　注意事项

（1）当测定某个试料的吸光度较大时，要先吸入 MIBK 冲洗原子化系统并调整仪器的零点，将试料用 MIBK 适当稀释后再进行测定。一般每测定 10 个试样后就要校正仪器的零点，并用一个中间浓度的标准溶液萃取液检查仪器的灵敏度的稳定情况。

（2）应使用细内径的毛细吸管向火焰中吸入 MIBK，并应将乙炔流量适当调小，以保证吸入 MIBK 后火焰状态不变。

（3）萃取时应避免日光直射并远离热源。

（4）KI 往往空白较高，需要进行提纯处理，其步骤如下：

在配制好的 KI 溶液中加入等体积的 HCl（盐酸 0.2％）摇匀后用 MIBK 萃取两次，弃去 MIBK，KI 溶液待用。提纯后的 KI 溶液的浓度稀释了一倍，宜注意。

（5）KI-MIBK 体系选择性好，能与 Cu、Zn、Pb、Cd 同时被萃取的还有 Cu^{2+}、Zn^{2+}、Pb^{2+}、Cd^{2+} 同时 As（Ⅲ）、Bi^{3+}、Hg、In^{3+}、Te（Ⅲ）、Sn^{2+}、Sb（Ⅲ）、Sb（Ⅴ）、Ag^+ 等，而这些离子在一般废物浸出液中含量不高，不会影响 Cu^{2+}、Zn^{2+}、Pb^{2+}、Cd^{2+} 的萃取，即使同时萃取进入 MIBK 相，也不会对测定产生影响。K、Na、Ca、Mg、Fe、Al 等常量元素不被萃取，能有效地消除这些基体成分的干扰。

（6）浸出液的制备方法，参见 GB/T 15555.1—1995《固体废物 总汞的测定 冷原子吸收分光光度法》中的附录 B。

11.5　过硫酸钾氧化-紫外分光光度法测定水体中的总氮

11.5.1　过硫酸钾氧化-紫外分光光度法测定水体中的总氮的原理

过硫酸钾氧化-紫外分光光度法原理：在 60℃以上的水溶液中过硫酸钾按如下反应式分解，生成氢离子和氧。

$$K_2S_2O_8 + H_2O \longrightarrow 2KHSO_4 + \frac{1}{2}O_2$$

$$KHSO_4 \longrightarrow K^+ + HSO_4^-$$

$$HSO_4^- \longrightarrow H^+ + SO_4^{2-}$$

加入氢氧化钠用以中和氢离子，使过硫酸钾分解完全。

在 120～124℃的碱性介质条件下，用过硫酸钾作氧化剂，不仅可将水样中的氨氮和亚硝酸盐氮氧化为硝酸盐，同时将水样中大部分有机氮化合物氧化为硝酸盐。而后，用紫外分光光度法分别于波长 220nm 与 275nm 处测定其吸光度，按 $A = A_{220} - 2A_{275}$ 计算硝酸盐氮的吸光度值，从而计算总氮的含量。

方法适用于江河、湖泊、水库、城市污水中总氮的测定。

11.5.2　测定方法的干扰及消除

（1）样品中含有六价铬离子及三价铬离子时，可加入 5%盐酸羟胺溶液 1～2mL 消除其干扰。

（2）含有碳酸盐及碳酸氢盐时，可加入一定量的盐酸消除对测定的影响。

（3）碘离子和溴离子对测定有干扰。测定 20μg 的硝酸盐氮时，碘离子含量相对于总氮含量的 0.2 倍时无干扰。

11.5.3　测定仪器

（1）紫外分光光度计及 10mm 石英比色皿。

（2）压力蒸汽消毒器（压力为 0.10～0.13MPa，相对温度为 120～124℃）。

（3）具塞玻璃磨口 25mL 的比色管。

11.5.4　测定试剂

均使用分析纯试剂和无氨蒸馏水。

（1）无氨蒸馏水：每升水中加入 0.1mL 的浓硫酸，蒸馏。收集流出液于容器中。

（2）20%氢氧化钠溶液：称取 20g 氢氧化钠（NaOH）于无氨水中，不溶时可加热溶解，稀释至 100mL。

（3）碱性过硫酸钾溶液：称取 40g 过硫酸钾（$K_2S_2O_8$），15g 氢氧化钠（NaOH）于无氨水中，不溶时可加热溶解，稀释至 1000mL，将此溶液放在聚乙烯瓶中，可储存一周。

（4）1+9 盐酸溶液。

（5）硝酸钾标准储备液 $c_N = 100\text{mg} \cdot \text{L}^{-1}$：称取 0.7218g±0.0007g 经 105～110℃烘干的硝酸钾（KNO_3）溶于无氨水中，定量转移至 1000mL 容量瓶，加入 2mL 三氯甲烷，稀释至标线，可稳定六个月以上。

（6）硝酸钾标准使用液 $c_n = 100\text{mg} \cdot \text{L}^{-1}$：吸取 10.00mL 硝酸钾储备液（5）于 100mL

容量瓶中，用无氨水稀释至刻度。

11.5.5　测定方法

（1）绘制标准曲线

① 分别吸取 0mL、0.50mL、1.00mL、2.00mL、3.00mL、5.00mL、7.00mL、8.00mL 硝酸钾标准使用液溶于 25mL 比色管中，用无氨水稀释至标线 10mL。分别得到 $0mg \cdot L^{-1}$、$0.50mg \cdot L^{-1}$、$1.00mg \cdot L^{-1}$、$2.00mg \cdot L^{-1}$、$3.00mg \cdot L^{-1}$、$5.00mg \cdot L^{-1}$、$7.00mg \cdot L^{-1}$、$8.00mg \cdot L^{-1}$。

② 加入 5mL 碱性过硫酸钾溶液，塞紧磨口塞，用纱布及纱绳扎紧管塞，以防喷出。

③ 将比色管置于压力蒸汽消毒器中，加热 0.5h，放气使得压力指针回零。然后升温至 1120～1124℃ 开始计时（或将比色管置于压力锅中，加热至顶压阀吹起开始计时），使比色管在过热水蒸气中加热 0.5h。

④ 自然冷却，开阀放气，移去外盖。取出比色管并冷却至室温。

⑤ 加入 1＋9 盐酸溶液 1mL，用无氨水稀释至 25mL 标线。

⑥ 在紫外分光光度计上，以新鲜无氨水作参比，用 10mm 石英比色皿分别在 220nm 及 275nm 波长处测定吸光度。计算 $A＝A_{220}－2A_{275}$，用校准的吸光度绘制标准曲线。

（2）样品测定　在水样采集后立即放入冰箱中或低于 4℃ 的条件下保存，但不得超过 24h。

水样放置时间较长时，可在 1000mL 水样中加入约 0.5mL 硫酸（$\rho＝1.84g \cdot mL^{-1}$），酸化到 pH 值小于 2，并尽快测定。样品可贮存在玻璃瓶中。

取 10mL 水样，或取适量水样（使氮含量为 20～80μg）。按绘制标准曲线②～⑥操作。然后，按校准的吸光度，在标准曲线上查出相应的总氮量，在利用下列公式计算总氮含量。

$$总氮(mg \cdot L^{-1})＝\frac{m}{V}$$

式中，m 为根据校准曲线计算出的氮量，μg；V 为取样体积，mL。

11.5.6　测定的精密度和准确度

6 个实验室分别对 $0.500mg \cdot L^{-1}$、$2.50mg \cdot L^{-1}$、$5.00mL \cdot L^{-1}$ 三种不同浓度的总氮标准样品进行了 36 次测定，方法相对误差置信范围为 $(－0.72\pm3.04)\%$。

5 个实验室以废污水为本底进行了加标测定，回收率置信范围为 $(99.4\pm5.8)\%$。

11.5.7　质量控制和质量保证

（1）参考系光度比值 $\frac{A_{220}}{A_{275}}\times100\%$ 应小于 20％ 时，越小越好。超过时应予以鉴别。

水样经上述方法使用情况后，符合要求，可不经过预处理。直接取 50mL 水样与比色管中，加盐酸和氨基磺酸溶液后，进行吸光度测量。若经絮凝后水样已达到上述要求，则可只进行絮凝处理，省去树脂吸附操作。

（2）玻璃具塞比色管的密合性应良好。使用压力蒸汽消毒器时，冷却后放气要缓慢，以免比色管塞喷出。

（3）玻璃器皿可用 10％ 盐酸浸洗，用蒸馏水冲洗后再用无氨水冲洗。

（4）使用高压蒸汽消毒器时，应定期校核压力表。

（5）测定悬浮物较多的水样时，在过硫酸钾氧化后可能出现沉淀，遇此情况，可吸取氧化后的上清液进行紫外分光光度法测定。

11.6　冷原子荧光法测定水体中的汞

11.6.1　冷原子荧光法测汞的原理

水样经消解后加入氯化亚锡将化合态的汞转为元素汞，形成汞蒸气，其基态汞原子被波长 253.7nm 的紫外光吸收后激发产生共振荧光，在一定的测量条件下和较低浓度范围内，荧光强度与浓度成正比。

本方法适用于测定饮用水、生活污水及工业废水中汞的测定。

本法的最低检测量和最低检测浓度承受不同型号的测汞仪而定。一些常用的国产测汞仪，汞的最低检测量为 $0.05\mu g \cdot L^{-1}$。测定上限可达 $1\mu g \cdot L^{-1}$ 以上。

11.6.2　测定方法的干扰及消除

激发态汞原子与无关质点（如 O_2、N_2、CO_2）等碰撞发生能量传递，会造成"荧光猝灭"。某些气体对汞原子荧光的影响，见表 11-3。

表 11-3　某些气体对汞原子荧光的影响

气体	Ar	N_2	CO_2	空气	O_2	N_2O
荧光峰的相对高度	1.00	0.81	0.34	0.02	0.00	0.00

故本法需采用高纯氩气或高纯氮作载气，以减小干扰，并在测量前的还原操作中，应注意尽量避免空气进入还原瓶。

11.6.3　测定仪器

(1) 冷原子吸收测汞仪。

(2) 汞蒸气发生管。

(3) 数码电热恒温水浴锅。

(4) 具塞比色管、容量瓶、采水样瓶。

(5) 高纯氩气或高纯氮气。

本法使用的玻璃仪器，包括试剂瓶和采水样瓶，均须用 $1+1$ 硝酸浸泡过夜，再依次用自来水、纯水冲洗洁净。

11.6.4　测定试剂

(1) 硫酸（$\rho = 1.84 g \cdot mL^{-1}$）。

(2) 5％过硫酸钾溶液：称取 5g 过硫酸钾（$K_2S_2O_8$），溶于纯水中并稀释至 1000mL。当天配置。

(3) 5％高锰酸钾溶液：称取 5g 高锰酸钾（$KMnO_4$），加热溶于纯水中，并稀释至 1000mL。放置过夜，取上清液使用（高锰酸钾中含有微量汞时很难除去，选用时要注意）。

(4) 10％盐酸羟胺溶液：称取 10g 盐酸羟胺（NH_2OHHCl）溶于纯水中并稀释至 100mL。

(5) 10％氯化亚锡溶液：称取 10g 氯化亚锡（$SnCl_2 \cdot 2H_2O$），先溶于 10mL 浓盐酸中，必要时可稍加热，然后用纯水稀释至 100mL。如果试剂空白高，以每分钟 2.5L 的流量通入氮气或净化过的空气 30min 除汞，加几颗锡粒保存。

(6) 10％硝酸～0.05％重铬酸钾固定液：将 0.5g 重铬酸钾溶于 950mL 水中，再加

283

10％ 50mL 硝酸溶液。

（7）0.100mg·mL^{-1}汞标准储备溶液：称取 0.1354g 氯化汞（$HgCl_2$），溶于含 0.05％重铬酸钾的（5＋95）硝酸溶液中，并用含 0.05％重铬酸钾的（5＋95）硝酸溶液定容至 1000mL。此溶液 1.00mL 含 0.100mg 汞。

（8）汞标准中间液：吸取汞标准储备溶液 10.00mL 于 1000mL 容量瓶中，用含 0.05％重铬酸钾的（5＋95）硝酸溶液定容至 1000mL。此溶液 1.00mL 含 1.0μg 汞。当天配置。

（9）0.01μg·mL^{-1}汞标准溶液：临用前吸取汞标准中间溶液 10.00mL 于 1000mL 容量瓶中，用含 0.05％重铬酸钾的（5＋95）硝酸溶液定容至 1000mL。此溶液 1.00mL 含汞 10.0ng，即 0.01μg·mL^{-1}。

（10）溴酸钾-溴化钾溶液：称取 2.784g 无水溴酸钾（$KBrO_3$）和 10g（KBr），溶于纯水中并稀释至 1000mL，置于棕色细口瓶中保存。

11.6.5　测定步骤

（1）预处理：受到污染的水样采用硫酸-高锰酸钾消化法；清洁水样可采用溴酸钾-溴化钾消化法。

（2）硫酸-高锰酸钾消化法

① 取 20mL 水样于 25mL 具塞比色管中，加入硫酸 1mL，5％高锰酸钾溶液 1mL 及 5％过硫酸钾溶液 1mL，混匀。轻轻加塞，置于 95℃水浴锅中加热 2h。

② 另取 7 支具塞比色管，分别加入 0.01μg·mL^{-1}汞标准溶液 0mL、0.50mL、1.00mL、2.00mL、3.00mL、4.00mL、5.00mL，然后加入硫酸 1mL，5％高锰酸钾溶液 1mL，5％过硫酸钾溶液 1mL，每支比色管中加适量固定液稀释至 10mL。以下按照样品测量步骤进行操作。

然后以经过空白校正的读数或记录峰高，对溶液含汞量绘制校正曲线。

（3）溴酸钾-溴化钾消化法

① 吸取 10～50.0mL 水样于 100mL 容量瓶，加入硫酸 2.5mL，2.5mL 溴化剂，轻轻加塞摇匀，置于 20℃室温放置 5～10min。样品中应有橙黄色溴释出，否则可适当补加溴化剂（50mL 水样中最大用量不超过 8mL，若仍无溴释出，则改用煮沸法消解）。

② 临用前，边摇边滴加 10％盐酸羟胺溶液以还原过剩的溴，至黄色褪尽为止（中止溴化作用），加固定液稀释至标线。

（4）测定

① 按照仪器说明书调整测汞仪。

② 消解冷却后的试样在进样测定前，逐滴加入 10％盐酸羟胺溶液，至高锰酸钾的紫红色褪尽或沉淀刚好消失，定量转移至 25mL 容量瓶中，加固定液稀释至标线并混匀。吸取 5.00mL 消解后的试样置于汞 10mL 还原瓶内，盖紧瓶塞，通入载气，待仪器回零后，停止通气，在微微开启瓶塞的情况下，用注射器注入 10％氯化亚锡溶液 1mL，迅速塞紧瓶塞。振摇 30s（勿让溶液进入气路），静止 30s 后，通入载气，此时汞蒸气被送入荧光池，记录读数或峰高，经过空白校正后，在校准曲线上查出试样的含汞量。

测试过程中，影响汞蒸气发生的因素较多，如载气流量、温度、酸度、反应容器、气液体积比等。因此每次测定均应同时测定标准系列和空白试样。

（5）计算

$$c = \frac{m}{V}$$

式中，c 为水样中汞（Hg）的浓度，g·L^{-1}；m 为从校准曲线上查得样品中汞的含量，μg；V 为试样制备所取水样体积，mL。

11.6.6　测定的精密度和准确度

8 个实验室分析含汞 0.40mg·L^{-1} 统一标准液，实验室内相对标准偏差为 1.7%，实验室间相对标准偏差为 1.8%，相对误差 0.0%，加标回收率为 99.0%±3.3%。

11.6.7　注意事项

（1）痕量汞的测定，要求实验室分析用水和试剂具有较高的纯度，以尽量降低试剂空白，氯化亚锡溶液可曝气除汞。此外，要求容器和实验室环境也应有较高的洁净度。

（2）水样在消解过程中，高锰酸钾的紫红色不应完全退去，否则应补加适量的高锰酸钾溶液。对于较清洁的水样，加热时间可缩短为 60min。

（3）滴加盐酸羟胺溶液时，应仔细操作，注意勿过量，因为过量的盐酸羟胺容易引起溶液中汞的消失。

（4）还原瓶内溶液的体积一般不超过 6mL 为宜，当试样含汞量较高时，可适当减少试样，但要求测试标准和测试样时各次还原瓶内溶液的体积要保持一致。

（5）进样时，还原瓶盖要尽量开小，露出仅够注射器针头注入的小缝，尽量减少让空气进入，以免产生荧光猝灭。

（6）每次进样后，还原瓶必须先后分别用固定液和去离子水清洗，否则还原瓶若残留少量氯化亚锡，可提前还原下一个测量试样中的汞离子，致使在初次通气时造成吹出而损失，造成测量结果偏低。

（7）测量操作要特别小心，不要使溶液流进管道，万一不慎将溶液吹进，应用滤纸将各处溶液吸干，再用电吹风吹干各部分。此外，仪器工作一段时间后，荧光池可能被汞污染，也应打开光路盖用电吹风吹干各部分。

（8）注意防止汞对实验环境的污染。排废气要通到高锰酸钾溶液内或通出室外。

11.7　火焰发射光谱法测定钾、钠

11.7.1　测定原理

火焰发射光谱法是基于将水样喷入高温火焰中，使原子受激发成为激发态，当它回到基态时产生光辐射，其辐射强度与待测元素的浓度在一定范围内成比例，一般采用的钾发射波长为 766.5nm，钠发射波长 589.0nm。

方法的适用范围，采用火焰光度计时，钾和钠的最低检出限低于 0.05mg·L^{-1}。测定的适用浓度范围：钾为 0.1～25mg·L^{-1}，钠为 0.1～8mg·L^{-1}，因仪器和测试条件的不同而异。

11.7.2　方法的干扰及消除

（1）方法的主要干扰有钙离子和锶离子，它使钾、钠的发射强度增大，此时可加入铝盐来抑制。当钙超过 350mg·L^{-1} 时，可加碳酸钙沉淀，将钙分离出去。

（2）大量重碳酸钙根存在会使结果偏低，这时可加热酸化水样将二氧化碳除去，再进行测定。

（3）钾、钠的相互影响，加入适量（2000～3000mg·L^{-1}）锂盐则可消除。

11.7.3 测定仪器

（1）火焰发射光谱仪或配火焰发射工作方式的原子吸收分光光度计及附件仪器。

（2）实验室常用设备。

11.7.4 测定试剂

所用玻璃仪器均以硫酸-重铬酸钾洗液浸泡数小时，再用洗涤剂充分洗刷后，用水反复冲洗，最后用去离子水冲洗晾干或烘干，方可使用。

（1）2％硝酸，1+1 硝酸。

（2）2％氯化锂（LiCl·H_2O），称取 2.0g 氯化锂溶于 100mL 水中。

（3）钾标准溶液：将氯化钾（纯度大于 99.99％）于烘箱中 110～120℃干燥 2h。精确称取 1.9068g 氯化钾，溶于去离子水中，并移入 1000mL 容量瓶中，稀释至刻度，贮存于聚乙烯瓶内，4℃保存。此溶液每毫升相当于 1mg 钾。

（4）钾标准使用液：吸取 5.0mL 钾标准溶液于 100mL 容量瓶中，用去离子水稀释至刻度，贮存于聚乙烯瓶中，4℃保存。此溶液每毫升相当于 50μg 钾。

（5）钠标准溶液：将氯化钠（纯度大于 99.99％）于烘箱中 110～120℃干燥 2h。精确称取 2.5421g 氯化钠，溶于去离子水中，并移入 1000mL 容量瓶中，稀释至刻度，贮存于聚乙烯瓶内，4℃保存。此溶液每毫升相当于 1mg 钠。

（6）钠标准使用液：吸取 10.0mL 钠标准溶液于 100mL 容量瓶中，用去离子水稀释至刻度，贮存于聚乙烯瓶中，4℃保存。此溶液每毫升相当于 100μg 钠。

11.7.5 测定步骤

（1）样品预处理　如水样有大量泥沙、悬浮物，必须及时澄清，再通过 0.45m 有机微孔滤膜（ϕ25mm），过滤后的清水用硝酸调节 pH 值至 2。对有机物污染严重的水样可经硝酸加热消解后测定。

（2）仪器的操作

① 仪器的操作方法　使用火焰光度计时，按仪器使用说明书，选择仪器最佳工作参数，一般钾选择的发射波长为 766.5nm，钠选择的发射波长为 589.0nm。待仪器读数稳定后开始测量。

② 使用原子吸收分光光度计火焰发射工作方式时，仪器的一般操作为：装上钾、钠元素灯，选择最佳参数。在通常使用吸收测量条件下，选择测量波长，钾选择的发射波长为 766.5nm，钠选择的发射波长为 589.0nm。然后将元素灯电流下降为零或者将元素灯从灯架上拆除，即可点燃测量。可根据试样待测的钾、钠元素的浓度的高低采用改变增益（负高压）的大小来调整灵敏度，使钾、钠元素的发射强度在可以校正的校准曲线内。其他操作同火焰吸收法。

（3）样品测定　在测量前，首先以 2％硝酸溶液喷入火焰 5～10min，以清洗雾化系统，并用去离子水调零。

① 加入锂盐法：取经过预处理的水样 1～5mL 置于 50mL 容量瓶中，加 1+1 硝酸 1mL，2％氯化锂溶液 4mL，以去离子水稀释至标线，与标准系列同时分别在波长为 766.5nm 和 589.0nm 处测定钾、钠的发射强度。

② 基体匹配法（当钾/钠比大于 10 时）：取经过预处理的水样 1～5mL 置于 50mL 容量瓶中，加 1+1 硝酸 2mL，以去离子水稀释至标线，混匀后与标准系列同时测定钠的发射强度，并计算钠的浓度。当得知钠的浓度后，在钾标准系列中也加入大体相当比例的钠，同时

测定钾标准系列及样品中钾的发射强度，并计算相应于钾的浓度。

（4）绘制标准曲线

① 钾标准曲线 吸取 0.0mL、0.5mL、1.0mL、2.0mL、3.0mL、4.0mL、6.0mL 钾标准使用液，分别置于 50mL 容量瓶中，加入 1+1 硝酸 2mL，2%氯化锂溶液 4mL，用去离子水稀释至标线，混匀（容量瓶中溶液每毫升分别相当于 0.0μg 钾、0.1μg 钾、0.2μg 钾、0.3μg 钾、0.4μg 钾、0.5μg 钾）。当天与水样同时测定。

将消解试样、试剂空白、钾标准稀释液喷入火焰，测定其发射强度，以钾含量对应浓度的发射强度，扣除空白绘制钾标准曲线。

② 钠标准曲线 吸取 0.0mL、0.5mL、1.0mL、2.0mL、3.0mL、4.0mL、6.0mL 钠标准使用液，分别置于 50mL 容量瓶中，加入 1+1 硝酸 2mL，2%氯化锂溶液 4mL，用去离子水稀释至标线，混匀（容量瓶中溶液每毫升分别相当于 0.0μg 钠、0.1μg 钠、0.2μg 钠、0.3μg 钠、0.4μg 钠、0.5μg 钠）。当天与水样同时测定。

将消解试样、试剂空白、钠标准稀释液喷入火焰，测定其发射强度，扣除空白，以钠含量对应浓度的发射强度，绘制钠标准曲线。

（5）计算

$$c = fm$$

式中，c 为水样中钾（钠）的浓度，$g \cdot L^{-1}$；m 为从校准曲线上查得样品中钾（钠）的含量，μg；f 为比值，$f =$ 样品稀释溶液（mL）/样品溶液水样（mL）。

11.7.6 测定的精密度和准确度

通过 5 个实验室分析，测得室内相对标准偏差钾为 1.9%，钠为 1.46%，实验室间相对标准偏差钾为 2.88%，钠为 2.11%，相对误差钾为 −1.2%，钠为 0.71%。

本方法用于长江、珠江、黄河、海河、松花江及地下水等水域 24 个水样的分析，其浓度范围：钾为 0.5~9.7mg $\cdot L^{-1}$，钠为 1.1~163mg $\cdot L^{-1}$；加标回收率：钾为 90.5%~105%，钠为 92.6%~105%。

11.7.7 注意事项

（1）使用原子吸收分光光度计火焰发射工作方式时，由于火焰发射光程长、灵敏度高、线性范围窄、标准曲线上段易弯曲。当待测样品浓度高时，最好选用较低的负高压或将样品吸收进行测量，分析结果以选用校准曲线作图法计算。

（2）燃气压力（或流量）和火焰高度直接影响测定的灵敏度和线性范围。因此在测定前要进行条件的选择，并用标准溶液经常校正读数。

11.8 盐酸副玫瑰苯胺分光光度法测定大气中的 SO_2

11.8.1 测定原理

四氯汞钾溶液吸收-盐酸副玫瑰苯胺分光光度法测定大气中二氧化硫，即大气中的二氧化硫被四氯汞钾溶液吸收，生成稳定的二氯亚硫酸汞钾络合物，此络合物再与甲醛和盐酸副玫瑰苯胺发生反应，生成紫色络合物，其颜色深浅与 SO_2 含量成正比，用分光光度法测定。此方法具有灵敏度高、选择性好、可靠等优点。

按照所用的盐酸副玫瑰苯胺使用液含磷酸多少，分为两种操作方法。

方法一：含磷酸量少，最后溶液的 pH 值为 1.6±0.1，最大吸收波长在 548nm 处，试剂空白值较高，最低检出限为 $0.75\mu g/25mL$。

方法二：含磷酸量多，最后溶液的 pH 值为 1.2 ± 0.1，最大吸收波长在 575nm 处，试剂空白值较低，最低检出限为 $0.40\mu g/7.5mL$，是我国暂选为环境监测系统的标准方法。

参照环境监测系统标准方法，选择采用一种分析方法测定。

11.8.2　测定仪器

（1）多孔玻板吸收管（用于短时间采样）；多孔玻板吸收瓶（用于 24h 采样）。

（2）空气采样器：流量 $0\sim1L\cdot min^{-1}$。

（3）分光光度计。

11.8.3　测定试剂

（1）$0.04mol\cdot L^{-1}$ 四氯汞钾吸收液：称取 10.9g 氯化汞、6.0g 氯化钾和 0.07g 乙二胺四乙酸二钠盐，溶解于水，稀释至 1000mL。此溶液在密闭容器中贮存，可稳定 6 个月。如发现有沉淀，不能再用。

（2）$2.0g\cdot L^{-1}$ 甲醛溶液：量取 36%～38% 甲醛溶液 1.1mL，稀释至 1000mL，临用现配。

（3）$6.0g\cdot L^{-1}$ 氨基磺酸铵溶液：称取 0.60g 氨基磺酸铵，溶解于 100mL 水中，临用时现配。

（4）碘储备液（$C_{1/2I_2}=0.10mol\cdot L^{-1}$）：称取 12.7g 碘于烧杯中，加入 40g 碘化钾和 25mL 水，搅拌至完全溶解后，用水稀释至 1000mL，储于棕色试剂瓶中。

（5）碘使用液（$C_{1/2I_2}=0.010mol\cdot L^{-1}$）：量取 50mL 碘储备液，用水稀释至 500mL，储于棕色试剂瓶中。

（6）2.0g 淀粉指示剂：称取 0.2g 可溶性淀粉，用少量水调成糊状，慢慢倒入 100mL 沸水中，继续煮沸直至溶液澄清，冷却后储于试剂瓶中。

（7）碘酸钾标准溶液（$C_{1/2KIO_3}=0.010mol\cdot L^{-1}$）：称取 3.5668g 碘酸钾（优级纯，110℃烘干 2h），溶解于水，移入 1000mL 容量瓶中，用水稀释至标线。

（8）盐酸溶液（$C_{HCl}=1.2mol\cdot L^{-1}$）：量取 100mL 浓盐酸，用水稀释至 1000mL。

（9）硫代硫酸钠储备液（$C_{Na_2S_2O_3}\approx0.1mol\cdot L^{-1}$）：称取 25g 硫代硫酸钠（$Na_2S_2O_3\cdot 5H_2O$），溶解于 1000mL 新煮沸并已冷却的水中，加 0.2g 无水碳酸钠，储于棕色瓶中，放置一周后标定其浓度。若溶液呈现浑浊时，应该过滤。

标定方法：吸取碘酸钾标准溶液 25.00mL，置于 250mL 碘量瓶中，加 70mL 新煮沸并已冷却的水，加 1.0g 碘化钾，振荡至完全溶解后，再加盐酸溶液 10.0mL，立即盖好瓶塞，混匀。在暗处放置 5min 后，用硫代硫酸钠溶液滴定至淡黄色，加淀粉指示剂 5mL，继续滴定至蓝色刚好消失。按下式计算硫代硫酸钠溶液的浓度：

$$c=\frac{25.00\times0.1000}{V}$$

式中，c 为硫代硫酸钠溶液浓度，$mol\cdot L^{-1}$；V 为消耗硫代硫酸钠溶液的体积，mL。

（10）硫代硫酸钠标准溶液：量取 50mL 硫代硫酸钠储备液于 500mL 容量瓶中，用新煮沸并已冷却的水稀释至标线，计算其准确浓度。

（11）亚硫酸钠标准溶液：称取 0.2g 亚硫酸钠（Na_2SO_3）及 0.01g 乙二胺四乙酸二钠盐，将其溶解于 200mL 新煮沸并已冷却的水中，轻轻摇匀（避免振荡，以防充氧），放置 2～3h 后标定。此溶液相当于含 320～400μg 二氧化硫。

标定方法：取四个 250mL 碘量瓶（A_1、A_2、B_1、B_2），分别加入 $0.010mol\cdot L^{-1}$ 碘使

用溶液 50.00mL。在 A_1、A_2 瓶内各加 25mL 水；在 B_1、B_2 瓶内各加入 25.00mL 亚硫酸钠标准溶液，盖好瓶塞。然后吸取 2.00mL 亚硫酸钠标准溶液于已加有 40～50mL 四氯汞钾溶液的 100mL 容量瓶中，使其生成稳定的二氯亚硫酸盐络合物，然后用四氯汞钾吸收液将 100mL 容量瓶中的溶液稀释至标线。

A_1、A_2、B_1、B_2 四瓶于暗处放置 5min 后，用 $0.010mol \cdot L^{-1}$ 硫代硫酸钠标准溶液滴定至浅黄色，加 5mL 淀粉指示剂，继续滴定至蓝色刚好退去。平行滴定所用硫代硫酸钠溶液体积之差应不大于 0.05mL。

所配 100mL 容量瓶中的亚硫酸钠标准溶液相当于二氧化硫的浓度由下式计算：

$$SO_2(\mu g \cdot mL^{-1}) = \frac{(V_0 - V) \times c \times 32.02 \times 1000}{25.00} \times \frac{2.00}{100}$$

式中，V_0 为滴定 A 瓶时所用硫代硫酸钠标准溶液体积的平均值，mL；V 为滴定 B 瓶时所用硫代硫酸钠标准溶液体积的平均值，mL；c 为硫代硫酸钠标准溶液的准确浓度，$mol \cdot L^{-1}$；32.02 为相当于 $1mol \cdot L^{-1}$ 硫代硫酸钠溶液的二氧化硫（$1/2SO_2$）的质量，mg。

根据以上计算的二氧化硫标准溶液的浓度，再用四氯汞钾吸收液稀释成每毫升含 $2.0\mu g$ 二氧化硫的标准溶液，此溶液用于绘制标准曲线。

滴定原始数据平行误差为：

$$A_1 - A_2 < 0.05mL, \qquad V_0 = (A_1 + A_2)/2;$$
$$B_1 - B_2 < 0.05mL, \qquad V = (B_1 + B_2)/2;$$

用四氯汞钾吸收液将其稀释成 SO_2 浓度为 2.0（$\mu g \cdot mL^{-1}$）的标准溶液。

（12）0.2％盐酸副玫瑰苯胺（PRA，即对品红）储备液：称取 0.20g 经提纯的盐酸副玫瑰苯胺，溶解于 100mL、$1.0mol \cdot L^{-1}$ 盐酸溶液中。

（13）磷酸溶液（$C_{H_3PO_4} = 1.2mol \cdot L^{-1}$）：量取 41mL 85％磷酸，用水稀释至 200mL。

（14）0.016％盐酸副玫瑰苯胺使用液：吸取 0.2％盐酸副玫瑰苯胺储备液 20mL 于 250mL 容量瓶中，加 $3mol \cdot L^{-1}$ 磷酸 200mL，用水稀释至标线。至少放置 24h 方可使用。储存于暗处，可稳定 9 个月。

11.8.4　测定方法

（1）绘制标准曲线　取 8 支 10mL 具塞比色管，按表 11-4 所列参数配置标准色列。

表 11-4　标准溶液系列

加　入　溶　液	色列管编号							
	0	1	2	3	4	5	6	7
$2.0\mu g \cdot mL^{-1}$ 亚硫酸钠标准溶液/mL	0	0.60	1.00	1.40	1.60	1.80	2.20	2.70
四氯汞钾吸收液/mL	5.00	4.40	4.00	3.60	3.40	3.20	2.80	2.30
二氧化硫含量/μg	0	1.2	2.0	2.8	3.2	3.6	4.4	5.4

在以上各管中加入氨基磺酸铵 $6.0g \cdot L^{-1}$ 溶液 0.5mL，摇匀。再加 $2.0g \cdot L^{-1}$ 甲醛溶液 0.5mL 及 0.016％盐酸副玫瑰苯胺使用液 1.5mL，摇匀。然后根据室温的不同选择不同显色时间。显色时间参见表 11-5。用 1cm 比色皿，于 575nm 波长处，以水为参比，测定吸光度。以 ABS 对 SO_2 的含量（μg）绘制标准曲线，或者用最小二乘法计算回归方程。

表 11-5　显色温度与时间

显色温度/℃	10	15	20	25	30
显色时间/min	40	25	20	15	5

(2) 采样

① 短时间采样：用内装 5mL 四氯汞钾吸收液的多孔玻璃吸收管以 0.5L/min 流量采样 10～20L。

② 24h 采样：测定 24h 平均浓度时，用内装 50mL 吸收液的多孔玻璃吸收管以 0.2L/min 流量采样，10～16℃采样。

(3) 样品测定　样品混浊时，应离心分离除去。采样后样品放置 20min，以使臭氧分解。

① 短时间样品测定：将吸收管中的吸收液全部移入具塞比色管内，用少量水洗涤吸收管，洗涤液并入具塞比色管内，使总体积为 5mL。加 6.0g/L 氨基磺酸铵溶液，摇匀，放置 10min，以除去氮氧化物的干扰。以下步骤同标准曲线绘制。

② 24h 样品测定：将采集样品后的吸收液全部移入 50mL 容量瓶中，用少量水洗涤吸收瓶，洗涤液并入容量瓶，使溶液总体积为 50mL，摇匀。吸取适量样品溶液置于 10mL 具塞比色管内，用吸收液定容为 5.00mL。以下步骤同标准曲线绘制。

(4) 计算

$$二氧化硫（SO_2，mg/m^3）=\frac{W}{V_n}\times\frac{V_t}{V_a}$$

式中，W 为测定时所取样品溶液中二氧化硫的含量，μg，由标准曲线查知；V_t 为样品溶液总体积，mL；V_a 为测定时所取样品溶液体积，mL；V_n 为标准状态下的采样体积，L。

11.8.5　注意事项

(1) 温度对显色影响加大，温度越高，空白值越大。温度高时显色快，退色也快，最好用恒温水控制显色温度。

(2) 对品红必须提纯后使用，否则，其中所含杂质会引起试剂空白值增高，使方法灵敏度降低。现已有经提纯合格的 0.2% 对品红溶液出售。

(3) 六价铬能使紫红色络合物退色，产生负干扰，故应避免用硫酸-铬酸洗涤所用玻璃器皿，若用此洗涤液洗过，则需用（1+1）盐酸溶液浸洗，用水充分洗涤。

(4) 用过的具塞比色管及比色皿应及时用酸洗涤，否则红色难于洗净。具塞比色管用（1+4）盐酸溶液洗涤，比色皿用（1+4）盐酸加 1/3 体积乙醇溶液洗涤。

(5) 四氯汞钾吸收液为剧毒试剂，使用时应小心，如溅到皮肤上，立即用水冲洗。使用过的废液要集中回收处理，以免污染环境。

11.9　非色散红外吸收法测定空气中的一氧化碳

11.9.1　非色散红外吸收法测定空气中一氧化碳的原理

当 CO、CO_2 等气态分子受到红外辐射（1～25μm）照射时，将吸收各自特征波长的红外光，引起分子振动能级和转动能级的跃迁，产生振动-转动吸收光谱，在一定浓度范围内，吸收光谱的峰值（吸光度）与气态物质浓度的关系符合比耳定律，因此，测其吸光度即可确定 CO 气态物质的浓度。

空气中一氧化碳对以 4.5μm 为中心波段的红外辐射具有选择性吸收，在一定的浓度范围内，其吸光度与一氧化碳浓度呈线性关系，故根据气样的吸光度可确定一氧化碳的浓度。

由于空气中水蒸气，悬浮颗粒物干扰一氧化碳的测定，测定时，气样需经硅胶、无水氯化钙过滤管除去水蒸气，经玻璃纤维滤膜除去颗粒物。

11.9.2　测定仪器

(1) 非色散红外一氧化碳分析仪。

(2) 记录仪：0～10mV。

(3) 聚乙烯塑料采气袋，铝箔采气袋或衬铝塑料采气袋。

(4) 弹簧夹、双联球。

11.9.3　测定试剂

(1) 高纯氮气：99.99%。

(2) 变色硅胶。

(3) 无水氯化钙。

(4) 霍加拉特管。

(5) 一氧化碳标准气。

11.9.4　测定步骤

(1) 采样　用双联球将现场空气抽入采气袋内，洗 3～4 次，采气 500mL，夹紧进气口。

(2) 测定方法

① 启动和调零：开启电源开关，稳定 1～2h，将高纯氮气连接在仪器进气口，通入氮气校准仪器零点。也可以用经霍加拉特管（加热至 90～100℃）净化后的空气调零。

② 校准仪器：将一氧化碳标准气连接在仪器进气口，使仪表指针指示满刻度的 95%。重复 2～3 次。

③ 样品测定：将采气袋连接在仪器进气口，则样气被抽入仪器中，由指示表直接指示出一氧化碳的浓度（mL/m³）。

(3) 计算

$$CO(mg/m^3) = 1.25c$$

式中，c 为实测空气中一氧化碳浓度，mL/m^3；1.25 为一氧化碳浓度从（mL/m^3）换算为标准状态下质量浓度（mg/m^3）的换算系数。

11.9.5　注意事项

(1) 仪器启动后，必须预热，稳定一定时间再进行测定。仪器具体操作按仪器说明书规定进行。

(2) 空气样品应经硅胶干燥，玻璃纤维滤膜过滤后再进入仪器，以消除水蒸气和颗粒物的干扰。

(3) 仪器接上记录仪，将空气连续抽入仪器，可连续监测空气中一氧化碳浓度的变化。

11.10　盐酸萘乙二胺分光光度法测定大气中的 NO_x

11.10.1　测定原理

大气中的氮氧化物主要是一氧化氮和二氧化氮。在测定氮氧化物浓度时，应先用三氧化铬将一氧化氮氧化成二氧化氮。二氧化氮被吸收液吸收后，生成亚硝酸和硝酸，其中，亚硝酸与对氨基苯磺酸发生重氮化反应，再与盐酸萘乙二胺偶合，生成玫瑰红色偶氮染料，根据其颜色的深浅，用分光光度法定量。因为 NO_2（气）转变为 NO_2^-（液）的转换系数为

0.76，故在计算结果时应除以 0.76 系数。

11.10.2 测定仪器

（1）多孔玻板吸收管。

（2）双球玻璃管（内装三氧化铬-砂子）。

（3）空气采样器：流量范围 $0\sim1L \cdot min^{-1}$。

（4）分光光度计。

11.10.3 测定试剂

所有试剂均用不含亚硝酸根的重蒸馏水配制。其检验方法：所配制的吸收液对 540nm 光的吸光度不超过 0.005。

（1）吸收液：称取 5.0g 对氨基苯磺酸，置于 1000mL 容量瓶中，加入 50mL 冰醋酸和 900mL 水的混合溶液，盖塞振摇使其完全溶解，继之加入 0.050g 盐酸萘乙二胺，溶解后，用水稀释至标线，此为吸收原液，贮于棕色瓶中，在冰箱内可保存两个月。保存时应密封瓶口，防止空气与吸收液接触。

采样时，按 4 份吸收原液与 1 份水的比例混合配成采样用吸收液。

（2）三氧化铬-砂子氧化管：筛取 20~40 目海砂（或河砂），用（1+2）的盐酸溶液浸泡一夜，用水洗至中性，烘干。将三氧化铬与砂子按质量比（1±20）混合，加少量水调匀，放在红外灯下或烘箱内于 105℃烘干，烘干过程中应搅拌几次。制备好的三氧化铬-砂子应是松散的，若粘在一起，说明三氧化铬比例太大，可适当增加一些砂子，重新制备。称取约 8g 三氧化铬-砂子装入双球玻璃管内，两端用少量脱脂棉塞好，用乳胶管或塑料管制的小帽将氧化管两端密封，备用。采样时将氧化管与吸收管用一小段乳胶管相接。

（3）亚硝酸钠标准储备液：称取 0.1500g 粒状亚硝酸钠（$NaNO_2$），预先在干燥器内放置 24h 以上，溶解于水，移入 1000mL 容量瓶中，用水稀释至标线。

此溶液每毫升含 $100.0\mu g\ NO_2^-$，储于棕色瓶内，冰箱中保存，可稳定三个月。

（4）亚硝酸钠标准溶液：吸取储备液 5.00mL 于 100mL 容量瓶中，用水稀释至标线。此溶液每毫升 $5.0\mu g\ NO_2^-$。

11.10.4 测定步骤

（1）标准曲线的绘制：取 7 支 10mL 具塞比色管，按表所列数据配制标准色列见表 11-6。

表 11-6　亚硝酸钠标准色列

管　号	0	1	2	3	4	5	6
亚硝酸钠标准溶液/mL	0	0.10	0.20	0.30	0.40	0.50	0.60
吸收原液/mL	4.00	4.00	4.00	4.00	4.00	4.00	4.00
水/mL	1.00	0.90	0.80	0.70.	0.60	0.50	0.40
含量 NO_2^-/μg	0	0.5	1.0	1.5	2.0	2.5	3.0
标准曲线 Abs 值							
扣除标准曲线 A_0 值							

标准色列溶液摇匀，避开阳光直射放置 15min，在 540nm 波长处用 1cm 比色皿，以水为参比，测定吸光度。以吸光度为纵坐标，相应的标准溶液中 NO_2^- 含量（μg）为横坐标，绘制标准曲线。

（2）采样：将一支内装 5.00mL 吸收液的多孔玻板吸收管进气口接三氧化铬-砂子氧化管，并使管口略微向下倾斜，以免当湿空气将三氧化铬弄湿时污染后面的吸收液。将吸收管的出气口与空气采样器相连接。以 0.2～0.3L·min^{-1} 的流量避光采样至吸收液呈微红色为止，记下采样时间，密封好采样管，带回实验室，当日测定。若吸收液不变色，应延长采样时间，采样量应不少于 6L。在采样的同时，应测定采样现场的温度和大气压强，并做好记录。

（3）样品的测定：采样后，放置 15min，将样品溶液移入 1cm 比色皿中，按绘制标准曲线的方法和条件测定试剂空白溶液和样品溶液的吸光度。若样品溶液的吸光度超过标准曲线的测定上限，可用吸收液稀释后再测定吸光度。计算结果时应乘以稀释倍数。

（4）计算

$$氮氧化物（NO_2，mg/m^3）=\frac{(A-A_0)\times\frac{1}{k}}{0.76V_n}$$

式中，A 为样品溶液的吸光度；A_0 为试剂空白溶液的吸光度；$1/k$ 为标准曲线斜率的倒数，即单位吸光度对应的 NO_2 的质量（g）；V_n 为标准状态下的采样体积，L；0.76 为 NO_2（气）转换为 NO_2^-（液）的系数。

11.10.5　注意事项

（1）大气采样吸收液应避光，且不能长时间暴露在空气中，以防止光照使吸收液显色或吸收空气中的氮氧化物而使试剂空白值增高。

（2）氧化管适于在相对湿度为 30%～70% 时使用。当空气相对湿度大于 70% 时，应勤换氧化管，小于 30% 时，则在使用前，用经过水面的潮湿空气通过氧化管，平衡 1h。在使用过程中，应经常注意氧化管是否吸湿引起板结，或者变成绿色。若板结会使采样系统阻力增大，影响流量；若变成绿色，表示氧化管已失效。

（3）亚硝酸钠（固体）应密封保存，防止空气及湿气侵入。部分氧化成硝酸钠或呈粉末状的试剂都不能用直接法配制标准溶液。若无颗粒状亚硝酸钠试剂，可用高锰酸钾容量法标定出亚硝酸钠储备溶液的准确浓度后，再稀释为含 5.0μg·mL^{-1} 亚硝酸根的标准溶液。

（4）溶液若呈黄棕色，表明吸收液已受三氧化铬污染，该样品应报废。

（5）绘制标准曲线，向各管中加亚硝酸钠标准使用溶液时，都应以均匀、缓慢的速度加入。

11.11　气相色谱法测定居住区空气中苯、甲苯和二甲苯

11.11.1　测定原理

空气中苯、甲苯和二甲苯用活性炭管采集，然后经热解吸或用二硫化碳提取出来，再经聚乙二醇 6000 色谱柱分离，用氢火焰离子经检测器检测，以保留时间定性，峰高定量。

适用居住区大气中苯、甲苯和二甲苯浓度的测定，也适用于室内空气中苯、甲苯和二甲苯浓度的测定。

该方法检测限：检出下限。当采样量为 10L，热解吸为 100mL 气体样品，进样 1mL 时，苯、甲苯和二甲苯的检出下限分别为 0.005mg/m^3、0.01mg/m^3；0.02mg/m^3；若用 1mL 二硫化碳提取的液体样品，进样 1μL 时，苯、甲苯和二甲苯的检出下限分别为 0.025mg/m^3、0.05mg/m^3 和 0.1mg/m^3。

11.11.2　测定仪器和设备

（1）活性炭采样管：用长 150mm，内径 3.5～4.0mm，外径 6mm 的玻璃管，装入 100mg 椰子壳活性炭，两端用少量玻璃棉固定。装限管后再用纯氮气于 300～350℃温度条件下吹 5～10min，然后套上塑料帽封紧管的两端。比管放于干燥器中可保存 5 天。若将玻璃管熔封，此管可稳定三个月。

（2）空气采样器：流量范围 0.2～1L·min^{-1}，流量稳定。使用时用皂膜流量计校准采样系列在采样前和采样后的流量。流量误差应小于 5%。

（3）注射器：1mL，100mL。体积刻度误差应校正。

（4）微量注射器：1μL，10μL。体积刻度误差应校正。

（5）热解吸装置：热解吸装置主要由加热器、控温器、测温表及气体流量控制器等部分组成。调温范围为 100～400℃，控温精度 ±1℃，热解吸气体为氮氯，流量调节范围为 50～100mL·min^{-1}，读数误差 ±1mL·min^{-1}。所用的热解装置的结构应使活性炭管能方便地插入加热器中，并且各部分受热均匀。

（6）具塞刻度试管：2mL。

（7）气相色谱仪：附氢火焰离子化检测器。

（8）色谱柱：柱长 2m、内径 4mm 不锈钢柱，内填充聚乙二醇 6000-6201 担体（5∶100）固定相。

11.11.3　测定试剂和材料

（1）苯：色谱纯。

（2）甲苯：色谱纯。

（3）二甲苯：色谱纯。

（4）二硫化碳：分析纯，需要经纯化处理。

（5）色谱固定液：聚乙二醇 6000。

（6）6201 担体：60～80 目。

（7）椰子壳活性炭：20～40 目，用于装活性炭采样管。

（8）纯氮：99.99%。

11.11.4　测定步骤与分析

（1）采样：在采样地点打开活性炭管，两端孔径至少 2mm，与空气采样器入气口垂直连接，以 0.5L·min^{-1} 的速度，抽取 10L 空气。采样后，将管的两端套上塑料帽，并记录采样时的温度和大气压力。样品可保存 5 天。

（2）分析步骤

①色谱分析条件　由于色谱分析条件常因实验条件不同而有差异，所以应根据所用气相色谱仪的型号和性能，制定能分析苯、甲苯和二甲苯的最佳的色谱分析条件。

②绘制标准曲线和测定计算因子　在作样品分析的相同条件下，绘制标准曲线和测定计算因子。

a. 用混合标准气体绘制标准曲线　用微量注射器准确取一定量的苯、甲苯和二甲苯。于 20℃时，1μL 苯质量为 0.8787mg，甲苯质量为 0.8669mg，邻、间、对二甲苯质量分别为 0.8802mg，0.8642mg，0.8611mg，分别注入 100mL 注射器中，以氮气为本底气，配成一定浓度的标准气体。

取一定量的苯、甲苯和二甲苯标准气体分别注入同一个 100mL 注射器中相混合，再用氮气逐级稀释成 0.02～2.0μg·mL^{-1} 范围内四个浓度点的苯、甲苯和二甲苯的混合气体。取 1mL 进样，测量保留时间及峰高。每个浓度重复 3 次，取峰高的平均值。分别以苯、甲苯和二甲苯的含量（μg·mL^{-1}）为横坐标，平均峰高（mm）为纵坐标，绘制标准曲线。并计算回归线的斜率，以斜率的倒数 B_g（μg·mL^{-1}·mm^{-1}）作样品测定的计算因子。

　　b. 用标准溶液绘制标准曲线　于 3 个 50mL 容量瓶中，先加入少量二硫化碳，用 10μL 注射器准确量取一定量的苯、甲苯和二甲苯分别注入容量瓶中，加、硫化碳至刻度，配成一定浓度的储备液。临用前取一定量的储备液用二硫化碳逐级稀释成苯、甲苯和二甲苯含量为 0.005μg·mL^{-1}，0.01μg·mL^{-1}，0.05μg·mL^{-1}，0.2μg·mL^{-1} 的混合标准液。分别取 1μL 进样，测量保留时间及峰高，每个浓度重复 3 次，取峰高的平均值，以苯、甲苯和二甲苯的含量（μg·μL^{-1}）为横坐标，平均峰高（mm）为纵坐标，绘制标准曲线。并计算回归线的斜率，以斜率的倒数 B_s（μg·mL^{-1}·mm^{-1}）作样品测定的计算因子。

　　c. 测定校正因子　当仪器的稳定性能差，可用单点校正法求校正因子。在样品测定的同时，分别取零浓度和与样品热解吸气（或二硫化碳提取液）中含苯、甲苯和二甲苯浓度相接近时标准气体 1mL 或标准溶液 1μL 按 a 或 b 操作，测量零浓度和标准的色谱峰高（mm）和保留时间，用式（1）计算校正因子。

$$f = \frac{c_s}{h_s - h_0}$$

　　式中，f 为校正因子，μg·mL^{-1}·mm^{-1}（对热解吸气样）或 μg·μL^{-1}·mm^{-1}（对二硫化碳提取液样）；c_s 为标准气体或标准溶液浓度，μg·mL^{-1} 或 μg·μL^{-1}；h_0、h_s 为零浓度、标准的平均峰高，mm。

　　③ 样品分析

　　a. 热解吸法进样　将已采样的活性炭管与 100mL 注射器相连，置于热解吸装置上，用氮气以 50～60mL·mm^{-1} 的速度于 350℃下解吸，解吸体积为 100mL，取 1mL 解吸气进色谱柱，用保留时间定性，峰高（mm）定量。每个样品作三次分析，求峰高的平均值。同时，取一个未采样的活性炭管，按样品管同样操作，测定空白管的平均峰高。

　　b. 二硫化碳提取法进样　将活性炭倒入具塞刻度试管中，加 1.0mL 二硫化碳，塞紧管塞，放置 1h，并不时振摇，取 1μL 进色谱柱，用保留时间定性，峰高（mm）定量。每个样品作三次分析，求峰高的平均值。同时，取一个未经采样的活性炭管按样品管同样操作，测量空白管的平均峰高（mm）。

　　（3）结果计算

　　① 将采样体积按下式换算成标准状态下的采样体积。

$$V_0 = V_t \times \frac{T_0}{273 + t} \times \frac{p}{p_0}$$

　　式中，V_0 为换算成标准状态下的采样体积，L；V_t 为采样体积，L；T_0 为标准状态的热力学温度，273K；t 为采样时采样点的温度，℃；p_0 为标准状态的大气压力，101.325kPa；p 为采样时采样点的大气压力，kPa。

　　② 用热解吸法时，空气中苯、甲苯和二甲苯浓度按下式计算。

$$c = \frac{(h - h_0) \times B_g}{V_0 \times E_g} \times 100$$

　　式中，c 为空气中苯或甲苯、二甲苯的浓度，mg/m^3；h 为样品峰高的平均值，mm；h_0 为空白管的峰高，mm；B_g 为由 f 得到的计算因子，μg·mL^{-1}·mm^{-1}；E_g 为由实验确定的热解吸效率。

③ 用二硫化碳提取法时，空气中苯、甲苯和二甲苯浓度按下式计算。

$$c=\frac{(h-h_0)\times B_s}{V_0\times E_s}\times 1000$$

式中，c 为苯或甲苯、二甲苯的浓度，mg/m^3；B_s 为由 f 得到的计算因子，$\mu g\cdot\mu L^{-1}\cdot mm^{-1}$；$E_s$ 为由实验确定的二硫化碳提取的效率。

11.12 原子吸收分光光度法测定土壤中的镉

11.12.1 测定原理

土壤样品用 HNO_3-HF-$HClO_4$ 或 HCl-HNO_3-HF-$HClO_4$，混酸体系消化后，将消化液直接喷入空气-乙炔火焰。在火焰中形成的 Cd 基态原子蒸气对光源发射的特征电磁辐射产生吸收。测得试液吸光度扣除全程序空白吸光度，从标准曲线查得 Cd 含量。计算土壤中 Cd 含量。

该方法适用于高背景土壤（必要时应消除基体元素干扰）和受污染土壤中 Cd 的测定。方法检出限范围为 $0.05\sim2mgCd\cdot kg^{-1}$。

11.12.2 测定仪器

(1) 原子吸收分光光度计，空气-乙炔火焰原子化器，镉空心阴极灯。

(2) 仪器工作条件

测定波长：228.8nm。

通带宽度：1.3nm。

灯电流：7.5mA。

火焰类型：空气-乙炔，氧化型，蓝色火焰。

11.12.3 测定试剂

(1) 盐酸：特级纯。

(2) 硝酸：特级纯。

(3) 氢氟酸：优级纯。

(4) 高氯酸：优级纯。

(5) 镉标准储备液：称取 0.5000g 金属镉粉（光谱纯），溶于 25mL (1+5) HNO_3（微热溶解）。冷却，移入 500mL 容量瓶中，用蒸馏去离子水稀释并定容。此溶液每毫升含 1.0mg 镉。

(6) 镉标准使用液：吸取 10.0mL 镉标准储备液于 100mL 容量瓶中，用水稀至标线，摇匀备用。吸取 5.0mL 稀释后的标液于另一 100mL 容量瓶中，用水稀至标线即得每毫升含 $5\mu g$ 镉的标准使用液。

11.12.4 测定步骤

(1) 土样试液的制备：称取 $0.5\sim1.000g$ 土样于 25mL 聚四氟乙烯坩埚中，用少许水润湿，加入 10mL HCl，在电热板上加热（<450℃）消解 2h，然后加入 15mL HNO_3，继续加热至溶解物剩余约 5mL 时，再加入 5mL HF 并加热分解除去硅化合物，最后加入 5mL $HClO_4$ 加热至消解物呈淡黄色时，打开盖，蒸至近干。取下冷却，加入 (1+5) HNO_3 1mL 微热溶解残渣，移入 50mL 容量瓶中，定容。同时进行全程序试剂空白实验。

（2）标准曲线的绘制：吸取镉标准使用液 0mL、0.50mL、1.00mL、2.00mL、3.00mL、4.00mL 分别于 6 个 50mL 容量瓶中，用 0.2％ HNO_3 溶液定容、摇匀。此标准系列分别含镉 $0\mu g \cdot mL^{-1}$、$0.05\mu g \cdot mL^{-1}$、$0.10\mu g \cdot mL^{-1}$、$0.20\mu g \cdot mL^{-1}$、$0.30\mu g \cdot mL^{-1}$、$0.40\mu g \cdot mL^{-1}$。测其吸光度，绘制标准曲线。

（3）样品测定

① 标准曲线法　按绘制标准曲线条件测定试样溶液的吸光度，扣除全程序空白吸光度，从标准曲线上查得镉含量。

$$镉(mg \cdot kg^{-1}) = \frac{m}{V}$$

式中，m 为从标准曲线上查得镉含量，μg；W 为称量土样干重量，g。

② 标准加入法：取试样溶液 5.0mL 分别于 4 个 10mL 容量瓶中，依次分别加入镉标准使用液（$5.0\mu g \cdot mL^{-1}$）0mL、0.50mL、1.00mL、1.50mL，用 0.2％ HNO_3 溶液定容，设试样溶液镉浓度为 C_x，加标后试样浓度分别为 C_x+0、C_x+C_s、C_x+2C_s、C_x+3C_s，测得的吸光度分别为 A_x、A_1、A_2、A_3。绘制 A-C_x 图。

通过作浓度-吸光度图可知，所得曲线则不通过原点，其截距所反映的吸光度正是试液中待测镉高于浓度的响应。外延曲线与横坐标相交，原点与交点的距离，即为待测镉离子的浓度。结果计算方法同上。

11.12.5　注意事项

（1）土样消解过程中，最后除 $HClO_4$ 时必须防止将溶液蒸干，不慎蒸干时 Fe、Al 盐可能形成难溶的氧化物而包藏镉，使结果偏低。注意无水 $HClO_4$ 会爆炸！

（2）镉的测定波长为 228.8nm，该分析线处于紫外光区，易受光散射和分子吸收的干扰，特别是在 220.0nm、270.0nm 之间，NaCl 有强烈的分子吸收，覆盖了 228.8nm 线。另外，Ca、Mg 的分子吸收和光散射也十分强。这些因素皆可造成镉的表现吸光度增加。为消除基体干扰，可在测量体系中加入适量基体改进剂，如在标准系列溶液和试样中分别加入 $0.5gLa(NO_3)_3 \cdot 6H_2O$。此法适用于测定土壤中含镉量较高和受镉污染土壤中的镉含量。

（3）高氯酸的纯度对空白值的影响很大，直接关系到测定结果的准确度，因此必须注意全过程空白值的扣除，并尽量减少加入量以降低空白值。

附　录

附表 1　相对原子质量表

（以 $^{12}C=12$ 相对原子质量为标准）

序数	名称	符号	相对原子质量	序数	名称	符号	相对原子质量	序数	名称	符号	相对原子质量
1	氢	H	1.008	38	锶	Sr	87.62	75	铼	Re	186.2
2	氦	He	4.003	39	钇	Y	88.91	76	锇	Os	190.2
3	锂	Li	6.941±2	40	锆	Zr	91.22	77	铱	Ir	192.2
4	铍	Be	9.012	41	铌	Nb	92.91	78	铂	Pt	195.1
5	硼	B	10.81	42	钼	Mo	95.94	79	金	Au	197.0
6	碳	C	12.01	43	锝	Tc	98.91	80	汞	Hg	200.6
7	氮	N	14.01	44	钌	Ru	101.1	81	铊	Tl	204.4
8	氧	O	16.00	45	铑	Rh	102.9	82	铅	Pb	207.2
9	氟	F	19.00	46	钯	Pd	106.4	83	铋	Bi	209.0
10	氖	Ne	20.18	47	银	Ag	107.9	84	钋	Po	209.0
11	钠	Na	22.99	48	镉	Cd	112.4	85	砹	At	210.0
12	镁	Mg	24.31	49	铟	In	114.8	86	氡	Rn	222.0
13	铝	Al	26.98	50	锡	Sn	118.7	87	钫	Fr	223.0
14	硅	Si	28.09	51	锑	Sb	121.8	88	镭	Ra	226.0
15	磷	P	30.97	52	碲	Te	127.6	89	锕	Ac	227.0
16	硫	S	32.06	53	碘	I	126.8	90	钍	Th	232.0
17	氯	Cl	35.45	54	氙	Xe	131.3	91	镤	Pa	231.0
18	氩	Ar	39.95	55	铯	Cs	132.9	92	铀	U	238.0
19	钾	K	39.10	56	钡	Ba	137.3	93	镎	Np	237.0
20	钙	Ca	40.08	57	镧	La	138.9	94	钚	Pu	239.1
21	钪	Sc	44.96	58	铈	Ce	140.1	95	镅	Am	243.0
22	钛	Ti	47.88±3	59	镨	Pr	140.9	96	锔	Cm	247.1
23	钒	V	50.94	60	钕	Nd	144.2	97	锫	Bk	247.1
24	铬	Cr	52.00	61	钷	^{145}Pm	144.9	98	锎	Cf	251.1
25	锰	Mn	54.94	62	钐	Sm	150.4	99	锿	Es	252.1
26	铁	Fe	55.85	63	铕	Eu	152.0	100	镄	Fm	257.1
27	钴	Co	58.93	64	钆	Gd	157.3	101	钔	Md	258.0
28	镍	Ni	58.69	65	铽	Td	158.9	102	锘	No	259.1
29	铜	Cu	63.55	66	镝	Dy	162.5	103	铹	Lr	262.1
30	锌	Zn	65.39±2	67	钬	Ho	164.9	104	𬬻	Rf	261
31	镓	Ga	69.72	68	铒	Er	167.3	105	𬭊	Db	262
32	锗	Ge	72.61±3	69	铥	Tm	168.9	106	𬭳	Sg	266
33	砷	As	74.92	70	镱	Yb	173.0	107	𬭛	Bh	264
34	硒	Se	78.96±3	71	镥	Lu	175.0	108	𬭶	Hs	277
35	溴	Br	79.90	72	铪	Hf	178.5	109	鿏	Mt	268
36	氪	Kr	83.80	73	钽	Ta	180.9				
37	铷	Rb	85.47	74	钨	W	183.9				

附表2 国际单位制的基本单位

量 的 名 称	单 位 名 称		单位符号
长度	米	meter	m
质量	千克(公斤)	kilogram	kg
时间	秒	second	s
电流	安[培]	ampere	A
热力学温度	开[尔文]	kelvin	K
物质的量	摩[尔]	mole	mol
发光强度	坎[德拉]	candela	cd

附表3 基本物理常数

量 的 名 称	量的符号	量 值
真空中的光速	c	2.99792458×10^8 m/s
普朗克常数	h	$(6.6260755 \pm 0.0000040) \times 10^{-34}$ J·s^{-1}
以电子伏为单位		$4.1356692 \times 10^{-15}$ eV·s
$h/2\pi$		$1.05457266 \times 10^{-34}$ J·s
以电子伏为单位		$6.5821220 \times 10^{-16}$ eV·s
基本电荷	e	$(1.60217733 \pm 0.00000049) \times 10^{-19}$ C
电子静质量	m_e	$(9.1093897 \pm 0.0000054) \times 10^{-31}$ kg
核磁子	μ_N	$5.0507866 \times 10^{-27}$ A·m^2
阿伏伽德罗常数	N_A	$(6.0221367 \pm 0.0000036) \times 10^{23}$ mol^{-1}
原子质量单位,原子质量常数	u	$1.6605402 \times 10^{-27}$ kg
$1u = \frac{1}{12}m(^{12}C)$		
法拉第常数	F	$(9.6485309 \pm 0.0000029) \times 10^4$ C·mol^{-1}
玻耳兹曼常数	k	$(1.380658 \pm 0.000012) \times 10^{-23}$ J·K^{-1}
以电子伏为单位		8.617385×10^{-5} eV·K^{-1}
摩尔气体常数	R	$(8.314510 \pm 0.000070) \times 10^{-31}$ J·mol·K^{-1}
理想摩尔气体体积	V_m	22.41410 dm^3·mol^{-1}
		$(273.15, K101.325kPa)$

附表4 国际单位制的导出单位和我国的法定计量单位

量 的 名 称	单 位 名 称		单位符号	备 注
频率	赫[兹]	hertz	Hz	s^{-1}
力,重力	牛[顿]	newton	N	kg·m/s^2
压力,压强	帕[斯卡]	pascal	Pa	N/s^2
能量,功,热	焦[耳]	joule	J	N·m
功率	瓦[特]	watt	W	J/s
电荷量	库[仑]	coulomb	C	A·s
电位,电压,电动势	伏[特]	volt	V	W/A
电阻	欧[姆]	ohm	Ω	V/A
电导	西[门子]	siemens	S	A/V
磁通量	韦[伯]	weber	Wb	V·s
磁感应强度	特[斯拉]	tesla	T	Wb/m^2
摄氏温度	摄氏度	Celsius-temperature	℃	
时间	分	minute	min	1min=60s
体积	升	litre	L,(1)	$1L=1dm^3=10^{-3}m^3$
能	电子伏	electron volt	eV	$1eV \approx 1.602177 \times 10^{-19}$J

附表 5　原子吸收光谱法中常用的分析线

元素	λ/nm	元素	λ/nm	元素	λ/nm
Ag	328.07,338.29	Hg	253.65	Ru	349.89,372.80
Al	309.27,308.22	Ho	410.38,405.39	Sb	217.58,206.83
As	193.64,197.20	In	303.94,325.61	Sc	391.18,402.04
Au	242.80,267.60	Ir	209.26,208.88	Se	196.09,703.99
B	249.68,249.77	K	766.49,769.90	Si	251.61,250.69
Ba	553.55,455.40	La	550.13,418.73	Sm	429.67,520.06
Be	234.86	Li	670.78,323.26	Sn	224.61,286.33
Bi	223.06,222.83	Lu	335.96,328.17	Sr	460.73,407.77
Ca	422.67,239.86	Mg	285.21,279.55	Ta	271.47,277.59
Cd	228.80,326.11	Mn	279.48,403.68	Tb	432.65,431.89
Ce	520.0,369.7	Mo	313.26,317.04	Te	214.28,255.90
Co	240.71,242.49	Na	589.00,330.30	Th	317.9,380.3
Cr	357.87,359.35	Nb	334.37,358.03	Ti	364.27,337.15
Cs	852.11,455.54	Nd	463.24,471.90	Tl	276.79,377.58
Cu	324.75,327.40	Ni	232.00,341.48	Tm	409.4
Dy	421.17,404.60	Os	290.91,305.87	U	351.46,358.49
Er	400.80,415.11	Pb	261.70,283.31	V	318.40,358.58
Eu	459.40,462.72	Pd	247.64,244.79	W	255.14,294.74
Fe	248.33,352.29	Pr	495.14,513.34	Y	410.24,412.83
Ga	287.42,294.42	Pt	265.95,306.47	Yb	298.80,346.44
Gd	368.41,407.87	Rb	780.02,794.76	Zn	213.86,307.59
Ge	265.16,257.46	Re	346.05,346.47	Zr	360.12,301.18
Hf	307.29,286.64	Rh	343.49,339.69		

附表 6　UV 法中常用有机溶剂及其使用波长极限范围

溶　剂	10mm 液池	0.1mm 液池	沸点/℃
甲醇	205	186	65.0
乙醇 95%	204	187	78.5
乙腈	190	180	81.4
乙醚	215	197	34.5
四氯化碳	265	255	79.8
氯仿	245	235	61.7
水	205	172	100.0
甲苯	285	268	110.6
苯	280	265	80.1
戊烷	195	173	68.8
环己烷	205	190	80.7
己烷	195	173	68.7

附表7 原子发射光谱法中各种重要元素的分析线

元素	分析线波长 λ/nm			
Ag	328.68	338.289		
Al	309.271	308.216	394.403	396.153
As	228.812	234.984		
Au	242.795	267.595		
B	249.678	249.773		
Ba	455.404	493.409		
Be	234.861	313.042	313.107	332.134
Bi	306.772	289.798		
C	247.857			
Ca	393.367	396.847	422.673	
Cd	228.802	326.106	340.365	
Ce	429.668	413.765		
Co	340.512	345.351	346.580	
Cr	425.435	427.480	428.972	
Cs	455.536	459.318	(852.111)	(894.350)
Cu	324.754	327.396		
Dy	313.537	389.854		
Er	326.479			
Eu	272.778			
Fe	248.327	259.940	302.064	
Ga	294.364	287.424		
Gd	301.014			
Ge	265.118	303.906	326.949	
Hf	263.871	264.141	277.336	282.022
Hg	253.652	365.015		
Ho	342.535	345.600		
In	303.936	325.609		
Ir	322.078	292.479		
K	404.414	404.720	(766.490)	(769.896)
La	333.749	433.374		
Li	323.261	(670.784)		
Lu	261.542			
Mg	285.213	279.553	280.270	
Mn	257.610	259.373	279.482	279.827
Mo	313.259	317.035		
Na	330.232	330.299	(588.995)	(589.592)
Nb	313.079	292.781	295.088	
Nd	430.357			
Ni	305.082	341.477		
Os	290.906	305.866		
P	253.401	253.565	255.328	255.493
Pb	283.307	280.200		
Pd	340.458	342.124		
Pr	422.298	422.533		
Pt	265.945	306.471		
Rb	420.185	421.556		
Re	346.047	345.188	346.473	

元　素	分析线波长 λ/nm			
Rh	343.489	332.309	339.685	
Ru	343.674	349.894	359.618	
Sb	252.854	259.806	287.792	
Sc	335.373	424.683		
Se	241.352			
Si	251.612	288.158		
Sm	442.434	428.078		
Sn	283.999	286.333	317.502	
Sr	407.771	421.552	460.733	
Ta	268.511	271.467	331.116	
Tb	332.440	321.995		
Te	238.325	238.576	253.070	
Th	283.231	283.730	287.041	
Ti	308.803	334.904	337.280	
Tl	351.924	276.787	322.975	
Tm	286.922			
U	424.167	424.437		
V	318.341	318.898	318.540	
W	289.645	294.440	294.689	
Y	324.228	437.494		
Yb	398.799	328.985		
Zn	330.259	330.294	334.502	
Zr	327.305	339.198	343.823	349.621

附表 8　某些化合物的物理常数及相对分子质量

化　合　物	相对分子质量	沸点/℃	相对密度/20℃
甲烷	16	−161	0.466(−164℃)
乙烷	30	−89	0.572(−100℃)
丙烷	44	−42	0.5853(−45℃)
丁烷	58	−0.5	0.5788
乙烯	28	−104	0.566(−102℃)
乙炔	26	−83.6	0.6208(−82℃)
苯	78	80	0.8765
甲苯	92	110	0.8669
乙苯	106	136.2	0.8670
丙苯	120	159.2	0.8620
邻二甲苯	106	144.4	0.8802(10℃)
间二甲苯	106	139.1	0.8642
对二甲苯	106	138	0.8611
萘	128	218	0.9625(100℃)
蒽	178	342	1.283(25℃)
菲	178	340	0.9800(4℃)
苯并[a]芘	252	495	1.35
环己烷	84	81	0.779
甲醇	32	65	0.7914
乙醇	46	78	0.79

化 合 物	相对分子质量	沸点/℃	相对密度/20℃
丙酮	58	56	0.788(25℃)
乙醛	44	21	0.78
乙醚	74	35	0.7138
甲酸	46	100.7	1.23
乙酸	60	118	0.93
乙酸乙酯	88	77	0.894~0.898
三氯甲烷	119	61.7	1.50
吡啶	79	115	0.98
苯酚	94	181.7	1.071
邻甲苯酚	108	191	
间甲苯酚	108	202.2	1.03
邻苯二酚	110	245	1.34
对苯二酚	110	286	1.332
α-萘酚	144	288	1.0989
氮	28	-195.8	$1.25046g \cdot L^{-1}$
氧	32	-182.962	$1.429g \cdot L^{-1}$
二氧化碳	44	-78.48	$1.977g \cdot L^{-1}$
四氯化碳	154	76.5	$1.595g \cdot cm^{-3}$
水	18	100	$0.998g \cdot cm^{-3}$

附表 9　常用气-液色谱担体

担体类型	名　称	用途(特点)	生产厂	国外相应型号
红色硅藻土担体	6201 担体	弱极性组分	大连	
	6201 硅烷化	吸附小,催化活性小	大连	
	6201 釉化	吸附小,催化活性小	大冹	
	301 釉化	各种不同极性组分	上试	
	302 釉化	由 202 釉化,再高温灼烧	上试	
	201 担体	非极性	上试	
	201 酸洗	盐酸洗	上试	
	202 担体	盐酸洗	上试	
	202 酸洗	盐酸洗	上试	
	301 担体	分析中等极性组分	上试	Chezasorb
	釉化担体	分析中等极性组分	大连	Gas Chrom R
白色硅藻土担体	Chromosorb P 白色担体	红色硅藻土担体		美国 J. M
	101 白色担体	分析极性或碱性组分	上试	Celite 545
				Gas Chromosorb
	102 白色担体	分析极性或碱性组分	上试	(A、P、Q、S、Z)
	101 硅烷化白色担体	分析高沸点	上试	Chromosorb
		氢键型组分		A、G、W
	102 硅烷化白色担体	分析高沸点	上试	
		氢键型组分		
	Chromosorb W 白色担体	白色硅藻土	上试	
非硅藻土担体	玻璃微球担体	分析高沸点组分	上试	
	硅烷化玻璃球		上试	
	聚四氟乙烯担体	分析强极性物质	上试	

附表10　常用的固定液

组分	固定液	相对极性级别	最高使用温度/℃	常用溶剂	类似的商品型号
烃类	阿皮松 L		300	苯	Apiezon L
	角鲨烷(异三十烷)	+1	150	乙醚	SQ
	甲基硅油	+1	220～270	甲苯,乙醚	DC-200,DC-500
	液体石蜡		100	石油醚	OV-1,OV-101
	邻苯二甲酸酯类	+2	120～130	乙醚,甲醇	Nujol
芳烃	聚苯醚	+3	200～250	氯仿	OS-124,OS-138,Polyset
	β、β'-氧二丙腈	+5	100	丙酮	ODPN
	苦味酸-芴	+5	100	氯仿	Picric acid-fluorene
醇	聚乙二醇相对分子质量 1500～20000	+4(相对分子质量) 20000 者为+3	80～200	氯仿,丁醇	PEG 1500,4000,6000 Garbowax 20M
	邻苯二甲酸酯	+2	120～130	甲醇,乙醚	DOP,DNP
	甘油	+5		甲醇	
醛酮	聚乙二醇相对分子质量 1500～20000	+4	80～200	氯仿,丁醇	DOP,DNP
酸	硬脂酸		100	甲苯,丙酮	LAC3R-728
酯	聚乙二醇	+4	80～200	氯仿,丁醇	LAC3R-728
	聚酯	+4	250	丙酮,氯仿	Reoplex
	季戊四醇		150	乙醇,氯仿	LAC3R-728
胺	聚乙二醇	+4	80～200	氯仿,丁醇	Apiezon L
	三乙醇胺		160	氯仿,丁醇	
硫醇 硫醚	β、β'-氧二丙腈	+5	60	甲醇,丙酮	ODPN

参 考 文 献

[1] 朱明华. 仪器分析. 第3版. 北京：高等教育出版社，2000

[2] 赵藻藩，周性尧，张悟铭等. 仪器分析. 北京：高等教育出版社，1990

[3] 曾泳淮，林树昌. 分析化学（仪器分析部分）. 北京：高等教育出版社，2004

[4] 武汉大学化学系编. 仪器分析. 北京：高等教育出版社，2000

[5] 张华，彭勤纪，李亚明等. 现代有机波谱分析. 北京：化学工业出版社，2005

[6] 刘志广，张华，李亚明. 仪器分析. 大连：大连理工大学出版社，2004

[7] 刘志广，潘玉珍，宿燕等. 仪器分析学习指导与综合练习. 北京：高等教育出版社，2005

[8] 郑重等. 环境监测试题库. 北京：化学工业出版社，2007

[9] 刘密新，罗国安，张新荣等. 北京：清华大学出版社，2002

[10] 吴邦灿，费龙. 现代环境监测技术. 北京：中国环境科学出版社，1999

[11] 刘立行. 仪器分析. 北京：中国石化出版社，1990

[12] 高俊杰，余萍，刘志江. 仪器分析. 北京：国防工业出版社，2005

[13] 方惠群，余晓冬，史坚. 仪器分析学习指导. 北京：科学出版社，2004

[14] 汪小兰. 有机化学. 北京：高等教育出版社，2005

[15] 金鑫容. 气相色谱法. 北京：高等教育出版社，1985

[16] 孙汉文. 原子吸收光谱分析技术. 北京：科学出版社，1992

[17] 许金钩，王尊本. 荧光分析法. 北京：科学出版社，2006

[18] 南开大学化学系《仪器分析》编写组编. 仪器分析. 北京：人民教育出版社，1978

[19] 国家环保局《水和废水监测分析方法》编委会. 水和废水分析方法. 北京：中国环境科学出版社，2002

[20] 赵文宽等. 仪器分析实验. 北京：高等教育出版社，1997